U0813663

石器时代·爱拉传奇系列

爱拉与洞熊族

THE CLAN OF THE CAVE BEAR

[美] 琼·奥尔　著　张帆　译

作家出版社

给我最苛刻的评论家和最好的朋友——雷

感谢

没有一本出版物是凭作者一己之力就能完成的。在写作中，作者会从不同渠道得到形式各异的帮助。但我所收获的，却是源于许多我未曾谋面并且在将来也不太可能谋面的陌生人。尽管如此，我依旧对那些来自波特兰市，和来自位于俄勒冈州的毛特诺玛哈乡的市民们心怀感激，因为是这些市民们的纳税使毛特诺玛哈乡图书馆得以维持。可以说，没有这间图书馆的参考文献，也就没有今天的这本书。此外，我还要感谢那些考古学家、人类学家和其他一些专家的著作。在我的写作中，我于这些著作中收集了大量信息，其中的大多数使我能够完成这本小说的场景和背景设置。

另外，还有许多更直接的帮助。在这之中，我特别要感谢的是：

第一个听我故事构思的金·德坎普。当我需要朋友时，他就会出现在我身边。他满怀热情读我那厚厚的手稿，一丝不苟地校对错误，还为我这套书塑造了一个符号象征。约翰·德坎普，他既是我的朋友，也是我的合作著书伙伴。他洞悉我的苦乐，还能异乎寻常地判断出在某一时候我必须向人倾诉，同时做我的听众。凯伦·奥尔，她从未如此使她的母亲，也就是我，如此深受鼓舞。即便她读的只是初稿，但她的泪水和笑声却都与我的设想无比契合。

凯丝·汉姆波勒，我从她那儿寻求到的帮助，对一个朋友来说，几近强人所难，那就是诚实的评价。我珍视她的意见，而她也完成了这几乎不可能完成的任务：她的评论既有极富洞察的敏感，又饱含温柔。狄安娜·斯特莱特被故事深深打动。她是捕猎的行家，指出了我的许多疏忽。拉娜·艾尔摩，一连几小时兴趣盎然地听我那冗长乏味的故事。她也喜欢我的故事。安娜·巴克斯，她提供了独到的见解，还极严密地注意到了我错误的拼写。

并非我所有的研究都是在图书馆完成的。我的丈夫和我进行了多次实地考察，以获得第一手资料，从不同角度了解与自然的亲密接触。我能获得直接的体验，要特别感谢弗兰克·赫尔。他是俄勒冈科学工业博物馆的北极生存专家。他向我演示如何在一个雪洞里做床，并希望我躺在上面亲身体验！在那个寒冷一月的夜晚，我在胡德山的山坡上幸存了下来，并从赫尔先生那儿学会了更多生存技巧。如果说在下个冰河世纪里，我最愿意和某个人待在一起的话，那个人一定是赫尔先生。

我还要感谢安迪·万特哈尔，感谢他与我分享他在自然环境中生活的特殊知识。他让我知道如何不用火柴生火——只要一把石斧和扭搓过的绳；如何用动物的肌腱和生皮编制篮子，以及如何敲制我自己的石刀，使其能轻而易举地切割皮革，就像切开黄油一样容易。

我无尽的感谢还要送给琴·纳格尔。作为一个文学作品代理人，她是那样的优秀，把我狂野的幻想打造成现实，并加以润色。卡罗尔·巴伦，我那精明的、敏锐的、感情细腻的编辑。他相信我的作品，并带我一起努力，使它更加完美。

最后，还有两个人，他们对曾帮助过我一无所知，同时他们的帮助对我来说不可用价值衡量。我只见过他们中的一人，而我第一次听到集作家和老师身份于一身的丹·詹姆斯发表对小说写作的看法时，他原以为他的听众是一群人，事实上他正在直接地与我对话，而他所说的正是我需要听到的。丹·詹姆斯并不知道这些，但如果没有他，就可能永远没有这本书。

我对另一个人的了解是透过他的书。《沙尼达尔》（阿尔福瑞德·A.科诺夫，纽约）的作者拉尔夫·S. 索勒茨基，他在沙尼达尔洞穴的挖掘和他发现那些尼安德特人骨骼的故事深深打动了我。若不是他给了我一个史前洞人的视角，我可能无法更加深刻地理解人性的含义。但我要对索勒茨基教授表达的不只有感谢——我还要向他道歉，因为我未经他的许可，就把他调查所得的事实用在了我的小说中。在现实生活中，那是一个在坟墓上安放花朵的尼安德特人。

1

山坡边，一个赤身裸体的女孩从一间皮革覆盖的棚屋里钻了出来，头也不回地向小河拐弯处的岩石滩跑去。她无忧又无虑地跑着，因为她心里确定的很——那个棚屋和里面的人一定会在那儿等她回来。

她踏进河中，激起一片水花。河岸与河床在水下的相接处形成坡面，她能感到岩石和沙粒在脚下滑过。她忽地潜入寒冷的水中，一会儿又把头露出水面，吐出一口水沫，然后用力蹬腿朝对岸游去。小女孩今年五岁，在水中却已能如鱼般悠游。其实她在学步以前就先学会了游泳。对她来说，过河的方式只有一种，那就是游过去。

她在两岸间游了几个来回，玩耍了好一会儿后，便任凭河水的浮力带着自己漂流。当到了下游某一处时，河面瞬间开阔了，水流冲击着岩石泛起层层白沫。她在此登岸，开始俯身捡拾地上石子，并把石子分类。当她正小心翼翼地把一块石头放在一堆小石子上时，大地突然失去了平静。

小女孩诧异地看着眼前堆砌的石垒纷纷滚落，瞬间摊平，不知发生了什么事。片刻后，她意识到自己也在剧烈摇晃中。她惊慌又茫然地环视四周，试图了解为什么她所处的环境会出现如此不可思议的变化。在她的眼里，大地应该是固定不动的啊。

刚才还在温柔流淌的小河已变得愤怒。浪花汹涌击岸，还裹挟起河底的泥沙，搅得河水一片混沌。靠近上游河岸的灌木剧烈颤动，一股不可名状的力量在撼动它们的根部。而河的下游，巨石在不寻常地猛烈摇晃，曾经庄严伟岸的针叶林也东倒西歪。靠近河岸有一棵参天的松树，一部分树根已暴露在外，附着在其余根须上的泥土正在被激流挖空。大树绝望地朝河对岸倾去，只听劈啪一声，它的肢体在混浊的河上架起一座桥，而这座桥马上也随着不安的大地一起颤动。

小女孩被松树倒下的巨响吓了一跳。恐惧被无限放大了。她觉得腹部在剧烈搅动，内脏就像打了一个结，不停拉扯着她的神经。她试图站立，却又马上跌坐在地，像力不从心的病人。她再一次试着爬起来。这次，她努力稳住了重心。

她一步一踉跄地朝棚屋走去，惊觉大地刚才的低吟在逐渐变成令人恐怖的怒吼。她惊恐地看到，地面上不知什么时候出现了一条缝，从里面飘出来一股潮湿、腐败的气息，恶臭至极，仿佛一头巨兽正在呼出腹中郁积的臭气。她不可思议地注视着眼前的一切：大地在又一阵的痉挛后裂开一条大缝，裂缝边缘的土块、石子、小树纷纷被卷入这个不断扩大的血盆之口。

远处，棚屋颤颤巍巍地立在裂缝的边缘。在它的脚下，原本坚实的土地此刻正分崩开去。孱弱的梁木在毫无规律地东摇西摆。突然，梁木坍塌了，连同上面覆盖着的皮革还有里面一切的人和物，一起落入了裂缝的深渊。小女孩简直不能相信这恐怖的一幕是真的。那喷吐着恶气的地缝就像一张魔口，吞噬了曾给她5年的生命赋予意义，给予安全的一切。

"妈妈！妈妈！……"她声嘶力竭地哭喊。可飘荡在她耳边的仍旧是岩石如雷般的裂声，她悲痛的哭喊是那么卑微渺小。小女孩不甘心地向裂缝爬去，可地面突然隆起，轻而易举将她掀翻在地。她慌忙用手指攀住地面，试图在这片不断起伏的大地上找到平衡。

也不知过了多久，地缝闭合了。震耳欲聋的嘶吼声慢慢消弱殆尽，颤动的大地归于平静。但小女孩的恐惧并没有停止。她俯卧在地，把脸贴在被大地的阵发性痉挛搅松了的湿土上，浑身瑟瑟地发抖。她有理由感到恐惧。

从此，她就孤身一人在这辽阔的草原上了，只能与散落分布的森林为伴。大陆的北方是绵延的冰川，持续不断向南方输送寒冷。虽然有数不尽的食草动物和以食草动物为生的食肉动物在草原上游荡，但人类却十分稀少。现在，她又失去了栖身之处，以及能够照顾她的亲人，从此无依无靠。

没有任何征兆地，大地又开始了颤动，这次还伴随着下沉。小女孩听到地底深处传来的轰鸣声，似乎大地正在努力消化刚刚一大口吞下的食物。她惊慌地跳了起来，害怕大地还要裂开。她望着棚屋原来所在的地方，现在那里只剩下翻起的泥土和掘起的树根。她泪流满面，跑回到小河边，蜷缩成一团，在混浊的河水边抽泣。

但是潮湿的河岸在这个不安定的星球上不能给她提供任何庇护。又一次余震来袭，这次大地震得更加厉害。她愕然地大口喘气，感觉到冰冷的河水溅到她裸露的身体上。恐惧如潮水袭来，她一跃而起。她必须逃离这片颤动的土地。可是，她能去哪儿呢？

岩石河岸太过坚硬，没有可以果腹的嫩苗，也没有可以遮蔽的灌木，但上游河岸的灌木丛又太过茂密。她身体里深藏的本能告诉她该待在靠近水的地方，但密匝的荆棘看起来密不透风。她泪眼泪眼矇眬，望向下游的高大针叶树林。

靠近河面的常绿针叶林层层叠叠，但仍有稀疏的阳光穿透进来。树阴下几乎没有什么灌木丛,但许多树木已不再直立,少数倾倒在地,还有一些东倒西歪,和那些根基依然稳固的同伴互相支撑。在这批杂林后面,是黑压压的一片亚寒带森林,看上去并不比上游的灌木丛安全多少。女孩在两个方向间左右摇摆,举棋不定。

当她遥望下游时,脚底下晃动的大地迫使她采取行动。在跑进下游的树林之前,她最后回望了一眼那空旷的小山坡,天真地希望那小棚屋还会在那儿。

随着大地的沉降而发出的隆隆声响渐渐平息,小女孩顺着奔腾的河向下游跑去。她急于远远地逃离,除了停下来喝点水外,一刻都不曾停歇。针叶树被地震掀倒在地挡住去路,她只能从倒树的缝隙中爬过,绕过树木拔地后留下的坑洞。湿土和岩石还黏附在裸露的树根上。

暮色渐浓,她并未遇到太多麻烦。被地震拔起的树木和掀起的巨石少了,河水也清澈了。当夜色使她看不清前行的路,她一下子倒在树林里落满松叶的地面上,筋疲力尽。平素的锻炼使她在奔跑时能保持身体的热度,但现在她只能在夜晚寒冷的空气中瑟瑟发抖。她将身子埋在厚毯似的落地松叶中,蜷缩成一个球,并把一些针叶抛在自己的身上当做铺盖。

即便她疲乏不已,睡意并未轻易眷顾这个受了惊吓的小女孩。当她在河边奔跑赶路时,她能够把恐惧抛到脑后。现今,恐惧又找上了她。她直直躺着,睁着眼睛看着身边凝结如夜般漆黑的厚密树林。她害怕地一动不动,甚至连大气都不敢出。

她从未一个人度过漫漫长夜。每当黑夜来临,总有一堆火驱散黑暗。她终于忍耐不住抽泣起来,继而放声哭喊。她小小的身体在抽泣和哽咽中慢慢平静下来,她放松地睡着了。一只夜间活动的小动物好奇又温柔地嗅了嗅她,她却浑然不觉。

她是尖叫着醒过来的!

大地仍没有平静, 从地层深处传来的隆隆声又带她回到了恐惧的梦魇。她猛地跳起,想要奔跑,但夜太黑了,她即使睁大眼睛也什么都看不清。起初,她记不起自己在什么地方。她的心在剧烈跳动。她为什么看不见呢?那些曾在她醒过来的夜里爱抚她的臂膀在哪儿? 慢慢地她清醒过来。因为害怕和寒冷浑身发抖,她又钻进松叶毯中。黎明的第一抹微弱的曙光射进林中时,她终于睡着了。

白天对于密林深处来说总是来得特别慢。当女孩醒来时,时辰虽已不早,但森林中依旧一片朦胧难以分辨。她在昨晚夜幕降临时已离开了小河。她环视四周,除了树还是树,不免被一阵惊慌袭中。

口渴使她分辨出了流水的汩汩声。她循着声音而去,当她再次看到小河时,心中略放宽了些。沿着小河走总好过迷失在树林里,而且沿河走不但使她有所跟随,还因为靠近河水,可以随时解渴。昨天她沿着河走已使她心情好转,但河水却丝毫不能帮助解决她的饥饿。

她知道绿芽和根茎可食,但不能分辨出是哪些植物。她尝的第一片叶子苦涩非常,针扎般刺激她的舌头。她马上吐了出来,用河水漱口,不再敢轻易尝试第二片叶子。她喝了些水,暂时有些饱腹的感觉了,就接着往下游走去。密林使她恐惧,而河边阳光明媚。当夜幕降临时,她依然把自己埋进铺满针叶的地面蜷缩而眠。

第二个孤身一人的夜晚并不比第一夜好过。寒冷伴随饥饿在她的腹中翻江倒海。她从未如此恐惧,从未如此饥饿,也从未如此孤独。她的失落感在折磨她,阻绝了她对地震以及地震前生活的记忆。一想到未来就使她离惊恐更近,以至于她努力把这些想法从她脑海中驱逐出去。她不想思考她将遇到什么,也不想思考有谁会来照顾她。

她就这样活在当下,通过一个个障碍,穿过一条条支流,爬过一棵棵颓树。沿着小河行走这本身似乎已成为一个目的,并不是因为小河能带她去哪儿,而是因为唯有小河能给她方向,给她意图,给她行动的轨迹。总好过在原地停滞不前。

胃中的空虚时而发作,已逐渐变成麻木知觉的刺痛。她在行进途中不时地抽泣,流下的泪水在她邋遢的小脸上印下两道白色的泪痕。裸露的小小的身体上沾满了结成了壳的泥土。她原本浅黄的近乎白色的头发又细又软如同丝绸,现在,因为松针、细枝混合了泥浆的缠绕而打了结扯不开,像灰泥似的抹在她的头上。

行进变得愈加艰难。小河边的针叶树逐渐减少,取而代之的是灌木丛、茅草地和草地,中间掺杂着细长叶子的落叶乔木。下雨时,她就躲在大树下,或钻到突出的岩石下避雨,要不就索性在泥水中前行,任凭雨水浇湿全身。夜晚来临,她就把以往季节里落下的枯树叶收集在一起堆成小丘,再钻进去睡觉。

小女孩大量饮水,体内没有脱水,避免了危险的高烧和因为体温过低而死亡。不过,她开始变得虚弱。饥饿不再困扰她,因为胃部只有麻木的钝痛感,偶尔有轻微的头晕。她总努力不让自己想起这些感觉,除了小河,她什么都不去想,一心沿着小河走。

阳光穿透她的树叶窝,使她醒过来。她从被体温烘热了的温暖的树叶袋囊中爬出来,走到河边去喝水。潮湿的树叶还挂在她身上。湛蓝的天空和明媚的阳光在雨后总是这么受欢迎。她没走几步,发现她这面的河岸逐渐抬高。她如果想喝水,就必须走下陡坡。她小心下行,不料却失去平衡一直滚落到坡底。

她跌到河边的泥浆中，身上擦破了皮，还有几处淤青。她太疲劳，太虚弱，太痛苦，以至于不能动弹。大颗大颗的泪珠滚落她的脸颊，哭喊的声音撕破天空。但没有人听到她的哭喊。她的哭喊逐渐变成呜咽，乞求能有人来帮助她。但没有人出现。她将她的绝望倾泻而出，肩膀随着抽泣而起伏。她不想站起来，不想继续行走，但她还能做些什么呢？就这样躺在泥地里一直哭吗？

她停止哭泣时，她还躺在河边。当她察觉到身下那块树根凸起硌得她难受，口中又有泥土味时，她坐了起来。然后，她十分费力地站起来，走向河边喝水。喝够了水，又开始前进。她笨拙地把挡路的树枝推开，爬过苔藓覆盖的倒树，涉过河的浅滩区。

这条小河由于之前的春季洪水，水位高涨，而且同支流汇合后，河面宽了不止一倍。女孩先听到了下游传来了流水的轰鸣，然后一挂从高山上奔腾而下的瀑布映入眼帘。瀑布下面是大水潭。在潭的出口，形成多条小溪，它们绕开岩石，同已经拓宽了的小河汇合，流向大草原。

轰鸣的大瀑布不断侵蚀瀑布后面的岩石。瀑布下面的潭水白花四溅，在河水汇集的地方形成了长期喷薄的水雾和逆流的旋涡。在遥远过去的某段时间，这条河曾深深地侵入瀑布后面坚硬的岩石。下泻的水流覆盖了它后面的石壁，在水幕和石壁间形成了一条通道。

小女孩只能小心翼翼在石壁边缘行走，向潮湿的通道看去，然后走入湍急流淌的瀑布背后。她抓住湿漉漉的岩石以保持稳定，一点点移动。水流片刻不停歇地倾泻而下，使她的头脑晕眩。轰鸣声震耳欲聋，在瀑布和石壁间造成巨大的回响。她抬头一看，瀑布就在头顶的岩石上方，胆战心惊，只得俯下身子缓缓前行。

当她快要抵达瀑布另一端时，通道越来越窄，又成为陡峭的石壁。她只得回头爬回去。当她回到她的起点处时，久久注视着那使她头疼脑裂的激流，只觉得走投无路了。

当她涉入水中，只觉得水很冰很急。她游向水中央，任凭水流带着她绕过瀑布，然后到了开阔的河段的岸边。游泳使她疲乏，却也洗净了她在过去几天邋遢的身体，除了她蓬乱打结的头发。她感到精神有些振奋，继续向前走，但这种精神却维持不久。

当树林和灌木丛开始被开阔的大草原取代时，对于晚春来说，那天的太阳异常温暖。这温暖的太阳令她感觉良好。但是那火球越升越高，灼热的阳光几乎要榨干女孩身体里最后一丝储备。到了下午，她在小河和峭壁间狭长的沙地上蹒跚前行。亮晶晶的河水把太阳的光和热反射到她身上。几乎全白的砂岩也反射光热,加剧了酷热的程度。

蹚过小河,白色、黄色和紫色的小花散落在刚长出半截的芳草丛中,一派生机绵延至地平线。但小女孩无心领略草原上转瞬即逝的春的美丽。疲惫和饥饿使她的神志开始模糊,出现幻觉。

"我说了我会小心的,妈妈。我只在水里游一会儿。可是你去了哪儿呢,妈妈?"她咕哝着,"妈妈,我们什么时候才吃饭啊?我又热又饿。妈妈,我叫你,你怎么不来啊?我叫啊叫,你就是不来。你去哪儿了啊妈妈?妈妈!不要再走开啊!请你不要动,等等我啊妈妈!不要离开我!"

随着幻觉逐渐消失,她沿着峭壁的基座朝着幻觉的方向跑去。但峭壁朝远离河岸的方向延伸,她离开了小河。盲目地奔跑中她的脚趾踢中一块石头,疼痛钻心。这才使她回到现实。她坐在地上揉揉脚趾,试图回想起刚才的幻觉。

坑坑洼洼的砂岩峭壁上布满了黑漆漆的山洞和裂缝缺口。酷热的膨胀和严寒的收缩使柔软的岩块崩落。小女孩向身边一个小洞望进去,却什么也看不见。

在峭壁和小河间繁茂的草场上,有大群野牛正悠闲地吃着草。小女孩由于刚才追逐幻象的盲目奔跑,这时候突然看见这种红棕色野牛,从背部到地面的高度有6英尺,长着巨大而弯曲的牛角,她吓得魂飞魄散。一头壮实的公牛停止吃草,瞪着她,她只能后退着,紧贴着峭壁移动,然后转身跑开。

她一边跑一边回头看那头野牛,因为跑太快而不得不停下来喘气。这时,一头巨大的母狮正在追踪这群野牛。这种狮子不同于几万年后生活在南方大草原的狮子,体形要大出一倍之多。眼看母狮对一头野牛发动进攻,女孩极力忍住自己的尖叫声。

母狮用它那锯齿状的尖牙和力大野蛮的利爪扑向野牛,把野牛搏倒在地,用它强有力的下颚咬断了野牛的喉咙,终止了野牛可怕的低吼。从野牛喉管中喷射出来的鲜血染红了这头捕猎者的鼻口部分,将它黄褐色的皮毛染成了猩红色。野牛的四肢还在不断抽搐着,穴狮却撕开了它的肚皮,咬出一大块温热的鲜红色的肉。

强烈的恐怖笼罩着小女孩。她仓皇逃离,不知另有一头穴狮正目不转睛地注视着她。小女孩误闯入了穴狮的领地。通常情况来说,这种大型的猫科动物,对一个年仅五岁的人类是不屑一顾的。它们更青睐如野牛、犎、巨型麋鹿之类能使它们饱餐一顿的大型动物。不过,这个逃跑的小女孩太靠近洞穴了,而这个洞穴里一对新生的幼狮正嗷嗷待哺。

母狮出去捕猎时,雄狮就负责守卫洞口和看护幼狮。这头长满粗毛的雄狮大吼一声以示警戒，震得小女孩一抬头，不由倒吸一口凉气，那头巨狮正蹲在一块岩架上，准备向她扑来。小女孩尖叫着，在极度恐惧中朝刚才来的方向飞奔逃去，脚下一滑，跌入岩壁上的一个小洞内。

那头穴狮却只是懒散地一跳，它有信心抓住这个胆敢闯入幼狮哺育重地的小生物。它不着急，同它的速度相比，小女孩的移动可称得上缓慢了。而且它正有兴趣玩猫和老鼠的游戏。

恐惧中，小女孩的本能指引她来到靠近地面正对着峭壁的一个小洞穴。她身体左侧隐隐作痛，喘着粗气，挤进石洞里的一条缝里。她在促狭的空间里转过身去，使她的背脊紧靠石壁，几乎与岩石融为一体。

雄狮来到洞边，发现猎物竟然消失了，沮丧地大吼一声。小女孩在吼声中簌簌发抖，只能紧张地盯着洞口，而雄狮就在洞口用鼻子来回嗅着，将锐利弯曲的爪子伸向洞中。无路可逃，小女孩眼睁睁看着利爪伸向她，刺进她的左大腿，随之而来的剧痛使她直冒冷汗。利爪像耙子一样，在她大腿上留下四道深深的血痕。

小女孩使劲蠕动躲开穴狮利爪的抓挠范围。这时她在左侧黑暗的石壁内发现了一个凹陷处。她把两条腿伸进去，尽可能紧地蜷曲身子贴近石缝，屏住呼吸。穴狮的利爪来回抓了几下，扑了个空，发出一阵阵吼声，在洞口来回踱步，耐心等待。

小女孩在狭窄的洞穴内一动不动，度过了一个白天，一个黑夜，又一个白天。第二天快结束时，她的大腿开始肿胀，溃烂的伤口带来持续的疼痛。而且洞穴狭小的空间也容不得她转身或舒展身体。因为饥饿和疼痛，大部分时间里她神志不清，不断做着噩梦：地震，利爪，可怕的孤独。但把她从昏迷边缘拽回来的不是她的伤口或是她的饥饿，而是她的口渴难耐。

她害怕地通过洞口向外望：距傍晚还早，河边稀疏的柳和松随风摇曳，拖着长长的树影。女孩注视着绿草覆盖的土地和发亮的水面，终于鼓足勇气从洞口爬出。她环视四周，用干透了的舌头舔了舔裂开的嘴唇。只有野草在晚风中摆动。雄狮早已离开。原来母狮担心它的幼狮，不放心洞穴附近有陌生动物的气味，决定另寻洞穴了。

小女孩爬出洞口，站了起来，天旋地转，眼冒金星。她每走一步都感到剧痛，伤口开始流出黄绿色的脓水。

她不知道能否走到水边，但她止渴的欲望战胜了一切。最后，她手脚并用，艰难爬行，终于伏到了水边，大口大口贪婪地喝着凉水。当她的口渴得到缓解，她再次试图站起来，但她的体力忍耐已达极限。她头晕眼花，然后眼前一晃，栽倒在地上不省人事。

一头专食腐肉的大鸟懒洋洋地在一动不动的小女孩的上空盘旋。它一个猛扑,准备近近地看个仔细。

2

一群人蹚过瀑布前的一条水流湍急的小河，河水冲击岩石溅起白沫。这群人总数为二十人,有老有小。他们原来有二十六名族人,但地震摧毁了他们的洞穴,夺走了六名族人的生命。两个男人远远地在前面领路,后面跟着一群妇女儿童,她们的两侧跟随有两名年岁稍长的男人。队伍的最后跟着几个年轻一些的男人。

河流在开阔的大草原上蜿蜒流动,他们就跟随河流一路前行。他们注意到有食腐鸟在天空盘旋。这样的情景常常意味着这些鸟盯上的猎物还未断气。只要附近没有四足的食肉动物相争,对猎人们来说,猎取一只受伤的动物不费吹灰之力。

一个怀孕的女人走在队伍前面。这是她第一次怀孕,胎儿已五个月大了。她望见领头的两名男子带领队伍朝远处的地面前进,不作停留,她想,那一定是只受伤的食肉动物。因为这个家族极少吃食肉动物。

她身高逾四英尺半,骨骼大,矮而强壮。能依靠有力的大腿和宽厚的脚板直立行走。手臂相比身体来说较长,有点不合比例,同她的腿一样弯曲着。她有个大大的鹰钩鼻,突出的下颚像动物的口鼻部,没有下巴。她低低的额头呈坡形,伸向头顶。头颅又长又大,支在短而粗的脖子上。她的后脑处长有一块枕骨,这块骨节更凸显出了头颅的长度。

柔软的棕色短毛略微卷曲,覆盖在她的腿上、肩上和肩背部,有一头棕褐色的浓密长发。她的肤色也由久居洞穴的苍白,历经日晒而变为较深的褐色。她那深棕色的大而圆的眼睛饱含智慧,深深嵌在突出的眉嵴下。她好奇地加快步伐,看看前面的人到底发现了什么。

这个女人年近二十岁。这个岁数已算高龄孕妇。家族人曾以为她不能生育,直到她身体内的生命搅得她不得安宁,他们才打消这个念头。她身上背负的重担并不因她的怀孕而有所减轻。她背着一个箩筐,里面的许多包裹不是悬在筐的边上就是一直堆到筐顶。几个用带子扎紧的袋子挂在她的皮带上,这条皮带被她拔在腰际,这样形成的皱褶可用来存放东西。其中一只袋子很特别。它是用水獭皮做成的,这个经过鞣制后制成的防水水獭皮袋上水獭的脚、尾部和头部都完好无损。

水獭的喉部被开了一条缝，从里面取出内脏、鲜肉和骨骼，形成袋状。水獭的头因为后颈部的皮与身子连接，可用作皮带的封口。一条染成红色的肌腱穿过水獭颈部切口周围的几个小洞，扎紧，系在了她腰际的皮带上。

女人第一眼看见那个男人们置之不理的生物时，不禁惊呆了。那竟是一头没有皮毛覆盖的小动物。当她试探着靠近，又倒吸着冷气退回，下意识地抓住挂在脖子上的小皮袋，用手指摸了一下袋内的护身符，祈求神灵驱逐邪恶。然后探了探身子，犹豫地迈出一步，不敢相信此刻自己的眼睛看到的景象。

她的眼睛没有欺骗她。引来食腐鸟的不是一只动物，而是一个瘦骨嶙峋的有着异样外表的小孩！

她环视四周，看看周围是否有其他可怕的野兽，然后靠近这个陌生的孩子。这时，小孩发出了呻吟。女人停下来，忘记了害怕，跪在女孩身旁，温柔地摇摇她。女孩转了个身子，女巫医就看到了她腿上已经溃烂的爪痕。她解开了她的皮袋。

领头的男子回头一望，看到女人正跪在孩子身旁。他走向她们。

“伊扎！快走！”他命令道，“前面有穴狮经过的痕迹。”

“是一个孩子啊，布仑。她受伤了但还有呼吸。”她答道。

布仑仔细看了一下那个瘦得皮包骨的女孩。她有高高的额头，小小的鼻子，和少见的扁平的脸。“她不属于我们家族。”男人粗鲁地对她做着手势，转身便离开。

“布仑，她还是个孩子。她伤得很重。如果我们丢下她不管，她会死的。”伊扎边做手势边用祈求的目光看着他。

这个小家族的首领俯视着这个向他祈求的女人。他体格比她高大得多，有5英尺高，肌肉极发达，桶形的胸部结实宽厚，两腿弯曲粗壮。他的五官与她相似，但特征更为突出——眼窝上的眉嵴更粗厚，鼻子也更宽大。他的腿、腹、胸和肩背部都长有浓密呈棕色的短毛发，可勉强称得上是兽毛了。浓密的胡髭遮住了他突出的下颚。身上的披身也与她的相似。但不是她那样的整块兽皮，而且裁剪得更短，捆扎的方式不同，可用作口袋的皱褶较少。

他除了穿着那件皮毛披身，背着一块毛皮大氅外，没有其他负重，只携带他的武器。那件大氅是用一根宽皮带扎在他的前额上，悬在身后。他的右大腿上有一个疤痕，被涂黑了像一个文身，形状略像U，上端向外张开。这就是他的图腾——野牛。他不需要其他标记或装饰来表明他的首领身份。单单他的举止神态和家族人对他的毕恭毕敬，就足以使他地位突显。

他把扛在肩上的马前腿骨放下支在自己的大腿上。伊扎知道,他正在严肃思考她的请求。她安静地等待,不露出半点焦急的神色,给他充分思考的时间。只见他把极重的木梭镖放下来,肩靠着镖杆,使过火硬化了的镖头朝上。他调整了下和护身符一同挂在脖子上的三个小石球,使它们保持平衡。然后,他从腰间抽出一条可折叠的鹿皮。这条鹿皮弹石带的两头窄中间宽,中间鼓出的部分可装入投掷用的石子。他捏着这条柔软的鹿皮,思考着。

布仑对于那些会对家族产生影响的事情,通常不愿草率决定。特别是在当下,家族无穴可居。但他没有因为冲动就马上拒绝她。他想,我知道伊扎想要救助那个小女孩,她曾用魔法治好许多动物,尤其是幼小的动物。如果我不允许她救这个孩子,她一定会非常愤怒。是不是我们家族的人,对她来说并无区别。在她眼里,那只是一个受伤了的孩子。好吧,也许正是她的善心使她能成为一个好巫医。

但不论是否是巫医,她终归是个女人。她就算愤怒又能怎么样呢?伊扎会很好地掩饰情感,而且我们目前有太多的难题,顾不上照顾一个受伤的陌生人。可她的图腾会了解,神灵们也都会了解。如果她不高兴,他们是不是会更加不高兴?如果我们现在能找到一个洞穴居住就好了……不,当我们找到一个新洞穴的话,伊扎要为仪式配制饮料。如果她因为太过生气把饮料配错了怎么办?如果引起神灵们更大的愤怒,那我们就会遇上更大的灾祸。入洞仪式不能出任何差错。

他想,就让她把孩子带走好了。她很快会因为这额外的负重而筋疲力尽。而且这个孩子已经离死期不远,任凭我的族人伊扎有多强大的魔法也不一定能救活她。布仑把弹石带塞回腰带内,扛起武器,不以为然地耸耸肩。他的意思是,让她自己决定好了。她可以带上女孩,随她的喜欢。他转身大踏步离开。

伊扎从背筐里抽出一件披斗篷,将女孩包裹起来,绑在自己的腰上。她惊讶于女孩过轻的体重。女孩因为这阵折腾发出了呻吟声,伊扎轻轻拍她,安慰她。随后跟上了队伍。

当伊扎和布仑在对话时,其余的女人们都停下来,回头看着他们。但她们看到女巫医把一个什么东西抱起来随身带走时,她们快速挥动双手做着手势,喉间发出一些低声的嘟囔,兴奋而好奇地谈论着这件事。这些妇女除了没有水獭皮袋外,其余装束都与伊扎相同,而且负荷很重。她们背负了整个家族值钱的家当。这些家当还是震后从废墟中抢救出来的。

七位妇女中的两位带有婴儿。她们把婴儿抱在贴身的披身里,便于随时哺乳。当她们在等候伊扎时,一位妇女感到身上一阵热烘烘的潮湿。连忙把裸体的婴儿从披身褶皱里拽出来，把完尿，再把婴儿放回。家族在不迁徙时，妇女通常把婴儿包在柔软的兽皮做成的襁褓中。兽皮可以吸收婴儿的排泄物。还可以在兽皮里面垫上一些东西，比如野羊换毛时掉落在荆棘丛中的羊毛，鸟类胸部褪下的绒毛，或者是纤维植物的绒毛。但当旅行时，最简单轻便的方法是把婴儿裸体放在皮褶内携带，或者看着他们在地上玩耍，不让他们走远。

队伍又开始前进了。有一个妇女抱起一个男孩，用负重时用的皮革斗篷把他固定在腰后。过了不久，男孩不肯让她背，要自己走。她便让他下来，知道他不久就会走累而又要求她来背。一个年纪较大的女孩，还没有长成一个妇女，但身上的负重和大人差不多。她跟在一个妇女后面，时不时地回头望后面的一个男孩。这个男孩跟在妇女队伍的后面，马上就要长成一个男人了。他总和妇女们保持一定距离，好让他看起来像是殿后的几个猎人中的一员，而不是被看做一个孩子。他还希望能背点猎物在身上。他甚至嫉妒起那个在侧边护卫妇女们的老男人。因为他肩上扛着一只大野兔，那是他用弹石带击中的。

家族的食物并非单单来源于猎人们的猎物。妇女们的贡献占据了更大的份额，而且她们的食物来源更加稳定可靠。除去要背负重物，一路上她们还不断地采集食物，效率极高，几乎从不耽误队伍前进。她们能很迅速地采完黄花的嫩芽和花朵，用掘棒挖出新长的根茎。而生长在沼泽地水洼处浅表地带的香蒲草的根，则很容易便能扯出来。

如果家族不是在赶路，妇女们便会记住洞穴附近生长的高大植物，认作地点的标记，好在日后返回，采集植物枝头的嫩芽。晚些时候，她们会把黄色的花粉和从老根纤维上萃取的纤维相混合，制成未发酵的面团饼干。她们在干燥的枝头收集绒毛，用坚韧的树叶枝丫编制箩筐。但现在她们只能沿途采集所见之物，且收获少得可怜。

苜蓿、零陵香草和蒲公英的新芽、柔软的嫩叶还有早熟的浆果和水果都是妇女采集的目标；她们从带刺的荆棘上剥离蓟叶，再割断。削尖了的掘棒是妇女们得心应手的工具。她们把它用作撬棒，把倾倒了的小树反过来，捕捉蝾螈和美味肥大的蛴螬；也可用来把淡水里的软体动物从小溪中拨到岸边，很是方便；还能从土中挖出各种植物的球茎、块茎和根。

妇女们兽皮披身的褶皱处和背筐里空着的角落就用来放置采集到的植物。大片的树叶可用来包裹，其中的一些还可煮熟食用。干木头、树枝、甘草和食草动物的粪便都被收集起来。尽管在夏末时她们采集的种类会更为广泛，但只要她们知道在哪儿能找到食物，食物就会一直丰沛。

伊扎抬头看见一个已过三十岁的老年男子跛着腿向她走来。这时候队伍刚开始继续前进不久。这个老人既不负重，也没携带武器，只是拄着一根长手杖。虽然他的右腿瘸了，因为萎缩比左腿细了许多，但他移动的姿态却异常敏捷。

老人的右肩和上臂已经萎缩，肘部以下被截去。但是，他左侧的肩膀、手臂和大腿都非常强壮，这使他看上去严重倾斜。他的脑袋比家族其余的人都要硕大。他出生时的难产导致了将伴随他一生的残疾。

他是布仑和伊扎的同胞，是他们母亲的头胎。如果没有身体上的缺陷，他会成为家族的首领。他穿着一块裁成男性式样的皮革披身，同其他男性一样，披着温暖的可当做被盖的毛皮大氅，但他腰带上还挂着几个兽皮口袋，背着一件类似女人用的斗篷，斗篷里面装着一个很大的物体，鼓鼓囊囊。

他的左脸布满难看的疤痕，左眼也瞎了，但他完好的右眼却闪着智慧的光芒，隐藏着某些更加深邃的东西。他虽然腿瘸，但他走路的仪态表明了他是智慧的象征，以及他在家族内确立的地位。他是大莫格乌，最权威的巫师，也是家族里享有最高威望的、与神灵相通的人。人们确信他残缺的身躯是神的旨意。他虽然没能成为家族的领袖，但却在其他方面享有权威。家族一般称他为大莫格乌，而与他亲近的同胞则称呼他的小名——克莱伯。

"克莱伯。"伊扎看到他走来，高兴地欢迎他，并做着手势，表明对他的前来感到欣喜。

"伊扎？"克莱伯做着手势，指向伊扎背着的孩子，表示关切。伊扎掀开斗篷，克莱伯凑近去看了看女孩潮红的脸。他的目光移向了女孩肿胀的腿和化脓的伤口，然后回头看看伊扎的眼睛，想试探伊扎的意图。正在这时，女孩呻吟起来，克莱伯的表情旋即柔和了许多。他点点头表示许可。

"好。"他说。这个字从他的喉咙发出，嘶哑得很。接着他用手语说，"这孩子算是死里逃生了。"

克莱伯与伊扎并排走着。他不必受家族严格等级制度的约束。家族里的其他成员都应该牢记自己的地位和身份，不容逾越。但克莱伯例外。他可以和任何人并排走路，其中包括家族的首领。大莫格乌是凌驾于等级制度之上的特殊人物。

布仑把队伍带出穴狮的活动区域后，停了脚步，开始研究地形。他极目远眺，前面一条小河的对岸有绵延的大草原，远处有几处起伏平缓的丘陵与草原相接。草原上只生长有稀疏的树木，常年的大风使它们的生长受阻扭曲，因此十分低矮，这也就使草原更显得一片空旷。

地平线附近，卷起的一片扬尘表明有一大群硬蹄动物在奔跑。布仑想，如果能命令他的猎人们去猎取几头回来，那该有多好。在他身后，只可以望见一些树冠高大的针叶树，散落在一片落叶林中。这片树林在空旷的草原面前，越显得低矮了。

在小河的这边，大草原一下子到了尽头，突兀地被不远处的峭壁和河流更上游地带的山岭所终止。峭壁上森森逼人的岩石嵌入了峻拔的山麓脚下，山顶有皑皑白雪，冰冠在落日的映照下闪耀着浅红、品红、淡紫和紫色，瑰丽绚烂，如同一块镶在了高山皇冠上的巨大宝石，使得布仑这样的领袖也被深深打动。

布仑转身，带领人们离开河流，朝峭壁进发，峭壁上最可能有洞穴存在。家族需要一个能避风雨的地方，但更为重要的是家族的图腾保护之神需要一个安身之所，如果神灵还未遗弃这个家族的话。神灵们一定是发怒了，地震就是证明。神明的怒火使家族里六人丧命，还摧毁了洞穴。如果不能给保护神图腾找到一个恒久的安放地，神灵便会遗弃家族，让其受恶灵的摆布，到时候人们将得病枉死，无食物果腹。可是，家族中没有一个人，甚至连大莫格乌这样博学的人也不知道：为什么神灵们会发怒。尽管大莫格乌在途中举行夜间祈神仪式来平息神灵的怒气，祈求解除家族的苦难，但族人们仍忧心忡忡，尤其是布仑。

布仑要对家族负责，他感到身上背负巨大的压力。未知世界的神灵们深奥莫测难以捉摸，他们那股看不见的力量使他又畏惧又困惑。对他来说，在现实世界里打猎和领导家族来得更容易些。目前为止他勘探过的洞穴没有一个是宜居的——这些洞穴都缺少一些必要的生存条件——他渐渐绝望了。他们本该在天气温暖的日子里为下个冬季采集食物，但为了寻找新的洞穴，可用来采摘食物的温暖日子已所剩无几。很快，他将要被迫带领他的家族将就住在一个不理想的洞穴里，待来年再继续寻找。那样不论在体力上还是精神上都将很折磨人。布仑希望事情千万不要发展到这一步。

随着太阳下的阴影渐浓，家族沿着峭壁底部走着。当他们到达一处瀑布时，水雾在夕阳的斜照下映出了一道闪着微光的彩虹。布仑命令家族在此休整。妇女们非常疲惫，都卸下了箩筐，在水潭边呈扇形散开，采集生火用的木头。

伊扎把披身放在地上摊开，将孩子放在上面后，就赶去帮助其他妇女。她一直牵挂着这个女孩。她的呼吸很微弱，还未完全苏醒，就连她的呻吟也不那么频繁了。伊扎一直在思考如何救助这个孩子，思量着她水獭皮袋里的干草药。她在收集木头时，注意了一下周围生长的植物。对她来说，不论熟悉与否，每种植物都有其价值，或可以治病，或可以补充营养。

当她看到小溪边的湿地上有一丛长长茎秆的鸢尾，正含苞待放，她心里一动，上前把它连根掘起。一棵树的树干上缠绕着三夜蛇麻草让她又有了主意，但她决定还是用她身上备有的干的蛇麻草粉，因为蛇麻草的锥形果实要迟些时日才能成熟。她从一株桤木上剥去一块光滑的灰色树皮，嗅了嗅，闻到一股浓烈的芳香。她点点头，将树皮放进披身里。她又抓起几把车轴草的嫩叶，这才匆忙往回赶。

枯枝架起了火堆。格洛德是与布仑一起走在队伍前面的人。他取出一块火种。这火种是一块燃着的木炭，用苔藓包裹着。他把火种塞进野牛的空角中以便携带。他们能钻木取火，但在路途中，从上一营地取出一块燃着的木炭留作下次使用，比每到一处就钻木取火要轻便得多。而且钻木取火还可能发生木料不充足的问题。

格洛德在旅途中小心翼翼地保管火种。这红炭来自人们居住的老洞穴口的火堆余烬。根据家族传统，入住新洞穴时，需要用从老洞穴带来火种点燃新家的火塘，家族才能在新家安居乐业。

保存火种的重任一般只托付给一名地位较高的男子。万一火种熄灭，则说明保护神遗弃了他们，格洛德此时就要被降级，从家族中的二把手降为最低等级的男子，受尽人的责难。格洛德无法忍受这些。因此，他既深感荣幸，又体会到职责的重大，不敢掉以轻心。

格洛德小心翼翼地把燃着的木炭放在干燥的引燃物上，开始吹气。引燃物冒烟后，火很快就点着了，女人们散开，开始忙碌起来。她们运用从祖先那里传承下来的技能，迅速地将沿途猎得的小猎物剥皮。片刻过后大火熊熊燃烧，妇女把切块的兽肉用削尖了的青枝串成串，搁在叉形支架上烘烤。高温灼烧着肉串，结成硬壳，将肉汁封存，直到被烤熟，兽肉的营养都不会有一点流失。

刚才给兽肉去皮切块的锋利的石刀现在又被她们用来给根和茎去皮，切块。编制紧密的防水的篮子里和木碗里都盛满了水，再投进烧热了的石子，用来加热水。石子冷却后，再投进火堆里，如此往复，直到把水烧开，煮熟蔬菜。她们也在火上烤蛴螬和小蜥蜴，直到它们坚韧的皮肤被烧至黑裂，露出可口的嫩肉。

伊扎一面帮助准备晚饭，一面制备小女孩的草药。她用一只许多年前从一段木头上凿出的水碗，开始烧水。洗干净鸢尾草根，放在嘴里嚼成浆，然后吐进沸腾的水里。在另一只用大鹿的下颚骨制成的骨碗里，她放入碾碎了的苜蓿草叶、撕成片的树皮，和用手掂量过了的一定量的干蛇麻草粉，再倒入开水。接着，她取出贮存的应急用的干肉块，用两块石头磨成粗粉，用第三只碗将这种浓缩蛋白质和过了蔬菜的汤水调制在一起。

一个女人经过伊扎身边，装作不经意地看了她一眼，希望伊扎能主动说些什么。家族里所有的男人女人,尽管他们尽力不表现出来,但都被好奇心煎熬着。他们看到伊扎拾到一个女孩,因此宿营后,都以各种理由来到伊扎摊开在地上的披身旁看上一眼。他们纷纷猜测,孩子怎么会昏迷在那儿?孩子家族的其他人呢?而议论最多的,还是布仑为什么会同意伊扎收留这个明显是外族人后代的小女孩?

在队伍中,最能体会布仑压力和恐惧的人就是爱菠拉。她是布仑的配偶,常按摩布仑的颈部和肩部,缓解肌肉酸痛。她最了解布仑容易紧张的性格。布仑极少发脾气,被认为善于自制。爱菠拉知道布仑虽然在发脾气后也会后悔,但绝不会承认。可现在就连爱菠拉也在怀疑,为什么布仑会允许那个孩子留在家族里,特别是当前这种特殊局面,任何反常的举止都可能更加激怒神灵。

尽管爱菠拉很好奇,但她没有问伊扎,而且其他妇女的地位也使她们无权过问。女巫医在施法时,旁人不得打扰。伊扎也无心情与人闲聊,专心致志地为孩子治疗。克莱伯对孩子很感兴趣,而伊扎也欢迎他的出现。

伊扎心怀感激,看着克莱伯拖着跛足走到失去知觉的孩子面前。他认真地端详了一会儿,然后把他的手杖倚在岩石上,用他唯一的一只手在女孩身上做流水抚摸状,祈求慈悲的神灵帮助孩子恢复健康。如果人体是战场,那么病痛和受伤就是神灵和魔鬼发生冲突的神秘表现。伊扎的治疗是以保护神的名义执行,但在治疗中,往往还需要大巫师的祈祷才能圆满,才能奏效。女巫医是保护神的代理人,大巫师则是作为人与神之间的直接中介人。

伊扎虽然自己也不知道为什么对这个来自外族的孩子如此偏爱,但仍一心要救活孩子。当大莫格乌完成了给孩子的施法时,伊扎用手轻轻托起女孩,带到瀑布脚下的水潭边。她让孩子头部以下浸在水里,洗净小小身体上的污垢和硬泥。冷水刺激着孩子的神经,但仍不能使她从昏迷中苏醒。她把孩子抛起来,再接住,口中喊着,咕哝着其他人从未听过的古怪语言。然后,紧紧抱着孩子往回走,边走边发出轻微的类似哞叫的声音安抚孩子。

伊扎温柔熟练地用一块吸了水的兔皮浸取鸢尾草根煮出的汁液,给孩子清洗创面。她用勺刮出鸢尾草根的浆液,直接敷在伤口上,搭上一块兔皮,最后用一小条柔软的鹿皮包扎。她用叉枝剔去碗中碎的苜蓿叶、桤木皮碎片和石子,再放在盛有热肉汤的碗边放凉。

克莱伯打着手语,对两个碗表示好奇——这不是直接的询问,因为即使是大莫格乌也不应直接向女巫医询问疗法——他仅表示对此有兴趣。伊扎并不在乎她的手足对她的医术有无兴趣,因为大莫格乌比任何人都更加尊重她的知识。大莫格乌也使用过她常用的几种草药。除了在家族大会上她有机会与其他的女巫医交流经验外,在这个家族里,克莱伯是唯一一个能相互切磋、研讨的人。

“这能驱除引起感染的恶魔。”伊扎打着手势,指着消毒用的鸢尾草根溶液道。

“这种敷剂能吸出毒气,帮助创口愈合。”她端起骨碗,用手试了试温度,“苜蓿草能强壮心脏,战胜魔鬼。”伊扎在说话时会从喉咙发出少数词汇,主要用于强调语气。家族里的人不能通过完整的口头语言充分表达思想,多是依靠手语和姿势。但他们的手势语变幻无穷,能表达最细致的差别。

“苜蓿草是食物。昨晚我们吃过的。”克莱伯打着手语。

“是的,”伊扎点头,“我们今晚还要吃。它的神奇之处在于准备它的方式。在少量水中煮沸一大把苜蓿草,并且叶子无用,只取其汁液。”克莱伯点头表示了解,于是伊扎继续道,“桤树树皮能清血,净化血液,赶走毒害血液的恶魔。”

“你还需要一些你药袋里的药。”

“干蛇麻草粉,这是蛇麻草成熟的锥形状种子碾成的粉,种子上还有细细的绒毛。这粉能安神,使她睡得安然。神和魔鬼正在打仗,她需要好好休息。”

克莱伯又点点头。他也熟悉蛇麻草有安眠的作用,在不同的场合,能给人以温和、欢喜的舒适感。尽管他一直对伊扎的医术很感兴趣,但他从不向伊扎透露他是如何使用草药的。这些秘密只能由大莫格乌和他的追随者们掌握,决不能泄露给妇女,尤其是女巫医们。伊扎了解许多植物的药性,他害怕如果一旦透露,她会悟出更多秘密。如果她猜透了他的魔法,那将对他百害而无一利。

“那个碗里是什么?”

“肉汤而已。这个可怜的孩子瘦得不成人样。究竟遭遇了些什么啊?她来自哪儿,她的族人们呢?她一定独自闯荡有些时候了。”

“只有神才知道。”克莱伯回答道,“你肯定你的治疗能对她奏效?她可不是我们的族人哪。”

“应该没问题。其他族人也同样是人类。你还记得我们的母亲告诉我们的故事吗?她说,她的母亲救过一个断臂的外族人,我们家族的魔法在他身上也应验了。虽然,母亲又说了,他服用安眠药后昏睡的时间过于长了些,之后过了很久才醒过来。”

“如果我们不能铭记我们母亲的母亲,那真是我们的耻辱。她真是一位了不起的女巫医。常常有来自外族的人前来看望她。可惜在伊扎你出生后不久她就去往了神鬼世界,真是太遗憾了。她亲口告诉了我关于那个外族人的事。前一任的莫格乌也对我谈起过此事。那个断臂男人恢复后，和我们共同生活过一段时间，还同我们一起打猎。他的猎术真不赖，也为此参加过一次我们的狩猎仪式。是啊，他们也是人类，但是与我们还是很不一样。"大莫格乌不再说下去。伊扎敏锐地察觉到谈论宗教仪式是他的禁忌，否则她很可能会对男人们的秘密宗教仪式妄加评论了。

伊扎又检查了下碗的温度，然后用自己的大腿给女孩作枕，一小口一小口地给孩子灌汤药。这样更方便喂她肉汤。女孩说着胡话，抗拒着味苦的药水。但给她喝肉汤时，即便处于昏迷中，饥饿的身体还是贪婪地吸收着肉汤的营养。伊扎抱着她，直到她熟睡，然后听了听她的心跳和呼吸，心里在说：该做的我都做了。如果孩子还没到鬼门关，那么她就还有一线生机。现在，只有祈求神灵的保护，还有孩子自身的力量来救活她自己了。

伊扎看到布仑朝她走来，眼里露出不悦的神色。伊扎连忙站起身，帮忙准备晚餐。布仑在途中对陌生的小女孩作了初步考虑之后，就把她的事放在了一边，但现在，他必须认真思考了。尽管按照家族的习俗，当别人在谈话时，必须转移目光，但布仑还是看到了人们在议论纷纷。家族里的人对布仑允许这个外族女孩留下表现出的疑虑开始使他感到不安。他害怕神灵会因为家族中来了陌生人而更加愤怒。他是打算来阻止伊扎的。但克莱伯一看到他就拦住了他。

"出什么事了，布仑？你看起来愁眉不展。"克莱伯说。

"伊扎不许留下那个孩子，不能让孩子跟着家族。大莫格乌，她不是我们的人。如果我们带着她寻找新洞穴，神灵会不高兴的。我不会同意让伊扎带着她的。"

"不，布仑，"大莫格乌反对道，"保护神不会因为我们的善心而发怒。你了解伊扎，她不能忍受对受伤的人视而不见。而神明也一样了解她。如果神明不愿让伊扎救助小女孩，那么就不会安排伊扎在路边发现她。事情的发生一定有原因。再说，小女孩随时会死去。如果乌萨斯要召唤小女孩去神鬼世界，那么就让神自己作决定吧。我劝你不要干涉。小女孩如果被我们抛下，一定会命丧黄泉。"

布仑虽然不喜欢让有关小女孩的事困扰自己，但还是相信大莫格乌在神界里的博学。于是他默认了。

晚饭后，克莱伯坐在那儿沉思，等候其他人用完餐后开始夜间的宗教活动。伊扎则为克莱伯安排住处，为明天早上做准备。大莫格乌曾下过禁令，禁止男女睡在一起，直至找到新的洞穴。只有这样，男人们才能将他们的精力都用在宗教仪式上，并让大家觉得家族正在齐心协力，这样一来，他们就能尽早找到新洞穴。

这个禁令对伊扎没多大影响。她的配偶在洞穴坍塌时被压死了。在他的葬礼上,她以适当的悲痛悼念他——否则将会给她带来一场厄运——但是,她并不为他的离去感到多么不幸。他的残酷和暴虐已经不是什么秘密。他们之间不存在温暖的感情。她不知道布仑对她现在孤身一人有什么打算。必须有个人来照顾她和她即将出生的孩子。她只希望能够继续伺候克莱伯。

很早的时候,克莱伯就和伊扎一家搭伙吃饭了。伊扎感觉到他不太满意她的配偶,尽管他从不干预她的家庭问题。伊扎一直认为能为大莫格乌备餐是莫高的荣誉,而且,她已经对她的同胞兄弟倾注了爱意,这份专注堪比妇女对她们的配偶所倾注的感情。

伊扎时常同情克莱伯的遭遇,他应该拥有自己中意的配偶。然而,即便他身怀伟大的巫术和崇高的地位,他那畸形的身体和满脸的疤痕使得所有妇女对他望而生畏。他心里清楚得很。所以他从未有过配偶,一直过着禁欲的生活。这又使他的形象更加高大起来。家族里每个人,包括男人,可能除了布仑之外,都敬畏大莫格乌。而在所有人中,唯独伊扎洞悉他的温柔和敏感。这部分性格他隐藏极深,极少向外人袒露。

正是那颗深埋的仁心占据着大莫格乌的思想,他不忙着去筹划当晚将要举行的宗教仪式,心里装的都是那个小女孩。他对她的种族感到好奇,由于族人尽量排斥与外族人的接触,他从未见过一个年幼的外族人。他猜测,地震与她独自流浪一定有很大的关系。想到这里,他暗暗一惊,他从不知道自己的家族同她的族人住的如此接近。外族人一般都住在更遥远的北方地带。

克莱伯注意到开始有几名男子离开宿营地,便用手杖支起身来,好监督仪式的准备过程。这种仪式被认为是男性的特权和职责。很少有家族会允许妇女参加此类活动,特别是像今晚这样的仪式,更是绝对禁止妇女参加。一旦妇女偷看男人秘密的宗教活动,那么就将有天大的灾难降临。不仅家族会遭殃,保护神要被驱走,整个家族都可能遭到灭顶之灾。

但是,这种危险发生的可能性微乎其微。妇女胆敢靠近重要的仪式场所的事从未发生过。而男人们去参加活动,女人们也乐得清闲。没有了男人们无休止的指使,女人们也不必要装做毕恭毕敬。整天有男人在身边对女人来说是很痛苦的,尤其是那些神经质的男人们,常拿配偶出气。男人们通常出去打猎要许多天后才能回来。这也给了妇女们喘息的时间。现在,女人们都急于找到一个新住所,但对此她们无能为力。布仑选择行进的方向,决不会征求她们的意见,即便她们有意见,也无从表达。

妇女们依赖男人们带领家庭,承担责任,决定重大问题。这个家族在近十万年的岁月里几乎没有改变,现在,也容不得他们改变。他们出于便利的考虑而采用的适应自然的方式已经融入了他们的基因中,代代相传。男人和女人都顺从地接受各自的角色,从不试图取代对方的地位。任何想要改变男女关系的努力,就像要他们多长出一只手或改变他们大脑的结构一样,简直就是痴人说梦。

当男人们离开后,妇女们就聚到爱菠拉身边。她们希望伊扎也能加入她们,好满足她们的好奇心,但伊扎太累了,而且也不愿离开女孩。当克莱伯离去后,她立即躺在女孩身旁,用毛皮将自己和女孩裹起来。她在昏暗的即将燃尽的火堆余晖下,注视着小女孩的睡脸。

她想,这真是个相貌奇怪的小家伙,可说得上是丑了。她的脸庞扁平,前额凸起,鼻子只有短短的一截,而且她嘴巴下面有骨节凸出的下巴真是太奇怪了。她多大年纪了?可能比我最初估计的要小一些。她个子高,让我的估算有些失误。她这么瘦,我能摸到她的骨头。可怜的孩子,她多少天没吃东西了,还独自流浪了这么久。伊扎用手臂紧紧环住女孩。这个曾时不时地救助受伤小动物的女人对获救的女孩倍加爱惜。她那颗温热的心此刻与这个瘦弱的孩子贴得是那样近。

大莫格乌靠后站着,直到所有男人都已坐定。一支支火把在草地上围成一个大圆圈,圈内有许多石块,排成一个小圆圈。仪式在远离营地的空旷大草原上举行。大莫格乌稍候片刻,步入圈的中央,手里拿着一支燃烧着的芳香的木头。他把这小木把插在中央的空地上,在后面插上他的手杖。

他用他健康的左腿单独站立在圈的中央,环视在场所有坐着的男人的脸。他的眼神梦幻迷离,似乎用他的独眼,看到了别人看不见的另一个世界。他身上披着厚重的洞熊皮大氅,覆盖住他严重不平衡的身躯,这样看来,他似乎成了一个有神灵附体而非真实存在的人。他残缺的身体够不上一个合格的男人,但在主持宗教仪式时,他的形象却是如此令人敬畏。

突然间,他用巫师的动作挥舞了一下手,取出一只骷髅头骨。他用他强壮的左臂高高托起头骨,举过头顶,以缓慢的速度绕场一圈,使在场每个人都能看到那硕大显眼高高隆起的头骨。男人们注视着这个洞熊头骨,火把的火焰在头骨上反射出白光。大莫格乌把头骨放在场地中央的小火把前,坐了下来,加入其他人围成的圆圈。

一名坐在大莫格乌身边的年轻男子端起木碗,站了起来。他刚过完11岁生日,并在地震前不久举行了他的成人仪式。在古夫还是个孩子的时候,就已被选为大莫格乌的助手,帮助大莫格乌做各种仪式的准备工作。但大莫格乌的助手只有在成人之后,才能真正参加仪式。古夫第一次参加宗教仪式是在地震后家族迁徙的路途中,他依旧十分紧张。

对古夫来说，找到一个新的洞穴对他有特殊意义。这是他一次宝贵的机会，向大莫格乌学习新洞穴的入洞宗教仪式的细节。入洞仪式极少举办，而且细节繁琐的程度难以用语言形容。作为一个孩子，古夫很害怕大莫格乌，尽管他明白自己能够当选是莫大的荣誉。尽管年轻人知道眼前跛脚的老人并不是全家族中巫术最高的大莫格乌，但在他威严的外表下，有一颗温和善良的心。古夫尊敬他的导师，并从内心深深敬爱着他。

古夫早就开始在碗里准备仪式用的饮料，直到布仑告诉他可以停了。他用两块石头敲打整株曼陀罗，其中困难的步骤是必须准确估计所需要的曼陀罗叶、茎和花的量和比例。把沸水浇在碾压过的植株上，一直浸泡直到仪式开始。

古夫将浓烈的曼陀罗茶倒入宗教仪式特殊的碗中，用手指揉捏碗中的植物。随后，大莫格乌步入圈中。古夫迫切希望得到这位圣人的点头认可。当古夫将碗呈到大莫格乌面前，大莫格乌点点头表示赞许，然后饮了一口。古夫松了一口气，安心不少。接着，他按照地位高低，依次将碗递向每一个人，从布仑开始。在大家饮用时，都是由古夫拿着碗，控制着每个人的饮用量，最后才轮到他自己。

大莫格乌等古夫坐下后，发出一个信号。在场男人开始用手中的木梭镖的柄有节奏地敲打地面。镖柄单调沉闷的敲击声越来越响，“嘭嘭嘭”，盖过了其他任何声音。他们沉浸在这股狂热中，站起身来，开始跟着节拍跳舞。这位圣人注视着洞熊的骷髅头骨，他的专注的凝视吸引了全场人的目光，也一齐向这个由他掌控的圣物投去注视的目光。时机是重要的，而大莫格乌是个善于抓住时机的高手。他耐心地计算着时间，等待着预期的气氛高潮的来临——若过了迷幻药作用的高峰期，药效将自行消失——他用目光示意了一下他的兄弟——这个家族的首领。于是，布仑走在骷髅头骨的面前蹲了下来。

“野牛之神，布仑图腾。”大莫格乌开始念念有词。实际上，他只说出了一个词“布仑”。他其余的语言都是通过他的独手传达，并不发出其他声音。已经形成定式的手语作为一种古老的语言，一直用于同神灵和其他有着不同手语的家族沟通，流传了下来。大莫格乌用无声的手势信号，请求野牛之神宽恕他们过去冒犯了他的所有的过错，祈求神明帮助他。

“这个人一直崇敬伟大的野牛之神，也一直恪守家族的各项传统。他是个坚强、智慧、公正的首领；一个优秀的猎人、一位出色的一家之主；他善于自控，配得上万能的野牛之神。请不要抛弃这个人；指引他，让他找到新的家园、一个能使野牛之神满意的洞穴。这个家族祈求您的帮助。”大莫格乌祈祷完毕，又用眼神会意了一下家族的二把手格洛德。布仑一边后退，格洛德一边蹲在洞熊的头骨前。

女人不允许参观这场宗教仪式。男人们怕女人们会知道，素来坚毅非常的男人们，竟会像女人向男人们乞求宽恕一样，向那些看不见的神明们卑躬屈膝苦苦哀求。

“棕熊之神，格洛德的图腾。”大莫格乌又开始祈祷，以类似的定式手语祈求格洛德的图腾；然后又依次为所有在场的人祈祷。结束祈祷后，大莫格乌目光继续注视着骷髅头骨，在场的人用柄敲击地面，气氛的高潮正如预想一样到来。

在场的人都知道接下来要进行的是什么。这类仪式日复一日地举办，内容从不更改。但他们仍有所期待。他们在等待大莫格乌呼唤伟大的洞熊、乌萨斯之神——大莫格乌的个人图腾，诸神中最受尊敬的神灵。

乌萨斯不仅是大莫格乌的图腾，也是家族中每个人的图腾。它凌驾于所有图腾之上。是乌萨斯造就了这个家族，并成为最高保护神。对洞熊的崇敬已经成为团结家族的共同信念，使分散自治的小家族凝聚成一个大家族——洞熊家族。

当独眼的巫师判断，时机恰到好处时，他发出了信号。男人们的敲击戛然而止，重新坐回石块后面，但沉重的敲击的节奏仍在他们的血管中回荡，使他们的太阳穴突突地颤抖。

大莫格乌把手伸进一个小口袋里，抓出一把干石松孢子粉。他把手举到火把前，探身向前吹气，随之将手中的孢子粉从火把上撒下。孢子粉着火后，在头骨旁烧成许多异常明亮的光斑，在漆黑的夜幕下显得十分刺眼。

头骨被光照亮，似乎被赋予了生命。在场的男子因为曼陀罗汤药性的发作而产生了幻觉，以为自己看到了神灵的附身。这时，突然附近树上的一只猫头鹰发出凄厉的声响，令人毛骨悚然，愈发加剧了眼前诡异景象的恐怖气氛。

“伟大的乌萨斯，家族的保护神。”巫师开始用定式手语做祷告，“请明示这个家族，何处是新家。就像当初您指示我们住洞穴、穿兽皮那样，明示我们吧！保护您的儿女们免受冰山神、它的母亲粒雪神以及粒雪神的配偶暴风雪神的侵害。这个家族祈求伟大的洞熊之神让人们在无家可居时免受灾祸。最受敬仰的万神之神啊，您的家族，您的子民祈求万能的乌萨斯带领他们踏上溯本逐源的旅程！”

紧接着，大莫格乌开始运用他强大的大脑。

所有这些原始人，由于几乎没有前叶，发音很受限制。但他们巨大的大脑非常独特，比当时生活着的或还未出生的任何人的后代的大脑都要大。

他们是人类进化过程中一个分支发展的顶端。他们大脑的后半部分高度发达,而这一顶骨区域正控制人的视觉、躯体感觉以及储存记忆。

他们有非凡的记忆力。在他们身上,继承并进化了祖先行为中非主观意识的认知,也就是本能。他们巨大的大脑后部不仅储存有他们自己的记忆,还有祖先们的记忆。他们能够回忆起祖先习得的知识,并在特殊环境下,使知识前进一大步。他们能够回忆种族的经历以及自身的进化。当他们回忆的程度足够深远,便能用传心术,通过呈现大家共有的记忆,来使头脑相互联系,合并回忆。

但现在,只有这位满脸疤痕、身残志坚的瘸腿人有这种本领。克莱伯,既温柔又腼腆,是他的巨脑导致了他的残疾。自担任大莫格乌以来,已学会运用自己大脑,融合自己身边独立的个体,使他们的思维合为一体,接着引导这个统一的思维。他能够带领他们重温种族的进化,作为任一阶段的祖先而感受存在。他是大莫格乌,这才是他真正的本领所在,不受限于任何光源或是迷幻药,关键在于搭设合适的舞台,使在场的人自愿将思维交给他,任他引导。

在这静谧漆黑的夜晚,这些人类经历的观感难以详细描述。他们不是看见了自己的祖先,而是感知到自己作为他们而存在。他们凭知觉感受,凭眼睛观看,似乎回忆起了那无限遥远的起源。在他们思维的深处,他们发现了自己竟是头脑尚未进化的海洋生物,漂浮在温暖的海水中,之后,他们忍受初次呼吸空气的痛苦,成为水陆两栖动物。

由于这个家族崇拜洞熊,大莫格乌便倡言,有一种原始的哺乳动物,人、熊和其他一些动物都是由它哺育。于是在场的人们首先经历这种人和熊共同的祖先,然后与熊在进化的道路上分道扬镳。这使人们意识到地球上所有生命之间存在的联系。这种联系值得尊敬,甚至那些被人类宰杀和食用的动物,都被视为在精神上有亲缘联系,是可以崇拜的图腾。

各人思想聚为一体,他们被传心术引导着,分别经历各自祖先,最后回到自身。这个过程看似漫长的无数世纪,实际上过去的时间则相当短暂。每个人思维归位之后,就悄悄站起来,离开场地,回到住所,旋即进入无梦的深度睡眠。他们经历的一切已经算是一场大梦了。

大莫格乌是最后一个离开的。他独自一人,对回忆回去的经历陷入沉思。随后,他感到心神不宁,这种感觉很熟悉。他的族人只知道历史的深远和伟大,并深深地被激励着,可是克莱伯却察觉到一种他们从未察觉到的局限性。他们无法朝前看,无法超前思维。只有他自己,开始察觉到有这种局限性的存在。

家族里的人不能设想与过去有别的未来,不能因为未来而接纳改革和创新。他们掌握的所有知识,所做的每件事,都是无限次地重复以往经验。甚至连为季节更替而储备食物,也是以往经验作用的结果。

很久以前曾经有过一个时期,创新还较容易为人们所接受:破碎的石片给人们启发,因此为获得锐利的石刃,人们会故意打碎石块,就这样学会了制造石器;快速旋转木棒可使木棒的端部发热,于是人们更加用力地旋转,且用时更长,最终发现钻木可以取火。当族人的记忆不断叠加,大脑的记忆区逐渐饱和,接受新事物对他们来说变得困难。他们大脑里的记忆库已没有空间容纳新的知识。由于他们的大脑过于巨大,造成妇女分娩困难,为避免头部继续发育,他们也就更不愿接受新知识了。

因此,家族坚持不改变传统而生活。他们从出生直到走向神鬼世界,一生中的方方面面都受到过去经验的制约。为了种族的延续,他们也有过无意识和无计划的努力,这是他们的本性在促使他们挣扎,免遭淘汰。但这些都不能避免家族灭绝的结局。他们万万不应该停止改变自己,抗拒改变只会适得其反,引向灭亡。

他们不能很快地适应环境。发明创造常事出偶然,且成果常被人忽视利用。如果身上发生了什么新鲜事,那只意味着等待他们消化的信息量又变大了;改变,只有通过巨大的努力才有可能实现。一旦改变成功地为他们所接受,他们便会毅然决然遵循新的轨迹,而下一次要他们改变就更难了。一个种族如果无法容纳学习和进步, 就不再能适应一个永恒变化着的环境,而且他们已经错过了一个能让家族以不同方式发展的时间点。他们本该能体会新的生活方式,那将是大自然不同以往的一次实验。

大莫格乌独自坐在开阔的草原上,看着最后一支火把发出劈啪的声音然后熄灭。他想到了伊扎拾到的那个陌生的小女孩,他的心神不宁又袭上心头,挣脱不开,以至于全身都感到不适。小女孩所属的种族他以前应该见过,但仅在近期才有所关注。过去,他们的好几次遭遇都以不愉快收场。他们从哪里来是一个谜,他们是这块土地的新移民。但自从他们到达后,变化似乎也伴随他们一起来到。

克莱伯不在乎地耸了耸肩,然后小心翼翼地用斗篷包裹好洞熊的骷髅头骨,伸手拿起手杖,一瘸一拐地往住所走去。

3

小女孩翻了个身,躁动不安起来。

“妈妈,”她呜咽着。手臂大力地向身边捶去,更加大声地哭喊,“妈妈!”

伊扎抱住她，嘴里低声喃喃。她温暖的身体和安慰的声音沁入女孩被高烧折磨的大脑，使她安静下来。女孩一整晚都睡得不安稳，她的翻身、呻吟还有呓语常把伊扎吵醒。伊扎注意到，女孩发出的声音很特别，语音轻快流畅，音与音之间相互融合，与家族的人发出的声音不同，而且其中许多语音伊扎听后也学不会，她的耳朵甚至尚不足以让她分辨出语音中细微的差别。女孩一再重复着一组特殊的语音，伊扎猜想这一定是和女孩亲近的人的名字。当伊扎看到自己的存在给女孩带去这么大的安慰时，她明白了这个人是谁。

伊扎想，女孩年龄不可能太大，因为她甚至不知道如何寻找食物。她究竟单独流浪了多久？她的族人们遭遇了什么？是因为地震吗？难道她从地震以来就一直独自流浪？她是如何逃脱穴狮的袭击的？竟然只是受了几道爪痕的伤？伊扎曾多次医治过猎人，她的经验告诉她，女孩身上的伤确实系穴狮所伤。那么，一定是有神明在保佑她。伊扎这样告诉自己。

天色依旧漆黑一片，但黎明已经不远。女孩出了一身热汗，高烧终于退了。伊扎紧紧抱着她，将自己的温度传给她，确保女孩不受寒。女孩很快醒过来，不知道自己身在何处，但四周一片黑暗，什么也看不见，只是感觉到有一个女人的身体和她靠在一起，心安定下来后，便又闭上眼睛，进入甜甜的梦乡。

破晓在即，晨光熹微，树木已经在灰蒙蒙天空的映衬下投下剪影。伊扎小心地从温暖的被窝中爬出，拨了拨火堆，往里添了点柴，又拿了木碗去小河边盛满水，走到一棵柳树边，剥取树皮。剥完树皮，她稍稍休息了一会儿，用手捏了捏她的护身符，表达对柳神的感激。她常感谢柳神，因为它的树皮能够止痛。她已记不清有多少次剥取柳树皮，熬汤煎药，减轻人们的伤痛。她知道有许多草药有强大的镇痛功能，但都会使人知觉麻木。柳树皮这种镇痛药既能止痛，退热，副作用还很小。

伊扎朝火堆弯下腰，从火堆中取出烧红的石子投入盛有清水和柳树皮的碗中。这时候，家族里已有少数人开始起身走动了。伊扎带着煮好的汤汁回到被窝旁，小心地把碗安放在地面上的一个小凹坑里，然后钻进被窝，躺在女孩身边。伊扎仔细端详熟睡的女孩，注意到她的呼吸已趋平稳，并对女孩异样的脸庞产生极大兴趣。女孩脸上因为晒伤而呈现的褐色已经褪去，只剩小小鼻梁骨上一小块脱皮没有愈合。

伊扎曾见过小女孩的同族人，但当时隔得距离很远，看不真切。伊扎家族的妇女通常躲避逃离，不愿与外族人正面接触。在过去举办的家族大会中，本族人与外族人的不愉快的相遇早有耳闻，因此本族人都避免与外族人接触，尤其是妇女们，更不被允许与外族人发生交集。但伊扎的经历告诉她同外族人的接触并没有那么糟。她记得曾和克莱伯谈起过:很久以前,一位外族人闯进他们的洞穴。除了头部外,这个外族人几乎全身都受了重伤,特别是手臂严重骨折。

这个男人在养伤期间学习了一点本家族的语言,但发音方式不同。他同家族里的男人女人们都很聊得来,不区分对待男人和女人,特别敬重女巫医,几乎到了膜拜的程度。但这并不影响其他男人善待他。伊扎思度着外族人的事,清醒地躺在女孩身旁,不知不觉中天色渐亮。

太阳越出地平线,一抹金色的光线照在了女孩的脸上。女孩的眼皮闪动着,然后睁开,正好与一双褐色的大眼睛相对,那双眼睛嵌在高高挑起的眉嵴下面,那张脸的口鼻部分像动物一样突出。

女孩尖叫了一声,又紧紧闭上眼睛。伊扎把孩子拉过来,感觉到孩子骨瘦如柴的身子在因为害怕而哆嗦着,于是发出一些呢喃的声音表示安慰。这些声音对女孩来说似曾相识,但女孩更熟悉的是这个女人温暖的身体,这让她备受安慰。慢慢地,她不再颤抖,微微睁开眼睛,通过眼缝瞟了伊扎一眼。这次,她不再尖叫。随后,她睁大眼睛,注视这个女人那张过去从未见过的,使她害怕的面孔。

伊扎也同样惊讶地盯着女孩。她从没见过天空般碧蓝的眼睛,一时间她以为孩子的眼睛是瞎的。家族里老人们的眼睛有时会生出一层薄膜,这层薄膜遮住眼球,使视线模糊。但女孩眼睛的瞳孔扩大十分正常,无疑是能看到伊扎的。伊扎想,眼睛的淡蓝色对女孩来说应该是正常现象。

女孩直直地躺着,害怕得不敢挪动一寸。她圆睁着眼睛,在伊扎的帮助下坐了起来,腿上的伤经她一动使她疼得龇牙咧嘴。一霎间记忆在脑海中重现。她震颤地回忆与巨狮的遭遇,眼前又浮现出狮子尖利的爪子划过她的腿。她回忆起当时的口渴是如何使她不顾心里的害怕和腿上的剧痛,跌跌撞撞跑向小河。但再早一些的事她就怎么都想不起来了。她的记忆因为独自流浪的苦难而有所阻断,经历过的饥饿、恐惧、可怕的地震,以及失去至爱亲人的痛苦,她都忘记了。

伊扎把一杯汤药端到女孩的嘴边。女孩口渴极了,马上喝了一口,但味道苦得让她皱起眉头。但当伊扎再一次把杯子放到她的唇边时,她还是喝了下去。她太害怕了,根本不敢违抗。伊扎满意地点点头,然后离开女孩去帮助妇女们准备早餐。小女孩的目光紧紧跟随伊扎,当她第一次看到一个营地都是和伊扎长相一样的人时,她的眼睛睁得更大了。

烹调食物的香味一阵阵飘来,使女孩的饥饿感更加强烈。好不容易伊扎端着个小碗回到她身边。碗里盛着肉汤混合谷物调成的粥,女孩饿极了,一口气就喝了下去。伊扎心想,她现在还不适合吃固体的食物。而且因为长时间的饥饿已经使她的胃萎缩,不能够吃得太多。伊扎把余下的一些粥倒入防水的皮袋内,好让女孩在旅途中喝。女孩吃完后,伊扎让她躺好,揭开腿上敷着的药物。创口还有些脓,但已明显消肿。

“太好了。”伊扎大声地说。

女孩听到她用喉咙发出的嘶哑的声音,不禁吃了一惊,这还是她第一次听到这个女人的说话声。而且在女孩未经过训练的耳朵听来,那根本就不能算是人话啊!更像是某种动物的嚎叫声或哼哧声。但女孩确定的是,伊扎的那些充满人性的举止不是动物能做出的。另一边,伊扎已经准备好另外一份捣碎好了的草根膏药,并轻轻地敷在女孩的大腿上。这时,克莱伯,这个畸形的,往一边倾斜的男人往她们这儿走来。

他是女孩迄今见过的最令人害怕的男人,心里不禁有些排斥。他左半边的脸被疤痕覆盖,在他原来的眼窝处有一块皮肤耷拉着。虽然他外貌被毁坏得严重,但是她在这里见到的其他人也都一样有着丑陋怪异的外貌,只是各人程度不同罢了。她不知道他们是谁,也不知道自己为什么会在这儿。但她知道那个女人在照顾着她。她给自己食物,给自己上药,减轻腿部的剧痛,而且更重要的是,在她无意识的思想的深处,女孩能感觉自己已经从恐惧和焦虑的深渊中解脱出来。虽然这些人长相奇特,但和他们在一起,自己至少不再孤独。

跛脚的男人在她们面前停下,细细地观察小女孩。小女孩也用真诚而好奇的眼神回应他。这使他又惊又奇。家族里的孩子见到他没有不害怕的,因为他们打小就知道,大人们怕他,敬畏他,而且他那副孤僻的神态更是难以让孩子们跟他亲近。孩子们不听话时,母亲们便会呼喊“大莫格乌来了”来吓唬孩子,这样一来,孩子们和他的隔阂就更深了。等孩子们快长成大人时,他们中的大多数,尤其是女孩子们,仍非常害怕他。一直要等到他们成长到中年,发育成熟了,他们的态度才会由害怕转为尊敬。而克莱伯眼前的这个怪女孩竟然用毫不畏惧的目光打量他,这使他那只完好的右眼闪烁出浓厚的兴趣。

“伊扎,孩子好多了吧?”他的声音比女巫医的音调低,这种声音在女孩听来,更像动物发出的呼噜声。女孩没有注意到,他在说话时还同时做着手势。他的语言对她来说完全陌生;她只知道那个男人在向女人问着些什么。

“她因为之前长时间的受饿,现在还很虚弱,”伊扎说,“但伤口已经好转。爪痕很深,不过幸好没有伤筋动骨,感染也在减轻。她是被一头穴狮的爪所伤,克莱伯,你听说过一头穴狮会在用爪子耙伤人后就停止进攻么?我真不敢相信她还活着。一定是强大的神在保护她。只不过,”伊扎补充道,

“对于神我实在一无所知。”

确实,伊扎作为一个女人,即便她是大莫格乌的同胞,同大莫格乌谈论神明,也是极不合适的。这超出了一个女人的本分。她做了个手势表示歉意,并因为自己自以为是的猜测请求他的宽恕。克莱伯对此没有作出回应——她也不期望他能有什么反应——但他却因为伊扎关于女孩有强大的保护神的说法,饶有兴趣地转头看着女孩。对这个问题他同样思虑已久,即便他从未当面承认,但他这个同胞妹妹的看法对他来说很有影响力,并且进一步肯定了他自己的一些想法。

家族人很快就拆除了营地的帐篷,再次上路。伊扎把筐和包裹捆在身上,又俯身抱起小女孩,背在自己身后,跟在布仑和格洛德的后面。队伍一边行进,女孩一边好奇地打量伊扎和其他妇女的举动。她特别感兴趣的是,每当她们停止前进,去采集食物的时候,伊扎常会递给她一小朵新鲜的花蕾,或是刚萌发的嫩叶。这又把她带回到模糊的记忆中,仿佛曾有另外一个妇女也做过同样的事。但现在同过去不同的是,小女孩开始更加仔细观察这些植物,并且留意分辨植物的特征。挨饿的那些日子激发她学习如何觅食的渴望。她指向一株植物,伊扎就停下,把根掘起,这让她很高兴。同时,伊扎也很高兴。她想,这孩子学得真快。毕竟只有把植物吃到嘴里才能知道究竟是什么滋味啊。

中午时分,布仑命令大家就地休息,看看附近是否有宜居洞穴。伊扎给小女孩喝完皮袋内最后一口肉汤,再递给她一条硬肉干,让她慢慢咀嚼。经过勘察,布仑遗憾地发现附近的山洞都太小了,并不适合家族居住。午后,队伍重新出发。柳树皮的药效一过,女孩的腿就感到一阵阵的疼痛,在伊扎的背上痛苦地挪动着。伊扎轻拍她,调整了一下她在自己背上的位置,好让她舒服一些。女孩完全把自己交给伊扎照顾了,全身心地信赖和依靠着她。她用皮包骨的小手环住伊扎的头颈,把头靠在她厚实的肩膀上。这位女巫医,从未为人母亲,面对这个孤儿发自内心的动作,心里头不禁暖暖的,充满了母亲的自豪。女孩还很虚弱,体力也未恢复,伊扎行走时有节奏的颠簸,让她慢慢睡着了。

傍晚时分,伊扎由于背负女孩这额外的负担,已十分疲惫。正在这时,布仑下令一天的行程到此结束,人们就地休息。伊扎松了一口气,把女孩放下,身上顿时轻松不少。女孩在发烧,两颊潮红发烫,双眼无神。伊扎一边搜集取火用的木头,一边寻找能治疗孩子发烧的草药。伊扎不知道是什么引起了感染,但她知道如何治疗。除了感染,她还会治疗一些较轻微的不适症状。

虽然,家族里认为治疗是一种魔法,要靠神明显灵才能起作用,但伊扎用药的效力却不容低估。这个古老的家族靠狩猎和采食为生,世世代代都与自然界的植物有大量的接触,通过有意的尝试或偶然的发现,也积累了一些草药的知识。动物被捕获后,经过剥皮和切割,内脏会被进行观察和比较。而妇女们在备餐时,也会解剖和分解动物,于是形成了对人体构造的初步了解。

伊扎的母亲在对伊扎的训练中,讲解了许多人体的内部结构和各自的作用,但这仅用于激活伊扎脑中早已存在的记忆储备,不需要更详细地传授细节。伊扎出生于一个受到全家族尊敬的女巫医家系,这个家系由母亲将医药知识传授给女儿,如此以往,代代相传。显赫的家系为伊扎在家族里赢得许多尊敬。

作为一支古老的女巫医家系的直系后代,伊扎在出生时,她的大脑已经储备了祖先们习得的医药知识。她回忆祖先的知识和回忆自己的经验没有多大区别;这一过程一旦被激活,就立即进入自动模式。伊扎能记住自己的经历是因为她总能回忆起与事件相联系的环境背景——她从不忘记任何事——她虽然不知道脑中记忆库里的一些知识是如何学得的,但能自如地调用。虽然伊扎和她的两个同胞手足是同一对父母所生,但克莱伯和布仑却不具有她的医药知识。

家族人的记忆内容因为性别而有所差异:妇女们不具备狩猎的知识和经验,同样,男人们也不需要了解植物的药用和食用价值。男人和女人大脑记忆储存的差异是大自然有意为之,以控制大脑的大小,好让种族得以延续。其实一个孩子在降生时身上肯定也带有属于异性的知识储备,但成年后,由于缺乏激活,这些储备会全部丧失。

不仅在繁衍中,两性不能缺少任何一方,而且在日常生活中,没有异性的存在,一方也不可能长久生存。他们不能互相学习对方的技能,他们各自的记忆内容也是完全异化的。

然而即便两性的大脑和眼睛有不同的使用方式和用途,但大自然却赋予它们同样的敏锐性和洞察力。迁徙中地形复杂多变,伊扎却能下意识地记住所经地域的地貌特点,特别是有关植物的细节,远处看一眼就能分辨出一株植物的叶形或茎高的细微差别,分辨植物种类。对于沿途的有些植物,如一些花朵、应季的树木和灌木丛,伊扎虽从未见过,但绝谈不上陌生。在她巨大的大脑后叶部分的脑沟深处, 她发现了有关这些植物的记忆,这不属于她自己经历过后的记忆,而是祖先遗传下来的记忆。但即使她脑中有如此巨大的记忆库,她还是对目前旅途中见到的另外一些植物仍一无所知。家族已来到一处完全陌生的地方。这里的野外有全然不同的景色。伊扎希望能尽快接触当地的自然。其他妇女也同伊扎一样,对新环境中的植物好奇不已。她们希望能细细考察,积累认知,尽快熟悉适应这个新环境。

每个妇女的大脑中都储存有试验陌生植物的方法。伊扎和其他妇女一样,都能亲自试验植物性能。首先,她们会将新的植物根据其外形进行分类,但是她们也知道简单的归类存在危险,还必须通过味道的甄别。试验步骤是简单的:取一小片尝一尝。如果口感欠佳,就立即吐掉;如果味道不坏,就继续咀嚼,细心分辨是否有刺痛或灼烧感,以及味道有无变化。如果这些反应都没有,她就会把它咽下,等待可能有的不良反应。若一切安好,那么第二天,她会用更大片的植物来试验,重复相同的步骤。如果直到第三次试后仍没有观察到任何不适症状,则说明这种新植物可以食用,然后开始少量地食用。

但是,让伊扎更感兴趣的,通常是一些能激发显著疗效的植物。其他妇女在做可食性试验时,如果发现味道一样或是类似有毒的植物时,会将植物带给伊扎。伊扎会用自己的方法小心试验。但因为要耗费较长时间,迁移途中多有不便,因此伊扎在路上只会采用自己熟悉的植物用于治疗。

在宿营地附近,伊扎发现了几株细长茎的蜀葵正开着亮色的大花。这种开多彩花朵的植物根须可以制成治疗外伤的敷药, 药效类似于鸢尾草,能促进伤口愈合、消肿和消炎。蜀葵花的浸泡液对女孩还有镇痛和催眠效果。因此,伊扎在收集木头时,也顺便采集了一些蜀葵花。

晚饭后,小女孩背靠一块大石头坐着,看周围的人们在忙碌。伊扎给她喂过食物,又给她的伤口换了药,使她的烧退了大半,精神也好了许多。她开始含混不清地对伊扎大声说话,可伊扎一句也没听懂。家族的其他人看到小女孩这样不合规矩,纷纷投来厌恶的目光。但小女孩一点也没察觉到,而是继续说话。家族人的发音器官不发达, 还不能准确发音。他们的传统是,只在表示警告或需要对方注意时使用语音,以示强调。他们沟通的主要方式是手语、姿势和所站的位置;当两人接近时,除去手语这一主要的沟通方式,还有其他的信息传递方法,如:亲密接触中养成的直觉、双方共有的习惯,以及表情和姿态的含蓄表达。但这些表达都很受局限。一个人见到特定目标后往往很难向另一个人准确描述。一些抽象的概念更是如此。现在,小女孩滔滔不绝地说话,不仅让家族人茫然不解,更觉得女孩不可信任。

家族很疼爱孩子,从小到大都会给予呵护和悉心教导。婴儿们普遍受到大人的溺爱,只有当太顽皮时才会受到呵责,而随着他们的长大,受到的管教会愈发严格。当孩子长到一定年纪时,开始意识到自己地位不同以往时,他们便会开始模仿大人们的行为,拒绝先前的溺爱。到了青少年时期,他们早已学会恪守家族的自控原则,其中的一条就是绝不随意发出不必要的声音。由于小女孩的个子比家族同龄人要高,因此家族人认为她年纪应该不小了，而在这样的年纪仍如此放肆，实在是缺乏教养的表现。

伊扎与女孩接触较多，心里猜想她的实际年龄比外表看上去要小。在伊扎对女孩的年龄作出最贴近的估计后，怜悯之心油然而生。女孩昏迷时发出的呓语使她意识到，发出更多的声音就是女孩所属种族的说话方式。女孩用骨瘦如柴的小手搂着她的脖子，这表示她完全信任伊扎，伊扎的心，已完全属于这个女孩，决定把女孩当做自己的孩子看待。伊扎考虑着，在合适的时候，教育她养成良好的习惯。

伊扎把沸水倒在蜀葵花上，准备熬煮汤汁给女孩服用时，克莱伯踱步过来，坐在了女孩身边。他对这个陌生的小女孩很感兴趣。当晚宗教仪式的准备工作尚未完成，他便抽空来看看小女孩是否已经复原。小女孩和满脸疤痕的跛脚老人面对面坐着，用同样强烈的兴趣研究着对方。他从未如此靠近过一个外族人，也从没见过一个外族人的孩子。而她呢，甚至从不知道有他这种种族的存在，直到从昏迷中醒来，才发现自己身处他们中间。女孩除了对这种陌生种族的面部特征感到新鲜外，对老人脸上的皱纹更感兴趣。在她有限的经验里，她从没见过一张有如此古怪疤痕的脸。女孩没有顾忌的概念，出于好奇的本能，便鲁莽地伸手去抚摸他的脸，想看看这些疤痕摸上去是什么感觉。

克莱伯在女孩轻轻的触碰下大吃一惊。别说孩子了，就是家族里的成人，也没有一个敢像她那样毫无顾忌。他们总避免与他的身体接触，害怕通过接触传染残疾。只有伊扎一人除外。每年冬天，伊扎都为他按摩，缓解折磨他的关节炎，丝毫不避讳接触他的身体。而现在，这个小女孩既没有嫌弃他畸形的身体和丑陋的疤痕，更没有因为敬畏他的权势和地位就排斥他，而是轻轻抚着他的脸庞——这深深打动了一个老年人孤独苍老的心。他兴致勃勃地想和女孩交谈，但不知道如何开始。

"克莱伯。"他开口了，指了指自己。伊扎在边上静静地看着，守着蜀葵花的煎煮。她很乐意看到克莱伯对女孩有兴趣，竟然对女孩说起他自己的名字。

"克莱伯。"他又重复了一遍，拍拍自己的胸脯。

女孩昂起头，试图理解他。是不是他想让她做些什么？克莱伯第三次说出自己的名字时，她忽然明白了，于是挺胸坐直，冲他笑了笑。

"克罗伯？"她回应道。在模仿他的发音时，她用滚舌音发了"罗"音。

老人点点头表示赞许，她的发音很接近了。随后他又指指女孩。女孩微微皱了皱眉，不确定他现在要问的是什么。克莱伯用手拍拍自己的胸，重复了一次，然后又拍拍女孩的胸。她明白了，像做鬼脸似的咧嘴一笑，然后发出一连串多音节的语音。这些语音不但使他无法重复,还复杂得令人无法理解。他将刚才的动作又做了一遍后,向她靠近了些,以便听清她说的话。于是她又说了一遍自己的名字。

"爱伊——儿,"他犹豫地重复着,摇摇头,又试说一遍,"爱伊——拉,爱——拉?"这是他能发出的最接近的了,家族里没人能发出更接近的。女孩微笑着使劲点头。他说她的名字时并不完全正确,但是她接受了。她能感觉到,想要让他发音更准确,似乎不太可能了。

"爱拉。"克莱伯重复着,试图习惯她名字的发音。

"克莱伯?"女孩说,拉拉他的手臂引起他的注意,然后指指边上的伊扎。

"伊扎,"克莱伯说,"伊扎。"

"伊兹——沙。"女孩学说着,兴致很高。"伊扎,伊扎。"她不停重复,眼睛望着伊扎。

伊扎庄重地点点头,她认为名字的正确发音是很重要的。她探身过去,像克莱伯刚才那样,拍拍孩子的胸脯,希望女孩再说一次她自己的名字。于是女孩重复了自己的全名。可是伊扎听后只是摇摇头。她无法轻易发出一大串语音的组合。女孩很失望,又看看克莱伯,按照他刚才的叫法又说了一遍自己的名字。

"爱耶——格哈?"

伊扎试着说。女孩摇摇头,又说一遍自己的名字。"爱耶——约?"伊扎又试一遍。

"爱——爱——不是爱耶——"克莱伯纠正说。"爱——勒拉。"他十分缓慢地重复,使伊扎能听清其中的转换。

"爱——拉。"妇女小心地说,努力学习克莱伯教的发音方法。

女孩笑了,名字发音是否准确对她来说是无关大局的。现在,伊扎已尽最大努力学说克莱伯的叫法,而女孩也接受了那叫法作为自己的名字。从今后,她就是他们的爱拉了。她情不自禁扑了过去,紧紧地抱住了伊扎。

伊扎轻轻推开了她。她要教育孩子,不能在众目睽睽下流露感情,但她仍不能掩饰自己的兴奋。

爱拉则更是欣喜若狂。自获救以来,她在这些陌生人中间是如此的孤独、失落。她曾经试图同照顾她的伊扎交谈,但都没有成功,不禁十分沮丧。现在虽然才开了个头,但至少她能叫出伊扎的名字了,伊扎也能叫她的名字。她转向发起这次对话的男人,觉得他似乎也没那么丑陋,身体涌动着一股暖流。这种感受她模糊记得曾不止一次地对另一个男人也产生过。小女孩的胳膊紧紧环住了克莱伯的颈,把他的头靠向自己,然后把自己的脸贴在他的脸上。

女孩好感的流露令克莱伯尴尬不已，一时想马上挣脱出来。在火塘范围的搂抱都是不应该的。但他却让她光滑有弹性的小脸在自己那胡髯满鬓的脸上贴了好一会儿，然后才轻轻拿下了她环着自己的胳膊。

克莱伯靠手杖支撑着站起，一瘸一拐地走开，心已被女孩占据。他自言自语："我必须教她如何说话，她也必须学会正常交谈。教养她的任务不能只落在伊扎一人身上。"尽管他知道这个决定会让他多费精神，但他认为这是十分必须的。虽还未成为现实，但在他心里，女孩已经是家族的永久一员了。

布仑还没有认真地考虑过，伊扎在途中拾来的这个陌生小孩，会对家族造成什么影响。一旦有什么不好的影响，那么就不仅意味着他作为一名首领的失职，更意味着整个家族的不幸。他万万没想到途中会发现一个外族孩子，也预见不到救了她之后会有什么后果。她的生命是得救了，可他现在却面临抉择：是让她留下，还是把她赶走。独自一人，她不可能生存下去——无需猜测，这就是事实。如果在救活她之后又让她重新面对死亡，他与伊扎无疑会反目。虽然伊扎没有什么权力，但可畏的神灵是她的后盾，而且就连大莫格乌也站在她那边。要知道大莫格乌是能够召唤神明的人。神明对布仑有潜在的威慑，他不愿自己忤逆神意。布仑因为女孩的事左右为难，生怕愧对家族对自己充分的信任。他有种隐隐的感觉，似乎女孩即将成为家族第二十一名成员。

第二天早晨，伊扎检查了爱拉的腿，发现又好了不少。在伊扎的精心看护下，爱拉的炎症几乎全部消退，四道爪痕也已经愈合，虽然她将要终生带着这四道疤痕。伊扎决定不需再敷药了，但还是让爱拉继续饮用柳树皮茶。她把爱拉从被窝中拉出，爱拉试着站立起来。伊扎在一旁扶着她，看她十分小心地迈动步伐。爱拉的腿还有痛感，但轻轻走了一步后，就感觉好多了。

爱拉站直后，伊扎感到女孩比自己想象中还要高。她的双腿直而细长，膝盖上还有突出的骨节，不像这个家族人的腿是向外弯曲的。伊扎怀疑她的腿是否是畸形，但看她走起路来又很正常。伊扎于是心想，直腿对女孩必然是正常的，就像她那双蓝色的眼睛一样。

大家又要上路了，伊扎仍用斗篷把女孩背在身后。女孩的腿还没痊愈，吃不消长途步行。白天，在队伍休息时，伊扎常把她放下来活动。女孩对食物总是狼吞虎咽，似乎想要填饱过去长期的饥饿，伊扎能觉察到她的体重在不断增加。伊扎想，未来的旅途会更为艰难，再这样下去我不一定能背动她了。

广袤的大草原被人们抛在了身后。接下来的几天里,他们进入起伏的丘陵,地势崎岖不平。在高山脚下前进时,人们可以看到耀眼的高山冰冠在一天天接近。山麓上密不透风的森林已不是北方常绿针叶林,而是茂密的落叶阔叶林,常能看见树干上有粗大的树瘤。气温变暖的速度快得有点反常,在往年,季节性转暖要晚些才到。男子们换上了短披身,裸露着部分躯体。不过妇女们还没换装,因为全身的披身能保护肩背,便于她们负重。

家族过去居住在干冷的大草原上,与这里的地貌大相径庭。当队伍通过树阴遮蔽的峡谷,穿过被森林和绿草覆盖的丘陵时,伊扎发现了许多陌生的植物,需要动用遗传的知识加以辨认。林中满是褐色树皮的栎树、山毛榉、胡桃树和槭树,混杂以柳树、桦树、鹅耳枥、欧洲山杨和高大的桤木及榛木。南面吹来的阵阵温暖微风夹杂着一股伊扎不熟悉的气味。森林里,柔荑花序依然黏附在繁茂的桦树上, 果树和坚果树开满了或红或白的花朵,飘落的精致花瓣预示大自然将在秋天有慷慨的馈赠。

登上一个陡峭的坡顶后,布仑命令队伍原地休息。人们在此极目俯视,全景一览无遗。植被茂密的山麓尽头,一片大草原绵延至地平线。他们居高临下,看到了几群食草动物正在远处吃草。牧草生长的旺季即将过去。跑得快的猎人们如果轻装上阵,又没有背负重物的妇女们的拖累,半个上午就能奔抵大平原,挑选并猎取几头动物背回来。这时,在广阔的大草原上,东边的天空一片晴朗,但是,一块积雨云正从南面疾速飘过来,这预示暴风雨即将来临。如果这片雨云继续发展,再加上北方有高山阻挡抬升水汽,队伍将不可能躲过这场倾盆大雨。

布仑和男子们避开了妇女和孩子们,在不远处召开会议。布仑神色非常忧虑。他正在和男人们商议:是否让家族由原路返回。不仅他们对这里一无所知,而且更重要的是,他们距离大平原太远了。虽然他们在林间也发现了许多动物,但比起大草原上被丰沛牧草养育的大批食草动物,实在是微不足道的。平原广袤开阔,没有密林掩护,更容易发现和捕获动物,也更容易发觉四足的猛兽;另外,平原上的食草动物社会性更强,常成群聚在一起。而林间的动物通常是单独或以小家庭为单位行动,很难捕获。

伊扎瞥见男人们的手势,猜想他们可能会让大家原路返回,那么一来,多天攀登峭壁的辛苦就白费了。天空中乌云慢慢扩大,风雨欲来,长途跋涉的人们一筹莫展。当妇女们正在一边等候时,伊扎把爱拉放下来,开始活动筋骨。女孩的腿已经痊愈,一被允许自由活动,便十分高兴地向前走去。伊扎眼看她转过前面突出的山脊,突然就不见了,不由紧张起来。她可不想女孩走得太远,会议随时可能结束,一旦布仑命令队伍上路,就决不会为了等女孩而耽误行程。伊扎急忙追了上去,终于在山脊后面看见了她,一颗悬着的心正准备放下。但当她一抬头,看到女孩前面出现的东西时,她的心都快跳了出来。

伊扎急急忙忙地往回跑,不时回头看看女孩有没有跟上。这件事不容耽误,否则等布仑作出往回走的决定时便为时已晚。她来到开会地点,不敢贸然打扰,只得焦急等候会议结束。布仑看见了她,虽然神色不改,但他看出伊扎姿态焦急,一定是有什么急事。当其余男人慢慢散开后,伊扎快步跑到布仑前面,蹲坐下来,眼睛看着地面——这表示她有要事要向布仑报告。作为首领的布仑,可以决定是否允许她报告。如果他选择不理睬她,她就一点办法也没有,因为家族里是禁止妇女在首领面前不经允许就随便说话的。

布仑想,她是想向我请求什么吧。他刚才已注意到女孩独自走开——这本无关紧要,不应分散他的注意力——毕竟还有更加紧迫的大事等他决定。但他心里肯定伊扎的请求一定与女孩有关。他气愤不已,打算对伊扎的请求置之不理。不管大莫格乌怎么说,他就是不想把女孩留在家族里。布仑抬头,发现一旁的大莫格乌正注视着他。大莫格乌的脸上面无表情,他无论如何也看不透。

布仑又低头看了一眼坐在他脚边的妇女,从她的姿态可以看出她焦急万分。他想:她确实非常不安。布仑不是一个毫无感情的人,况且他对他的同胞手足一直非常关心。虽然她和她的配偶间有过许多摩擦,但她都处理得很好,她是其他妇女的典范;也从来没有过因无关紧要的请求而使他为难。现在应该允许让她说话,毕竟是否执行的主动权在他。布仑探身下去,轻轻敲了一下她的肩膀。

伊扎终于长长地舒了一口气。原来在焦急等候中,她已不自觉地屏住了呼吸。现在,他终于同意她讲话了!他用了这么长时间才作出决定,伊扎十分确定,他本打算不理睬她的。刻不容缓,伊扎一下站了起来,手指向山脊的方向,嘴里喊出了一个词:“山洞”。

4

布仑一下大步朝山脊走去。当他绕过突出的山脊,不禁被眼前的景象惊呆了,兴奋的血液流遍全身。一个山洞!而且是一个如此理想的山洞,从他第一眼看到的一刹那,他就知道这正是他们梦寐以求的那种山洞。但他没有流露出来,而是极力控制住情绪,集中精力细细查看山洞和周围环境,验证是否符合预期。他如此地专注,早把小女孩忘到了九霄云外。

即使他站立的地方离山洞还有一百多码，他还是能清晰地看到大致呈三角形的灰褐色洞口。从洞口的大小判断，洞内面积足以容纳他的家族。洞口朝南，白天的大部分时间日光都可以照射进去。仿佛神明也在肯定他的发现似的，一缕阳光突然从他头顶的云层缝隙里漏了出来，照亮了洞前那块开阔地上的红壤。布仑扫视了一下，迅速作着评估：北面和东南边都有一块巨大山壁；足以抵挡寒风；潺潺流水从洞的西面缓坡下流过，水源也不成问题。这个山洞的确是迄今为止最理想的。他强压内心的激动，对格洛德和克莱伯做一下手势，准备和他们一起更细致地考察山洞。

两人快步地走到首领身旁，伊扎跟在他们后面，她要去找回爱拉。她也探寻地望了望山洞，满意地点点头，随后带着孩子回到人群中，兴奋地同其他人做着手势。布仑压抑的情感正暗喜着：大家都知道找到山洞了，定会认为是因为我的带领才有了好运。天空中，几道灿烂的阳光刺痛密布的乌云，大地一下生机涌动，呼应着人们焦急、兴奋的心情。

布仑和格洛德两人手执木梭镖，与克莱伯一同走向山洞。在洞口周围，他们没有发现人类居住的痕迹，但仍不能保证洞里没有居住其他动物。有吱吱喳喳的鸟类从洞口快速地飞进飞出，不断地扑食和盘旋。大莫格乌想：鸟类是一个好兆头。他们靠近洞口后，警觉地沿洞口转了一圈。布仑和格洛德又小心地查看洞口，经过查勘，他们发现即使最近留下的痕迹，也是几天以前的了。地上留有野生动物的足迹和几根有粗大齿痕的大腿骨，说明曾有一群鬣狗临时住在山洞里。它们攻击了一头年迈的欧洲黇鹿，将其尸体拖入洞内，以便在相对安全的环境中从容不迫地享用。

在靠近洞口的西处，有一面山泉水孕育的小潭，周围被攀缘植物和灌木环抱。出水口的一条细流汩汩顺山坡流至山下，汇入小溪。布仑让其他人在旁等待，自己则沿细流寻找水源处。他发现山泉是从山洞上方的一块陡峭起伏、布满藤蔓的岩石中涌出。洞口外，这波光耀眼的泉水潺潺而下，透明洁净。布仑把这个水潭列作洞址的优点之一，然后回到了众人当中。洞址是好的，最后的决定因素就看山洞的内部情况了。现在，两个猎人和跛脚的大巫师准备从洞口进入大而漆黑的山洞。

他们返回至洞口的东侧，慢慢地走进洞内。他们仰头，可以望见三角形洞顶高高悬于头顶。三人都高度警惕，紧贴着洞壁，小心翼翼地前行。当他们的眼睛逐渐习惯洞内的昏暗后，他们环视周围，所见之景令他们惊奇：山洞高高的拱形穹顶下是一个巨大的穴室，面积之大足以容纳数倍于家族的人数。他们沿着粗糙的岩壁一寸寸地挪动步伐，试图发现洞室是否有其他出口，好往洞穴更深处探究。在靠近洞室的背部，发现有一眼山泉从岩石壁上渗出，浸润了洞内干燥的泥地，在不远处形成一个黑色小水潭，洞壁就在那里向洞口垂直倾斜。西面的洞壁带他们走向洞口，光线渐强，暗灰色石壁中间突然现出一条昏暗狭缝，不知通向何处。布仑做了一下手势，克莱伯便停下蹒跚的步伐。格洛德和布仑走近裂缝口，往里张望，只是里面一片漆黑，什么也看不见。

“格洛德！”布仑朝他下着命令，又做了一下手势，表明他想要格洛德做什么。

家族的二把手格洛德迅速冲出洞外，布仑和克莱伯则在旁紧张地等候着。他扫视了一下附近覆盖的植被，朝一小丛银杉走去。银杉树皮内渗出树液，凝固为脂块，附在树干上闪闪发光。格洛德撬开树皮，树干上白色的切口处马上结出新鲜发黏的液珠。他又折下几根针叶树上的枯枝，并从他披身的一处皱褶内取出一把石斧，砍下一根未枯的绿树枝，迅速剥去树皮。他用坚韧的草叶把发黏的树皮和干枯枝绑好，系在绿枝的一头，呈一个火把状，然后从腰部取出一只野牛角，小心地倒出里面的一块阴燃着的木炭。他把炭放近树脂块，开始向木炭吹气。顷刻间，树脂和枯枝被引燃，他举着点燃的火把跑回洞内。

格洛德将火把高举过头顶。布仑手握梭镖，时刻做好准备。两人一齐进入黑暗的裂缝。他们压低步伐，沿着狭窄的通道蹑着手脚前进，走了几步后，通道突然折向了山洞的后部，第二个洞室呈现在眼前。这个洞室比刚才的主洞室小得多，近乎圆形，有一大堆白骨堆放在靠里的石壁边，在火把跳动的火焰下，颜色惨白惨白。布仑走向前去，想看个究竟，却马上怔在那里，两眼睁大。他极力地控制自己，向格洛德做个手势，两人迅速撤出。

大莫格乌焦急地望着裂缝出口，靠手杖支撑身体，等候两人出来。当布仑和格洛德步出黑暗的出口时，大巫师大感意外：表现得如此激动的布仑是很少见的。布仑做了一下手势，让大莫格乌跟随两人再次进入通道。等他们进入到小室，格洛德便高高地举起火炬。大莫格乌眯着眼准备细看眼前这堆白骨，可没等他打量完，他就把手杖往地上一扔，冲上前跪倒在地。他在骨堆里扒找一番，终于发现一个大的椭圆形物体。于是他把其他骨头都推开，拿起了这个骷髅头骨。

不会有错的。这个前额高高隆起的骷髅头骨正好与大莫格乌斗篷中的一个相匹配。他向后坐下，把巨大的头骨捧至眼前，抱着一丝丝的不相信却又敬畏的心情，向头骨上漆黑的眼孔里张望。乌萨斯曾经住在这个山洞！从这堆兽骨的数量可以看出，在好几个冬季里，有多头洞熊先后在山洞里冬眠。现在，大莫格乌知道布仑为什么如此兴奋，因为这是最好的征兆了。这个山洞曾经是伟大洞熊的住所。洞熊，这最受家族崇敬的、凌驾于一切之上的巨大生物，它的灵气已渗透入洞壁的每一块岩石。家族定居在这里将肯定会好运连连。从兽骨的骨龄判断，山洞已空置多年，一直在等待他们的发现。

这是一个完美的山洞。不仅洞址理想，空间宽敞，还附带一个可用于冬季和夏季举行秘密宗教仪式的小洞；这个小洞将见证这个家族精神生活中的超自然奥秘。大莫格乌已经可以预见在这里举行宗教典礼的情景了。他将主掌这个小洞。到此，他们的探索工作完成了。只要在迁入新址前家族能有一次成功的狩猎，那么，他们就算真正找到家了。

当三人离开山洞时，阳光耀眼明媚，一股强劲的东风吹来，空中的乌云马上烟消云散。布仑认为这是好兆头。其实这不能说明什么，如果电闪雷鸣地下了一场阵雨，然后云消雾散雨过天晴，他也会把它当做一个好征兆。现在，再没有什么东西能让他更高兴，更满足的了。他站在山洞前的台阶上，从洞口处向前面眺望。他看见远处有两座山丘，中间夹着峡谷，而在峡谷的后面，波光粼粼的大海清晰可见。

布仑走向翘首以盼的人群，几乎没有注意到他脚下的地面。他不能想象再有比这更完美的山洞了。他想：神明一定是重新眷顾了我们，又或许它们从未离开。也许，神明正是希望我们迁移到这里，这个比过去更大、更好的山洞。对，一定是这样的！它们对老山洞已经生厌，想换一个新环境。因此，它们制造了一次大地震，迫使我们离开老洞穴。或许在地震中死去的族人是因为在神鬼世界被需要而被召唤，为了补偿我们的损失，神明指引我们来到这个新洞穴。另外，它们也可能在考验我的领导力。这也就是为什么当我想决定带家族原路返回时，迟迟下不了决心。布仑很高兴神明能满意自己的领导才能，要不是顾虑到自己首领的身份，他恨不得跑回去告诉众人这个好消息。

众人看到三人回来，还不等三人开口，就都知道他们经历了一番勘探。从三人的表情上看，他们知道新洞是令人满意的。在等候的人群中，只有伊扎和爱拉看见过新山洞，而且是伊扎最早对这个山洞表示欣赏；她敢肯定布仑一定也同她看法一样。她想：这样一来，布仑就不会强令爱拉离开家族了。要不是自己为了追爱拉而绕过山脊发现山洞，布仑必然会在我们找到山洞之前就带领家族回去。看来爱拉的图腾的确是强大而且幸运的，更重要的是她还把幸运带给了我们。伊扎想到这里，望了望站在她身边的小女孩，激动写在了脸上，但是，如果幸运女神确实优待小女孩，为什么又让她失去她的亲人呢？伊扎摇摇头。她想自己永远也不会猜透神明的安排。

此时，布仑也在望着小女孩。当布仑一见到伊扎和女孩时，就想起是伊扎向他报告发现山洞的。如果伊扎不去追赶爱拉，她也绝不可能看到山洞。

当初这位首领看到小女孩到处乱走时，十分气恼，因为他告诫过每个人在原地等待。但如果她不是如此的不守纪律，他就会错过这个山洞。为什么神首先将小女孩引向山洞呢？大莫格乌的话应验了。他的话永远是对的：神明决不会因为伊扎的同情心发怒，也不会因为爱拉留下而生气。应该说，神明不但没有发怒，而是正向女孩施予恩典呢！

布仑看了一眼他身旁站着的畸形男人，心想，他曾很可能取代我成为家族首领。而现在，他是我们的莫格乌，这对我们大家来说都是幸运的。当我俩还是孩子时，以及之后很长一段时间里，由于他的怪异和畸形，我讨厌他，从不把他当成我的亲兄弟。直到我们长成了青年，情况才有所转变。家族的男人们都需要努力学会自控，由于我已被指定为家族首领的接班人，因此就更需要做出表率。在那时，克莱伯已经吃了很多苦头。他克服了因不能打猎而招致的痛苦和耻笑，并总能在我濒临失控崩溃的边缘时有所察觉并给我安慰。从那时起，我就一直想着他是我的兄弟。克莱伯，这个跛脚的男人，他波澜不惊的外表下有一种内在的令人平静的力量。只要克莱伯一声不响地坐在我的身边，给我默默的理解，就能使我内心感到安定。

家族里同一母亲所生的孩子相互间都称为同胞，其中同一性别的孩子分享更亲密的称呼：兄弟或姐妹。他们或她们只有在幼年时或是在极少的一些场合下，才表现出特殊的亲近。男性没有姐妹，正如妇女没有兄弟一样。克莱伯是布仑的同胞，也是他的兄弟。伊扎是他们唯一的同胞，而伊扎没有姐妹。

过去有一段时间布仑曾为克莱伯难过，但是更长时间以来，布仑只记得克莱伯关于神的渊博知识和召唤神明的能力，而忘记了他身体和精神上的痛苦。布仑甚至不把克莱伯看做一个人，而是一个能常常从他那里得到高明建议的大莫格乌。布仑虽然知道，他的兄弟并不因为没当上家族的首领而遗憾，但却也时常怀疑他的兄弟是否因为没有配偶没有子嗣而感到悔恨。女人有时令人生气，但有了女人，男人的火塘才有温暖和快乐。克莱伯从未有过配偶、从未学习打猎、从不知道一个正常男子的快乐和责任。但他是大莫格乌，是家族里唯一的、伟大的大莫格乌。

布仑对巫术和神明都一窍不通。他是一个首领。他的配偶为他生了一个好儿子勃劳德。他每想起勃劳德，就高兴得满面红光。他正在训练他，以便日后接替自己的位置。布仑这天突然决定，要让勃劳德参加为入洞仪式而进行的狩猎。如果勃劳德在这次狩猎中一举射杀成功，那么这次狩猎就将作为勃劳德的成人狩猎，他的成人仪式也将被包括在进洞仪式中一起庆祝，而这一定会使爱菠拉感到骄傲。勃劳德已经长大，生得孔武有力且不乏勇敢，虽然有时有些任性，但他正在学习控制自己。布仑希望家族的猎人队伍更加壮大。现在,家族已经有了居住的山洞,大家有大量工作要做,必须加倍努力,为即将到来的冬季储备食物。布仑想:勃劳德马上就12岁了,马上就能算作成人了,如果狩猎成功,他将收获仪式上的第一份荣耀。一切都会非常顺利的。仪式所需的饮料将由伊扎配制。

一提起伊扎,我该拿伊扎怎么办呢?还有那个捡来的女孩?尽管那个女孩长相怪异,但伊扎已离不开她了。这一定是由于伊扎长期没有孩子的结果。但是,伊扎也快要有她自己的孩子了,连同这个女孩,她将要有两个孩子,却还没有一个配偶能赡养她和她的孩子。伊扎虽然已不再年轻,但她正怀有身孕,而且有女巫医的地位,成为她的配偶是可以提高声望的。若不是嫌弃那个怪模怪样的女孩,家族里的男人都很愿意娶伊扎当第二配偶。虽然女孩生得古怪,但显然已得到神的宠爱,如果将她赶出去,有可能会激怒众神,再次引起地震。布仑想到这里,不禁哆嗦了一下。

我知道伊扎想把女孩留下,也的确是伊扎向我报告发现山洞。伊扎应得这份荣誉,因为是她发现山洞,可是我不愿人人皆知。如果我允许伊扎把女孩留下,就明白表示我给了伊扎这份荣誉,可女孩不是本族的后代啊。是不是家族的保护神需要这个女孩?可是,她甚至还没有自己的图腾,没有图腾的人怎么能留在家族里呢?神啊,请明示您的意图!

"克莱伯!"布仑唤了一声,大巫师转过头来,很惊讶布仑竟称呼他的小名。他一瘸一拐地向布仑走来。布仑做着手势表示要和他单独谈谈。

"是关于伊扎捡到的那个女孩,你也知道,她不属于我们家族,大莫格乌。"布仑迟疑了一下,不知道如何继续开这个头,克莱伯便耐心等着。过了一会儿,布仑开了口,"是你说过,要让伟大的乌萨斯决定,是否让她活下去。那么照现在的情况看,乌萨斯决定让她活下去。可接下来呢,我们该如何对待这个女孩?她不是我们家族的人,她没有图腾。我们决不允许别的家族的人参加我们的进洞仪式。女孩的年龄还很小,不可能独自生活。你也知道伊扎想把女孩留下来,可是,进洞仪式怎么办呢?"

克莱伯很希望听到这样一个开场白,他思量了片刻后笃定地说:"这个孩子是有她的图腾的,布仑,而且是一个强大的图腾,虽然,目前我们还不知道它是什么。她曾受到穴狮的攻击,可现在我们看到的只是几条爪痕。"

布仑说:"穴狮?!就算是猎人也不可能如此轻松逃过穴狮的利爪。"

大莫格乌说:"是的。而且她长时间独自游荡,几乎被饿死,但她却活了下来。她倒在我们行进的途中,让伊扎发现了她。而且不要忘记,布仑,当时你没有阻止伊扎收留她。她经受了与她年龄不相称的痛苦磨难。"大莫格乌停了停,又接下去说,"我想那是她的图腾在考验她,是否值得庇护,配得上这个图腾。她的图腾不仅强大，而且幸运。我们不也因此分享了她的幸运吗？我们已经受益匪浅了。”

布仑说:“你是指山洞吗？”

“虽然是你布仑带领我们如此地接近这个山洞，但山洞的确是最先出现在女孩面前的。当时我们已做好准备要沿原路返回了……”

“是神引导我至此的！大莫格乌。神需要一个新家。”

“当然,神的确指引着你。但不可否认的是,神首先把山洞指示给了女孩。布仑,这件事我考虑了很久。家族里还有两个婴儿的图腾尚未揭示。之前我没有时间,因为寻找一个新洞更加迫切。但现在,我想在举行进洞仪式的同时包括进行婴儿们的图腾命名仪式。这样一定会给他们带来好运,他们的母亲也会高兴的。”

“那女孩该怎么办呢？”

“当我冥想两个婴儿的图腾时,也会同时搜寻一下女孩的图腾。如果她的图腾向我显身,我也将在仪式上为她的图腾命名,这样我们就能同时接受她进入家族。她定居下来也就不会有什么问题了。”

“接受她进入家族？她不是本家族的人,她是外族的后代。怎么接纳她进入家族?这是不被允许的,乌萨斯也不会高兴。这事过去从来没有过！”布仑厉声拒绝,“我从没想过要让她成为我们家族的一员,我只是在揣测神是否会允许她和我们待在一起,直到她长大。”

“伊扎救了她的命,布仑。女孩的部分保护神已经与伊扎同在,这就使女孩可以加入我们家族。她曾与另一个世界只有一步之遥,却被伊扎救活,这就相当于她的重生,重新降生到我们家族,成为本家族出生的孩子。”克莱伯看出首领对他的建议有抵触情绪,他赶紧接着说下去,不容布仑插嘴。

“不同家族的人可以相互联合,布仑。这不足为奇。曾有过一个时期,几个家族的年轻人联合起来,组成一个新家族。还记得在上一次家族大会中,不是有两个小家族决定联合成为一个大家族吗？这是因为这两个家族的人口都在减少,只有很少的婴儿出生,而达到生育年龄的人又远远不够家族的维系。对于家族来说,接纳一两个人不是什么新鲜事。”克莱伯解释说。

布仑说:“的确,一个家族与其他家族的联合是可以的。但是,这个女孩根本不属于我们整个家族。大莫格乌,我想你甚至不确定她的图腾是否会与你对话。即便它愿意与你对话,你又怎么知道你一定能听懂呢?我甚至连女孩本人讲的话都听不懂！在此之前,怎么发现她的图腾还是一回事呢！”

克莱伯说:“我不会放弃尝试。我会请求乌萨斯帮助我。如果神有意图要让她加入我们的家族,她的保护图腾会有办法让其他神明了解的。”

布仑思考了片刻,说:“即使你找到了她的图腾,哪个猎人会愿意接纳她成为自己的孩子？目前，伊扎和伊扎即将出生的婴儿已是足够的负担了。我们的猎人可不多。我们在地震中失去的猎人不止伊扎的配偶；格洛德配偶的儿子也被地震夺去生命，他是那样一个年轻、强壮的猎人；阿葛的配偶也在这次灾难中死去，她不但有两个孩子，她的母亲也与她一同生活。”布仑一想到死去的族人，眼中闪出一丝痛苦。

“还有奥茄，”布仑又继续说，“她母亲的配偶死于野牛角下，之后不久她母亲又被坍塌埋葬。我告诉爱菠拉，把奥茄留在我们身边。当她长成后，我想把她配给我们的勃劳德，勃劳德会高兴的。”说到这里，布仑沉思了一会儿，脑中一些其他事务分散了他的注意力。回过神后，布仑说道：“就算没有这个女孩，男子们的负担也已经够重的了，大莫格乌。如果我们又接纳女孩进入家族，我还能把谁配给伊扎啊？”

“伊扎年纪也不小了，等到女孩长到可以离开我们时，还有人会愿意被配给伊扎吗？布仑！”克莱伯说。布仑听这话后显得有些尴尬。但克莱伯不等布仑有所反应便接着说，“你不需要指定一个猎人来负担伊扎和孩子们的生活。布仑，我已准备好赡养她们。”

“你？”

“有何不可？她们都是女的。没有男孩需要接受打猎训练，至少现在还没有。每次狩猎的猎物分配，不是都有我莫格乌的一份吗？我过去从不要求分得我全部的份额，因为我并不需要，但我可以要求得到全部份额。与其让一个猎人负担她们的生活，还不如让所有的猎手给我大莫格乌应得的所有，由我来供养伊扎和女孩。况且我已经计划跟你探讨一下，在发现新洞穴后设立我自己的火塘的事。多年来，我都与同胞伊扎分享着同一个火塘，现在，我很乐意拥有我自己的火塘。另外，伊扎也能帮助我缓解关节炎的痛苦。如果伊扎生了一个女孩，我会很乐意地接纳这个孩子。如果生了一个男孩，嗯，那就又另当别论了……这事到时候再考虑也不迟。”

布仑在脑子里细细思量。他想：是啊！为什么不呢？这样一来，大家都轻松得多。只是克莱伯为什么愿意这样做呢？伊扎不管分到哪一个火塘，都会照顾克莱伯的关节炎的。克莱伯到了这样的年纪，突然愿意为小孩操心，实在令人不解，而且教养和约束的对象是一个陌生的女孩。也许，是他认为他有责任这样做。布仑不愿将女孩接纳入家族，更害怕接纳一个外来的而且不被自己控制的人与他们同住。如果接纳后有人愿意教她如何正确做一个女人，那就再好不过了。这对整个家族来说都是好事。况且，是克莱伯自愿要负责，布仑也就没有什么理由反对了。

布仑做出手势，认可了克莱伯的意见。“那就这样办吧。如果你能发现她的图腾，我们就可接纳她进入家族，大莫格乌。女孩和伊扎可以在你的火塘里生活，至少可以生活到伊扎的孩子出生为止。”布仑在每次家族里有小孩出生时总希望生个男孩，这次，他却希望伊扎能生个女孩。

做好了决定，布仑如释重负。长时间以来，如何安置伊扎一直困扰着他。有更多更重大的问题需要他关心，也就无暇顾及伊扎的问题。现在，克莱伯的建议不仅解决了他作为家族首领应解决的问题，还使他今后个人的生活没有后顾之忧。自从伊扎的配偶在地震中遇害后，他曾费尽心机，想好好安置伊扎和她即将出生的孩子，也考虑过是否克莱伯没有火塘生活的问题。但都行不通。当时，似乎已别无他法，只有把伊扎即将诞下的孩子，可能还有克莱伯，安排在他自己的火塘里。但是，他早已负担了勃劳德、爱菠拉，还有奥茄。人口再增加的话只会使他赖以休息和放松的火塘内摩擦频频，他的配偶对此也不会高兴。

爱菠拉和布仑的同胞相处得还算不错，但住在同一个火塘的话，就难说了。尽管爱菠拉从未在公开场合表露，但布仑心知肚明，爱菠拉嫉妒伊扎的地位。爱菠拉是家族首领的配偶，在大多数家族中，首领的配偶理应是地位最高的妇女；但是伊扎出身于全家族最受尊敬和最具声望的女巫医家系，她崇高的地位完全来自她个人，并非配偶。相比之下，爱菠拉的地位就低了一级。当伊扎捡到女孩后，布仑曾想过，实在没办法，也只能把女孩一起带进他的火塘，完全没料到现在非但大莫格乌不必由他负责，连伊扎和她的孩子们的问题也一并得到解决。克莱伯虽然不会打猎，但是，作为大莫格乌，自有他的办法解决生活来源。

问题解决了，布仑赶忙回到人群中间。众人正翘首企盼，看看首领宣布的最后结果是否会与他们的猜测不谋而合。只见布仑做出手势：“我们不必跋涉了，我们发现了一个满意的山洞。”

“伊扎，”克莱伯见伊扎正为爱拉煮柳树皮茶，对伊扎说，“我今晚不吃晚餐了。”

伊扎听后低头表示顺从。她知道克莱伯要为筹划进洞仪式而开始冥想。在每次冥想前，他都是不进食的。

队伍把营地扎在缓坡脚下的小溪边，这个缓坡一直向上延伸至山洞。在举行正式的宗教仪式以前，人们不会迁入山洞。家族人知道，表现得过于担心会招致厄运，但他们仍不太放心，总是以种种借口靠近山洞并向里张望。妇女们故意到洞口附近采集植物，男子们则跟在她们后面，名义上是去看她们采集，实际则以此窥探洞内情况。整个家族情绪激动，但气氛还是愉快的。地震以来笼罩着他们的忧虑，终于不复存在。他们对新山洞的外表很欣赏，即使山洞昏暗的内部能见度十分有限，但也足以让他们知道洞内空间很是宽敞，比过去住的老洞要宽敞得多。妇女们高兴地指了指洞外那一平如镜的水潭，庆幸将来不必为汲水而走远路。相较男人，妇女们更盼望入洞仪式的举行，毕竟这是少数几次能让妇女们参加的仪式之一。所有人都迫不及待想要入住他们的新家。

大莫格乌离开了忙碌的营地，他要寻找一个静寂的不受干扰的地方进行冥想。当他沿着一条向着内海奔腾而去的小溪向前走时，一阵和煦的暖风从南面吹来，吹乱了他的胡须。午后的天空一片湛蓝，只在远处点缀有几朵白云。岸边的灌木丛厚且茂密，克莱伯要想沿小溪下行，就必须绕过这丛灌木。但是，由于他思想过于集中，竟然径直走进了灌木丛。突然，从灌木丛中传出几声怪响，他不禁一怔，立在了原地。这是陌生的野外，克莱伯唯一的自卫武器是他那支结实的手杖。这支手杖握在他强有力的手中，威力不容小觑。他紧握手杖，做好准备。他竖起耳朵，听到晃动的灌木丛里有动物的鼻息声，还有咬断树枝的声音。

突然，一头动物从稠密的灌木丛屏障中跳了出来。短而粗壮的腿支撑着它大而健硕的身躯，异常尖锐的犬齿似獠牙一般长在嘴的两侧，森森逼人。虽然他从来没有见过这种动物，脑海却立即浮现出它的名字，公野猪。野猪挑衅地朝他看了一眼，迟疑地蹭了一下腿，把嘴拱入松软的土中，然后就一溜烟似的又钻进了灌木中，留下克莱伯一个人在原地。克莱伯松了一口气，继续向下游走去，然后在岸边的一块狭窄沙滩上停住脚步。他把洞熊的骷髅头骨放在摊开的斗篷上，与它面对面坐下。他做着定式手势，祈求伟大的乌萨斯帮助，然后摒除杂念，开始冥想属于婴孩们的图腾。

孩子常常萦绕在克莱伯心头。很多时候，当克莱伯坐在人群当中，表面看来似乎他已进入沉思，实际上他正不动声色地观察孩子们的一举一动。婴孩当中有个茁壮的大块头男孩，大约有半岁了。当他出生时，曾发出挑衅般的号哭声。他经常这么号哭，特别在要求喂乳时哭得更厉害。这个男孩名叫鲍格，常依偎在母亲身边，将嘴拱向她柔软的乳房，直到找到奶头为止，并在吃奶时发出轻轻的呼噜声表示满意。克莱伯想起的这一情景，和刚才看到野猪哼哧哼哧地把嘴拱入松软的土中，有异曲同工之妙。这就激发了他愉快的遐想：野猪是值得尊敬的动物，具有智慧；当它被激怒时，它尖利的獠牙可给对方以严重的创伤；它一旦想要冲刺，短腿就能以惊人的速度蹿出，似离弦之箭。没有一个猎人敢轻视这样一个图腾。它与新洞址也很相衬，一定将非常乐意憩息在新山洞内。大巫师认定，野猪的显圣就是为了使巫师回想起男孩，以此确定男孩的图腾。

大莫格乌对这个答案感到满意，又将注意力转向另一个婴儿，欧娜。欧娜的母亲在地震前不久才生下她，却在地震中失去了配偶。伏恩，欧娜4岁大的同胞，现在是她火塘边的唯一男性。大巫师沉思着：欧娜的母亲阿葛不久将有一个新配偶,这个配偶还将同时供养阿葛的老母亲阿芭。但这是布仑操心的事,我只需考虑欧娜。

女孩需要的是温和的图腾,不能强于男性的图腾,否则女孩会被排斥受孕,最终不能生育后代。克莱伯想到了伊扎。多年来,她的图腾小羚羊一直压制着她配偶的图腾。大莫格乌经常为这件事纳闷。伊扎比其他许多人都更加了解医疗的魔法,可她与她指定的配偶生活得并不愉快。她的配偶以种种方式辱骂折磨她,她虽然总能以德报怨,但他们之间的紧张愈演愈烈。克莱伯想:现在这个男人已离开这个世界。虽然,大莫格乌不是她的配偶,但即将成为她生活的供应者。

克莱伯是伊扎的同胞,根据长期以来的传统,同胞不能结成配偶。他已很长时间不敢奢望能找到一个配偶。伊扎是一个很好的生活伴侣。多年来,她为他备餐,照顾他。现在,没有人会在背后对她指指点点低声非议,他们可以更愉快地围绕一个火塘生活了。爱拉也许会使火塘边的生活更加愉快。克莱伯想到女孩的小手臂伸过来拥抱他的情景,脸上就一阵发烫。片刻后,他对自己说:“还是先想想欧娜吧。”

欧娜是一个恬静喜乐的婴儿,常常瞪着一双圆溜溜的大眼睛故作严肃地看着克莱伯。她总默不作声,对每件东西都感兴趣地盯着看。一只猫头鹰的形象闪过他的脑海。他想:猫头鹰是猎食性鸟类,会不会太强大了些?但是它只猎食小动物,应该无碍。当一个妇女的图腾强大时,必须有更强大的图腾的配偶与之匹配。如果女子的图腾是猫头鹰,那么男子如果没有强大的保护神,是不能做她配偶的。欧娜将来必须配一个强壮有力的男子,而他的图腾必须胜过猫头鹰。于是,他决定了,就把猫头鹰作为欧娜的图腾。克莱伯想:所有妇女都想匹配有强大图腾的男子,这可能是我找不到另一半的原因吧?毕竟一头黇鹿能提供多少保护力呢?克莱伯多年以来一直都没有把胆小温和的黇鹿看做他的图腾。这时他突然想到,黇鹿像野猪一样,也栖居于密林之中。这位大巫师是少数拥有两个图腾的人——克莱伯的图腾是黇鹿,大莫格乌的图腾是乌萨斯。

乌萨斯,又称洞熊,是巨型食草动物。它的站立高度是它的近亲杂食性熊的两倍,体重是后者的三倍。它的躯干庞大,覆盖有粗毛,是人类已知的地球上最大的熊。通常不易发怒。但有一次,一头被激怒的母熊攻击了一个毫无还手之力的瘸脚男孩。男孩因为在郊游中过于出神,无意中接近了一头幼熊崽子。当孩子的母亲发现孩子时,孩子已被撕扯得不成样子,血流如注,一只眼睛连同半边脸孔都被撕裂。经过母亲的护理,他恢复了健康。他的右手被大型畜生的蛮力所伤,瘫痪无用,肘部以下都被他母亲截去。此后不久,他的前任莫格乌选定这个畸形和满脸疤痕的男孩作为他的助手,并告诉男孩,乌萨斯选中了他,考验他,认为他是优秀的,取走了他的一只眼睛,表明这个男孩受乌萨斯的保护。前任莫格乌还告诉他,他的疤痕是荣耀的疤痕,这些疤痕就是他新图腾的标记。

乌萨斯决不让它的图腾之神与一名妇女交配从而产生一个孩子,因此,一个人必须经过考验才能取得乌萨斯的保护。只有极少数人被选中。只有很少的人被选中经历考验,最后又只有更少的人能够活着通过考验。一只眼睛,就是他为之付出的代价,但克莱伯并不为此感到惋惜。他现在是大莫格乌,还从来没有一个巫师拥有他那样强大的力量。克莱伯相信,他的力量是由乌萨斯赐予的。而现在,大莫格乌祈求他的图腾乌萨斯给予帮助。

他捏着护身符,祈求伟大的乌萨斯把这个外族女孩的图腾之神带到他面前。这是一次对他能力的真正考验。他甚至不敢确信能否接受到神灵的讯息。他集中精力于女孩身上,回想着他对女孩甚少的了解。他想:她无惧无畏;公开表示对他的好感,既不惧怕他,也不因此畏惧家族人的指责。这些在女孩身上是少见的——通常女孩子见到他来了,都会躲在母亲身后。而这个女孩对什么都好奇,因此学得也快。一幅图画在他脑海浮现。不,这是不对的!她是女性,这不是女性该有的图腾。他定了定神,抛开那幅图,又试了一遍,但同样的画面又第二次出现。这次他决心看看脑中的画面将如何演变,希望能将他引至别的方向。

他仿佛看见,在一片开阔的大草原上,夏日的骄阳热辣如火。一群穴狮懒洋洋地躺在草地上晒太阳。边上有两头幼狮,其中一头在高高的枯草丛中玩耍跳跃,用它的鼻子好奇地拨弄地上一个小型啮齿动物的洞。玩了一会儿后,它又咆哮起来,玩笑般地做出攻击的姿态。这是一头幼年母狮,它将成长为一头母狮,成为狮群中主要的猎手,将捕获的猎物带给它的配偶——雄狮。幼狮跳跃着扑向长满鬃毛的雄狮,怂恿雄狮与它玩耍。它毫无畏惧地伸出它的前爪,拍打雄狮宽宽的鼻口。这是一次轻轻的触碰,近似于抚摸。巨狮用它沉重的狮掌把幼崽按在地上,用它长而粗糙的舌头舔遍幼狮,为它清洁身体。克莱伯想:穴狮同样用感情和纪律养育后代,但问题是,为什么一幅和乐融融的穴狮同乐图会反复出现在他眼前?

大莫格乌从他脑中抹去这幅画,再一次尝试集中精神,但这幅图画始终萦绕徘徊。

"乌萨斯!"他做着手势发问,"难道是穴狮吗?不可能。一个女人不可能有如此强大的图腾。这样哪一个男人能成为她的配偶?"

在他的家族里,没有一个男子以穴狮为图腾,就算是在所有家族中,拥有穴狮图腾的男子也屈指可数。他的脑际出现了那个细细高高、骨瘦如柴的女孩。她的四肢是直的,扁平的脸上是大而凸出的前额,皮肤白皙,就连眼睛的颜色也过于淡了。大莫格乌实事求是地想:她将长成一个丑陋的女人,哪个男子会看得上她?这一刻,克莱伯想起了自己曾受排斥的情景。当他还年轻时,妇女们都躲着他,他也从此深谙没有配偶的痛苦。他想,女孩也许将终身不嫁。如果她将在没有男子保护她的情况下独自生活,那么她就需要一个强大图腾的保护。但是,穴狮图腾也太过强大了吧?他开始在脑际搜索,看看家族里有没有妇女曾拥有穴狮作为图腾。

这时,克莱伯提醒自己,女孩原来就不是本家族的人,怎么能和本家族妇女同日而语呢?她险些被穴狮杀死却又存活下来,毋庸置疑是由于有强大的保护神。克莱伯一闪念,方才醒悟过来。那头穴狮才是关键啊!穴狮攻击了她,却不杀死她……也许穴狮根本就没有攻击她,只是在考验她?克莱伯脑中忽然又产生了一个想法,这个想法令他脊背一阵冰凉,连汗毛都竖立起来。他脑中不再存有一丝疑惑,只剩下了笃定。他想:即使是布仑也不能对此表示怀疑了。穴狮在女孩的左大腿上留下四条平行的爪痕,这些爪痕将与她终身为伴。在男子的成丁仪式上,大莫格乌曾将图腾标记刻画在年轻男子的身体上,而穴狮的图腾标记正是刻画在大腿上的四条平行线条!

图腾标记按照规定是刻在男子的右大腿上。但她是女性,因此同样的标记留在了左大腿上。不会有错的,为什么他没早点想到呢?穴狮图腾知道接纳她对家族来说有困难,所以亲自在她腿上留下图腾标记,它的意图如此清晰,难道还值得怀疑吗?穴狮用本家族的图腾标记为她刻画,目的就是让家族明了女孩的守护图腾。穴狮图腾要求她与我们一起生活,因此将女孩的族人带走了。只是,这是为什么呢?巫师心神不宁起来。这种感觉在女孩被发现当晚举行的宗教仪式后也同样出现过。如果他更早明白过来的话,就会知道这是一个不祥征兆,但是现在,这种感觉掺杂着奇异的希望,这种希望扰乱人的心绪,使他不能分辨吉凶。

大莫格乌努力摆脱这种不安。从来没有一个图腾的显圣伴随如此强大的力量。他想,这就是原因吧?穴狮是她的图腾,穴狮选中了她,正如乌萨斯选中了我一样。大莫格乌望进骷髅头空洞漆黑的眼眶。一旦明白神的意图后,他惊叹不已,心服口服。一切都豁然开朗了,他感到一阵解脱,只是还有些回不过神来。为什么一个小女孩会需要如此强大的保护图腾呢?

5

暮色将至,黑叶树随着微风轻轻摇摆,剪影在夜色渐浓的天空映衬下不断飘舞。营地一片寂静,大部分人已经就寝,只有伊扎仍在忙碌。她借着炭火逐渐暗淡下去的亮光，将斗篷摊开在地上，取出几个小袋内的东西，依次排列在斗篷上，逐一察看，并担心地望着克莱伯离去的方向：他独自步入了陌生的树林，身上又没有武器保护。女孩早已进入梦乡，可伊扎的心却随着暮色渐渐苍茫而越加焦虑不安。

天黑以前，伊扎已查看过山洞附近的植物生长情况，希望了解如何对这些植物加以利用，好补充和扩大她的药库。她总在随身携带的水獭皮袋内装有一些草药，但对她来说，这些经过干燥的叶、花、根、种子和树皮，仅能供急救。在新的洞穴里，她将有空间储备更大数量和更多品种的草药。她从不在不携带药袋的情况下远行，药袋已被她视为披身的一部分。甚至在她心里，披身可以随时舍弃，药袋则必须始终完好。

伊扎总算盼到年老的大巫师一瘸一拐地回来了。她放下悬着的心，站起身来，在火上重新加热留给他的食物，并煮制他最喜爱的草药茶。随后收拾着草药堆，把几个小袋放进大袋内。这时，大莫格乌拖着脚走到她的身边坐下。

克莱伯做着手势问道："孩子今晚怎么样？"

伊扎回答："睡得很安稳。伤口也不再疼了。她还问我要你呢！"

克莱伯的鼻翼扇动了一下，心里乐开了花："明天早晨你给她做一个护身符，伊扎。"

妇女心中一愣，连忙弯腰低头表示顺从，可她再也坐不住了，内心满溢着喜悦。爱拉可以留下了。克莱伯一定与爱拉的图腾谈过话。一想到这里，伊扎的心不禁怦怦乱跳。另外两个婴孩的母亲今天都各做了一个护身符。她们的骄傲溢于言表，神气活现，以至于几乎无人不知婴孩们将在举行进洞仪式时获悉自己的图腾，招来好运。伊扎想：克莱伯是因为这个而耽搁了那么长时间吧？他一定遇到了许多困难。伊扎很好奇爱拉的图腾是什么，但仍强按住了自己询问的欲望。她想，如果现在就问克莱伯，他是无论如何不会告诉的，还不如静静等候，反正谜底不久就会揭晓。

伊扎为克莱伯端来食物，还准备了两人饮用的茶。他们默默地坐在一起，一股舒适、体贴、充满了友爱的暖流包围着他们。当克莱伯吃完饭后，他俩之外的其他人都入睡了。

"明天早晨猎人们将出去狩猎，"克莱伯说，"如果狩猎成功，进洞仪式将在后天举行，由你准备应该没问题吧？"

"我检查了药袋，有足够的草根，我会把一切都准备妥当。"伊扎边做着手势，边举起一个药袋给克莱伯看。这个药袋与其他不同，它是洞熊皮经过洞熊脂的鞣制，再用红色赭石细粉混合熊脂，制成油膏，将熊皮染成深棕红色才算完成。一般妇女是不允许拥有这种染成神圣红色的私人物品的。不过,家族里每个人的护身符里都允许携带一块红色赭石。这个药袋是伊扎继承下来的最神圣的遗物。“明天早晨我将净身。”伊扎道。

克莱伯又发出鼻息声。通常,这表示家族男子对妇女的话作出了含糊的回应:他听到了她的话,但对她说的事却不置可否。他们又静静坐了一会儿后,克莱伯放下小茶碗,注视着他同胞的眼睛。

“大莫格乌将供养你和这个女孩,以及你腹中的婴儿,如果婴儿是个女孩儿的话。伊扎,在新洞内你们将分享我的火塘。”他说完,拿起手杖支撑自己站立起来,一瘸一拐地走向睡塌。

伊扎正准备站起身来送一送,听到大莫格乌的话竟一屁股坐了下来。他的宣布像一声雷鸣,她只觉得有一股电流游遍全身。这是她从未敢奢望的事。自从她的配偶去世后,她知道首领将会把她配给某个男子以供养她。她曾想把自己的命运抛在脑后——反正自己的感受不能改变什么,因为布仑不会征求她的意见——但她时不时还是会想起这个问题。她分析了几种可能性,结果不是她不乐意,就是可能性小得可忽略不计:

第一个可能是德路盖。自从他的配偶——古夫的母亲——在地震中死去,他一直独居。伊扎尊敬德路盖。他是家族里最优秀的石器匠人。虽然家族里任何一个人都能将燧石凿成薄片,然后制成粗糙的手斧或刮刀,但只有德路盖在这方面天赋异禀。他会先将原材料凿成想要的形状,然后按照一定形状和尺寸敲制石片。大家对他的石刀和刮刀都评价很高。他曾很好地对待自己的配偶,两个人间有着真正意义上的感情。因此,伊扎如果能够选择,她会首先选择德路盖。

不过,伊扎想,布仑更有可能把阿葛配给他。阿葛比我年轻,而且已经是两个孩子的母亲了。她的儿子伏恩需要有人负责训练他捕猎的技艺,而且她的婴孩欧娜也需要有人供养,直到欧娜长大后找到自己的配偶。此外,德路盖也许还愿意一起供养阿葛的母亲阿芭。这位老妇人同自己的女儿一样,也需要有一个吃饭的地方。德路盖身上一旦背负了这些责任,过去平静、规律的生活必将发生很大变化。也许阿葛偶尔会令他感觉不太顺心,毕竟她没有像古夫的母亲——德路盖的原配那样了解他。不过,古夫很快会有他自己的火塘,而且德路盖还是很需要一个女人的。

伊扎也想到过与格洛德和尤蔻成为一家,此外还考虑过与佐格一起同居。佐格曾经是格洛德的母亲的配偶。格洛德是一个性格坚强直爽、说话言简意赅的男子,温柔和善,对布仑忠心耿耿。伊扎本不介意被配给格洛德,即便是作为他的第二配偶。但考虑到格洛德的配偶尤蔻是爱菠拉的妹妹,伊扎还是打消了这个念头。在尤蔻眼里,伊扎篡夺了姐姐本应属于她的妇女的最高地位,永远不会打心眼里原谅伊扎。而且自从尤蔻的儿子被压死后——当时她的儿子还没有成家，还没设起自己的火塘——她痛不欲生,变得孤僻离群。甚至连她的女儿奥芙拉也不能令她复原。伊扎想:这个火塘边,不愉快的事太多了。

伊扎又接着想,把古夫作为她的配偶也是完全不可能的。古夫太年轻,不够成熟,单身一人,还未有过婚配。布仑是不会将一个自己这样一个老妇人配给他的。伊扎也感到她自己更像是古夫的母亲,而不是古夫的配偶。

她差点忘记了,她还可能被配给克罗格呢。克罗格的配偶,也就是鲍格的母亲伊卡是一个开朗、友善的年轻妇女。还有一位名叫多夫的老人与他们分享一个火塘。多夫曾经是伊卡母亲的配偶。这就是问题所在:克罗格和伊卡两人都太年轻,而且一直以来,伊扎与老人多夫的相处并不融洽。

现在只剩下布仑了。她是不可能到他的火塘里做他的第二配偶的,因为布仑是她的同胞。其实,是否有配偶并不重要,因为她有她自己的地位,至少不会像那个在地震中去往了另一个世界的可怜的老妇人一样。那个老妇人来自另一家族,配偶在很久前就去世了,她从没生养过孩子,从一个火塘到另一个火塘,永远是家族的负担,活在世上既没有地位,也没有价值。

但是,她却从未曾奢望与克莱伯共享一个火塘,由克莱伯来供养她。她的激动可以理解,毕竟在家族里,没有一个男人或女人在她心目中的地位高过克莱伯。这时她想:我还敢肯定,克莱伯也喜欢爱拉。这个安排再完美不过了——当然,除非我生的是男孩。因为男孩需要得到一个男人的照顾,好训练他成为一名猎人,而克莱伯不会打猎。

伊扎知道像她这样年纪的高龄产妇在生育时会遇到很多困难。她也正在服用有益身体的食物和药物。虽然她从未当过母亲,但她比大多数妇女都更了解怀孕、分娩和哺乳。她帮助年轻妈妈接生,热心向妇女们传授药物知识。有一种魔法除外。这种魔法是从母亲到女儿,代代相传下来,极为秘密,伊扎就是死也不能向外泄露半分,尤其对男人们。因为毫无疑问,任何男人一旦发现了这种魔法,便会立即禁止它的使用。

之所以能够保密,是因为家族习俗禁止任何人向女巫医直接询问医疗魔法。家族长期谨慎遵守,几乎成为族规。如果有人对医术有兴趣,伊扎是愿意与之分享的。但由于这种魔法极为秘密,因此伊扎从不主动提起——因为一旦有男人主动询问,伊扎是不能拒绝答复的——一个妇女无论何时都不能拒绝回答男子提出的问题——而且家族人是不能撒谎的。他们交谈的方式依靠明显的表情、手势和姿势的变化,任何意图都一目了然。他们甚至没有撒谎的概念。若想隐瞒,最好的方法是不主动提起。虽然这是被允许的,但也常常能被对方察觉。

虽然伊扎从不在人前提起从她母亲处学到的特殊魔法，但一直在使用它。这个魔法能防止受孕，防止男子的图腾之神使她怀胎。作为配偶，男子不可能问她为何怀不上孩子，而会以为是由于她的图腾太过强大的缘故。于是他常向她埋怨，也对别的男人诉说自己的图腾不能胜过她的苦衷。伊扎之所以用草药避孕，目的是为了要羞辱她的配偶。她要让人们知道他的图腾太弱，不足以打败她的图腾，即使他死命痛打她的肉体也于事无补。

根据传说，痛打会迫使妇女的图腾屈服。但伊扎看得出他乐在其中。一开始，她希望她的配偶会因她不生孩子而将她赠给别的男人。在婚配前，她就憎恨他走路大摇大摆，喜欢夸夸其谈。婚配后她发觉他可恶的本性，但苦于无计可施，绝望中只能依偎在母亲身边寻求帮助。然而她的母亲在这个问题上并不比她的女儿更有发言权，除了给予安慰，什么也不能做。最终，伊扎的配偶没有把伊扎送出去。伊扎是女巫医，是家族中妇女地位最高的，征服她能给他带来作为男人的成就感。当他的图腾力量以及他的男性雄风不足以使他的配偶生出后代时，他就用体罚的方式作为补偿。

尽管家族允许用笞打的方式促使配偶尽快诞下孩子，但伊扎知道布仑并不赞成这种做法。她相信如果布仑早日当上首领，她是决不会被配给那个人的。布仑的主张是，一个男人不能以暴力来证明他的男子气概，因为妇女只能选择逆来顺受。如果一个男子和一个比他弱小的对手较劲，或对妇女任意发脾气，这个男子便一文不值。男子的责任就是管理妇女，维护纪律，负担狩猎和供养的义务，并控制自己的情绪——即便遭受痛苦，也不能有所表露。妇女如果懒惰或者不礼貌，男人出于管教的考虑轻微教训一下就可以了，绝不可以肆无忌惮地责打妇女以发泄怒气或以此取乐。虽然，有些男人责打女人次数较多，但乐此不疲的只有伊扎的配偶一人。

当克莱伯加入他们的火塘后，她的配偶更不愿将她送走了。伊扎不仅是女巫医，而且负责为大莫格乌备餐。如果伊扎离开他的火塘，大莫格乌也将随之离去。她的配偶想让家族人以为，他正在向大巫师学习巫术。而事实是，克莱伯与他们合用一个火塘期间，在大多数时间里都不会过于迁就哪个人。伊扎确信，在很多场合下，克莱伯是不太乐意搭理这个男人的，特别是当克莱伯注意到伊扎身上有醒目的淤青时。

遭受多次毒打后，伊扎仍坚持服用避孕药水。可是，当她发现自己终于还是怀上了孩子时，她决定听天由命。也许是他的图腾之神最终占了上风。但伊扎转念一想：如果他的图腾真有这么大能量，那么在山洞坍塌时，图腾为什么会弃他而去？那时，她只寄希望于生下的是一个女儿，这不但能使他新获得的声誉作废，同时一个女儿可以传承她的巫术。虽然她早就决定了,如果她和她配偶要继续生活下去,她宁愿没有孩子,令家系在她这一代终止。假若她生下一个男孩,配偶必定会更加肆无忌惮,只有一个女孩能使他有所缺憾。而现在,伊扎就更加希望腹中的孩子是一个女儿了——这不仅仅能否定她配偶遗留下的余威,而且可以让她与克莱伯一起生活下去。

伊扎放下药袋,爬进被窝,靠在已经平静入睡的孩子身边。伊扎想:爱拉真是幸运:先是找到新山洞,然后是被允许留在我的身边;而现在我们又将与克莱伯在一个火塘里生活。也许她的好运会给我带来一个女儿也说不定。伊扎搂住爱拉,温暖着她小小的身体。

第二天早晨,伊扎用过了早餐,便带着女孩一同前往小溪的下游。一路上,伊扎都在寻觅着某些植物的踪迹。不久,伊扎看到小溪那边有一块空旷地,就蹚了过去,在空地上发现生长有几株高约一英尺、长茎的顶端密集开着穗状小花、叶子呈暗绿色的植物。伊扎掘取了这棵红根的藜草,又朝流速缓慢的回水沼泽处走去。在那里,伊扎发现了可以治疗腹泻的蕨类木贼草,又在上游一点的地方见到了皂根草。爱拉跟在她的后面,饶有兴趣地在边上看着,希望自己能和她交谈。她有满脑子问题要问,但是她不知如何开口问。

她们回到营地后,爱拉看伊扎用一只编织紧密的篮子盛水,然后将长茎蕨类和烧热的石子丢入篮子。伊扎用锐利的石片从背负爱拉的斗篷上割下一块圆皮,爱拉就蹲在她身边看。尽管皮革柔软易折,但经过油脂鞣制后却很是坚韧,不过用石刀还是能很容易地将其切割。伊扎用另一件磨尖了的石器,绕着圆形皮革片的边缘钻了几个小孔。然后,她将从矮种灌木上剥下的坚韧的纤维质树皮捻成细绳穿过小孔,然后抽紧,制成一个皮袋。她解下束披身用的皮带,绕着爱拉的脖子量了一下尺寸,然后取出珍藏的德路盖制作的石刀,在皮带上迅速一划,裁下了一段。整个过程用时很短。

当篮子里的水烧开后,伊扎抱着采到的植物,又拎了个不漏水的编织盆,与爱拉回到小溪边。她们沿着溪岸,一直走到一处缓坡边。伊扎挑拣了一块能握在手中的卵石,将皂根放进溪边一块较平坦岩石的碟形凹坑里,一边用卵石捶打,一边往上泼水。皂根经捶打后融作了含皂精的浓液,上面漂着丰富的泡沫。伊扎解开腰带,脱下披身,从披身的褶裥中取出工具和其他东西,再将护身符小心地移到头上顶着。

伊扎牵着爱拉的手走进溪流,爱拉非常高兴。看得出她很爱玩水。伊扎把爱拉的全身都浸湿后,就抱她起来,让她坐在大石头上,从头到脚都给她打上了皂根液,她那像细丝般蓬乱的头发也没放过。然后把她放在水里泡了一会儿,洗去皂液。这时,伊扎做了一个手势,并把眼睛紧紧闭上。爱拉不明白她手势的意义，只是模仿着伊扎把眼睛闭上。伊扎点点头。孩子感觉到她的头被往前推，这使她不得不弯下身子，随后，一盆温热的蕨根液浇在她的头上。她的头皮微微发痒，伊扎注意到她的头皮上有小小的虱子在爬动，她便用有杀虱功能的马尾蕨浸液按摩女孩的头皮，再在冷溪水中为孩子冲洗了第二遍。随后，伊扎又用藜根连同它的叶片一起捣出的液体涂在孩子头上，按摩产生泡沫，然后是最后一次的冲洗。这次，伊扎为自己也做了同样的净体礼，让孩子在一旁尽情玩水。

净体完毕，她们两人坐在岸边，让太阳晒干身上的水珠。等头发不再滴水后，伊扎便用牙齿剔去一根小树枝的树皮，将缠成一团的头发捋顺。她对爱拉丝般柔软的浅黄色头发惊讶不已。虽然这头发显然与其他人不同，伊扎想，倒还很好看，这真是她身上最好的特征了。她装作无意地瞅了孩子一眼，孩子虽然之前经过了太阳的暴晒，但肤色显然比自己的要淡。伊扎想：这个淡肤色、淡眼珠、瘦得皮包骨的小女孩实在是丑得出奇。长相怪异简直空前绝后。可毫无疑问她也是人类啊。也许是属于丑得惊人的人种吧。伊扎不禁替她担心：可怜的孩子啊，她这样丑，怎么能找到一个配偶呢？

如果将来她找不到配偶，那她能有什么地位呢？伊扎想：也许，她的结局会像那个死于地震的老妇人一样。她若是我的亲生女儿该有都好，那样她也自然会有她的地位。我何不传授她一些我的医术呢？那应该会让她赢得一些尊重。如果我生下一个女孩，我将同时训练她们两人，但如果我生下一个男孩，那么，我的医术会后继无人，我的女巫医家系也将在我这一代断绝。如果爱拉懂得治疗，当家族在未来某天需要新女巫医时，说不定就会由她担任，这样的话，也许有男子会愿意娶她为配偶。现在，爱拉马上就要被家族正式接纳，为什么不能把她当做我的女儿呢？伊扎早把这个女孩当成她自己的孩子，而且这个想法已经在伊扎沉思的过程中，深深扎根在了伊扎的心里。

伊扎抬头，发现太阳高悬，时间不早了。这时她突然想起了自己还有任务没完成。"我必须得做好爱拉的护身符，然后用草根制备些饮料。"伊扎自言自语地说。

"爱拉。"当女孩又漫不经心地朝小溪走去时，伊扎这样呼唤她。女孩马上就跑回来。伊扎看看她的腿：刚才在水中的浸泡虽然使她腿上的痂软化，但创口愈合得很好。伊扎连忙穿上自己的披身，领着女孩往回走，拾起掘棒和刚才制作的小袋。这时，伊扎注意到对面的土地上露出了一小块红土，地点非常靠近爱拉发现山洞前，家族众人曾经停留的地方。她们走了过去，伊扎拿出掘棒，在地上捅了捅，松动了几小块赭石。她拾起一些放在手上让女孩看。女孩看了看，不知她的目的是什么，于是试探性地轻轻碰了碰其中的一块。伊扎拿起爱拉碰过的这一小块土,放进小皮袋,再将小袋塞进披身的褶裥。在她们到达营地前,伊扎向山下大草原的方向眺望:有几个小点在移动。那是家族的猎人们。他们一大清早就离开营地狩猎去了。

无数世纪前,那些比布仑和他的五个猎人原始得多的男人和女人们通过观察和模仿四足动物如何捕猎,学会了同它们争夺猎物。他们是这样学习的:例如,他们看到几只狼通过合作,竟能够杀死一头比它们自己大许多倍或比它们强壮得多的猎物,从中受到启发。随着时光的流逝,他们渐渐使用工具和武器以代替爪和牙,并且学会了原来通过合作,他们也能猎取与他们共同生存在一个自然环境里的大型兽类。长此以往,学习的过程一直推动他们演变进化。

在打猎时,为了接近目标猎物同时不惊动它,他们发明了打猎用的信号。而为了在其他环境下也能互相沟通,传递渴望和需求,这些信号又逐渐演变为更加复杂的手语和肢体语言。打猎时猎人们会发出表示警告的叫喊声,通过改变音高和音调,将丰富的信息量包括其中。在人类的进化树中,这一家族所属的进化分支虽然缺乏充分发育的发音器官,没有发展出完整的口语体系,但这并不影响他们的狩猎水平。

六个猎人在破晓时分启程。他们站在山脊边,居高临下,看见太阳还未浮出地平线,只是试探性地向地面投射出光线。不出多久,红日冉冉升出地面,释放耀眼光芒,炫耀自己对白天的绝对统治。他们看见东北方向远远有一大群披着棕色粗毛、长着黑色弯角的动物被巨大的黄土尘笼罩着,呈波浪状起伏移动,在它们身后的大草原上留下了一条宽宽的痕迹,上面光秃秃的,原先生长着的植物无一幸免。这是一群缓缓移动的野牛,正在践踏这片黄金般的绿色草原。猎人们没有了妇女和孩子们拖累,行进速度很快。

猎人们将山洞所在的山麓远远地抛在身后, 小跑着迅速地进入大草原,来到兽群的下风向。当他们接近后,便趴伏在高高的草丛里,观察着这些庞然大物:粗壮的肩部高高隆起,从肩部到胁腹部逐渐变窄,肩上支撑着巨大的头,鬈毛垂下,一对黑角硕大无比:那些成年的两角间的距离至少达到一码以上。四肢细长的野牛们密密匝匝地挤在一起,刺鼻的体味扑向猎人们的鼻孔,几乎使他们窒息。它们经过之处,就连大地都因为几千对蹄子的同时运动而微微颤动着。

布仑将手搭在眉嵴前面,遮蔽刺眼的阳光,审视着每一头走过的畜牲,只为等待那头合适的畜牲在合适的时机出现。虽然他的紧张难以控制,但他平静的外表还是没有出卖他的任何感受, 只能从他突突跳动的太阳穴和咬紧的牙关判断出他此刻剧烈的心跳和高度紧绷的神经。这是他一生中最关键的一次狩猎，就连助他登上首领宝座的人生中第一次狩猎都不能与这次相提并论。只有他带领猎人猎杀成功,才能奠定他作为首领的无上权威,才能最终满足住进新山洞的条件。一旦成功,他们捕获的猎物不仅将提供进洞仪式上使用的肉类,还将表明,家族的保护神确实满意这个新洞。反之,如果这次狩猎空手而返,那么家族就必须放弃这个山洞,另觅他处,因为图腾是以狩猎失败这种方式发出警告,这是个不祥的山洞。因此,当布仑看到这是一大群野牛时,受到了很大鼓舞——野牛正是布仑图腾的化身。

布仑瞥见猎手们正焦急地等候他的信号。耐心等候是狩猎中最艰巨的一环,不成熟的妄动有时会造成灾难性的后果。布仑决定,只要是在他力所能及的范围内,他决不允许这次狩猎出现一丝一毫的闪失。但是,当他一眼看到勃劳德脸上那焦虑的表情时,有那么转瞬即逝的一刻,他几乎后悔当时让他参加这次狩猎了。可他又回忆起,当他告知勃劳德为他的成人狩猎做好准备时,这个男孩的眼睛流露出的骄傲的神色。布仑这样告诉自己,对男孩来说,焦虑是正常的,毕竟这次狩猎不仅是他的成人狩猎,将来迁入新洞后,家族还要依靠他那强壮的右臂猎取更多食物呢。

勃劳德注意到了布仑对他投来的眼光，于是迅速控制自己的情绪,不再表现出内心的动荡。这是他第一次真正意识到,一头活野牛是多么庞大的生物——这种迈着笨重步伐的巨兽直直站着时，隆起的肩部离地面的高度，比他的身高还要高出一英尺——可以想象一大群的野牛的力量是很惊人的。要想杀死这头生物,他至少得一发命中要害。勃劳德有些担心:要是我没有击中,或是没有击中它的要害,让它逃脱了呢？勃劳德的心乱作一团。

过去,这个小伙子曾在奥茄面前趾高气扬地要弄梭镖,赢得了奥茄爱慕的目光。虽然心里美滋滋的,但他表面上却装做没注意似的;她现在还是一个女孩,仅此而已。可是用不了多久,她将成长为一个妇人,可能会成为优秀的配偶。她的母亲和母亲的配偶都已经去世,她必须有一个强壮的猎手保护她。自从她和我们一起生活以来,她是如此精心地服侍我,虽然我还未成人,她却总是热心地为达成我的每个心愿而奔波,这样的女孩,怎能令我不喜欢？如果我在这次狩猎中没有完成猎杀,她将如何看我呢？如果我在进洞仪式中不能被宣布成人,她又将作何感受呢？布仑会怎么看我？全家族的人会怎么看我？如果因为我的失误令我们不得不放弃这个已受乌萨斯青睐的理想山洞,我又该怎么办呢？勃劳德不由得紧紧地握住梭镖,并摸了摸护身符,暗暗祈祷他的图腾披毛犀,给他带来勇气,为他的手臂注入力量。

在以布仑为首的狩猎活动中,猎物生还的机会微乎其微。他把勃劳德带来,是要让这个小伙子知道,家族能否入住新洞穴就看他这一次的表现了。如若他日后有机会当上首领,那么这次的狩猎也能让他体会,身为首领责任之重大。布仑还打算在这次狩猎中,把本该由他执行的第一次出击机会留给勃劳德。但他还是会潜伏在猎物附近,一旦情况有变,就可由他亲自出手。虽然为了男孩的前途考虑,他更愿意让孩子试一试,但这位首领也决不会以牺牲山洞为代价,只为成全勃劳德的那点骄傲。

布仑下定了决心,便转过头密切注视着兽群。忽然,他看见一头小公野牛掉队了。这头动物虽然快要成年,但仍然太过年幼和缺乏经验。布仑耐心等候,眼看这头野牛与其余兽群相距越来越远,终于,这一刻来临了:小野牛脱离了大部队的保护,孤立无援。布仑发出了信号。

猎人们冲出草丛,以勃劳德为首,呈扇形排开,布仑一面看着他们互相之间散开一定距离,一面紧张地盯着迷路的小野牛。等他又发出信号,猎人们便一齐奔向兽群,挥舞着手臂和梭镖,短而尖促地叫喊着。靠近兽群边缘的那些野牛受了惊,纷纷开始向兽群中心方向聚拢,同时相互推挤,不断把处于边缘的同胞推向中心。布仑冲到兽群和小野牛的中间,迫使它朝远离兽群的方向逃跑。

当靠近边缘的受惊野牛像拉磨似的被卷向中心时, 布仑正拼命追逐那头被他孤立出来的小野牛。他全力以赴地追赶着,以最快的速度迈动自己结实的大腿。硬蹄的野牛群在兽群边缘做着波浪形的运动,搅起了地面上的干土。干土弥漫在空气中,迷住了布仑的眼睛,堵塞他的鼻孔,使他不得不眯起眼睛,并因为呼吸困难而不断咳嗽着。布仑因为奔跑,体力即将耗尽。正当他大口大口地喘气时,他看到格洛德跟上来接替他,继续追赶猎物。

这头幼年野牛一扭头躲过了格洛德志在必得的一刺,掉转方向继续奔逃。其余猎人呈合围之势,站成一个大半圆,将猎物往布仑的方向驱赶。而这里,布仑正慢慢从反方向包抄过来,嘴里不断地喘着粗气。不远处,兽群惊慌中四下踩踏,在大草原上横冲直撞——不知道它们的反应更加剧了它们莫名其妙的恐慌。而那头小野牛,远离同胞,被另一群生物驱赶得惊慌逃窜。虽然这群生物的力量不可与它的同日而语,但是智慧和决心却比它要多得多,足以弥补力量上的劣势。格洛德坚定地连续用梭镖连刺猎物,心脏剧烈跳动的程度到了极限。汗水沾上了扬尘,在他身上结了一层硬壳,汗水又冲出一道道小沟,胡须也被染成了暗褐色。格洛德的脚被磕绊了一下,放弃追赶,德路盖见状立刻迎上前去接应。

猎人们的耐力不容小视，但相较之下，小野牛向前冲的劲头似乎是真正的不知疲惫。德路盖是家族里身形最高的男子，腿也比其他猎人长。他以迅疾的爆发力缩小与猎物的距离，将它向前方赶去，阻断它回归兽群的路。当科罗格替下了筋疲力尽的德路盖时，这头幼兽的体力已经明显下降。科罗格体力充沛，先是逼迫野牛继续奔跑，然后用梭镖刺向小牛的侧肋，可惜只是擦破点皮，已经疲惫不堪的小野牛惊慌之下只能继续迈动蹄子，冲刺逃命。

当古夫加入这场接力时，这头长着鬃毛的巨兽已明显放慢了速度。它盲目又顽强地横冲直撞，古夫在它身后紧追不舍，耗尽了它体内最后一丝力气。勃劳德看见布仑又向前跑去。他大声叫喊着，对这头巨兽发动新一轮追逐。只可惜他极具爆发力的奔跑维持不了多久。但是，这头幼兽也已经耗尽了体力。它慢下步伐，最后干脆就站着不动了，皮毛被汗水浸透，耷拉着脑袋，口中泛出白沫。男孩握紧手中的梭镖，慢慢靠近这头已然力竭的困兽。

布仑凭借经验，在脑海中迅速考量男孩的这一举动是否恰当。为发动这第一次杀伤，男孩是否会过于紧张或惊惶失措？野兽是否真正耗尽了力气？有些狡猾的老野牛在筋疲力尽后经过短时间的停歇，还能在最后一分钟发动突然冲刺，力量足以杀死或重伤一个猎人，尤其是那些没有经验的。布仑考虑是不是该立即使用流星锤将猎物击倒。这时，这头畜牲的头已几乎耷拉到地面，不断起伏的两肋说明它已无力回天。如果他使用流星锤，男孩的第一次杀伤便会大为逊色。于是布仑决定让勃劳德享有全部荣誉。

在猎物获得重新喘息的机会之前，勃劳德大跨步迅速接近长毛猎物，同时举起了他的梭镖。最后一刻，他想了想自己的图腾，然后把梭镖举过头顶，向前猛地一刺。这支长而重的梭镖，镖头曾用火烧过，硬而尖利，在这迅疾的力量下，刺穿了坚韧的兽皮，击断了一根肋骨，最后深深扎入了小野牛的侧腹。小野牛发出痛苦的吼叫，转过身来想用它的角负隅顽抗，但它的腿已经无法直立了。布仑看到这里，跳到年轻人的身边，用他强有力的臂膀和浑身的力量，重重击向猎物的巨大头颅。顷刻间，猎物在哀鸣声中颓然侧躺在地，四只蹄子因为临死前的痛苦在空中乱蹬了一气，最后终于一动也不动了。

勃劳德惊呆了，有些不知所措。但他很快回过神来，尖利的喊声划破空气，欢呼着他的胜利。他做到了！他完成了他的第一次狩猎！他现在是一个堂堂正正的男子汉了！

勃劳德欢欣鼓舞。他握住深深插入了猎物腹内的梭镖，将其拔出的那一刻，他感到一股热血喷在自己的脸上，他用舌尖尝了尝那略带咸味的液体。布仑轻轻拍了拍勃劳德的肩膀，眼中是无比的骄傲。

“好样的！”布仑做着手势毫不掩饰地说。他很满意自己的家族又多了一名杰出的猎手，而且更美妙的是，这个猎手是他骄傲和快乐的源泉，是他最心疼的儿子。

现在，他们可以放心拥有新山洞了。进洞仪式可以确立族人的信心，但勃劳德的杀伤则充分表示，图腾之神终于满意了。勃劳德手握镖头带血的梭镖站在那里，其余猎人远远看到躺在地上的野兽，都高兴地向他聚拢过来。布仑抽出石刀，在将战利品运回山洞前，先将其开膛破肚。他取出肝脏，切成薄片，每个猎人都分得一片。这是猎物身上最珍贵的部分，可以赋予猎手们力量和胆识，只能供男人们享用。布仑随后又切下这头巨兽的心脏，埋在附近的地里，作为祭礼献给神灵。

勃劳德咀嚼着温热的生牛肝，第一次尝到作为成人的味道，幸福的感觉令他的心迅速膨胀。在进洞仪式上，他将被宣布为成人，将带领猎人们跳狩猎舞，并且能够加入只限男子们参加的在小洞内举行的秘密宗教仪式。一直以来，他都希望看到布仑为他骄傲，为此他甘愿付出自己的生命。而现在，他终于得到了。这是勃劳德最幸福的时刻。他设想在进洞典礼的成丁仪式中，他将受到全家族的关注、羡慕和敬重。家族人所有的谈话都将围绕他和他杰出的捕猎技艺展开。那将是属于他的夜晚。那晚，奥茄的眼睛里必将闪烁着对他说不出的敬仰和爱慕。

猎人们用绳索把野牛前后腿的膝关节处分别绑在一起。格洛德和德路盖将他们两人的梭镖捆在一起，科罗格和古夫依样画葫芦。于是四支梭镖并成了两捆坚固的挑竿，一支直直穿过野牛的两只前腿，另一支穿过后腿。布仑和勃劳德分别站在猎物头部两侧，各用一只手抓住一只角，留下另一只手拿自己的梭镖。格洛德和德路盖各握住穿过前腿的挑竿的一端，与此同时，科罗格站在后腿的左侧，古夫站在右侧。首领布仑一声吆喝，六个猎人便开始半拽半扛地拖着沉重的野牛尸体走过大草原。回程所要花费的时间要比来时要长得多。猎人们的力量已算出类拔萃，但背负着如此大的猎物，即使耗用了全部力气，也只能勉强地一步一打滑地将猎物拖过大草原，扛至山脚。

山洞前，奥茄正准备看看他们回来了没有，突然就瞥见在山下的草原上，猎人们打远处丰收归来。当猎人们走近山脊时，家族人已经在此等候他们。大家找到各自的亲人后，没有人欢呼，只是静静地同他们并排走着，一同走完入洞前的最后一段路。勃劳德走在猎物的前头，这个位置表示是他完成了刺杀。爱拉虽然不明白发生了什么事，却也被空气中明显洋溢着的兴高采烈的气氛而深深打动，高兴地手舞足蹈起来。

6

猎人们在山洞前卸下了战利品。佐格走上前去对布仑说："你配偶的儿子干得很出色，布仑。是一次漂亮的杀伤。恭喜你又有了一个值得骄傲的新猎人。"

"他表现得很勇敢，手臂也很强壮。"布仑做着手势说。随后，他把手放在年轻人的肩上，眼睛里闪烁着骄傲的光芒。勃劳德非常高兴能得到父亲热情的赞扬。

佐格和多夫细细察看这头小野牛，艳羡不已，这勾起了他们年轻时的回忆。他们当初追逐猎物时，是多么兴奋！猎捕大型野兽意味着担负巨大的风险，他们很有可能失败而回。但可能到来的成功令他们忘记一切，身子因为激动而浑身战栗。可现在，他们已不再年轻，不能再同猎人们一起出猎，但他们也不愿被遗忘，每天早晨还是会去山丘上的森林里寻找些较小的猎物。

"佐格，我知道你和多夫利用弹石带，也取得了很好的收获。我们在上山的半路上就闻到了烤肉的香味。"布仑说，"我们在新山洞安顿下来后，要找到一块能让大家练习弹石带的地方。如果我们的猎人都能学会像你那样使用弹石带，我们的家族会受益匪浅的。佐格，过不了多久，伏恩就要接受你对他的训练了。"

这位首领深知老人们依然对家族的食物供应作出着贡献，因此也想让老人们知道，自己对他们还很重视。猎人们外出捕猎大型动物并不总能成功，而老人们通过努力已不止一次地为家族提供了肉类，特别在那白雪皑皑的冬天里，利用一根弹石带往往更容易猎获到肉质鲜美的小动物。这些新鲜的肉类很好地改善了家族在冬天里的饮食，让吃腻了储存肉干的家族换换口味。尤其是在冬末，冰冻储存的食物也将要吃完的时节，老人们的贡献就愈加突显出重要了。

"我们的功劳算什么，怎么也不能跟躺在这里的小野牛相提并论啊！不过，我们也猎到了几只野兔，还有一头肥胖的海狸。现在，食物都准备好了，你们一回来就可以开动了！"佐格打着手势说，"而且我已发现一块平地，离这里不远，可以作为练习弹石带的场地。"

佐格自从配偶去世后，一直和格洛德住在一起。他从布仑的一线猎人队伍退下以来，仔细研究怎样能更好地使用弹石带。弹石带和流星锤是家族的男子们感到最难掌握的两种武器。虽然男人们肌肉发达,骨骼粗壮,稍稍弯曲的双臂力量惊人,却并不会妨碍他们做一些精细准确的动作,比如敲打燧石。他们手臂关节的发育,特别是肌肉和肌腱对骨骼黏附的方式,使得双臂具有准确的敏捷性,又有难以置信的强大臂力。但是,这些是福也是祸。他们的手臂由于肌肉附着的方式,不能自由地呈大圆弧挥动手臂,限制了他们向目标猎物投石的能力。他们无法控制投掷的精准度,只能依靠手臂的杠杆作用力。大自然赐予他们力量,而这些就是他们要为之付出的代价。

他们的梭镖不是长矛,不能远距离投掷,只能在近距离大力将镖头刺入猎物。使用梭镖和棍棒的关键在于有足够的力量,因此猎人们在训练时主要是为了增强自己的肌肉。但是训练使用弹石带和流星锤则不同,需要多年的实践和专注。弹石带是一条柔韧的皮革,使用时,把带子的两端握在一起,将石子装在带子较为膨大的中段,并扭紧以获得动能,然后放松带子的一端,把石子射出去。佐格花费很大精力,终于能准确地使用这种弹石带。他感到很自豪。而现在更值得自豪的是,布仑任命他来训练年轻猎手们学习使用弹石带。

当佐格和多夫漫步在山麓一带,用弹石带猎取小动物之际,妇女们也在同一区域采集植物。猎人们回来后,闻到营地上空飘散着令人垂涎欲滴的食物香味,食欲大振。他们这才发现打猎耗光了他们的体力。现在,他们已经饥肠辘辘,急不可待了。

猎人们吃饱喝足后,就坐在地上休息,开始讲述激动人心的狩猎过程中发生的事,一方面,他们很高兴回忆这些事,另一方面,也是让佐格和多夫一饱耳福。勃劳德因为自己新获得的地位而趾高气扬,红光满面,正光明正大地接受他的新同伴——家族里的成年男子们的热切赞扬——现在,他和他们是真正地平起平坐了。可他一转眼就看到站在边上的伏恩目不转睛地盯着他,毫不掩饰眼里的羡慕。今天早晨以前,勃劳德和伏恩还是两个地位相等的未成年孩子。自从古夫成长为成年男子以后,在家族所有孩子中间,伏恩是勃劳德唯一的同性伙伴。

勃劳德还记得过去猎人们打猎归来时,他总羡慕不已地围在猎人们身边,就像伏恩现在那样。但这次的情况已大不一样了:他不再是一个站在人群的边缘,被猎人们忽略,却还是一心想要听他们讲故事的人;他不必再听从母亲和其他妇女的使唤,帮忙做家里的琐碎杂事。现在,他是一名猎人,一个堂堂正正的男子汉。现在,只需要最后的一次宗教仪式,他的地位将从此不可撼动。他的成人仪式将被包括在入洞仪式中,那会是能为他带来好运,让他终生难忘的一天。

虽然,在成人仪式之后,他只能算是家族里一名最低级别的男子。但他并不在乎。他的地位会不断改变。因为他是家族首领配偶的儿子,首领的桂冠注定会在将来的某一天戴在他的头上。伏恩有时令人讨厌,但现在,勃劳德不准备计较这些了。他走到这个四岁男孩面前,没有留意到伏恩眼神中流露出对自己,这位凯旋猎人的殷切期望。

"伏恩,我想你的年纪现在正合适,"勃劳德做着手势,他的自命不凡使得他显得更像一个大人,"我将给你做一支梭镖。你是时候开始接受训练如何当一名猎人了。"

听到这话,伏恩因为高兴而显得有些局促,当他抬头注视着眼前这个新晋成为猎手的年轻人时,眼里是不加掩饰的羡慕——猎人这个称号他可是垂涎已久了。

"是啊,"伏恩用力点头表示同意,"我足够年龄啦,勃劳德,"做着手势的样子害羞而腼腆。他又指向勃劳德那根坚硬的梭镖,黑色的镖头上沾有血迹,"我能碰一下吗?"

勃劳德点头同意,把镖头卸下,放在男孩面前的地上。伏恩试探地伸出手指触碰一下已凝固的血块,这些血曾经在那头现在躺在山洞前空地上的小野牛的身上流淌。"你当时害怕吗?勃劳德?"他问。

"布仑总说,所有的猎人第一次打猎时,都是紧张不安的。"勃劳德回答,为自己当时的害怕心理辩解。

"伏恩!原来你在这儿!我早该猜到你在偷懒呢。快去帮助奥茄采集木头吧。"阿葛看见她的儿子撇下一大堆活,跑到了勃劳德那边去,便喊他回去帮忙。伏恩只得跟在母亲身后往回走,不时回头望一眼他心目中的新偶像。布仑在一旁,赞许地看着他配偶的儿子,心想:不因为伏恩现在还只是个孩子就看轻他忽视他,这正是一个优秀的首领继承人应该做的。因为伏恩总有一天会成长为一名猎人,他会记得,在自己的童年时代,勃劳德是多么善待自己,而一旦勃劳德成为首领,伏恩必将尽心尽力,涌泉相报。

勃劳德眼看伏恩跟在他母亲后面极不情愿地拖着步子,想起就在昨天爱菠拉还喊他帮忙做杂活呢。他瞥见妇女们正忙着挖一个坑,心想,我必须赶快溜走,免得被我母亲看见。正准备拔腿,他看到奥茄正在朝他这儿张望,突然反应过来:我的母亲不能再支使我了。我已不是一个孩子,而是一名男子汉了。她还必须服从我呢。想到这里,他挺了挺胸。"只是,她会服从我吗……豁出去好了,奥茄正看着我呢!"

"爱菠拉,给我拿水来!"勃劳德趾高气扬地朝妇女们走去,做着手势的样子飞扬跋扈。他心里预料他的母亲很有可能反过来要他去采集木头,因为严格意义上说,只有在他的成人仪式过后,他才算是一名真正的男子。也就是说，现在，母亲仍有权力支使他这个未成人的孩子。

爱菠拉应声抬头，看见是勃劳德，眼睛里马上充满了骄傲。这正是她的儿子，她那个圆满地完成了任务，达到了崇高的男人地位的宝贝儿子。她马上站起来，走到山洞旁的水潭边，迅速地为勃劳德盛来了水，并用眼睛傲慢地扫视了一下在场的其他妇女，似乎在说："看看我的儿子！他难道不是一名出色的男子，一个勇敢的猎手吗？"

母亲的爽快接受和骄傲神情一下解除了勃劳德对母亲的防御心理，令他不自觉地发出鼻息声，算作对母亲服从他的肯定。在讨好勃劳德上，奥茄相较爱菠拉有过之而无不及。她假装矜持地垂着头，眼睛却爱慕地盯着他，直到他转身离开，才不情愿地收回她的目光。而这些勃劳德都看在了眼里。

奥茄母亲的配偶死后不久，奥茄的母亲又相继离开人世，这使奥茄悲痛万分。她是双亲唯一的孩子。虽然她是一个女孩，父母对她依然疼爱备至。奥茄进入首领的家庭后，布仑的配偶一直很善待她，允许她就餐时和他们坐在一起，在家族寻找山洞的旅途中，也让她跟在爱菠拉的后面。但她见到布仑时总是很害怕。他比自己母亲的配偶还活着时要严厉得多，毕竟他的肩上要背负沉重的责任。在旅途中，爱菠拉主要的关心对象是布仑，因此没有更多的时间去关心这个孤儿。有一天晚上，勃劳德看到奥茄一个人郁郁寡欢地坐在地上看着火堆，便坐到了她的旁边。平时一贯不注意她的勃劳德，当她轻声抽泣宣泄悲伤时，竟用他的手臂环过了她的肩，从那一刻起，奥茄对这个不可一世、即将成人的男孩的感激，一发不可收拾。在她的生命里，从此有了一个希望：当她成长为一位妇人后，她想被许配给勃劳德。

下午的太阳暖洋洋的，空气中一丝风也没有，连最轻巧的树叶也静悄悄地一动不动，人们心里的期盼似乎令周围一切都安静下来，一些噪音在此刻听来尤为刺耳：苍蝇嗡嗡地绕着残羹冷炙打转，妇女们咚咚地挖着烤肉坑。爱拉坐在伊扎身边，看着这位女巫医打开水獭皮袋，找一个红色的小包。女孩一整天都形影不离地黏着她，但现在，伊扎要和大莫格乌一起为明天举行的进洞仪式做准备。她将在仪式进程中担任重要的角色。伊扎牵着蓬头散发的女孩往妇女群中走去。她们正在离山洞口不远的地方挖一个深坑。坑的边缘要排列岩石，熊熊大火将在坑内点燃，彻夜不熄。到了第二天早晨，她们就将去了皮和肢解后的野牛肉用树叶裹好，投入坑内，上面加盖更多的树叶，再涂抹上一层泥。要用大火一直烘烤至傍晚，才可将肉从石炉中取出。

挖坑的过程既缓慢又费力。要先用削尖了的掘棒挖开土层，再用手捧出松土，倒在皮制斗篷上，积累到一定程度时将斗篷裹起，拖出坑外统一倾倒。虽然费时费力，但坑一旦挖好，便可多次使用，只需偶尔清扫炉灰。妇女们在挖掘间隙,吩咐尤蔻那尚未婚配的女儿奥芙拉,带领奥茄和伏恩两个孩子去采集柴火,并从溪里捡些石块回来。

当伊扎牵着爱拉的手走向妇女们时,她们停下了手中的工作。“我现在必须去见大莫格乌。”伊扎做着手势。说完,便把爱拉轻轻推向妇女们。伊扎转身要走,爱拉却又跟了上去,伊扎对她摇摇头,把她推了回去,然后快步离开。

这是爱拉进入家族以来,第一次接触除伊扎和克莱伯以外的人。没有伊扎在她身边,她既茫然无措又有些害羞,就那么一动不动地站在原地,紧张地看看自己的脚尖,时不时抬头看看其他人,心里充满了恐惧。妇女们忘记了家族的礼仪规范,纷纷注视着这个瘦弱的长腿女孩。她扁平的脸上前额凸出,奇特的相貌令妇女们惊异不已。她们一直都对小女孩充满好奇,却一直没有机会像这样接近她。

爱菠拉首先打破僵局:“可以让她采集木柴。”这位首领的配偶用无声的手语示意奥芙拉,然后继续埋头挖坑。年轻妇女奥芙拉看到指令后便向一小片林子走去,那里有倒下的树木。奥茄和伏恩非常不愿意离开,奥芙拉只能又折回来,不耐烦地招呼他们快跟上,也顺便招呼了一下爱拉。爱拉想:我知道她的手势是让我过去,但她要我做些什么呢。奥芙拉再做了一次手势,然后转过身进入了树林。两个与爱拉年龄相仿的家族成员无可奈何地跟在奥芙拉身后。女孩稍稍踌躇了一下,也跟上了他们的脚步,进入了树林。

爱拉进入林中后,站在一边,看见奥茄和伏恩正在拾干树枝,而奥芙拉正在用石斧砍着一段大小正合适的木头。奥茄抱了一捧木柴送到坑边,又返回来,把奥芙拉砍下的木段拉向坑边的柴垛。爱拉看到她有些吃力,就走上前去帮忙,弯下腰抬起木头的一端。当她俩同时站起来时,爱拉的目光正好对上了奥茄深色的眼睛。她们停下了动作,注视着彼此。

两个女孩长相迥异,但有些地方却惊人的相似。她们在远古时代有共同的起源和祖先。祖先们后来选择了不同的进化途径,发展为大脑高度发达的智人。同为智人,她们的祖先在某一个时期共同统治着地球,之间的差异也不是很大。但后来,正是这细微的差别导致了截然不同的两种命运。

爱拉和奥茄两人各扛着木头的一端,将木头运到了柴垛那儿。当她们又肩并肩走回树林时,妇女们停下了手中的活计,望着她们的背影。两个女孩身高相差不大,但那个较高一点的却比另一个年长近一倍。一个身材颀长、直手直腿、一头金色的头发;另一个则壮实得多,腿是弯的,头发的颜色也深得多。妇女们还在比较着她们身上的不同,但两个年幼的女孩子,就像任何地方的孩子们一样,很快便把她们之间的差别忘得一干二净。合作使她们很快就干完了活。在一天快要过去之前,她们找到了沟通的方法,边劳动边游戏，有些乐不思蜀了。

夜晚来临，她们找到彼此，在吃晚饭时坐到了一起，尽情享受同龄孩子相伴的乐趣。伊扎很高兴看到奥茄接受爱拉做她的朋友，一直等她们玩到天都黑了，才把爱拉领回家。她们分别时，互相注视了一下之后，奥茄才回到爱波拉身旁的毛皮被窝里。妇女们和男子们仍然是分开睡的。大莫格乌的这一条禁令只有在他们迁入山洞以后才能解除。

第二天，伊扎睁开眼睛时，天空才初现鱼肚白。她静静地躺着，倾听林中各种鸟儿发出的如音乐般动听的啁啾声、啭鸣声和吱吱声，仿佛在庆祝新一天的到来。很快，她想起来，以后的日子里，这清新的空气和悦耳的鸟鸣就不能陪伴自己起床了，因为入住山洞之后，一睁开眼看到的只会是一堵石壁。其实如果天气晴朗，她并不介意露天而居，但是山洞终究能给人安全的庇护。一想到山洞，她就马上联想到这一天该做的每一件事。进洞仪式的临近使她的兴奋成倍增长，于是很快地就起身了。

克莱伯早已醒了。伊扎看到克莱伯望着火堆静静沉思，不禁怀疑他根本没有就寝，因为昨晚自己离开他时他就已经坐在那里了。她开始烧水，很快就把一碗由薄荷、紫苜蓿和荨麻叶泡成的早茶端给他。爱拉这时也起床了，坐在了瘸腿老人的旁边。伊扎从昨晚晚餐的剩余食物中拿出一些递给孩子，作为她的早餐，自己和克莱伯则什么也没吃。男人们和妇女们在宗教仪式的宴会开始前，将禁食一天。

下午晚些时候，从烹烤食物的几处火堆上飘出阵阵诱人香味，一直扩散到山洞附近的整个区域。妇女们将烹调用具和一些零星的日常用品从背筐中取出。这些用具是她们从旧山洞的废墟中抢出，再经过长途跋涉的背负才运到了这里。这些用具里面，有一种编织紧密的不透水篮子，做工精良，质地细腻，设计也很特别。篮子的编法经过了一些修改，能够用于从水潭中汲水，也能作为烹煮食物的罐和容器。还有些木碗和木盆，用途大同小异。她们还拿出了动物肋骨制成的搅拌棒；餐盘和大浅盘是取自大而平整的动物骨盆以及从木段中刨出的薄片；用作汤勺、杯或碗的是动物的牙床骨和头骨。还有一些用具，形状不同用途各异，但都是用香脂黏合桦树皮，再将动物筋腱捆放在合适的地方加固而成的。

将一张兽皮的四角用皮带扎紧，悬于火上，就成了能够烹煮美味可口的肉汤的皮罐。但需要密切关注火的大小，防止肉汤熬得过浓。只要肉汤的液面不低于火焰达到的高度，皮革的温度达不到起燃温度，就不会被烧坏。爱拉站在一旁观看尤蔻用棍搅拌肉汤。里面这些大块的肉和骨头是从野牛的颈部割下，同野洋葱、盐渍的款冬和其他草本植物一同熬制。尤蔻尝了尝味道，又加入去皮了的蓟茎、蘑菇、百合的芽和根、水田芥、马利筋的芽、未成熟的小薯蓣、从老山洞背来的蔓越橘以及能使肉汤浓稠的枯萎了的黄花菜。

妇女们将香蒲草富含纤维的老根捣碎，除去纤维，加入备好的风干蓝莓和经过烘干磨碎的谷物，析出的淀粉沉淀在了篮内所盛冷水的底部。将这些淀粉揉捏成块，放在火堆旁烧热的石板上，就烤成了扁平的、颜色发黑的未发酵面包。还有一个皮罐内正煮着加入了款冬调味的苋菜、藜草、嫩车轴草和蒲公英叶片汤。另一个火堆上正煮着由酸苹果干和野玫瑰花瓣混合制成的调味汁。由于妇女们幸运地发现了蜂蜜，于是又往调味汁里加入了蜂蜜。

令伊扎特别高兴的是，佐格从大草原上带回了一窝雷鸟。这种鸟因为身子很重只能低飞，因此很容易地就被这位神射手弹出的石子打中，而雷鸟恰恰是克莱伯最喜爱的食物。妇女将雷鸟蛋连同草药和可食用的绿叶塞进雷鸟腹中，再用野葡萄叶包裹雷鸟，放进小型的石坑里烘烤。还是在这个石坑，许多去了毛的野兔和巨型仓鼠被串肉杆穿过，架在红彤彤的炭火上。边上放着一堆小粒的新鲜野草莓，在阳光下水灵灵红艳艳，使人垂涎欲滴。

一场声势浩大的宴会即将准备就绪。

爱拉有些等不及了。她漫无目的地在烹烤食物的区域转了一整天。伊扎和克莱伯大部分时间都在别处，即使回来一会儿也无暇照顾她。至于奥茄，就更没指望了，她帮妇女们准备筵席，忙得不可开交。这里没有一个人有多余的时间或精力顾及她。看见爱拉无所事事闲逛的样子，妇女们更加心烦意乱，于是向爱拉说了些粗暴的话，又推搡了她。爱拉便干脆远远地走开了。

太阳西斜，树林长长的影子缓缓扫过山洞前面的红土地。家族里的准备工作告一段落，刚才还嘈杂的环境突然因为众人期盼的心情而安静下来。家族成员都聚集到大坑周围，坑上烤制着大块的野牛腰腿肉，马上就能出炉了。爱菠拉和尤蔻先动手去除肉块外面包裹着的热土，然后剥去已被烤软烤焦了的发黑的树叶，露出了献祭用的兽肉。只见那肉块热气腾腾，令人垂涎的香味直往人鼻子里钻。肉已被烤至软烂，几乎脱骨，被小心地从坑中取出。现在，爱菠拉作为首领的配偶，切肉和分配的任务自然落在她身上。当她把第一块肉分给她的儿子时，她的骄傲显而易见。

勃劳德没有故作谦让，而是径直跨前一步，接下他应得的这份肉。爱菠拉先为所有男子们分肉，接下来是妇女们，最后是孩子们。爱拉是最后一个分得的。可是还剩下很多肉，足够全家族的人再吃一通，于是家族又陷入一片寂静——大家都开始新一轮狼吞虎咽，顾不上说话了。

宴会上，大家都不慌不忙。偶尔有一两个人走动着为自己多添些肉，或是喜欢的菜肴。妇女们为筹备宴会工作得很辛苦，但她们获得的奖赏，不仅是家族上下的一致赞扬，更重要的是，今后几天，她们都可以不必备餐了。

宴会后，妇女们都放松地休息着，准备迎接一个漫漫长夜。

黑夜临近，树影渐渐拖长，终于消失了，与深灰色的地面融为一体。下午还很慵懒的氛围发生了微妙的变化，空气中一下子充满了期盼的心情。这时，布仑用目光一扫，妇女们便心领神会，迅速撤下宴会上剩余的食物，在山洞口尚未点着的火堆周围找到各自位置。她们的位置分布杂乱无章，似乎不能体现什么，但实际上，妇女们是严格依照自己所属的地位站立的。男子们聚集在另外一侧，同样也是根据他们在家族中的等级地位安排着座次。人群中唯独没有看见大莫格乌。

布仑站在最前面，向格洛德发出了信号。格洛德迈着缓慢而庄严的步伐走上前来，从他挂在腰际的野牛角里取出一块阴燃着的木炭。这是他从老山洞废墟里取来的火种，曾经为家族引燃过无数次，现在，到了它最重要的时刻。火种的延续象征着家族生命的延续。在山洞口点燃火堆是宣布对山洞的占领和所有，使之从此成为这个家族的住所。

有效地控制火是人类的一种技艺，这对于在寒冷地带的生存至关重要。就连火堆上冒出的烟也具有特殊功能，单是闻到烟味就能给人以家庭的安全感和归属感。从山洞口的火堆上冒出的烟慢慢渗入洞内，积聚在山洞高高的穹顶上，不是钻进洞顶的裂缝，就是一团团从洞口飘出。这样就能赶走那些对人类怀有敌意的看不见的力量。烟净化了洞穴，山洞从此将充满家族图腾的精神和人类的精神。

在山洞前点火是仪式必不可少的环节之一。点火是为了表示对山洞的净化和占有，与此同时，也将举行一些其他的宗教活动，它们一概被视为进洞仪式的一部分。其中有一项是使他们的保护神图腾熟悉新居，这通常需由大莫格乌秘密进行，只允许男子作为观众参加。妇女们被允许以自己的方式庆祝，这样就让伊扎腾出空来，也有了理由，为男子们制备特殊饮料。

这次成功的狩猎早已说明家族的图腾认可这个新洞址，宴会的举办也表明了家族真心实意要将山洞作为永久的家。虽然家族今后还可能扩充占用其他山洞，但当人们迁移时，图腾之神也跟着迁移，只要家族成员随身携带护身符，图腾便会从山洞里尾随而来，在他们需要的时刻发挥作用。

由于神的参加非常难得，因此大家尽可能地把其他仪式包括在进洞仪式中，同时进行。这样既能使进洞仪式的气氛更显隆重，反过来，也可以增强家族与这片土地的维系。每一种仪式活动虽然都有它一成不变的传统，但是一场庆典是可以由不同特点的几种仪式构成的。

大莫格乌通常会和布仑商量如何具体操作，把各种仪式活动包括在进洞仪式中。这是一项有组织的工作，完全取决于巫师和首领的个人感受。这次进洞仪式将包括勃劳德的成人仪式和几个孩子的图腾命名仪式，目的在于通过这些仪式取悦于神。进洞仪式进行的时间长短不是问题——可以不受限制地自由延长——但万一仪式在进行过程中受到骚扰,或是家族处于危险之中,仪式可随时结束。只要简单地点上火,就已经宣布山洞属于家族所有了。

考虑到这一任务的重要性,格洛德的严肃态度不算过分。他双膝跪在柴堆前,把发红的炭火放在干燥的火绒上,开始吹气。家族人个个心焦如焚,纷纷向前探着身子,看火堆是否能顺利引燃,直到熊熊的火舌舔着干燥的柴火,火光映天,才使他们放松了屏住的呼吸,嘘出一口气。正在火堆越烧越旺之时,突然,不知从哪里钻出一个可怕的人影,几乎已经站到了火堆当中,烈焰仿佛咆哮着要将他整个吞噬。那人有一张鲜红的脸,头上顶着一个可怕的白色骷髅,看上去骷髅就好像悬浮在火焰之上。但火焰那跃动的触须、灼热的能量,却丝毫不能对骷髅造成损坏。

爱拉从没见过这种燃烧着的鬼影,一开始,当这一幕投入她的眼帘时,她惊得倒吸了一大口冷气。然后她感觉到伊扎捏住了她的手,让她别害怕。镖柄撞击地面发出沉闷的咚咚声,女孩可以察觉到地面因为撞击而发生震动。多夫用对位旋律敲着一面木鼓,木鼓形状像碗,面朝下地覆在一根木段上,尖锐的鼓声传遍四野。这时,女孩看到那个新猎手勃劳德突然跳到了火堆前的场地上,把她吓得后退了几步。

只见跳到火堆前的勃劳德蹲下身来,用手搭在眉嵴上,似乎在挡住实际不存在的阳光,抬头眺望着远方。其他几个猎手也相继跳出来,与他一起重现猎取野牛的场面。在这场哑剧中,最能引起共鸣的是他们的狩猎技巧。世代相传的手势和信号又渲染了当时的紧张气氛,重新描绘出一场生动的狩猎场景。即使爱拉这个年仅五岁的外族人,也被演出效果深深震撼,看得着了迷似的。家族的妇女们对细腻的表演特别能够感同身受,仿佛已经置身在炎热多尘的大草原中。她们能感觉到雷鸣般的牛蹄声震撼着大地,能尝到呛人的尘土,也能分享完成杀伤后的狂欢。能以这样的方式一睹猎人们的神圣的狩猎,对她们说来已是稀有的特权了。

勃劳德从演出一开始就是领舞。他的舞蹈先是重现了如何杀伤猎物,然后又演绎了那个属于他的荣誉之夜。他能察觉到他的演出使观众因移情而身临其境,因紧张而浑身战栗,于是他便回报以感情更加强烈的表演。勃劳德是一个老练的演员,他的天赋使他成为人们关注的焦点,他的表演能将观众的情绪推向高潮。当演到最后刺杀时,因为有猥亵的嫌疑,妇女们虽然个个面颊绯红,却仍止不住地因为狂喜而浑身战栗。大莫格乌在火堆的对面观看演出,震撼效果却并未打折扣:他常常看见男子们谈论打猎,但只有在这种极罕见的典礼中,才使他有机会分享令人心潮澎湃的狩猎体验。

大巫师把身子挪近火堆，心想：这个小伙子干得不错；他没有辜负他的图腾，他的得意忘形也是可以理解的。

这个年轻人表演完最后的冲刺，哑剧宣告结束。随着他走到强大的拥有魔力的巫师面前，节奏沉闷的撞击声和刺耳的断奏声也在一阵喧哗后戛然停止。这位老巫师和年轻猎手面对面站着。同年轻人一样，大莫格乌也清楚该如何扮演他的角色。这位擅长把握时机的大师静候着，等猎舞表演造成的兴奋劲头消退下去。果然，观众企盼新节目的情绪慢慢上升了。他那笨拙的身躯严重倾斜着，罩在一件厚重的熊皮大氅下，被火光衬成了黑色的剪影。这影子遮盖了他被赭石涂红的脸，形象愈加模糊难辨。他扮演着超自然的守护神，不对称的眼睛充满邪恶。

夜晚是静悄悄的，偶尔能听到木柴燃烧的劈啪声和微风吹过树林的沙沙声，以及鬣狗的狺叫声，远远听上去就像是人在咯咯咯笑。勃劳德喘着粗气，眼珠子亮晶晶的，部分是由于刚才跳舞时的用力，部分是由于兴奋和骄傲，但更为主要的是由于他那不断加剧的不安和恐惧。

勃劳德知道接下来等待他的是什么。只是等候的时间越长，他就需要越使劲地控制在他身上流窜的一股寒意。现在，将由大莫格乌在他的肉上刻出他的图腾标记。勃劳德努力使自己不想起这些，但该来的还是来了，他发现自己的恐惧压过了痛楚。这位巫师身上散发的气味令这个年轻人更加不寒而栗。

他的灵魂正踏在神鬼世界的门槛上；在那个令人敬畏的世界里住着各种神鬼，它们比庞大的野牛可怕得多。虽然野牛体格壮力气大，但它毕竟是现实世界中有血有肉、实际存在着的，是人能与之搏斗的；而神鬼却是看不见摸不着，力量大到能够惊天撼地。在场所有人当中包括勃劳德在内，都对神鬼们制造的最近这次大地震心有余悸。只有莫格乌这样的圣人们，敢于面对那个虚幻的世界。现在，这个迷信鬼神的年轻人只希望站在他面前的这位在所有莫格乌中最具声望的大莫格乌，能加快速度完成仪式。

这位大巫师似乎听到了勃劳德无声的祈求，他举起强有力的手臂，仰头注视着天空中的一弯新月。然后，他用手臂模仿流水的动态，好像在抚摸什么，同时开始虔诚地祈祷。这次，他的施法不再针对观看催眠术表演的家族人，而是面向虚无缥缈的、却又实际存在的神鬼世界。他的祷告动人肺腑，他的动作行云流水，他使用的每一个微妙的姿态、每一种细腻的手势，都在诉说这个独臂人是如何让自己的残疾不妨碍语言的表达。他只有一只臂膀，却比大部分健全人更有表现力。当他完成祷告后，家族人知道现在自己的保护神图腾和一群不知名的神鬼正包围着他们，勃劳德身上的寒意渐渐变成了瑟瑟的哆嗦。

这时,大巫师以迅雷不及掩耳之势做了一个动作,使在场许多人大吃一惊。只见他从披身的褶裥里抽出一把尖锐的石刀,举过头顶,然后快速地刺向勃劳德的胸膛。在石刀将要刺破勃劳德胸膛的那一刻,大莫格乌用绝对的控制力,使这致命的一刺蓦然停止,代之以迅捷的下划,在年轻人的肉体上划出两道血痕。这两道血痕向一个方向弯曲,最后汇集在一点上,像极了犀牛巨大弯曲的角。

当石刀刺穿他的皮肤时,勃劳德紧闭双眼,没有畏缩半步。血从创口汩汩溢出,在他的胸膛上形成两道红色细流。古夫出现在巫师的身旁,手中拿着一碗油膏。油膏是用野牛身上析出的油脂拌以梣木烧成的灰调制而成。梣木灰具有杀菌的作用。大莫格乌把这种黑色油膏抹在年轻人的伤口上止血,确保了愈合后会结成黑色的痂。这个痂将向所有见到他的人宣告,勃劳德已是一名男子汉,永远受到令人生畏又不可捉摸的披毛犀之神的保护。

年轻人回到他的座位上。在众目睽睽下,虽然刚刚经历过一番痛若,现在却又自鸣得意起来,因为对他说来最可怕的已经过去。他想:我的勇敢无畏和狩猎技艺有目共睹,猎舞的精湛演出也博得了阵阵喝彩,再加上我在图腾标记仪式上的毫无惧色,在很长一段时间里,这些都将作为男子们和妇女们生动的谈资,自己的故事将成为一个传奇。人们将在寒冷漫长的冬季,足不出户,一遍又一遍地讲述我的故事,我还将在家族大会上声名远播。他对自己说:"如果没有我,我们就没法拥有这个山洞,如果我没有杀死这头野牛,这次仪式也就无从谈起,也许我们现在还在继续跋涉去寻找山洞呢!"

勃劳德发自内心地觉得,成功入住新山洞和入洞仪式的举办都应归功于他。

爱拉观看着仪式的进行,心里又害怕,又觉得不可思议。当她看到这个可怖而臃肿的男人在勃劳德身上刺出血时,无法控制住全身的颤抖。当伊扎领着她走向那个吓人的披着熊皮的大巫师时,她真害怕自己也会被他伤害。阿葛怀里抱着欧娜,伊卡领着鲍格,也正在向大莫格乌走来,爱拉很高兴看到两个妇女并排走到了伊扎和她自己的前面。

古夫手里拿着一只编织紧密的篮子,由于多次用这只篮子去盛神圣的红赭石,篮子已被染成红色。赭石磨成的细粉常与动物脂肪一起加热,调成颜色鲜红的油膏。大莫格乌借助银色的月光,注视着面前这些妇女的脸。他做着定式手语,召唤神灵们聚集到一起,让他们看看将要被揭示图腾的孩子们。然后,他用手指蘸一下红色油膏,在一个男孩的屁股上画了一个螺旋图案,像极了野猪卷着的尾巴,顿时在家族的人群中引起一阵粗哑的低语。他们做着手势,议论这个图腾真是恰如其分。

"公野猪之神,这个名叫鲍格的男孩将置于您的保护之下。"

巫师打着手势，同时把一个用兽皮带系着的小袋套到了这个婴孩的脖子上。

伊卡虽然表面上只是低下头表示接受，但她这一动作的弦外之音是她对这个图腾十分满意。公野猪力大无比，又受人尊敬，她认为用它作为儿子的图腾是再恰当不过的。于是伊卡高兴地退到了一边。

大巫师又开始召唤神灵。他伸手在古夫捧着的红色篮子里蘸了一下红油膏，在欧娜的手臂上画了一个圆圈。“猫头鹰之神”，他用手势做着祷告，“这个女孩，欧娜，将置于您的保护之下。”然后，大莫格乌把欧娜母亲制作的护身符挂在这个婴孩的脖子上，再一次在家族观众间引起一阵激烈的讨论声，他们挥舞着手议论女孩的图腾太过强大。阿葛却很高兴：她的女儿会受到很好的保护；只是她将来配偶的图腾不能太弱。阿葛只希望女儿不要因为强大的图腾而最终无法生育。

随着阿葛走到一边，伊扎弯下身把爱拉抱了起来。家族里的人饶有兴趣地拥向前面想看得更真切。爱拉不再害怕了。她知道，她现在正在靠近着的画着红色脸谱、相貌堂堂的人，不是别人，正是克莱伯。他看了爱拉一眼，眼睛里立刻闪烁出一丝温暖。

使家族人们感到惊讶的是，巫师在召唤神灵们与参加仪式时与刚才所用的手势完全不一样：现在采用的手势是在家族内婴儿出生七天后的命名仪式上所用的语言，也就是说，这个陌生的女孩不仅将要获悉她的图腾，而且将要成为家族的一员！大莫格乌用手指蘸了油膏，从女孩的前额正中，也就是该族人突起眉嵴的交汇处画了一条线，一直往下，直到她小小的鼻尖。

“这个孩子名叫爱拉。”他缓慢而小心地说出她名字的近似发音，使家族人和神灵都能听清。

伊扎转过身来，面向观众。对伊扎说来，让爱拉加入家族在她心中引起的轩然大波绝不亚于其他人，女孩这时能感觉到伊扎的心跳加速。伊扎想：这意味着她将永远成为我的女儿，我的第一个孩子，因为命名时，只能由婴儿的母亲抱着婴儿，通过命名婴儿承认其为家族的一员。今天是不是我拾到她以来的第七天了？我不敢肯定。我要问问克莱伯，我想他是记得的。她只能成为我的女儿，能当她母亲的除了我之外，还有谁呢？

伊扎抱着这个五岁的女孩，像怀抱着一个婴儿，每个人都鱼贯地通过伊扎的面前，以不同的准确程度念出女孩的名字。然后，伊扎转过身来面向巫师。巫师大莫格乌抬头仰望，再一次召集神灵。大莫格乌知道大家等得心焦，于是决定对人们的迫切心理加以利用，制造悬念。他以慢条斯理的动作、从容不迫的态度，使群众始终被这一悬念笼罩——女孩的图腾会是什么呢？只见他用手指剜出大量的红色油膏沿着爱拉腿上已经愈合的爪痕画了一条线。

这是什么意思?这是什么图腾?围观的家族人迷惑不解。巫师又蘸了一下红色篮子内的油膏,在第二条爪痕上又画了一条直线。女孩感到伊扎开始颤抖了。在场所有人也都怔住了,连一点儿呼吸声都听不见。当画完第三条线时,布仑一脸怒容,远远瞪着大莫格乌,但巫师立即避开了他犀利的目光。当画完第四条线后,终于真相大白,但家族的人们却仍旧不愿相信眼前发生的事实。大莫格乌转过脸来,面向布仑,做完他最后的手势。

"穴狮之神,这个女孩爱拉将置于您的保护之下。"

宗教仪式上的定式手势打消了人们最后一丝的疑虑,原来他们并没有看错,没有听错。当大莫格乌把护身符挂在女孩颈上时,旁观人群中,有几十只手挥舞着表示极大的震惊。"这难道是真的吗?一个女孩的图腾怎么能是最强大的男性图腾之一——穴狮图腾呢?"

克莱伯坚定地注视着他发怒的兄弟,没有妥协的打算。一时间,他们两人的意见分歧在进行着无声的交战。大莫格乌心里清楚,尽管表面上看来一个女性拥有如此强大的保护神不符逻辑,但将女孩置于穴狮图腾的保护之下,这一逻辑确实无懈可击。大莫格乌只能对布仑强调,这是穴狮之神自己的选择。布仑以前从来没有对他的瘸腿兄弟宣布的图腾表示过异议,但现在他却认为自己被巫师耍弄了。只是,布仑再怎么不愿接受也没办法,因为他从来没有见过同图腾如此契合的证据。于是在两人目光的对峙中,布仑首先将目光移开了。这虽然代表他的妥协,但不代表他对这一事实心悦诚服。

之前接受一个陌生女孩进入家族,已经让布仑足够为难,现在,她的图腾又强大到如此地步,这既不符合常规,也与习俗相悖。布仑不允许某些反常破坏自己秩序井然的家族。他咬紧牙关,下定决心:再也不允许出现类似偏差了。我才不管她的图腾是不是穴狮之神,既然想加入家族,那她就必须循规蹈矩。

伊扎惊呆了,但她还是抱着孩子,低头表示接受。大莫格乌既已宣布,就是板上钉钉了。对爱拉强大的图腾,伊扎本有心理准备,但怎么可能竟会是穴狮呢?一个女性竟然以最强大的猛兽作为图腾,她不禁忧心忡忡。她已经可以确信女孩将找不到配偶,但这也坚定了她的决心,必须传授爱拉医疗魔法,好让她在将来拥有自己的地位。在家族里,即便出身再高,若无一技之长,也很难为家族接受。在克莱伯给女孩命名、认可她加入家族,并揭示了她的图腾的过程中,女巫医一直抱着女孩,这不就意味着女孩是她的女儿了吗?伊扎想到这里,忽然联想到:如果一切顺利,用不了多久,她又将站在大巫师面前,手中仍将抱着一个婴儿。这么多年来,伊扎身边都没有孩子陪伴,但她现在已经有了一个女儿,很快,她还将迎来生命中第二个孩子。

家族沸腾了。大家做着手势、发出声音，都表示不可思议。伊扎回到自己的位置上，脸上因为男子们和妇女们的众目睽睽而微微发烫。家族的人们尽量不直视伊扎和女孩——因为在家族里，这样做是不礼貌的——但有一人却将这规矩远远地抛在了脑后。

这人就是勃劳德。他恶狠狠地瞪着女孩，吓坏了伊扎。她恨不得挡在勃劳德和女孩之间，挡住这个不可一世的年轻人的怒视。勃劳德不能接受自己不再是大家的焦点：没有人再去谈论他；没有人记得他伟大的成就；没有人感谢他保住了洞穴，保住了家族的家；大家都忘记了他精湛的舞蹈，都忘记了当大莫格乌在他胸部画刻图腾标记时，他表现出的坚忍和勇敢。在给创口涂抹收敛性消毒油膏时，即便他的痛比刚才画刻时还要厉害——而且直到现在伤口仍蜇人般地疼——现在，却没有一个人记得他是以如何的勇气战胜了这些痛苦！

实际上，确实没有一个人在关注他了。一个男孩的成人仪式经常举行，即使他将来要当上家族的首领，也不可能在大家心中留下多少深刻印象。因此当大莫格乌揭示陌生女孩的史无前例、出乎众人意料的图腾时，勃劳德的成人仪式自然一下子就被人们忘到了九霄云外。勃劳德这时看到有家族的人在回忆说，女孩是第一个被指引向山洞的人。他们竟说是这个丑女孩发现了他们新的家！岂有此理！再说了，凭什么她的图腾是穴狮！那可是比披毛犀要强得多的穴狮啊。勃劳德越想越气。要知道，捕获野牛的是他，不是她！在这个本该属于他的夜晚，他本该成为全场关注的焦点，和全家族羡慕尊敬的对象，可现在，竟然被一个叫爱拉的丫头抢去了全部风头！

直到伊扎抱着女孩跑向小溪旁的营地，他才从女孩身上收回仇恨的目光，注意力又回到大莫格乌身上。很快，他就要参加只允许男人们参加的宗教仪式了。他无从想象仪式上可能出现的景象，只知道大人们告诉过他，他将在仪式上第一次知道什么才是真正的回忆。只有完成了这一步，他才能称得上是一名真真正正的男人。

伊扎走到小溪边，在火堆旁迅速地脱去身上穿着的毛皮披身，取出一个木碗和一个红色的小皮袋，里面装有她准备好的干草根。她先往大碗里装满水，然后马上回到熊熊燃烧的篝火边。格洛德又往里添了许多柴火，火于是烧得更旺了。

伊扎穿上披身，遮盖住身体，将身体上的一些秘密隐藏在披身下。这些秘密可以部分解释她在天黑前为什么曾长时间离开营地。当女巫医回到营火边，再次站在巫师的面前时，她除了颈上挂的护身符之外，已全身裸露，露出皮肤上用红油膏涂抹的条纹。巫师在她的肚子上画了一个红色的大圆圈，突出了她怀有身孕的圆润的腹部。两个乳房上也各画了一个圈，圈顶上延伸出一条直线，越过肩膀，在背部汇合，形成一个V字。在她屁股的两半上画了两个红色的圆圈。这些符号如同谜一般高深莫测，只有大莫格乌了解它们的意义。这些符号是用来保护她的，如同能够保护男子一样。妇女一旦涉及宗教仪式会非常危险的，但这次仪式她又必须参加，因此大莫格乌才给她画上这些能够起到保护作用的符号。

伊扎站得十分靠近大莫格乌，能够清楚地看见他满面的汗珠。他站在火堆前面，身上又披着厚重的熊皮，高温已经使他汗流浃背。只见他做出一个令人难以察觉的信号，伊扎心领神会，把木碗高高地举起，转身面向人群。这是一只古老的碗，经过代代相传才到了伊扎手中，仅用于特殊的重大节日。女巫医的祖先曾用去很多时间和精力铲去一段木头的中心和外层，直到做成了碗的形状，之后又花费了更长的时间，用粗砂和圆石将碗打磨出光滑的外表，倾注了许多感情。最后一层的打磨则用到了蕨类植物木贼草的主茎。主茎表面十分粗糙，能将碗的表面抛光至如丝般顺滑。这只碗由于在重大仪式上被反复作为饮料容器使用，碗内已结了一层白垢。

伊扎把干草根放进嘴里，细细咀嚼，依靠她那强有力的下颌和大颗的牙齿，将坚韧的纤维嚼得粉碎。在咀嚼时，她还必须十分小心，绝不允许咽下一滴唾液。最后，她把嚼成浆的草根吐在盛了水的碗里，不断用手指捏拌，直到碗里的液体呈现出乳白色。只有伊扎家系的女巫医才知道这种草根强大药效的秘密。这种植物虽然为人熟知，但相当稀少，而且新鲜食用其草根并不具有麻醉效果，必须将根部干燥后，放置至少两年，才能有显著的药效。在悬挂晾晒大多数草药时，惯常的做法是把茎部向下悬挂，但这种植物必须根部向下悬挂。虽然一直以来只允许由女巫医制作这种草根饮料，但传统规定，只有男子们有权饮用。

女巫医家系世代以来都由女儿从母亲那里继承医术，从而掌握将植物的有效成分集中到根部的秘法。而且有这么一个传说，说是很早以前，曾有一个时期，只有妇女能够饮用这种反应强烈的草根饮品。后来，男人们不但偷去了饮料，还霸占了典礼和宗教仪式。虽然妇女们从此被禁止饮用，但男子们并没有偷走制作的秘法。女巫医不会公开分享秘法，除非是她自己的女儿。这就要求不管女巫医家系的历史有多久远，决不能有所中断，否则秘法必将失传。即使是现在，如果没有类似的或等值的回报，女巫医是不会把饮料轻易给人的。

当饮料制备就绪后，伊扎向古夫点头示意。于是古夫手里端着一碗曼陀罗茶跨步向前。这茶是古夫按照男人们的饮用标准炮制，只不过这次饮用此茶的是妇女们。伊扎与古夫遵照必要的礼节，正式地交换了手中的碗。然后，大莫格乌带领男子们进入了山洞内的小洞室。

伊扎待他们离去后，端起曼陀罗茶依次给妇女们饮用。这位女巫医经常使用这种药作为麻醉、止痛或安眠药，并采用不同的制备方法，配成能使儿童镇静的药物。在平时，只有当妇女们知道她们的孩子非常安全，不需照看时，才能得到完全的休息，因此，在一些的情况下，比如，妇女想在庆典上玩得尽兴，她们便会求助伊扎，因为伊扎的药能使孩子们在服药片刻之后就呼呼大睡起来。

妇女们饮完茶，便把她们昏昏欲睡的孩子抱回营地，放进毛皮被窝里，然后又回到营火边。伊扎也把爱拉裹进毛皮被里，接着走到一只覆在地上的木鼓旁——这是多夫在狩猎舞中使用过的——开始用一根木棍敲打出缓慢而稳定的节奏。敲了一阵后，为改变鼓调，伊扎一会儿击打鼓底，一会儿又击打鼓的边缘。

起初，妇女们坐着不动。她们已经习惯于有男人们在旁监视她们的行动，因此一举一动都很小心谨慎。但是，随着药效逐渐增强，并且知道男人们已经走了，有几个妇女开始放心地随着伊扎敲击的庄重节奏舞动起来。爱菠拉是第一个跳出来的。她绕着敲鼓的伊扎跳起舞，舞步错综复杂。女巫医伊扎于是加快了节奏，使鼓点越来越刺激妇女的感官神经。很快，所有的妇女都加入到了舞蹈行列中。

随着节奏越来越快，越来越复杂，这些在平日里顺从听话的妇女们一齐甩掉了她们身上的披身，全身赤裸，开始毫无节制地跳着放荡的舞蹈，连伊扎停止敲鼓，放下木棍，也跳起舞来都没有发觉。她们按照自己心中的节拍疯狂舞着，使日常生活中受到的压抑都随这无拘无束的跃动一齐迸发出来，平日紧绷的神经也得到了舒缓。没有了约束和限制，她们自由地释放着，发泄着：旋转、跳跃、近乎疯狂地使劲踏地，直到天快拂晓，才停了下来。终于，她们筋疲力尽，倒在地上一下就睡着了。

当新的一天，太阳射出第一束光线时，男子们才离开山洞。他们跨过横七竖八睡在地上的裸体的妇女们，找到自己的住处，很快进入无梦的熟睡之中。同妇女们不同，男子们是通过狩猎时的紧张心情来达到宣泄舒缓的效果，而且，除了精彩程度不输给妇女们的庆祝仪式外，男人们的仪式还包含了以下特点——讲究克制，侧重内心和历史悠久。

太阳已经整个爬上了东面的山脊。克莱伯跛着腿从山洞里走出，看见女人们四仰八叉地躺在地上。他曾有一次出于好奇，偷窥过妇女们的庆祝仪式，因此这位睿智的老巫师从内心深处理解妇女们有多需要释放自己，得到解脱。他知道男子们总想弄清楚妇女们究竟做了什么，会筋疲力尽到如此地步，但他在一旁却从不点破。因为一旦男子们获悉妇女们的所作所为，必将受到巨大的震撼。这点很好理解，试想如果让妇女们得以窥见男子们在仪式上，不似平日里的得意威风，而是卑躬屈膝、毕恭毕敬地向看不见的神明虔诚祈祷，她们也一定会不敢相信自己的眼睛。

大莫格乌有时也想，是否也能引导妇女们的思想回溯至她们进化的伊始？妇女们的记忆虽然和男子们不同，但也应该有追溯远古知识的能力。那么她们有没有储存各自种族的记忆呢？如果有的话，是否能让她们加入男子们的宗教仪式？大莫格乌虽然很想找出答案，但是他绝对不敢冒神明之大不韪，而进行这种尝试。因为一旦让妇女参加或一睹如此神圣的宗教仪式，能够摧毁家族的天灾便会马上降临。

克莱伯拖着脚走到营地，躺在他的毛皮垫子上休息。他看到伊扎的毛皮被窝里有纤细蓬松的浅黄色头发露出。这绺头发使他回想起自从那一天，他从即将坍塌的旧山洞中勉强逃出生还至今，一连串事态的发展。这个陌生的女孩究竟是何方神圣，竟然让他对她敞开了心门？他一直为布仑对女孩的憎恶而惴惴不安，也没有错过勃劳德对女孩恶狠狠的怒视。原本亲密无间的家族现在却因为她而产生了这样的分歧。这些分歧不仅破坏了庆祝典礼的气氛，也使他的内心有些内疚。

克莱伯想：勃劳德是不会善罢甘休的。虽然，披毛犀作为未来首领的图腾非常适合，勃劳德也的确能够很勇敢，但他的刚愎自用会害了他。这一刻，他可能还是平静理智，甚至是温和仁慈的勃劳德，但下一刻，为了一些无足轻重的理由，他便可以成为被盲目怒火操控的可怕的魔鬼。我实在是不希望他对爱拉抱有敌意啊。

想到这里，克莱伯又责备起自己来：别想太多了。布仑配偶的儿子不可能专门同一个女孩过不去，况且，他是要成为首领的人。另外，布仑也不会允许他这样做的。勃劳德现在已经是一名男子汉了，应该会知道该如何控制自己的脾气。

这个跛腿老人躺了下来，意识到自己是真的疲惫了。自从地震以来，他始终处于紧张的状态下，现在终于可以松口气了。山洞已归家族所有，图腾之神也已请入新家，当人们明天一早醒来时，即可迁入新洞。想到这里，这位筋疲力尽的巫师打了一个哈欠，伸了伸懒腰，闭上了眼睛。

7

家族的人们终于第一次踏进了山洞。因为对这座教堂式的山洞怀有虔诚的敬畏，大家都蹑手蹑脚不敢发出大的声响，生怕惊动了图腾之神。但不久之后，大家便慢慢习惯了洞内的生活，放开了手脚。现在，他们已经很少想起旧山洞了，当时艰苦跋涉寻找洞穴的心情也在逐渐被遗忘。他们对新山洞周围的环境越熟悉，就越对这个山洞感到满意。夏季炎热又短暂，家族的常规作息不外乎狩猎、采集和贮存食物，以便为将要到来的漫长寒冬做准备。他们感激富饶大地的慷慨馈赠，让他们在山洞附近就能采集到种类繁多、数量充沛的食物。

在喧闹的河流中，银鳟鱼的背鳍若隐若现。它们在水中游速很快，常一跃而起，溅起白色的浪花，转眼又躲入水底突出的树根或岩石下。这种鱼的警惕性不高，因此捕鱼者只要耐心等待，徒手就能抓住。产卵期里的大型鲟鱼和鲑鱼都浮游在河流的入海口处，大大的肚子装满了味美的亮黑色鲟鱼子和浅红色鲑鱼子；而大鲇鱼和黑鳕则潜伏在内陆海的深水层。原始人将动物身上的长毛搓成线织成的拖网可以把这些大鱼们紧紧围困住，即使它们在网里横冲直撞也逃不出去。他们也可步行到十英里外的海边去捕鱼。鲜鱼经烟火熏烤制成腌鱼干，被背回山洞贮存起来。他们还收集软体动物和甲壳动物的壳，制作长柄勺、汤匙、碗和杯，除此之外，这些动物鲜嫩多汁的肉更是美味佳肴；他们偶尔也攀登陡峭的岩壁，在这些面向大海的岩岬上有无数海鸟筑成的窝，里面的鸟蛋营养丰富。偶尔幸运时，猎人的弹石还能命中塘鹅、海鸥或大海雀，经过烹煮，真能算得上是美味珍馐了。

夏季是许多植物成熟的季节。在这个时节，他们采集植物的根、肥厚的茎、叶片、西葫芦、豆荚、浆果、水果、坚果还有谷物。一些叶片、花朵和草茎经过干燥后，可以作为茶叶或香料。由于北方大冰川的扩张，空气不复湿润，海岸线也节节消退，因此岸边常遗留大量带有砂土的盐块。这些盐块加以干燥，运回山洞，可供腌制过冬的食物。

在温暖的季节，猎人们更加频繁地出猎。附近的大草原平坦辽阔，偶尔有几株矮树生长在繁茂的牧草间，不仅青草和草药十分丰富，还有成群出没的食草动物：巨鹿，成年时巨大掌形鹿角两边张开的最宽处可达十一英尺；巨型野牛，牛角尺寸与巨鹿相仿；草原马多在北方活动，很少深入南方；驴和中亚野驴—— 一种介于马和驴之间的半驴动物——常漫游在半岛的开阔平原上；森林马结实壮硕，是驴和中亚野驴的远亲，以单匹或小家族的形式在山洞附近生活。平原上也不时出现小群的羚羊，它们是山羊的近亲，住在草原的地势较低处。

大草原和山麓之间的林地，生活着一种毛色为深褐色或黑色的欧洲野牛，它们是性情较为温和的家牛的祖先；森林犀与之后生活在热带灌木丛中的犀牛血缘相近，适应于较寒冷的北方温带森林，同一部分喜食稀树高原上的牧草的犀牛共享领土。这两种犀牛在嘴的上部都生长着短而直立的犀角，并且具有水平的头部骨架，一年四季都生活在这片土地上。而同属犀牛类的披毛犀则不同。它们和猛犸象一起,仅在特定的季节光顾林地。披毛犀的长犀角前倾,头部骨架也向下倾斜,非常便于它们在冬季的草场上铲除积雪。它们有厚实的皮下脂肪和深红色的长毛,在长毛下面还覆盖有浓密柔软的细毛,非常适应在严寒气候中生存。它们的自然栖息地是北方干燥的冻原——黄土原。

陆地上先有了冰川,才有了黄土原。巨大体积的冰川孕育了持续的低温,空气寒冷干燥,冰川周围地区雨雪量稀少,并常年刮风。冰川边缘的岩石风化后,产生了碳酸钙颗粒——黄土——被风吹到几百英里远的地方,在那里沉积下来,形成黄土原。短暂的春季融化了黄土原上的少量积雪以及永冻土层表面的冰,为植被的迅速萌发和扎根提供了充足的水分。黄土原上的草生长极为迅速,很快枯萎,从而为数以百万计在冰冻大陆生活的食草动物,如猛犸和披毛犀,提供了千百万英亩的丰盛饲料。

食草兽只有在晚秋时节才会现身半岛平原。对食草兽来说,平原上的夏季气温太高,冬季厚厚的积雪又不利前行,不适合它们生存。其他许多动物虽然到了冬季都被迫迁往气温较低但也较干旱的黄土原的边缘地带,但它们中的大多数到了夏季又会南迁回来。一些能以灌木、树皮或地衣为食的森林动物则同食草兽一起留在了山坡上的森林里。这片森林是它们与世隔绝的天堂。

除了森林马和森林犀以外,野猪和各种鹿也以林地为家。这里有小群的红鹿,它们在后来被称为麋;腼腆的狍,头上长有短小的三叉角,常独自或三三两两外出觅食;稍大一点的有黇鹿,通体为浅黄褐色,嵌有白色斑点;还有少数在后来被称为麋的驼鹿也生活在这片森林中。

沿山麓往上,可以看到大角绵羊和欧洲盘羊攀缘在悬崖和岩层的露头处啃食高山牧草;再往高走,一种名叫巨角塔尔羊的高山野羊和岩羚羊能从一个悬崖跳到另一个悬崖。快速飞行的鸟类似镖一般穿梭在林间,鸣声婉转,羽翼鲜亮。偶尔被猎人击中,只需稍加烹调就是一道美味。在众多鸟类当中,雷鸟和松鸡更容易被捕获。雷鸟因为体形巨大不能高飞,松鸡则选择在低矮的柳树上筑巢,因此用弹射的石子就可以将它们打下来。在秋天,迁徙至此的大雁和绒鸭通常会停落在山林的沼泽里,猎人用网设下的陷阱能将它们缚住。天空中,上升的热气流托着猛禽和食腐鸟懒洋洋地翱翔,它们锐利的目光不会放过平原和森林的任何一个角落。

山洞附近的山麓和平原上数量众多的小型动物为家族提供了肉和毛皮。它们当中的猎食性动物有水貂、水獭、狼獾、扫雪鼬、旱貂、黑貂、狐狸、浣熊、獾和后来被人类驯服用于家庭捕鼠的小野猫;被捕食的动物也不少,如:松鼠、豪猪、野兔、白兔、鼹鼠、麝鼠、海狸鼠、河狸、臭鼬、田鼠、北极鼠、土松鼠、大跳鼠、巨仓鼠、岩兔，以及若干种未经命名就已灭绝的小动物。

任何一种动物的数量如果太过庞大，都将对生态平衡造成威胁，因此大型食肉动物的存在是十分必要的，比如狼和它更为残忍的近亲——亚洲豺犬；各种猫科动物也功不可没，如：猞猁、猎豹、虎、金钱豹、山地雪豹，和后来灭绝了的穴狮，它的体形是所有猫科近亲的两倍；杂食性的棕熊在山洞附近觅食。而当时棕熊的近亲——生长速度极快的素食熊，在后世却灭绝了。随处可觅其行踪的穴居鬣狗也填补了野生动物链空缺的一环。

无数的动植物在这片土地上生长繁衍，生生不息。芸芸众生中，人类显得是那么微不足道，只是在这寒冷的远古时代的伊甸园中经历着生老病死罢了。在降生的那一刻，人类毫无经验而言，又缺乏卓越的天赋，成为所有猎食动物中最弱小的一个，但一点除外——相比其他动物，人类的脑容量堪称巨大。虽然，人类缺乏锐齿、利爪和快速奔跑、跳跃的能力，看似容易受到攻击，但是这种用两条腿行走的动物却令那些四条腿的捕猎对手望而生畏。假设有一种动物，比人类强壮许多，当人类和这种动物近距离地生活了很长一段时间，双方对彼此也非常熟悉后，只要一闻到人类的气味，这种动物还是会选择绕道而行。话虽如此，人类相较进攻来说，还是更擅长防御。不过，当家族的安全受到威胁，或族人缺少一件温暖的毛皮冬衣时，家族中强悍而经验丰富的猎手便会化守为攻，想方设法捕获那些曾跟踪过人类，视人类为盘中餐的凶猛禽兽。

这是一个晴朗的天气，阳光普照大地，温暖又富饶的夏季已经到来。树木发出嫩叶，用不了多长时间，这些树叶就会聚成浓阴。野兽饱餐后剩余在地上的骨头引来了成群懒惰的苍蝇，嗡嗡声不绝于耳。海上吹来的阵阵微风带来了生命的气息，使洞前山坡上几棵大树的树叶，也随着这微风轻轻摇摆，树木洒下的绿阴随日头的变换在地上缓慢移动着。

大莫格乌曾对寻找新洞穴焦虑不已；可现在，家族已住进了新洞穴，暂时也没有什么棘手的任务，他顿时感到身上的担子轻了许多，只需要偶尔主持狩猎庆功会或宗教仪式；驱鬼禳灾；在有人受伤或者生病的时候，祈求神灵大发慈悲，再辅以伊扎的草药和治疗魔法，缓解病情伤势即可。这几天，猎人们外出狩猎，还有几个妇女也一同跟去，几天后才能返回。同去的妇女是为了就地处理猎人们猎获的兽肉。经过干燥处理后的兽肉更容易被背回山洞，也可贮藏起来供冬季食用。妇女将鲜肉切成细条，平原上温暖的太阳和持续吹来的风能迅速使肉脱水干燥。为防止丽蝇在新鲜的肉上产卵，使肉腐坏，妇女们还点燃干草和干粪，用烟驱走这些绿头苍蝇。除此之外，大部分的猎物还是由妇女们背回山洞去的，妇女们的作用不可谓不大。

自从搬进了洞穴，克莱伯几乎每天都会花一些时间和爱拉待在一起，教她学习家族的语言。一些基本的词汇，通常对家族的孩子来说难度很大，爱拉却能一学就会。而他们的手语和信号，对爱拉来说却过于复杂，学习起来十分困难。克莱伯想尽办法想使她理解各种手势的意义，却因为相互之间缺乏最基本的交流方式，也没有一个人能为他们进行翻译或解释，因此，即使这位老人绞尽脑汁，最后也不能使爱拉明白自己的意思。爱拉对此也同样一筹莫展。

她明白，在和克莱伯的交流中她一定是忽略了什么。她也知道，仅靠她学会的那几个基本词汇是不可能与对方流畅地交谈的。在家族人的交流中，除去简单的词汇，他们很显然还能理解对方表达的许多东西，但她就是不知道他们是以何种方式办到的。其实问题的关键在于，她看不到手势的含义。对她来说，家族人在谈话时，是在漫无目的地挥动手臂。更简单地说，是她还没有这样的概念，甚至不知道有这样一种可能：需要配合手势才能与人交流。这也不能怪她，毕竟这超出了她所有经验的范畴。

克莱伯开始略微察觉到问题的症结所在，虽然他也觉得这有些不可思议。他想：她看不懂手势，一定是由于她不了解手势的具体意义。"爱拉！"克莱伯喊了一声，示意女孩过来。他们一起沿着溪边的一条小道缓缓前行，小溪就像一条闪闪发光的丝带蜿蜒流淌。一路上，他都在想，一定是这样的；如果不是这样，那只能说明是她的智力水平太低，限制了她理解语言的能力。尽管她的确与众不同，可据他的观察，他不相信她缺乏智力。既然她能理解一些简单的手势，他想，不妨试试看使大量的手势简单化，说不定会有效果。

他们沿着一条平顺的小道走着。这条小路是家族人狩猎、采集和捕鱼的必经之路，无数次的踩踏使小路上的杂草和灌木无法生长。两人慢慢地走着，在一棵枝叶茂盛的高大橡树前停了下来。橡树的浓阴下是一片开阔地，那是老人心仪已久的地方。树下高高隆起的树根暴露在地面上，坐上去很是舒服。是时候开始他的课程了。于是他用手杖指了指身边这棵橡树。

"橡树。"爱拉立即答道。克莱伯点点头表示回答正确。然后，他又将手杖指向溪流。

"水。"女孩说。

老人又点点头，随即做了一个手势，同时口中重复了一遍女孩刚才说的词。复合起来的意思是："流动的水——河。"

"水？"女孩说，语气有些犹疑。既然他已指出她说得没错，现在为什么又重复说了一遍？她一头雾水，肚子里好像有什么被拧到了一起，心慌了起来：糟糕，情况还是和之前一样。她依旧弄不明白克莱伯到底想让她理解什么。

克莱伯摇摇头表示“不对”。女孩这样失败的练习已经有太多次了。可他不愿放弃,决定再试一试。他又指了指她的脚。

“脚。”爱拉说。

“对。”大巫师点点头。他想:我不光要让她听见,还要让她看见。他站了起来,扔下手杖,牵起她的手,往前走了几步。他做了一个手势,并说出一个词“脚”。他想说的是:“移动的脚——走。”

她竖起耳朵紧张地听着,生怕漏掉一个音。

“脚?”孩子颤抖了,因为她确信这不是他想要的回答。

“不、不、不对!走!移动脚!”他重复着,看着她的眼睛,夸张地做着手势。他又领着她走了几步,指指她的脚,开始不抱希望她能学会。

爱拉感到泪水充满了自己的眼睛,马上就要夺眶而出。脚!脚!明明就是这个词,为什么他老是摇头表示“不”?我希望他不要再像那样对着我把手挥来挥去的。我到底是哪个地方做得不对?

老人又带她向前走,再指指她的脚,做着手势,重复词语。她停下脚步,看着他。他又做了一下手势,夸张到几乎歪曲了手势的含义,同时说着词语。他弯下腰,正对着她的脸做着手势。手势,词语。手势,词语……

“他到底想要什么?我该怎么做?”她想弄懂他的想法。她知道他正在尝试告诉她一些东西。她又急又纳闷:为什么他老是挥动他的手呢?

就在这时,有一丝极微弱的光在她脑际闪现。他的手!他一直在挥动着他的手。于是她迟疑地举起她的手。

“是,是的!正是这样!”克莱伯用力点头,几乎是在大喊,“快做手势!移动!移动你的脚!”他重复道。

她看着他的手势,隐约有些明白过来,便试着去模仿他。克莱伯竟然说声“对”!这正是他想要的!原来,是手势!他是希望我跟他做一样的动作。

于是她一边做手势,一边说那个词,虽然她还不懂手势的意义,但至少知道了,当她说出这个词语时,她还必须同时做出这个手势。克莱伯让她转过身站在原地,自己则一拐一瘸地回到橡树旁。当她向他走来时,他又指指她的脚,完整重复了一遍:做出手势,说出词语。

突然,她的脑袋里像是有什么东西爆炸了,她知道二者的联系在哪里了!移动脚!走路!这就是手势动作的意义!单单说“脚”是不够的,还要加上手的动作才能表示“走路”!她的思维开始像马儿在飞驰。她回忆起在家族里常常看到人们挥动手臂。她还仿佛看到伊扎和克莱伯面对面站着,注视着对方,嘴上虽然没说几个词,手上却不停地做着动作。他们是在交谈吧?那么,这就是他们交流的方式吗?这是否就是他们为什么说话极少的原因?他们真的是用手进行交谈的吗?

克莱伯坐了下来。爱拉站在他面前,努力平复自己激动的心情。

“脚。”她说,向下指指自己的脚。

“是。”他点点头,有些怀疑。

她转过身,走远几步。当她重新向他走来时,她又做了一下那个手势,并说出那个词,“脚”。

“是,没错!一点也没错!我要等的就是这个!”他激动地说。她真的不笨!我想她一定已经是明白过来了!

女孩站在原地想了想,突然转过身去往远处跑,然后停下,转身,又按原路返回。她跑过空地,在他的面前停住,气喘吁吁地看着他,似乎在期盼他作出什么回应。

“跑。”他做出表示“跑”的手势,这次,她看得很仔细。她发现这个手势有点像刚才的“走”,但又不完全相同。

“跑。”她迟疑地学着做。

她真的学会了!

克莱伯兴奋万分。虽然她的动作只是大概有了点样子,细致程度甚至还不如家族里的孩子们,但是她确已经有了概念。克莱伯拼命点了下头,就见爱拉一下子扑到他怀里,紧紧拥抱他,差点让他重心失衡跌下树根。

这位老巫师赶忙环视一下周围。这个动作几乎是下意识的。因为在家族里,这种表露感情的动作只允许在火塘周围出现。还好,附近没有其他人。这位跛脚男人只是轻轻地搂抱了爱拉一下,算作对她的回应,内心里却洋溢着一种之前从未体验过的温暖和满足。

从此,一扇通向理解世界的大门在爱拉的面前打开。她天资聪颖,模仿力极强,每天都如饥似渴地学习和模仿克莱伯教给她的手势。不过,克莱伯只有一只手,他交谈的手势只是正常手势的基础部分,要想更全面细致地学习手势,还需要伊扎的帮忙。爱拉像刚出生的婴儿那样学习着,从表达简单的需要学起,不过,她比过去学得快多了。由于很长时间以来,她都因为不能与人交流而深深地沮丧,现在,她决心以最快的速度补上这一课。

随着她学会越来越多的手势,家族人们的生活对她来说不再难以捉摸,而是十分的生动有趣。当她看见家族人在谈话,就会全神贯注地注视着,试图了解他们的谈话内容。家族人在开始时还抱着容忍的态度,只把她当作一个不懂事的孩子。但是时间一长,他们就向她投去了厌恶的目光,明明白白地表示不能再继续容忍这种不礼貌的行为。观看别人的谈话,就和偷听一样,是不礼貌的。家族里的习惯是,当别人正在进行私人间的谈话,就应当立即将自己的目光投往别处。但是,爱拉并不懂得这些。于是,在一个盛夏的傍晚，矛盾爆发了。

这一天，家族的人们刚吃完晚饭。大家聚在山洞里，围坐在各自家庭的火塘边。太阳已落下地平线，残留的余晖映出洞外黑色树叶的剪影，树叶随着阵阵微风而沙沙作响。洞口燃着火堆，既用于驱走恶鬼和好奇的野兽，也可以抵御夜间潮湿的空气。火焰冒出缕缕浓烟，散发阵阵热烈，透过这摇曳的热浪，可以看到洞外被蒙上了阴影的黑叶树和灌木丛正以无声的节奏，呈波浪形摇来晃去。而洞内，闪烁着的火苗投射出光影，在粗糙的洞壁上交织缠绕，妖娆地舞动着。

山洞里，家族人用石子划出各自家庭的界限。爱拉坐在克莱伯的火塘边界内，眼睛却注视着边上的布仑一家。勃劳德心情欠佳，正在拿他的母亲和奥茄出气，耍起了他作为男子汉的威风来。从这天的白天开始，勃劳德的运气就急转直下。他花费了很长时间跟踪一只红狐，可发射出去的弹石却没有击中它，受了惊的红狐一下子就钻入稠密的灌木丛里，逃之夭夭。大半天的跟踪浪费了不说，更让他难过的是他将失信于人：他之前已自负地承诺过奥茄，将送给她一块红狐皮。之后，奥茄表现出的谅解反而更打击了他受损的自尊。他正是这样一个只允许别人存在不足，而对自己要求十全十美的人。

妇女们忙了一天，都拖着疲惫的身子料理着最后一点杂事，爱菠拉也不例外。但是现在她的儿子却使唤她做东做西，一刻也不肯消停。她很是恼火，便向布仑做了一个小小的手势。其实这位首领早就把这个年轻人身上的颐指气使和飞扬跋扈看在了眼里。虽说勃劳德有这样的权利，但布仑认为他应该多体谅他人，尤其是妇女们。她们已经非常忙碌和疲乏了，没有必要再让她们为一些琐事而东奔西跑。

“勃劳德，让妇女们休息一下吧！她们干的活已经够多的了。”布仑做着无声的手势。其实这个手势只是略微带有责备的意思，但在勃劳德看来，实在难以接受：指责他的不是别人，而是他最敬重的布仑，而且竟还当着奥茄的面。他觉得没面子极了，却又不便发作，只得重重地踱着步，走到布仑的火塘边缘靠近界石的地方，准备生一场闷气，不料一抬眼便望见爱拉正注视着他。本来，爱拉在邻居的火塘范围内，大致瞅见火塘里发生了口角，并不是什么了不起的事。可是，在勃劳德看来，这个丑陋的偷窥者，竟然看到了他像一个孩子一样受到父亲的责骂。这对他脆弱的自尊心来说，简直是致命一击。他想：她甚至没有礼貌性地看向别处。她怎敢如此放肆，故意忽视最基本的教养。盛怒之下，勃劳德要把一天里所受的怨气都一并发泄在她身上。于是，他开始恶狠狠地瞪着边界那边那个他憎恨的女孩。

克莱伯知道在布仑的火塘里发生了温和的口角，正像他了解山洞里其他火塘都发生过什么一样。但是在大部分时间里,这些小事对他来说毫无意义,就像是背景噪音,只会被他的意识过滤出去。不过,任何事情只要涉及爱拉,都会引起他的强烈注意。克莱伯知道勃劳德这次一定是气极了,否则他不会毫不顾忌教养和礼仪,如此明目张胆地就窥视别人家的火塘。克莱伯想:勃劳德对女孩的恨意已经太深了。可他转念又想,不如就借此机会,让爱拉懂得一些礼仪和规范,这样对她的将来也有好处。

"爱拉!"克莱伯严厉地呵斥道。爱拉闻声立刻站了起来。"不要盯着别人看!"他做着手势。爱拉则一头雾水地看着他。

"为什么不许我看?"她反问道。

"不要看,不要老盯着别人看,人家会不乐意的。"他正试着对她解释,却从他的眼角瞥见勃劳德正朝他们的方向看呢。勃劳德看到女孩受到大莫格乌的严厉责骂,心里乐开了花,根本顾不得掩饰自己幸灾乐祸的表情。勃劳德心想:她早被大巫师宠得不像话了,这次被骂是她活该。她要是继续在这里住下去,我会很快就叫她记住,一个女人应该要遵守的一切。

"我要学习怎样与人交谈。"爱拉做着手势,对克莱伯的责备仍然困惑不解,并感到有些受伤。

克莱伯完全理解她为什么老是喜欢看别人谈话。不过,她也总有一天会知道,这样做是不礼貌的。如果能让她早一点明白过来,也不是什么坏事。克莱伯其实还希望,在今天狠狠地训斥过女孩之后,勃劳德可以消除对她深深的积怨。

"爱拉不许看人家。"

克莱伯做着手势,神色很严肃。"坏!当人家在谈话时,不许爱拉插嘴。坏!不许爱拉朝别人家的火塘看。坏!坏!明白了吗?"

克莱伯是严厉的,他希望能达到自己想要的效果。他注意到勃劳德已经站起身来,听从布仓的召唤回到了火塘边,脸上的神色显然比刚才缓和多了。

可爱拉却被气哭了。克莱伯从来没有如此严厉地对待她。她还以为努力学习他们的语言会使克莱伯高兴。可现在克莱伯却告诉她,注视别人,多学点语言是很坏的。她感到又迷惑又委屈,伤心得热泪盈眶,泪珠顺着小脸颊扑簌簌地流下来。

"伊扎!"克莱伯担心地喊道,"快来!爱拉的眼睛出毛病了。"克莱伯之所以这么紧张,是因为在家族中,人们只有当有东西掉进眼睛、身体受了风寒或受眼疾困扰时,眼睛才会流泪。他从来没见到有人因为伤心而流下眼泪。伊扎急忙跑了过来。

"你看!她的眼睛里充满了泪水。可能是有火星迷了眼吧!你最好仔细检查一下。”克莱伯坚持让伊扎为孩子检查眼睛。

伊扎也慌了神。她揭开爱拉的眼皮，细看了看孩子的两只眼睛。“眼睛痛吗？”她问。这位女巫医怎么也看不出眼睛有发炎的迹象。爱拉的眼睛应该没有毛病，只是不断有泪水涌出罢了。

“不，不痛。”爱拉抽噎着。她虽然不理解他们为什么突然关心起她的眼睛来，却也使她明白，即使克莱伯说她坏，他们还是依然很关心她的。“克莱伯为什么生气，伊扎？”她抽泣着问。

“你必须懂得，爱拉，”伊扎严肃地对女孩解释，“注视别人是不礼貌的；看向别人家男子的火塘，还有注视别人的谈话，都是不礼貌的。爱拉必须学会，当男人们在谈话时，妇女必须低头向下看，就像这样。”

伊扎说罢便示范了一下，然后接着说：“男人们在谈话时，不要发问。只有很小的婴孩才可以注视别人，而爱拉已经大了。注视别人的谈话只会使他们对爱拉生气。”

“克莱伯生气了?他不愿再照顾我了吗?”她着急地问，眼里又流下泪来。

虽然伊扎对女孩流泪的眼睛依旧迷惑不解，却也能感觉到女孩的思想正处于混乱中。“克莱伯会照顾爱拉的，伊扎也一样。克莱伯不光要教爱拉谈话，还要教爱拉更多其他的事。爱拉一定要学习家族里的规矩。”妇女说完，一把将女孩搂住。爱拉伤心地哭着，伊扎便把她轻轻地抱在怀里，直到她不再抽泣，才用柔软的毛皮擦拭她因为流泪而微微发肿的眼睛。等她再次观察完爱拉的眼睛时，她很高兴：爱拉的眼睛不再流泪，完全正常了。

“她的眼睛出了什么毛病了？”克莱伯问，“她病了吗？”

“她是以为你不喜欢她，对她生气了。也许是因为这个使她得病流泪。也可能是她那淡颜色的眼珠比较脆弱吧，不过我实在查不出她眼睛有什么毛病；而且她也说眼睛不痛。克莱伯，我认为，她是因为太过伤心而流泪的。”伊扎解释说。

“伤心？就因为她以为我不喜欢她了，所以就伤心到生病，所以她的眼睛才会流泪？”

这位男子惊愕得简直不敢相信，内心里复杂的感情交织着。她是不是真的病了？但她看上去很健康，不像有病的样子，而家族里从来没有一个人因为不受喜欢而得过病。家族人只是敬畏我，尊敬我，没有一个人因为太过希望得到我的喜欢而泪流满面的。可能伊扎说得对，她的眼睛太脆弱了。可是她的视力却很好啊。我一定要设法使她知道，教她学习妇女们的规矩是为了她好。如果她不学习家族的规矩，说不定布仑在哪一天就会把她赶走，要知道，这仍属他的权力范围啊！但克莱伯心里承认，要她学习并不证明他不喜欢她，相反，他确实喜欢她。对这点，克莱伯自己也感到诧异：虽然她是一个陌生的外族女孩，我却非常喜欢她。

爱拉拖着脚，慢慢地走向跛脚老人，紧张地低着头盯着自己的脚。她站在他的面前，抬起头来，一双眼睛饱含伤心，仍然充满着泪水。

“我再也不盯着别人了，”她做着手势，“克莱伯不生气好吗？”

“好，”他以手势回答，“我不生气，爱拉。你现在是家族里的人，又在我的火塘里生活，因此你属于我。你的确需要学习语言，但你也必须学习家族的规矩，懂吗？”

“我属于克莱伯？克莱伯照顾我？”她问。

“是的，而且我也喜欢你，爱拉。”

女孩破涕为笑，张开双臂抱住他，然后，伏在这位残疾老人的膝上，紧紧地偎依着他。

克莱伯常常对孩子们怀有很大兴趣。他作为大莫格乌，所揭示的孩子们的图腾，没有一次不会得到孩子母亲的理解和欣赏。家族将大莫格乌的这种能力归功于他的巫法，殊不知他真实的技能在于他敏锐的洞察力。他从孩子们出生便开始观察，经常能看到妇女们和男人们抱着孩子，哄逗孩子。而他，一个跛脚的老人，一直无从知晓把孩子抱在自己的怀里轻轻摇晃是怎样一种快乐。现在，他终于体会到了。

小女孩被自己感情的巨大起伏搞得筋疲力尽，趴在克莱伯的膝上睡着了。只要是和克莱伯这个人见人畏的大巫师在一起，女孩就会觉得无比的安全。在女孩的心中，克莱伯已代替了另一个男人的位置。女孩对这个男人的记忆早已不复清晰，但有时在不自觉的情况下，还是会在她的脑际模糊浮现。克莱伯看着这个趴在他膝上熟睡的外族女孩，女孩平静的睡脸充满了对他的信任，他能感到一股深深的爱意在自己的心底怒放。女孩虽不是他自己的孩子，但他对女孩的疼爱早已到了无以复加的地步。

“伊扎。”男人轻轻地叫了一声。在轻轻地搂抱了一下熟睡中的女孩后，把她交给了伊扎。

“她的病使她疲乏得很，”看到妇女把女孩放到床上后，他说，“让她好好睡一觉。明天早晨再检查一下她的眼睛。”

“是，克莱伯，”她点点头。伊扎很爱她这个跛足的同胞；在他冷酷无情的外表下，是一个温和可亲的灵魂，这一点伊扎比谁都更清楚。现在，使她感到快乐的是，克莱伯已找到了一个他所喜欢的人，而这个人也喜欢他。同时，克莱伯对女孩的喜爱也更加深了伊扎对女孩的感情。

伊扎回忆起自己从小到大，从来没有像现在这么快乐过。但有一件事一直使她惴惴不安：她腹中的孩子。如果这个孩子是男孩的话，她的快乐也就不复存在了。因为一个男孩的降生意味着必须要有一个猎人对他进行训练。伊扎作为布仑的同胞手足，他们的母亲是前任首领的配偶，一旦勃劳德当上首领，而勃劳德的配偶生不出男性后代的话，首领的职务总有一天要落在伊扎的儿子身上。因此，如果她生出的是儿子，布仑也就不得不将她和她的婴儿交给一个猎人，或接纳他们到自己的火塘里。伊扎不愿快乐因为男孩的降生而终止。因此，她每天都祈求她的图腾，赐给她一个女儿，但祈求并未使她心中的焦虑缓解多少。

夏季在一天一天地过去。由于克莱伯的耐心教导和爱拉自己的勤学苦练，她不仅学会了语言，而且熟悉了家族里的习俗和规矩。当看见私人谈话时，要立刻把自己的目光避开，只是她学习的艰苦课程中的第一课。对她来说，比这更艰难的是要学会抑制她天生的好奇和冲动，以符合家族女性驯顺的传统美德。

不仅爱拉在学习，克莱伯和伊扎也在学习。他们发现，爱拉会把嘴往后咧，露出她的牙齿，并伴随发出特殊的“呵呵”的送气声。他们后来才知道，当她做出这种怪相时，表示她正十分快乐，而不是怀有敌意。但他们还是不能理解她奇异而柔弱的眼睛，因为当她伤心时，还是会有液体从她眼中流出。伊扎坚持说，这种弱点是淡色眼珠所特有的，并怀疑是否所有外族人都是这样。或许也可能只有爱拉才有这种毛病。为了安全起见，伊扎进入密林深处，采集树阴下一种蓝白色植物的透明液体，冲洗爱拉的眼睛。由于缺少叶绿素，这种寄生植物只能吸取朽木或植被的营养，以此为生。它的表面覆盖着一层蜡一样的物质，一经触碰就变为黑色。虽然伊扎对这种植物没有好感，但她没有更好的办法治疗眼睛酸疼或发炎。因此，每次当爱拉哭泣流泪时，她就折下这植物的茎，用植物分泌出的凉凉的澄清液体冲洗爱拉的眼睛。

爱拉并不常常哭泣。虽然一流泪就能让伊扎注意到自己，而且她也喜欢自己受到关注，但她总是努力忍住不哭。因为她不愿打扰她深爱着的两个人，伊扎和克莱伯；而且，流泪也显出她与别人不同，会引起家族人的不安。她渴望很好地融入家族，为他们所接受。家族同时也正在试着接受她，但他们对她的与众不同仍然持着谨慎和怀疑的态度。

爱拉对家族的了解与日俱增，这让她越来越从心里接受家族里的人们。虽然，家族的男子们都对她很好奇，但不管这个女孩多么不寻常，碍于面子，他们都不可能对她表示出太多的兴趣。于是，家族男子们不理睬爱拉；爱拉也以同样的不理睬回应他们。相比其他男子，布仑对爱拉表现出了更多的好奇，但是他常常使她害怕。在她看来，布仑是严厉的，待人方式也不像克莱伯那样和蔼温柔。当然，爱拉本人不可能知道：对大部分族人来说，令人敬畏的大莫格乌平日里高高在上，比布仑更加孤僻和疏离众人，可现在却和她这个怪异的女孩如此亲密无间,实在令人不可思议。在家族的男人中,爱拉尤其不喜欢的,是分享布仑火塘的那个年轻男人,勃劳德。因为勃劳德每次见到爱拉时,都是一副轻蔑不屑的神色。

爱拉与妇女们最先熟络起来。除非她蹲在克莱伯的小火塘的界石范围内,或由伊扎带着出去采集植物,她一般都会和家族的妇女们待在一起,因此与她们相处的时间更长。起初,爱拉只是跟在伊扎旁边,看着妇女们工作,如:给动物剥皮;鞣制皮革;从皮革上割下一块并抻直,得到一条长皮带;编制篮子、席子和网;从一段木头上剜出一只碗;采集野生的食物;备餐;腌制用于过冬的肉类和植物;还要随时供男人们差遣跑腿。她们看到女孩很愿意学,于是不但在语言上帮助她,还教她各种有用的技能。

她没有家族的妇女们或孩子们那样强壮——因为她的骨架比较轻薄,不似家族人那样骨骼粗壮,肌肉有力——可她的灵活和轻巧却令人大开眼界。一些重活对她说来实在困难,但作为一个孩子,她已能编织出很好的篮子,并能割出宽度均匀的皮带。她很快地与伊卡建立起感情,并且很喜欢伊卡容易相处的好脾气。伊卡见到女孩对鲍格有兴趣,便让她带着鲍格在一旁玩耍。奥芙拉虽然比较内向,但她和尤蔻对爱拉都特别亲切。在地震中,一个年轻男子的逝去使奥芙拉失去儿子,使尤蔻失去同胞,因此她们对女孩失去族人的心情,特别能够感同身受。虽然妇女们对爱拉都很好,但却没有同龄人和爱拉玩耍。

爱拉原本有一个玩伴,奥茄。只是她俩的友谊在入洞仪式之后就冷却掉了,原因是奥茄在爱拉和勃劳德二人中,选择了后者。在奥茄看来,这个新来者虽然比她年幼,但因为同为女孩,因此思想上有共通之处;而且,她也同情这个与自己同样命途多舛的年幼的孤儿。但是,勃劳德是那么明显地憎恶着爱拉,而奥茄一直希望有一天能做勃劳德的配偶,因此,在一番思想斗争过后,出于对勃劳德的尊敬,奥茄只能很不情愿地疏远了爱拉。她们两人除了干活时在一起外,其他时间都很少联系。不明真相的爱拉曾主动向她示好,却遭到奥茄的冷冷的拒绝,几次过后,爱拉便不再坚持,将曾经的友情尘封在了脑海里。

其实爱拉是可以与伏恩一起玩的,只是爱拉不愿意罢了。爱拉比伏恩年长一岁,但伏恩在玩耍时却对她摆起成年男子的架势,像男人指使妇女那样指挥着爱拉,这点让爱拉难以接受。当她一旦有所顶撞,就会立即招来男人和妇女们的暴怒,特别是伏恩的母亲——阿葛。她对她的儿子学习如何"像成年男人一样"地举手投足而感到骄傲,并同家族其他人一样,早有耳闻勃劳德对爱拉的反感。将来勃劳德会成为家族的首领,若是她的儿子仍然能获得勃劳德的欢心,很有可能会被选为家族的二把手。阿葛不会放过任何一次能提振她儿子形象的机会，总是挑勃劳德在近旁的节骨眼上，挑爱拉的毛病。如果她看到爱拉和伏恩在一起，而勃劳德又在附近，她就会立刻把儿子支开。

爱拉与人交谈的能力在迅速提高，特别在妇女们的帮助下，进步神速。另外，她还靠自己的观察，学会了一个特殊的交谈手势。她暗地里仍在偷看家族人谈话——因为她还无法做到对周围的环境充耳不闻——但她已学会如何不被别人识破地注视别人谈话。

一天下午，她看到伊卡正在逗鲍格玩。伊卡对她的儿子做了一个手势，并重复了好几次。当这个婴孩乱划着手模仿她的手势时，她招呼别的妇女看过来，并夸奖她的儿子。后来，爱拉看见伏恩跑向阿葛，以相同的手势向她致意。甚至连奥芙拉在开始与尤蔻的谈话前，也做这个手势。

那天晚上，她腼腆地走向伊扎。当伊扎抬头看她时，爱拉做了一个手势，一下就使伊扎睁大了眼睛。

"克莱伯，"她招呼道，"你什么时候教她叫我妈妈的？"

"我没有教过她这个，伊扎，"克莱伯回答道，"一定是她自己学的。"

伊扎转身朝向女孩。"是你自己学的吗？"她问。

"是的，妈妈！"爱拉又做了一遍那个特殊的手势。她并不确切知道这种手势的含意，但是她能猜出个大概。她知道孩子们用这种手势称呼那些照顾他们的人。虽然，她对自己母亲的记忆已被封存，但她的心却没有忘记。在爱拉内心深处，伊扎已经取代了那个她曾经爱过，却永远失去了的那个人。

这位长久以来都膝下无儿的妇女一时感到有一股暖流涌向心田。"我的女儿，"伊扎呢喃着，罕见地不自觉地搂住了爱拉，"我的孩子！克莱伯，我从一开始就知道她是我的女儿。我不是告诉过你吗？她是神明赐给我的，我敢肯定，这就是神明的旨意。"

克莱伯并不与她争论。他知道，也许她说的是对的。

从那天晚上以后，女孩的噩梦减少了，但偶尔还会有，其中，有两个梦一直反复出现：在第一个梦里，她蜷伏在难以转身的小洞内，试图躲开穴狮巨大的利爪。第二个梦则更加模糊和令人不安。她只觉得大地好像在移动，地底深处传来隆隆的咆哮声，自己因为失去了什么而陷入了悲伤的深渊。她大声哭喊着已近绝迹的怪异语言醒过来，紧紧地抱住伊扎。当爱拉刚到家族时，她常常不自觉而说出自己的语言。现在，她更多地用家族的方式沟通，这种语言就只出现在她的梦里了。随着又一段时间过去，她已经一次都没梦到过。但是，大地震动的噩梦始终在爱拉脑中挥之不去。每次她从梦中惊醒，都会陷入绝望的孤单和凄凉。

短暂而炎热的夏天不知不觉已经过去。秋天早晨的薄霜令空气带着一丝寒意，也为浓绿的森林撒上了红色和琥珀色的斑点。初秋落下的几场雪已经被季节性的大雨冲刷殆尽，也带走了金黄的叶片和枯枝衰草，透露出寒冷季节即将来临的讯息。等到再晚些时候，就只剩下少许依然顽强的枯叶依然挂在光秃秃的乔木和灌木枝上。偶尔还会有一缕明亮的阳光穿过林间，带来夏季骄阳的最后一点余热。然后，便是无情的北风和刺骨的严寒。家族也停止了大部分的野外活动。

这是一个晴天，家族人都走出洞外晒太阳。妇女们将从山下草原里收获来的谷物，带到山洞前开阔的场地上，准备扬谷。一阵清新的风卷起了地上厚厚的枯叶，使它们在空中打着转，让人不禁回忆起已经过去了的富饶的夏天。妇女们利用吹来的一阵阵风，用浅口的簸箕装着谷物抛向空中，让风把空空的谷壳带走，留下结实饱满的谷粒。

伊扎站在爱拉的背后，用手把住女孩握着簸箕的手，为她示范怎么才可以既把谷扬得高，又不把谷子同外壳以及秸草一起抛出去。

伊扎结实凸出的肚子贴着爱拉的背，可一阵突然的强烈的收缩感使她停下手中的活儿。很快，伊扎离开大伙，进入山洞，后面跟着爱菠拉和尤蔻。这时，场地上的男人们停止了交谈，都看着伊扎等三个妇女走进洞去。爱拉原本以为男人们会因为她们放下工作擅自离开而大发雷霆，却发现，他们都莫名其妙地未加干涉。即使可能会惹怒他们，爱拉依然还是坚定地跟着妇女们进了山洞。

山洞里，伊扎躺在毛皮被上休息，爱菠拉和尤蔻站在她的两边。爱拉感到疑惑：为什么伊扎在大白天就躺下休息呢？是不是她病了？伊扎看到女孩焦急担心的神色，做着让她宽慰的手势，但这并没减轻爱拉的担心。相反，当她看到她的养母伊扎又一次宫缩时的痛苦表情，她更加重了心里的焦虑。

爱菠拉和尤蔻与伊扎谈着家常琐事，比如食物已经储存好，天气发生了变化，等等。但是，爱拉早已从她们的表情和手势中看出，她们对伊扎的担心。她敢肯定，一定有什么地方不对劲。爱拉决定留在伊扎身边，看个究竟。于是她坐在伊扎脚边，一动不动地静静守候她。

将近傍晚，伊卡背着鲍格走了过来。随后阿葛也带来了她的女儿欧娜。两位妇女坐在床边，开始给婴儿喂奶，表示对伊扎精神上的支持。奥芙拉和奥茄既关心又好奇，也挤到了伊扎的床边。虽然尤蔻的这个女儿尚未婚配，但她已成长为妇女，知道自己能生育新生命。而奥茄也将很快成长为妇女。她们两人对伊扎即将经历的过程都抱有浓厚的兴趣。

伏恩看到阿芭走进伊扎的火塘，坐在她女儿身边，心里一边好奇为什么今天所有妇女都聚集到大莫格乌的火塘里，一边也走了过来，挤到阿葛膝边，靠着他的同胞欧娜，想看看是怎么一回事。但欧娜还在吃奶，于是老妇人把男孩抱过去，放在了她的膝上。伏恩看到原来是那个女巫医在躺着休息而已，一点意思也没有，于是从阿芭膝上跳下来，走开了。

过了不久，妇女们都离开了，开始准备晚餐，只留下尤蔻陪着伊扎。爱菠拉和奥茄在烹调时，时不时就会假装不经意地向伊扎的床边投过一瞥。爱菠拉服侍克莱伯和布仑吃完，又给尤蔻、伊扎和爱拉各送来了一份食物。奥芙拉为她母亲的配偶格洛德烧好了饭。格洛德一吃完晚餐就去了布仑的火塘里，同布仑还有克莱伯开始议事，于是奥芙拉和奥茄又迅速回到伊扎床边，挨着爱拉坐下。而爱拉从一开始就坐在那儿，一直都未挪动分毫。

伊扎只啜饮了少量的茶，而爱拉也不想吃晚餐。她手里拿着食物，胸口像被什么堵住似的，吃不下去。她心里有一连串的疑惑：伊扎究竟出了什么毛病？为什么她还不起来为克莱伯准备晚餐？为什么克莱伯不祈求神灵，使她恢复健康？为什么所有男人们都等候在布仑的火塘里？

伊扎的神情更痛苦了。每隔一会儿，她都要快速地喘几口气，然后握住两个妇女的手，使劲地用力。时候已经不早，但家族全体成员都未就寝休息。男人们围坐在首领的火塘里，表面上是在进行深入的讨论，但他们不时地就朝伊扎的方向张望，眼神躲躲闪闪，透露出他们的关心。妇女们定时过来探访伊扎，询问分娩进展，有时还会停留一会儿。这一夜，全家族的人都心系伊扎，满怀期待即将到来的新生命。他们从内心给予伊扎支持和鼓励，等待着他们的女巫医顺利分娩的那一刻。

临近深夜，忽然传来了一阵骚动。只见爱菠拉摊开一张兽皮，尤蔻把伊扎扶起来，架着她让她蹲在了兽皮上方。伊扎不住地深呼吸，全身紧绷，因为剧痛而大声叫喊。爱拉坐在奥芙拉和奥茄两人中间，害怕得直哆嗦。她们两人也不住地因为紧张而呻吟，同情伊扎正在经历的痛苦。伊扎又一次深呼吸。只见她屏住呼吸咬紧牙关，绷紧全身的肌肉开始持续地用力。这次用力使伊扎的羊水流出，露出了婴儿圆圆的头顶。伊扎憋了口气，又是一次使劲，终于使婴儿的头部整个露出。随后，婴儿小小的身体也很快地就脱离了母亲。伊扎终于诞下了这个浑身上下湿漉漉、不停蠕动着的小生命。

伊扎最后一次屏息用力，产出了一块带血的组织——胎盘。伊扎重又躺下，分娩已使她筋疲力尽。爱菠拉两手抱起婴儿，用手指从她的小嘴里抠出一小团黏液，再将婴儿放在伊扎的肚子上，不断地拍打婴儿的脚。婴儿张开了嘴，发出洪亮的啼哭，宣告伊扎的第一胎顺利降生。爱菠拉用染成红色的动物肌腱扎住伊扎的脐带，并咬断脐带与胎盘相连的部分，然后将婴孩抱给伊扎看。爱菠拉站起身来，回到她自己的火塘里，向她的配偶报告女巫医顺利分娩以及婴儿的性别。她蹲在布仑面前，低下她的头，当感觉到自己的肩膀被轻轻拍了拍时，她抬起了头。

8

“我非常遗憾地向您报告，”爱菠拉做着手势，这手势通常表示忧伤，“伊扎生了一个女孩。”

但是，爱菠拉报告的消息并没有给布仑带来什么不愉快，相反的，却使布仑放下心来，虽然，他口头上决不会承认。在布仑看来，由大莫格乌负责自己的同胞和家族里新增加的爱拉，是很好的安排，本就不愿再作任何变更。而且大莫格乌训练爱拉的成果有目共睹，大大超过预期：爱拉正在学习家族的语言；她的行为已符合家族的规矩。现在伊扎生下了女婴，就可以名正言顺地带着自己的两个孩子留在大莫格乌的火塘里。其实，此时的大莫格乌克莱伯更是欣喜若狂。他人到老年，才有生以来第一次尝到家庭的温暖和幸福。现在，伊扎又生了一个女孩，更使大莫格乌确信，生活可以这样继续这样快乐下去了。

伊扎也消除了迁入新山洞以来的心病。没有了焦虑，连呼吸都变得轻松自在。她非常庆幸在自己这样的年龄仍能顺利生产。她照料过许多临产的妇女，分娩时都没有她那样幸运：有几个侥幸活了下来，少数几人因难产而死，更多的婴儿没有顺利降生。在她看来，婴儿的头太大，难以通过妇女的产道是这些不幸的罪魁祸首。但其实伊扎更关心婴儿究竟是男是女。只要一想到不确定的未来，伊扎的心就会纠在一起，至于实际分娩的担心，她倒反而能够置之度外。

伊扎又回到她的毛皮上躺下休息。尤蔻将婴儿用柔软的兔皮包裹，放到伊扎的臂弯里。爱拉坐在那里一直没有离开过一步。现在，她好奇又渴求地望着伊扎。伊扎看见她，招呼她过去。

“过来！爱拉。你想看看婴儿吗？”

爱拉腼腆地走近。“是的！”她点点头。伊扎把盖在婴儿身上的兔皮往下拉，使女孩能看到婴儿。

这简直是伊扎的小小复制品。长着一头淡棕色头发，在还没长出浓密的头发之前，她后脑的一块骨节显得尤为突出。婴儿的头似乎比成人的头要圆一点，但仍然显得较长；她的前额陡陡地斜向尚未充分发育的眉嵴。爱拉一伸出手摸了摸新生儿软软的脸蛋，婴儿就本能地转过头来，小嘴发出吮吸的声音。

“她真漂亮。”爱拉做着手势。她温柔地看着婴儿，就像看着一个奇迹，眼中充满好奇。“她是不是想说话，伊扎？”女孩问，看到婴儿握紧着小拳头在空中挥舞。

“现在她还不会，但是她很快要学习交谈，到时你可要帮忙教会她。”伊扎回答。

“噢，我会的。我会教她谈话，就像你和克莱伯教我一样。”

“我知道你会的，爱拉。”这位新母亲说着，重新又把兽皮给婴儿盖好。

女孩站在伊扎休息的床边守着，像是在保护她们。爱菠拉已经将伊扎分娩时用来铺地的一块兽皮把胎盘包好，放在了不引人注意的角落里。伊扎会把这些东西带到洞外，找个只有她自己知道的地方埋起来。家族中，如果妇女产下死胎，会在第一时间将死胎埋葬，以后不仅不会有人提起，母亲也不能在公开场合表露悲伤，不过尽管如此，人们还是会微微地给予可怜的母亲关怀与同情。

如果产下的婴儿是活的，但身体的一部分有畸形，或者由于某种原因，家族的首领决定不接受这个新生儿，那么母亲的处境将更为艰难：她必须亲自将死婴埋葬，或是丢弃在野外，任其被风吹雨打，或是被野兽吃掉。只有极少数畸形的婴儿会例外地被允许留下来继续喂养：如果畸形的是男婴，是妇女的第一胎，而且妇女的配偶想要这个孩子，那么经家族首领斟酌后同意，婴儿可留在母亲的身边七天，测试其生命力是否顽强。婴儿若在七天后仍然存活，那么根据有法律效力的家族传统，可以为其命名并接受其进入家族。至于如果是女婴的话，就几乎没有被留下的可能了。

克莱伯刚出生后的几天就是这样度过的。当时他的母亲因为生他差点没能活下来，而他母亲的配偶是家族的首领，新生婴儿留或不留完全取决于他的决定。难产造成了婴儿畸形的头部和不能活动的四肢。婴儿的母亲又已极衰弱，流了很多血，徘徊在死亡的边缘。她的配偶与其说是出于对婴儿情况的考虑，倒不如说是从婴儿母亲的角度出发，已经不能指望她去亲自处理掉婴儿了，毕竟她已衰弱到不能举步。一旦母亲无法处理婴儿，譬如她已死亡，那么这项任务就会落在女巫医身上。而克莱伯的母亲恰恰又是家族的女巫医。因此，克莱伯被允许留在他母亲身边，虽然，没有人指望他能存活下来。

由于他的母亲在分娩后迟迟没有分泌初乳，使他的生命岌岌可危，随时可能死亡。一位好心的也正处哺乳期的妇女看克莱伯可怜，就给克莱伯喂了第一口，使他生命得以维系的第一口乳汁。克莱伯的生命历程就是在这样贫乏的环境下展开的。谁也没有想到，当初那个脆弱无望的婴儿，现在竟成为圣人中的佼佼者，全家族最高明和最伟大的巫师，大莫格乌。

现在，这位瘸腿男人和他的兄弟走近了伊扎和她的婴儿。布仑做了一个命令的手势，爱拉立即站起身来，走了出去，但即使站得远远地也还是不停用眼角瞟他们。伊扎支起身来，把婴儿的襁褓打开，双手托起婴儿，递到布仑面前，小心地避开他与克莱伯的视线。他们也小心翼翼地不看伊扎一眼，详细地审视着婴儿。婴儿因为离开了母亲温暖的身边，被暴露在山洞的冷空气下，大声啼哭起来。

"这个婴儿很正常，"布仑做着手势郑重宣布，"她可以留在她母亲身边。如果她能活到被命名的一天，她就可以被接受为家族的一员。"

一直以来伊扎并不忧虑布仑会不接受她的孩子，但是直到首领做出了定式的手势，她才真正放了心。但仍有一事使她不安。她不希望她的女儿因为自己没有配偶而遭受不幸。但她转念一想，毕竟克莱伯尚还健在。克莱伯就像她的配偶，至少就供养关系来说，是他供养着她。伊扎想到这里，就把担心放在脑后，不去想它了。

在分娩之后的七天，伊扎将受到隔离。在此期间，她的活动范围，除了必要的大小便和掩埋胎盘以外，将被限制在克莱伯的火塘内，不得外出或与家族内任何人接触和交谈，而且家族里也没有一个人可以公开承认伊扎和婴儿的存在。与她共用一个火塘的人除外。但是，其他妇女可以为她们送来食物，好让伊扎得到休息。有时，家族也允许短暂的探访，偷偷看一下新生儿。七天后，当她不再流血，她将受到缓和的妇女诅咒。在此期间，与她接触的人只限于妇女，就像她正处于月经期一样。

伊扎主要的时间用于给孩子喂奶和照看孩子。当她感到体力恢复，就会起来活动，整理克莱伯火塘界石范围内的食物储存、炊事用具、睡榻，以及她存储的草药。现在，有三名女性会和克莱伯一起，分享他在山洞里的火塘领地了。

由于大莫格乌在家族等级制度中处于独特地位，他的火塘地点也十分有利：接近山洞的出口，白天有较强的光照，到了夏天，太阳光还能照进他的火塘；但也不过分地靠近洞口，这样就避免为冬天寒风所冻。他的火塘还有一个附加的优点，使伊扎感到布仑对她特别的照顾，那就是火塘侧边有一块突出的石头延伸出来，正好挡住了风口。但事实上，即使有了挡风障和洞口不灭的火堆，冬天的寒风仍然会随时入侵未加抵挡的火塘。这位老男人的关节炎和风湿症到了冬天常会加重，洞内冷湿的环境也大大不利于他的病情。为了御寒起见，伊扎把克莱伯浅槽一样的床搬到了避风的角落里，铺上柔软的禾秆和干草，再加盖上毛皮睡褥。男人们除了打猎以外，还有少许杂务要做，其中一项就是修筑挡风屏障。他们在山洞出口处埋设柱子，再将撑开的兽皮钉在柱子上。他们另一项任务是从溪涧里掘取光滑的卵石，铺在洞口周围，以免雨水和融化的雪水把洞口弄得泥泞不堪。各家火塘的地面都光秃秃的，只是在常坐和就餐的地方铺着编织的草席。

靠近克莱伯的卧床另有两个浅槽床,是伊扎和爱拉的卧床,各垫以干草,还有毛皮,最上面还有一块毛皮,是供床主人在冬季外出时御寒用的斗篷。一张是克莱伯的熊皮,一张是伊扎的羚羊皮,还有一块新的白色雪豹皮。这头雪豹潜伏在山洞附近,远远低于它通常栖息的海拔高度。能得到这张雪豹皮要归功于古夫,是他猎到了这头猛兽,并将它的皮送给了克莱伯。

家族的许多人会穿着自己保护神图腾的动物皮,或是保存这些动物的角或牙齿以象征保护神与自己同在。克莱伯想:将这张雪豹皮给爱拉穿用倒很合适。虽然,雪豹不是爱拉的图腾,但和穴狮相似,都是猫科动物。而且一个猎人似乎不大可能去跟踪捕猎一头穴狮。穴狮这种巨猫很少远离大草原来到多林的山坡地,不会对居住在山洞内的家族构成威胁,家族也就没有什么理由去猎取这种巨大的食肉动物。伊扎在临产前恰好完成了雪豹皮的鞣制工作,并给爱拉做了一双新鞋。女孩十分喜欢,总想找机会穿着它到外面去走走。

伊扎为自己制备了土荆芥茶,这茶可以催奶,并缓解因收缩了的子宫要恢复原状所引起的腹痛。她还在临产前的早春时节,就采集了土荆芥的狭长的叶和绿色小花,将它们晒干后储藏,以备今日分娩后使用。伊扎刚才为自己更换了条状的毛皮,毛皮有吸水性,是她在月经期和分娩后使用的。伊扎正准备到附近树林里把用脏了的毛皮埋掉,便朝洞口张望着寻找爱拉。她要让爱拉在她出去时暂时照看一下睡着了的婴儿。

但是,爱拉并没有在山洞附近。她去小溪边寻觅小卵石了。伊扎曾说过,在小溪结冰前,要多找些备餐用的小卵石回来。因此,爱拉想,如果能带一些回来,伊扎一定会高兴的。女孩这时跪在靠近水边的石台子上,低身搜寻大小合适的卵石。她抬头一看,突然看见一小丛灌木下有一团白毛。她走过去,把光秃秃的灌木枝推开,发现下面侧躺着一只还没长大的兔子。它的一条腿折断了,血已经结成硬痂。

这只受伤的动物,因口渴而喘着气,无法动弹,正不安地看着女孩。女孩伸出手去,抚摸着它温暖柔软的毛皮。刚才,有一只幼狼在学习捕猎技巧,逮住了这只兔子,但却被兔子挣脱了。幼狼正准备再一次扑向猎物时,母狼发出了狺叫声,催促它回去。幼狼实际上也并不饿,因此丢下兔子,不紧不慢地回到了母狼身边。兔子钻入灌木丛中,吓得不敢动弹,希望不被其他猎食动物发现。过了一些时候,它感觉到安全,想跳回去,但发现已不可能了,只能躺在河流附近,等着渴死。它的生命在一点点地消逝。

爱拉拎起这只毛茸茸的动物,抱在了怀里。她曾怀抱过包在兔毛襁褓里的伊扎的新生儿,因此现在怀抱着这小兔子,就像抱着她自己的婴儿一样。她坐在地上轻轻地摇晃着兔子,发现兔毛上有血,而且兔子的腿以奇怪的角度弯曲着。女孩想:可怜的宝贝,你的腿受伤了。可能伊扎能治好你的腿,她曾治好过我的腿呢。爱拉这样一来,就把寻觅小卵石的计划忘得一干二净,站起身来,抱着受伤的兔子返回了山洞。

爱拉刚跨进火塘,就发现伊扎正在打盹。伊扎听到脚步声,立刻醒了。女孩把兔子捧向女巫医,将兔子的伤指给她看。伊扎过去曾因为怜悯小动物而略施过急救,但她从不把它们带进山洞。

"爱拉,动物不属于山洞。"伊扎做着手势。

爱拉的满腔希望破灭了。她怀抱着兔子,伤心地低下头,准备离开,眼泪又开始充满了双眼。

伊扎看到小女孩的失望情绪,"好吧,你既然带它来了,我就瞧一瞧吧。"伊扎无可奈何地说。爱拉面露喜色,双手将受伤的动物递给伊扎。

"它渴了,弄点水给它喝。"伊扎做着手势。爱拉迅速地从一个大储水皮袋里倒出满满一杯清水,递给伊扎。伊扎削了一块用作夹板的木板,再切下一条窄窄的皮革放在地上,用于等下捆扎夹板。

"把水袋拿去,多装点水回来,爱拉。我们这里水快没有了,我要烧点水,给它洗净伤口。"妇女指导着,一边把火拨旺,一边往火内投入几块卵石。爱拉拿起水袋,跑向水潭装水。小动物在喝了伊扎给的水后,恢复了活力。当女孩取水回来,兔子正在一口一口吃着伊扎喂给它的草籽和谷物。

克莱伯回来时,见到爱拉搂抱着兔子,伊扎在给婴儿喂奶,感到吃惊。他看见兔子腿上有夹板,又看到伊扎正无奈地看着他。爱拉一心都扑在了她活生生的玩伴身上,伊扎和克莱伯便以无声的手势交谈起来。

"爱拉坚持要我为兔子治疗,我能怎么办呢?"

"怎么能让她将兔子带进山洞来呢?"克莱伯问。

"因为它受伤了。爱拉把它带来要我给它治疗。她不知道我们不允许将动物带进洞来。不过她的同情心没有错,克莱伯。我想她天生该成为一名女巫医。"

伊扎停了片刻:"我很想跟你谈谈关于她的情况。她不是一个漂亮的女孩,你是知道的。"

克莱伯朝爱拉的方向看一眼。"她的确很讨人喜欢。但是你说得对,她并不漂亮,"他承认,"但这兔子有什么相关?"

"她有可能找到配偶吗?就算有强大图腾的男子能配得上她,有那么多妇女可供他们挑选,他们怎么可能会选她?当她成长为妇女时,她会是什么样的处境?如果她找不到配偶,她就没有自己的地位。"

"这点我也想过,你的办法是什么?"

"如果她是一个女巫医,就会有自己地位的,"伊扎建议说,"而且她已经成为我的女儿。”

“但是她不属于你的家系,伊扎。她不是你所生。只有你的亲生女儿才能继承你的衣钵。”

“我知道,但我现在已有一个女儿,为什么不能同时训练她们俩学习医疗魔法?你不是在我抱着她的时候给她命名的吗?你不是还在同一时间宣布了她的图腾吗?这些已使她成为我的女儿,被家族接受,成为家族的一员,难道不对吗?”

伊扎强烈地发问,继续单刀直入,生怕克莱伯作出任何她不愿听到的回答。“我想她具有医疗方面的天赋,克莱伯。她表现出了兴趣,她常在我施法时提出问题。”

“我从没见过有人问的问题和她一样多。”克莱伯插话说,“而且她问的问题几乎涉及方方面面。她必须学会,问这么多的问题是不礼貌的。”他补上一句。

“但是你看看她,克莱伯。她见到一只受伤的动物,就希望治好它。这是她将成为一名女巫医的信号,我可是从来没有见到这样合适的人选。”

克莱伯沉默了,他若有所思地说:“接受她进入家族并不能改变她的所属,伊扎。她出生于外族,怎么能够学习你所有的知识呢?你知道,她并没有存储这方面的记忆。”

“但是她学得很快,这点你已经看到了。你看她多么快地就学会了谈话。你一定会惊讶她竟然已经学了那么多。她有一双灵巧的手,能轻轻地接触患者。而且我在上夹板时,是她抱住的兔子,兔子好像很信任她似的。”伊扎的身体略微前倾,“克莱伯,我们两人的年岁都不小了。一旦有一天我们撒手人寰,她将会有什么样的遭遇?你希望她总是从一个火塘被推向另一个火塘,永远都是一个负担,一个地位最低贱的妇女吗?”

克莱伯也担心这一点,但还没想到解决办法,只得把心中的想法和盘托出,“你确实能训练她学习医疗魔法吗,伊扎?”他问,仍然半信半疑。

“我能从那只兔子开始教她,让她知道该如何照料它。我敢相信,即使她没有储备医疗记忆,但她能学会的,克莱伯,因为我能教她。而且疾病和创伤的种类不太多,她又足够年轻,完全可以在没有记忆存储的情况下学会所有的治疗方法。”

“我会考虑这件事的,伊扎。”克莱伯道。

女孩正把兔子抱在怀里轻轻摇晃,对着兔子柔声哼唱。她看见伊扎和克莱伯在谈话,一下想到常看见克莱伯做手势召唤神灵,辅助伊扎的治疗魔法,于是她把毛茸茸的小动物带到了巫师面前。

“克莱伯,你可否祈求神灵治好兔子?”她把兔子放在克莱伯脚边,做着手势。

大莫格乌看着她恳切的脸。他从来没有为治疗一只动物祈求过神灵。他觉得有点滑稽可笑，但又不忍心拒绝她。他环视一下四周，见到没有人注意，就迅速地做了几下祈求神灵的手势。

"这样的话它就一定能好起来了。"爱拉信心满满地做着手势，然后看见伊扎已喂完了奶。她问，"可以让我抱抱婴儿吗，母亲？"兔子抱在身上让人觉得温暖，惹人怜爱，在没有婴儿可抱时，是很好的替代品，但现在，爱拉想抱抱真正的婴儿。

"当然可以，"伊扎说，"但是要小心，用我教你的抱法。"

爱拉抱着小小的女婴，就像刚才抱着兔子那样，一边摇晃，一边轻哼。"你会给孩子取什么名字，克莱伯？"她问。

伊扎虽然也很好奇，但绝没勇气问他。她们居住在克莱伯的火塘里，受他的供养。为降生在他火塘里的孩子命名，是他的权利。

"我还没有决定。但是，你必须学会不再问这么多的问题，爱拉。"克莱伯责备地说。但他仍然很高兴爱拉那么信任他的巫法，即使是为了一只兔子。他把头转向伊扎，补充了一句话，"我认为，可以把这只动物留在这里直到它的腿治愈。这是一只无害的动物。"

伊扎做了一个手势，低头表示默认。她的心里高兴得像有一股暖流在身体里流淌。她知道克莱伯不会反对她训练爱拉学医了，即使他没有明确地表示支持。对伊扎来说，只要克莱伯不阻拦，就已经足够了。

"我不明白，她是如何从她的喉咙发出那些奇特的声音的？"伊扎听到爱拉发出的哼哼声后问，借机转换话题，"听上去虽然不会让人觉得不舒服，但也太不寻常了。"

"这是本家族与外族人众多区别中的一个。"克莱伯做着手势说，仿佛在对一个崇拜他的学生剖析极其深奥的事实，"这些区别包括她不具备本家族的记忆存储，以及她会发出奇异的声音。不过自从她学习了正常谈话方式以来，她已不再常常发出这种奇怪的声音了。"

奥芙拉给克莱伯的火塘送来了晚餐。当她看见兔子时，惊讶程度不次于刚才的克莱伯。更使她不可思议的是，当伊扎让这位少女抱她的婴儿时，她看见爱拉竟然抱起兔子，摇摇晃晃，就像抱着婴儿一样。奥芙拉从侧面偷偷看了看克莱伯，看他对此有什么反应，但他好像还未注意到似的。她等不及要去告诉她的母亲。爱拉竟然想做一只动物的母亲。可能这个女孩的头脑不正常吧？她难道以为那动物会通人性？

没过不久，布仑溜达过来，对克莱伯打了一下手势，表示有话要与他谈。这与克莱伯所想不谋而合。他们一同走到洞口火堆处，离两家的火塘远远的。

“大莫格乌。”首领踌躇一下，说。

“嗯。”

“我曾经想过，大莫格乌。现在举行婚配仪式正是时候。我已决定将奥芙拉配给古夫；德路盖也已同意娶阿葛，她的孩子们和母亲阿芭都将去他的火塘生活。”布仑说完，仍想不出该如何说起克莱伯火塘里的那只兔子。

“你想在什么时候举行仪式？”克莱伯回答说。他心里明白布仑有其他的话要和他谈，但就是只字不提。

“我想再等一段时间，我不能叫两名猎人在狩猎的黄金季节受到影响。你认为什么时候举行他们的婚配仪式最好呢？”

布仑本想偷看一下克莱伯用石头垒起的火塘，但有些困难。克莱伯对这位首领表现出的狼狈暗自高兴。

“我将很快给伊扎的婴儿命名，命名仪式可与婚配仪式同时举行。”克莱伯建议道。

“那我会通知他们的。”布仑说。他用一只脚站着，然后又换另一只脚，以便伸长脖子张望。他先看了看隆起的洞顶，地面，然后是山洞的后部和洞的出口，似乎很不经意，并没有明目张胆地看一眼正抱着兔子的爱拉。出于礼貌，家族习俗要求人们不窥视别人家火塘范围内发生的一切。但他要想了解关于兔子的事，他首先必须眼见为实。他努力想以一种能让对方接受的提问方式抛出问题。克莱伯耐心等待着。

“你的火塘里怎么会有只兔子？”布仑迅速地做着手势道。他知道窥视别人的火塘极不礼貌，因此自己是处于不利地位的。克莱伯不慌不忙地转过身来，看着在自己火塘周围的伊扎和她的孩子们。伊扎完全知道正在发生什么。她忙于照顾自己的婴孩，希望不要把自己卷进去。爱拉是目前麻烦局面的根源，却对此一无所知。

“这是一只无害的动物，布仑。”克莱伯在回避。

“但是它怎么会到山洞里来的？”首领反问道。

“是爱拉带进来的。它的腿断了，她要求伊扎给它接骨。”克莱伯说，语气似乎认为这是一件太寻常不过的事，没有什么值得大惊小怪的。

“过去可从来没有一个人将一只动物带进过山洞。”布仑为自己不能找到一个强有力的反对理由而感到有些沮丧。

“但你不能否认它不会造成伤害吧？它不会长时间留在洞中的，只要等到腿痊愈，就会放它出去了。”克莱伯的回敬十分镇静，而且振振有词。

只要克莱伯有意把这只动物留在洞内，布仑就想不出什么好点子能使他放弃坚持。这是他自己火塘范围里的私事！过去并没有什么严格的成规习俗禁止把动物留在洞内，但是也从来没有发生过把动物带进山洞的事。

不过，这不是布仑心病的来源。真正的问题出在爱拉身上。自从伊扎捡到这个女孩以后，发生的许多不寻常的事情几乎都和女孩有关，而且每件有关她的事都是没有先例的，而且她现在还只是一个孩子。等她长大后，真不知道有多少事要使他为难！布仑心中没数，不知道该如何对待她，也不知道该怎样把这些疑问告诉克莱伯。克莱伯看出他兄弟的忧虑不安，想出了另一个能把兔子留在火塘里的理由。

“布仑，主办家族大会的家族养了一头幼洞熊在他们的山洞内。”大巫师提醒他。

“这是不同的，那是乌萨斯，而且是为了庆祝熊的节日。洞熊早在人类以前就住在了山洞内，而兔子并不住在山洞里。”

“但幼熊作为一头动物，原来也并不在山洞里，而是被人带进洞内的。”

克莱伯有理有据，布仑接不上话了。但他仍然想不通，为什么女孩那时要把兔子带进洞里呢？如果不是因为她，问题可能不会发生。反对爱拉的想法已经在布仑的心里深深扎根。但他不便发作，选择让问题暂时平息。

在举行命名仪式前的一天，天气寒冷，但阳光明媚。最近下的几场小雪使克莱伯骨痛发作。他确定一场暴风雪即将来临。他要在冰雪封冻以前，趁最后几个晴朗的好天气，出去欣赏一下野外的景色。他带着爱拉沿着小溪旁的小路慢慢走。爱拉终于有机会试试她的新鞋。这双鞋是伊扎做的。她把野牛皮切割成圆形，连同皮上残留的绒毛一起鞣制，再涂以过量的动物脂肪，可以防水。再沿圆片的四周钻许多小孔，用皮带抽紧像小袋似的包在女孩的脚踝周围，把带毛的部分包在了里面，有很好的保温效果。

爱拉穿着这双新鞋很是高兴。她神气活现地陪老人走着，把脚抬得高高的。她把雪豹皮披在披身的外面，一块柔软的兔皮绒毛向里搭在头上，盖住她的两个耳朵，把兔的两腿上的毛皮系在了她的下巴下面。她一会儿蹦蹦跳跳地走在前面，一会儿又跑回来跟在老人的旁边，放慢她精力充沛的步伐，以便与一瘸一拐的克莱伯走得一样快。他们轻松安适地走了一程，默默想着各自的心事。

该给伊扎的婴儿取什么名字呢？克莱伯思考着。他爱他的同胞，想取一个她会满意的名字，不要取一个来自她配偶方面的名字。想到这里又使他回忆起那个曾经是伊扎配偶的男人留给他的极坏印象。她的配偶使她受尽痛苦和折磨，曾使克莱伯愤怒之至，但又无可奈何。时光再往回倒几年，克莱伯又想起，当自己还是一个男孩时，这个男人就曾经嘲笑他，因为他不会打猎而称他是一个妇人。克莱伯猜想：后来他应该是害怕我大莫格乌的权力，才停止了对我的嘲笑。我真的非常高兴伊扎生了个女孩。如果生了个男孩，就太便宜那个男人了，即使他已经去了神鬼世界。

当这个令他生气的男人不在人世之后，克莱伯在他火塘里享受到的乐趣超出了他预想的程度。由于他已是一个小家庭的家长，对家庭里的人负有责任，供应她们吃和穿，他终于尝到之前从未体会过的作为男子汉的滋味。他察觉到其他男人也对他怀有了一种不同的敬意。不但如此，他还发现他现在对猎人们狩猎产生了更浓厚的兴趣，因为猎人们每人都要将猎物的一部分奉献给他。从前，他关心各种狩猎宗教仪式；现在，他更关心他所供养的人能过上好日子。

"我想伊扎一定也非常快乐。"

他自言自语地说，一想到她毫不吝惜对他的关怀和感情，为他备餐、照顾他、预知他的需要……心里便感到一阵温暖。她是唯一一个自己最亲近的人，几乎成为自己的配偶。爱拉也使他非常愉快，他发现这个女孩与本家族的孩子有本质上的不同，引起了他的兴趣；训练她也是一种挑战，正像一位老师遇到一个聪明、听话、但又不寻常的小学生一样。新生的婴儿对他来说同样吸引人。最初，当伊扎把婴儿放在他的膝上，他会非常不安，但很快，他便克服紧张，观察到婴儿的两只小手会无规则地乱抓，小眼睛不停地看这看那。这使他陷入沉思：这样一个未发育的小不点竟然会慢慢长大，成为一个成年妇女，实在是不可思议啊。

他想：她的出生保证了伊扎家系的延续。伊扎的家系地位崇高，我们的母亲就曾经是家族中一个极有声望的女巫医。许多其他家族的人常常来找她，不是带着病人来，就是来索取草药。伊扎本人的医术也同样卓著。她的女儿将来极有可能和她一样出人头地。她理应有一个好的名字，衬得上她源远流长而人才辈出的家系。

克莱伯想到伊扎的家系，又回忆起他们母亲的母亲。对他，她总是慈祥和蔼。布仑的出生使母亲对克莱伯的照顾有所减少，但母亲的母亲却依然对克莱伯照顾备至，甚至超过他的母亲。而且她的医术也广受好评，甚至曾治疗过一个出生于外族的男子，正像伊扎治疗爱拉那样。"真的很遗憾伊扎没能认识我们母亲的母亲。"

克莱伯沉思到一半，突然停下脚步。

有了！我知道该给婴儿取什么名字了。他为他的灵机一动感到高兴。有了主意之后，他就把注意力转到了考虑婚配仪式上。他想：古夫这个年轻男子是他心爱的助手，为人沉默寡言，严肃老成，也很讨他的喜欢。他的野牛图腾匹配奥芙拉的河狸图腾足够强大，没有问题。奥芙拉干活努力，几乎不需要男人的责骂。她是他的一个很好的配偶，一定能为他生下子嗣；古夫也是一个很好的猎手，将使她丰衣足食。当古夫继自己当上大莫格乌后，虽然不能参加狩猎，但他可分到巫师应得的猎物份额，因此可以弥补这一部分的损失。

古夫能否成为一名强有力的莫格乌？克莱伯怀疑地摇了摇头。虽然，他很喜欢他的助手，但他知道，自己的成就对古夫来说是可望而不可即的。他的残缺身躯使他不能参加正常的狩猎和找到配偶，从而使他有时间集中精力，以极强的毅力钻研巫术，这是造就他成为伟大大莫格乌的原因所在。他是在家族大会的宗教仪式中统一所有其他莫格乌的大莫格乌，而那样的宗教仪式是所有仪式中最神圣的。他虽然已成功地将本家族男人们的思想统一为一个思想，但相比统一来自其他家族的训练有素的巫师们，后者的复杂程度和表现出的卓越巫术简直前无古人后无来者。家族大会每七年举办一次，上一次大会是在地震前的夏季举办。克莱伯忽然想到：如果我能活到下一届家族大会并前去参加，那将是我能参加的最后一届了。

克莱伯又把他的思想带回到婚配仪式上。在这次仪式中，还将举行德路盖和阿葛的婚配。德路盖是一名有经验的猎手。长久以来，他高超的狩猎技巧为人称道，特别是他还有制作石器工具的优秀技艺，这是大家都公认的。他的性格就像他配偶的儿子一样，是沉默而严肃的。他和古夫有相同的野牛图腾，他们两人在许多方面都十分相近，克莱伯认为是德路盖图腾之神创造了古夫。他想：德路盖的配偶被召唤到了另一世界，真的很遗憾。他俩对彼此的热爱，阿葛是无论如何也不可能追上的。但是，德路盖和阿葛都需要婚配，而且阿葛可能会比德路盖的第一个配偶生育出更多孩子。这是个合适的婚配。

克莱伯和爱拉正一边走一边想，突然一只兔子蹿了出来，吓了他们一跳。女孩想起山洞里的兔子，并使她的思想回到一路上都在考虑的问题——伊扎的婴儿。

“克莱伯，婴儿是怎么进入伊扎的身体的？”女孩问。

“妇女吞下了男人的图腾精灵。”克莱伯毫不思索地打着手语回答，仍然执著地思索他自己的问题，“它和她的图腾精灵会在妇女的身体内打仗。如果男人的精灵打败了妇女的精灵，就会留下它的一部分，萌发成为一个新生命。”

爱拉看一下她的周围，试图看见无所不在的精灵但一无所获。不过，既然克莱伯说它们存在，那就不会有错的。

“是不是任何男人的图腾精灵都能进入妇女的身体？”她又问。

“是的，但是只有更强大的精灵能打败她的精灵。男人的精灵中，通常是妇女配偶的精灵，优先进入妇女的体内。因为它是最接近的，但如果它胜利不了，就要乞求另一个精灵的帮助。另一个精灵如能战胜，就会留下它的最杰出的那部分。如果出生的男孩具有他母亲配偶相同的图腾，那么这个男孩会很幸运。”

克莱伯小心地解释说。

“是不是只有妇女才能生出婴孩？”她问，提到了正题。

“是的。”他点点头。

“那么，是不是妇女必须有配偶后，才能生出婴儿？”

“不一定，有时她在婚配前就吞下一个精灵，也会生出婴儿；但如果她没有及时婚配，那么这个婴儿就是不幸运的。”

“我能够有一个婴儿吗？”她问，语气饱含期盼。

克莱伯想到了她强大的图腾。它的生命力实在太强，任何男性图腾，即使有其他精灵的帮助，也无法战胜她的图腾，这一点她自己将很快就会发现，我就不要太直接了，免得她伤心。

“现在你还没有长大。”他闪烁其词。

“什么时候我才足够大？”

“当你长成一个妇人时。”

“什么时候我能成为一个妇人？”

克莱伯现在才想起来她是有问不完的问题的。“当你的图腾精灵第一次与另一个精灵打仗时，你会流血，这就是一个信号，表示侵入的精灵受伤了，在你的身体里留下了一些东西，使你的身体做好产生婴儿的准备。你的乳房会胀大，当然还会有一些其他的变化。在这以后，你的图腾精灵会与其他精灵发生定期的战争。当你应当流血却没有血从身体里流出时，就说明你吞下的精灵战胜了你的精灵，你的身体里就有了一个新生命了。”

“那究竟什么时候我才可以成为一个妇人？”

“可能在当你经历了八至九次四季更迭之后吧。那时候大多数女孩都会发育成为妇人，但有的女孩七次就够了。”克莱伯回答。

“那么，那是多长时间呢？”她紧紧地追问。

这位耐心的老巫师长长地吁出一口气。“你过来，看看我能否为你解释明白。”他说着，拾起一根树枝，并从他的口袋里掏出一把石刀。他怀疑她是否能理解，不过顶多就是再问答她的问题就是了。

这个家族的人对于数目这个抽象概念难以理解。大多数的家族人对数字的思考不能多于三个：你、我和另一个。这无关智力；因为布仑能立即察觉二十二人的家族中有一人失踪。他能在脑海中迅速地刻画出家族中每一个人，从而辨认出失踪的是谁。这个过程用时很短，常常是他下意识地完成了。但将每个个体转化为“一”，这一步很困难，许多人掌握不了。他们会提出问题：“为什么这个人是‘一个人’，而下一次却说那个人也是‘一个人’——他们是完全不同的人啊？”

这个家族的人不具备抽象综合和演绎推广的能力。他们知道每一件事物的名称,例如:他们知道栎树、柳树、松树等,但是没有所有树木的总称为"树"这个普遍的概念;每一种土壤、每一种岩石,甚至不同种类的雪他们都有相对应的名字。该家族的人在生活中依靠他们强大的记忆力和存储记忆的能力——几乎所有记忆中的事物他们都不会忘记。在他们的语言中充满了色彩和描绘,但几乎完全没有抽象的概念。抽象概念在他们的性格、习惯和发展方式中是格格不入的。他们依靠大莫格乌为他们的少数几件大事跟踪计数。例如:家族大会的间隔时间、家族成员的年龄、配偶仪式后间隔的时间和新生儿出生后的第一个七天等。他们认为克莱伯能够记数也要归功于他的巫术。

克莱伯坐了下来,把树枝固定在他的脚和一块岩石的中间。"伊扎说,她估计你的年龄略比伏恩大一点。"克莱伯开始说,"伏恩已经历了他的出生年、学步年、哺乳年和断乳年。"解释的过程中,他每说一年就用石刀在树枝上割一道刻痕,"现在,我要给你加上一道刻痕。这表示你现在的年纪。我如果伸出手,我的手指将与这些划痕完全符合,看到了吗?"

爱拉专心地看着刻画的标记,伸出了她的一只手,看着自己的手指。她忽然快活起来。"我活了这么多年啊!"她边说边将她所有的手指都伸到克莱伯面前,"但是,还要几个手指头我才能有一个婴儿?"她问,她对生殖比记数更感兴趣。

克莱伯像遭雷击中似的待在那里。为什么这个女孩能如此迅速地掌握这种概念?她甚至没有问一问刻痕与手指有什么关系,或二者与年份又有什么关系。他为了使古夫明白,不知重复了多少遍。克莱伯又刻了三道,并放上三个手指头。但他只有一只手,要进行这项计算有点困难。爱拉看看她自己的另一只手,立即把拇指和食指弯起来,伸出三个手指。

"当我这么长到这个岁数时,我就能有一个婴儿了?"她问,一齐伸出她的八个手指,克莱伯肯定地点点头。接着,她放下第一只手,只留下刚才伸出的三个手指。她的第二次动作引起了他的惊奇,这又是一个概念,他可是花费了许多年才掌握了这个概念。

"还要这么多年,我才足够大,才能有一个婴儿。"她满有把握地伸开三个手指,对她的推理表示信心。这位老巫师从内心感到震惊,这是不可想象的!一个孩子,一个女孩子,竟如此容易地得出结论。他激动万分,甚至忘了对她的预测作出评价。

"这是可能的最早的时间。或许用不了那么多年,"他定了定神,说,在树枝上又刻了两道痕,"也或许还要再多些年。这说不准。"

爱拉稍稍皱一下眉头,伸出她那只手的食指,然后又伸出拇指。"那到底是多几年呢？"她问。

克莱伯将信将疑地看着她。他们已进入一个新领域,即使他在这个领域也感到吃力。他有点后悔,不该开这个头。如果布仑知道这个女孩竟掌握了只有莫格乌才懂得的如此强大的巫术,他会不高兴的。但是,他也产生了强烈的好奇:这样深奥的学问她真能理解吗?

"用你的两只手,把所有的刻痕标记用手指一一盖住,"他指示着。当她小心地照做后,克莱伯又画了一道刻痕,并用他的小指盖上,"下面的标记已由我的小手指盖上了。在第一组的两只手手指的标记之后,你要想着另一个人手的第一个手指,然后又是另一个人手的第二个手指,懂吗？"他做着手势,仔细地注视着她。

女孩的眼睛一眨都不眨。她看看她自己的手,又看看克莱伯的手,然后做了一个鬼脸,使克莱伯知道这表示她很快乐,然后又使劲地点头,表示她听懂了。她的理解又有了一次飞跃,这一跃几乎超出了克莱伯的理解能力。

"也就是说,在这以后,有另一个人的手,然后,再有别的另一个人的手,对吗？"她问。

这一次对克莱伯大脑造成的冲击使他开始眩晕。克莱伯能很困难地数到二十。超过二十的数就模糊地归为不明确的无限大数,"许多"。他仅在极少的几次场合中,通过深入沉思,悟出过这个概念的轮廓,而爱拉却如此容易地就理解了。想到这里,他对她点了点头。至此,他发现女孩的思想与他自己的思想竟存在如此大的鸿沟,使他为之一震。他心乱如麻,急于使自己镇静下来。

"你告诉我,它的名称是什么？"他换了个话题,举起刚才用来刻画标记的树枝。爱拉仔细看了看,又想了一下。

"柳,"她说,"我想它叫这个名称。"

"对,"克莱伯回答。他把手放在她的肩上,直接注视着她的眼睛,"爱拉,你最好不要把刚才我们谈的问题讲给任何人听,能做到吗？"说完,他用手触碰了一下树枝上的标记。

"是的,克莱伯。"她回答,感到这句话对他说来意义重大。她已比任何人更理解克莱伯了,伊扎除外。

"现在是该回去的时候了。"他说。他想独自一人留下来思考。

"我们必须要回去吗？"她恳求地说,"待在野外还是很舒服的啊。"

"是的,我们必须回去。"他说,借助他的手杖把自己支起来,"当一个男人已作出决定后,如果你还要提出问题,就是不恰当的,爱拉。"他轻轻地责备一句。

"是,克莱伯。"她回答,低下头表示接受。这是她曾经学到的礼节。他们在回山洞途中，爱拉默默地走在克莱伯的旁边，但很快又焕发出她的青春活力，一会儿跑到了克莱伯的前面，一会儿又举着树枝和岩石跑回来，告诉克莱伯它们的名字；如果叫不出时，就问克莱伯。克莱伯漫不经心地回答着，发现自己很难使激动的心绪平静下来。

天色破晓，曙光照进了尚被黑暗笼罩着的山洞。从洞外透入一股清新而略带霜冻气息的空气，预示一场大风雪即将降临。伊扎躺在床上，借着熹微的晨光仰望着洞顶熟悉的渐趋清晰的轮廓。今天是她女儿的命名日和接受成为家族正式成员的日子。从此，她的女儿将得到人们的承认，将能够名正言顺地抚养长大。她盼望着早日解除强制她坐月子的禁令，这种禁令使她在停止流血以前，只能与家族的妇女们接触。

在女孩子的月经初潮开始时，她会被要求离开家族，到别处去度过第一次的月经期。如果这事发生在冬季，年轻的妇女也可独自躲在山洞后面另设的一处地方，但仍需在翌年春季，再出洞外，单独过一次月经期。对年轻而又无武器防身的妇女来说，在野外独自生活既令人害怕又充满危险。她们早已经习惯在整个家族的保护下和集体一起生活。这种单独生活的尝试，是标志女孩成长为妇女的必由之路。正像男孩子要完成第一次杀伤，才能标志他们成为成人男子一样。但不同的是，女孩子回来时，并不举行什么宗教仪式。女孩离开家族后，要找到一个栖身之处，生起火堆防止野兽袭击。她的母亲被允许一天去看望她一次，带给她食物，并给她安慰。即便这样，女孩失踪的情况还是常有发生。失踪女孩的遗体常被狩猎或采集的家族人发现并带回。一旦女孩失踪或是遇难，她的母亲在一定时间内是不被允许向其他人透露这个消息的。

关于精灵在妇女体内打仗，留下精灵的要素和产生生命的说法，对男子们说来是神秘莫测的。妇女在月经期流血时，表示她的图腾的要素占据上风，战胜了男性的图腾精灵，逐出了他的受孕要素。如果妇女在月经期间对任何男子看一眼，男子的精灵就又会参加到这场必输的战役中去。为了使男子的图腾能够获胜，使生命得以繁衍，妇女的图腾必须弱于男子的图腾，因为妇女的图腾即使较弱，也能从她的生命中获得力量，不似男子的图腾在女子体内孤立无援。当男子图腾获胜，将受孕要素留下后，妇女就从自己的身体中汲取营养，孕育新的生命。

在现实世界中，男子远比妇女体格高大、肌肉强壮、威武有力，但是，在那可怕的看不见的世界里，妇女却被赋予更大的潜力。男子们相信，使妇女们体格较小、较弱，供男子们支配，实际是一种对平衡的补偿，使妇女不能施展她们的全部潜力。如若不然，平衡就要被打破，变成妇女统治世界。不许妇女们正式参加家族的宗教活动，就是不让妇女们知道造物赋予她们的强大潜能，从而使她们处于无知的状态，以供男子们驱使。年轻的男子们在第一次参加成丁仪式时，就会被告知，这种秘密的宗教仪式应杜绝一切妇女参加。否则，当男人们在举行秘密宗教仪式时，即使只是被妇女偷看一眼，也将产生灾难性的后果。家族里流行的传说称，从前妇女们才是负责与神鬼世界交往的人。只不过后来，男子们从她们那边夺去了巫法，但却没有夺去她们的潜力。许多青年男子一旦得知了其中奥妙，他们就会以新的视角看待妇女们，严肃认真地承担起男子的责任，对妇女必须加以保护、供应衣食，同时还必须完全掌控她们，否则肉体力量和精神力量的微妙天平将会倾斜，从而导致家族生命的延续受到威胁。

因为在月经期间妇女精灵的力量极为强大，所以妇女要受到隔离。她只能和妇女们在一起，不许触碰可能会供男子享用的食物，在一些不重要的工作上消磨时间，比如：采集木头或鞣制只供妇女穿戴的兽皮。这时的男人们并不承认她的存在，不仅全然不理睬她，甚至也不去申斥、指使她。如果偶尔男人的目光落在她的身上，就会像看不见她似的；她几乎成了一团空气。

这种隔离妇女的做法很残酷，类似于一种名为咒死的惩罚。咒死是家族的最高刑罚，只用于惩处犯有严重罪行的家族成员。而且只有家族首领有权执行咒死。他命令莫格乌召来恶鬼，并宣布处以咒死。尽管呼唤恶鬼对巫师和整个家族来说都危险重重，但莫格乌没有权利拒绝。罪犯一旦被处以咒死后，就不再被家族的成员提及，甚至不被任何人看见。他被忽略，被放逐；不再有存在感，好像已死了似的。他的配偶和家庭哀悼他的死亡，也自然不再分一份食物给他。少数受到咒死的人离开家族出走，以后就再也不曾见到。大部分的人干脆就不吃不喝，践行受到的处罚。他们对自己被咒死已深信不疑。

有时，咒死只被执行一段时间。但即使如此，也常常能致人死命，因为罪犯常在咒死期间就放弃了自己的生命。但如果他活着熬过了这段有限的咒死期，就仍会被家族接纳为正式成员，恢复至原来的地位：他已因咒死而向家族偿还了宿债，他的罪行也可被一笔勾销。很少有人能犯下这么深的罪，因此这种惩罚也很少出现。尽管妇女诅咒会将她们部分性和暂时性地隔离，大多数妇女还是欢迎这种定期的隔离的，因为在隔离期间她们可躲开男人们无休止的索求和监视的眼睛。

伊扎盼望在举行命名仪式之后自己能扩大与人的接触范围。她已对居住在克莱伯火塘的界线内感到厌烦。在大雪来临前的最后几天里，她总是满怀期待地看着明亮的阳光从洞口照射进来，焦急地盼望克莱伯发出信号，宣布他已准备就绪，家族人也已集合完毕。命名仪式通常在早饭前，也就是太阳升起后不久举行，因为在夜间保护家族的图腾此刻仍留在附近，尚未走远。终于，她看到克莱伯出现了，对她示意，她急忙抱着婴儿，向洞口的大莫格乌和家族众人的方向走去。她站在大莫格乌面前，眼睛往地上看，揭开婴儿的襁褓，将婴儿用双手高高托起。大巫师在她头上扫视一下，然后做出手势，召唤神灵，并挥舞着手臂开始了命名仪式。

古夫托着一个碗。大莫格乌蘸了一下碗里的红色的赭石油膏，以婴儿的眉峭中间为起点，画了一条线，一直延伸到婴儿的鼻尖。

“尤芭，这个女孩的名字叫尤芭。”大莫格乌说。这个裸体的婴儿被洞口一阵冷风吹得号哭起来，哭声表明婴儿很健康，淹没了家族人咕哝着的赞许声。

“尤芭。”伊扎重复说，把冻得直哆嗦的婴儿抱在手臂上。她想：这是一个完美的名字。她希望她的女儿知道，她被取名叫尤芭。家族的成员鱼贯地通过伊扎面前，口里重复着这个名字，使他们自己和自己的图腾都能熟悉这个家族的最新成员。伊扎小心地低着头，避免与任何一个男人的视线接触。过后，她用温暖的兔毛裹住婴儿，贴身地揣在自己的披身里。当她开始给婴儿喂奶，婴儿的哭声一下就停止了。伊扎回到妇女中，坐在她自己的位置上，为接下来的婚配仪式让路。

只有在婚配仪式中，才会在神圣的油膏中添加黄色赭石。古夫在他自己的婚配仪式上不能充当大巫师的助手，因此把盛有黄色油膏的碗递给了大莫格乌。大莫格乌只得用他的残右臂和他的腰紧紧夹住那个碗。古夫站在这位圣人面前，等候格洛德和他配偶的女儿的出现。尤蔻此刻的心情很复杂，既为她的女儿有一个好配偶而自豪，也为女儿离开她的火塘而悲伤。这时，只见奥芙拉穿了一件新披身，低头看着脚，紧跟在格洛德的后面款款走来。她矜持地低着头，害羞的脸庞是如此光彩照人。从她的表情可以明显地看出，她很满意首领为她选择的配偶。她盘腿坐在古夫面前，仍旧不敢抬头。

大莫格乌做着无声的手势，与神灵对话，然后用中指蘸了一下油膏，在古夫的图腾标记疤痕上画出奥芙拉的图腾记号，表示他们图腾的结合。接着，又把古夫的图腾标记画在她的身上：沿着她疤痕的线条，模糊了她的图腾；表示古夫对她的占有。

“野牛之神，古夫的图腾之神，你的标记已战胜奥芙拉的图腾之神，河狸之神。”

大莫格乌做着手势：“愿乌萨斯能同意这样的安排。古夫，你接受这个妇人为你的配偶吗？”

古夫的回答是用手指敲敲奥芙拉的肩膀，并做手势告诉她，跟随他进入他们的新火塘。这个新火墉是在山洞内用卵石新垒起的。奥芙拉站起身，跟随在她新配偶的后面。她没有选择的权利,因此不必问她是否接受他。这一对配偶将在新火塘里被隔离十四天,在此期间,他们将分开睡觉。隔离结束后,男子们将在小洞室内再举行一次秘密的宗教仪式,增进他们的结合。

在这个家族,男女间的婚配纯属于精神范畴。婚配仪式包括先向全家族宣告,然后在男人们参加的秘密宗教仪式中完成。在这个原始人类社会中,性是天经地义并且不受约束的,就像睡眠和饮食一样。儿童们会像学习其他技艺和习俗一样,从小就开始模仿成人们的行为,性交也在其中。常常有些青春期的男孩,处于儿童与成人的中间地带,尚未做过第一次狩猎杀伤,就破坏了一个女孩的处女膜,而这个女孩甚至还没有达到月经初次来潮的年龄。当女孩的处女膜破裂流血,男孩却往往并不害怕,只是略带惊疑地不顾女孩子的痛苦撒手不管。

一个男子可以找到任一女子满足自己的性要求。但有一条禁律例外,建立在家族长期遵守的传统基础上,即男子不得与他的女性同胞手足发生性关系。男女一般都会出于对各自配偶的忠诚,不与配偶外的异性发生关系,但当有男子正处于性饥渴的状态而身边的女子恰巧不是他的配偶时,家族的习俗认为男子此时不应当压制自己的欲望。当有男子向女子提出性交要求,女子如不反对,便会细腻地做出羞答答的手势,暗示对男子有好感,可以接受对方的要求。家族认为,新生命的产生源于无所不在的图腾要素;在他们的概念中,性交与婴儿的出生之间是没有任何联系的。

第二个仪式是德路盖和阿葛结为配偶。这对配偶将与家族隔离,只有与德路盖同一火塘的其他成员可自由地进出火塘。当第二对配偶进入山洞后,妇女们一齐聚集在伊扎和她的婴儿的周围。

“伊扎,这个婴儿太完美了。”爱菠拉对婴儿赞不绝口,“我承认,当知道你怀孕后,我一直在为你担心。”

“神在保佑我呢,”伊扎做着手势,“一个强大的图腾之神一旦屈服后,就一定会赐给我一个健康的婴儿。”

“我怕那个叫爱拉的女孩的图腾会产生坏影响。毕竟她的相貌奇异,图腾又强大,很有可能会使婴儿畸形的。”阿芭这样评论。

“爱拉是幸运的,她给我带来好运。”伊扎立即反驳说,同时看一下爱拉有没有注意到她们的谈话。女孩正在看奥茄抱婴儿。她的身子靠向婴儿,眼光中闪烁着骄傲,似乎尤芭就是她自己的孩子。女孩虽然留意到阿芭的议论,但伊扎不愿她们在公开场合继续这样说,“她不是给我们全家族都带来了幸运吗?”

“但是,你没有生个男孩,算不上幸运。”阿芭固执己见。

“我一直希望生一个女孩,阿芭。”伊扎说。

“伊扎！你说的这是什么话！”妇女们震惊了。家族的妇女们很少承认自己偏向于生一个女孩的。

“我不认为她有错，”尤蔻起来为伊扎辩护，“她如果生了一个男孩，就要照顾他，给他喂奶，将他养大。而一旦他长成，就会离她而去：不是死于狩猎，就是以其他方式死去。而且几乎有一半的男子没能活到成年的那一天。至少我的奥芙拉现在还活着，而且可以平安地活许多年。”

妇女们对这位因山洞坍塌而失去儿子的母亲深表同情，都知道尤蔻曾经非常悲伤。爱菠拉机智地转换了话题。

“我不知道在这个新山洞里，我们会怎样度过这个冬天？”

伊卡说：“猎人们的狩猎进行得很顺利，我们也采集存放了足够多的食物。猎人们今天还要出去打猎，恐怕是入冬前的最后一次了。我希望贮窖里还有足够的空间，可以把到时捕获的兽肉都冰冻储存起来。男人们好像等得不耐烦了，我们最好赶快回去为他们做些吃的。”

妇女们依依不舍地离开了伊扎和她的婴儿，回到各自火塘内。爱拉坐在伊扎身边，伊扎就用一只手臂搂着女孩，另一只手臂抱着婴儿。伊扎的心情好极了——高兴的是可呼吸到清冽的、带有明媚阳光气息的初冬的空气；高兴的是她的婴儿不但健康，而且是一个女孩；高兴的是住进了新山洞，而且克莱伯决定照顾她；更加高兴这个瘦长、白皙、面容奇特的女孩陪在她身边。她看看尤芭，又看看爱拉，心想：她们是我的女儿。她们两个都是我的女儿。所有人都知道尤芭将成为一名女巫医，但是，我还要使爱拉也成为一名女巫医。我说到做到。说不定哪一天，她还会成为一位医术高明、声名远播的女巫医呢。

9

“暴风雪之神娶粒雪之神做配偶，粒雪之神生下的婴儿就是北方冰山之神。这个有耀眼光芒的婴儿慢慢长大，同时也扩展着领土，逼走了太阳神的温暖阳光，使大地寸草不生。这引起了太阳神的恨意，决心要消灭这个冰山之神。粒雪之神的同胞乌云之神发现了太阳神企图谋杀冰山之神。于是为了挽救冰山之神，乌云之神便在太阳最为强大的夏天，和太阳神发起决斗。”

爱拉坐在地上，膝上坐着尤芭，目不转睛地看着多夫讲述熟悉的传说。她虽早已知道这个故事，但仍被故事的魅力吸引住。这是她最喜欢的一个故事，怎么听都不厌倦。正蹒跚学步的尤芭已一岁半了。她被爱拉抱着，一刻不停地用小手握着爱拉的淡黄色长发，对爱拉头发的兴趣远大于听故事。爱拉一边用手从尤芭紧握着的小拳里松开她的头发,一边仍眼睛一眨也不眨地看着这位老人。老人坐在火堆旁,被饶有兴趣的家族人围在了中间,正以哑剧的形式讲着故事。

“经过些日子后，太阳神在战斗中胜利了。他打碎了寒冷坚硬的冰块,将冰融化成水,冰山的生命一度垂危。但几天后,太阳神又被乌云之神打败。乌云便遮盖住了太阳的脸,阻止其散发热量,使冰山之神渡过难关。尽管冰山在夏天里没有冰雪的补充而急剧收缩,但到了冬天,他的母亲便会从她的配偶处汲取营养,哺育她的儿子,使冰山又恢复健康。所以每到夏天,太阳都要置冰山于死地,但总有乌云遮挡太阳,使太阳不能将上一年积聚起的冰山全部融化。也正因为如此,每一年的冬季开始时,冰山的规模总会比前一年冬天时略扩大些;于是,它越来越大,分布面积也越来越广,每年都要侵蚀越来越多的土地。

“冰山的成长带来的是刺骨的严寒。呼啸的北风,飘舞的雪花,冰山之神不停下自己的脚步，一声不响地就将自己的领地延伸到人类居住的地方,降下大雪,打在家族人们的身上。人们哆嗦着,只得紧紧地依偎在火堆前面。”

正当多夫讲得起劲,一阵怒号的北风刮过山洞外的树林,发出了呼啸声,大大增强了故事效果,使爱拉觉得有一股冷流蹿上了后脊梁,好像正在体会故事中人们挨冻时的痛苦。

“家族人不知道该怎么办。他们说:‘我们的图腾之神为什么不再保护我们了？我们做过什么错事,使它们迁怒于我们？’家族的莫格乌决定亲自外出找到神灵,并与它们对话,一去就去了很长时间。许多人日夜盼望他回来,那些年轻人等得尤为焦急。

“一个名叫杜尔克的青年比谁都更不耐烦。他说:‘莫格乌不会再回来了。我们的图腾受不了严寒,都已离开我们了,我们也应该离开这里才对。’但家族首领反对离开,他说:‘我们不能离开这个家。这是我们祖先的家,也是我们图腾之神的家。它们并没有走远,它们虽然不满意我们,但如果使它们居无定所,远离它们熟悉的家,它们必将迁怒我们。我们不能离开这里,更不能将它们带走。再说了,我们有什么地方可去呢？’

“杜尔克据理力争:‘我们的图腾已经离开,但如果我们找到一个更好的家,它们还会回来的。我们可往南方走,跟着秋天迁徙的候鸟一起离开这寒冷的地方;当然也可走向东方,那是太阳的领地。我们可以去到那些冰山之神不能触及到的地方。冰山移动速度缓慢,而我们则可以跑得像风一样快,它永远也追不上我们。可如果我们留在这里,我们所有人都会被冻死的。’

“‘不,我们必须等到莫格乌回来。他会回来的,而且会告诉我们该怎样做。'这位首领下令。但是,杜尔克并没有接受首领看似合理的劝告,继续与家族人辩论,终于有少数人动摇,决定跟杜尔克一起离开这里。

"'留下来吧!至少等到莫格乌回来吧!'其余的人恳求他们。

"但是,杜尔克没有摇摆,他说:'莫格乌是找不到神的。他也不可能会回来了。我们现在就要离开这里。跟我们走吧,去找一个冰山不能到达的地方吧。'

"'不,我们坚决不走,'其余的人回答说,'我们将一直等下去!'

"决定离开的人们使他们的母亲和配偶悲哀万分,认为他们是在走向毁灭。但是,杜尔克他们终于还是走了。留下来的人们继续等着莫格乌回来。但许多天过去了,仍然没有莫格乌的踪影,他们开始怀疑了。他们觉得,当时如果跟着杜尔克离开这里就好了。

"然而,有一天,家族人看见一个奇异的动物在向他们走来。这头动物竟然不惧怕燃起的火堆。人们被吓得魂不附体,只能以疑惑的心情,眼看它一步一步向他们走近。他们从来没有见到过这样的动物。可是,等他们完全看清时,才发现那根本不是一头动物,竟然就是莫格乌!他穿着洞熊的毛皮,终于回来了。他告诉家族的人们,他已从乌萨斯——伟大的洞熊之神——那里,听取了许多教诲。

"他这样说:'乌萨斯教导我们要住在山洞内,穿上动物毛皮,在夏天狩猎和采集,为冬天储备食物。'于是,家族的人便永远记住了乌萨斯的话。虽然冰山之神努力想把家族赶出家园,却始终都没有得逞;不管冰山之神为人们送去多少冰冻和风雪,都没有使人们离开故土,都没有使人们为它让路。

"最后,冰山之神不得不放弃。它郁闷非常,不再与太阳神战斗了。乌云之神也因冰山之神拒绝再战而怒其不争,拒绝再向其提供帮助。于是冰山离开这片土地,要回它在北方的家,临走时还一起带走了严寒。太阳神欢欣鼓舞,乘胜追击冰山之神,一直把它逼到了它的北方老家。太阳的巨大热量使冰山在北方的大片土地上无处可躲,终于将其彻底打败。因此,有许多年,没有冬天,只有漫长的夏天。

"粒雪之神为失去儿子而忧伤,渐渐衰弱。暴风雪之神希望她再生一个儿子缓解悲伤,便乞求乌云之神的帮助。乌云之神怜悯他的同胞,便帮助暴风雪之神为她带来营养,使她又强壮起来。乌云之神还遮蔽住太阳神的脸,使暴风雪之神得以驰骋在大地上空,洒落他的精灵,让粒雪之神吞下去。终于,她又生出了第二个冰山之神。但由于人们依旧牢记乌萨斯对他们的教导,冰山之神再也无法将这个家族从他们的家里赶出去了。

"至于杜尔克还有那些一起出走的人们后来怎么样了呢?有的说,他们被狼和狮子吃了;有的说,他们在大洪水中溺死了;还有一些人说,他们的确到达了太阳神的领地。但太阳神认为杜尔克和他的人觊觎他的土地,大发雷霆,从天上放下一个火球,将他们统统烧死了。从此,再也没有人见到过他们。”

“听到了吧,伏恩,”阿葛每当听完杜尔克的古老传说,总是这样教育她的儿子,“你应当永远遵从你的母亲和德路盖，还有布仑和大莫格乌。不可以不听话,更不可以离开家族,否则,你也会像杜尔克那样永远地消失掉。”

阿葛的这些话给爱拉听在耳里。

“克莱伯,”爱拉对坐在她身边的克莱伯说,“你不认为杜尔克和他的人有可能找到了一个新地方,并居住了下来?他虽然不见了,但没有一个人看见他死了,不是吗?也就是说,他有可能依然还活在世上,对吗?”

大莫格乌说:“当然没有一个人亲眼看到了他们的死,爱拉。但是,他们仅有两三个猎人,要进行狩猎是有困难的。就算他们在夏季能猎到一些小动物,要想过冬,必须贮藏足够多的食物,一定要猎取大动物才行。这对他们来说非常困难,也非常危险。而且在他们到达太阳神的领地之前,沿途要经历许多次的冬天,生还几率微乎其微。同时,他们的图腾也需要居住的地方啊,居无定所的漫游只会使图腾抛弃他们。你一定不希望你的图腾抛弃你,对吗?”

爱拉不自觉地摸了一下她的护身符,说道:“我的图腾从未抛弃我,即使我孤单一人,无家可居时,也从没有离开我。”

“那是它在考验你呢。它不是让你找到了一个家吗?穴狮是强大的图腾,爱拉。它既然选中你,便会永远保护你。但是,所有图腾都喜欢有一个家。如果你心中装有一个图腾,它就会帮助你,指引你什么才是最好的选择。”

“要怎么判断呢,克莱伯?”爱拉问,“我从来没有见过穴狮之神。我怎么能知道它在指引我呢?”

“你是看不到你的图腾之神的,因为它是你的一部分,存在于你的身体内部。即便如此,它仍会告诉你一些事情,因此你必须学会理解图腾的话。如果你需要作出抉择,图腾之神就会帮助你,给你提示的信号,让你作出正确的决定。”

“是什么样的提示信号?”

“这很难说。通常是通过一种特殊的或不寻常的事物表现出来,比如一块你从未见过的石头,或形状特殊的植物根。你不能用眼睛和耳朵,而要用心灵和思维去试着理解。这样,你便会得到启示。只有你才能理解你自己的图腾之神,没人能告诉你该怎么做。机遇一旦成熟,你就会发现图腾之神留给你的信物。将它放在你的护身符里,将会给你带来好运。”

“在你的护身符里有没有你的图腾留给你的信物,克莱伯?”女孩做着手势,眼睛盯着挂在大巫师脖子上的一个鼓鼓囊囊的皮革袋。就在这时,女孩怀里的尤芭不安地蠕动起来。女孩便将她放到地上,让她向伊扎走去。

“有的,”他点点头,“是一颗洞熊的牙齿。那是当我将要被选为巫师助手时图腾之神赐给我的。这颗牙齿本该牢插在洞熊的牙床内,却出现在了我脚边的几颗石子中。当我一开始坐下时,还没有注意到它呢。这是颗完美的牙齿,既没有龋孔,也没有磨损。这就是乌萨斯给我的启示,使我作了正确的决定,当上了巫师的助手。”

“我的图腾也会给我启示的信物吗?”

“这谁也没法告诉你。也许,当你要作重大的决定时,就会出现吧。只要你身上带着护身符,让你的图腾能找到你,一旦机遇成熟,你就一定能发现启示。你可千万小心别把护身符弄丢了,爱拉。护身符是受你的图腾显圣后给你的,里面保存有你的部分为图腾之神所熟识的灵魂。没有了护身符,你的图腾之神漫游之后就找不到回家的路。迷路的图腾之身就会到神鬼的世界去安身。因此,你丢失了护身符,又不迅速将其找回,你会送命的。”

听到这里爱拉不禁颤抖了一下,感到自己脖子上挂着的小皮袋分量的沉重。但她还是惦记着不知何时才能从她的图腾那里获得启示。她问:“当杜尔克决定离开家族去寻找太阳神的领地时,他的图腾有没有给他启示呢?”

“这没有人知道,爱拉。在传说中没有提到这点。”

“我想杜尔克寻找新家的行为是很勇敢的。”

“就算勇敢,也只是逞一时匹夫之勇罢了。他的行为实际上愚蠢极了,”克莱伯答道,“他冒极大风险离开他的家族和祖先居住的家,为的是什么?无非是追求不同的事物,不满足停留在旧环境中。当时的一些年轻男子们可能会认为杜尔克很勇敢,殊不知随着他们年龄增长,变得更具智慧时,他们就会懂得那不是勇敢,而是愚昧了。”

“我倒是很喜欢他,因为他与别人不同,”爱拉道,“这是我最喜欢的传说。”

爱拉看见妇女们都站起身来往回走,准备做晚饭,便也站起身来跟在她们后面。克莱伯看着女孩的背影摇了摇头。每一次,他都以为爱拉是在真正学习、接受和理解家族的规矩,可爱拉说的一些话,做的一些事又总让他大跌眼镜。并不是说她做错了事,或做了坏事,而是不符合家族的处事方式。这个传说目的在于使听众明白,试图改变家族传统的生活方式是大错特错的,而爱拉竟对故事中年轻男子追求新事物的鲁莽行为赞美有加。虽然克莱伯不得不承认,她的确学得很快,但他也担心,她会一直坚持自己非家族式的思维方式。

家族的女孩们到了七八岁时，一般都能熟练地学会成年妇女的技能。许多女孩过了这个年龄，便会很快地婚配。自从伊扎在途中拾到爱拉以来，差不多过去了两年的时间。当时爱拉孤单一人，因为不知道如何寻找食物而濒临饿死。现在，她不但知道如何找到食物，还学会制备和保存食物的方法。她同时还学会了其他一些重要技能，虽然不能像年长和有经验的妇女们那样熟练使用，但至少在与某些年轻妇女相比时，她显得丝毫也不逊色。

她能剥离和修整一张毛皮，制作不同用途的披身、斗篷和口袋。她能从一张皮革中割出多条螺旋形的宽度均匀的皮带；将用动物的长毛、筋腱或粗纤维的树皮和根茎绑成或粗或细的坚固绳索，适用范围极广；能用坚韧的草、根和茎编织篮子、席和网，技巧精湛；能将一小块圆燧石打制成一把粗手斧，或在石块上磨出锐利的刃口，用作石刀或刮削器，令德路盖都印象深刻；她会从一截树段上剜成一只碗，并将其表面磨至细腻光滑；她还学会钻木取火，用两个手掌夹住一支削尖了的木棒，抵在一段木块上，反复搓动木棒，摩擦生成的热量渐渐累积，使木棒和木块的接触部分冒烟，变成焖烧的木炭，可以用来点燃干燥的易燃物。在取火的过程中，以均匀的压力搓动削尖的木棒不仅乏味而且费力，如果有两人能轮流分担，就会使取火容易得多。但以上这些还不算什么，更使人更惊奇的是她竟然学会了伊扎的医药学问，而这方面学问一般是来自一个家系的人以其本能继承下来的。克莱伯想：伊扎的确说对了，没有记忆的储备，爱拉也能学会，而且学得很快。

爱拉把甘薯削成小片，投到皮罐内，罐下的炊火使罐内的汤沸腾了。她把甘薯腐烂的部分削除掉，剩下可吃的部分就不多了。在山洞的后部是蔬菜的储存地，那里温度较低，而且湿度不大。但等到冬季将尽，蔬菜便开始软化腐败。她朝思暮想的春天，已在几天前初露痕迹。她看见冰封的小溪里出现了细流，这是大地即将化冻的最早出现的迹象之一。她迫不及待，希望春天能再快些来，这样她就可以看到树木泛绿，结出新芽；就可以割破槭树皮，收集渗出的树液。将这些树叶放在兽皮罐内一直熬煮，就能得到稠厚的糖浆，或结晶了的槭糖，然后贮存在桦树皮制成的容器内。桦树也能产生糖的树液，但甜度不及槭糖浆。

无休止的忙碌并不使她寂寞。在她看来，漫长的冬季和被局限在山洞中也不是那么令人厌烦。但她还是期盼春天的到来，直到一天早晨，风向忽转为南风，一直吹了几个小时，朝山洞带来海上湿热的空气。开始有融水从三角形洞口悬挂着的长长冰柱上流下。但随着风向又转为猎猎北风，气温骤降，这些融水又将冻结成冰。这些闪闪发光的冰柱尖顶朝下，整个冬季都在不断地加粗变长。但纵使是短暂的春之气息，也让大家察觉到，冬天行将结束了。

妇女们正在制备食物。她们一边聊天一边干活,不停地挥舞双手做着手势。冬天即将过去,食物储备也即将耗尽,妇女们便把食材归并到一起,合灶烹煮,但是,除特殊场合外,大家仍是在各自火塘就餐。在冬天的洞穴里,聚餐是常有的事——有助于调剂冬天足不出户的乏味——虽然,随着季节行将改变,聚餐早已没有往日的饕餮场面,但他们仍然有足够的食物。在两次暴风雪的间隔里,猎人们也能设法猎到一些小型动物,或是一头年迈的鹿,这些鲜肉虽然很受欢迎,但不是生活必需,因为他们手头还有足够多的干粮。妇女们仍然被故事的氛围吸引着,而接下来,要由阿芭讲一个关于妇女的故事。

"……婴儿是畸形的。母亲在首领的命令下,将婴儿抱到了洞外。但她舍不得让婴儿死去,便带着婴儿爬到了高高的树上,将婴儿挂在连猫也够不着的最顶端的树枝上。当她离开时,婴儿哭喊着;夜里,婴儿饿了,哭喊声听起来就像狼在号叫,闹得家族人都睡不着觉。婴儿没日没夜的哭喊使首领迁怒于婴儿的母亲。尽管如此,母亲仍然很高兴听到那哭喊声和号叫声,因为这让她知道,她的婴儿还活着。

"转眼到了命名的日子。母亲一清早就爬上树去,看见她的儿子不但仍然活着,连畸形也消失了!他是那么正常而且健康。家族首领本来不同意接纳她的儿子进入家族,但由于婴儿仍然活着,首领只能无奈地根据家族的习俗,为他命名,接纳他为家族成员。这个男孩长大后,成为了家族的首领,他永远感谢自己母亲当初把他放在了一个任何东西都不能伤害他的地方。即使在他婚配之后,他也一直把每次狩猎获得的猎物分一部分给他的母亲。他从不打她,从不骂她,永远尊敬着她。"阿芭表示故事讲完了。

"出生后的几天什么都不吃,哪有婴儿能活下来?"奥茄看了看她刚刚睡着的健康的儿子布拉克,有些不相信这个故事,"如果他的母亲不是首领的配偶,或者不是将要成为首领的男子的配偶,她的儿子怎么可能当上首领呢?"

奥茄对她出生不久的儿子感到骄傲。勃劳德也由于婚配后不久,他的配偶就为他生下一个儿子,而尤其感到自豪。就是布仑也放下了努力维持的尊严,抱起这个婴儿,眼中满是温柔,庆幸自己作为首领后继有人了。

"如果你没有生下布拉克,那么下一代首领将由谁来担当呢,奥茄?"奥芙拉问,"又或许,你一直没有儿子,而只有一个女儿呢?那时,如果恰好首领遇到什么不测,应该会由家族二把手的配偶来领导家族吧。"她对比她年轻的奥茄有些妒意。虽然奥芙拉早已成长为妇人,并且在奥茄和勃劳德婚配之前,就已被配给了古夫,但奥芙拉现在还没有一个孩子。

"不管怎么说,一个生下来就畸形的婴儿,怎么可能忽然变得正常而且健康呢？”奥茄反驳说。

“我猜想，这个故事是由一个妇女编造出来的。她生了一个畸形的儿子，却希望他变得正常并且当上首领。”伊扎说。

“但这是一个古老的传说，伊扎。这个故事已经不知传了多少代了。现在看来的确很不可思议，但在很早以前，也许的确存在那样的可能性也说不定啊。我们怎么能如此肯定呢？”阿芭说，维护着她的故事。

“很早以前，许多事情可能的确和现在不一样，但是，阿芭，我想奥茄的话是对的。一个婴儿生下来就畸形是不能忽然间变正常的，另外，从出生日到命名日，那么长的时间没有奶水的哺育竟然还能活着，似乎也不大可能。但是，这毕竟是一个古老的故事。谁知道究竟是怎么一回事呢，可能里面包含着某些真理呢！”伊扎微微让步。

当食物准备就绪，伊扎就把食物送回了克莱伯的火塘。爱拉抱起正在学步的发育极好的尤芭跟在后面。伊扎现在很瘦，不似几年前那么健壮了，大部分时间里都由爱拉带着尤芭。爱拉和尤芭两人之间有着特殊的深厚感情。不论爱拉走到哪里，尤芭都要跟她去，爱拉看上去对她的妹妹也丝毫不感到厌烦。

用过餐后，尤芭到她母亲身边去吃奶，但很快又不安分起来。伊扎咳嗽不止，令尤芭更加静不下来。最后，伊扎把不停哭闹的尤芭推向爱拉。

“把她抱开，看看奥茄或阿葛有没有奶喂她。”伊扎打着手势，心里的烦躁又引起一阵剧烈的干咳。

“你还好吗，伊扎？”爱拉做着手势，脸上露出忧虑的神色。

“我现在是一个老妇人了。生下这个孩子时我已年纪过大，所以现在我的奶已经干了。尤芭是饿坏了；上次，是阿葛喂了她一顿，但阿葛刚刚才喂过欧娜，应该没多少奶了。奥茄说，她的奶还有富余；你今晚就把尤芭带给她吧。”当爱拉抱着尤芭去找奥茄时，伊扎注意到克莱伯靠了过来看了自己一眼，脸上带着异样的表情。

爱拉抱着尤芭走路时十分小心。当她走近勃劳德的火塘时，把头低了下来，努力保持规矩的姿态。她知道，只要自己丝毫有违仪态，就会招来那位年轻人的怒火。她知道勃劳德正在千方百计想找到骂她或打她的理由。但是，她宁可受骂挨打，也不希望勃劳德因为自己曾激怒过他而让自己把尤芭抱回去。奥茄非常乐意给伊扎的女儿喂奶，但是一旁有勃劳德看着，她们之间一句话也没说。尤芭吃饱后，爱拉将她抱回火塘，然后坐在地上，来回轻摇怀中的尤芭，口里还低声哼唱着。这招总是很管用，尤芭很快平静下来，一下就睡熟了。爱拉自从来到家族，虽然已有很长时间忘记了她自己所说的语言，但她依然会用这语言哄婴儿睡觉。

“我已是一个老妇人，很容易烦躁不安，爱拉。”当爱拉把尤芭放在床上时，伊扎对她说，“当我生孩子时，我年纪已经太大了。现在，尤芭还没有到断奶的时候，我却已经不能分泌乳汁。她甚至还没完全学会走路呢，而我又能怎么办。明天我将告诉你怎样制备婴儿吃的特殊食物。只要我还有一点办法，我就不想把尤芭送给别的妇女。”

“把尤芭送给别的妇女？你不能将尤芭送人，她该和我们在一起！”

“爱拉，我也不想这样啊，可是我已经无法让她吃饱奶。我的奶一直不足，不可能每次都求别的妇女给她喂奶。奥茄的婴儿现在还小，吃奶不多，所以她还能剩下些奶，但将来布拉克长大些，她的奶就只够他一人吃了。阿葛也一样，除非她再生一个孩子，要不也不可能有多余的奶。”伊扎解释说。

“我希望我能给她喂奶！”

“爱拉，你虽然已长得像成年妇女一般高了，但是，你还不是，甚至还没有一点迹象显示你将很快成长为妇女。要知道，只有成年妇女才可以当母亲，而且只有当了母亲，才能分泌出奶。我们先定时给尤芭喂食，看看她适应的程度如何，但我还是希望你能懂得具体的操作。小孩吃的食物应该用特殊的方法制备，每种配料都应非常软嫩，因为她的乳齿还不能很好地咀嚼。谷物在煮之前要被磨得很细。肉干应该压成肉浆状，再加少量的水调成糊才能喂给她。新鲜的肉要先剔除坚韧的筋，蔬菜要捣成泥后才能给她吃。我们还有没有橡子？”

“上次我看时还有一堆，但被老鼠和松鼠偷吃了一部分，而且有很多也已经腐烂。”爱拉道。

“尽量找一些出来，然后滤去苦味，磨成细粉，掺到肉里。甘薯也是很适合她吃的食物。你知道那些蛤蜊壳放在哪儿吗？小小的蛤蜊壳对她的小嘴来说再适合不过了，她也要学会用这些蛤蜊壳吃饭。我很高兴冬天即将过去。春天会带给我们所有人品种更加丰富的食物。”

伊扎看到爱拉热切希望帮忙的脸上有忧虑的神色。她不止一次，尤其是在即将行将结束的这个冬天，发自内心地感激爱拉热心的帮忙。她常在思忖，如果当初还在怀孕中的她没有拾到爱拉这个女儿，她怎么能够应付大龄分娩后的种种困难。在这么大的年纪还给尤芭喂奶，已经榨干了伊扎的身体。虽然她总掩饰自己日趋恶劣的健康状况，从不提及胸部的疼痛和咳出的血痰，但她知道克莱伯已经看出了端倪，知道她的健康并没有像她努力表现出来的那样乐观。她想：克莱伯也老了。这个冬天对他说来也够他受得了。现在，他在他自己的小洞室里已经坐了好久，只有一支火炬能提供些温暖。

这位老巫师的蓬松头发已变短变白；他的关节炎再加上他的跛足，使行走成为痛苦的折磨;他的牙齿多年来代替失去的右手咬取东西,磨损得很严重,现在已开始隐隐作痛。但是,克莱伯长久以来已经习惯了与痛苦和折磨为伴。他的头脑也仍像过去一样能敏锐地洞察世事。他很担心伊扎。看到伊扎和爱拉在讨论如何为婴儿制备食物时,他注意到伊扎原本健硕的体格日趋羸弱,脸也更加憔悴了,眼睛深陷,显得眉嵴格外突出。她的手臂已变得那样细,灰白的头发逐渐取代了一头黑发。但最使他揪心的是她持续不断的咳嗽。幸好,冬天马上就要结束了,他心里想。她需要温暖和阳光。

冬天最终松开了它的冰冻之拳,让大地解冻,让温暖的春天带来充沛的雨水。山洞附近的积雪和冰块融化了,小溪水位上涨得很快,可以看到从高山上冲刷而下的大块浮冰。积雪的融水浸润了山洞前的泥地,人们进进出出的践踏,使地面下陷湿滑,泥泞不堪。只因山洞的入口处铺设了石块,使地下水能渗入石块间的缝隙,才使洞内得以保持一定的干燥。

但洞外的泥淖并不能将家族人约束在山洞里。他们已经窝在山洞里度过了那么漫长的冬季,只见他们一齐跑到洞外,迎接初春温暖的日光和和煦的海风。在积雪化尽以前,他们如果要外出,只能赤脚在冰冷的软泥上吃力地行走,否则,即使在吸水极强的兽皮脚套上再多搽上一层脂肪,也不能使脚保持干燥。而且脚套会陷入泥中拔不出来。伊扎这时忙于医治伤风的患者。在回暖的春天里,患伤风的人竟比天寒地冻的冬天还多。

随着季节推移,阳光使洞口地面的水分蒸发殆尽,家族人的生活节拍也随之加快了。他们在恬静而漫长的冬季里,靠讲故事、闲聊、制作用具和武器,以及其他坐着就能从事的活动消磨时间,现在到了春季,家族的人们又是一派积极活跃的景象。妇女们外出采集植物新萌发的嫩芽,男子们进行训练和演练,准备在新的季节里组织第一次大型狩猎活动。

尤芭已适应了新的喂食,茁壮成长着。不知是出于习惯,还是觉得这样暖和安全,她有时还是喜欢钻向伊扎怀里吃点奶。伊扎的咳嗽略有减轻,但仍很衰弱,不能走得过远。克莱伯又开始带着爱拉沿着小溪蹒跚地散步了。爱拉喜欢春天,觉得春季是四季中最好的季节。

伊扎由于不能离开山洞过远,因此爱拉习惯了在山麓间寻找植物补充伊扎的草药库。伊扎虽然担心爱拉一个人外出不安全,但其他妇女都忙于采集食用植物,而药用植物通常又不与食用植物生长在一处。有时候,伊扎会陪同爱拉外出采集,一路上都在指点爱拉认识新的植物,以及识别那些她已经熟悉的但还未长成的植物,以便晚些时候爱拉能独自出来采集。虽然,她们每次外出时,都是由爱拉抱着尤芭,但伊扎仍对这样为数不多的外出感到体力不支。出于无奈,伊扎逐渐放手,允许女孩独自外出。

爱拉发现自己非常享受独自出行,这让她觉得自由,也可以避开家族人老是盯住她不放的眼睛。虽然，她也常常跟着妇女们出去采集，但只要有机会，她总是会很快地做完要求她完成的工作，然后一个人跑到树林里进行搜寻。她不仅带回她认识的药用植物，也会带回她不熟悉的植物，向伊扎请教。

布仑对此并未公然阻止，他知道家族需要有一个人出去采药，用于伊扎的治疗魔法。伊扎的病也没有瞒过布仑的眼睛。既然伊扎无法外出，那么爱拉就是唯一的采药人选。但是，爱拉那么狂热地喜欢独自行动，却使布仑感到了不安。家族的妇女们通常都是不愿意独处的，从前，伊扎为寻觅一种特殊的草药必须单独出去时，心里总有少许担心和害怕，采到草药后也总是尽可能快地就返回山洞。可爱拉从不逃避委派给她的工作，举止也很规范，在布仑的眼里，实在找不出什么差错。不过他总隐隐觉得，爱拉的态度、做事方法还有想法都与他人不同，不是有错，只是不同，而就是这些不同使布仑感到焦虑。每次女孩外出回来后，总能看到她披身的褶裥和采集筐被装得满满的。只要她采集的东西是家族需要的，布仑就不能出面制止她单独外出。

有时，爱拉带回来的不仅是草药。她有收藏的癖好，而她那些独特的收藏品被家族人发现后总会引起一阵惊异。虽然时间一长，家族人也慢慢习以为常，可有时候总还免不了要大吃一惊。例如，她带回一头受伤或生病的动物，企图为它治疗，使它恢复健康。尤芭出生后不久她捡回来的那只兔子原来只是她后来众多善举的一个开端而已。她特别擅长与动物相处；动物似乎也知道她会提供帮助。既然允许了当初那个先例，布仑虽觉不妥，但一直也不便阻拦。只有一次，爱拉的请求遭到了布仑的严厉拒绝，那次她带回洞穴的竟然是一头狼崽子。拒绝的理由显而易见：这些食肉动物总是与猎人争夺猎物。当猎人正在跟踪一头受伤的动物时，一头行动更快的食肉动物往往在猎人即将出手的最后一刻将猎物叼走。这种情况发生了已不止一次。因此布仑坚决不允许女孩去帮助一头日后将与家族争抢食物的动物。

一次，爱拉正跪在地上掘一棵植物的根，突然看见一只后腿稍稍畸形的兔子从灌木丛中跳了出来，用它的鼻子嗅了嗅她的脚。她保持镇静，不做任何突然的动作，慢慢伸出手去，爱怜地抚摸它。她自言自语地说："你就是那只曾被我当作尤芭照顾的兔子吗？你已经长这么大，成为一只健康的成年公兔啦！那次你被恶狼所伤，差点丧命，还没让你学会提高警惕吗？你还必须提防人类，知道吗？要不然，你很快就会变成火堆上的烤兔子的。"她一边说，一边用手轻轻拍了拍兔子柔软的毛皮。这时，不知什么声响使这只动物受到惊吓，一下子就从她的手边跳开，飞快地往一个方向奔去，然后回过头，蹦蹦跳跳地从它刚才来的方向逃走了。

“你跑得这样快，谁也抓不住你，那么慌里慌张地做什么？”她看着逃之夭夭的兔子，一边做着手势，一边放声大笑。忽然她想到，她已经很长时间没这么无所顾忌地大笑了。她再也不会在洞穴附近发出笑声了，因为这常常会招致人们不高兴的眼神。她在这一天发现了好多有趣的事。

“爱拉，这堆野樱桃的树皮放得太久，一点也不新鲜了。”伊扎在一天早晨对爱拉做着手势，“今天你外出时，给我采一些新鲜的野樱桃树皮回来吧。过了小溪，在靠近西边的空旷地里有一丛樱桃树。你知道那个地方吗？多采些内层的树皮，现在是一年中采集树皮的最好时候。”

“是，母亲，我知道那个地方。”她回答后，便动身出发了。

这是一个风和日丽的春天的早晨，最迟开放的藏红花有白色和紫色的花朵，开在长寿花边上，而长寿花雅致的长茎尾端，是最初开放的几朵淡黄色小花。在空地里，在土丘上，绿草嫩叶初萌，稀疏地点缀着湿润的大地，像是给深褐色的土地染上了一层薄薄的嫩绿色的水彩。点点新芽努力地从灌木和乔木光秃秃的树枝上钻出，勃勃生机令人赞叹。柳絮附在了枝梢上，使柳树看上去毛茸茸软乎乎的。温暖和煦的太阳令大地万象更新，一片欣欣向荣。

爱拉一离开山洞里人们的视线范围，心情马上轻松起来，谨慎矜持的脚步变成了轻快的小跑。她冲下缓坡，又跑上丘顶，不顾及地发出爽朗的笑声。一边走，一边扫视着小径两边的植物，看似漫不经心，实际上她的大脑正在飞速地运转，对生长中的植物进行认真的鉴别和分类，以备日后采集。

当她走过沼泽洼地，想起去年秋天曾在这里采集过的紫色浆果。她想：这里可能有新长出的商陆。回去时，我要掘些商陆根带回去。伊扎说，商陆根对治疗克莱伯的风湿病也有效。我希望新鲜的樱桃树皮对缓解伊扎的咳嗽能有帮助。她现在好多了。但她还是太瘦了，而且尤芭已又高又壮，伊扎已抱不动她了。下次如果可能，我就带着尤芭一起出来吧。我真高兴，那时我们没有把她送给奥茄。尤芭现在开始牙牙学语了。如果她再长大一点，我们可一起外出游玩，一定非常有趣。看看那些带着绒毛的柳树，当它们还小的时候，细微得就像绒毛一样，但竟能长成绿绿的树，真是有意思。今天的天空湛蓝湛蓝的，我能从微风中闻到海洋的气息，我们什么时候才能去海边捕鱼呢？海水很快将变得温暖，在里面游泳会非常舒服。我真不懂，为什么家族人当中没有一个人喜欢游泳的？海水尝起来虽然是咸的，不像溪水般甘甜，但我就喜欢在海水里轻轻漂浮着。什么时候才能去捕鱼呢，我几乎等不及啦。我最喜欢吃海鱼，但是鸟蛋也不错。我很喜欢攀到悬崖上去摸海鸟的蛋。在悬崖的高处，迎面吹来海风会是多么令人心旷神怡。那儿有一只松鼠！它爬到树上去了！我真希望我也能爬到树上去。

爱拉在山坡上漫游，不知不觉中上午时间已经过半。她忽然想到时候已经不早，便急急忙忙朝空旷地跑去，那里能采集到伊扎需要的樱桃树皮。当她走近空地时，听到好像在举行什么活动，还间接传来人说话的声音，靠近瞥了一眼，才看到原来在空旷地上站着许多男子。她已准备转身离开，但心中惦记着樱桃树皮，就站在那里犹豫起来。她想：男人们看见我在这附近，会不高兴的。布仑可能会发怒，再也不让我以后一个人外出。但是，伊扎需要樱桃树皮。也许他们不会在这里待得太久。不过，我倒真想知道他们到底来这里干什么呢？想到这里，她便蹑手蹑脚地向他们靠近，然后躲在一棵大树背后，透过缠绕在一起的秃灌木丛窥视他们。

男人们正在练习使用他们的武器，为狩猎做准备。她想起以前看过他们制作梭镖的过程：他们砍下细长、柔韧、笔直的小树，削去树枝。制作镖头时，首先将树干的一端用火烧至焦炭状，然后用一块结实的燧石刮刀将烧焦的一端削尖。燃烧不仅使削尖变得容易，还同时能够增加镖头的硬度，防止木质开裂和磨损。她又回想起自己有一次用手触碰过一支梭镖，引起的骚动令她现在看到梭镖都还心有余悸。

她当时被告知说，女性不许触碰武器，连任何用于制作武器的工具都不许触碰。虽然，爱拉看到：一把用于切割皮革制作弹石带的石刀，和一把用于切割皮革制作斗篷的石刀，两者并没有什么区别。但由于人们认为爱拉的触碰冒犯了那支刚制作完成的梭镖，便烧掉了那支梭镖，还引起了制作梭镖的猎手对爱拉极大的震怒。克莱伯和伊扎两人对她做了长时间的手势教育，希望通过慢慢的灌输使她明白，她触碰武器的行为是为人憎恶的。妇女们知道这件事后都目瞪口呆，布仑更是对她怒目而视，丝毫不掩饰对她的不满。但是，最令她感到恨意难平的是，当责备像雪花般朝她飞来时，勃劳德的脸上那副落井下石的表情。他在为爱拉受到批评而幸灾乐祸。

女孩隔了一层灌木树枝的屏障，不安地偷窥男人们进行操练。他们的武器除了有梭镖，还有其他一些武器。远远站在空地那头的多夫、格洛德和科罗格三人正讨论着梭镖和棍棒的相对优缺点；而大部分其他男人正在练习弹石带和流星锤。伏恩也和他们在一起。布仑认为时机已经合适，便开始训练这个男孩弹石带的入门技术，并让佐格为他进行技术讲解。

自从伏恩五岁以来，男人们便会偶尔让他一起到操练场来。大部分时间里让他练习把他的小型梭镖扎进软土或腐朽的树桩内，从而获得握梭镖的真实手感。他非常高兴成年男子们将自己包括进他们的练习队伍，但这次的训练是佐格第一次尝试教会这个年轻人如何学习使用比梭镖困难得多的一项技艺：使用弹石带。他们在地上立了一根杆，不远处堆放有他们从小溪边拾来的光滑的卵石。

佐格为伏恩做出示范动作，教他如何把皮带的两端握在一起，以及把卵石放进带子中间膨大的部分内。这是一条用旧了的弹石带，佐格本打算不再启用，但后来布仑要求他来训练这个男孩，这位老人就想起了这条旧带子。果然，将它割短一些，就非常适合伏恩较小的体格。爱拉被这项课程吸引住了。她像那个男孩一样，集中注意力，注视着佐格的讲解和示范。伏恩在第一次试射时，弹石带缠结在一起，里面的石子也掉了下来。对伏恩说来，使用弹石带之所以如此困难，是他没有掌握扭紧带子的诀窍，从而无法积聚能将石子射出去的离心力。除非他扭紧带子的速度足够快，使石子能留在皮带的凹窝内，石子中途坠地的情况才能有所改变。

勃劳德站在一旁观看。伏恩是受他提携的门徒。有了这层关系，勃劳德就成了伏恩崇拜的偶像。勃劳德曾为这个男孩做过一支小型梭镖，让他一天到晚爱不释手，甚至上床睡觉时还舍不得放下。这个年轻的猎人还为伏恩示范如何握梭镖，与他讨论枪的平衡和推力问题，好像把这个孩子当成了与他地位平等的猎人。勃劳德曾一心想教会伏恩所有捕猎的技巧，因此当他得知布仑指派了佐格训练伏恩学习弹石时，才变得异常愤怒。看到伏恩又做了几次更不成功的试射后，勃劳德站出来打断了课程。

“你看我这里，我教你怎样做才对，伏恩。”勃劳德做着手势，把老人冷落在了一边。

佐格后退一步，眼神犀利地注视着面前这个傲慢的年轻男子。在场的其他人都停止了操练，往这边张望，布仑也瞪大了眼睛。他不喜欢勃劳德如此目中无人地对待这位家族里的最佳射手。而且他已经指派了佐格来训练伏恩，而不是勃劳德。布仑想：这虽然表明勃劳德很关心后辈，但是做得也太过分了。虽然勃劳德也略懂得弹石，但这并不是他最擅长的武器，而且伏恩应该跟最佳的射手学习。勃劳德必须懂得，一个好的首领必须做到任人唯贤，人尽其用。佐格有最好的弹石技术，而且有充裕的时间去训练孩子，其余的男人可都是要出去打猎的。勃劳德不但连这点冷静的判断都做不到，还这样盛气凌人，骄傲自大，让我怎么能提高他的地位呢？他必须知道，恰恰是因为他将来要当上首领，所以，就更不能如此高调地卖弄。

勃劳德从男孩手里拿来了弹石带，拾起了一颗石子。然后把石子装入皮带的凹窝内，向标杆射去。石子在到达标杆前的半途中就落了地。这是家族里的男子使用弹石带时最普遍的问题。他们手臂关节受到限制，不能甩出大圆弧，他们必须学会如何补偿臂力。勃劳德对自己的失误大为恼火，觉得自己在出丑。他连忙拾起了另一颗石子，又匆忙发射出去，急切地想要证明他会使用弹石带。这条弹石带比他平常用惯了的要短一些。这次射出的石子不但依旧没有到达标杆，而且还远远地偏向了左边。他知道在场的每个人都在看着他。

“你是想训练伏恩，还是想让我给你也安排点课程，勃劳德？”佐格做着手势嘲弄道，“我可以把标杆为你挪近一点。”

勃劳德强忍住自己的脾气——他哪里甘愿成为佐格奚落的对象，同时也为自己在一番小题大做之后仍然发射失误而大为光火。只见他马上又发射了另一颗石子，这次却因为用力过度，石子远远飞过了标杆的位置。

“如果你愿意等一等，那就让我先教完这个男孩，再给你上一堂课，我很乐意效劳。”佐格做着手势，他的姿态表明了他不留情面的讽刺，“毕竟你还是很有希望能掌握它的。”这位自尊心很强的老人狠狠地报复着勃劳德。

“用这样破烂的旧弹石带，伏恩能学好弹石吗？”勃劳德的尊严受辱，不禁火冒三丈，厌恶地把皮带扔在地上，“没有人能用这根磨坏的破玩意儿弹射出石子。伏恩，我给你做一条新的弹石带。你别指望能用这个老头的破烂弹石带掌握技巧。他连打猎都不会了，竟还有脸教你，真可笑。”

这一下可使佐格真的发火了。从现职的猎手席位上退下来对任何一个男人的自尊心来说都是巨大的重创，佐格也不例外。也正是因为如此，他才努力钻研这种很难驾驭的武器，精进自己的技术，从而使自己保持一定的竞争力。佐格曾一度像他配偶的儿子那样当过家族的二把手，从高位退下也使他的自尊心尤为脆弱。

“就算是个老男人，也比一个男孩俨然以男子汉自居要强一点。”佐格不甘示弱，伸出手想从勃劳德的脚边拾起皮带。

对他的男子汉身份进行诋毁，是勃劳德怎么也不能容忍的。最后的底线已被触及，他再也压制不住自己，狠狠地撞向了佐格。完全没有提防的佐格被他撞得失去了平衡，重重跌倒在地。只见佐格坐在跌倒的地方，两腿前伸，瞪大两只眼睛不可思议地看着勃劳德。他怎么也没想到勃劳德竟会这样对自己。

在家族里，猎人们从不在肢体上互相攻击。体罚仅限于对妇女使用，因为她们不能理解男人们更微妙的责骂方式，因此直接的体罚最适合她们。年轻男子们旺盛的精力应当用来消磨在有人监督下的摔跤、冲刺梭镖的竞赛中，弹石以及流星锤的互相切磋也利用于提高各自的狩猎技能。在看重团结协作的家族里，狩猎技能和自我约束是用来衡量男子的主要标准。勃劳德和佐格一样，对于自己的鲁莽举动感到不可思议。当他终于意识到自己刚才的失态，羞愧地满脸通红。

“勃劳德！”呵斥声出自首领之口，语气背后是强压的怒火。勃劳德抬头一看，吓得直往回缩。他从来没有见过如此震怒的布仑。只见首领布仑极力控制着自己的步伐,一步一步朝勃劳德逼近。

“像孩子一样地耍脾气,简直不能原谅!要不是你已经是最低级别的猎人了,我会一下把你贬到这个级别。再说了,是谁允许你干扰那个男孩的课程?是我委任过你,还是佐格通知过你,让你去训练伏恩的吗?”

首领的眼睛里怒火中烧:“你也敢说自己是一个猎人?你甚至不够格自称为一个男人!伏恩控制自己的能力可能比你都要强。一个妇女更是能够自我约束。你是未来的首领,这就是你领导家族的方式吗?你连自己都控制不了,还想管控一个家族吗?勃劳德,你别以为自己一定能当上首领。佐格没有说错,你不过是个自认为已成为男子汉的可笑的孩子罢了!”

勃劳德深感难堪。他从来没有受过如此的羞辱,更别提在猎人们和伏恩的面前了。他想要逃跑,想要把自己藏起来,他再也没有勇气活下去了。他宁愿面对一头猛扑过来的穴狮,也不愿看到布仑对他发怒。布仑是很少发怒的,也很少有事令他必须要发怒。这位首领不以苦乐为意,领导力出类拔萃,从未动摇过对自我的约束,只要他朝家族内任何成员投去洞察的目光,不论男人还是妇女,都会为他赴汤蹈火在所不辞。在布仑的训斥下,勃劳德顺从地垂下了头。

布仑看了看太阳,做出手势,命令大家返回山洞。其他猎人目睹刚才布仑对勃劳德的痛斥,正感到不知所措,看到布仑的手势终于松了口气。他们跟在大步流星的首领后面。勃劳德走在队伍的最后,脸依然涨得通红。

爱拉蜷缩着一动也不敢动,脚下像生了根,大气都不敢出。她因为怕被他们发现而不知所措。她知道自己已经看到了绝不允许妇女看见的情景。勃劳德从来没有在一个妇女面前受到像今天这样的训斥。男人们不管受到多大的挑拨,只要是在妇女面前,都会保持团结的兄弟情义。但是,在女孩眼前呈现的有关男人们的情节,却是她根本不敢想象会真正发生的。现在她才知道,他们并不是她过去想象的那样无所不能的自由分子,可以统治家族,可以逃脱一切责罚。他们一样要受到管制,而且也可能受到斥责。表面上看来,布仑一个人似乎代表了最高权威,殊不知布仑受到的约束比其他人都要多:家族的传统和习俗、控制自然界力量的神秘莫测且无法预测的神灵们,还有他自己的责任心。

爱拉在男人们离开操练场后,又在隐蔽的角落留了很长时间,害怕他们还可能折回来。当她鼓足勇气,战战兢兢地从躲藏的大树背后跨出一步时,她仍然忐忑不安。虽然,她还没有充分理解刚才情景中的深意,但有一件事她是明白的:她知道勃劳德原来也会像一个妇女那样顺从听话。一想到这个就使她高兴。她憎恨这个傲慢的年轻男人,因为他总是严厉地挑剔她,只要她稍有违反,即使她的违反是无意识的,也一定会对她一顿责骂;

还在他的火暴脾气下把她打得青一块紫一块。似乎无论她如何努力,都无法让他满意。

爱拉穿过空地,心里想着刚才发生的事。当她走近标杆时,看到勃劳德发怒时扔在地上的弹石带还留在那儿，没有一个人在离开前记得要收起它。她盯着它看,不敢去碰它。这是一件武器。她畏惧布仑,一想到万一她做了什么错事,就会使布仑像刚才对勃劳德那样对她发火,就瑟瑟发抖。她仿佛又回到了她刚刚亲眼目睹的一系列情景中。地上的这条柔软的皮带使她想起刚才佐格对伏恩的教导,也想起伏恩在练习中遇到的困难。它真的有这样难学吗？如果佐格为我示范,我有没有可能学会它呢？

她被自己冒失的想法吓了一跳。环视周围,发现自己是孤身一人。她真害怕有人见到她,然后读懂她在想什么。她回想起甚至连勃劳德都不会使用这种武器。一想到勃劳德试着要射中标杆,失败后被佐格的手势嘲笑时的情景,一抹稍纵即逝的微笑从她脸上滑过。

如果他不会而我却会了,他会不会被气疯？她想要在所有事情上都比勃劳德出色。现在,她忧虑地环视了一下四周,又向下看了看躺在地上的弹石带,终于伸出手去,俯身把弹石带拾了起来。她摸了摸这条已磨损得柔软皮带,忽然又想到如果有人见到弹石带在她手里,不知又会有什么样的惩罚会落到她的身上,她想着想着,几乎又准备将带子放下。但就在这时,她抬起头,迅速地看了一下空地上男人们离去的方向,目光的焦点落在了那堆小石子上。

我真的很想知道,我能学会吗？不行,布仑会对我大发脾气,真不知道他到时会怎么惩罚我。克莱伯也会说我坏。可我已经触摸了这条弹石带,我已经变坏了。只是,触摸一条皮带的后果真的有那么严重吗?就因为它可用于发射石子?布仑会打我吗?反正勃劳德一定会的。我触碰了带子会使他高兴,因为他又找到了可以打我的借口。如果他知道我已经目睹了一切,他一定会暴跳如雷的。他们一旦知道我碰了带子,一定已经怒气冲天,那既然如此,我使用带子应该就不会令他们更加生气了吧？我真想试试,能否就用一块石子射中那根标杆?

女孩既忍不住想尝试,又知道这是被明令禁止的,陷入进退维谷之中。她明知道这是错的,却还想试试它。我已经错了,再多做一件错事又有何妨？反正这事没有一个人会知道,这里除我之外,再没有别人了。她又心虚地朝四周看了一下,然后向那堆石子走去。

爱拉拾起一颗石子,脑中回想着佐格的话。她小心地把皮带的两端合在一起,紧紧握住,剩下的皮带的中间部分柔软地垂在那里。她觉得自己笨手笨脚,不知道该如何把石子放入已严重磨损的凹处。有几次当她刚开始甩动，石子就落了出来。她集中思想，脑中再现了一下佐格示范的方法。她再试了一次，启动几乎就要成功时，皮带却怎么也甩不起来，石子又一次落在了地上。

接下来的一次，她积聚的动能把圆卵石弹出了几步之外。她受到鼓舞，又再装入一颗石子，在几次失败的启动后，她将一颗石子高高地弹了出去。终于，在几次不成功的尝试后，她终于将一颗石子弹射了出去，虽然与标杆相距甚远，但离标杆更近了。她开始摸索出一些诀窍。

当一堆石子全被发射出去后，她又将第二次、第三次地收集到一起备用。到第四轮练习开始时，她已经能把大部分石子发射出去，几乎不会使石子中途掉落了。爱拉眼睛往下一看，看见地上还剩三颗石子。她拾起一颗，装在弹石带内，将其举过头顶旋转，然后弹射。只听得嘣的一声，石子正射中标杆，反弹了回来。她高兴得跳起来，陶醉在成功的兴奋中。

我成功了！我射中了标杆！虽然是她侥幸击中，但并没有使她的欢欣鼓舞有所减少。她接着练习，一颗石子飞得很好，但距离过远；最后一颗落地的位置又距离标杆只有几英尺。但她心想，自己既然击中过一次，就一定能再次射中。

她又重新把石子收集起来，这时她注意到太阳已西斜至地平线了。她忽然想起她是出来为伊扎采集野樱桃树皮的。时间怎么已经这么晚了？她想，一整个下午的时间都被我消磨在这里了，不仅伊扎会为我担心，克莱伯也会的。她迅速地把弹石带塞在她披身的褶裥里，跑向樱桃树旁，用燧石刀割开外层树皮，剥下一长条薄薄的新生树皮。然后，她以最快的速度跑回山洞，仅在接近小河时才放慢脚步，为了符合女性小心翼翼的姿态。她出去那么长时间引起的麻烦将足够她应付，不希望任何人找到更多诸如违反女性的规范等其他理由对她发怒。

“爱拉！你去了哪里？我都急死了！我真以为你被什么野兽袭击了。我已经准备让克莱伯请布仑去找你回来了。”伊扎在山洞口等到了爱拉，生气地责骂她。

“我在周围查看，看有什么植物正在生长，然后就一路往下，走到了空旷地。”爱拉内疚不已，“我没有留意到时间已经这样晚了。”这是实话，但不是全部的实话。“这是你需要的樱桃树皮。去年长有商陆的地方果然又冒出了新的商陆。你不是告诉过我，它的根对克莱伯的风湿病很有效吗？”

“是的，但是你要将它的根浸在水里，用这水来洗涤患处，可以减轻痛苦。它的浆果可以煎茶，从浆果里榨出的汁对治疗瘤和肿块有效。”女巫医伊扎先解释了商陆的用途，接着又回答了爱拉提出的问题，然后说，“爱拉，你想用医疗问题来分散我的注意力。你应当知道，你不应该出去这么长时间，让我担心成这个样子。”伊扎做着手势。其实，当她看到自己的孩子安全归来，气已消了大半。但她还是要让爱拉知道，以后不可以一个人单独出去这么长时间。要不爱拉今后每次出去她都要担惊受怕。

“我下次再不会这么长时间不回来了，伊扎。这次是我实在没意识到时间已经太晚了。”

当她们走进山洞，整天吵着要爱拉的尤芭一眼就发现了她。尤芭用她胖墩墩的弓形小腿跑向女孩，马上就要跑到她面前时却绊了一跤。爱拉连忙双手把孩子抱起，抱着她转圈圈。“哪天我可以带尤芭一起出去吗，伊扎？我不会出去太长时间的。我可以开始教她一些知识。”

“她现在还小，还不懂。她才开始学说话呢。”伊扎说，但看到两个孩子凑到一起时快乐的样子，她又补充了一句，“你可以偶尔带上她一起出去，但不可以走得太远。”

“太好了！”爱拉高兴地说完，将孩子抱在怀里，又紧紧地抱住了伊扎。她把小女孩举向空中，大声地笑着，尤芭则用她亮晶晶的眸子盯着爱拉看，充满了对她的崇拜。“我们一起外出时会有多开心呢，尤芭？”爱拉把婴孩放下后说，“妈妈同意让我带你出去了。”

伊扎看着爱拉心想：这孩子今天是怎么了？那么长时间以来，我从没有见到她像今天这样高兴。今天一定是有奇怪的神明来做客了。首先，男人们很早就回来；他们不像往常那样围坐着谈话，而是各自回到自己的火塘里，几乎对妇女们视而不见。而且他们回来后我还没看到有谁骂了任何人，甚至连勃劳德都对我用了近乎友善的态度。最后，就是爱拉了。她整天都待在外面，回来后却充满活力，拥抱每一个人。我真不明白今天大家究竟是怎么了。

10

“爱拉，你到底有什么事？”

佐格做着手势，有些不耐烦。才临近初夏，天气却热得反常。烈日当空，佐格又渴又累，汗流浃背地在用一把钝边的石刮刀加工一张很大的正在蒸发水分的鹿皮，心情不太好，不希望有人打扰他。而那个扁脸的丑女孩，从刚才就一直蹲在他的近旁，低着头等他注意到自己。

“佐格要喝一杯水吗？”感觉到佐格敲了敲自己的肩膀，爱拉矜持地抬起头来做着手势。因为猎人的地位崇高，因此爱拉用正式的交谈手势对佐格说，“女孩在山泉那边，看到猎人在烈日下干活。女孩只是想猎人可能会口渴，真的不是有意打断猎人的工作。”说完，她高高举起一个桦树皮水杯，并取出一个湿漉漉的水袋,是由高山山羊的胃袋制成的,里面装有清洌的泉水。

佐格喉间发出呼噜声,表示接受。当她把凉水倒入杯中递给他时,他暗暗地为女孩的体贴周到而感到惊讶。因为皮革正在接近干燥,要想使皮革能符合他的需要——既柔软,又有弹性,他就必须一口气将兽皮鞣制完成。因此即使他口渴难耐,他也不能抬头用眼神示意一位妇女他需要水,更不可能自己亲自去打水喝。女孩给他倒完水后,就站起身走开,他的眼睛追随着女孩,只见她把水袋放在附近阴凉的树阴下,然后取出一束坚韧的草和浸泡过的根,又坐回到他边上,准备编一个篮子。

自从佐格和他配偶的儿子迁入现在的火塘以来, 尤蔻虽然很尊敬他,对他提出的要求会毫不迟疑地照办,但是,总做不到像他的配偶生前那样,能够预知他的需要。而且,尤蔻的精力主要放在了照顾好格洛德上。所以,佐格格外怀念他死去的配偶,她对他是那么一心一意。佐格偶尔瞟一眼坐在近旁的女孩,她正专心致志地忙手上的活。他想,大莫格乌把她训练得很好。他一边想,一边将潮湿的兽皮拉直、伸展、刮平,没有注意到爱拉也在用她眼角的余光注视他。

黄昏后,这位老人独自坐在山洞前,向远处眺望。家族的猎人们都出猎去了,尤蔻和其他两名妇女也跟了去。佐格就在古夫的火塘内与奥芙拉一起用餐。他看一眼奥芙拉这个年轻的妇女,已经完全长成,也已经婚配,可好像就在昨天,她还是尤蔻手中抱着的那个婴孩。佐格顿觉时光的流逝使他体力不再,再也不能和男子们一起出猎,不禁有些惆怅。他吃完晚餐后就离开了火塘。现在,他坐在洞口,陷入无边的忧愁,忽然看见爱拉向他走来,手里还拿着一个柳条编织的碗。

"女孩采了许多山莓,吃不完,"她用敬语手势对猎人说,"能否请猎人赏光尝一尝,免得浪费?"

佐格满心欢喜地接过女孩呈上的碗。当佐格品尝着这甜美多汁的浆果时,爱拉坐在了佐格身后几步远的地方以示尊敬。他吃完后,把碗递还给爱拉,爱拉便迅速地离去。我真不明白,为什么勃劳德总说她不懂礼貌?她长得是丑了点,但哪有勃劳德说的那么一无是处。佐格看着她离去的背影,心里有些为女孩抱不平。

第二天,佐格在干活时,爱拉又为他带来了甘甜的泉水。然后,她又坐在他附近,编织采集用的篮子。过了一会儿,当佐格刚刚往柔软的鹿皮上抹完脂肪,就看见大莫格乌一瘸一拐地向他走来。

"在炎热的太阳下鞣制兽皮是一件辛苦的工作。"大莫格乌做着手势说。"我正在为猎人们制作一批新的弹石带。我也答应给伏恩做一条新的。

制作弹石带的皮革应该非常柔软，在干燥的过程中必须不停地鞣制，才能使皮革将脂肪完全吸收，因此，只能在太阳底下干这活儿。”

“我相信，猎人们会很高兴使用这批弹石带的。”大莫格乌褒扬着这位老猎人，“谁都知道你是我们家族里使用弹石带的高手。我知道你在训练伏恩。他有了你这位老师实在是幸运。弹石已经是一项很难掌握的技能，那制作弹石带应该就更不简单了。”

佐格对大巫师的夸奖面带喜色：“明天我就会把带子都割好。我知道男子们使用的尺寸是多少。我也可为伏恩特制一条。弹石带的长短一定要符合手臂的长短，这样才能提高弹石的准度和力度。”

“伊扎和爱拉正在准备那天你送给大莫格乌的雷鸟。伊扎正在教爱拉用我喜欢的食用方式烹煮。爱拉希望我问你，今晚可以到大莫格乌的火塘一起来品尝品尝吗？如果你能来，我将非常高兴。有时，一个男人会很想和另一个男人聊天，而我的火塘里除了我之外，只有几个女的。”

“佐格愿意和大莫格乌一起吃饭。”老人回答。看得出来他很高兴。

家族虽然经常举办全体成员参加的公共聚会，但两家人的聚会更为常见，特别是两家之间有亲戚关系的。大莫格乌很少邀请别人到他的火塘里来用餐。他自从有了他自己的火塘，总觉得这个家还是新的，不适合邀请外人，而且他非常享受和家里的三个女性为伴。但大莫格乌从孩童时代就与佐格相识，一直喜欢他并尊敬他。大莫格乌很早就想邀请佐格一起吃一顿饭了。因此他很高兴这次爱拉提醒他佐格曾送给他雷鸟的事，使他想起久未曾开口的邀请。

伊扎不善于与家族里妇女们交往。她性格内向，情感丰富，是个完美主义者，总想把事情做到最好。她了解的植物知识，不仅限于医药植物，还有用于调味的食用植物。她知道将调味料微微处理一下，然后把合适的搭配在一起，可以增加食物的美味。这一晚，菜肴很可口，而且爱拉特别留意到了一些容易忽略的细节，使用餐过程进行得很愉快，大莫格乌也对她们两人的备餐非常满意。两个男人都吃饱后，爱拉给他们每人端来了一杯香气浓郁的由雏菊花和薄荷泡成的茶，伊扎知道这茶能帮助消化。火塘旁有两个女人在伺候着，一个胖墩墩的天真无邪的婴孩趴在他们膝上拉他们的胡子逗乐，使他们顿时感觉自己又年轻了起来，悠闲地畅谈起往事。佐格对属于老巫师的美满的火塘生活十分羡慕，几乎有点儿嫉妒，而大莫格乌也觉得这样的生活已经是最美好的了。

第二天，爱拉观看佐格根据伏恩的手臂长度裁制弹石带。她集中注意力听老人讲解：为什么带子的两端要逐渐变窄，为什么皮带不能太长或太短。她看到他把一颗蘸了水的卵石放在了弯成环形的皮带中间，抻长皮袋，使卵石所在位置形成一个凹窝。随后,他又割出了几条弹石带,然后把剩下的皮革碎片集中在一起。爱拉这时给他送来了一杯水。

“佐格想把留下的碎片另做他用吗?这皮革看来很柔软。”她打着手势。

佐格已经对这个善解人意的好女孩毫无保留:“这些碎片没有用了,你想要吗?”

“女孩将感激不尽。我想其中一些较大的碎片应该可以派上用场。”她低头做着手势。

第二天,佐格看到爱拉没有坐到附近劳动,也没有来给他送水,便有些想她。毕竟他的制作工作已经结束,武器也制成了,爱拉应该是不会过来了。这时,他看见爱拉背着新编的采集篮,手里拿着根掘棒,往树林方向去。他想:她一定是为伊扎采集植物去了。我真不知道勃劳德是怎么回事儿,竟对这样一个好女孩心怀偏见。虽然佐格已经不再理会这个年轻人了,但他并没有忘记年轻人对他的那次攻击。为什么勃劳德总与爱拉作对呢?这个女孩工作勤奋,又有礼数,连大莫格乌都对她赞不绝口。大莫格乌可真幸运有她和伊扎在身边。佐格时常还会记起他与严肃的巫师一起过的那个愉快的夜晚,虽然他从不向别人提起这件事。他还回忆起,那次是爱拉向大莫格乌提议,邀请自己一同共进晚餐。他看着那个高个、直腿的女孩一路向树林走去,心想:可惜她长得太丑了,否则不论她将来被配给哪个猎人,都会是一个好配偶。

爱拉用佐格送给她的皮革碎片,制作了一条新的弹石带,代替之前那条磨损严重的。她决定在离山洞较远处,找一个地方练习弹石。离山洞太近的话她总害怕会被别人撞见。她沿着山洞附近的小溪向上游走去。然后顺着一条岔开的小溪,披荆斩棘地向一座山上攀登。

她爬着爬着,发现有一堵陡峭的石壁挡住了去路。石壁上挂着一条瀑布,水珠四溅。石壁上突出的锯齿状岩石,在表面上附着一层软垫般的翠绿色苔藓,使垂下的瀑流碎成了水珠,从一块岩石弹到另一块岩石,不断下落,飞溅起的水花使空气氤氲成薄薄的雾。流水最终汇集在了瀑布脚下的水潭中,溢出白沫朵朵,然后向更宽的小溪流去。这石壁是一道天然的屏障,走向与小溪平行,似乎无法逾越,但是,当爱拉沿着壁底准备返回山洞时,发现这面壁虽说峻峭,但仍不是陡不可攀的,于是她继续向上攀爬。到了壁顶,她发现地势开始转为平坦,便继续循着小溪往上游方向走去。

这里海拔较高,树木以松和云杉为主,树干上覆盖着潮湿的灰绿色地衣。松鼠时而蹿到挺拔高大的树冠上,时而跳到铺着杂色地衣的地面上。地衣像地毯似的将土地、岩石和倒下的树干覆盖在下面,从淡黄色到深绿色,呈现出各种斑驳的色彩。她朝前走,可以看到耀眼的阳光穿过常绿树木叶片的间隙,落在地上成了点点光斑。继续沿小溪前进,身边经过的树木便逐渐稀疏起来,主要的植被变成了低矮的落叶乔木和灌木。又走了一会儿,她突然发现前面出现了一块开阔的空地。她钻过稠密的灌木丛,踏上这块小小的空旷地。尽头处是一座高山,深褐色岩石上稀疏地覆盖有顽强向上的藤蔓植物。

小溪蜿蜒流过草地的一侧,源头是一大汪清泉,从一面岩壁上涌出,边上是一丛茂盛的榛子树。山脉岩石的内部密密麻麻地夹杂着裂纹和斜槽,能过滤冰川融水的杂质,等到这些融水重新涌出表面时,就成了晶莹剔透的泉水。

爱拉穿过草地,走到清泉边,俯身喝了个痛快,一抬头就看见树枝上那些三两成簇的榛子。榛子尚未成熟,外面还带有绿色、多刺的果皮。她摘了一个,剥去果皮,咬碎软壳后露出了里面银白色的半成熟的榛仁。她不喜欢吃成熟的掉在了地上的榛子,更喜欢这种半成熟的。榛仁的清甜味道勾起她的食欲,想再摘取一些放进她的背筐内。当她伸手够那些榛子时,她发现在浓密的树叶后面竟然有一个黑漆漆的洞穴。

她小心翼翼地拨开树枝,看见在低矮浓密的橡树丛后面,真的隐藏着一个小山洞。她推开挡路的灌木丛,仔细朝洞内望了望,然后跨入洞内。被推开的树枝一下子又弹了回去,盖住了洞口。阳光从树丛间斑驳地照进来,映在一侧的洞壁上,光斑和树影的花纹交织在一起,勉强照亮了山洞的内部。这个洞深约十二英尺,宽度为深度的一半。她一伸手就可以触到入口处的洞顶。洞顶缓缓向下倾斜至洞深的一半处,然后以大角度直直斜向了山洞的后段,那里是一片干燥的泥地。

这虽然只是山壁上的一个小洞, 但洞的大小已经足够让女孩活动自如。女孩在洞的入口处看见有松鼠粪便,还有被松鼠搬运进来,但已腐烂的一堆榛子。这样看来,小山洞并没有被更大型的动物占用过。爱拉高兴地绕着圈子跳起舞来,庆祝自己的这个发现。这个小山洞仿佛是为她量身定做的。

她从洞里走出,眼光扫过前面的林间空地,选了一条捷径登上一块裸露的岩块,然后踩着这块岩石,小心谨慎地踏上一块岩石架。这块岩石架像一条蛇,攀附在岩层的露头附近,站在上面视线极为开阔。她放眼眺望,看见远处有两座山峰,它们中间的裂口处闪烁着内海的波光。她又向下俯视,那条小溪仿佛银色飘带闪闪发光。她知道自己所处位置几乎位于家族所居山洞的正上方,因为她依稀可以辨认出小溪附近有家族的人在活动。她爬下岩架,回到地面,向空旷地的边缘走去。

这真是一个好地方,她想。我可在这块空地上练习弹石,渴了的话附近有泉水;万一下雨,还可以躲到小山洞里去。我也可把我的弹石带藏在洞里,这样就不必担心被克莱伯或伊扎发现。最棒的是这里还有榛子,我可以采集一些带回去储存起来留到冬天吃。男人们也绝不会爬到这么高的地方来打猎的。这里只属于我一个人。想到这里,她穿过空地,跑到小溪边寻找光滑的卵石,迫不及待地想要试试她新的弹石带。

只要一有机会,爱拉就会到她的隐蔽场地练习弹石技术。她找到了一条捷径,可以更快到达那片小小的高山草场。这条捷径虽然更陡峭,但近得多。她的出现常常使那些在草地上啃食青草的野绵羊、小羚羊或胆小的鹿受到惊吓。但这些高山草甸的常客很快就习惯了她的打扰。如果她来到草地上,这些动物就会很自然地移到草地的另一边去吃草,双方都相安无事。

随着她弹石的技术不断提高,用石子弹射标杆变得越来越没有挑战性,于是她干脆为自己设计了更难击中的靶子。她偷看佐格对伏恩的指导,然后把那些要领和技巧运用到她自己的练习中。练习弹石对她来说就像是一个游戏,有趣得很;为了增加趣味性,她还暗暗比较自己和伏恩的进步程度。而练习弹石在伏恩看来,既不好玩,也不刺激。不过是老年人用的玩意儿,根本不是他最喜爱的武器。在他眼里,只有梭镖才是成年猎人的主要武器,他自己也曾用梭镖成功地杀伤过一些移动较为缓慢的动物,如蛇和豪猪等。因为他对梭镖更感兴趣,所以没有像爱拉那样投入地学习弹石,于是自然而然,弹石对于他就越来越难掌握。当爱拉知道她的弹石技术已远远超过那个男孩伏恩时,她获得的骄傲和成就不言而喻。虽然她并未表露出来,但她平常的态度还是产生了奥妙的转变——这种转变被勃劳德看在了眼里。

家族里的女性应当在男人面前表现得温顺、恭敬、谦虚不狂妄。可每次当这个作威作福的年轻男人走近爱拉时,爱拉都不会畏缩。在他看来,她的表现不但完全不符合女性的规矩,简直就是对他的公然羞辱,而且这种羞辱威胁了他的男子汉地位。他会盯着她看,看她有没有感到害怕,有时甚至会马上对她拳脚相加。只有当她的眼神里流露出一丝害怕,或是她终于瑟缩着不敢动弹,他才有可能觉得心满意足。

爱拉每次面对他的刁难,都努力想让自己正常应对。可是虽然他要求的每一件事她都会尽快做完,她自己却并没有感觉到,因为长时间在森林和野外随心所欲地漫游,她的步伐变得散漫;因为自己学会了难度很大的弹石,而且比伏恩都要出色,她的举止已经略带骄傲,而且眉宇之间的自信也在不断增长。她不明白,为什么勃劳德总爱挑剔她,对她总比对其他人要苛刻许多。其实,勃劳德也不知道,为什么自己一见到爱拉就会生出一股无名火。对这种无法解释的局面她虽然苦恼,但无力改变,正如她无力改变自己眼睛的颜色一样。

虽然部分原因是因为勃劳德无法忘记在自己的成人仪式上，爱拉喧宾夺主，分散了家族对他的关注；但问题的关键还是在于爱拉外族的血统。因为她从无数代祖先那里继承下来的血统中没有“顺从”这项基因，因此注定她在骨子里是不服管束的。她是一个外族人，她的种族在勃劳德的种族之后出现，更年轻，也更富活力，不会被满是记忆的大脑控制，更不会墨守成规。她的大脑能够遵循不同的路径。在她饱满而高凸的前额内，是能思考和推理的大脑前叶，使她能从不同的观点了解问题。她能接受新的事物，并将其纳入自己的思想，融入自己的观念。这是该家族人做梦都想象不到的。她的种族必将取代古老而濒临灭亡的种族，这是自然的规律，谁也不能改变。

在勃劳德思维深处的潜意识里，他隐约能感觉到两个种族会有截然相反的命运。爱拉的存在会对他的大男子地位和他个人的生存造成威胁。而他对她的憎恨其实就是旧对新的憎恨、传统对革新的憎恨、死去对生存的憎恨。勃劳德的种族顽固守旧不思变革，已达到了进化发展的顶点，没有进步的空间了。爱拉作为大自然一项新实验的组成部分，虽然她仍努力以家族妇女为榜样改变自己，但这仅仅是一种装饰，是为了生存而采取的虚假的伪装。为了回应自己内心真正的需要，她早已找到了不同以往的表达方式。虽然，她仍作种种努力来取悦这个专横的年轻男子，但她的内心深处已经开始反抗。

终于有一天，爱拉的反抗爆发了。这天早晨，爱拉走到水潭边去喝水，看到男人们聚集在洞口的另一侧，计划他们下一次的狩猎。她很高兴，因为这意味着勃劳德将离开一段时间，她终于可以过几天不必提心吊胆的日子了。她坐在静静的水边，手里拿着水杯，想解开一些疑惑。他为什么总待我如此刻薄？为何总是为难我？我和其他人一样努力工作，他需要做什么我就给他做什么，他竟还是冥顽不灵。他这样对我难道能得到什么好处吗？没有一个男人会像他那样成天跟我过不去。我真希望他有一天能对我高抬贵手。爱拉想着想着就出了神，没注意到有人走近了她。

“哎哟。”勃劳德狠狠地打她一拳，她毫无防备，不自觉地喊出声来。

周围的人听到喊声都停下脚步看向她，然后马上将目光转向别处。爱拉想起自己作为马上要成长为妇人的女孩，当有男人打自己时，是不应该如此大喊大叫的。她抬起头看着这个阴魂不散的冤家，脸颊因为窘迫而涨得通红。

“你两眼发直地在看什么？坐在那儿什么都不做，真是懒惰！”勃劳德做着手势道，“我叫你给我们拿茶来，你竟敢装作没听见。你算什么东西，竟然害我必须跑过来，再告诉你一遍？”

原来是这样。心中升起的怒火使她的脸涨得更加通红。拜勃劳德所赐，她刚才的叫喊已经使她在整个家族面前丢了脸。她既羞愧,又愤怒,勃劳德竟然因为这么一点事就对她发火动粗。她不像往常那样迅速地跳起来执行他的命令,而是傲慢地站起来,勉强迈开了步子。她已经准备去泡茶了,但在经过勃劳德身边时,她瞪了勃劳德一眼,眼神里满是冷酷和恨意。只听见在旁围观的家族人不约而同倒吸了一口凉气:怎么这个女孩怎敢猖狂到如此地步?

勃劳德怎么受得了如此羞辱,顿时火冒三丈。他一把拉住正朝远处走去的爱拉,逼她转过身来,对着她的脸就是一拳。看到她被自己打倒在地,勃劳德上去又是狠狠一拳。勃劳德的拳头逼得她直往后缩,试图用手臂保护自己。尽管在这样的暴虐下没人能够不发一声,但她还是竭尽全力不让自己叫喊出来。爱拉倔强的沉默更激怒了勃劳德。他想听到她叫喊,看到她求饶。只见他的怒火越来越失去控制,下手也越来越重,雨点般的拳头不断砸向爱拉。爱拉咬紧牙关,顽强抵抗着身上的剧痛,硬是不令他称心如意。只一会儿工夫,她便昏迷了过去。

她的眼前一片模糊,仿佛挂上了一层暗红的薄雾,意识到勃劳德终于停手了。她感觉到伊扎把自己扶了起来,便把沉重的身体靠在了伊扎身上,踉踉跄跄地走,几乎不知道自己已经回到了山洞。她一会儿全身疼痛,一会儿又因为麻木而失去知觉,只模糊地知道清凉、镇痛的敷料贴在了身上。伊扎把她的头抬起,让她喝下苦味的汤药,很快她就昏睡了过去。

当她醒来时,看到黎明前微弱的光线从洞外射进来,再加上火塘内即将熄灭的炭火的余光,在洞壁上映出了一些熟悉物体的轮廓。她试了试想爬起来,可身体每一条肌肉、每一节骨头都不听使唤。她发出了一阵阵呻吟声。伊扎听到她的呻吟马上出现在她身边,那双慈爱的眼睛流露出对女孩的心疼和关切。她从来没有见到过有人如此残忍地毒打一个未成年的女孩。即便她的配偶生前脾气最坏的时候,也没有将自己伤到这个地步。她敢肯定,如果不是布仑强行制止住了勃劳德,勃劳德准会把女孩打死。这种惨景伊扎从来没有想象过,她希望这样的事到此为止,别再重演。

爱拉在卧床上回忆事件发生时的情景,心中充满恐惧和憎恨。她知道自己当时不该如此满不在乎,也没必要进行无声的抵抗。但是,她怎么也没有想到勃劳德会如此粗暴地对待她。是什么深仇大恨才会使他暴怒到几乎想置她于死地?

布仑的气还没消。他冷静外表下的怒火使家族人都识趣地悄然走开,并尽可能避免与他接触。虽然他也不赞成爱拉的无礼,但是,勃劳德的反应却使他震惊。勃劳德有权惩罚女孩,但他这样无视轻重和分寸就太过分了,而且当自己作为首领命令他停止施暴他都不予理睬,使自己不得不亲自上前将他拉开。最不能原谅的，是他如此大发脾气，竟然只是为了对付一个未成年的女性。就因为被她激了一下，他就完全失去控制力，干出了有损男子汉气概的蠢事。

自从勃劳德在训练场发过一次脾气之后，布仑曾相信这个年轻男子不会再一次无端地失去理智。可刚才，他作为一个强有力的成年男子，竟这样翻天覆地地乱发脾气，简直连个孩子也不如。看到勃劳德的表现，布仑开始第一次严肃地怀疑，勃劳德是否具备足够的资质和品格，来接任首领。这一怀疑严重地伤了这位饱经风霜的男子的心，虽然他口头并不承认。勃劳德不仅是他配偶的儿子，更是令他骄傲的命根子。布仑认定，是自己的图腾精灵造就了勃劳德，因此他爱勃劳德甚于自己的生命。他回想起来，以前不管勃劳德做了什么错事，他都出于心疼而没有恰当地予以纠正和教育。子不教，父之过，年轻儿子的犯错使布仑悔不当初。

几天后，布仑找勃劳德谈话。布仑之所以等了这么长时间，是因为他需要把每一件事反复地思考一遍。勃劳德这几天都在惴惴不安中度过，几乎没有离开过他的火塘。当布仑终于做手势招呼他出去时，他有些如释重负，马上诚惶诚恐地跟在布仑后面走出山洞。世界上没有比布仑的发怒更使勃劳德害怕的了，而且这次布仑少有地把怒火带回了家里，更加剧了勃劳德心中的担心。

布仑简单的手势虽然无声，但如实地告诉了勃劳德自己在想些什么。他首先承认，应对勃劳德的错负责。勃劳德活这么大还从未感到如此羞愧。他终于知道了布仑对他的爱，也知道了布仑深切的痛苦，这些都是他以前不曾了解的。站在他面前的布仑，不再是那个他永远尊敬和畏惧的高傲的首领，而是一个因为深爱他而对他深深失望的父亲。此刻的勃劳德内心充满悔恨。

勃劳德抬起头，看到布仑正严厉地盯着自己，眼睛里是不会动摇的坚定。布仑作了一个决定。这个决定几乎使他痛彻心扉，但他必须把家族的利益放在首位。

“勃劳德，如果你再有类似的表现，你就不再是我配偶的儿子。你本来可以继承我首领的位置，但我不会把家族交给一个没有自制力的人。我可以断绝与你的父子关系，并将你处以咒死罪。”首领说话时脸上没有任何表情，“除非让我看到你身上的确具备有一个男人应该具备的素质，否则我永远不可能授予你首领的地位。我会观察你，同时也会观察家族里的其他猎人。勃劳德，你不但不可以随便使性子，还要让我看看，你是否是一个合格的男子汉。如果我到时不得不选择另一个人来当我的接班人，那么你的地位将永远是最低等级的男子。你明白我说的了吗？”

勃劳德简直不敢相信:断绝父子关系?咒死?选其他人当首领?永远当一个最低等级的男子?他一定不是认真的吧。但是布仑收起的下巴和决绝的眼神都说明他没有在开玩笑。

“是的,布仑。”勃劳德点点头,脸上没有一点血色。

“我可以不把这话透露给任何人,因为这种变化也许会使家族里的人一时难以接受,我也不希望因此引起他们不必要的不安。但有一点请你放心,我会说到做到。一个首领必须永远把家族的利益放在个人利益之上;这是你必须学习的第一件事,也是为什么作为首领必须要自我控制的原因。勃劳德,使家族生存下去是一个首领的责任,在这个责任面前,他甚至不如一个妇女那样自由。他必须做许多他不愿做的事。如果必要,他甚至必须与他配偶的儿子断绝关系。你明白了吗?”

“我懂,布仑。”勃劳德回答。其实,他对布仑的话并不十分相信。怎么一个首领会比一名妇女更不自由呢?一个首领可以做任何事,命令每一个人,无论是妇女们和男子们。

“现在回去吧,勃劳德。我需要单独待一会儿。”

过了好几天,爱拉才能勉强起床。然后又过了更长的时间,她身上紫色的淤青才开始转为黄色,并最后褪去。一开始,她害怕接近勃劳德,远远地见到他就预先避开了。但当她身上的疼痛终于消除后,她开始注意到他身上的变化。他不再挑剔她纠缠她,而是明显地在回避她。她忘记了之前的疼痛,开始觉得挨一顿打竟然换来了他对自己的回避,似乎还是很值得的。从那以后,她知道勃劳德是真的放过自己了。

没有了勃劳德经常的骚扰,爱拉的生活都变得容易了许多。直到现在她才体会到,之前自己的压力是有多大。与前一阶段的生活相比,爱拉觉得自己的呼吸都变得自由,虽然她和其他妇女一样仍要受许多条条框框的限制。她走路时热情洋溢,有时会兴奋地一阵快跑,或是一蹦一跳,总之就是不再矜持地走路。她把头高高地昂着,自由地甩着两只手臂,有时甚至还会毫无顾忌地放声大笑。她把自己重获自由的喜悦融入到了一举一动中。伊扎知道她很快乐,但她的行为完全不同于一般妇女,难免会招致不赞同的目光。她的精力过于旺盛了:这是不恰当的。

勃劳德避免与爱拉接触也被家族的其他人注意到了,他们大感意外,私底下都在纷纷猜测里面的玄机。爱拉偶然可以观察别人的谈话手势,将信息全部拼凑起来之后,她猜测布仑一定曾警告过勃劳德:如果再发生殴打她的情况,他将陷入岌岌可危的境地。她开始确信,即使她去招惹他,他也不敢再对她怎么样。一开始,她只是有点随心所欲。当她发现勃劳德并没有什么反应时,她很快就变得放肆起来,几乎是在有意怠慢他。她虽然不敢像上次激怒勃劳德时那样，公然用无礼的态度对待勃劳德，但是在一些小事情上，她却精心设计了一些小花招，处心积虑要惹他生气。她恨他，一心想要报复他，现在又有布仑为她撑腰，她开始有些不知天高地厚了。

这是一个小家族，人数不多，在日常生活中，勃劳德虽避免与爱拉接触，有时仍难免要差遣她做些什么。而爱拉根本不把勃劳德的要求放在眼里，应付起来总是能慢就慢。当她知道周围没有其他人在看时，她就会抬起眼来瞪着他，用她特有的鬼脸嘲弄他，而他一直努力克制着自己，脸上的表情痛苦不堪；但当周围有其他人时，尤其是布仑在场时，她的态度则会截然相反，一副小心谨慎的恭敬模样。她不希望领教首领的发怒，但对勃劳德的发怒已毫不在乎。夏天的步伐缓缓前行，爱拉对勃劳德的不屑越来越公开化了。

大部分时间里，她洋洋得意。但当她偶尔瞥到勃劳德向她投来的恶毒目光时，她会怀疑自己这样违抗他是否明智。他目光里的敌意是如此强烈，对她造成的冲击力跟一记冲拳没什么两样。勃劳德已经将她恨入骨髓，认为是她一手造成了自己如此狼狈的局面。他想，如果她当时不那样傲慢，他也不会发怒到失控。如果不是因为她，他也不用被咒死的阴影笼罩。而且不论他如何控制，她那副蹦蹦跳跳的欢乐劲儿，显然大大违背了礼节礼貌。为什么其他男人们都视而不见呢？为什么他们要放纵她继续胡闹下去呢？勃劳德比以前更恨爱拉了，但当布仑在附近时，他都会仔细地把恨意好好隐藏起来。

勃劳德和爱拉之间的战争虽然表面上相安无事，但事态发展的紧张程度一直有增无减，而且爱拉也没有自己想象中那样的细心敏锐，毫无所知局面已濒临失控。整个家族的人们都感觉到他们俩之间的紧张关系，不明白布仑为什么不加干涉，反而对其放任自流？男人们从布仑沉默的态度中得到暗示，不但忍住了干预的冲动，而且更加放纵女孩。虽然如此，整个家族里的男人和妇女，都开始对女孩怨声载道起来。

布仑并不赞成爱拉的行为。他不是没有看到女孩自作聪明的小把戏，他也不喜欢看到勃劳德对她的无礼一味忍让。傲慢和反抗都是不被允许的，对妇女说来更是如此。当布仑看到女孩竟敢公然违抗一个成年男子时，大吃了一惊。家族中的其他妇女对此甚至完全没有概念。她们满足于自己的地位，认为这是大自然的安排，不是人为造成的结果。在她们的思想深处，认为自己生来就是为了肩负家族延续的重任。男人们没有储备她们的记忆，因此学不会她们的技能，正如她们不可能学会打猎一样。为什么一个妇女想要奋斗着去改变自然赋予她们的地位呢？这不是和努力停止进食，停止呼吸一样，荒唐至极吗？布仑要不是因为他早已确认她是女性，仅从她的行为判断也许真会认为她是一个男孩。虽然她举止偏男性化，但同时不可否认的是，她不仅学会了妇女们的一切技能，还对伊扎的医药魔法显露出了不一般的天分。

尽管这些想法一直困扰着布仑，布仑却忍住了干涉的冲动，因为他想看看勃劳德有没有努力控制自己。爱拉桀骜不驯的性格能帮助勃劳德训练自控，这对一个未来的家族首领是至关重要的。布仑为确定自己接班人曾作过严肃的考虑，最终选定他配偶的儿子。勃劳德是一个无所畏惧的猎手，布仑对他的勇敢也感到满意。现在，只要勃劳德能克服他人尽皆知的缺点，无疑将会成为一个出色的家族首领。

爱拉并不完全知道她周围紧张的人际关系。她记忆中还没有哪个季节像今年这个夏天一样带给她那么多快乐。她利用自己越来越多的自由独自闲逛、采集草药和练习弹石。她并没有逃避那些派给自己的杂务——这些杂务必须由她去干，要逃避也是不可能的——但是，有一件工作并不是家族要她去做的，那就是为伊扎采集草药。这就使她找到借口，可以从火塘溜到外面去。由于夏季较为温暖，伊扎的咳嗽有所减轻，但体力仍然没有恢复。克莱伯和伊扎两人都很为爱拉担心，而且伊扎可以肯定，事态的发展决不会像表面看上去那样简单。因此，伊扎决定和女孩一起外出采集一次，准备借此机会与女孩谈一谈。

“尤芭，过来，母亲已准备好了。”爱拉说着，把正在学步的孩子抱起来，用斗篷兜着绑在了自己的背后。她们三人走下山坡，涉过小溪之后一直往西，穿过了树林里一条经人行走后稍稍拓宽了的通道，进入了一个空旷的草地。伊扎停下来，环视四周，向一丛黄花走去。这些花高大艳丽，看上去有点像紫菀。

“这是土木香，爱拉。”伊扎说，“它通常生长在田野和空旷地。它的叶子是椭圆形的，两端都是尖的，叶面呈深绿色，叶背附有绒毛，看到了吗？”伊扎跪在地上，手里握着一片叶子，继续向爱拉解释，“叶片中间的主脉不但很粗，而且多汁。”伊扎说完便把叶子撕开给她看。

“是的，母亲，我看到了。”

“它可用的部分是根。这种植物每年都会从同一根系生长出新的茎和叶，但最好的采集时间是它生长的第二年晚夏或秋季，那时它的根会光滑又结实。将根切成小段，每次取出大约一手掌那么多，用水浸在骨杯内，煮沸到约一半的水量，待冷却后饮用。每天两杯，能使痰易于咳出，特别有利于缓解因为肺不好而导致的咳血。除此以外，它还有助于发汗和利尿。”

伊扎用棍掘出它的根后，坐在地上，两手快速挥舞着对爱拉解释：“也可以将它的根晒干后磨成粉末使用。”她边解释边又掘出了几棵根，放进了她的筐内。

她们继续向前走。穿过了一个小山丘后，伊扎又停了下来。这时尤芭已经舒适地靠在爱拉的背上睡着了。“你看到那株小棵的植物了吗？它开着漏斗形的黄色花朵，中心是紫色的。”伊扎用手指了指身边的一棵植物。

爱拉用手碰了一下这棵一英尺高的小草：“是这株吗？”

“是的。这是天仙子，对女巫医来说十分有用，但是千万不能食用：它是有毒的。”

“那它的什么部分是可用的？根吗？”

“许多部分都有用，包括根、叶和种子。它的叶比花大，交叠地生长在花茎的两侧。爱拉，你仔细观察一下，它的叶子是暗暗的灰绿色，边缘有刺。你看到叶片中间长着长长的绒毛了吗？”等爱拉凑上前，伊扎便轻轻碰了碰那绒毛。然后，伊扎摘下一片叶子，用手将其碾碎。“嗅一嗅！”爱拉照伊扎的指示，上前使劲嗅了嗅，发现碾碎后的叶子有强烈的麻醉剂的气味。

“叶子干燥后，它的气味就会消失。这种植物日后会结许多褐色的细小种子。”伊扎挖出植物肥厚的块根，看上去和甘薯有点相似。根的表皮是褐色的，有波浪形的皱纹，从断裂面可以看出根的内部是白色的。“虽然这种植物的不同部位有不同的功效，但都具有良好的镇痛作用。它可作为茶饮用——只是作用十分强烈，不可过量——也可作为洗液，冲洗皮肤。它能缓解肌肉痉挛，使人镇静、安神，还能催眠。”

伊扎采集了几株天仙子，又走向不远处一丛鲜艳的蜀葵，从它高大独立的茎上摘下几朵玫瑰色、紫色、白色和黄色的花朵。“蜀葵能消炎，缓解喉痛，对皮肤擦伤和划伤也有疗效；用它的花煎汁服用能止痛，副作用是使人嗜睡；它的根对创伤有效。当初我就曾用蜀葵的根治过你的腿，爱拉。”

女孩听伊扎这样说，便下意识伸手去摸大腿上那四条平行的疤痕。她猛地想起，倘若当时没有遇到伊扎，她现在又会是在哪里呢。

她们又并肩走了一会儿，一路上默不作声，谁也没说一句话，她们都很享受阳光的温暖和彼此的陪伴。伊扎的目光一直不断地搜索着周围：在这片开旷的原野上，齐胸高的野草已经长成了金黄色，结了满满的草籽。远处一片野麦地，麦子被沉甸甸的麦穗压弯了腰，风把麦浪吹得起起伏伏。突然，在这些景色中她好像发现了什么，径直走向前，穿过高高的野草，在一小片黑麦前停了下来。这些麦粒的表面有紫黑色的污点。

“爱拉，”她指向其中的一棵，“这棵黑麦之所以有些不正常，是因为麦粒染了麦角病。我们真的很幸运。你闻闻看！”

“很不好闻，有点像不新鲜的鱼！”

“是不太好闻，但这麦角，也就是感染了这种病的植物种子，对孕妇能产生奇特的效果。如果一个妇女因为分娩时间过长而难产，服用麦角就能加快她分娩。它的作用是促使子宫收缩。所以它也能使孕妇流产。如果妇女在怀孕期间患病，或在哺乳期间又怀上孩子，那么这时候流产就变得特别重要了。妇女不能在太短的时间内连续分娩，否则对她身体的伤害太大。如果因为再次怀孕而停止分泌乳汁，那么该由谁来喂养她待哺的孩子呢？所以很多婴儿在出生时或出生后一年内就死了。母亲应当把已经出生而且还存活着的婴儿照顾好，使其能够顺利地长大。如果必要，有很多种草药都能帮助孕妇流产，麦角不过是其中的一种。麦角也可用于孕妇产后，它能帮助体内的淤血排出，使子宫收缩至怀孕之前的正常大小。它的口感虽然不好，但比起它的气味来还是很容易让人接受的。如果利用得当，它的功效不可小觑。但一定要注意，一旦服用过多，便会导致严重的痉挛，呕吐，甚至死亡。”

“有点像利弊集于一身的天仙子。”爱拉评价道。

“其实大部分植物都是如此。往往是毒性最强的植物才具有最好和最强的药效，前提是你知道如何正确使用。”

就在她们回头朝向小溪走去的时候，爱拉停止脚步，指向一棵约一英尺高、开着紫蓝色花朵的小草：“那是海索草吗？喝下用它的叶子煎煮的茶能治疗感冒引起的咳嗽，对吗？”

“没错，而且它还能作为香料添加到茶水中。你干脆采一些带回去吧。”

爱拉便连根拔下了几棵，一边走一边把它细长的叶摘下，将茎和根丢掉。“爱拉，”伊扎看到后对她说，“它的根每年都会萌发出新的植株。如果你连根拔掉，明年夏天这里就不会再有这种植物了。如果你不用它的根，只摘下它的叶子就可以了。”

“我没想到这一点，”爱拉后悔地说，“我下回一定注意。”

“即便你要用它的根，也最好不要在一处将它全挖完。要留下一些以便让它继续繁殖。”

她们继续沿原路返回小溪，当经过一处沼泽地时，伊扎又指向一株植物：“这是菖蒲，虽然看上去有点像鸢尾草，不过，它们是截然不同的两种植物。将菖蒲的根加水煎煮，汤汁可用来洗涤烧伤的创面，减轻疼痛；把根放在嘴里咀嚼，还可治疗牙痛。但是当你给孕妇使用时必须十分小心，有的妇女饮用它的煎汁后会引起流产。我也曾想用它帮助一个妇女流产，可惜我的运气不佳，没有成功；它还能治胃肠不适，对便秘特别有效。从这里就可以看出菖蒲和鸢尾草的区别。”伊扎指了一下植物的一个部位，“这是它的球茎，鸢尾草没有这个。而且菖蒲散发的气味比鸢尾草要强烈得多。”

她们采集了一些植物，来到了小溪旁一棵宽叶槭树下休息。爱拉摘了一片槭树叶，卷成羊角状，再把叶片底部弯折过来，压在拇指下，成了一个杯子的形状。她就用这个杯子从小溪里舀起一杯水,递给伊扎,等伊扎喝完后就把杯子扔掉了。

“爱拉,”伊扎喝完水后说,“勃劳德叫你干什么你照做就是了。你知道的,他是一个男人,他有权指使你。”

“他要我做的事我都做了。”她辩解道。

伊扎摇了摇头:“但是你的态度有问题。你蔑视他,甚至挑衅他。将来总有一天你会后悔的,爱拉。勃劳德以后会成为首领。你要遵照男人们说的去做,我说的是所有的男人。你是一个女人,你别无选择。”

“为什么男人们有权力指使妇女们?他们凭什么比我们高出一等?他们甚至连孩子也生不出来!”她气呼呼地做着手势,非常不服气。

“没有为什么。这个家族世代以来都是这样的,而你现在也是我们家族的人了。爱拉,你现在是我的女儿,你必须像一个家族里的女孩那样注意你的一言一行。”

爱拉垂下了头,觉得有些歉疚。伊扎说得对,她确实曾经挑衅勃劳德。如果伊扎当初没有发现她,她还能有今天吗?如果布仑不允许伊扎将她留在家族里呢?如果克莱伯没有宣布她成为家族的一员呢?她偷偷看了一眼伊扎——她记忆中唯一的母亲。伊扎老了,瘦弱而且憔悴。她的胳膊不再健壮,只剩下稀松的肌肉耷拉在骨头上,就连她一头黑色的长发也几乎全成了灰白色。以前,爱拉觉得克莱伯就和现在的伊扎一样老,但他这些年几乎没有什么变化,反倒是伊扎衰老的速度很快,看上去比克莱伯还要年迈。爱拉很为伊扎担心,但每次当她对伊扎提起她的健康问题时,总会被伊扎搪塞过去。

“你说得很对,伊扎,”女孩说,“我对勃劳德的态度的确不好,以后我会更努力地使他高兴。”

爱拉感觉到背上的小孩在不停地蠕动。只见小孩把头抬起,突然眼睛一亮。“尤芭饿了。”她做完手势,尤芭一下就把自己肉乎乎的小拳头塞进了小嘴里。

伊扎看了一下天色:“时间确实不早了,而且尤芭也饿了,我们回家吧!”她做着手势说。

我希望伊扎的身体能恢复健康,这样她才能经常带我出去,我们才能有更多的时间在一起。而且我也能向她学到更多的知识。爱拉跟在伊扎后面,匆匆忙忙返回山洞。一路上,爱拉心中都在默默祈祷着。

虽然,爱拉多次下定决心要使勃劳德高兴,但她又发现自己不能坚持,不知不觉就又像之前那样,轻视他派给自己的任务。因为她心里知道,即使自己不做,勃劳德也会命令别人做,或是他自己亲手完成。勃劳德那双冷酷的眼睛并没有使她害怕,因为她咬定了他不敢发怒。她的确也不再故意挑衅他，但她的傲慢已经成了习惯。这段时间以来，她一看见勃劳德不是低下头，装出俯首帖耳的样子，而是抬起头，眼睛向上看；明明听到勃劳德吩咐她去干活，不但不马上行动起来，而是装做没有听见。习惯成自然，她现在不自觉的傲慢比之前故意激怒他，对他的刺激更大。他以为，她不再尊敬他了，事实上，她不是不再尊敬他，而是不再畏惧他。

已进入暮秋时节，寒冬将至。到那时，怒号的北风和飞舞的雪花将使家族人都进入山洞内生活。尽管金秋景色美不胜收，爱拉还是不太愿意看到树叶随着秋天的脚步而慢慢变黄。因为爱拉要帮助妇女们采集丰硕的水果和坚果，基本挤不出时间去她山上的那个秘密基地。秋天的最后一次大采集确实把她折腾的够呛，也使爱拉几乎没有察觉秋季已接近尾声。

家族的节奏终于慢了下来，爱拉也不那么忙碌了。一天，她背着筐，拿着掘棒，爬到了山上那块隐秘的空地，想去采些榛子。爱拉一到达空地就卸下背筐，直奔小山洞去拿她的弹石带。她已为自己的小山洞配备了她制作的一些用具，还有一张用旧了的睡毯。洞内两块大石头上架着一块扁平的木板，上面放着一个桦皮杯子、几个贝壳碟子、一把燧石小刀和几块用于砸坚果的石块。她打开藤筐的盖子，取出放在里面的弹石带。到泉水边喝了点水后，她沿着小溪收集了一些卵石。

她练习了几次。当她看到射出的石子正击中目标时，她非常高兴，心想伏恩的命中率绝不会有自己这么高。她玩了一阵，觉得乏味，就把弹石带和卵石放在一边，开始在密密匝匝的老灌木丛下捡那些熟透了落在地上的坚果。她打心眼里觉得，生活真美好。尤芭正在茁壮成长，伊扎的健康也大有好转；克莱伯的关节在温暖的夏天也不那么痛了。她非常乐意和克莱伯两个人沿着小溪拖着脚步慢慢散步。玩弹石是她喜爱的游戏，而且她已经能熟练地使用弹石带，每次以树枝或石块为目标时几乎百发百中，而且使用妇女禁用的武器能给她带来刺激的快感。而最使她感到舒心的是，勃劳德不再打扰她了。从此，再也没有什么会破坏她的幸福生活了。她心满意足地想，不知不觉榛子已捡了满满一筐。

寒风把枯叶从树上卷到了空中，叶片飘飘洒洒，最后徐徐落在地上，把散落在灌木附近的熟透了的榛子全都覆盖了起来。光秃秃的树枝上只剩下来不及采摘的水果还沉甸甸地挂在梢头。那一簇簇饱满欲滴的葡萄，有的已经裂开，流出的汁液甜蜜芳香，引诱着人们前去采摘。东边大草原的一片野麦子也已经成熟，犹如金色的海洋，一阵风吹过顿时金波荡漾，与南面的灰色大海中泛着泡沫的波浪遥相呼应。

男人们聚在一起，计划这个季度最后一次的狩猎。他们从清晨就开始讨论预定的跋涉路线，已经口干舌燥，便让勃劳德叫一名妇女为他们送些水来。勃劳德看见爱拉坐在山洞口的一侧,地上堆着许多木棒和一条皮带。她正在制作一个葡萄架,好把采下来的葡萄串挂上去晒成葡萄干。

“爱拉！送水来！”勃劳德做完手势扭头就往回走。

女孩正站在葡萄架的一端,用自己的身体支撑着半成品的架子。如果这时她走开,整个架子就会立即散架,到时只能重新组装。她犹豫了一下,看了看附近,没有一个妇女可顶替她一下,于是,她叹了一口气十分勉强地站了起来,让架子慢慢散开,然后去拿大水袋。

勃劳德看到爱拉如此不情愿地接受他的命令,本想发作,但还是强忍住了。正当他准备再找一个会立即执行他指示的妇女时,他忽然又改变了主意。他把眼睛眯成一条缝,回头瞅见爱拉这时才慢慢悠悠地站起身来。他想:谁给她这样的权利竟敢对我如此无礼？我难道不是一个堂堂男子汉吗？她所处的地位难道不应该服从我吗？布仑从来没有告诉我,她可以对我如此不尊重。布仑不会因为我命令她做她该做的事,就把我咒死的。如果公然地允许一个妇女违抗男性,那他还算一个首领吗？勃劳德感觉到身体里有火开始熊熊燃烧起来。她太过分了,我这次不会放过她了。我要让她知道谁说了算!

他一瞬间就作出了决定,然后用三大步走到爱拉面前。正当爱拉站起身时,勃劳德出人意料地一拳将她击倒在地。她仰面倒下,惊愕的脸色马上被怒气取代。她环视四周,看见布仑正在旁边看着她,但他那毫无表情的脸足以说明,他今天不会为她说话了。她回头看见勃劳德盛怒的目光,她的愤怒又变为了恐惧。当他看到她刚才对他怒目圆瞪,他多日来强压的怒火一下如火山爆发。他要让女孩知道,违抗他是要付出代价的。

爱拉不想第二次挨打,便匆忙向山洞跑去,想马上找到一个水袋。勃劳德盯着她,拳头因为握得太紧而咯吱作响。他努力克制自己,使心里的狂怒不立刻发作。他环视周围的男人们,一下就看到了布仑无动于衷的脸,心里更有了底气。他知道,布仑的表情说明他既不鼓励,也不反对。这就足够了。勃劳德看到爱拉匆忙地跑到水潭边,往水袋里灌满水,再背着沉重的水袋往回走。她不拖沓的行动和她害怕的表情都被他看在了眼里,知道她是害怕他又要动手打她。想到这里,他的火气一下子消了不少。他想,我前段日子真是太便宜她了。

爱拉走近勃劳德,沉重的负担使她弯下了腰。这时勃劳德不但不帮她一把,反而猛地推了她一下。这一推使她向后连退了几步,几乎又摔在了地上。她的脸已经因为生气而涨得通红。她直起身来,恶狠狠地瞅了瞅他,然后放慢了脚步。他没有罢休,抡起拳头又向她的脸上挥去,她躲闪及时,那一拳落在了她的肩上。现在,整个家族都在围观。女孩朝男人们看去,人群中布仑冷酷的眼神比勃劳德的拳头更使她慌乱无措。布仑的帮忙是指望不上了。她想要作出弥补，平息勃劳德的怒气，便跑了几步，来到男人们面前。只见她跪在地上，把水袋中的水倒到杯中，始终把头垂得低低的。勃劳德慢慢地跟了过来，担心布仑会对他不满。

“科罗格说，他看见有兽群正向北迁移，勃劳德。”当勃劳德加入小组后，布仑做着手势对他说，平静得好像什么也没发生。

太好了！布仑没有对我生气！也对，他怎么会生气呢？这件事我做对了。我对一个女人进行正常的管教，他怎么会横加干涉呢？勃劳德想到这里，长长地呼出了一口气，令边上的人都感觉到了。

当男人们喝完水后，爱拉回到了山洞里。大部分男人都各自忙去了，只有克莱伯仍站在山洞口等候爱拉。

“克莱伯！勃劳德又打我了。”她做着手势，朝他跑去。她满心期待地注视她敬爱的这位老人，希望得到他的安慰。可当她看到他脸上从未有过的严肃表情时，她脸上刚刚浮现的笑容一下子就消退得无影无踪。

“你挨打是罪有应得。”他做着手势，怒视着她。他冷冷的眼神没有一丝温度。他注视了她一会儿，就转过身背对她，一拐一瘸地走回他的火塘。爱拉想，为什么克莱伯也对我发脾气？

当天晚上，夜已深了。爱拉羞怯地走到老巫师身边，伸出手臂搂住他的脖子。过去，她不论做了什么错事，只要她这样搂着他，就一定能令他怒气全消。但是，这一次他却无动于衷，甚至没有因为不耐烦而将她推开。他只是面无表情地望着远方，冷漠得像一座冰山。她害怕了，往后退了几步。

“不要打扰我，找些有意义的事去做。大莫格乌正在思考，他没有时间搭理傲慢无礼的女孩。”他不耐烦地做着手势，态度甚至有些粗鲁。

泪水一下充满了她的眼眶。她觉得很受伤，也忽然对老巫师有些害怕起来，仿佛他已经不是那个她熟悉和敬爱的克莱伯。他是大莫格乌。这是她自来到家族以来第一次真正了解，为什么家族里每个人都与这位伟大的大莫格乌保持一定距离，而且始终对他报以敬畏之心。他抛弃她了。他的眼神和手势已经表明他对她很不满意，甚至想把她远远推开。他也不再爱她了。她很想抱他，告诉他自己还爱他，但是她不敢。她失魂落魄地走向伊扎。

“为什么克莱伯对我这么生气？”她做着手势。

“我以前告诉过你，爱拉。你应该做勃劳德吩咐你做的事。他是一个男人，他有权命令你。”伊扎和蔼地说。

“他要做的事我哪件没有照做？我并没有违抗他。”

“你是做了，但你抵触他，爱拉。你从心里蔑视他。你也知道你有些傲慢。你没有像一个教养良好的女孩子那样对待他。这是克莱伯感受到的——我的感受也是一样。克莱伯觉得没有把你教养好，给了你太多的自由。因为他允许你以自己的方式对待他，导致你认为可以用同样的方式对待其他人。布仑对你很不满意。克莱伯也知道这点。你总是来回地跑。这对孩子们来说没关系，但爱拉，你不再是个孩子了，所以这样做是很不合适的。你用喉咙发出太多声音。当命令你做某件事时，你也从不手脚麻利地行动。每个人都对你有意见，爱拉。你使克莱伯蒙羞。”

“我没想到自己这么坏，伊扎，”爱拉做着手势，“我真的不是故意的。我从来都没有想过这些。”

“那现在你应该好好想想了。你已经很大了，不能再像孩子一样胡闹了。”

“都是因为勃劳德总这样刻薄地对待我，而且那次他对我下手那样地狠。”

“他待你刻薄或不刻薄不是问题所在，爱拉。他想要如何待人就如何待人，这是他的权利。因为他是一个男人，所以他可以想打你就打你，想打多狠就打多狠。而且将来有一天，他是要当上首领的，爱拉，你必须更加服从他。每当他说什么，你照做就是了，你没有其他选择。”伊扎耐心对她解释。她看着女孩被打伤的脸，有些心疼。她其实也弄不明白，为什么勃劳德对她下手这样狠？伊扎知道女孩很难接受生活残酷的现实，虽然很同情，却又无能为力。“时间很晚了，爱拉，去睡吧。”

爱拉回到她的睡处，一直无法入睡。她辗转反侧很久，好不容易睡着了，却噩梦连连，睡得极不安稳。第二天她很早就醒了，没吃早饭就背上筐，拿了掘棒离开了山洞。她要独自一人好好想一想。她来到她的秘密草甸，拿出弹石带，发现自己并没有心情练习。

她想，都是勃劳德的错。他为什么总是爱挑剔我？我难道对他做了什么吗？他从来就没有对我满意过。他是一个男人没错，可这有什么了不起？男人凭什么就比女人强？我才不在乎他会不会当上首领呢。他简直一无是处。他的弹石技术甚至连佐格都不如。我现在就敢和佐格比一比。至于伏恩，我早超过他了。伏恩练习时经常射偏；勃劳德甚至在给伏恩作示范时都能失误，想必比伏恩的水平也高不到哪儿去。

她的气愤无处发泄，便拿起弹石带一通乱射，其中一颗石子飞向灌木丛，把一头在里面睡觉的豪猪吓得从洞中爬了出来。这种小动物一般在夜里出没，猎人很少能捕获到。她想，当时伏恩打死一头豪猪时，家族里所有人都对他交口称赞。有什么了不起？只要我想打，我也能打中。这头小动物爬上了小溪边的一个沙丘，伸展它身上的刺。爱拉将一颗卵石装入弹石带中，把豪猪作为目标，射出一颗石子。豪猪行动缓慢，果然非常容易就被击中了，只见它滚下沙丘，掉到了地面上。

爱拉一看射中了，满心欢喜地朝豪猪跑去。当她碰了一下它，知道这头豪猪并没有死，只是被打昏了过去。她摸到它的心脏还在跳动，有血不断从它头部的伤口流出，突然有一股冲动想把这头受伤的动物带回山洞医治，就像过去她曾经医治过许多受伤的动物一样。她高兴不起来，感觉一团糟。她想：我为什么要伤害它？我并没想伤害它啊！我也不能把它带回山洞，因为伊扎一眼就会看出，它是被一颗弹石所伤；伊扎见过太多被弹石带射死的动物了。

女孩久久地注视着这头受伤的动物，意识到她永远都不能打猎。她想：即使我能杀死一头动物，我也不能将它带回山洞，那我练习弹石带有什么意义呢？现在，克莱伯已向我发脾气了。如果他知道我在玩弹石带，会怎样对我呢？布仑又会怎么处置我呢？这弹石带我本来是连碰都不能碰的，可我竟然使用了，布仑会不会将我驱逐出去？爱拉想到这里，开始害怕起来。我有什么地方可去呢？我不能离开伊扎、克莱伯和尤芭。否则，还有谁能照顾我呢？我不想离开家族啊。她想着想着，不觉热泪盈眶。

我很坏，我没有遵守家族的规矩，令克莱伯对我大发脾气。但是，我爱他，我不愿他恨我。唉，他为什么会对我如此生气呢？泪水从这个痛苦的女孩的脸上流下来。她躺在地上，由于伤心而抽噎着。当她哭累了，便坐了起来，用她的手背擦她的鼻子，双肩因为时不时的抽泣颤抖着。我以后再也不能当一个坏女孩了。我要改正。不管勃劳德吩咐我做什么，我都会老老实实地做好。我也不会再碰弹石带了。为了坚定决心，她把弹石带扔进了灌木丛中，转身跑向背筐，收拾好便下山回洞了。伊扎一直在找她，终于看到她回来了。

“你到哪里去了？你出去了一整个上午，可背筐还是空的。”

“我一直在思考，母亲，”爱拉做着手势，诚恳而严肃地望着伊扎，“你的话是对的。是我坏。但我以后一定改正。我会尽心尽力做好勃劳德命令我做的所有事情。我一定会守规矩，再也不会乱跑，不会出任何差错。如果我能表现得非常、非常好，你说克莱伯还能重新爱我吗？”

“他一定会的，爱拉。”

伊扎回答，轻轻地拍了拍她。她又犯病了，当她想到克莱伯不再爱她时，她的眼睛又出水了。伊扎看看爱拉那张满是泪痕的脸和红肿的眼睛，为女孩感到心疼。她想，她毕竟来自不同的种族，要她接受这一切的确太难为她了。但是，如果她有心，今后的情况应该会有所好转。

11

爱拉简直变成了另外一个人。她彻底悔悟了，变得十分驯服，对勃劳德的命令会全力以赴完成。男人们相信，这是勃劳德严加管束的结果，都满意地点头称许。她的转变成为了一个活生生的案例，证明了他们一直坚持的：如果男人们太过宽厚，妇女们就会懒惰和傲慢；女人就是天生的贱骨头，必须加以管教。她们弱小、任性，不可能像男人们那样自我约束，因此需要男人们的指挥，需要男人们的控制，只有这样她们才能成为对家族有用的人，才能对家族的生存作出贡献。

他们不考虑爱拉现在还是一个孩子，而且不属于这个家族的血统。他们认为既然她加入了家族，就要按家族规矩行事。而且她的年龄已接近成年，个子长得甚至比家族里大多数妇女都高，最关键的是，她是一个女性。妇女们可以感觉到，男子们在责罚她们时不会掺杂进私人的感情。他们很多情况下也的确是在就事论事，因此完全不必感到内疚。

但是，勃劳德却是一个极端的大男子主义者，他在管教妇女时，常是为了发泄自己的私欲。他严厉地压制奥茄，对爱拉就更不用说了。过去，他对爱拉已经心狠手辣，现在则更加变本加厉。他紧盯她，威逼她，骚扰她，找一些无关紧要的小事，命令她马上跑去执行；有时爱拉一些细小的差错会被他揪住不放，更多时候是他无中生有地打骂，并以此为乐。她曾对他的男子地位表示不屑，现在终于尝到苦头了。过去，她曾顶撞他，蔑视他，使他受够了忍耐。现在，终于轮到他出口恶气了。他逼迫爱拉屈服于他的意志之下，并想一直就这样保持下去。

爱拉尽她努力做好每一件事想要取悦于他。有时，她会预测他的需要，却招来一顿申斥，指责她凭什么自以为是。每当她跨出克莱伯的火塘，勃劳德就会等在那儿，而她又不能无缘无故地缩在巫师的火塘界石范围内，便只能听他的使唤。当前，正是秋天最后一茬繁忙的时节，家族为保证安全度过即将到来的寒冬，都在忙着储备过冬的物资。伊扎的药库尚算完备，爱拉找不到借口离开山洞到野外去。于是勃劳德每天把她当畜生调遣，一到晚上，她就瘫倒在床，筋疲力尽。

伊扎看出勃劳德对爱拉态度的改变依然无动于衷，这也是没有办法的事。但爱拉对勃劳德的一味迁就，更多的是出于对克莱伯的爱，而不是对勃劳德的畏惧。伊扎告诉克莱伯，当爱拉以为他不再爱她时，她又犯了眼睛流泪的老毛病。

“你应该知道,她有些无法无天,伊扎。我必须对她进行教育。如果勃劳德不管束她,布仑也会插手的,这样只能使情况变得更糟。勃劳德仅仅是使她皮肉受苦罢了,而布仑则会叫她离开家族。”他这样回答伊扎。但老巫师仍感到有些不可思议:爱的力量竟能胜过畏惧。这个问题萦绕在他的脑海,苦苦冥想了几天仍然不得其解。克莱伯听了伊扎的话马上就对爱拉又心生怜爱,但他为了使爱拉接受教训,还是克制住了自己,尽可能保持对她表面上的冷淡。

降下的初雪落在地上,转眼被瓢泼大雨冲刷得一干二净。而到了傍晚,气温骤降,大雨变成了雨夹雪。第二天的早晨,天空放晴,洞外的小水坑结了一层易碎的薄冰,预示着气温将进一步下降。只有当暖风从南面吹来,恰巧又碰上了艳阳天,这些薄冰才会融化。爱拉遵守着女性应有的品德,服从,默默忍受勃劳德处心积虑的刁难,总是用最快的速度满足他的需要,并始终顺从地低着头,战战兢兢地走路。她再也不放声大笑,甚至不再微笑,绝不让自己有抵触的情绪——这点真的很难。她总是克制自己,努力说服自己:我的确犯了错,应该要更驯顺一点。在这样的精神束缚下,她开始烦躁不安。

她体重下降,食欲全无,即使在克莱伯的火塘内也不发一语,情绪消沉。虽然她晚上一回到火塘就会先抱尤芭,哄她睡觉,直到自己也睡着。但就连尤芭也不能使她露出一丝微笑。伊扎很担心她。有一天,冻雨下了一夜,到了早上终于放了晴。伊扎决定趁大地封冻之前,让爱拉好好休息一下。

“爱拉,”她们两人在勃劳德还没有提出第一个命令之前一同朝洞外走去,伊扎故意大声地对爱拉说,“我检查了一下我的草药储备,发现还缺少治疗胃痛的雪浆果梗。你给我采集一些来吧。这药很容易辨认,是一种灌木,叶子已经掉光,顶上结着白色的浆果。”

其实伊扎的药库内还有许多其他治胃的草药,她只是故意找个借口让爱拉能得个闲空罢了。爱拉连忙跑回山洞寻找采集筐,结果撞见了勃劳德。他虽然皱着眉头表示不满,但他也知道,为伊扎采集药物,比他的那些杂事重要多了,便不再吭声。他的杂事一般有:打水,泡茶,取肉,给他拿来他故意遗落在某处的绑腿用的毛皮,把他的兜帽递给他,拿一个苹果,甚至是从小溪边捡来两块卵石,用来砸碎榛子或其他坚果——他偏不喜欢那些在山洞附近就可以拾到的卵石。除此之外,还有数不清的鸡毛蒜皮的小事。平时,他就是命令爱拉做这些事。看到爱拉已经背着背筐,手拿掘棒走出了洞外,他只好悻悻地走开了。

爱拉跑进树林,感激伊扎给她单独外出的机会。她一路走,一路向四周观望,心思并没有放在寻找雪浆果上。她漫不经心地走,不知道是往什么方向去，也没有注意到自己已经沿着小溪走到了雾气弥漫、藓苔遍地的瀑布前。她不假思考，信步登上陡峭的斜坡，这才发现自己已经走到了山洞正上方的高山草场。自从上次在这里射伤了一头豪猪后，她还一次都没有回来过。

她坐在小溪边，心不在焉地拾起卵石向水中扔去，觉得有点冷。前几天，山洞附近下了雨，而这里的海拔高，所以下的是雪。除去小片的空地，野地里和树枝上都已厚厚地盖上了一层雪。大雪后的空气似乎静止了，一股清新和纯净沁人心脾。靛蓝色的天空中嵌着一轮耀眼的太阳，光线射在晶莹剔透的白雪上，雪中无数微小的晶体一齐折射出绚烂的光彩。但是，爱拉没有兴致欣赏眼前这幅烂漫宁静的初冬雪景。她想的是，寒冬的到来将迫使家族进入山洞生活，也就是说，在明年春天到来之前，她都无法逃脱勃劳德的魔爪。太阳渐渐升高，一些雪片毫无征兆地从树枝上落下，落地时扑簌簌的声音在寂静的野外被放大了许多。

漫长的冬季前景惨淡，勃劳德将日复一日无休止地折磨她。她想：我永远都不可能满足他，不管我怎样努力，结果都是一样的。我该怎么办呢？她无意中看到一小片裸露的空地上有腐烂的毛皮和散乱的豪猪刺，不禁使她想起那头被她击中的豪猪。她猜测，也许是有一头鬣狗或是一只狼獾发现了它，将它吃掉了，心里一下子内疚不已：我真不该自学弹石，这实在是大错特错，克莱伯知道了该会多生气啊。而且勃劳德知道也会……不，勃劳德不会生气，他反而会很高兴，因为这又让他找到借口，可以毫不留情地打我。不，不能让他知道，他也不可能会知道！她忽然感到心情愉悦：他本来有机会责打她，却因为被蒙在鼓里而一无所知。她很想做些什么，来发泄她一直压抑的叛逆心，如果能用弹石带弹射石子就好了。

对呀，弹石带！她想起自己曾将弹石带扔在灌木丛中，便开始寻找，终于在附近一丛灌木下，发现了一块皮革。她把它捡起来，发现虽然有些受潮，但尚未腐烂。她轻轻抚摸着这块鹿皮，非常喜欢它柔软顺滑的手感，然后脑海中浮现出自己第一次拾起一条弹石带的情景。当她回忆起勃劳德将佐格推倒，结果惹怒了布仑，在布仑面前一副胆战心惊的可怜样时，她的脸上浮现出一丝笑容。她知道自己并不是唯一一个曾激起勃劳德怒火的人。

爱拉心里很不服气：就因为我是一个女人，所以他敢拿我出气。当他推倒佐格，布仑是真正动了气；但他随心所欲地打我时，布仑却当没事一样。布仑根本不在乎我。不，不对，伊扎曾说过，当时是布仑把勃劳德拉开，阻止他继续打我。而且有布仑在附近时，勃劳德也不敢轻易对我动手。其实，只要他能让我偶尔一个人静静待会儿，他对我如何打骂我都无所谓。

她拾起卵石，扔到溪中，这样重复了几次，突然不假思索地把一颗捡起的石子装入了弹石带。她微笑着，看到有一片枯叶悬在枝梢，就瞄准枯叶射出石子。当看到石子击中目标，她感到满足。只见她又拾起几颗石子，走到了草地的中央，将它们一颗一颗地弹射出去。她自信地想，只要是我想射中的东西，就没有射不中的。可念头一落她又皱起了眉头：就算如此，又有什么意义呢？我从没试着瞄准移动中的东西，上次那头豪猪不算，因为它当时几乎一动不动。我甚至不知道自己能否射中移动的目标。而且就算我学习过打猎，那种真正的打猎，又能怎么样呢？我不可能将射中的猎物带回洞去，到头来只能是便宜了狼、鬣狗还有狼獾，实在是不值——它们从我们这偷走的猎物还少吗？

猎人们在野外杀死猎物后，必须十分警惕食肉动物。除去大型的猫科动物，狼群还有鬣狗群都会公然从猎人手中抢走猎物。那些鬼鬼祟祟形单影只的鬣狗以及隐匿的狼獾也会时常在家族的晒肉场周围窥伺，有的甚至想要打开家族的藏肉窖，偷走储存在里面的肉。爱拉想，我不能用我的弹石带射死动物，来养活我们的竞争对手。

布仑甚至不允许我将一头受伤的狼崽带进山洞。猎人们在不需要狼皮的时候也会将受伤的狼杀死。因为这些食肉动物给我们带来许多麻烦，所以家族不愿意让它们活着。这些思想已在她脑中根深蒂固。她又想到，除非是大型的食肉动物，一般的狼和鬣狗都是可以用弹石带杀死的。她记得佐格曾告诉过伏恩：弹石带有时比其他任何武器都好用，因为它的射程长，即使与猎物距离较远，也可将其杀死。

根据佐格对弹石带优点的概括，爱拉得出结论：野兽的尖牙利齿是威胁不到持弹石带的猎手的。但是，佐格并没有说明，如果石子没有击中狼或山猫，而猎手又没有携带其他武器时该如何进行防御。虽然佐格已一再强调，尝试用弹石带射杀一头大型野兽是不明智的。

她想：我何不干脆就只猎杀食肉动物？我们从来不吃它们的肉，也就不存在浪费这一说。而且猎人们也常将食肉动物的尸体留给食腐动物们。

我在胡思乱想些什么？爱拉被自己的荒唐想法吓得摇了摇头，想要摆脱头脑里那些“可耻”的念头。我是一个女人，我不能打猎，更不能碰武器。这些我也知道，可我就是已经学会使用弹石带了啊！她心有不甘。应该能行得通的。如果我杀死一头狼獾或一头狐狸，它们就再也不能偷我们的肉了。还有那些卑鄙丑陋的鬣狗们，总有一天我会打死一只，那样的话对我们的获益可就大了。爱拉已经开始想象自己正在跟踪一只鬣狗了……

爱拉一整个夏天都在练习弹石。虽然，她的练习仅仅是作为一种乐趣和游戏，但她知道任何武器的练习都不是为了射中靶子，而是用于打猎。对她来说，如果没有进一步的挑战，击中石块或树枝的兴奋劲很快就会过去。只有当地球上人类的文明发展到可以不依赖打猎就能生存下去时，竞技才可以成为单纯的竞技。目前,家族间开展的竞技比赛目的都是为了提高大家的生存技能。

爱拉的思想虽然还没有达到那样的境界,但她很不情愿放弃自己已经掌握并发展空间的技能。她乐于扩展自己的才能,也乐于训练自己手与眼的协调配合,她尤其骄傲的是自己能够自学。她已做好准备,迎接更大的挑战——打猎。但在此之前,她需要找到一个合理的打猎理由。

她初次玩弹石带时,曾想象过自己能够打猎,也想象过当她把猎获的兽肉带回山洞时,家族人们脸上欢喜和惊讶的表情。但当她射伤一头豪猪时,她才明白她的想象是绝不可能实现的。因为她是一个女性,而家族不允许女性打猎。他们非但不会允许她带回一头杀伤的猎物,更不可能赏识她的能力。但即便如此,她还是模糊地感觉到,如果她杀死的是与家族争夺猎物的食肉动物,家族应该还是会感激她的,就算不承认也没关系。这样她就有理由打猎了。

这种想法占据她的大脑很长时间,使她越来越深信,即便是秘密地猎杀食肉动物,也是对的,也是对家族有益的,虽然她尚未完全克服内心的罪恶感。

她与自己的良知斗争。克莱伯和伊扎的话还在她耳边飘荡,"女性触摸武器是不可原谅的。"但是,她又想,我所做得已经远不止触摸武器那么简单。我已经很坏了,用武器打猎还能坏到哪儿去?她看着手中的弹石带,突然下定了决心,把所有犯罪感抛到了九霄云外。

"我决定了!我一定要这么干!我要学习打猎!但我只杀死食肉动物。"她断然地做着手势,用结论式的口吻自言自语。她兴奋得脸颊发烫,激动地奔向溪边,准备收集更多卵石。

她正在溪边收集大小不同的圆滑卵石,突然被一个物体吸引住了。那东西看上去像一块石头,但更像沙滩上能见到的那种软体动物的壳。她把它捡起来,仔细端详。这是一块石头,一块长得像贝壳的石头。

这石头真奇怪,她想。我从没见过这样的石头。这时她回想起克莱伯曾经对她说过一些话,这些话使她突然被一个闪过的念头击中,顿时脸上血色全无,脊椎骨一阵阵发凉。她的膝盖已经发软,全身剧烈抖动着,不由得跌坐在了地上。她静静凝视手掌上托着的这块腹足动物的化石,眼睛眨都不眨,生怕错过了什么。

她想起来克莱伯对她说过的话是,当你需要作出决定时,你的图腾会帮助你。如果是正确的决定,它会给你一个信号。克莱伯还说,这个信号可能是一件非常不寻常的东西,但没有其他人会告诉你这就是信号,你必须学会用你的心灵、你的思想去体悟,让居住在你身体里的图腾与你对话。

于是，爱拉端坐起来，学着克莱伯的样子，用定式的手势向她的图腾祈祷：“伟大的穴狮之神，这是不是您给我的信号？您是不是想告诉我，我作出的决定是正确的？即使我是个女孩子，我还是可以去打猎？”

她静静地坐在地上，眼睛注视着手心上贝壳一般的卵石，然后像克莱伯那样进入沉思。她知道因为自己有穴狮图腾，而被视为异类。但她过去从未过多考虑这一点。她伸手向披身下的大腿摸去，摸到上面四条平行的爪痕。为什么穴狮之神．您会选中我，做我的图腾？这是强大的图腾，是男性的图腾，为什么竟会选中我一个女孩子？一定是有原因的。她又想到弹石带和自己学会使用它。为什么勃劳德把一条旧的弹石带扔掉，却恰好又被我捡到？过去从来没有一个妇女摸过弹石带，是什么力量促使我触摸它，并把它捡起来？是不是我的图腾希望我这样做？只有男人们才打猎，而我的图腾正是男性的图腾。一定是这样的！一定不会有错了！因为我有一个强大的图腾，而我的图腾希望我能打猎。所以我应该打猎才对。

“啊，伟大的穴狮之神。您用如此奇特的方式给了我信号。虽然我不知道为什么您希望我打猎，但我十分愉快您给了我这个信号。”爱拉再次把手中奇特的卵石翻过来，取下脖子上挂的装有一块红赭石的护身符，解开袋口扎紧的结，把化石放进皮袋内，然后重新扎紧袋口，再套回到脖子上。她感到护身符的重量有了明显的差别。似乎是因为她的决定得到了图腾的认可而增加了的分量。

她不再有负罪感了。因为她的图腾希望她打猎。即使她是一个女性，也无关紧要。她想；我与杜尔克很像。虽然大家都说，杜尔克离开家族是错误的，但是我想，他一定能找到一个冰山之神奈何不了他的好地方。他会重新组建一个新家族。他的图腾一定也很强大。克莱伯说：人是很难与自己强大的图腾共处的，在它嘉奖你之前，它会严厉地考验你，看你配不配得上以它为图腾。他还说：这就是为什么伊扎发现我时，我已危在旦夕，而后却又活了下来的原因。不知道杜尔克的图腾是否也考验了他。我的穴狮图腾会不会再次考验我呢？

考验一定很艰难。如果图腾认为我配不上它怎么办？我怎么才能知道我是在经受考验？我的图腾会用什么样的艰难困苦来考验我？爱拉正苦思冥想自己生命中有什么艰难险阻，突然就有了答案。

“勃劳德！勃劳德就是对我的考验！”她做着手势对自己说。整个冬季里，没有比面对勃劳德更令人痛苦的事了。但只要我能承受，只要我的图腾对我满意，它就将会允许我打猎。

伊扎注意到，当爱拉返回山洞时，她走路的感觉与以往不同，但又说不上具体有哪些不同。没有违背矜持的规矩，但比以前轻快，神色也比较从容,不那么紧张了。当看到勃劳德走近她时,女孩的表情没有抗拒,而是顺服地接受。但克莱伯注意到,她的护身符比之前膨胀了。

冬天来临后,尽管勃劳德仍要求不断,伊扎和克莱伯还是很高兴看到爱拉恢复了常态。即使她疲于奔命后已疲惫不堪,但只要与尤芭一起玩耍时,笑容还是会回到她的脸上,只是她不再放声大笑了。克莱伯猜测她从她的图腾那里得到了信号,这才心甘情愿接受自己的地位。他虽然放心不少,但也察觉到她内心的思想斗争。他也知道其实爱拉没有必要屈服于勃劳德的意志,要紧的是她必须停止抗争。学会自我控制不仅对男人们至关重要,对她来说也是一样的。

在这个冬天,爱拉开始了生命中第八个年头,她已成长为一个妇女了。她的生理上虽然并未发育成熟,身躯仍然是女孩子未发育的直线型,还没有任何迹象说明改变即将发生,但是在这个漫长的冬季里,爱拉完全抛弃了孩子气,在心理上已经像妇女一样的成熟了。

当生活令她无法忍受时,她也怀疑自己能否坚持下去。有时早晨醒来,她睁开眼睛,一看见山洞顶上熟悉的岩石纹路,就希望能重新进入梦乡,并且再也不用醒来。在她已经到了崩溃边缘的时候,她就伸手抓住她的护身符,摸一摸另一块石子。只有这样,她才能重拾耐心,度过新的一天。时间过去一天天,她早已厌倦了鹅毛大雪和凛冽寒风。只要等到野地里绿草如茵,从海洋吹来了咸咸暖暖的风时,她就又能自由自在地遨游于田野和森林之中。

勃劳德像他的图腾披毛犀一样,性情执拗,而且一副臭脾气不可捉摸。这个家族的特点是,一旦某人采取一种行动,就会以毫不动摇的决心坚持到底。勃劳德管教爱拉就是如此。爱拉每天受勃劳德的掌掴、责骂以及无休止的骚扰,家族的人都有目共睹。大部分人虽然都认为她的确需要一些管教和惩罚,但只有少数人认可勃劳德责罚她的方式和程度。

布仑过去一直担心勃劳德太容易让女孩激怒自己。但自从这个年轻人能控制自己不再发脾气后,这位首领感到勃劳德有了一定的进步。不过首领还是希望看到他配偶的儿子能更加懂得节制,因此决定任勃劳德和爱拉的局面顺其自然。随着冬天慢慢过去,布仑开始给予这个怪异的女孩一定程度上的勉强的关心。这种关心有点类似过去当他的同胞姐妹受配偶毒打时,他曾给过的那种。

爱拉现在同伊扎一样,被认为是妇女举止的典范。她擅忍耐,不抱怨,而作为妇女就应该这样。当她在偶尔的间歇摸她的护身符时,布仑和其他家族人就会认为这是她敬畏神灵的表现。神灵对家族来说至高无上,因此爱拉敬神的举动提高了她在妇女中的地位。

护身符给了她信仰。她崇敬神,也了解神。她的图腾正在考验她。如果她被证明经得起考验,神就将允许她学习打猎。勃劳德越纠缠她,就越使她坚定决心,等春天来临时一定要自学打猎。到时候,她会比勃劳德优秀,甚至连佐格也要对她甘拜下风。她将成为家族里最优秀的弹石猎手。虽然,这还是一个秘密,除了她自己以外,没有一个人知道。这个想法给爱拉提供无穷的力量,在她的头脑中凝固、生长,就像洞口处悬着的长长的锥形冰柱。这些冰柱是洞口火堆升起的热空气与外界冷空气在洞口相遇而生成,整个冬季都在不断加长,成为一道厚厚的半透明冰帘。

爱拉开始下意识地训练自己。除了经常与勃劳德套近乎外,她越来越对男人们的闲聊感兴趣。他们在漫长的冬日里为了消磨时光,常会一起回忆早前的狩猎,或是讨论今后的策略。她找各种借口在靠近他们的地方干活,尤其当多夫或佐格在说用弹石带打猎的故事时,她会把耳朵都竖起来听。她欣赏佐格,以自己女性的关怀对他体贴入微,久而久之,她对这位老猎人渐渐产生了深厚的感情。佐格有点像克莱伯,骄傲又严厉,但只要对他有一丝的温暖和关注,就能使他心花怒放,哪怕这种关心是来自一个奇怪的丑女孩。

佐格在重述他过去当家族的二把手,也就是现在格洛德所处的位置时的一段光辉岁月,这引起了爱拉浓厚的兴趣。佐格也不是看不出来她的心思,只是装做不知道而已。她是一个很有欣赏能力而又不发一语的听众,拘谨但有敬意。当佐格把伏恩找来,给他讲解跟踪技术和狩猎传统的时候,佐格发现女孩会想尽办法坐在旁边,尽管他会装做没有注意到。既然她愿意听这些故事,就让她听好了,会有什么害处呢?

佐格想:如果我还年轻,还有供养能力,在爱拉成长为一个妇女后,我会娶她做我的配偶。她将来是一定要找配偶的。可是她长得这么丑,要找一个配偶会遇到许多麻烦。但是她也有许多优点:她年轻力壮、谦恭有礼。我在其他家族里也还有些亲属。如果下次开家族大会时,我还走得动的话,我会为她说媒。勃劳德当上家族首领后,她肯定是不愿留在这里的,这不能怪她。连我都不想在有生之年看到勃劳德当上首领。佐格永远不会忘记勃劳德打他的那一幕,也非常不喜欢这个高傲的首领的接班人。他一想到勃劳德成为首领后,会毫无道理地苛待这个女孩,他的心里就隐隐作痛。他对这个女孩也怀有深厚的感情。他认为,她受到约束是应该的,但必须有一个限度,而勃劳德的管教远远超过了这个限度。她从来没对自己表示出轻蔑,毕竟只有自己这样年岁较大,也较睿智的男人才能真正知道该如何对待妇女们。是的,我必须为她说媒;如果我自己不能去,我也将带个口信去。如果她没那么丑就好了,他沉思自语道。

爱拉的处境虽然艰难,但有些时候还过得去。家族在冬季放慢了活动的节奏，需要做的杂务也减少了许多，甚至连勃劳德也找不出像以前那样多的活要爱拉去干。时间一长，他也有些厌倦了，觉得与爱拉之间好像没什么矛盾了，因此也放松了对她的折磨。但除此之外，还有一个理由使爱拉觉得冬天并不那么难熬。

一开始，伊扎为了让爱拉留在克莱伯的火塘范围内不在外面乱跑，决定要训练爱拉学习草药的制备和应用。爱拉对伊扎的医术简直像着了迷似的，废寝忘食的态度使得伊扎不得不制定出一套学习方案。伊扎也意识到必须提前开始培训爱拉，因为爱拉大脑的工作方式与自己的截然不同。

如果爱拉是她亲生的孩子，爱拉的大脑中就会储存有关医术的记忆，伊扎需要做的只是唤醒这部分记忆，使她习惯并加以运用。但爱拉来自外族，尤芭储备了的记忆她没有，而且她的感知记忆也并不理想。伊扎必须不断训练她，让她不断复习，还要经常测验，才能最后确认她已牢记不忘。伊扎从她大脑记忆中提取出一些信息，加上她具有的经验，发现爱拉的大脑里简直有一座知识的宝库。这一发现使伊扎惊讶不已。而且爱拉自身从未意识到这一点。一直以来都是在有需要的场合，这些知识就会自动在她脑海中浮现。有时，伊扎会感到绝望，觉得爱拉不可能学会自己所知道的一切，甚至想放弃把她训练成一个合格的女巫医。但是，爱拉对医术的热情始终有增无减，使伊扎下定决心要倾其所能，使她的养女将来能在家族里有稳固的地位。每天的课程都在有条不紊地进行。

"治烫伤该用什么药。爱拉？"

"让我想一想，噢！海索草的花、一枝黄花和金光菊花，干燥后研成粉末。混合等量的粉末加水调和，就可制成敷料。将敷料敷在创面上并覆以绷带。当敷料干燥时，可在绷带上浇点冷水。"她一口气说完，想了想又补充道，"将长叶薄荷干燥，取其花叶部分，也能治疗沸水或滚油的烫伤；握住草药，用手的温度使其湿润，再加水调和，敷在烫伤处。灯心草的根加水煎汁，汁液可用于洗涤创面。"

"很好，还有吗？"

女孩在脑中过了一遍，又想起了一味药："还有大海索草。把新鲜的叶和梗放在嘴里嚼烂吐出，可做敷料。或将干燥后的叶片研末调水。还有……噢！对了，将黄色叶脉的蓟草的花煎汁，冷却后可洗涤创面。"

"也可以用于治疗皮肤疼痛，爱拉。还有，你忘了一样，木贼蕨烧成灰后，与动物脂肪混合在一起，也是很好的治疗烧烫伤的油膏。"

除了医术，爱拉还在伊扎的指导下学习烹饪，很快便学有所成。除去特殊的情况，她已经可以负责为克莱伯备餐。她很乐意服侍克莱伯，但将谷物研磨成细粉以及将坚果压碎却是辛苦的活计。因为克莱伯的牙齿磨损严重，所以为方便他下咽，为他准备的食物必须足够细腻。伊扎还教她制备可缓解克莱伯关节疼痛的止痛饮料和敷药。慢慢地，爱拉逐渐了解了关节炎的治疗办法，并致力于减轻克莱伯的病痛。因为长时间居住在阴冷潮湿的山洞内，他的病日趋恶化，折磨得他苦不堪言。这个冬季是爱拉第一次作为女巫医伊扎的助手，而克莱伯则是她帮助的第一个病人。

隆冬时节，极大的降雪量使地面上的积雪深达数英尺，几乎堵住了洞口。大雪像是隔热的毯子，使洞内火塘的热度不致散发出去，起到了一定的保温作用，但是凛冽的寒风依然不时地从雪堆与洞顶间的缝隙灌进来。克莱伯的情绪不寻常地起了波澜。他一会儿沉默，一会儿咆哮；突然间幡然悔悟，然后又是默不作声。他的行为使爱拉困惑，但伊扎猜到了个中缘由：克莱伯患了牙疼病，而且疼得厉害。

"克莱伯，能不能让我看看你的牙齿？"伊扎建议道。

"不用了，仅仅是一点儿牙痛而已。难道我连这点儿疼痛都坚持不住吗？你不知道我过去承受过非人能承受的痛苦吗？这点牙疼又算得了什么！"克莱伯一点也不心平气和。

"是的，克莱伯。"伊扎回答，把头低下。然而克莱伯立刻就后悔了。

"伊扎，我知道你是出于好意。"

"如果你肯让我看看你的牙齿，我也许能给你上一些药。可如果你连看都不让我看，我怎么知道该用什么药呢？"

"有什么好看的呢？"他做着手势，"那颗坏掉的牙齿与其他的牙齿根本没有不同，是看不出个所以然的。你只要给我煎点柳树皮的茶就好。"克莱伯嘟囔着说完，坐到了他的睡榻上，眼神放空地盯着空气。

伊扎摇了摇头，煎茶去了。

"女人！"

伊扎才走了不久，克莱伯就高声叫喊："柳树皮茶在哪儿？为什么这么半天了还不拿来？我的牙这样疼让我怎么能沉思呢？我不能使思想集中！"他不耐烦地做着手势说。

伊扎赶紧端来一只骨杯，并做手势让爱拉也跟着过来："我这不是把茶给你端来了吗，但我真的不认为柳树皮茶能提供多少帮助，克莱伯。你就让我看看你的牙齿吧。"

"好吧，好吧。伊扎，你就看吧！"他无可奈何，只得张大了嘴，指了指那颗使他吃尽了苦头的牙齿。

"爱拉，你看到那黑洞有多深了吗？牙床都肿了，想必病牙已经烂穿了。恐怕得把它拔掉，克莱伯。"

"把牙拔掉！你不是说，你只是看一眼，然后就会给我止痛的药吗？你可没说要把它拔掉。算了吧,你还是给我治牙疼的药吧,伊扎!”

“是,克莱伯,”伊扎说,“这是你的柳树皮茶。”伊扎把骨杯递给克莱伯。爱拉在边上看着,觉得他们的对话很有趣。

“你刚才说,这茶对牙痛帮助不大?”克莱伯接过茶,将信将疑地问。

“不会有太大帮助的。你倒可以试试把灯心草的根放在口中咀嚼,或许会好受一些。但效果也不是很明显。”

“你算是什么女巫医,连个牙痛也治不好。”克莱伯咕哝着。

“我可以试试用烧灼法给你止痛。”伊扎做着手势,又好气又好笑。

克莱伯咽了口口水,说:“那我还是试试灯心草的根吧。给我拿点来。”

第二天早晨,克莱伯半边脸都肿了起来,使他那独眼又满是疤痕的脸看上去更加可怖。他的眼睛又因为失眠而熬得通红。“伊扎,”他呻吟着,“你能不能为我的牙痛想点办法?”

“如果你昨天就允许我把病牙拔去,现在早就不痛了。”伊扎做完手势,转身去拿一只碗,碗里有烤烘过的谷物和水。只见她不停地搅抖,碗里的东西成了糊状,慢慢有气泡产生又破裂,发出轻轻的噗噗声。

“女人!你怎么这么迟钝?难道我昨晚整夜没睡你都不知道吗?”

“我知道啊。你一直翻来覆去搅得我也没睡好。”

“既然知道还不快给我治!”他痛得几乎要爆炸了。

“是,克莱伯。”伊扎说,“但是,我现在还不能把坏牙拔掉,得先让牙床消肿。”

“你就没有其他办法了吗?就非拔掉不可吗?”

“我是还有一个法子,克莱伯,但是也不见得能保留你这颗牙。”她做着手势,表示同情,“爱拉,我们去年夏天不是从一棵被雷击中的树上取下了些焦木碎片吗?你去把那包碎片拿来。我们要先切开牙龈的肿胀处,等消肿后再把牙齿拔下来。这过程中我们可以试试用烧灼法来止痛。”

克莱伯听到女巫医给女孩的指示,吓得浑身直哆嗦,可又耸了耸肩宽慰自己。毕竟跟牙疼比起来,没有什么是不能忍受的。

伊扎从爱拉递来的包裹中取出两片焦木片,递给爱拉:“爱拉,你待会儿去把木片的一端烧红,得红的像块炭,但还得保持一定硬度,不能使它破碎。你可以先从火堆里耙出一块燃烧着的木炭,然后捏着焦木片,把一端伸向木炭,直到焦木片升起浓烟。现在我要先让你看看怎样切开牙龈。你替我把克莱伯的嘴唇翻开。”

爱拉按照她的指示翻开克莱伯的嘴唇,从克莱伯张开的大嘴看进去,上下两排的牙齿磨损很严重。

“接下来,我要用这片又尖又硬的焦木切割牙龈,直到有血流出来。”伊扎对爱拉做着手势，然后开始切割。

克莱伯两手紧紧地握住拳头，忍着痛没有出声。“现在放血。爱拉，去把另一截木片烧红。”

爱拉迅速地跑向火堆，很快取回一支端部烧红了的木片。伊扎把木片拿在手里，盯着看了看，然后点点头，示意爱拉再把克莱伯的嘴掰开。当伊扎把红热的木片尖端插入了克莱伯龋齿的洞内，爱拉只觉得克莱伯猛地一颤，然后伴着一阵咝咝的声音，一小缕蒸汽从克莱伯龋齿的大洞中冒出。

接着，伊扎用指尖蘸取了天竺葵和甘松根研成粉末后的混合物，将其抹在克莱伯牙龈的切口处，然后对克莱伯说：“我们得等一会儿，看看这样是否能够止痛。如果依旧疼的话，那这个牙齿必须拔去。”

“很可惜，药库里现在没有任何能治疗牙痛的真菌。真菌的疗效非常显著，有时甚至能杀死神经，并将坏死的神经扯出，这样我们就不用把牙齿拔去。最好能有新鲜的真菌，但干的也一样有效。应该在夏末采集真菌的。如果明年夏天我能发现一些，我会指给你看的，爱拉。”

转眼到了第二天。伊扎问克莱伯：“你的牙还疼吗？”

“已经好多了，伊扎。”克莱伯回答，满心希望能打消伊扎拔牙的念头。

“但总归还是会疼吧？如果疼痛没有完全消失，牙龈还是会肿起来的，克莱伯。”伊扎坚持要拔掉他的坏牙。

“……是的，还有些疼。”他不得不承认，“但真的，真的没那么疼了。等几天再拔不行吗？我已施了强大的魔咒，恳求乌萨斯毁灭那使我牙痛的恶魔。”

“你不是早已多次恳求乌萨斯解除你的疼痛吗？我想乌萨斯是希望你牺牲牙齿，作为止痛的代价，大莫格乌。”伊扎笃定地说。

“你以为你是谁，竟敢揣测伟大的乌萨斯的想法，愚蠢的女人！”听到伊扎的话克莱伯十分不快。

“的确，您面前的女人太放肆了，她对神原本一无所知。”伊扎回答，把头低下。然后又抬头看着她的同胞，“但是，一个女巫医对牙痛还是略知一二的。只有拔除病牙，疼痛才会停止。”伊扎做着手势，语气坚定。

克莱伯转过身背对着伊扎，一瘸一拐地走到他的睡榻上坐下，两眼紧闭。

过一会儿他嚷了一声：“伊扎？”

“我在这儿，有什么事吗，克莱伯？”

“你是对的。乌萨斯希望我放弃这颗牙齿。来吧，来把它拔掉吧。”

伊扎听罢，端着一杯饮料走向他：克莱伯，把它喝下去，这能减少拔牙时的疼痛。爱拉，在那包焦木片边上有一个短木栓，还有一根很长的动物肌腱，你把两样东西一并取来。”

“你怎么会预先准备了饮料？”克莱伯迷惑不解地问。

“我了解大莫格乌。要放弃一颗牙齿是困难的；但如果是乌萨斯的旨意，大莫格乌是不会犹豫的。这并不算大莫格乌为乌萨斯作出的最大的牺牲。与强大的图腾相处并不容易，如果你经不起这种考验，乌萨斯是决不会选中你的。”

克莱伯听伊扎这样说，点点头表示同意，然后一口气把饮料喝下。他想，这种饮料里一定有一种植物，曼陀罗。这种植物我曾在仪式中用于激活男人们的记忆。但我看到她是将它煮沸煎汁，而不是将其浸泡，这样一来药效肯定强得多。这种植物有许多用途，它一定是乌萨斯赐给我们的礼物。他想着想着，感到麻醉剂开始发挥药效了。

伊扎让爱拉用力把老巫师的嘴巴撑开，然后小心地用一根小木栓抵住他龋齿的基部。她手拿一块石头，对准木栓猛击了一下，牙根松动了。这一下使克莱伯跳了起来，但并没有他原先想象的那样疼。伊扎紧接着把动物肌腱的一端系在已经松动了的牙齿上，叫爱拉把另一端固定在地面的一根木柱上，这根木柱平常作为草药架子的柱子之一，用于晾晒草药。

“现在，你把克莱伯的头转过来，使肌腱绷紧，爱拉。”伊扎看到女孩照做后，便猛地扯了一下肌腱。“好了，拔下来了。”伊扎一边说，一边举起手中的肌腱，只见腱带的一端悬着一颗沉甸甸的臼齿。她很快地把干天竺葵的粉末撒在正在流血的牙洞上，再往里塞进一小块吸水性强的兔皮。兔皮已经预先浸泡在用枫胶树皮和其干树叶浸出的消毒液中。最后，伊扎用湿皮革包扎他的下颚。

“这是你的牙齿，大莫格乌，拿好！”伊扎说完，把那颗龋齿放在巫师手中。巫师因为麻醉剂仍处于神志不清的状态。伊扎又补充了一句，“你再也不会因为这个而受苦了。”

克莱伯先是把牙齿紧紧地攥在手里，然后颓然倒在了床上。手一松，牙齿就掉在了地上。“一定要交给乌萨斯。”他一边自言自语，一边笨拙地在地上瞎摸一气。

家族人都亲眼看到克莱伯从病痛中恢复，也知道伊扎是在爱拉的协助下完成了这次牙部手术。当克莱伯的口腔迅速地愈合，并未出现任何其他症状后，家族人才更加确信，女孩的存在并未使神灵疏远家族，也更愿意请爱拉协助伊扎的治疗。在这个冬季，爱拉学会了如何治疗烧伤、割伤、淤青、感冒、喉痛、胃痛、耳痛，以及其他日常生活中会遇见的小病痛。

不久之后，当家族人有些小毛病时，也会向爱拉求助了。这在他们看来，是和求助伊扎一样自然的事。他们知道爱拉经常替伊扎采集草药，还经常看见伊扎训练她。他们也清楚伊扎年纪越来越大，身体每况愈下，而尤芭还很年幼。家族开始习惯把这个怪异的女孩当作他们的一分子,并越来越接受一个概念,那就是来自外族的女孩有可能在将来成为家族的女巫医。

冬至已过,春天却尚未到来,奥芙拉即将在这一年中最寒冷的时节分娩。

“太早了,”伊扎告诉爱拉,“预产期应该在春天。而且她最近没有感觉到胎动。我怕这次分娩不会顺利,很有可能婴儿已胎死腹中。”

“奥芙拉是这么想要一个孩子,伊扎。当她发现自己怀孕后,高兴得不得了。你不能替她想想办法吗?”爱拉一听就急了。

“我们当然将尽力而为,但总有些事情是我们无能为力的,爱拉。”女巫医无奈地回答。

古夫的配偶即将早产。消息传出,家族人都极为关切。妇女们给予了精神上的支持,男人们则忧心忡忡地守候在近旁。他们在大地震中失去了几位族人,因此都非常希望家族能顺利添丁。虽然新生的婴儿将要消耗猎人捕获的猎物和妇女们采集的食物。但是,等将来孩子长大,而他们垂垂老矣的时候,也会反过来供养他们。家族的繁衍生息对个体的生存至关紧要,因为他们彼此需要。现在,他们都为奥芙拉可能诞下一个死婴而忧心忡忡。

古夫更担心的是他的配偶,而不是孩子。他真希望能帮得上忙。他不愿看到奥芙拉受罪,尤其是当结果已经几乎不可能皆大欢喜。她日思夜想,希望有一个自己的孩子。她一想到家族里的妇女中,只有她还没有孩子,就觉得自己是个不称职的妇女。甚至当时那么大年纪的女巫医都已经生了一个。当奥芙拉发现自己终于怀孕后,曾是那么欢天喜地,而现在古夫只希望自己能做些什么,好减轻她到时失去孩子的痛苦。

德路盖看上去比任何人都更了解年轻男子古夫的心情。他曾一度为古夫的母亲没有孩子有过类似的感受,但后来因为她生下了古夫而使自己笑逐颜开。德路盖承认,他很享受在他的新家庭里生活,他们彼此间已非常熟悉了。他甚至希望伏恩能对石器制造产生兴趣,这样他就能手把手把自己的绝活传授给伏恩。欧娜则一天到晚乐呵呵的,特别是她最近断了奶,开始像一个小大人似的模仿成年妇女的动作。过去,德路盖的火塘边从未有过女孩,当他与阿葛婚配时,欧娜也还很小,所以他总觉得欧娜是在他火塘里出生的。

爱菠拉和尤蔻坐在奥芙拉旁边,安慰着她。伊扎在准备着药剂。奥芙拉感到阵痛,浑身紧缩着,尤蔻就紧紧握住她的手,盼望她的女儿能顺利生下一个活泼的婴儿。奥茄离开了她们,去为布仑和格洛德连同勃劳德准备晚餐,也询问了古夫,是不是到她那儿一同就餐。伊卡说要来帮助奥茄,但当古夫婉拒了奥茄的邀请后,奥茄便对伊卡说不需要她的帮忙了。古夫什么也不想吃,走到了德路盖的火塘边坐下。最后,经过阿芭的好说歹说,才勉强吃了几口。

奥茄十分牵挂着奥芙拉，后悔刚才不该回绝伊卡的好心。她的心思已经飞到了奥芙拉那儿，因此为男人们上热汤时很心不在焉。突然，她被地上的什么东西绊了一下，还没反应过来，滚烫的热汤一下子浇在了布仑的肩膀和手臂上。

“哎哟。”布仑叫出声来。他像疯了似的在原地转圈，由于疼痛，牙齿被咬得格格作响。洞里每个人都看了过来，全被吓得屏住了呼吸。是勃劳德最先打破凝住了的氛围。

“奥茄！你这个毛手毛脚的笨女人。”勃劳德气急败坏地做着手势。他在掩饰他的窘态，因为闯下大祸的正是他的配偶。

“爱拉，你去给布仑治疗。我现在不能离开这儿。”伊扎看到了那边的情况，对爱拉做着手势。

这边，勃劳德走向他的配偶，攥紧了拳头，准备惩罚她。

“不，勃劳德。”布仑做着手势，伸出手挡住了年轻人。汤里烫人的油脂仍挂在他的身上，但他极力不让人看出自己的痛苦，“她不是故意的，而且责打她也于事无补。”奥茄蜷缩在勃劳德的脚边，又羞又怕地颤抖着。

爱拉有些紧张，她从来没有为首领治疗过，况且她极度害怕他。但事不宜迟，她连忙跑到克莱伯的火塘里，取出一只木碗，又跑到山洞口，舀来一大碗雪。她端着雪跑到首领的火塘里，伏在他面前。

布仑拍了拍她的肩膀，爱拉知道自己得到了许可，便抬起头来，做着手势说：“伊扎派我来。她暂时不能离开奥芙拉。首领能否让面前这个女孩为他治疗？”

布仑点头同意。他很是怀疑爱拉是否能胜任女巫医的工作，但目前他也别无选择。她提心吊胆地把冰冷的雪敷在首领被烫的通红的表皮上，疼痛一下子得到了缓解，布仑紧绷的肌肉也松弛开来。她又跑回去，找来几片干的木贼叶。待温水将叶片软化后，她又用雪使叶片迅速冷却，然后将其贴在伤处，使首领如岩石般坚硬的肌肉进一步放松了下来，呼吸也轻松了一些。创面虽仍有灼烧感，但疼痛已大大减轻。他点点头表示满意，女孩才略微不感到那么紧张。

布仑想，看来她是在学习伊扎的魔法，而且也更守规矩了，举止都符合一个女性的规范。要说她还有什么不足的话，应该是她还不够成熟吧。如果在尤芭长大以前，伊扎就离开了我们，我们家族将没有一位女巫医。也许伊扎训练爱拉不失为是一项明智之举。

过后不久，爱菠拉跑来告诉她的配偶，奥芙拉生下的男孩是死胎。布仑点点头，朝奥芙拉看去，忍不住摇摇头。他想，真是可惜。奥芙拉一定伤心万分。谁都知道她想要一个孩子简直想疯了。我希望她下次能分娩顺利。谁会想到她的河狸图腾有如此强的战斗力？虽然，首领对这位年轻妇女的遭遇表示同情，但他什么也没说，因为没有人能提及这场不幸。虽然如此，当几天之后布仑来到古夫的火塘里时，奥芙拉还是明白了他的用意。布仑告诉她，她可以无限期地休息，以便从她“患病”中恢复过来。通常，男子们都会聚集在布仑的火塘里，所以布仑很少拜访其他男子的火塘，到别家的火塘找妇女谈话的情况更是少之又少。奥芙拉对他的关心心存感激，但仍无法使她的痛苦平复。

伊扎坚持要爱拉继续为布仑治疗。随着首领的烫伤痊愈，整个家族更从内心里接受她为自己人了。爱拉也觉得，为首领治疗之后，与首领的相处似乎也没那么难了。他是首领没错，但他同时也是一个人。

12

漫长的冬天结束了。为了配合富饶大地上生命复苏的步伐，家族的活动也日趋频繁。在寒冷的季节中，人类没有被迫进入真正的冬眠状态，而是通过减少活动，降低新陈代谢的速度。在冬天里，他们变得比平时更懒散，睡得多，吃得也多，慢慢增厚的皮下脂肪有很好的保温效果，利于抵御寒冷。当气温升高后，一切恢复原状。整个家族躁动起来，急于想要外出活动。

伊扎为家族配制的春季滋补药，使人们精力充沛。补药里要用到圆锥小麦、香车叶草以及黄酸模草三味药。伊扎于早春在粗草丛中采集与黑麦很相似的圆锥小麦，取其根部。将香车叶草的叶片干燥，最后将富含铁的黄酸模草的根研成粉末，与其他两味药混合。伊扎作为家族的女巫医，会把滋补药提供给普遍的年轻人和老年人。这样一来，家族就能以饱满的精神走出山洞，投入繁忙的一年伊始。

家族在这个山洞里已经度过了第三个冬季，迄今并未遇到太大的困难，唯一的死亡就是奥芙拉生下的死胎。不过这还并不算数，因为家族还没有为其举行命名和接纳仪式。伊扎已经不用给断奶了的尤芭喂奶，健康状况有所好转。克莱伯的病痛也有所缓减。阿葛和伊卡又怀孕了，她们两人之前的生产都很顺利，因此家族都指望这次能增加人口。妇女们外出采集刚萌发的绿叶、嫩枝和新芽。猎人们则计划在早春进行一次狩猎，为春季宴会供应鲜肉。举办宴会的目的一是感激神灵们使万物复苏，二是感谢家族图腾保护神保佑他们顺利度过了又一个冬天。

爱拉特别有理由感谢她的图腾。刚过去的这个冬季很难熬，却同时也有令她兴奋的时刻。她对勃劳德的憎恨也愈加强烈，但她已学会对付他的办法。他对她的打压无所不用其极，她却已能安之若素，因为她知道，勃劳德对她的欺侮有一个限度，他是无论如何不会超出这个限度。学会了更多伊扎的医术也使她欢欣鼓舞，她是发自内心地喜欢上了。她学得越多，就越有干劲。之前，她总是以采集药物为名逃避勃劳德的纠缠，但现在，她却真心渴望能出外搜寻药用植物——因为现在她更加了解它们了。在寒风暴雪无情地肆虐时，她可以耐心地等待。但当季节略显变化时，她对春天的向往便呼之欲出了。她对这个春天所抱的期望大大高于以往任何一个春天。在这个春天，她可以开始学习打猎了。

只要天气许可，她就会跑进树林和野地。她不再把弹石带藏匿在草场附近的那个小洞里了，而是随身携带在她披身的褶裥内，或是背的采集筐里，把树叶盖在上面。自学打猎并非易事，因为动物行动敏捷，而且隐蔽性强，射击活物远比射击静物要困难得多。妇女们出去采集时的说话声常把潜伏在附近的动物吓跑。她们的这种习惯是很难改变的。有许多次，总要等到她的目光掠过了仓皇逃窜的动物时，她才知道自己的靠近早已惊动了猎物。虽然很苦恼，但她的决心没有动摇，而且在实践中，她的技术日益精进。

通过不断的摸索，她学会了追踪，也开始明白如何运用从男人们那里学到的打猎经验。她训练自己的眼睛，目光已经锐利到能分辨植物细微的差别。从暴露在外的动物粪便、浅浅的泥印，到一片折弯的草叶或是一根折断的树枝，她只要稍加学习，就能获得有关猎物的蛛丝马迹。她学会辨别不同动物的足迹，对它们的习性和栖息地也越来越熟悉。虽然，她不会忽略对食草动物的观察，但她更关注食肉动物，因为食肉动物才是她选中的狩猎目标。

她密切关注男人们出去打猎时所走的路线。布仑和他的猎人们大部分时间选择大草原作为他们的狩猎场，而爱拉还不敢进入没有遮蔽物的空旷草原，只能在隐蔽的森林里练习，因此被这些猎人们撞见自己的可能性不大，她也不太担心。她最害怕遇见的是两个老年男人，佐格和多夫。过去她给伊扎采集草药时，就曾在树林里遇见过他们。他们也常常在她练习打猎的同一片区域搜寻猎物。因此她必须时刻保持警惕，避免碰见他们。即使在出发时走的是与他们相反的路线，她也不能掉以轻心，因为说不定他们什么时候就会折回来。一旦被他们撞见爱拉手里正拿着弹石带，那麻烦可就大了。

但是，她也学会了如何放轻步子，使自己走起路来几乎听不见一点声响，所以她有时会悄悄跟在他们两人后面，观察和学习他们如何打猎。这时，她必须特别小心，因为跟踪这两名猎人要比跟踪猎物还要危险。但毫无疑问,这样的跟踪对她来说是很好的训练,因为这样无声无息的跟踪同样可以适用于跟踪野兽。即使被跟踪者偶尔朝她这看过来,她也可以很快隐入旁边的阴影中。

爱拉学会了跟踪,学会了悄然无声地行动,学会了透过伪装看出物体真正的形状,因此常信心满满,认为自己一定能射中一些小动物。但只要发现对象是食草动物,她都会克制住射击的欲望,转身寻找下个猎物。她要找的是食肉动物,而且她的图腾只允许她猎捕食肉动物。日子一天天过去,春季的花骨朵转眼变成了盛开的花朵。可直到绿叶成阴,花朵凋零,结出的果实都青涩地挂在了枝头上,爱拉还一次都没有成功。

“走开!嘘!走开!”

爱拉从山洞里跑出来,看看洞外发生了什么骚动。只见几个妇女挥舞着手臂,正在驱赶一头短小矮胖、浑身长满粗毛的动物。这是一头狼獾,正想往山洞里钻,看见爱拉走出来只能掉头乱窜,还露出白森森的牙齿发出低声的怒吠。一不留神,它就钻过了妇女们的脚缝,嘴里衔着一条肉,一溜烟就逃走了。

“这鬼鬼祟祟的馋货!我刚把肉挂出来晾晒,”奥茄又气又急地做着手势,“可刚一转身,就给它叨去了。这头公狼獾一整个夏天都在这附近转来转去,胆子是一天比一天大。我真希望佐格能抓住它!爱拉,你刚才跑出来真及时!它差点儿就要钻进我们的山洞里去了。如果让我们在山洞里把它围住,它还不得把山洞弄个臭气熏天?!”

“我想那是头母狼獾,奥茄。我猜它在附近可能有一个窝,窝里还有几头嗷嗷待哺的幼崽。那些崽儿们个头应该不小了。”

“那太好不过了!有一大群才好呢!”愤慨不已的奥茄一边说话,一边做手势,“佐格和多夫今天一清早就把伏恩带出去打猎了。可惜他们下山是去打仓鼠和雷鸟。我真希望他们能先解决了这头狼獾!这种馋嘴的贼留在世上没有一点用处!”

“它还是有用处的,奥茄。它的软毛不会因为我们呼出的热气而结霜;而且它的毛皮是做帽子和兜帽的好材料。”

“我希望那头畜牲能早点变成一张兽皮!”奥茄赌气地说。

爱拉回到了自己的火塘。伊扎对爱拉说,她有几种草药存余不多了。正好家族里暂时还不需要爱拉做什么,因此爱拉决定借着找草药的机会,外出寻找那头狼獾的窝。她背上背筐,心中一阵窃喜,走出山洞后马上加快脚步,钻进了树林。刚才那头狼獾就是在这里消失了踪影。

她仔细观察地面,发现尘土上有一个爪痕。据爪痕判断,爪子的主人应该有尖利的趾甲。爱拉往前走几步,发现有一根折断的草茎。爱拉已获取了足够的信息，开始了追踪。很快，她听到了小而快的急促的脚步声，位置是一个洞穴的附近。她蹑手蹑脚地靠近，几乎不碰到一片树叶，不发出一点声响。终于，她看见了那头狼獾，连同四头尚未完全发育的幼兽，正乱哄哄地争抢那条偷来的肉。她小心地从披身的褶裥中取出弹石带，把一颗石子嵌进带子的膨大部分。

她静候着，等待时机成熟。不料风向突变，这群狡猾的贪嘴狼獾闻到了空气中有异样的气味。只见母狼獾抬起头来，使劲地嗅着空气，警惕着可能存在的危险。爱拉等的就是这一刻。电光火石之间，爱拉以极敏捷的身手射出了石子，连猎物都还没反应过来。被击中的母狼獾重重倒在了地上。边上的四头幼兽被弹起的石子吓了一跳，远远地跑开了。

她从藏身的灌木丛中走出，俯身察看这头食腐动物。狼獾长得像熊，与黄鼠狼有亲缘关系，有一条蓬松的大尾巴。从这头狼獾的鼻尖到尾端，有约三英尺长，一身棕黑色的毛，又粗又长。狼獾是一种勇猛凶残的食腐动物，能在猎物身上赶走比它大得多的竞争者。它可以毫不畏惧地从人类那里偷走肉干，叼走它能叨得动的任何东西，甚至会狡猾地钻入贮肉窖中。它们身上有臭腺，能释放恶臭，气味同臭鼬的臭屁相似，因此对家族来说，狼獾是比鬣狗更麻烦的害兽。鬣狗虽然同食腐动物一样也食肉，但鬣狗不单纯依赖别的动物杀死的猎物为生，在这一点上，鬣狗比卑鄙的狼獾要高尚一些。

爱拉刚才射出的石子击中狼獾眼睛上方，正是她瞄准的部位。爱拉因为自己第一次成功的猎杀狂喜不已，得意地想：这头狼獾再也不能偷吃我们的肉干了。对了，我可以把它的毛皮送给奥茄。奥茄如果知道这头狼獾再也不会骚扰我们了，肯定会高兴的。爱拉拿出石刀正准备给狼獾剥皮，却忽然停下了手上的动作。

我想的是什么呀！我不但不能把它的皮毛送给奥茄，不能把它送给任何人，我甚至不能保存它。我的打猎是不被允许的。如果有人发现我杀死了这头狼獾，我的下场可不容乐观。爱拉在这头死去的动物旁边坐了下来，手指抚摸着动物身上又粗又长的毛发，刚才的欣喜若狂顿时烟消云散。

她完成了第一次猎杀，这次猎杀虽比不上用沉重的梭镖戳死一头庞大的野牛那样伟大，但比伏恩杀死一头豪猪要强得多。可是如果她把这头狼獾背回山洞，家族不仅不会举行仪式庆祝她进入猎人的行列，也不会为她举办宴席。她还记得，当伏恩炫耀他那小得可怜的猎物时，家族里的人对他投以的那种赞许和祝贺的目光。她不敢奢望得到那样的目光，因为她知道，一旦人们看到她和她的猎物，迎接她的只会是震惊的目光和严厉的惩罚。就算她为自己辩护，称她的出发点是为家族除害，或说明她能够打猎，并且有希望成为绝佳的猎手，都不可能改变她的下场，因为家族只认定一点：女人不许打猎,不许杀死动物。只有男人可以打猎,可以杀死动物。

想到这里,她深深地叹了一口气,自言自语地说:“我知道,我一直都知道的。在我打猎前,甚至在我拾起那条弹石带前,我都知道自己是在做大逆不道之事。”正在这时,爱拉看到一头最大胆的幼崽从它藏身的地方钻了出来,来到被打死的母兽身边,试探性地嗅了嗅。爱拉想,这些幼崽长大后将会像它们的母亲一样,给家族带来麻烦。它们已几乎发育完全,其中至少有两头能最终成活。我得赶紧把这尸体收拾掉,如果我把尸体拖向远离家族的地方,它们也许会循着气味跟去,就不会骚扰我们了。于是爱拉站起身来,拖着死狼獾的尾巴去了森林的更深处。一切都处理完毕后,她便开始寻找伊扎要她采集的草药。

从这天起,陆陆续续又有许多小型食肉动物和食腐动物继那头狼獾之后,倒在她的弹石下。一些貂、水貂、雪貂、水獭、鼬、獾、扫雪鼬、狐狸和灰黑色的斑猫都成了她的弹石带瞄准的对象。她并未意识到,自己只猎杀食肉动物的决定产生了一个重要的效果,那就是加速了她学习的过程,并且更能磨炼她的技术。与温和的食草动物相比,食肉动物跑得更快,也更狡猾,不但更具智慧,猎杀起来还具有更大的危险性。

她使用弹石带的技术上已远远超过了伏恩。对伏恩来说,学习弹石很困难,原因之一,是他把弹石带看做是老人用的武器,并且缺乏学好的决心。但更重要的原因,是他不具备爱拉那样的身体构造。爱拉的手臂可以自由甩动,更适合进行有效的投掷。手臂杠杆作用的发挥,加上苦练得来的手眼协调能力,使她在速度、力量和准确度上都令伏恩望尘莫及。她也不再和伏恩对比了。现在,她只把佐格放在眼里,认为只有他的实力可与自己匹敌。她知道佐格的技术高超,但她的进步也在突飞猛进。她没有察觉,正是因为进步得太快,她开始有些过于自信了。

夏季已临近尾声,太阳却余威不减,依旧不依不饶地炙烤大地。电闪雷鸣的暴风雨虽然频繁,但带来的清凉非常有限。暑热似火,气温高得令人难以忍受。昨晚下了一场大雨,惊心动魄的闪电不时划破夜空,把山巅都照亮了。雨中还夹杂着小石子般大小的冰雹,把家族的人全都赶回了山洞。今天,雨停了,雨后的空气仿佛凝固住似的,静悄悄的没有一丝风。森林通常因为有林阴的遮蔽会比较舒适凉爽,可由于昨晚大雨的冲刷,森林变得令人窒息般的潮湿和闷热。小溪流经之处有地形上的落差,潺潺的溪水注入了小潭中成为死水,或流进藻类繁盛的水坑。这些死水潭和水坑形成了一块黏糊糊的泥地,成群的苍蝇蚊子在上面飞来飞去,没完没了地发出嗡嗡声。

爱拉正在森林里循着足迹追踪一头红狐。她蹑手蹑脚地穿过树林,来到了林间一小块空地的边缘。她热得汗流浃背,使她对这头狐狸不太感兴趣了，便想放弃追踪返回山洞，去山洞附近的溪水里游泳凉快一下。她走过一块很少暴露在阳光下的布满岩石的河床，俯下身去喝水。在她喝水的地方，小溪从两块巨石间流过，涓涓细流蜿蜒伸展，在不远处形成了一个深及脚踝的水塘。

她喝完水站起来，朝正前方看去。这一看把她吓得几乎停止呼吸。在她前面的岩石上有一只大猫弓着身子正警惕地注视着她，一条短而有力的尾巴不停地甩动着。它特点鲜明的头部和两耳尖端上的一簇毛使它的身份一目了然，这是一只猞猁。

这种豹型猞猁在体形上比许多大型猫科动物略小，身长腿短。静止状态下的向前一跃可达十五英尺，这点有点像它后来的北方近亲。它主要捕食野兔、家兔、大松鼠和其他啮齿类动物，在特别饥饿时也能扑倒一头小鹿。爱拉这个八岁的女孩已经在这只猞猁的袭击范围内，但天气异常炎热，人类也不是它的常规猎物，它很有可能会放弃进攻独自离开。

猞猁盯着爱拉，爱拉也紧紧地盯着猞猁，从一开始的畏惧转变为兴奋的战栗。佐格不是告诉过伏恩，可以用弹石带杀死一只猞猁吗？虽然他警告过，不要尝试袭击更大的动物；但是他的确说过，用弹石带射出的石子能杀死一头狼、一只鬣狗或是一只猞猁。对！我记得他提到了猞猁。爱拉在心里为自己壮胆。爱拉还没有猎取过中型的食肉动物，但是她希望成为家族里最出色的弹石手。如果佐格能够杀死一只猞猁，她也一定可以。那么现在在她面前的这只不正是一个理想的目标吗。她无法抗拒冲动，决定出手一试。

她慢慢地伸手，从她夏天的短披身的褶裥里摸出一颗最大的石子，过程中她的目光始终在猞猁身上。虽然两只手都汗涔涔的，但她还是成功地把皮带的两端紧紧捏住，并把石子放在了中间的凹槽处。她镇定自若，以迅雷不及掩耳之势瞄准了猞猁两只眼睛的中间，把石子射了出去。但是，猞猁在她抬手时已经注意到了她的动作，因此就在她投射的那一瞬间，转了一下头，近距离射出的石子就从猞猁的脸部擦过。猞猁顿时感到了一阵剧痛。它被激怒了。

爱拉还来不及摸出第二颗石子，就看见大猫因为下蹲而显出的前腿肌肉群——这是它要起跳了。龇牙咧嘴的猞猁朝攻击自己的人猛扑过去，爱拉见状，出于纯粹的神经反射，立即从岩石上滚落下来，使猞猁扑了个空。她落在小溪附近的泥地上，一只手抓在了一段漂流木的粗壮树枝上。这段漂流木从上流漂浮而下，淤积在泥地里，流水已将树叶和小树枝冲刷干净，而因为浸透了水，变得极为沉重。扑空了的猞猁更加愤怒，又张开大嘴，伸出白森森的利爪向爱拉扑来。爱拉紧紧抓住树枝，一下滚到了漂流木的另一侧。此时，爱拉与猞猁仅隔着一段木头。在这万分危急的时刻，爱拉在极度的恐惧下，使出浑身力气朝猞猁的头部重重地打了一拳。被这一拳击得头晕眼花的猞猁滚到了一边，蹲坐在地上摇晃了几下脑袋，然后不声不响地跑进森林，不见了踪影。它的头再也受不了更多打击了。

爱拉坐了起来，浑身不住地发抖，呼吸困难。当她想站起来拾回她的弹石带时，发现自己膝盖发软，根本站不起来，只好继续坐在地上。佐格如果没有其他猎人做伴，或没有其他武器备用，从来不会仅凭一条弹石带就去猎取危险的食肉动物。但爱拉因为很少射失，所以对自己信心满满，从未考虑过一旦失误，会发生什么。当她一路走回山洞时，仍因为惊吓而魂不守舍，连身上没背采集筐也没发现。她在决定跟踪狐狸前，就把采集筐藏了起来，免得被人发现。一直等到她走到半路，才发现自己把筐落在了树林里，只得又折回去，找到背筐，回到山洞。

"爱拉，你出什么事啦？你身上怎么都是泥？"在洞口等待的伊扎看到女孩的脸色惨白，身上挂着泥，猜想一定是有什么吓着她了，焦急地用手势发问。

爱拉没有回答，只是摇摇头，进了山洞。伊扎知道女孩有事情瞒着她。她想继续追问，但又改变了主意，希望孩子到时候能主动告诉她。伊扎也不太确定，自己是否真的想知道爱拉在隐瞒什么。

每当爱拉单独外出时，伊扎总要提心吊胆。但总要有一个人出去采集草药，因为草药是家族的必需品。而尤芭还太小，需要她照顾，她分身乏术，而其他妇女对草药一无所知，也没有了解的欲望。她没有办法，只能让爱拉出去。如果女孩真的告诉她自己遇到了什么使人恐怖的事情，只能使她更加放心不下女孩独自外出。她只希望爱拉不要在外停留太长时间，早点回来才好。

当晚，爱拉默不作声，虽然很早就上了床，但久久不能入睡。她躺在床上，异常清醒，回想着自己遇上猞猁的情景，越想越害怕，直到黎明前才昏昏沉沉进入梦乡。

"啊——"

她尖叫着醒过来。

"爱拉！爱拉！"她听到伊扎叫自己的名字。妇女轻轻地摇着她的身子，使她从梦境回到现实。"你怎么啦？"

"我梦见我在一个小山洞内，一头穴狮在追我。我没事，伊扎。"

"你很长时间没有做噩梦啦，爱拉。为什么今天会做起噩梦来？你是不是受了什么惊吓？"

爱拉点点头，把头低下，却不接着解释。洞内光线十分昏暗，只有火堆的余烬发出微弱的光，使爱拉很好地隐藏了脸上的愧疚。自从爱拉发现图腾给了她信号，她已经不为自己打猎而感到内疚了。但是现在，她不得不怀疑,那次真的是图腾给自己的信号吗?也许从头到尾就是她在牵强附会呢。也许自己根本就不应该打猎,尤其是猎杀猞猁那样危险的动物。她觉得自己当时一定是异想天开,要不怎么会认为她一个女孩子能够捕猎猞猁?

“我一直都不太愿意让你单独外出,爱拉。你每次都出去那么长时间。我知道有时候你喜欢独自走走,但这令我担心。女孩老是单独出去是不合适的。森林里有太多危险。”

“你说得对,伊扎。森林里是很危险的,”爱拉做着手势,“我不再一个人出去了。下次我会带上尤芭,或许伊卡也会愿意和我外出。”

伊扎看到爱拉把自己的劝告放在心里,感到释然许多。爱拉留在洞里的时间真的越来越多了,当她不得已要出去采集草药时,也会很快返回山洞。如果没有其他人陪同着一起出去,她就会万分紧张,一路都保持警惕,似乎总在留神,以防一头蹲伏的野兽向她扑来。她开始明白为什么家族的妇女们从来不愿单独出去采集食物,也明白为什么当时自己热衷一个人外出会使她们不能理解了。她年龄还小,在这次受袭之前,对各种危险几乎一无所知,而大多数妇女都至少受过几次惊吓。但就是这唯一的一次惊吓,使她对周围的环境充满敬畏。即使是非猎食性动物也有可能是危险的,比如长着尖利獠牙的公野猪、硬蹄的野马、鹿角粗重的牡鹿,它们一旦被激怒,都可对人造成巨大的伤害,就连野山羊和绵羊的犄角也可使人致命。爱拉不明白自己当时怎敢妄想打猎。她已经被吓破胆了。

爱拉即使想要与人探讨野兽的危险性也找不到对象,因为没有人曾告诉她适当的害怕能使感官更加敏锐,尤其在这次受袭之前,当她在追踪危险猎物时,没有人在旁鼓励她应该勇敢地出手。男人们不是不明白害怕是什么,但他们绝不在口头上谈论害怕。在他们的生活中,有许多次面对害怕的机会。猎捕小型动物只是为了在实践获得运用武器的技巧,成丁前参加的首次大型狩猎,才使他们初历真正的险境。只有当他们真正懂得什么是害怕,并克服了害怕的心理,他们才能被承认是合格的男子汉。

妇女初次月经期间,要离开家族,在没有庇护的环境下独自生活。这也是克服害怕的一种考验,只不过考验的方式更为微妙。不论发生什么,只能依靠自己度过漫长的日日夜夜。从某些方面来说,这比在草原上狩猎更加需要勇气。虽然女孩从一出生就被人围绕着,保护着,但她们在初次来潮必须在没有武器防身的情况下独自生活,身边也不能有携带武器的男性在保护。女孩们和男孩们一样,必须能够直面害怕,并且克服害怕心理,才能算真正长大成人。

在遭遇猞猁之后起初的几天里,爱拉只想待在山洞里。但时间一长,她又有些待不住了。冬天里,她别无选择,只能和家族人窝在山洞里;但一旦天气转暖,她就会外出,随心所欲地溜达。这已经成为一种习惯。两种矛盾的情绪使她摇摆不定:当她独自进入森林,就会因为远离家族的保护而感到忧虑和慌张;但当她与家族人在一起在山洞附近活动时,她又向往着森林中自己能不受打扰,自由自在。

有一次,她独自一人采集草药,不知不觉来到了她的秘密基地附近,便索性爬上了那片高山草甸。她在这里能得到莫大的安慰,因为这是属于她的世界——小山洞是她的、草原是她的,就连经常在这里吃草的狍鹿她也觉得是属于她的。这群狍鹿已变得十分温顺,她可以靠近它们,只有近到她能触摸到它们时,它们才会跳开。开阔的草地没有危险的密林,潜伏的野兽也就没有了藏身之地,让她感到无比的安全。自从夏天开始,她还一次都没有来过,丰富的记忆一时间涌上心头:这里是她自学弹石的地方;这里是她击中一头豪猪的地方;这里也是她发现图腾作出暗示的地方。

她身上带着弹石带——她不敢把弹石带留在山洞内被伊扎发现。她拾起几颗石子,练习了几次,发现自己再也提不起兴致。她又回想起那次与猞猁的相遇。

她想:如果那时我的弹石带中还有一颗石子,那么即便我第一颗石子没有射中它,我也能马上射出另一颗,在它向我扑来之前就置它于死地。想到这里,她将两颗石子捏在手中,反复地看了又看。如果有什么方法,可以在射出一颗石子后,紧接着射出第二颗,就好了。佐格有没有教过伏恩类似的技术?她绞尽脑汁地回忆,还是没有印象。也许他的确说过,只不过我当时不在附近罢了。有一种办法在她脑中酝酿:假如,我能在弹石带的凹袋中嵌入两颗石子,那么当射出的第一颗因为位置偏低而偏离目标时,我就可以不用停顿地往更高的方向射出第二颗石子。这种弹射方法有可能实现吗?

她试了几次,觉得自己像第一次使用弹石带一样笨拙。可慢慢地,她摸索出一点规律:射出第一颗石子;在带子落下时马上抓住它,同时准备好第二颗石子;在弹石带还未静止时就把第二颗石子嵌入窝袋,射出第二颗石子。爱拉遵循这套规律,射出的石子仍然常常射不到目标,飞到半途就落了地。爱拉就改为往高射,但也击不中目标。不过她已感到很满意,因为她现在能连续发射两颗石子了。从这天起,她每天都会来练习。因为上次的遭遇,她仍对打猎心有余悸,但钻研出使用弹石带的新技术却使她对这种武器产生了新的兴趣。

转眼,秋天的步伐近了。季节的变换使万山红遍,层林尽染,与此同时,还带来了喜讯:爱拉已能接连射出两颗石子,而且准确度惊人,堪比最初只能一次发射一颗石子的时候。在草地中间,她把一根木柱钉入地中,作为新靶子。她接连射出两颗石子,只听得悦耳的啪、啪两声,说明两颗石子全都击中了靶子,霎时间一股成功的暖流涌遍她全身。从来没有人告诉过她,弹石带能连珠炮似的快速射出两颗石子,因为没有人这样尝试过。但也正因为没有人对她说"这是不可能的",她才能不断实践,最后无师自通。

这是晚秋的一个清晨,天气温暖舒适。去年大概也是这个时候,她作出了要打猎的决定。一年过去了,爱拉决定在这一天登上那片草甸,去采集落地的成熟的榛子。当她快爬到顶时,突然一阵吵嚷声传来。她分辨出那是一只鬣狗的狺叫声和它的鼻子发出的呼呼声。她跨上草地,果然看见了一只丑陋的鬣狗,半个身子已经钻进了一头已经血肉模糊的老年狍鹿的腹腔内狼吞虎咽,画面血腥至极。

看到眼前的场景她大为光火。这只令人作呕的畜牲,竟敢玷污她的草场,杀死她的狍鹿!她跑向那只鬣狗,想把它吓走,但又想,也许有更好的对付它的办法。鬣狗也是食肉动物,它那强有力的下颚能将食草的有蹄类动物粗壮的大腿骨嚼得粉碎,是不会轻易放弃它的猎物的。她迅速把背筐放下,从筐底取出弹石带,然后沿岩壁的露头岩石旁走去,搜寻可用的石子。鬣狗本来正专注地饕餮着,那头老鹿已被它啃噬了一半,但爱拉的移动引起了它的注意。这只毛发稀疏的野兽身带斑点,个头有猞猁一般大。只见它抬起头来,嗅出了她的气味,扭头朝她的方向看去。

她已捡好了石子,做好了准备。她从露头的岩石后走出,射出一颗飞石,紧接着又射出第二颗。她并不知道,实际上没必要发射第二颗了——因为第一颗已完成了任务——但第二颗石子能更加保险,毕竟爱拉已有过教训。她又装入第三颗石子,把第四颗握在手中,一旦发现有必要,便可随时开始第二轮射击。鬣狗被击倒在地,一动不动。她环视四周,确认附近没有其他野兽后,谨慎地走上前去,但弹石带依然处于准备状态。她随手从地上拾起一根鹿的腿骨,骨头尚未破裂,还残留着鲜红色的肉丝。她抡起腿骨,狠狠地朝鬣狗的头砸去,一下就把这只畜牲的头骨给击碎了。这下她才确认,它不可能再站起来了。

她看看脚边鬣狗的尸体,一松手,手中的腿骨掉在了地上。她有些恍惚,慢慢地才意识到自己刚才做了什么。"我杀死了一只鬣狗。"她仿佛受了很大的刺激,自言自语道,"我用弹石带杀死了一只鬣狗。不是什么小动物,而是一只鬣狗,一只能将我咬死的鬣狗!这能不能说明,我算是一个猎人了?一个真正的猎人了?"奇怪的是,她并未感到不可抑制的狂喜,也没有完成第一次猎杀时的那种兴奋,甚至没有为自己战胜了一只强大的野兽而感到满足。她只觉得,在她的内心深处,有一种谦逊在蔓延。她猛省,并恍然大悟:这一定是她与神灵交流后,神给予她的启示。她战胜的不是一只野兽,而是她自己。她怀着深切的崇敬,用家族古老的定式手势向她的图腾之神祷告:

“伟大的穴狮之神，我只是一个女孩，常常不能领悟您的旨意。但我想，我现在能明白一些了。上次遭遇猞猁，是您对我的又一次考验，是比面对勃劳德还要更艰巨的考验。克莱伯常说，人很难同强大的图腾相处，但他从未告诉我，图腾给予的最宝贵的礼物，其实是内心的顿悟。他也没有告诉我，当我领会神的意旨后，我该有何种感受。您考验我的目的，不是看我能不能完成艰难的工作，而是想让我知道，我能做到。伟大的穴狮之神，我感谢您选择了我。我不会辜负您对我的赏识的！”

有着浓郁色彩的秋天渐渐失去了它的光泽，枯叶纷纷落下，光秃秃的树枝似骸骨般没有了生机。爱拉又回到了森林中。同之前一样，她跟踪食肉动物，研究它们的习性，但与之前不同的是，现在的她更多了一份敬畏。她知道，它们不但是生物，更是危险的对手。她曾多次一声不响地接近野兽，野兽也进入了自己的石子射程范围内，但她什么也不会做，只是静静地观察。她有一种强烈的感受，一只动物如果不会对家族造成威胁，毛皮又不能为她所用，那么杀死它就是一种浪费。她还没意识到，她早已成为家族里最优秀的弹石手了。想要提高能力，唯一途径是继续打猎。她的确是这样做的。

家族的猎人们开始注意到事有蹊跷。这令他们非常不安。

“在操练场不远处，我又发现一只狼獾的残骸。”克罗格做着手势说。

“在山那边的半山腰处，我发现有几块皮毛，应该是一只狼被杀后留下的。”古夫附和着。

“大家发现的都是食肉动物的尸体，都是些凶猛的野兽，没有象征女性图腾的动物。” 勃劳德说，“格洛德的意见是，我们应该把此事报告大莫格乌。”

“被打死的都是中小型的食肉动物，没有大型猫科动物。我们知道，大型猫科动物和狼还有鬣狗会捕杀鹿、野马、野羊和高山山羊，甚至是公野猪。可谁知道有野兽会猎杀中小型的食肉动物呢？我从没见过有什么动物会杀死这么多小食肉兽。”克罗格很是疑惑。

“这正是我想知道的事：究竟是何方神圣有这么大能耐？我当然不介意我们周围少了许多鬣狗和狼，但如果不是我们打的……格洛德能不能去问问大莫格乌？你觉得这有可能是神在显灵吗？”这位年轻男人说到这里，觉得安心许多，不再打着寒战。

“如果真是神做的，那么是什么神呢？是帮助我们的善神？还是与我们的图腾为敌的恶神？”古夫提出疑问。

“你觉得呢，古夫？你是大莫格乌的助手，你有什么想法吗？”克罗格反问古夫。

“我想，要想得到答案，必须经过沉思入定，还得向神请教。”

“你说话已经越来越像一个莫格乌了，古夫。莫格乌从来不直接回答问题。”勃劳德挖苦了一句。

“那就听听你的高见吧，勃劳德？”古夫反击道，“你何不直接回答我，这些野兽是谁杀死的？”

“我又不是莫格乌，也不像你接受过训练，不要来问我。”

爱拉从附近走过，看到他们的议论，强忍住了笑意。现在我是一个神了，不过他们永远分辨不出我究竟是一个善神还是一个恶神。

大家没有注意到大莫格乌走过来，但他已看到了他们的议论，“我现在不能给你答复，勃劳德，”大巫师做着手势说，“我需要沉思入定。不过我现在可以告诉你的是，这不是神惯常的作为。”

大莫格乌的心里也很不平静。他想，神可以使气候变得酷热或是严寒、可以带来成灾的雨水、可以驱赶兽群、可以降下疾病、可以制造风雨雷电、还可以使地震山摇，通常不会造成个别动物的死亡。这次的神秘现象可能有人类插手。爱拉此时正站起身往山洞走去，巫师看着她的背影，沉思着：总觉得爱拉与之前有点不一样了。她变了。他注意到勃劳德的眼睛也盯着她的背影看，眼神充满了灰心丧气的怨恨。显然，勃劳德也注意到女孩的变化了。克莱伯猜测，可能由于她的血源与本家族不同，所以走路的姿势也不一样吧，而且她在长大，自然会与之前有所不同。虽然克莱伯心乱如麻，理不清头绪，但仿佛有一个声音在告诉他，爱拉的变化另有原因。

爱拉确实有了变化。随着她的打猎技术不断提高，她的气质变得落落大方，而且身形也变得健硕优美，这在家族妇女中是见不到的。她走路时就像个经验丰富的猎人那样悄无声息；她还很年轻，身体却肌肉发达；她对任何事物作出的反应都充满自信。当勃劳德开始骚扰她时，她就像看不见勃劳德似的，静静望着远方，脸上的神情难以捉摸。只要他下了命令，她会二话不说，跳起来就干。不论他如何心狠手辣地打骂她，她都不会表现出丝毫的畏惧。

她的镇静和自信虽然比她当初近乎公然的反抗更难猜透，但对勃劳德来说，仍十分明显地表现出了对他的蔑视。他总觉得，她有一种优越感，好像服从他是屈尊俯就，好像她知道某些他不知道的事。他密切监视着她，总想找到她的把柄，找到能惩罚她的理由，却常徒劳无获。

每次他想显出他的高明，结果却总是事与愿违。他弄不明白，她为什么总有办法使他感到自卑，使他觉得自己低她一等。他沮丧，他愤怒，但他越是为难她，就越感觉到不能控制她。对此，他恨意难平。但渐渐地，他发觉自己对她的折磨少了，甚至会不自觉地离她远远的，只是偶尔记起来了，才会在她面前显摆一下他的特权。随着秋季的结束，他对她的憎恨也不断升级。

他对自己发誓:总有一天,他会摧毁她。她会为伤害他的自尊心付出代价。对,就是这样,她总有一天会知道错的。

13

季节流转,冬天降至。家族人同所有生物一样,随天气渐寒而减少了活动。生命脉动并未停息,只是放慢了节奏。这是爱拉有生以来第一次如此盼望寒冷的冬天。其他季节虽然更温暖,但也更忙碌,伊扎很少有时间训练爱拉成为女巫医。在这个冬天降下了第一场雪后,伊扎有了空闲,又开始了对爱拉的课程。家族的生活年复一年地重复着,几乎没有什么改变。时间看似缓慢地流逝着,转眼,又一个冬季行将结束。

今年的春天来得很晚,也带来了较多的雨水。高山融雪加上连日的暴雨使溪水暴涨,溢出河岸,卷走了沿岸的大树和灌木,带进了大海。从上游被冲下的树木堵塞了河道,河水被迫改道,冲毁了部分家族修筑的道路。晚春,料峭的天气突然转暖,果树小心翼翼地开出几朵花,仿佛在试探,结果一阵冰雹将这些娇嫩的花朵摧残殆尽,果树丰收的希望也落了空。但大自然就是如此善变,一下子好像有了一副好心肠,也不顾夏天才刚刚开了一个头,就慷慨地为人们提供了丰富的蔬菜、块根、葫芦和豆荚,像是为了弥补果树的损失似的。

家族有个习惯,在春天里要去海边捕捞大马哈鱼,因此大家都翘首期盼着。终于,布仑宣布:将组织家族进行大马哈鱼和鳕鱼的捕捞。虽然家族人也常会步行十余英里,到内海的沙滩上捡拾软体动物,或爬上峭壁,拾取鸟窝中的海鸟蛋,但捕捞大型鱼类的活动并不多见,因为这类活动需要男人和妇女们的通力合作。

德路盖也很想参加这次捕捞,但他有自己的理由。春天丰沛的雨水冲刷了高山上的灰白色软土质石灰岩,使上面覆盖着的新生成的燧石块滑落到了冲积平原上。他早些时候已经到海岸边侦察过,看到有好几处泥沙淤积的地段。这次捕捞旅行将是一次很好的机会,他将能为家族补充高质量的石料,用于制造工具。比起将沉重的石块运回山洞进行加工,就地敲制燧石要容易得多。家族里许多人用得顺手的工具因为经年累月的,多数已有破损,无奈德路盖已有一段时间没有为家族制造石器,于是他们只能凑合使用他们自己制作的粗糙石器。虽然,他们都会制作可用的石器,但很少能比得上德路盖的。

布仑通知家族放假一天,好让大家在这轻松愉快的一天里完成外出旅行的准备工作。这是一次少有的活动，需要全家族的人都离开所居住的山洞，到海边去。在海边扎营露宿对大家来说都很新鲜，对儿童们来说更是如此。布仑打算每天派一至两名男子返回洞穴，察看他们的住所是否安好。即使是克莱伯这样深沉的人也盼望能偶尔换个环境，毕竟他平时很少有机会能走出山洞，去到很远的地方。

妇女们正围着渔网忙活，她们要加强脆弱的网线，还要扩张网面。她们用富含纤维的蔓藤、多筋的树皮、坚韧的草还有长的动物毛发搓成细绳，再编制成网。动物的肌腱虽然牢固坚韧，但不能用于织网，因为肌腱和皮革一样，遇水会变得坚硬且不易弯曲，而且肌腱不能吸收起软化作用的动物油脂。

大型鲟鱼，长度通常在十二英尺以上，重量可超过一吨。初夏，它们从常年生活的内海溯游到淡水的溪流中产卵。鲟鱼没有牙齿，嘴的下方有两根肉质的触须，使这种古老而且外形有点像鲨鱼的鱼看上去有点可怕。但实际上，它主要以生活在河床上的无脊椎动物和小鱼为食。与鲟鱼相比，鳕鱼的体形较小，重量通常不会超过二十五磅，但有些也可长到两百磅以上。它们随季节迁移，夏季从内海出发，向北游入较浅的河流。大部分时间，鳕鱼在河底觅食，但有时在迁移途中，或是在追逐猎物时，也会游到接近水面的地方，或是河流的入海口。

鲟鱼在夏季产卵，产卵期为十四天。在这十四天里，溪流和入海口全是拥挤的鲟鱼群。有些鲟鱼想进入较小的支流中，但小支流的宽度容纳不了它们巨大的体形，便只能留在大河里不停翻腾。像这样的鲟鱼大部分会落入家族的网中，还有一小部分会搁浅沙滩。布仑知道，鲟鱼迁移的时候快要到了，便每天派人到岸边观察。当看到第一条巨大的白鲟在溪流中浮出水面，在海边观察的人马上就发出信号。家族接到信号，第二天就要出发。

爱拉很是兴奋，很早就醒来了。她将睡觉时盖的毛皮卷成一捆，将食物和餐具装在她的采集筐内，再将一张搭帐篷用的大块兽皮叠好后放在了筐的上面。在早餐前，她就一切准备就绪了。伊扎每次离开山洞时，一定会随身携带药袋。当爱拉跑向洞口，张望大伙是否已准备出发时，伊扎还在包扎她的药袋。

"快点，母亲，"她从洞口跑回来催促着，"我们马上要出发了。"

"别着急，孩子。大海就在那里，丢不了的。"伊扎将她的束带扎紧后对爱拉说。

准备出发了。爱拉把采集筐背在背上，抱起尤芭往外走。伊扎跟在她后面，不时回头望望，看看是否遗漏了些什么。她每次离开山洞前，都会觉得自己好像忘带了什么。她想：不用担心，如果真有什么重要的东西忘带了，还可以让爱拉回来取。家族的大部分人都已来到洞外等候了,当伊扎站到队伍里,刚找到她自己的位置,布仑就做出了信号:出发。大部队才刚刚上路,尤芭就开始蠕动不安,嚷着要下来。

“尤芭已不是婴儿了!要自己走。”她做着手势,带着孩子气一本正经地说。三岁半的尤芭已经开始仿效成人和年龄较大的孩子的举止,拒绝接受针对婴儿的特殊照顾。她一直在长大。大约再过四年,她就将成长为一名妇女。在未来这短短的四年中,她还有许多事要学。她通过她内在的意识迅速成熟起来,好在不久的将来,担负起落在她肩上的重任。

“好的,尤芭,”爱拉让她下来,做着手势说,“但你必须紧紧地跟在我的后面。”

他们沿着小河一路下山,走的是河流改道后开辟的新路。旧路因为树木堵塞了河口,被泛滥的河水冲毁了。这条下山的路很好走,但返回时要费些力气。还没到中午,他们就到达了一片平缓开阔的沙滩。他们远离被海水侵蚀的沙地,用漂流木和灌木做支柱,架起了临时帐篷。生起了火堆,他们重新检查起渔网:他们预定于第二天的早晨开始捕鱼。帮家族把帐篷支好后,爱拉向大海漫步走去。

“我要玩玩水,母亲。”她做着手势。

“为什么你总喜欢玩水,爱拉?那很危险!而且你总是游得太远。”

“水里好玩极了,伊扎。我会小心的。”

每当爱拉出去游泳时,伊扎都会提心吊胆。爱拉是家族里唯一喜欢游泳的人,而且也只有她会游泳。这个家族里的人骨骼粗壮沉重,不易在水中漂浮,因此游泳对他们来说很难学会,他们也害怕去到深水区域。为了捕鱼,他们会涉入水中,但只能到齐腰的水域,不敢再往深处走。爱拉偏爱游泳,伊扎认为这是她与众不同的地方。其实爱拉的特别还不止这一点。

爱拉在九岁时就已经比家族里任何一个妇女都要高了。她体格健壮,甚至可以媲美部分男子,但奇怪的是,始终没有迹象表明她将迎来月经初潮。就连伊扎有时也怀疑她是否会不停地长高。由于她异常的身高和迟滞的发育,人们在她背后议论纷纷,说是她强大的男性图腾导致她停止发育。他们猜测,也许她会一生都会是一个中性人——既非一个男人,也非一个女人。

当克莱伯一瘸一拐地向伊扎走来时,伊扎正看着爱拉走向海岸。爱拉瘦长的身形、结实的肌肉,还有她那细长如小马般的腿,虽然看上去既古怪又笨拙,但她的体态却是那么轻快灵活。虽然,她也试过想学会家族妇女们毕恭毕敬的小碎步,但她不像她们的腿那样又短又弯,因此不论她如何矫揉造作地模仿,她的一双长腿只能像男人那样迈出阔步。

爱拉区别于其他妇女并不只是因为她生就一双长腿。她自信的气质是任何家族妇女都不具备的。她已经知道，自己是一个猎人了，而且家族中没有一个男子的弹石比她出色。她不认为男性比女性伟大优越，因此不愿在男人面前假装低三下四。而在男人看来，她的身上缺失了家族妇女的部分魅力。她那瘦长的身材难看至极，毫无风韵可言，而且她不自觉流露出的从容淡定，更使她不佳的容貌大为贬值。爱拉不仅丑陋，而且不像一个女人。

“克莱伯，”伊扎做着手势，“阿芭和阿葛说，爱拉不能发育成熟，因为她的图腾太强大了。”

“她肯定会发育成熟的，伊扎。你忘记了，外族人也要生育后代？虽然她是后来才加入家族，但这并没有改变她的本质。也许外族的妇女都是这样。就算是我们家族的女孩，有些也要等到十岁才来初次月经。她还没十岁，人们就对她是否正常品头论足，实在好笑。”他哼了一声，表示不屑。

听了克莱伯的话，伊扎平静了下来，但她还是希望爱拉能尽快出现发育的征兆。她看到爱拉走到齐腰深的水域，一头扎进水里，开始舒展地蹬腿，向大海游去。

爱拉自由地畅游在咸咸的大海中。她已记不起，自己是怎样学会游泳的，好像生来就会。在离海岸线不远处，海床陡降。她游到这儿时，感觉到海水变深，水温也在下降。她翻了个身，仰面朝上，懒懒地让海水托着，身体随海浪起伏着，很是悠哉。可一不小心，海水跑进了她的嘴里。咸咸的海水呛得她厉害，她连吐了几口口水，翻过身来准备返回海岸。退潮的海水很快将她推到了河流的入海口处。她要沿河流返回，但河水流量大，流速快，逆流而上非常吃力，只要她稍有松懈就又会被冲回去。也不知游了多久，她的两脚终于能触到河底的沙地了。她一边往岸上走，一边用手舀起河里的淡水冲洗身子。沙地软软的，一踩就会现出裂纹，迅疾的水流不停歇地从她双脚间流过。等她回到岸上，已经筋疲力尽，一屁股就坐在了帐篷外的火堆旁。身体虽然疲惫，精神却很振奋。

吃过晚餐，爱拉迷迷糊糊地坐在岸边，幻想海的那边是什么。耳畔是海鸟不绝于耳的尖锐叫声，它们在空中盘旋翱翔，不时一个猛子俯冲下来，扎入澎湃的浪潮里。曾经枝繁叶茂的树木，不知在什么时候就被河流带到了这片沙滩上。在无数风吹日晒之后，漂流木扭曲的枝干就像白色的雕塑，调剂着平坦沙滩的单调和乏味。静默涌动的蓝黑色海水一眼望不到边，在夕阳的照耀下闪闪发光。这样的美景令人觉得寂寥，仿佛自己已经超出了现实，置身在了另一个世界。光线渐暗，漂流木卷曲的轮廓先是变成了鬼魅的黑影，最后连影子也看不见了，与夜色水乳交融。在这个无月的夜晚，四周如墨般漆黑。

伊扎把尤芭抱进帐篷内躺下后，返回到小火堆旁，靠着爱拉和克莱伯坐了下来。火焰冒出一缕缕青烟，袅袅地飘向繁星点缀的夜空。

“天上那些亮晶晶的是什么，克莱伯？”爱拉没有说话，做手势指向天空。

“那些是天上的火。是人们的灵魂在另一世界的火塘。”

“另一世界有那么多人吗？”

“在那个世界，所有死去的人和未出生的人都有火塘。那么多火塘中，还有一些是图腾之神的。大多数的图腾之神都有好几个火塘。你看那边，”克莱伯朝一个方向指去，“那是伟大的乌萨斯的。还有那边，”他又指向另一个方向，“爱拉，那是你的图腾，穴狮之神的火塘。”

“我想睡在帐篷外面，这样就可以看着天上小小的火塘，多好。”爱拉自言自语。

“刮风下雪的时候你就不这样觉得了。”伊扎听到她的呢喃，忍不住打趣她。

“尤芭也喜欢看小小的火塘。”尤芭突然出现在明亮的火堆边上，做着手势。

“我以为你已经睡着了，尤芭。”克莱伯说。

“不，尤芭也像爱拉和克莱伯一样，在看天上的小小火塘。”

“我们大家都该去睡了，”伊扎做着手势，“明天将是忙碌的一天。”

第二天一大早，家族所有成员就拉开大网，将河流拦腰截住。鲟鱼腹中有鳔，经过洗净和风干会变成硬而透明的气球，可用作渔网的浮标。他们将这种鱼胶浮标系在网的一边，再把石块系在网的下端作为重坠。布仑和德路盖各拉着网的一端往更远处更开阔的河岸走去。随后，首领发出了行动的信号。接到信号，成年人和年龄较大的孩子纷纷蹚入河中。尤芭也要跟着下去。

“不要下去，尤芭。”伊扎做着手势，“你留下。你还太小。”

“可欧娜怎么就能呢？”尤芭不服气。

“欧娜年纪比你大，尤芭。等一会儿鱼捕上来后，你就能帮忙了。水里对你来说太危险了，而且就连克莱伯也必须在近岸处活动。你就待在这里。”

“是的，母亲。”尤芭做着手势，脸上的失望显而易见。

大家各自握着一段网，在水中呈扇形散开，网随之被拉成了一个大的半圆形。拉网的动作搅起了河底许多泥沙，因此当所有人站好位置后，都静静地等待泥沙重新沉降。爱拉两脚分开立在水中，可以感到强烈的水流在冲击她的双腿。她注视着岸上的布仑，等他发出信号。爱拉位于溪流的中央，与两岸距离相等，而且最靠近海。她回头，看到几十英尺外的水面下有一大块阴影掠过。她知道，大批的鲟鱼马上就要来了。

大家看见布仑举起了手臂，全都屏住了呼吸。布仑把手臂往下一挥，家族人就开始齐声喊叫，击打水面，水花泛起无数泡沫。他们的喧哗和动作看似毫无章法，实际上却是在有目的地把鱼群赶入网中。看到越来越多的鲟鱼向大网涌来，大家手持渔网，慢慢向里包围。布仑和德路盖看到时机成熟，立即从岸上奔入水中，将网合拢。鱼群突然发现它们不能游回大海，而且被约束在越来越拥挤的空间里，顿时陷入恐慌。这些大鱼上下翻腾着，不时跃出水面，银色的鳞光亮得晃眼。打了结的渔网虽然结实，但也经不起这些大鱼凶猛异常的持续冲撞。为了抓紧时间，更多人加入其中，将这群愤怒躁动的鲟鱼朝岸上拖去。留在岸上的人们也赶来帮忙。

爱拉在水中拖着渔网，抬头一看，尤芭竟然站在没膝的水中，与垂死挣扎的鱼群就隔着一层渔网。眼看尤芭就要被鱼群撞上了。

“尤芭！快回去！”她心急如焚地做着手势。

“爱拉，爱拉。”孩子看到爱拉大声叫喊起来，然后指向大海的另一边，尖声叫着，“欧娜！”

爱拉望向尤芭手指的方向，只看见一个黑色的头从水中冒出，但马上又沉入水中。原来，欧娜刚才在海里突然失去了平衡。当时，大伙正忙着把捕获的鱼拉上岸，一片混乱中谁也没有注意到这个只比尤芭大一岁多的孩子正被冲向大海更深处。尤芭本来是待在岸上，用羡慕的目光注视着自己的玩伴欧娜，却突然发现欧娜身处险境。情况危急，她发了狂似的叫喊，是想要引起人们的注意。

爱拉明白过来，立即潜入泥沙翻涌的混浊的溪流中，以从未有过的速度奋力游向大海。流向大海的溪流虽然会为她助力，但使小女孩越冲越远的同样也是这股水流。爱拉看到欧娜的头又一次冒了出来，她加大力气地划水，慢慢向女孩靠近。她伸出手，眼看就要够着小女孩了，可还是差了一点点。如果爱拉不能在欧娜漂到入海口前抓住她，强大的海洋回流将把欧娜拖入深海。

爱拉已经可以尝到水变咸了。就在她前面几英尺，欧娜黑色的头又一次冒出，然后很快又下沉不见。爱拉感到周围水温降低，一定已到了深海区。她深深下潜，孤注一掷，拼上全身力气寻找没入水中的欧娜。终于，她摸到了一些随波漂流的须状物，马上一把抓住。她抓住的正是小女孩在海水中散开的长发。

爱拉觉得她的肺快要爆炸了——因为着急，她还没来得及做深呼吸就潜入深海——眩晕感越来越强烈，憋的气也在一点点用完。眼看她马上就要溺水，她却奇迹般靠着最后一点氧气冲出水面。欧娜已失去知觉，她只得把欧娜的头扶出水面，拽着她往回游。爱拉从来没有像这样负担着一个人游泳。除了要尽快返回岸边,欧娜的头还必须保持在水面以上,爱拉只能用一只手臂划水,另一只手则托住欧娜的头。

当她的脚可以触到河底的沙地上时,她看到全家族的人都蹚进河里迎接她。在爱拉把浑身无力的欧娜抱出水面并交给德路盖的一瞬间,她才突然感觉到自己身上的力气好像全被抽光了一样,再也走不动了。克莱伯走到了她旁边来扶她上岸。她恍惚中抬起头来,简直不敢相信自己的眼睛:布仑竟然也在搀扶自己。克莱伯和布仑架着爱拉往岸上走,德路盖匆匆在前面带路。等到了岸上,早已虚脱的爱拉再也支持不住,双脚一软,晕倒在了海滩上。这边,欧娜四肢舒展地平躺在沙滩上,伊扎正在按压她的肺部,压出积水。

家族之前也有成员发生过溺水事故,因此伊扎知道该如何抢救。过去曾有几个人被大海吞噬,再也没有回来,但大海似乎对这次的受害者特别宽容。欧娜在伊扎的按压下开始剧烈地咳嗽,有水从她的嘴边流出,眼皮也开始扇动。

"我的孩子!我的孩子!"阿葛在边上哭天抢地。这位因为悲伤而精神错乱的母亲把女孩扶起来,抱在怀里,"她死了。她离开我了。啊!我的孩子,我唯一的女儿。"

德路盖把女孩从她母亲的怀里接过来,紧紧地搂住她,把她带回到帐篷里。阿葛站了起来,不顾家族的习俗,与他并肩走着,轻拍着、爱抚着她以为已经永远离开自己的女儿。

爱拉体力渐渐恢复,苏醒了过来。她从人们旁边走过,大家都把家族不宜直视的规矩抛在了脑后,毫不遮掩地注视她。过去的人被海水卷走,没有一个能死里逃生。欧娜的获救,不能不说是一个奇迹。从此,在布仑的家族里,再也没有人会在她游泳时嘲弄她"沉溺于怪癖"。他们说,这是爱拉运气。她总是那么幸运,山洞不就是她发现的吗?

鲟鱼躺在岸上,时不时蹦跶两下。家族的人知道欧娜出事后都着急地跑到岸边,接着就看到了爱拉和奄奄一息的女孩。虽然有几条鱼趁大家不注意逃回到了河里,但大部分鱼还是被牢牢困在网中无法逃脱。男人们安置好爱拉和女孩后,把渔网连同鱼都拖到了营地里,再用棍棒将它们打昏。妇女们开始把鱼开膛破肚。

"一条母鱼!"爱菠拉割开一条巨鲟的肚子后大叫了一声。大家都跑了过来。

"大家看看这些鱼子!"伏恩做着手势,伸出手去,想从鱼肚中掏出黑色的小颗的鱼子。新鲜的鲟鱼子是他们极爱的美味。通常,当在捕获的鱼群中发现第一条母鲟时,每个人都要从鲟肚里掏出几把鱼子,当场吃掉。之后再发现母鲟鱼的鱼子,就用盐腌制好,留待日后食用,只不过口味远不如新鲜的鱼子。爱菠拉制止住男孩,对爱拉做出手势。

“爱拉,你拿第一份。”爱菠拉说。

爱拉听了一愣。她朝周围看了看,发现大家都看着自己,不禁有点手足无措。

“对。爱拉先拿。”其余人附和着。

女孩又看向布仑。布仑对她点了点头。她这才腼腆地向爱菠拉走去,用手掏出一大把黝黑发亮的鱼子,站在原地品尝起来。随着爱菠拉做出示意的手势,大家开始争先恐后地从鱼肚中抓出各自的一份,然后围着大鱼快乐地享用。家族避免了一场悲剧,大家都很庆幸,气氛就像过节般欢乐祥和。

爱拉慢慢地走回帐篷,知道自己被授予了莫高的荣誉。她小口小口地品尝着鱼子的滋味,仿佛可以感受到家族对她的赞许在她身上汇成了一股暖流。这种温暖她将终生难以忘怀。

男人们把捕获的鱼全拉到了岸上,再用棍棒打昏,把清洗和晾干等麻烦的工作,全部交给妇女们去做。她们使用锐利的燧石刀片剖开鱼腹,将鱼卸成大块。对于鱼鳞,她们还有一种秘密武器。那是一种石刀,刀背很钝,所以可以用手握住。刀尖处刻出一个凹口,可将食指放在上面控制力度,免得在刮鱼鳞时撕破鱼皮。

捕获的鱼,不仅有鲟鱼,还有鳕雪、淡水鲤以及几尾大马哈鱼,甚至连一些虾和蟹也被一并捕捞起来。家族在加工鱼时,附近总会有大群鸟类聚集。它们不仅会吞食妇女们扔掉的鱼内脏,甚至会觊觎那些切开的鱼片,伺机偷吃。家族会将加工好的鱼片自然风干,或挂在火堆的架子上用烟熏制。架子上同时还会罩着大渔网,第一是为了晾干,第二是可以查看渔网有无漏洞,以便及时修补,第三,还能阻止鸟类偷食大家辛苦劳动的成果,可谓一举多得。

捕鱼异常辛苦。甚至在这个捕捞季结束之前,人们就已经吃腻了鱼肉,对鱼散发的腥味更是无比厌烦。家族在捕捞开始后的第一个夜晚,举办了一次庆祝宴会,所有成员都出席了。为这次宴会准备的鱼当中,一大部分是鳕鱼。新鲜的鳕鱼食用起来肉质最为鲜美。人们在大片的绿叶内放上青草,再把鳕鱼肉裹在里面,放在红热的火炭上烘烤。虽然在宴会中没有人把话挑明,但爱拉知道,这是为她举办的宴会。不仅妇女们纷纷为她送上小份的优质鱼肉,阿葛还为她精心地剔除了一整片鱼肉的骨头。

夕阳西下,众人各自散去,回到自己的帐篷里。伊扎和阿芭坐在一个将要燃尽的火堆旁闲谈着,爱拉则和阿葛坐在一起,静静地看着欧娜和尤芭在一起玩耍。阿葛一岁大的儿子格罗勃喝饱了温热的奶水,满足地躺在母亲的臂弯里睡着了。

“爱拉,”阿葛开口叫她,语气迟疑,“有句话我想告诉你。我过去对你的态度不太好。”

“阿葛,你一直待我很客气。”爱拉打断她的话。

“这不一样,”阿葛说,“我跟德路盖谈过。他非常喜欢我的女儿,一点也不在意她是在我第一任配偶的火塘里出生。过去,他的火塘边从来没有过女孩。德路盖对我说:‘爱拉从此将一直身带欧娜的部分灵魂。’我对灵魂的事实在一窍不通。德路盖还说:‘当一个猎人救了另一个猎人,被救猎人的部分灵魂就会留在他身上,他们之间也会变成同胞那样的关系。’爱拉,我很高兴你身上将携带着欧娜的部分灵魂。但我更高兴她还活着。如果我有足够的运气,能再生一个孩子,而且是个女孩,德路盖说,将给她取名为爱拉。”

爱拉怔住了。她不知道该如何回答:“阿葛,这样的荣誉我承受不起。再说,爱拉也不是本家族的名字。”

“现在是了。”阿葛说完,站了起来,对欧娜做一下手势,表示要带她回帐篷。走之前她回过头来,很快地做了个手势,“我走啦。”

族人之间,这样的表达是最接近于“再见”的。在大多数场合,告别通常会被省略,人们只要简单走开就是了。家族间也没有“感谢”这个词。他们了解何为“感谢”,不过内涵与今天不同。在他们眼中,通常只有地位较低的人会心怀“感激”,所以这个词也就有了受人恩惠的意味。家族的人之间互相帮助是再自然不过的事。这是他们生活的方式,也是他们应尽的职责,对共同的生存至关重要,因此大家都不指望,也不会轻易接受对方的感谢。就算要报答,也是以等价的特殊礼物或帮忙作为回报,而不是口头上的“谢谢”。只要在欧娜的有生之年,欧娜和她的母亲都要以类似的方式回报爱拉,使爱拉的部分灵魂获得安宁,否则欧娜就会永远亏欠爱拉。阿葛刚才向爱拉的表态不是报答,而是阿葛在用她的方式对爱拉说“谢谢”。

阿芭在她女儿走后不久也准备离开。当她走过爱拉身边时,冲她做手势:“伊扎常说,你是幸运的人,现在我相信了。”

阿芭离开后,爱拉坐到了伊扎身边:“伊扎,阿葛告诉我,我身上将永远带着欧娜的一部分灵魂。我的确将她从海里救了回来,但使她重新呼吸的是你。你和我一样,也救了她的命,是不是也会带有她的一部分灵魂呢?”爱拉疑惑不已,“这样算来,你应该已经带有许多人的部分灵魂了,因为你救了许多人的命。”

伊扎回答:“爱拉,你说得对。女巫医为什么有特殊地位,正是因为她带有家族中所有男人们和妇女们的部分灵魂。家族里不同家族中的女巫医都是如此。她们有责任帮助每一个降生到这个世界里的家族成员，并照顾他们的一生。当一个妇女成为女巫医时，每个人都会把自己的一部分灵魂交给她，其中也包括那些并没有被她救过的人，因为她自己也不知道什么时候会救谁的命。

“当一个人死了，他的灵魂会去神鬼的世界，女巫医也就失去了来自这个人的部分灵魂。有人认为，失去部分灵魂会使女巫医更加努力救人于危难，但其实大多数女巫医无论如何都会尽职尽责的。并不是所有妇女都适合做女巫医，女巫医的女儿也不一定都能继承衣钵。要想成为女巫医，必须要发自内心地想要助人。你有这颗心，爱拉，这也就是为什么我要教你学医。尤芭出生后，你曾想医治一只兔子，那是我第一次发现你有这方面的素质。而这次，你又不顾自己的安危，一心想要从海的手中夺回欧娜，更说明了你适合做一位女巫医。来自我这个家系的女巫医在家族内都享有最高的地位。所以当你成为一名女巫医时，你就将被纳入我的家系，享有最高的地位。”

“但是，我不是你亲生的女儿，伊扎。虽然在我的记忆中，你是我唯一的母亲，但我的确不是你生的，又怎么能成为你家系的人呢？而且我没有遗传你的记忆。我根本不知道何为记忆。”

“来自我家系的女巫医之所以享有最高地位，是因为各代女巫医都有最精湛的医术。在我的记忆里，我的母亲、我母亲的母亲还有再往上的各代母亲，都是最优秀的女巫医。她们每一位都会将她的所知和所学传给下一代。爱拉，你现在是家族里的人，是我的女儿，也正在接受我对你的训练。我会将我所有的医疗知识传授给你。当然，你也许不一定能学到所有我知道的——毕竟就连我自己也不知道，我究竟知道多少——但那样就已足够了，因为你会还从其他来源获取知识。你有天赋，爱拉，我想你一定也来自一个女巫医家系。你一定会成为一名优秀的女巫医的。

“孩子，你是没有遗传我的记忆，但是你有你自己的思维方式，去诊断患者的病因。只要你知道了病因，就能提供帮助，因为你总能想出些办法。当奥茄的热汤烫坏布仑的手臂时，我之前从没教过你该如何处理这类烫伤，但你却想出用雪来冰敷。如果当时我在场，我也会采取同样的法子。你这种善于动脑的天资，与记忆的遗传同样重要，也许更重要也说不定。一个真正尽职的女巫医才是好的女巫医，而且是最重要的。爱拉，因为你将成为一个尽职尽责的女巫医，所以你将会继承我的家系。你不仅会称职，更会是那个最优秀的女巫医。”

宴会过后，家族又转入正常的捕鱼活动。即使每天只捕一网的鱼，也足够妇女们忙到天黑。虽然再也没发生什么事故,但大家没让欧娜再跟着大家下海,因为德路盖认定她的年龄太小,不适合下海赶鱼,明年差不多就可以了。鲟鱼的鱼汛结束后,人们开始围捕较小的鱼,这样妇女们下午就有了休息的时间。捕鱼进行得很顺利,每天都有大收获。因为鱼肉要许多天才能晒干,因此晾晒鱼肉的架子沿在岸上排成的线一天比一天长。

德路盖多次沿河边的冲积平原搜寻从高山上被冲下来的燧石块,已经找到了一些带回了营地。之后的几个下午,他都在敲制新石器。这天下午,距离他们计划回山洞的日期剩下没几天了,爱拉看见德路盖从帐篷里取出一包石料,在附近的一根漂流木上坐下。德路盖常常在这里干活。爱拉很喜欢看他加工燧石,于是就跟着他,坐在他面前的地面上,将头低着。

"如果石器制造者同意,女孩想在旁边看看。"德路盖同意她说话后,爱拉做手势说。

"嗯。"德路盖点点头表示同意。爱拉便也在木段上找了一个地方,静静地坐着观看。

女孩以前就看过德路盖加工石器。德路盖知道爱拉对此有兴趣,而且她不会分散他的注意力。他忍不住想,如果伏恩也像她一样就好了。家族里至今还没有发现一个年轻男子真正爱好石器制造。他同所有技能卓越的工匠们一样,想让自己的手艺后继有人,无奈就是找不到合适的人。

他又想:或许格罗勃长大了会有兴趣呢?德路盖很高兴他的新配偶在欧娜断奶后不久就给他生下了一个男孩,取名格罗勃。德路盖的火塘里从未有过这样儿女双全的幸福生活。他当时娶阿葛的决定果然正确,现在他有两个孩子了。就算阿葛带来她的老母亲也不是什么坏事——当阿葛忙着侍弄婴儿时,阿芭可以照顾他。古夫的母亲在生前,可以不等德路盖开口就猜到并理解他的需求。德路盖特别希望阿葛也能这样。因此从阿葛一嫁入他的火塘,他就付出了诸多努力,可收效甚微。但阿葛有阿葛的好。她年轻健康,还为他生下一个儿子,使德路盖怀着殷殷期盼,想把格罗勃训练成一个石器匠人。德路盖是从他母亲的母亲的配偶那里学会制造石器的。当他在童年时期表现出对石器制造的兴趣时,那位老人的心里的欣慰他现在才真正能够体会。

自从爱拉来到家族,就常常看到德路盖在制造石器,德路盖也看过她的作品,知道她不仅双手灵巧,而且善于运用技术。在家族里,只要制造石器的最终目的不是用作武器,或作为制造武器的工具,妇女们也可以自由地制作石器。虽然如此,但在这个方面训练女孩的价值不大,因为她日后不可能成为真正的专家。不过传授爱拉一些技术,让她学会制作实用的工具,对家族有益无害。而且有一个女性的学徒总比没有学徒要好。况且他过去已向爱拉介绍过一些他的工艺了。

这位匠人打开一个皮革的小包,把里面制造石器用的工具摊放在地面上。他看着爱拉,决定先讲解有关石料的实用知识。他拾起一块昨天废弃不用了的石料作为示范。长期以来,德路盖的祖先们通过不断摸索,发现只有燧石整合了几种特质,因此只有用燧石才能制造出最好的石器。

爱拉全神贯注地注视着德路盖的讲解:首先,石料要有足够的硬度,能切割、刮擦或劈裂五花八门的动物和植物性材料。石英中的含硅矿物,包括燧石在内,都足够硬;但是,燧石还有一种特质是大多数含硅矿物、甚至是软质矿物不具备的,那就是易碎性:燧石在压力和碰撞下会断裂。德路盖一边说一边做示范,只见他将一块有裂纹的燧石用力撞向另一块石头,燧石瞬间断成两截,把爱拉吓了一跳。德路盖随之指出,从燧石芯散发深灰色光泽的断面可以看出燧石与众不同的特性。

虽然德路盖对燧石的第三种属性有足够深入的了解,毕竟他与这石头打交道不是一年两年,但他不知道该如何解释。他的工艺很大程度上取决于这种石头断裂的方式,以及它在构成上彻底一致的特质,也就是均质。

大多数矿物都有一定的结晶结构。只有切割的平面平行于晶体结构,才能使矿石顺利裂开。矿物的这一特点大大限制了石器匠们,使他们不能随心所欲地加工石头以适应各种用途。有时,德路盖也会使用黑曜石——这是一种火山喷发后形成的黑色玻璃状岩石。尽管黑曜石的硬度不如许多矿石,但它的均质的结晶结构不明晰,因此可沿任何方向切割。

而燧石的结晶构造虽然相比黑曜石要清晰得多,但结晶体的颗粒非常小,且是均质,因此凿刻时唯一考验的就是石器制作者的技艺,而这恰恰是德路盖所擅长的。燧石足够硬,能割开厚厚的兽皮以及纤维有韧度的植物,同时非常易脆,断裂处如同破碎的玻璃般锐利。德路盖拾起一块断裂了的燧石,向爱拉展示刃边。爱拉已多次使用过这样的石刀来切割皮革,对它的锋利深有体会。

德路盖把碎石片丢在地上,把皮革摊放在他的膝盖上,开始回忆他多年来制作石器的经验和知识。要想成为一名优秀的石器制作者,首先从选择石料开始。只有经过长时间的实践,石器匠人才能从矿石结核的灰白色外表分辨出细微的色差,从而判断里面是否有上乘的高密度燧石。选石者还得经过多年的摸索,才能了解哪个地方出产的燧石质地好、成色新、少杂质。看着爱拉认真的样子,德路盖想,如果有一天他能有一名像爱拉的学徒,真心热爱与石头打交道,那该有多好。

爱拉看着德路盖摆好工具,察看完石头,然后用手捏着护身符,两眼紧闭静静坐着,正以为他忘记自己坐在他旁边时,他却突然开始做起了手势。

“我正在打造的工具有非凡的意义。布仑已经决定猎捕猛犸。等到秋天,树叶由绿变黄,我们就将去到很远的北方寻找猛犸。我们的这次狩猎如果能获得成功,一定是因为神的保佑。我正在赶制的石刀将作为武器,其他的一些工具也将用于打造狩猎用的武器。只有完成了这些石器的制造,大莫格乌才能施一套强大的咒语,为家族带来好运。因此,制造如果顺利,将是一个好兆头。”

爱拉不确定德路盖这番话是对她说的,还是他为了理清思路的自言自语。但不论是哪种可能,都使她更加清醒,自己必须保持绝对的安静,万万不能干扰到德路盖。既然她从德路盖这里得知,他正在制作的石器为何意义重大,她不禁暗暗期待着德路盖能让她加入狩猎猛犸的队伍。

连德路盖自己都不知道,其实打从爱拉给布仑指明山洞时起,他已经觉得这个女孩能给家族带来好运。而这次爱拉救了欧娜的命,则使他更坚定了这一观点。他有一个图腾赐予他的护身符,这个怪异的女孩被他看做是护身符里的一块不寻常的石头或是牙齿,能给他带来好运。他不确定自己在眼下这个关键时刻允许她观看自己制作石器,是否也能带来好运。当他捡起第一块燧石时,他从眼角瞥了一下身旁的爱拉,看到她正用手捏着护身符。虽然他没有刻意往那个方向去想,但他隐约知道,她在请求她强大的图腾赐予他好运。对此他非常乐于接受。

德路盖盘腿坐在地上,膝盖上盖着一块皮革。他左手拿着一块燧石,右手拿起一块椭圆形的石头,在手中掂了一下重量,感到满意。他花了很长时间才找到一块手感良好、弹性足够的锤石。这块锤石表面上留下了许多划痕,表明已被他使用了许多年。现在,德路盖用这块锤石敲去燧石外面的灰白色表层,露出里面深灰色的内核。他拿起燧石细细观察,看得出石头的结晶很细,颜色也好,而且没有外物掺杂。他对这块燧石很满意,决定了将它打制成一把石斧后,就马上开始动手凿刻雏形。用锤石敲击燧石时会落下厚厚的碎片,这些碎片的刃口都很锋利,许多可直接用作切割的工具。这些石片在被凿落的一端更宽更厚,往另一端延伸时会逐渐缩窄。每敲落一片,就会在燧石块的内核留下一道呈波浪起伏的裂纹。

完成了雏形,德路盖放下锤石,拿起一根兽骨。兽骨比锤石更软,也更富弹性,能敲下较长较薄的燧石片,同时不会像锤石那样,破坏石片锐利的刃边。德路盖仔细瞄准后,用骨锤朝燧石内核锋利的波纹边缘重重砸去。

不一会儿,德路盖就拿起了凿好的成品。这件石斧约五英寸长,一端为斧刃,刃边笔直。除了那些浅浅的凹痕表明它曾经过重击,斧面大体光滑,有一处较薄。它既是斧头,可以砍断树枝;也可作为锛子,从木头中剜出木碗;更可以砍断猛犸的长牙和动物的骨骼。总而言之,只要是需要锋利的敲击工具的场合，它就一定可以派上用场。

这是人类在尚未开化的时期使用的古老工具。千年以来，德路盖的祖先们不知制造了多少类似于手斧的石器。最早设计出的一款尽管样式非常粗糙，但到了德路盖这代仍在继续使用。德路盖在刚才打落的石片里翻找着，挑出其中刀刃较宽，没有弯曲的那些，以备日后用作屠宰割肉的宽刃大刀。制作完这把石斧对德路盖来说只是热了热身。他把注意力转向了另一块燧石。这块燧石是他精心挑选的，结晶纹理特别细腻，他必须拿出更高超的工艺。

他松弛了一下，不像刚才那样紧张了。他已准备好进行下一步工作。只见他把一只猛犸的腿骨夹在两腿中间，当做操作的砧板。然后把燧石按在砧面上，拿起锤石先敲去灰白色质的表层，再把石块敲成外表大致平滑的蛋形。接下来，他把石块转了一下，用一把骨锤轻轻从顶部凿下石片，从边缘一直到中心。等他放下骨锤，刚才还是蛋形的燧石，顶部已经成了一个椭圆形的平面。

德路盖停了下来，用手捏住护身符，闭上双眼。马上要进行至关重要的一道工序了。这道工序的成功与否，直接关系到最后的工具是否合格。要想成功，不但需要制造者娴熟的手艺和技术，还需要神灵的帮助。德路盖做完祈祷，活动了一下手指，然后抓起一把骨锤。他要凿一个敲击平台。他得从石块椭圆平顶的一端敲出一个缺口，还要敲下一块石片，而这块石片要垂直于缺口的凹痕。爱拉屏住了呼吸。只见德路盖审视了一下平顶的两头，反复比较后找出较为容易加工的一端。他举起骨锤，瞄准靠近边缘的位置，猛力砸了下去—— 一小片石头被敲了下来，留下一个凹痕，第一步完成了。他呼出一口气，在砧板上重新固定了一下燧石，精确测量了距离，确定了落点，再一次用骨锤敲击凹槽。这次，一块完美的石片落了下来。现在的燧石块呈长椭圆形，虽然几个边缘都非常锋利，但大致仍是一个球体。侧面光滑平整，受到敲击的一端普遍较厚，然后逐渐变薄直至锐利。

德路盖停下来想了想，把石块转了个方向。他在与刚才的平面相反的一端，用骨锤先削出一个平面，再垂直于这个平面削下第二块石片。德路盖在不长的时间里，依样画葫芦，一连敲下六块石片。他把只剩下短短一截的燧石块丢弃，把那六块石片放在地上排成一排，逐一检视。他发现石片都完美可用，只需要最后的加工，就能变成各种他想要的工具。同样大小的一块燧石一般只够做一把手斧，可德路盖凭借新的技艺，可以同时得到六块石片。石片一经他的手就能变成各种用途的工具。

德路盖挑出第一块石片，准备做一把石刀。他用一块较小的扁圆形石头打磨石片较薄的一边，磨出刀尖，再把石片的背部敲钝。这一步非常重要，可以避免石刀握在手中割伤手指。这把石刀很快做成，他很满意，又拿起第二块石片，做了第二把石刀。

德路盖挑选的第三块石片是从靠近燧石的内核处敲下的。这块石片较其他的要大，有一边几乎是笔直的。他把石片放在砧板上，用一小块骨头在那条直边上压出一排V形缺口，再把背部弄钝，一把窄齿石锯就做好了。他重新检查了一遍，点头头，把石锯放在了一边。

德路盖接下来加工的是那块较小也较圆的石片。他用同一块兽骨使石片高高凸起。这个凸面实际上是一段钝边，用它磨光木材或刮擦兽皮时，既不会因为用力而折断，也不会伤到兽皮。他拿起下一块石片，用兽骨在刀锋上刻出一个深V形缺口。这种工具上的缺口可以很好地削尖木棱镖的矛头。现在只剩下最后一块石片。这块石片的刃上有一点很尖，其余的刃段则是波浪形的。他把石片两侧敲钝，留下那个锋利的点。这既是一个锥子，也是一个钻孔器，可以用来刺穿皮革，或在木头还有骨头上钻孔。

德路盖重新检视了一遍自己做好的这一成套石器，然后向爱拉做了一下手势。爱拉从刚才就一直在聚精会神地看德路盖工作，连大气都不敢出。德路盖递给爱拉一把刮削器一样的石片和一块宽刃的石片，都是他制作石斧时砸下不用的。

"这些给你。如果你能一起捕猎猛犸，你会发现这些工具很有用。"他打着手语。

爱拉的眼睛因为高兴而熠熠发光。她诚惶诚恐地接过石片，仿佛捧着最宝贵的礼物。对她来说，这些石片就是无价之宝。她激动地想，我有没有可能被选中，参加捕猎猛犸的活动？通常情况下，这个活动除了猎人们以外，只允许成年妇女以及她们还在吃奶的孩子参加。爱拉虽然还未成年，但已长到成年妇女的高度了，而且她在夏天已经跟过家族里几次短途的狩猎。她默默地祈祷：我能被选中吗？我希望我能被选中。神灵保佑。

"女孩会保管好这些工具，在捕猎猛犸的旅行开始前都不会使用它们。如果她被选中，这些工具将第一次用来切割猎人们杀死的猛犸。"她对德路盖说。

德路盖喉咙发出呼噜声，表示不置可否，然后抖了一下盖在膝上的皮革，抖落上面的小石片和碎屑，再把砧板、锤石、骨锤等工具用皮革裹起，最后用绳紧紧捆住。他带着新造出的石器，走进了他的帐篷。尽管现在才下午，他已经决定结束今天的工作。他已经在很短的时间内制作完成数件高质量的石器，接着干的话就不一定会有那么好的运气了。

"伊扎！伊扎！快看！德路盖把这些石器给我了。他还让我在一旁观看他的制作过程。"爱拉朝伊扎跑去，一只手打着克莱伯教她的手语，另一只手小心翼翼地捧着石器，“他说，猎人们将在秋季捕杀猛犸，他打造石器就是为了供男人们制造猎捕猛犸的新武器。他还说，如果我跟他们一起去，这些石器都会派上用场。你觉得我有没有可能跟他们一起去？”

“当然有可能，爱拉。但我不明白你为什么对这事这么兴奋。你以为是去玩吗？捕到猛犸后，所有的脂肪必须熬成油，大部分的肉都要晒干。你简直不敢想象一头猛犸身上竟然有那么多肉和脂肪。而且你还得长途跋涉，把油和肉干背回来。”

“再苦再累我也不在乎。我从没近距离地看过猛犸，除了有一次我在山脊那边远远地望见过一头。我一定要去。噢！伊扎，我真希望我能去！”

“猛犸一般不会出现在这么靠南的地方。它们喜欢寒冷，而这里的夏天太热，冬天的雪又太厚，它们吃不到草。我也很久没有尝到猛犸肉了。你要知道没有什么食物能比得上猛犸肉的柔嫩鲜甜。而且猛犸身上大量的脂肪能派上的用场可多了。”

“你觉得他们会带上我吗，母亲？”爱拉激动地做着手势。

“布仑没有对我说过此事，我甚至不知道他们有猎猛犸的计划，你知道得已经比我多了。”伊扎说，“但我想，如果不是有一定的可能性，德路盖是不会这样说的。我想他是出于对你的感激，因为你救了欧娜一命。他送给你石器，告诉你关于狩猎的消息，是他表达感激之情的一种方式。德路盖是一个很好的男人，爱拉。他知道你配得上这些石器，你真的很幸运。”

“我要把这些石器很好地保存起来。我告诉过他，如果我能去，我一定会在宰杀猛犸时才第一次使用这些工具。”

“这是个好主意，爱拉，你这样说是合适的。”

14

家族计划在早秋季节远征，猎捕猛犸，因为只有这个时候，这种披着毛的巨兽才会从遥远的北方向南迁移。这是难得的大事件，大家都精神振奋。只要是体格健硕的成员都将被吸收到远征的队伍内，经过长途跋涉去到这个半岛的北端与大陆相连接处。这次的路途中他们不光要猎猛犸，还要屠宰、晒肉以及熬油，最后把肉和油都运回山洞，其间不进行任何其他狩猎。他们到达目的地后，谁也不能保证能不能找到猛犸；就算找到了，能不能战胜巨兽，也没有十足把握。一旦他们战胜了，那么这头庞然大物将足够供应几个月的肉和大量生活必需的油，不虚此行。

因此猎人们从初夏就开始紧凑地安排日常的狩猎计划。他们频繁的出猎是为了获得比往常更多的肉,万一猛犸的狩猎失败,空手而归,也不至于家族在冬天忍饥挨饿。而且下一届家族大会将在后年召开,时间定在夏季。到时,布仑家族必须耗费一整个夏季跋涉到主办大会的家族山洞所在地,待大会结束后再返回。家族大会定期举办,已有悠久的历史,布仑家族必须按时到会。布仑不能不从现在就着手准备,储备食物,以满足家族大会后那个冬天的生活之需。这也是为什么他决定猎猛犸。如果现在就能为即将到来的冬季备足食物,而且之后能成功地捕到猛犸,就等于提前一年储备好了两年所需的干肉、蔬菜、水果和谷物,足可以在今后的两年高枕无忧。

即将外出狩猎的消息不仅使人们兴高采烈,也滋长了大家疑神疑鬼的心理。由于这次狩猎能否成功,在很大程度上要取决于运气,许多人便相信在一些最不起眼处一定显现征兆。于是,他们一言一行都很谨小慎微,在与宗教有关的场合更是如此。大家都深怕惹怒神明,给家族的狩猎招致不幸。妇女们甚至在烹煮食物时也更加小心,因为食物烧焦也被看成是不好的兆头。

猎捕猛犸的计划分几个阶段,男人们会为每个阶段单独举行宗教仪式。仪式上,他们虔诚地向山洞周围肉眼不可见的鬼神祈祷,求神息怒,大莫格乌则施着为带来好运的咒语,用小洞室内洞熊的骨骼施展强大的巫术。在日常生活中如果诸事顺利,就是好兆头;同时任何一个差错都能让人们担惊受怕。家族上下都变得心神不宁,布仑更是从宣布这个捕猎计划的那天起就没睡过一个安稳觉。好多次,他甚至后悔自己作了这个决定。

这天,布仑召集男人们开会,讨论谁参加狩猎,谁留下来看守山洞。保卫山洞对家族来说同样重要。

"我考虑留下一个猎人,"首领开口,"我们要出去整整一至两个月。没有人看守山洞是不行的。"

猎人们都想出征狩猎,于是纷纷避开布仑的目光,生怕被首领看中留下来保卫山洞。

"布仑,你得让所有的猎人们都参加这次狩猎,"佐格做着手势说,"我的腿跑不动,跟不上你们,但我的手臂仍然结实,不但能使弹石带,而且挥得动梭镖。多夫的视力不大好,但不至于完全看不见,而且他的肌肉也不弱,还能使棍棒和梭镖保卫山洞。把我和多夫两人留下来吧,只要火堆不灭,野兽是不敢接近的。你大可不必担心山洞,把心思都花在猎猛犸上吧!当然决定权在你手上,但我坚持认为你应当带上所有猎人。"

"我同意佐格,布仑,"多夫一边附和,一边往前凑了下身子,眯着眼睛说,"佐格和我在你们不在时一定能保卫好山洞。"

布仑看看多夫,又看看佐格,很是矛盾。从他的内心出发,他当然不愿留下任何一个猎人,因为减少一位猎人就意味着丧失一分狩猎成功的机会。

“你说得对,佐格,”布仑最后做着手势说,“你和多夫不参加狩猎猛犸,并不代表你们已经老到不能保卫山洞。能有你们两人实在是家族的幸运。佐格,你作为前任的二把手,仍然能用你的聪明才智为我出谋划策,我的运气真好。”布仑的赞扬令这位老人的精神更加振奋了。

猎人们听到这儿都松了口气。他们中没有一个人会被留下。他们为两位老人不能参与这次伟大的狩猎活动感到惋惜,也钦佩他们承担留守重任的毅然决然。大家知道,大莫格乌也会留在山洞,不参加这次远征,因为他不是一名猎人。布仑想起自己过去曾偶尔看见过这位跛足的老人有力地挥舞他结实的手杖进行防卫,潜意识里已经把他看做山洞又一位守护者。佐格、多夫还有大莫格乌,他们三个人足足可以顶上一名猎人了。

“那就这么定了。接下来要讨论哪几个妇女可以随行?”布仑问完,首先提议,“爱菠拉可以去。”

“尤蔻也可以,”格洛德马上接下去,“她身体健壮,又有经验,而且身边没有孩子的拖累。”

“是的,尤蔻很合适,”布仑表示允诺,“还有奥芙拉。”布仑说完看了看古夫。这位巫师的助手点点头,表示同意。

“奥茄怎么样?”勃劳德问,“布拉克开始学走路了,也即将断奶。他不会耽误她多少时间的。”

布仑想了一想,说:“我看可以。况且其他妇女还能帮着她照看布拉克。奥茄是一个得力的帮手,可以发挥很大用处。”

勃劳德听了心里美滋滋的。他很高兴自己的配偶能被首领看重,这说明首领认可自己严厉的管教。

“有几位妇女必须要留下来照料孩子们,”布仑做着手势,“阿葛和伊卡怎么样?格罗勒和伊葛拉还太小,不适宜远行。”

“阿芭和伊扎会照看他们的,”克罗格自告奋勇,“伊葛拉不太缠着伊卡不放的。”大多数男人都希望自己的配偶能同行,这样就不用依赖别人的配偶来侍候自己了。

“伊卡的情况我不了解,”德路盖在一旁说,“但我想阿葛最好还是留下。她有三个孩子,虽然她可以带着格罗勃上路,留下的欧娜会惦记她。另外,伏恩很想随行。”

“我想阿葛和伊卡都应该留下,”布仑作了决定,“伏恩也留下。他年龄还太小,所以还不能参加。而且一定要他母亲的督促,他才能不情愿地帮忙妇女们干活,就算让他参加也没多大用处。这次他就留守山洞,日后有的是机会参加猛犸狩猎。”

一直沉默的大莫格乌这时终于发话了:“伊扎身体太弱,不能远行,而且她还要照顾尤芭,应该留下来。至于爱拉,我想不出她不该去的理由。”

“她还没有长成妇人,”勃劳德打断他,“而且她是外族人。如果跟我们一起去,神会不高兴的。”

“她长得比成年妇女都要高,而且一样健壮,”德路盖不服勃劳德的说法,“她干起活来一点也不含糊,双手也灵巧,而且神特别眷顾她。你忘了山洞是怎么发现的?欧娜又是怎么得救的?我想,让她参加一定会给我们带来好运。”

“德路盖说得对。她已经像一个成年妇女一样健壮,干活也麻利。她没有孩子需要操心,还受过女巫医的训练。如果伊扎身体没那么糟,我其实更希望带伊扎同行。但既然伊扎已经不能去,我不介意爱拉代替伊扎。她会发挥大作用的。”说完,布仑做手势宣告会议结束。

当爱拉得知自己将与家族一起参加猛犸的狩猎后,兴奋得坐也不是,站也不是。她缠着伊扎问什么该带,什么不该带,在计划出发的前几天就已经把行李打包好。之后还打开重装了好几遍,生怕自己忘了什么。

“你不需要带太多东西,爱拉。如果狩猎成功,你返回时的负重会大大增加,到时你会背不动的。但我为你准备了一样东西,我认为你一定要带它上路。是我刚刚才做好的。”

伊扎说完,爱拉看她拿出了一只袋子,顿时热泪盈眶。那是伊扎专门为她准备的医药袋,由一整头水獭的毛皮做成,只有毛皮经过鞣制,头、尾和四足都毫发未损。这头水獭是伊扎特地请佐格猎来的,伊扎一直将它藏在德路盖的火塘内,就连阿葛和阿芭也没有透露。

“伊扎!你给我做了药袋!”爱拉欣喜若狂地高呼,上前拥抱伊扎后,马上坐了下来。她从背筐里卸下所有装好的口袋和小包,在地上排成一排,就像伊扎过去经常做的那样。她逐一解开口袋和小包,嗅了嗅袋内所装的草药,然后用同样的结重新扎紧。

单靠嗅觉来区分干燥后的叶茎类和根类草药是很困难的。一些特别危险的草药会与无毒但气味浓烈的草药放在一起,以防意外误用。对草药真正的分类,其实是依靠不同质地的细绳或皮带在扎袋子时打成的复杂的结。有些草药用马毛搓成的细绳绑扎,而另一些则用野牛或其他动物的毛搓成的细绳绑扎,这些动物毛的颜色和质地都有鲜明的特点。还有一些草药会使用动物肌腱或是多纤维的茎皮以及蔓藤搓成的索,甚至是皮带来绑扎。女巫医在记忆草药时经常是通过牢记包装草药用的是何种绳索,打的是哪一种结。

爱拉把小包逐一放进水獭药袋内,最后用带扎紧,系在腰边。她得意了一会儿，又把药袋解下来，放到背筐里。筐里另外还有几个大口袋，到时会用来装猛犸肉，如果一切能如她们所愿的话。一切都准备就绪，只是还有一件事爱拉放心不下——该如何安置她的弹石带？弹石带虽然暂时用不着，但她不敢将它留在山洞里，被伊扎或克莱伯发现；她想把它藏在树林里，又担心有些动物会将它掘出来，而且风吹雨淋很可能使带子腐烂。想了又想，她最后决定把袋子藏在她披身的褶裥里，带着上路。

出发那天的清晨，四周还漆黑一片，家族人就已起身了。当他们开始上路时，天色渐亮，秋天树叶也露出了多彩的真面目。当他们越过山洞东边的山脊时，一轮红日正从地平线喷薄而出，发出的万道金光照亮了山下广阔的大草原。队伍行进的速度很快，等到大家穿过山麓边上的森林，抵达山下的大平原时，太阳还没完全升起。布仑的步子很大，好像队伍里全是跟他一样的男人，忽略了妇女们的存在。妇女们虽然荷重很轻，但一时不习惯这样的急行，只得加快步伐勉强跟上。

从日出到日落，他们一天的步行比当初寻找新山洞时一天所走的要多得多。他们在路上除了偶尔停下煮水沏茶，并不生火煮饭，因此妇女们暂时还不用做什么。沿途不打猎，吃的是猎人通常在狩猎途中吃的干粮：把肉干磨成粗粉，配上干净的提炼油以及水果干制成的一种小饼。这种高浓缩的干粮能为他们提供足够的营养。

宽旷的大草原多大风天气，比山洞要寒冷得多。他们一路向北，气温也在急剧下降。他们每天早晨上路时气温都很低，但急行却能使他们的身体很快暖和起来，有时热得不得不把披身的外套脱掉，只有当他们停下短暂休息时，才会感到有些寒意。在远行开始的头几天，所有人的腿部肌肉都很酸痛，尤其是妇女们。但几天后当双腿习惯了大步的赶路，这种酸痛感就消失了。

半岛北部地形起伏较大。广阔的草原在这里就到了尽头，变成了险峻的深谷，紧挨着陡峭的绝壁——这是早期地壳剧烈的造山运动挣脱了石灰石覆盖的结果。狭窄的峡谷两侧是凹凸不平的岩壁。这些峡谷有的因为岩壁合拢成了死胡同；有的谷底成了碎石滩。附近山上常会滚下棱角犀利的巨石。这些巨石经过风化最后裂成了这些碎石。还有些峡谷偶尔会有水流过，有时是季节性的溪水，有时又是奔腾的河水。只有在靠近水的地方，才会发现一些被风吹弯了的松、落叶松和冷杉，其中还夹杂着像灌木一样矮的桦和柳，使草原不那么单调。只有在几处地方，山谷向河谷敞开。这里没有常年劲吹的强风，水分也很充足，使针叶树和小叶落叶树能以正常的比例生长。

一路平安无事。人们的步伐稳健快速，当行进到第十天时，布仑开始派出侦察员到附近勘察，并在之后的几天放慢了前进速度。他们已经接近半岛宽阔的颈部。如果这里有猛犸象，他们应该很快就会发现它们的踪迹。

队伍在小河边停下休整。中午一过，布仑立即派出勃劳德和古夫去侦察，他自己则跑到离队伍有一段距离的地方，眺望他们两人去往的方向。他很快要作出决定：是让其余人就地扎营休息，还是继续前进，在下一站地过夜？时间不知不觉过去，两个年轻人还没回来。天光逃窜，树影在慢慢拖长。如果他们不马上回来，他将不得不让队伍在此地过夜。他眯起眼睛向东方看去，强劲的东风吹得他睁不开眼。他那件毛皮做的长披身被风吹得紧贴住双腿，下巴蓬松的胡须也被吹得贴在脸上。

他觉得自己好像看见远处有人影在动。他静静等着，只见两个奔跑的人影越来越清晰。他被一阵兴奋击中，心开始怦怦地狂跳。不知是因为直觉，还是因为他从那两个人跑动的样子看出端倪，他隐约觉得有好事发生。当奔跑中的两个人看清了远处那个单独的身影，更是使出了浑身力气加速冲刺。布仑看到那两个人挥着手臂跑来，好像在大声喊着什么，虽然听不清他们喊的是什么，他已经猜得八九不离十了。

当两人上气不接下气地朝众人跑来，激动地喊着“猛犸！猛犸”。家族人听了一下子围住两个狂喜的年轻人。

“一大群猛犸，正向东移动。”勃劳德兴奋万分地做着手势。

“离这里有多远？”布仑问。

古夫先用手指天，然后向下画了一个短弧。这个手势表示，需要走几个小时。

“你们带路。”布仑做着手势，让大家跟上。他们完全可以在天黑前赶到靠近猛犸群的地方。

当队伍看见远处有一片黑影在移动时，太阳在渐渐靠近地平线。布仑判断那黑影是一大群猛犸，命令大家就地扎营。天色已晚，无法走到河边，他们只能凑合着用下午从小河边打来的水。明天早晨，他们会找一个好一点的营地。这些现在都不重要，重要的是他们已经发现了猛犸。是时候让猎人们大显身手了。

队伍的新营地沿着一条逶迤的小河，两边的河岸上生长着参差不齐的灌木。布仑在安扎好营地后带着猎人们在附近做了一次勘测，分析猎取猛犸的可能性。猛犸不是野牛，不适合用疲劳战术，也不可能被流星锤击倒。要猎取这种长毛的厚皮动物，必须运用不同的策略。布仑和猎人们侦察了附近的沟壑和峡谷。他想找到这样的地方：一个峡谷，谷底夹道散落着巨石，从谷口越往里越狭窄，最后的出口被堆起的巨石堵住，是一个进得来出不去的盒子山谷。而且最重要的是，这处峡谷不能距离缓慢移动的猛犸群太远。

第二天清早,奥茄面色紧张地低头蹲坐在布仑面前。奥芙拉和爱拉跟在她后面,一脸担心。

“你有什么事,奥茄?”布仑用手指敲敲她的肩膀后看着她做手势。

“妇女有一个请求。”奥茄有些吞吞吐吐。

“说吧?”

“妇女从没见过猛犸,奥芙拉和爱拉也一样。首领能否允许我们也靠近象群,看个真切?”

“爱菠拉和尤蔻呢,她们是不是也想看一看猛犸?”

“她们说捕猎成功后可以看个够。所以不想去。”奥茄回答说。

“她们很聪明,不过她们过去的确已经见过猛犸。我们现在处在下风向,你们可以去。只要不太过靠近,或是想要包围,是不会惊动它们的。”

“我们不会太靠近的。”奥茄保证道。

“我相信当你们见到它们时,也不可能会想要靠近。你们可以去了。”他说。

布仑心里想,让这些年轻的妇女做一次短途旅行不会有什么大碍。眼下她们的确没有什么事可做,而且之后她们会非常忙碌——如果神灵能保佑我们的话。

她们三人对探险的提议都非常兴奋。虽然她们一直在讨论猛犸,但建议是爱拉最先提出,然后说服奥茄去问的首领。这次狩猎旅行把她们三人紧密联系在一起,她们比在山洞时更有机会彼此了解。奥芙拉是一个文静而且保守的妇女,一直把爱拉看做一个孩子,不认为她是自己的同伴,自然也不会找她玩耍。奥茄则因为知道勃劳德对爱拉的态度,所以不想与爱拉有过多接触。她们两个人都觉得与爱拉没有太多共同之处。她们都已婚配,是成年的妇女,是她们男人的火塘里的女主人;爱拉还是一个孩子,没有背负她们那样的责任。

一直到这个夏天,当爱拉获得准妇女的地位,开始跟随猎人参加狩猎旅行时,妇女们才渐渐意识到她不仅是个孩子。而这次猎猛犸的艰苦跋涉更是改变了她们对爱拉的看法。爱拉的身高超过所有妇女,看上去就是一个成年妇女,因此猎人们在大多数时候都把她当作一个成年妇女,其中的克罗格和德路盖对她特别依赖。他们的配偶这次都留在山洞里没有跟来,而爱拉尚未婚配,因此他们要指派爱拉干什么杂务时,不必通过哪一个男人转达或取得谁的同意。现在,这三个年轻女性对狩猎共同的兴趣使她们间的关系更加亲密。在此以前,爱拉最亲近的人只有伊扎、克莱伯和尤芭,因此很享受这妇女间温暖的友谊。

早晨,男人们刚刚离开营地,奥茄就把布拉克托付给了爱菠拉和尤蔻,和爱拉还有奥芙拉三人一同出发。这次徒步探险非常愉快，她们一路走，一路热烈地交谈，双手挥舞得飞快，时不时用喉间发出的声音加重语气。当她们慢慢靠近兽群时，谈话逐渐减少，很快就没有再说话了。当眼前出现那群庞然大物时，她们愣在那里，目瞪口呆。

长毛猛犸象完全适应了冰川附近寒冷严酷的气候环境。为了保温，它们进化出厚厚的皮肤，覆盖着一层浓密的下层绒毛，而最外面的红棕色蓬松长毛长度可达二十英寸。除了发达的体毛，猛犸还在体内沉积了三英寸厚的皮下脂肪来抵御寒冷。严酷的气候细微地改变了它们身体的结构。长毛猛犸在猛犸中体形较小，肩隆到地面的平均高度为十英尺。它头部巨大，在身高中占了很大比例，长度甚至超过它鼻子的一半，像个圆顶般高高地立在两肩上。它的耳朵很小，尾巴很短，四条腿也不长。脚上各有两只脚趾，一个在上，一个在下。从侧面看可以发现，在它圆顶般的头和存储脂肪的高肩隆之间，也就是在它的颈背，有一个深深的凹陷。它的背像一个陡坡，斜斜地切向骨盆和较短的后退。长毛猛犸给人留下最深印象的不是它的长毛，而是它那弯弯的长牙。

“看这一头！”奥茄做着手势，指向一头年老的公猛犸。它两根象牙的根部靠在一起向外生长，急转下弯，又呈弧状向外、向上、向内，然后在前面交叉，又继续前伸，总长不会少于十六英尺。

猛犸们正在用象鼻一整排一整排地扯下地上的牧草、野草和莎草，将这些坚韧干燥的粗饲料塞到嘴里，用口中粗锉刀般的臼齿磨碎然后咽入肚内，效率极高。一头年幼的猛犸虽然象牙没那么长，但也能连根掘起一棵落叶松，撕下嫩枝和树皮往嘴里塞。

“好大的猛犸啊！”奥芙拉战栗地做着手势，“我不敢想象世上竟有这么大的野兽！要怎么才能杀死一头啊？猎人们想拿梭镖接近都不太可能！”

“我也这么认为。”奥茄着，同样为猎人们担心。

“我真有点后悔，我们不该到这里来的。”奥芙拉说，“这次的狩猎将非常危险，可能会有人受伤。如果古夫有什么不测，我该怎么办呢？”

“布仑必然有他的狩猎策略，”爱拉说，“如果没有一定把握，我想他决不会冒这样大的险，带大家到这来的。我很希望能看到他们是怎样狩猎的。”她心怀期盼地说。

“我可不想看，”奥茄说，“我甚至希望能离得远远的。如果这件事能赶快过去，我就高兴了。”奥茄记得，她母亲的配偶是在地震前的一次狩猎事故中丧生，随后发生的地震又要了她母亲的命，因此不论狩猎计划有多周密，她都对狩猎心有余悸。

“我们现在该回去了，”奥芙拉说，“布仑吩咐我们要离远一点，我们却靠得太近了。”

于是三人掉头往回走,爱拉在离开前还不忘匆忙回头看上几眼。在返回的途中,她们不约而同选择了沉默。每个人都若有所思,没有心情聊天。

当男人们回到营地后,布仑指示妇女们要在明天早晨猎人们离开之后分拆帐篷迁往下一站。他已找到一处合适的地点,明天就将进行狩猎。他希望妇女们到时最好远远躲开。他是在昨天早晨觅到那个峡谷的,条件非常理想,离猛犸群也不远。猛犸群现在正缓慢地向西南方向移动——他认为这是一个好兆头——象群在今天傍晚前就将非常靠近那个峡谷。选择这个峡谷狩猎再合适不过了。

这天早晨,狩猎队的猎人们爬出温暖的毛皮被窝,走出低矮的帐篷。凛冽的东风夹着轻飘飘的干粉状雪花,像鞭子一样抽打着每个人的脸和鼻子。天阴沉沉的,灰蒙蒙的一片,连照耀星球的太阳也没有露面。但即便这样,也不能使人们期盼的心情减少半分。因为在这一天,他们要出发去猎猛犸了。妇女们在急急忙忙地为猎人们准备早茶。猎人们像即将参加比赛的运动员一样,不会再吃其他食物。他们来回跺着脚,用梭镖练习刺杀,以伸展和松弛紧绷的肌肉,使营地的气氛兴奋又紧张。

格洛德从火堆中取出一块阴燃着的红炭,装进野牛角里,系在腰边。古夫也取了一块。他们把毛皮披身紧紧地裹在身上,换下往常披的厚重大氅,穿上较轻的不会限制他们动作的罩衫。众人情绪都很激动,没有一个人觉得寒冷。布仑把大家召集到一起,很快地把计划又复述了一遍,这也是最后的一遍复述。

每个人都闭上了眼睛,手里捏着自己的护身符在心中默念了一会儿,然后从地上拾起昨晚制作的尚未点燃的火把出发了。爱拉目送他们离开,虽然很想跟着他们一起去,终究还是没这个胆量。她留在营地,和妇女们采集干草、动物粪便、灌木,还有在新营地要用来生火的木材。之后开始拆迁帐篷。

猎人们很快就到达了猛犸群所在的地点。猛犸经过夜间的休息,又重新开始移动。猎人们蹲在高大的草丛中耐心等待。布仑也蹲在草丛里,用审视的目光打量经过这里的庞然大物。这时,他看见一头老年公象走了过来,那对巨大的象牙弯曲地生长着。他自言自语,如果能杀死这头就太好了,可最后还是放弃了这个念头。他想到,在狩猎结束后,队伍要跋涉很远才能回到山洞,那对巨大的象牙到时将增加许多负担;相比之下,一头年幼的猛犸象是更理想的狩猎对象。不但象牙更易于携带,而且肉质也会更加鲜嫩,这可比炫耀巨大的象牙要实在得多。

不过猎捕年幼的公猛犸意味着更多的危险。它那短象牙不仅可以掘起树根,更可以作为进攻的武器。布仑在耐心等候。他做了大量准备,带领猎人长途跋涉来到此地,绝不会因为一时的冲动毁了一切。他知道自己想要怎样的时机。如果等不到,他宁可在第二天带着猎人们空手而归,也不愿在时机不成熟时贸然行事。其余的猎人也在等待,但不是所有人都有布仑那样的耐心。

雪停了,初升的太阳扫除了阴霾,灿烂的阳光透过云隙照亮大草原。

"他要等到什么时候才向我们发信号?"勃劳德不出声地向古夫做着手势,"你看,太阳已经升得很高了。我们大清早出发就是为了蹲在这里?他到底在等什么?"

格洛德瞅见了勃劳德对古夫做的手势,便劝他:"布仑在等合适的时机。你是愿意空着手回去,还是愿意多等一会儿?勃劳德,你要耐心,要多跟布仑学着点,因为将来有一天要由你来决定准确的进攻时间。布仑是一名优秀的首领,也是一位杰出的猎人。你很幸运,能接受他的教导。要当一名首领,光靠勇敢可是远远不够的。"

勃劳德对格洛德的一番教训很不高兴。他想,等我当上了首领,我才不会选他当我的二把手,因为到那时他已经是把老骨头了。勃劳德改变了位置,避开迎面吹来的大风,继续等候。

等布仑发出"准备"的信号时,太阳已经升得很高了。每个猎人都因为这个信号感到一阵强烈的兴奋。布仑选中的是一头怀有身孕的雌猛犸。它步伐沉重地走在大部队的边缘,与同类们的距离越来越远。从它象牙的长度看,这不是它第一次怀孕。胎儿已经有几个月大,因此母猛犸的身子变得极为沉重,跑不快,动作也不敏捷。如果能成功捕到它,它腹中胎儿的肉将是一份鲜美的奖赏。

这头猛犸发现有一丛没被吃过的草,便向那草丛走去。它没有意识到,它这一刻的独自行动使它成为了一头离群的猛犸。这正是布仑等候已久的时刻,他终于发出了信号。

格洛德已经取出阴燃的炭,手里拿着火把做好了准备。他在看到布仑发出信号的瞬间,将炭块靠近火把,并不断吹气直到火把点燃。他将燃起的火把交给德路盖后,又点燃了另外两支火把,把其中的一支交给布仑,一支留给自己。另外三名年轻猎人在看到信号后,立即向峡谷跑去。他们的作用要之后才能体现。布仑和格洛德手里拿着冒黑烟的火把,跑到这头猛犸的后面,将大草原上的干草点燃。

壮年的猛犸几乎是不可战胜的,只有那些老弱病残的才有成为食肉动物的猎食目标,但也不会把人类放在眼里。不过猛犸怕火。自然原因造成的草原大火常常会使猛犸暴怒不已。它们会疯狂地破坏前进路上的一切,怒火在几天内都不能平息。人类放的火对它们有同样的威慑。当它们意识到危险时,就会本能地围拢起来,因此布仑他们的火必须尽快蔓延开来。为了阻止这头雌猛犸重新回到象群中,布仑和格洛德站在了雌猛犸和象群的中间。他们的位置非常危险,他们不但可能受到来自两边的攻击,还可能被惊慌逃窜的巨兽踏成肉酱。

燃烧的烟味使正在平静吃草的兽群陷入了骚乱。它们的鼻子发出喇叭一样的声音,恐慌不已。雌猛犸发现火势马上掉头奔向同类,但为时已晚,一道火墙已挡住它的去路。它尖叫着请求援助,可阵阵东风助长了火势,大群猛犸马上就要被大火包围,纷纷向西夺命狂奔,想要摆脱迅速吞噬草地的火焰。草原一旦起火,火情就会失去控制形成燎原之势。但当时的人类对此并不关心,只要风向不把草原大火引向他们要去的地方。

母猛犸在惊慌失措中踉跄地往东边跑去。在旁等候的德路盖看见火烧起来后,就叫喊着向受惊的巨兽跑去,挥舞着火把把它往东南方向赶。

克罗格、勃劳德和古夫三个年轻和跑得快的猎人们以最快的速度在猛犸的前面狂奔,害怕这头发狂了的猛犸会跑到他们的前头去。布仑、格洛德和德路盖紧跟野兽后面,希望它不要改变路线。事实证明,这头愚蠢的巨兽只会一个劲向前冲。

三名年轻猎人终于赶在猛犸之前跑到了那个山谷前。克罗格先拐进谷里,勃劳德和古夫则留在谷口南侧的岩壁前。紧张的古夫一边喘着粗气一边解下野牛角,默默向图腾祈祷,希望里面所装的炭火不要熄灭。果然,取出的炭块还阴燃。但气喘吁吁的两人不管怎么吹气,都无法使火把点燃。幸亏有风帮忙,火把点着了。他们两人各点燃了两支火把,一只手抓一支,从岩壁处往外走了几步,想预测猛犸会从什么方向出现。他们没有等得太久。当他们看到那头受惊的巨兽怒吼着朝他们的方向奔来时,他们先默默向图腾做了祈祷,然后挥舞着冒烟的火冲向猛犸。他们担负的任务危险而又艰巨——把这头惊慌失措的野兽赶进峡谷。

这头惶恐万分的厚皮动物发现自己身后有大火的追赶,前面有刺鼻的烟味,正绝望地寻找可以逃往的方向。它迟疑了片刻突然转向,步伐沉重地奔进了峡谷,把勃劳德和古夫甩在后面。这头巨兽吼叫着闯进峡谷,一直等它跑到狭道的尽头,才发现这是条死路。这时的它既无法继续前进,又被狭道所限不能转身。它发出绝望的吼叫,吼声震彻山谷。

勃劳德和古夫跟在猛犸的后面全速奔跑。勃劳德手里拿着一把石刀。这把石刀是德路盖精心制作,再由大莫格乌施了法的。只见他不顾一切地飞速冲刺,跑到猛犸身后,用石刀猛砍它的左后腿,锋利的刀刃一下就砍断了猛犸的腱。猛犸顿时因为剧痛发出了可以划破空气的刺耳怒吼。当随后赶到的古夫又朝猛犸的右后腿腱部砍去时，这头巨兽因为后腿伤势过重而跪倒在地。

正当猛犸摇摇晃晃、发出痛苦的惨叫时，在猛犸前方一块巨石的背后突然跳出了克罗格。还没等猛犸反应过来，克罗格已经将他那支尖锐的梭镖扎进了猛犸张开的大嘴里。出于本能，猛犸挣扎着站起来正想对这个没了武器的男子发动进攻，嘴里却喷出一大口鲜血浇在了那人身上。它哪能料到，那人没有武器只是暂时的，他早已把好几支梭镖藏在了巨石背后。当克罗格取出另一支梭镖时，布仑、格洛德和德路盖也正好赶到了峡谷里。他们跑到狭道的尽头，跳到猛犸两侧的巨石上，和克罗格一起，几乎在同一时间把手中的梭镖刺向已经负伤的猛犸。布仑刺进了猛犸的小眼睛里，喷了他一身温热猩红的血。巨兽再也支持不住，用尽生命最后的力量，发出了一声不屈的哀鸣后颓然倒地。

精疲力竭的猎人们先是无动于衷，在一阵寂静之后，才慢慢回过神来。他们看看彼此，心脏突然开始剧烈跳动，全新的兴奋令他们的大脑一片空白了，内心深处迸发出一种原始的冲动。这种冲动不拘泥于任何形式，直接冲口而出，变成胜利的欢呼。他们成功了！他们杀死了不可战胜的猛犸！

六个猎人与一头巨大的猛犸相比简直弱小得可怜。但他们能运用技巧和智慧，精诚合作，勇敢无畏，终于杀死了令所有食肉动物望而生畏的猛犸。一些四足的猎食动物不论奔跑的速度有多快，有多强壮或是有多狡猾，都无法与他们的成就相提并论。勃劳德先跳到布仑旁边的大石上，再跳到倒在地上的猎物身上。布仑也跳了上去，热情地拍了拍勃劳德的肩膀，然后从猛犸的眼睛里拔出他的梭镖，高高地举了起来。其余的四个猎人也很快聚了过来，一起随心跳的节奏在巨兽的背上狂舞起来。

他们蹦啊跳啊，过了一会儿，布仑先从猛犸背上跳到地上，其余人也跟着下来。他们围着猛犸，几乎把狭道都站满了。布仑激动地想：没有一个人受伤，甚至没有一个人擦破了皮，这真是一次幸运非常的狩猎。这说明我们的图腾对我们很满意。

"我们要让神知道我们心存感激，"布仑对猎人们说，"回到山洞后，大莫格乌将要举行一次特殊的宗教仪式。现在，我们要先把猛犸的肝取出来。除了在场每人可分得的一块，还要给佐格、多夫和大莫格乌各带一块。其余的肝都将敬奉给猛犸之神，这是大莫格乌吩咐我的。我们把剩下的肝埋在猛犸倒下的地方，猛犸胎儿的肝也要埋在旁边。大莫格乌说过，我们不能碰猛犸的脑，必须留给猛犸之身。好了，刚才是谁首先出击？是勃劳德还是古夫？"

"是勃劳德。"古夫应声答道。

"那么，勃劳德可分得第一块肝。不过，这次的功劳属于所有猎人。"

布仑派勃劳德和古夫去营地把妇女们领来。男子们已经一鼓作气完成了狩猎任务,现在该轮到妇女们发挥作用了。妇女们将要面对的是屠宰和晾肉的繁重工作。在峡谷里等候妇女们的猎人们先挖出猛犸巨大的内脏,再取出原本很快要出生的胎儿。妇女们到达之后,男人们帮助她们剥取象皮。所有人费了九牛二虎之力才终于剥下了这张皮。妇女们用石刀割下猛犸身上最美味的部分,暂时冷冻贮存在石窨内。人们在猛犸附近生起火堆,一来可以让尸体不冻结,二来可以驱赶不自觉被鲜血和生肉气味引来的食腐动物。

填饱了肚子的猎人们钻进了温暖的毛皮被窝,虽然疲惫,却很满足。这是他们自离开山洞以来,第一次饱餐新鲜的兽肉。第二天的早晨,男人们在一起闲聊,消除狩猎时紧张的气氛,并互相称赞彼此的勇敢。妇女们则已经开始埋头工作。妇女们在窄窄的峡谷内加工感觉不太方便,恰好峡谷不远处有一条河。于是她们把猛犸尸体分成大块,搬到河边继续加工。峡谷里只剩下大部分的骨头,和骨头上带的一点肉。当这些被地上跑的和天上飞的食腐动物光顾了之后,几乎什么也没有剩下了。

家族人将充分利用这头野兽的每一部分:坚韧的外皮制成的脚套比其他动物的皮都更加结实耐穿,还可以用作山洞口的挡风帘、煮汤的皮罐、捆绑用的结实皮带以及露宿野外的帐篷;外皮下面的绒毛经过槌打后可以做成一种毛毡,不仅可以用来填充枕头或垫在床下,还可以作为吸水的材料放在婴儿的襁褓中;长毛可搓成结实的绳;肌肉里的腱可做成很多股腱绳;膀胱、胃还有肠可用作水罐、汤盆、存放食物的容器,或是不透水的雨披……没有什么是可以浪费的。

猛犸还有一样无价之宝,就是它身上的脂肪。这些脂肪一是可以补充人们能量所需的卡路里,不仅可以保证冬季时新陈代谢需要的热量,还保证人们在温暖季节里有充足的活力;二可用作鞣制毛皮的油脂。家族平时虽然也能猎取许多动物,比如鹿、马、吃草的原牛、野牛、兔和鸟,但这些无一例外都很精瘦,根本没什么脂肪可用;三,它是石灯的燃料,发光的同时还能发热;四,它可当做防水的材料,也可作为油膏、软膏以及润滑剂的介质;最后,有了它可以很容易地点燃潮湿的木头,可以使火把长时间燃烧,甚至可以在缺乏木材的时候作为燃料烹煮食物。猛犸脂肪的好处简直一言难尽。

每天,妇女在工作时总会观察天空。如果天气晴朗,又有风的帮助,大约七天就可把肉晾干。她们不需生起火堆用烟熏肉——因为在寒冷的北方不必担心有丽蝇来叮肉。燃料在这个北方平原上很是缺乏,不像山洞附近的山麓一带有大量的树林,甚至比不上一些南方的草原。因为南方气候温暖,即便是平原上也生长着许多树木。除了晴朗的天气,天空有时多云,有时阴沉,间或还会降下雨雪。在这些天气条件下,切成细条的肉要花三倍的时间才能彻底干燥。就算强风夹杂轻轻的干粉状雪打在人的脸上,并不会对人们构成什么大问题。可一旦天气异常地增温增湿,肉就完全无法继续晾晒。所以她们殷切盼望的是干燥、晴朗又寒冷的天气。只有在队伍离开前把肉都晒干,才有可能把堆得像一座山似的猛犸肉顺利运回山洞。

猛犸的皮肤厚重多毛,下面一层厚厚的脂肪有血管、神经和毛囊附着,必须从表皮上剔除干净。切成了小块的脂肪放在皮罐内,放在火堆上可熬出油。把油灌进一段洗净了的大肠,再把大肠两端扎紧,就成了携带方便的油肠。将带毛的猛犸皮割成适中的块,紧紧地卷起来。冻硬后的皮卷更便于带回山洞。这样在入冬后,家族就可以在山洞里从容地给皮革去毛和鞣制。一对象牙被锯了下来,摆放在营地里,象征着家族的荣耀。它们也将被带回山洞。

在妇女们辛勤工作的日子里,男子们不是去捕猎小动物,就是漫无目的地东看西看。他们的驻地自从移到了河边,虽然方便了一些,但也招来了棘手的麻烦——那些食腐动物也跟着队伍来到了新的营地,使家族的人不得不日夜看守晾在绳上的肉片。一头身带斑点的成年鬣狗最为可恶。它被赶走过几次,但仍不死心地潜伏在营地边缘。男人们也不太热衷解决掉它,因此总是被它逃脱。这头面相凶残的畜生非常狡猾,一天里能好几次满嘴叼走晾晒着的猛犸肉。妇女们对此很是头疼。

爱菠拉和奥茄正着急地把最后一大块猛犸肉切成薄片好晾在绳子上;尤蔻和奥芙拉在把熬出的油灌进一段大肠;爱拉在河边冲洗另一段大肠。河的两侧已结了一层薄冰,但河水仍在流动。男子们站在象牙附近,讨论要不要用弹石带猎几只跳鼠。

布拉克坐在他母亲和爱菠拉的身边玩着石子,不一会儿就玩腻了。他站起来,想到附近找些好玩的东西。妇女们这时都各自忙着,没有留意到他正走向广阔的大草原,更没发现已经有一双眼睛盯上了他。

当营地每一个人听到布拉克恐怖的高声尖叫时,都一下子看了过来。

"我的宝贝孩子!"奥茄哭喊着,"鬣狗把我的孩子叼走了!"

这头可恶的鬣狗不仅是食腐动物,更是食肉动物,总在伺机攻击警惕性不高的小孩或老人。现在,它强有力的下颚正咬着孩子的手臂,拖着男孩小小的身子想迅速逃跑。

"布拉克!布拉克!"勃劳德一边追赶鬣狗,一边大声呼喊,身后跟着其余的男人们。他伸手去取弹石带——他离梭镖太远够不着。他停下来,拾起一颗石子射出去时,鬣狗还在射程范围内。

射出的石子只飞了短短的距离就落了地。“不！竟然没有打中！”勃劳德大叫一声，眼睁睁看着鬣狗继续拖着男孩逃跑，绝望地喊着，“布拉克！布拉克！”

忽然间，从另外一个方向传来了啪、啪两声。接连射出的两颗石子不偏不倚射中了鬣狗的头，鬣狗应声倒地。

勃劳德先是诧异地张大嘴巴。当他看到爱拉向放声哭喊的孩子跑去，手里竟拿着弹石带和两颗待射的石子时，他的诧异变成了震惊。鬣狗一直是爱拉猎杀的对象。爱拉也曾仔细研究过这种野兽，在熟悉它的习性和弱点后进行了无数实践。久而久之，追捕这种动物已经成了她的第二天性。当她刚才听到布拉克尖声的叫喊时，她来不及考虑事态的后果，就匆忙拿出弹石带，弹射出两颗石子。当时她只有一个想法，就是阻止鬣狗把布拉克叼走。

直到她走到孩子身边，把他的手从死去的鬣狗口中松脱出来，转过脸发现一双双眼睛正在注视着自己时，她像受了当头一棒，猛然醒悟过来。她的秘密泄露了。是她自己出卖了自己。他们知道她会打猎了。她开始感到一阵阵寒意，心里想，他们会怎么惩罚我呢？

爱拉抱起孩子，避开那些表示难以置信的眼神，向营地走来。奥茄也从过度惊吓中缓了过来，不顾一切地跑向爱拉，张开手臂感激地从女孩手里接过婴儿。当她们回到营地后，爱拉尽量低着头，不去理会周围的目光，开始专注地检查起孩子的伤势。布拉克的手臂和肩膀已经血肉模糊。上臂虽然骨折，但只有一处断裂，已经很值得庆幸了。

她没有做过接骨手术，只是看伊扎做过，不过伊扎曾告诉过她，该如何紧急处理骨折的病人。但伊扎的手术对象一直是猎人们，从没接触过婴儿骨折的病例。爱拉不动声色地作了决定。只见她把火拨旺，开始烧一壶水，还取来了药袋。

男人们依旧一言不发，他们还没从刚才的吃惊中回过神来。他们不能，也不愿接受刚才目击的一切。勃劳德有生以来第一次对爱拉心怀感激，他原以为自己配偶的儿子没有生还的可能了。他松了一口气，脑子里仍是刚才惊险的画面，暂时顾不上考虑其他。相比之下，此刻布仑心里装的东西要复杂得多。

这位首领很快就领悟到事态的严重性。他知道，摆在面前的是一个他不可能作出的抉择。根据家族传统，也就是家族的法纪，任何使用武器的妇女都要被处以死刑。这条法令清清楚楚，不论情况如何特殊都没有商量的余地。且正因为它历史悠久且为人熟知，因此无数代过去了，未曾有一人触犯此法。关于妇女不得使用武器，一直流传有一个传说，说妇女们曾经一度掌控着通往神鬼世界的大门，没想到后来妇女们被男人们战胜，局面才变成了今天这样。

“女性不得使用武器”的习俗是造成家族里男人女人显著差异的力量之一,因为这条习俗使妇女永远依赖于男人,不会有“想要打猎”这样的非分之想。经过无数代的淘汰,只有“正常”的女性行为和态度得到了保留,造成的结果就是,可适应性被慢慢削弱。而这个特性对种族的延续至关重要。尽管家族里一直没有出现离经叛道的妇女,但家族的这条习俗和法纪依然有效。不过话又说回来,爱拉并不生于本家族。

布仑也深爱勃劳德配偶的儿子。这位严肃惯了的首领只有在与布拉克在一起时,才会露出和蔼可亲的一面。这个婴儿可以对他为所欲为:扯扯他的胡须,好奇地用手指戳他的眼睛,或是把唾沫吐在他身上——他却一点也不在意。当这位骄傲的首领用僵硬的手臂抱着小孩,当他看着孩子安稳平静的睡脸,他的心仿佛被融化了一样,充满了从未有过的温柔缱绻。他毫不怀疑,如果爱拉不杀死这头鬣狗,布拉克绝无生还的希望,他又怎么能把挽救布拉克生命的爱拉判处死刑呢?她用武器救了布拉克,却要为了使用武器而受死。

她怎么能用弹石带杀死鬣狗?他有些难以置信。这头野兽已在弹石的射程之外,而且她与野兽之间的距离比男人们还要远。死去的鬣狗一动不动地躺在原地。布仑走到尸体旁边,摸摸鬣狗头上致命的伤口,那里的血马上要凝固了。怎么回事?竟然有两处伤口?他简直不敢相信自己的眼睛。他回想起来,自己当时似乎是看见两颗石子飞过。这个女孩怎么会有这么大的本事呢?不但佐格做不到,他从来就没见过有谁能如此快速地接连发射两颗石子,不但准度惊人,力度也是一流。没有足够的力量,是不可能在如此远的距离外杀死一头鬣狗的。

据他所知,没有人曾用弹石带杀死过一头鬣狗。他一看到勃劳德企图用弹石带射杀鬣狗,就知道他是在浪费力气。佐格一直强调,用弹石带是可以杀死一头鬣狗的。虽然布仑心里对此一点也不相信,但他从不反驳佐格。佐格对家族仍有很大价值,他没必要因为这个把关系弄僵。如今,佐格已被证明是正确的了。不过佐格还曾信誓旦旦地保证,说还可以用弹石带射死一头狼或是一头猞猁。难道真的有可能吗?布仑陷入沉思。忽然,他睁大了眼睛,但很快又眯成一条缝。如果用弹石带真的可以杀死一头狼或一头猞猁,当然更足以对付一头狼獾、一头野猫、一头獾、一头雪貂或是一头鬣狗!布仑的思维飞快地运转着。近期在山洞附近发现的许多被杀死的食肉动物一直困扰着他,但他觉得自己已经得出答案了。

“我早该猜到!”布仑边想边做手势,情绪非常激动。那些食肉动物都是爱拉杀死的!她一定狩猎了很长时间,否则怎会有如此高超的技术?但她是一名妇女，就算可以不费力气就学会妇女的技术，也不可能学会打猎啊？而且她为什么只杀死食肉动物，而且是极危险的食肉动物？布仑心里一下冒出更多疑问。

如果她是一名男子，将会是每个猎人嫉妒的对象。但爱拉毕竟不是男子。作为女性，她使用了武器，就必须为此付出生命，否则会激怒神灵。可真的会吗？她狩猎了很长时间，难道神发怒了吗？神不但没有发怒，反而对我们满意，要不我们这次怎么能如此幸运地杀死了一头猛犸，而且没有一个猎人在狩猎中受伤。

迷惑不解的首领摇了摇头。神啊！我读不懂你们。我真希望大莫格乌现在在这儿。德路盖曾说过，她能带来好运。现在我有点相信他说的是对的了。自从我们捡到她，家族确实一帆风顺起来。如果神如此钟爱她，那么将她处死是不是不太妥？可这是家族的族规啊！他陷入极度的痛苦。她为什么是被我的家族发现的呢？就算她带来了好运，她同时也带给我空前棘手的难题。我必须先与大莫格乌商量后才能作出决定。还是暂且先搁置这件事，等回到山洞后再作打算。

布仑迈着大步回到营地。这时爱拉已给男孩服用了镇痛药使他睡下，然后用消毒溶液清洗伤口，再接好了骨头，把骨折的手臂放在润湿了的白桦树皮模具里。模具将在干燥后变直变硬，能够对断骨起到固定的作用。因为担心男孩的手臂过于肿胀，她只得一直守在旁边。她看见布仑察看了鬣狗的尸体后返回营地，当他走近自己时，她害怕得哆嗦了起来。但他就这样从她身边走过，没有任何表示，好像完全忽略了她的存在。她意识到，只有在返回山洞之后，她才能知道自己将面对的是什么命运。

15

当季节反向变化，从冬季又回到秋季时，狩猎队伍开始往南面旅行，返回山洞。北方原野上空黑云密布，空气中能闻到雪的味道，催促他们赶快离开；如果继续留在半岛北部，将很有可能第一次领教真正意义上的暴风雪。半岛南端温暖但不稳定的气候会让他们误以为春天将至。而在这里，他们看不到冒新枝的绿树和含苞待放的野花。大平原上，茂盛的牧草在翻滚着金色的波浪；温带树木的树冠上绯红色和琥珀色的花朵镶嵌在绿叶之中，仿佛是一块拼凑成的花布。不过从远处看到的类似景色，极具欺骗性，因为到近处看时可以发现，大多树木都已落叶。这种萧索的气氛在暗示，肃杀的冬天已经不远了。

家族人返回山洞所花的时间要比去时长得多。因为去时队伍是轻装上阵,可以急行,回来时因为增加的负重而步履艰辛。队伍中,爱拉心里的负担比身上背的猛犸肉还要沉重:内疚、忧虑还有沮丧重重地压在她的心头。虽然至今也没有一个人公开谈论此事,但谁也没有忘记。有时她偶尔会瞅见有人在看她,但当她转过去和那人的目光相接时,那人便会立即避开她的目光。除非是必要,没有一个人会上前跟她说话。从未有过的孤独和寂寞包围着她,这比恐惧更令她难受。看到已经几乎没有人肯跟她交谈,她心里已经清楚,等待她的是什么样的惩罚。

留守在山洞的人们日夜盼望狩猎队伍能早日归来。从他们预测队伍可能到达的最早那天起,他们就在山脊附近设了一个哨所,从这里看出去的大草原一览无遗。每天都会有一人在哨所瞭望,多数时候是一个孩子。

这天,轮到了伏恩。一大早他就到了山脊的哨所上,认真地远望草原的全景。可不久他便感到无趣了。他不喜欢自己一个人,想和鲍格一起玩。百无聊赖下,他把自己想象成一个猎人,假装在打猎。他把他那支小型梭镖戳进土里,几次就把用火硬化过的镖尖磨掉了。他玩得起劲,无意中往山下瞥去,只看见大草原上一行人浩浩荡荡,不是别人,正是狩猎归来的队伍。

"象牙!象牙!"伏恩高声嚷着,跑回山洞。

"什么象牙?"阿葛问,"你说的'象牙'是什么意思?"

"他们回来了!"伏恩激动地做着手语,"布仑和德路盖,还有其他人。我看见他们背着象牙回来了!"

山洞里的人没等他说完就都跑到大草原上,迎接凯旋的猎人们。但当他们离猎人们越来越近时,就一眼看出有些不对劲。狩猎既然成功,猎人们理应是兴高采烈的,但眼前的他们却步伐沉重,情绪消沉,布仑更是铁青地板着脸。赶来的伊扎一眼就在人群中找到了爱拉。她一看爱拉的样子,就立刻猜到一定有什么可怕的事发生在她女儿身上了。

狩猎队伍将走在后面的那些人背负的猛犸肉卸下一部分给迎接他们的人们。当爱拉低着头吃力地爬上山坡,不理会旁人投来的躲闪的眼神时,大家就一眼看出,问题出在爱拉身上。伊扎震惊了。她之前再怎么为爱拉不受家族规矩的行为犯愁,也比不上她现在所感到的恐惧——就像是措不及防被一支冷箭射中,全身都变得冷冰冰的。

一行人进入山洞后,奥茄和爱菠拉把孩子带到伊扎那里。伊扎割开桦树皮的模具,对男孩做了一番检查。

"他的手臂将会恢复得像过去一样好,"伊扎说明检查结果,"虽然会留下疤痕,但伤口正在愈合,而且手臂的骨头也接得很好。我会给他换一套固定的模具。"

两个妇女听完松了一口气。她们当时别无选择，只能让没有经验的爱拉去处理布拉克，因此十分放心不下。一名猎人需要两只强壮有力的胳膊。如果布拉克的一条手臂残废，那么即使他的血统可以继承，家族也不可能让他当首领。如果他不能打猎，他将不能成为一名合格的男子。作为一个已经在年龄上成熟却未能做出第一次杀伤的老男孩，他将无所作为地了却此生，被人遗忘。

布仑和勃劳德听到伊扎这样说，也都放下了悬着的心。但对布仑来说，他的感情更加复杂，也更加困难作出决定。爱拉不但救了布拉克的命，还确保了他将来不会残疾。这件事已经拖得够久，该要决断了。他对大莫格乌做了一下手势，两人一起走了出去。

布仑向克莱伯介绍了事情的经过，克莱伯犯难了。抚养和教育爱拉是他的责任，显然他在这方面失败了。但这不算什么，因为还有令他更头疼的事。当他第一次听说猎人们经常发现树林里有被打死的野兽时，总隐隐觉得此事与神无关。当时他甚至怀疑过是不是佐格或其他人精心策划的一个恶作剧，为了戏弄家族里的猎人们。虽然看上去似乎不可能，但他的直觉告诉他，这些野兽的死亡是人类造成的。他当时也留心到爱拉身上的变化。他现在仔细回忆，觉得爱拉的确很可疑。妇女走路时不会像猎人那样蹑手蹑脚。她们走路时响声很大，这是合情合理的。可是爱拉不止一次因为悄无声息地走近他而使他吓了一跳。他又想起了另外一些事情，虽说微不足道，但也早该引起他的怀疑了。

可他为什么没有怀疑她？因为他的爱蒙蔽了他的双眼。因为他太了解后果的可怕，所以他不让自己胡乱猜测，不愿相信她会去打猎。自责心切的老巫师开始拷问自己的正直，觉得自己愧对了大莫格乌的称号。他扪心自问，发现自己一直把女孩的利益放在了第一位，而没有首先考虑家族能否得到神明的庇佑。他痛心疾首，很多事已经不能确定。他是不是仍为家族人所信任？是不是配得上伟大的乌萨斯图腾？他还能问心无愧地当大莫格乌吗？

克莱伯把她的大逆不道归咎于自己的管教不力。他当时就应该审问她，不该让她随心所欲地游逛，应该对她更加严苛地管束。但现在他再怎么扼腕叹息，也丝毫不能改变接下来将要发生的。对爱拉的处分虽然是由布仑决定，但执行处分却是他的任务。也就是说，他将要亲自处死他一直疼爱的孩子。

“我们只是猜测她曾经杀死过许多野兽。”布仑说，“对于这个我们还要经过审问她才能决断。但她打死了一头鬣狗，而且她有一条弹石带，这些都是确凿无疑的。她肯定要通过猎捕动物来练习，否则不可能有那么高的水平。她使用这种武器竟比佐格还要出色，大莫格乌你能相信吗，她可是一个女的！她到底是怎么学会的？我以前曾怀疑她身上有男性的特质，而且不只我一人这样认为。她还没有发育为一个妇女，但已经和男人一样高了。你觉得有没有可能，她永远都不会发育成妇女？”

“爱拉是女的，布仑，而且总有一天她会发育成一个妇人的——同其他任何女孩一样。她是一个女性，一个会使用武器的女性。”巫师挺着下巴，表情坚毅严肃——他不允许自己落入错觉。

布仑见状，只好说：“我无论如何还是想知道她是从什么时候开始打猎的。不过这个问题可以等到明天早晨再问。经过这番旅行，我们都累了。请你告诉爱拉，明天早晨我们要审问她。”

克来伯瘸着腿回到山洞，但他没有进入自己的火塘，而是站在火塘前用手势告诉伊扎，让她通知爱拉明天早晨接受审问。随后，他进入他的小洞室，整夜都没有回到他的火塘。

妇女们心情复杂，茫茫然地目送男人们走向树林，没有人说一句话。爱拉就跟在男人们后面，心里很忐忑。她知道自己打猎不对，但一直不知道究竟会有多严重的后果。她自问：如果当时我知道会有什么后果，我会不会放弃学习打猎呢？不，我的选择不会改变，我是无论如何都一定要打猎的。但我真的不想被恶鬼驱赶，逼我去神鬼的世界。她想到这里，不禁打起了寒战。

女孩有多崇拜图腾，就有多害怕恶鬼。看不见摸不着的恶鬼邪恶至极，即使是穴狮之神也不一定能替女孩抵挡。女孩心想，一定是我弄错了。我的图腾明知道我会为此送命，又怎么可能会给我启示，让我去打猎。也许当我第一次拾起弹石带时，图腾就已经选择离开我了。她不敢再往下想了。

男人们来到林间一块空地。布仑坐在中间，其他人坐在他两边的圆木和大石上。爱拉走到布仑面前，扑通一声跪倒在布仑脚边。布仑敲敲她的肩膀，允许她抬头看着他，开始单刀直入地审问。

“爱拉，你是不是猎人们在找的那个杀死了食肉兽的人？”

“是的。”爱拉平静地点点头。男人们大失所望，他们原以为她会回避这个问题。爱拉心想，秘密既然已被揭露，就没有继续隐瞒的必要。现在的她比任何人都要坦然。

“你怎么学会使用弹石带的？”布仑问。

“我从佐格那里学来的。”爱拉答。

“佐格！”布仑重复了一声。所有在场的人都用责备的眼神看向那位老人。

“我绝没有教过这个女孩使用弹石带。”老人迫不及待用手势为自己辩护。

“佐格当时并不知道我在向他学习。”爱拉也迅速做出手势，为使了一辈子弹石带的老猎人辩解，“我是从隐蔽处偷看了佐格训练伏恩。”

“你打猎有多长时间了？”布仑接着问。

“我从开始打猎到现在,已经过去了两个夏天。前年的夏天我只是在练习,并没有打猎。”

“我训练伏恩使用弹石带正是用了两年的时间。”佐格插话。

“我知道,我是与伏恩同一天开始学习的。”爱拉说。

“爱拉,你知道伏恩是什么时候开始学习的?”布仑不能理解为什么她回答得如此笃定。

“因为当时我在场,我一直看着他。”

“你说这话是什么意思?你也在场?你在哪儿?”布仑着急了。

“在练习场上。那天伊扎派我出去采野樱桃树的树皮。当我到那儿时,却发现了你们。”她解释说,“伊扎急需樱桃树皮,而我又不知道你们要停留多长时间,所以我只能等,然后就看到了佐格给伏恩上第一课。”

“你真看见佐格给伏恩上第一课了?”勃劳德打断她,“你敢肯定,那是他的第一课吗?”勃劳德对那天仍记忆犹新,听到爱拉的回答生怕她真的看见了当时的场景,脸因为又羞又急涨得通红。

“是的,勃劳德。我肯定。”

“那你另外还看见些什么了?”勃劳德的眼睛已经眯成了一条缝,因为焦急省略了部分手势。布仑也忽然想起那天在练习场上发生的不愉快。当想到一个女性可能目睹了那一切时,他非常不高兴。

爱拉犹豫了一下:“我看见其他男人也在练习。”她本来不准备正面回答这个问题,但当她看到布仑的目光变得愈加严厉时,她不得不和盘托出,“我还看见勃劳德把佐格推倒在地,然后你对勃劳德大发脾气,布仑。”

“你说你看到了!你真的看到了整件事的全过程吗?”勃劳德顿时羞愧难当,铁青着脸气急败坏地追问她。为什么,为什么家族里那么多人,却偏偏被她看到?他越想越觉得难堪,越想越怒火中烧。她竟然看到布仑对他最严厉的斥责。他想起了那天自己因为射不中靶子而出的丑,然后马上联想到自己没有射中那头鬣狗,那头最后被她射杀了的鬣狗。这个女人,就是这个女人,使他颜面尽失。

勃劳德之前对爱拉那一点点的好感和感激已全都不复存在了。现在的他一心想的,是只有把她处死,方能解他心头之恨。这是她应得的下场。他不能接受让这个目睹过他奇耻大辱的女人继续活下去。

布仑望见他配偶的儿子脸上的表情,几乎可以知道他心里在想什么。他想:太糟糕了,过去本来有机会可以消除他们两人的积怨。不过现在这已经不重要了。他继续审问爱拉。

“你说你与伏恩同一天开始练习弹石。你再详细说一下。”

“当你们离开后,我走进了练习场,看见了勃劳德扔在地上的弹石带。

大家因为你发怒,所以离开时都没有注意到那条带子。我当时也不知怎么会想到,也许我能用它。因为我看到过佐格示范,所以就试了试。开始时一点也不容易,但我练习了整整一个下午,甚至忘了时间。那天下午,虽然我射中了一次目标,可我心里知道那只是碰巧罢了。但我认定,如果我继续练习,就一定会再次射中。于是我留下了弹石带。”

“那么我想,你一定也是从佐格那里学会制作弹石带的吧?”

“是的。”

“你刚才说,那一年的夏天你都在练习?”

“是的。”

“然后你就决定利用它狩猎了吧?但你为什么只猎杀食肉动物呢?那样不是更困难也更危险吗?我们在山洞附近发现了许多死狼,甚至死猞猁。佐格总是说,可以用弹石带杀死这些食肉动物,而你也证明了他的话是对的。但是你为什么要那样做呢?”

“因为我知道我不可能将猎物带回山洞。我本来是连武器都不该碰的。但是我无论如何都想尝试打猎。因为食肉动物常常偷走我们的肉,所以我想,杀死它们也许能对家族有好处。而且因为我们不吃它们的肉,所以弃尸山野也不算浪费,所以我决定只猎杀它们。”

她的解释消除了布仑对她“为什么只杀食肉动物”的疑问。但是他仍然不明白,她为什么想要打猎?她是一个女性——照理来说,没有一个妇女会想去打猎的。

“你应该知道,从如此远的距离射杀一只鬣狗是很危险的,因为一旦闪失就会射中布拉克。”布仑说。其实他当时曾准备用他的流星锤,但流星锤的大石块也很有可能误杀孩子。不过布仑考虑,就算孩子因为头盖骨被流星锤击碎而瞬间死亡,也好过被鬣狗叼走吃掉。因为这样至少能埋葬孩子的尸体,再用宗教仪式将他送往神鬼世界。如果孩子真被鬣狗吃了,运气好兴许能发现几根孩子的碎骨头,运气不好则很有可能尸骨无存。

“我知道我不会射偏。”爱拉简单回答。

“你就这么有把握?鬣狗已经在射程之外了。”

“它不在我的射程之外。我曾以同样的距离射杀过许多动物了。很少射失。”

“我在鬣狗头上看到了两颗石子的弹痕。”布仑做着手势。

“我是射出了两颗石子,”爱拉肯定布仑的说法,“这种射法是我受到猞猁的袭击后自己摸索出来的。”

“你受到过猞猁的袭击?”布仑不敢相信地问。

“是的。”爱拉点点头,接着详细叙述了从那头猫科动物口中侥幸逃脱的经过。

布仑接着问："那你的射程能达多远？不，你不用回答，直接演示一遍给我看吧。你身上有弹石带吗？"

爱拉点了点头站起身来。他们一起走到空地的另一侧。那里有一条小河流经，河床上铺满了卵石。爱拉上前捡了几颗大小形状都很合适的卵石。虽然圆形的卵石射得最准、最远，是最理想的弹石，但有边缘参差而且锋利的碎石也足够了。

"空地另一侧有块大石。我要射中它旁边的那一小块白色的岩石。"爱拉做着手势。布仑看看她所指的地方，点了点头。这个距离比家族里所有猎人的弹石射程还要长一半。爱拉仔细瞄准，将一颗石子放进弹石带里，接着放进又一颗，几乎在同一瞬间将两颗石子弹射了出去。佐格慢跑过去检查靶子。

"白石上有两处新的石屑剥落的痕迹，说明她两次射中了目标。"佐格转身宣布结果。其实他也有一丝不敢相信，但更多的是内心升起的骄傲。

他想：爱拉是一个女孩，家族的传统规定了她不能碰弹石带，但她是好样的。她信任我，把她精湛的技术归功于我的教导，尽管我自己还一点不知道。不过，我还得向她学习一次射出两颗石子的方法。佐格的骄傲，是一个老师看到自己的学生青出于蓝而胜于蓝时，发自内心的骄傲；而他的这个学生，通过用心地学习，成绩优异，已经超过了他。而且她用实际行动证明，他关于"弹石带能杀死大中型食肉动物"的说法是对的。

布仑突然看见空地上有东西在动。

"爱拉！"他大喊，"那只兔子，快打！"

爱拉顺他手指的方向看去，看到那只小动物正蹦蹦跳跳穿过空地。她立即发射弹石，兔子瞬间倒地。已经不需要再检查她射击的准确度了。布仑用赞赏的眼光朝爱拉看了一眼，心想她的动作可真快。突然，一个念头掠过他的脑际：让妇女打猎没什么不好。虽然这个想法与家族的传统相悖，但在这位首领眼里，家族的平安、安全和富足永远是排在第一位的。只要是对家族好的，他都愿意接受。在他心里的某个角落，他已经承认这个女孩对家族而言可能是一笔莫大的财富。"不。不可以。"他忽然又自言自语起来，"我不能违背传统，违反族规。"

克莱伯可不像布仑那样赞赏她的技术。如果过去只是怀疑，那么刚才她的展示已经说明了一切：她确实一直在打猎。

"你最开始为什么要去捡那弹石带？"大莫格乌脸色阴沉地做着手势。

"我也不知道。"她摇摇头，眼睛看着地面。在这个世界上，她最不希望的就是老巫师因为自己而生气。

"而且你还不只是碰了弹石带而已。你明知道这样做不对，你还是用它去打猎,用它杀死了野兽。"

"克莱伯,我是听从了图腾给我的暗示。至少我认为这算一个暗示。"她一边说一边解开她的护身符,"当我决定打猎后,我发现了这个。"她把那块化石递给大莫格乌。

暗示?她的图腾竟会给她暗示?男人们听了惊愕不已。爱拉的剖白虽然使情况出现了转机,但大家仍然不理解她为什么决定要打猎。

巫师仔细地观察爱拉递给他的东西。这是一块非常奇特的石头,从形状看像一种海洋动物,但的的确确是一块石头。这的确可能是一个暗示,但什么也证明不了。暗示是一个人与他的图腾之间的事,别人是无法理解的。大莫格乌将化石块还给了女孩。

"克莱伯,"她辩白道,"当时我认为图腾是在考验我,看我能否承受勃劳德对我严苛的态度。我觉得只要我承受住,我的图腾就会同意我打猎。"大家纷纷把揶揄的目光投向那个年轻男人,看他有什么反应。难道真像爱拉说的,她的图腾是把勃劳德当成了对她的考验?勃劳德看上去很不自在。爱拉继续说:"我想那次猞猁对我的袭击也是一次考验。那次之后,我一直非常害怕,几乎都要放弃打猎了。但后来我又想,如果能同时射出两颗石子就大大降低危险了。这样就算第一颗没有射中,还可以及时射出第二颗。我相信这个念头也是我的图腾对我的暗示。"

"我明白了。"巫师说,"布仑,我需要一些时间入定沉思。"

"好的。也许我们都该好好思考一下。明天早晨我们再碰面。"布仑说完,又补充了一句,"不包括爱拉。"

"还要思考些什么?"勃劳德表示反对,"我们谁都知道她该受到什么惩罚。"

"勃劳德,对她的惩罚可能会对整个家族造成危险。因此在正式处置她之前,我必须确信我们没有什么疏忽或者差错。我们明天碰面时再讨论。"布仑做出手势,示意大家返回山洞。

在回山洞的路上,男人们相互交谈起来。

"我从来没听说过有妇女想要打猎," 德路盖说,"是不是跟她的图腾有关?那可是男性的图腾。"

"在这时候我不想质疑大莫格乌对爱拉的判断。过去我总怀疑她的图腾是否有误,虽然穴狮在她的腿上做了标记。但现在我不再怀疑了。大莫格乌是正确的,他永远都是正确的。"佐格说。

"她有没有可能是半个男性?"克罗格说出自己的看法,"一直有这样的说法。"

"要不怎么解释她有那么多行为不符合妇女的规范。"多夫补充了一句。

“她的确是女的，这没有什么值得怀疑的，”勃劳德说，“她必须被处死。只要是个人，都知道这点。”

“你说的有道理，勃劳德。”克罗格说。

“就算她是半个男人，我也不赞成妇女狩猎，”多夫脸色阴沉地评论，“我甚至不赞成她加入家族。她太奇怪了！”

“多夫，你知道我一直也是这样想的。”勃劳德表示赞同，“我不明白为什么布仑还要再组织一次讨论。假如我是首领，我会当机立断，哪会拖到现在。”

“这不是可以轻易作出的决定，勃劳德，”格洛德劝他，“你急什么呢？再多等一天又会如何？”

勃劳德头也不回地快步往前走，懒得回应格洛德。他想，这个老家伙总爱教训人，听不得别人说布仑的不是。为什么布仑不能马上作决定？反正我主意已定。再讨论一次又能怎么样？也许布仑已经老到不适合领导家族了。

爱拉磕磕绊绊地跟在男人们后面。回到山洞后，她径直走进克莱伯的火塘，坐在她的睡具毛皮上，怔怔地看着洞顶。伊扎好说歹说劝她吃点儿东西，她也没反应。尤芭弄不清发生了什么事，但她知道这个个子高高、长相奇怪的女孩，这个她热爱崇拜的特殊朋友正被什么困扰着。只见她走向爱拉，趴在她的大腿上。爱拉抱住她，也不说话，只是将她搂在怀中来回摇晃。很奇怪，尤芭仿佛知道自己这样能安慰爱拉似的，不吵也不闹，就让爱拉这样抱着、摇晃着自己，然后不知不觉就睡着了。伊扎从爱拉手中接过孩子，把孩子放到床上后自己也躺下准备休息。但她怎么也睡不着。她忧心忡忡，担心这个称呼她母亲的奇怪女孩。爱拉则还是坐在那儿，痴痴地盯着马上要熄灭的红彤彤的火焰。

第二天早晨，晴朗而寒冷。小河的边缘开始结冰。山洞口附近那口被泉水灌注的水潭，静止的表面上覆盖的一层薄冰随太阳升高逐渐融化。过不了多久，家族又将在山洞里度过冬季。

伊扎醒来时看到爱拉还坐在那儿，不知道她究竟睡没睡。女孩一句话也不说，好像迷失在自己的世界里，停止了思考。她只是坐在那里等着。克莱伯一夜没有回火塘。伊扎看见他拖着腿拐进黑暗的壁缝，进入他的小洞室，直到早晨才出来。男子们离开后，伊扎给女孩端来一杯茶，但女孩对她亲切的问话丝毫没有反应。伊扎过了一会儿再来看她，发现茶杯还放在她旁边，根本没有碰过，里面的茶水也已经凉了。伊扎想，她这个样子跟她死了有什么分别。伊扎觉得自己心痛地无法呼吸，已经到了崩溃的边缘。

布仑将男子们带到一块巨石的背风处。这里寒风吹不进来，而且早已生好了一堆火。布仑考虑到男人们可能不乐意待在寒冷的野外，所以选了这么个舒适的地方。他不希望讨论时有人敷衍了事，他想了解他们心里全部的想法和意见。他宣布会议开始，所用的手势一般用于对神灵的致辞。布仑是想告诉他们，这不是一次临时的集会，而是一次正式的会议。

布仑率先发言："女孩爱拉是我们家族的一个成员，她用弹石带杀死了一头袭击布拉克的鬣狗。三年来，她一直在使用这种武器。因为爱拉是女性，根据家族的传统，女性使用武器就必须处以死刑。对此，大家有何看法？"

"德路盖要发言，布仑。"

"德路盖可以发言。"

"当女巫医发现这个女孩时，我们正在寻找新的山洞。在此之前，神对我们发怒，降下地震，毁了我们的家。但大家有没有想过，也许神并没有那么生气。它们降下地震，或许只是想要有一个较好的环境，又或者，是为了想让我们发现这个女孩？她很奇异，又不寻常，不正像是图腾给我们的一个暗示吗。不可否认，自从我们发现她以来，我们一直运气很好。我想，她给我们带来了幸运，而这些幸运来自她的图腾。

"她的奇异不仅体现在她被伟大的穴狮之神选中，还体现在她喜欢待在大海里。但如果不是她奇怪的本事，欧娜早已到鬼神的世界去了。欧娜只是一个小女孩，虽然不是在我的火塘里出生，但我非常喜欢她。我差一点就要失去她了。我非常感激她还活着。

"我们觉得她长相怪异，是因为我们对她所属的家族知之甚少。她现在属于本家族，但她不是在家族里出生的。我不知道她为什么热爱打猎。在本家族，妇女的确不应该爱好打猎，但有没有可能，在她原来的家族里，妇女是可以打猎的？当然这不是理由，不能改变她犯错的事实。但如果她没有学会使用弹石带，布拉克现在也已经没命了。我简直不敢想象布拉克被鬣狗撕碎时的画面。虽然猎人有时也会被食肉动物咬死，但布拉克还只是一个婴儿啊。

"布仑，布拉克如果死了，不光将是你和勃劳德的损失，也将是家族的一大损失。如果他真的死了，我们今天也不会坐在这里，讨论如何惩罚这个女孩了。我们将因为失去了一个有可能成为家族首领的男孩而悲痛万分。我不反对女孩应该受到惩罚，但罪不至死吧？我要说的就是这些。"

"佐格要求发言，布仑。"

"佐格可以发言。"

"德路盖的话很对；我们怎么能把救了布拉克一命的女孩处死呢？她是怪异，她是没有出生在我们家族，可能她的思维方式也同本家族的妇女不同，但抛去她使用弹石带的事实，她的行为举止都称得上是妇女的模范。她表现了家族妇女应有的美德，不但顺从，还对人尊敬……”

“不对吧！她不仅叛逆，而且傲慢无礼。”勃劳德粗鲁地打断佐格。

“现在是我在说话，勃劳德。”佐格恼怒地回敬勃劳德。布仑瞪了勃劳德一眼，勃劳德只得强忍着没有发作。

佐格继续刚才的话：“勃劳德，其实你说的也没错。当她还年轻时，对你的确有点傲慢。但都是你自己造成的，怪不得别人。你的行为举止就像一个孩子，因此就算她没把你当成一位成年男子，也是情有可原的。一直以来，她不只是在我面前恭敬顺从，对其他的男子也从未有过傲慢的表现。”

老猎人的话把勃劳德气得吹胡子瞪眼，但他还是克制住爆发的冲动。

“就算我说的不全对，”佐格往下说，“我还是要说，我从来没有见过有人有她那样高超的弹石水平。她说她是从我这儿学会的，对此我压根就不知道。但是我可以公开地说，我做梦都想有一个像她那样聪慧的学生，而且我必须承认，我现在反倒要向她学习了。她想为家族打猎，事实却不允许她这样做，于是她就想到要从另一个方面来帮助家族。她出生于外族，心却属于本家族，要不她怎么总是把家族的利益放在她自己的利益之上呢？我敢说，她在救欧娜时，绝没考虑自己的安危。也许她是能在水中自如地行动，但当我看到她把欧娜带回来时，她已经筋疲力尽到近乎虚脱。这说明什么？说明当时海洋很有可能连她一起吞噬。她知道打猎是错误的，所以三年来一直死守这个秘密，但当她看到布拉克命悬一线时，她却毫不迟疑地出手相救，完全忘了秘密会就此败露。

“我没看过有人比她更精通弹石带。如果家族要浪费她的本事，简直就是家族的耻辱。要我说，应该让她为家族造福，让她打猎……”

“不！不！不！”勃劳德忍不住跳起来打断佐格的发言，“她是个女人。女人不能打猎……”

“勃劳德，”这位自尊心很强的老猎人说，“我还没有讲完。等我讲完后，你可再要求发言。”

“让佐格讲完，勃劳德！”首领警告他，“如果你在正式会议上还不检点你的举止，你现在就可以离开这里！”勃劳德听了只得坐下来，辛苦地控制着自己。

“弹石带并不是什么重要的武器。我是在自己年纪大到耍不动梭镖后，才开始练习提高我的弹石水平。其他的一些武器才是真正属于男人们的武器。我觉得，索性允许她打猎，但只限于使用弹石带。至少可以让弹石带这一种武器成为老年男人和妇女使用的武器。我的发言结束了。”

布仑说：“佐格，你我都很清楚，弹石带比梭镖更难掌握，有一条强壮的手臂就可以使好梭镖，却不一定能使好弹石带。有好几次我们的狩猎失败，空手而归,最后还得靠你用弹石带为家族供应肉食。你不要因为这个女孩而妄自菲薄。”

“不,要想使好梭镖,还需要有强壮的腿、良好的心肺功能和杰出的胆识。”佐格说。

“当这个女孩从一头猞猁的袭击下死里逃生，后来依然还敢独自一人拿着弹石带射杀猞猁,女孩的勇敢简直难以想象。”德路盖忍不住附和佐格,“我赞成佐格的建议，可以允许她只使用弹石带打猎。神明应该是不会反对的;其实爱拉一直在给我们带来好运。我们这次猛犸狩猎的成功不正说明了这点吗?”

布仑说:“我不确定我们能否作这样的决定。我连让她不死的理由都想不出来,更别说允许她打猎了。佐格,你是知道的,这是家族的传统。也从来没有过这种先例;神真的会同意吗?再说,你怎么能出这么个主意呢?家族的妇女从不打猎。”

佐格说:“是的,家族妇女从不打猎,但是这个女孩能打猎。如果我不知道她能,如果我不是亲眼看见,我甚至根本不会有这样的想法。总而言之,我想说的就是,让她继续做她一直在做的事。”

布仑问:“大莫格乌的看法呢?”

“你以为他会说什么,她住在他的火塘里!”勃劳德恶狠狠地插话。

“勃劳德!”布仑忍无可忍,“你是想说,大莫格乌在爱拉的事上会不顾家族的利益,首先考虑他自己的感情和他自己的利益吗?你别忘了,他是大莫格乌,是家族唯一的大莫格乌!你凭什么以为他会分不清事情的对错?”

大莫格乌开言说:“不,布仑,勃劳德的质疑很有道理。我对爱拉的感情众所周知,要让我忘记我很爱她的确也很困难。我希望让你们知道,即使我会努力把私人感情放到一边去,我依然不能确定我是否能真正做到。布仑,自从你们狩猎回来后,我就一直在禁食和沉思。就在昨天晚上,我突然发现了一部分未知的记忆。为什么昨晚才发现,也许是因为之前的我从未认真想要寻找。”

“很久以前,当我们的家族还不存在时,妇女会帮助男人们狩猎。”大莫格乌说到这里，听众中出现了一阵难以置信的吸气声。大莫格乌接着说,“这是真的。我们接下来要举行一次宗教仪式,我会将你们的记忆带回到那个时代。那时的我们正开始学习制造工具和武器,一生下来就遗传了与现在相似但又有所不同的记忆,其中就包括‘妇女和男子们共同狩猎’。当时的妇女们并不总是需要由男人们供养,她们像一头头母熊,独自狩猎,使自己和孩子们能够生存。

“只是到了后来，男人们开始为供养妇女和她的孩子们打猎。再后来，妇女和孩子们就干脆在男人的庇护下生活,全靠男人们供养。当男人们开始供养和照顾妇女以及孩子们,家族应运而生,并促进了这种供养关系的稳固。如果一个孩子的母亲因为外出觅食而遭遇不测,那么孩子最终也会饿死。一直到人类停止了互相杀戮,学会了互相合作,共同狩猎,家族才开始真正的兴旺发达。但就算到了那时候,有些妇女仍然会去打猎,因为当时的她们是与神对话的人。

“布仑,你说错了,妇女打猎的先例早已有了。家族的妇女以前就会狩猎。当时神也同意她们狩猎。不过它们与现在的图腾之神不同,它们是远古时代的神。虽然它们很强大,但很久以前就隐退了。我不敢肯定,是否应当称它们为‘家族之神’。就算不这样称呼,过去的我们也应当尊敬和崇拜它们,而不是一味地害怕。它们绝不邪恶,只是非常强大而已。”

男人们惊呆了。大莫格乌所讲的事发生在那么遥远的古代,他们几乎一点也回忆不起来了。对他们来说,那个年代的事已几乎被完全遗忘,好像是记忆里崭新的一页。但大莫格乌刚才的叙述又使他们依稀想起了那时候的害怕,不止一个人被吓得哆嗦。

大莫格乌又说:“我猜想,现在家族里出生的妇女也许也会有想打猎的念头,但是我确定,她们已经不会打猎了。因为年代隔得太久,妇女们已经发生了改变,就像男子们有了改变一样。不过爱拉与我们不同。她作为一个外族人,与我们的差异比我想象中要大得多。因此我想,让爱拉打猎没什么不妥,只要她不影响其他妇女。妇女们知道她在打猎,和她想要打猎之后,和我们一样感到了震惊。我没有什么要说的了。”

布仑问:“还有谁要发言?”大家提出那么多新的想法,他有些应接不暇。

“古夫要求发言,布仑。”

“古夫可以发言。”

古夫说:“我只是大莫格乌的一个助手,不像大莫格乌知道那么多。但是我想,也许是因为他很努力地想把他对爱拉的感情放在一边,所以他忽略了一个方面。他专注的是回忆,而不是女孩。也许他是害怕被爱心蒙蔽,使他不能理智地判断——他没有提到她的图腾。”

“你们是否想过,为什么那个强大的男性图腾会选中这个女孩?”他自问自答,“穴狮是除乌萨斯外最强大的图腾,甚至比猛犸还要强大。它猎食猛犸,虽然仅限于那些幼小的和年迈的,但穴狮的确会杀死猛犸。穴狮不猎食猛犸……”

布仑被他弄糊涂了,忍不住做手势打断他:“古夫,你的话自相矛盾了。你一会儿说穴狮猎食猛犸,一会儿又说不猎食。”

古夫说:“我说的是公穴狮不猎食猛犸,而母穴狮猎食猛犸。当我们说到保护图腾时,常常会忽略穴狮的性别。的确,公穴狮是保护图腾,但谁是猎手呢？世上最强大的食肉动物,最强大的猎手不是公穴狮,而是那些母狮!是女性!难道不是母狮把它捕获的猎物带给它的配偶吗?公狮虽然也能猎杀,但它的任务只是在母狮出去捕猎时保护幼狮而已。

“公穴狮之神竟然选中了一个女孩，是不是很奇怪？可有没有人想过，可能她的图腾不是公穴狮,而是母穴狮呢?难道母狮不是猎手吗?这样不就可以解释为什么这个女孩想要打猎了。也许给她暗示的是母穴狮,在她左腿上留下标记也是母穴狮。如果她有这样的图腾,那么她能打猎就不足为怪了。我不敢说这样的解释一定正确,但你们必须承认这解释有凭有据。不论她的图腾是公穴狮还是母穴狮,如果她命中注定要打猎,又是我们能够阻止的吗？我们难道能拒绝她强大的图腾的旨意吗？我们敢因为她遵从了图腾的意愿而把她处死吗？我的话说完了。”

一个一个新想法已经把布仑弄得晕头转向。他需要时间思考,理清思路。母狮当然是猎手,但是又有谁听说过雌性动物可以作为图腾?所有的神灵,所有的保护神都是雄性的,难道不是吗？但只有像古夫这样长时间与神打交道的人，才能说出这个打猎女孩的图腾是和她一样会捕猎的母穴狮。布仑听到古夫说,处死女孩可能会违背她强大图腾的意愿,顿时更加如坐针毡。

妇女可以狩猎,这个全新的概念是多么特别又发人深思。它使一部分男人发生了争吵,也不知不觉推动他们从满足现状的、固执保守、业已界定的世界观向前迈进了一小步。每个人的观点都是根据他们注意到的事实再加上了自己的想象，但布仑必须把这些又多又复杂的概念综合起来考虑，他感到有些力不从心。他觉得自己在作出判断前有责任把每一方的意见都考虑到。他希望能有时间再仔细思考,但又不能拖得太久。

“谁还有想说的？”布仑想尽早结束会议。

“勃劳德要求发言,布仑。”

“勃劳德可以发言。”

“所有这些观点都很新颖有趣，很适合让我们在寒冷的冬天里好好思考。但是家族传统清清楚楚地规定,家族的女人不允许打猎,甚至不允许摸一下武器或摸一下用于制造武器的工具。不论出生在外族与否,这个女孩现在是家族的一员,当然要服从家族的规矩。我们都很清楚,她必须接受处罚。她必须死。如果说很久以前妇女们曾经打过猎,那与现在也没有什么关系了。我们既不是熊,也不是狮子,因此一头母熊或一头母狮猎食并不能说明应该允许妇女打猎。她有强大的图腾,或是她可以给家族带来好运,都与她接受处罚无关。如果有人说她弹石带打得好,甚至说她救过我配偶儿子的命，我当然不会否认，而且我也非常感激她——我敢保证我在回洞的途中曾多次这样说过，相信每个人都听到了——但也不能因为这个就违背家族的传统。执行家族的规矩是没有商量余地的，一个妇女使用了武器就必须死，我们不能改变。因为这是族规。

“这次的会议简直就是在浪费时间。布仑，除了处死她你不可能作出其他决定。我的话完了。”

多夫接着勃劳德的话说：“勃劳德说得很有道理，我们无权改变家族的传统。有了第一次破例就会有第二次，照这样下去我们很快将毫无规矩可言。只能将女孩处以死刑，女孩必须去死。”

布仑看到在场有几个人点头表示赞同。他没有立即作出回应，而是在心里想：勃劳德是对的。我还能作出其他的决定吗？她是救了布拉克的生命，但她使用了武器。虽然那天当布仑看到女孩掏出弹石带杀死鬣狗时心里更多的是感激和解脱，但他现在不这么想了。

“在作出决定之前，我会把你们的意见都考虑进去。但是现在我希望你们每人给我一个明确的答复。”男人们马上围在火堆边上，坐成了一个圆圈，把拳头放在自己胸前。表态时，如果将拳头上下移动就表示肯定——必须处死女孩；将拳头横向移动则表示否定——可以赦免女孩。

“格洛德，”布仑问他的二把手，“你觉得女孩爱拉应当死吗？”

格洛德犹豫了。他同情首领的进退两难。他当了布仑多年的副手，只要看一眼布仑的脸色就能读出他在想什么。而且这么多年来他对布仑的尊敬有增无减。现在，他看出局面已是一边倒了，便把他的拳头垂直地上下移动。

“我难道有其他的选择吗，布仑？”格洛德补充了一句，想得到布仑的理解。

“格洛德认为‘是’，德路盖你呢？”布仑转过来问这位石器制造者。

只见德路盖坚定地横向移动他的拳头。

“德路盖说‘不’，克罗格，你呢？”

克罗格看看布仑，又看看大莫格乌，最后看了眼勃劳德，然后把拳头移动向上。

“克罗格说‘是’，认为女孩必须去死。”布仑确认了一下，“古夫你呢？”

这位大莫格乌年轻的助手马上在胸前横向移动了一下拳头。

“古夫的意见是‘不’，勃劳德呢？”

勃劳德没等布仑喊完他的名字就将拳头往上移。布仑也很快就转向下一个人。他不用看也猜到勃劳德的回答。

“勃劳德说‘是’，佐格你的意见呢？”

这位年老的弹石高手正襟危坐，把他的拳头横向沿胸前来回移动，一目了然,坚决果断。

“佐格认为女孩不应该死,你是怎么想的,多夫?”

老人把拳头向上一挥,还没等他放下来,在场其他人的眼睛就都转向了大莫格乌,都想知道他的意见。

“多夫说‘是’,那么大莫格乌你呢?”布仑问。对于其他人的表态他都能猜个八九不离十,但就是捉摸不透这位老巫师的态度。

克莱伯极度痛苦。他当然知道家族的传统,也非常自责自己给了爱拉太多自由,间接纵容了她犯错。他因为自己疼爱她的心而内疚——他害怕自己会失去理智,更害怕自己会因为私心不顾自己对家族负有的责任。想到这里,他已经准备好向上举起拳头,因为他的逻辑判断告诉他,爱拉必须死。但没等他举起拳头,突然好像有人抓住了他的手,使劲地往侧面拉了一下。如果她真的被处以死刑,他一定会秉公执法,但他自己是无论如何无法给她定罪的。他不可能作出其他的选择。现在,选择权又回到布仑手上。也只有布仑一人能够决定女孩的生死。

“正反意见人数相等。”首领宣布,“虽然到最后都是要由我来作这个决定,但我还是想知道你们每人的看法。我需要一些时间来考虑每个人今天所说的话。大莫格乌说,今晚我们会有一个宗教仪式。这很好。我要祈求神的帮助。我们大家也都需要神的保护。明天早晨,我会让你们知道我的决定。爱拉到时也会知道。现在,大家都回去为宗教仪式做准备吧。”

众人散去后,布仑一个人留在了火堆旁。肆虐的狂风正驱赶着大团乌云掠过山洞附近,断断续续降下了冰冷的大雨。但这阵雨就像那即将熄灭的毕剥作响的炭火,让布仑很难察觉它的存在。天色马上要全黑了。他终于立起身,迈着沉重的脚步慢慢踱回山洞。回到山洞里,他看见爱拉仍然坐在那里。他早晨出门时就看到她坐在那里了。他心里在想,她一定猜到了最坏的结局。她也觉得,自己这次是逃不掉了。

16

清晨,家族在山洞外集合。一阵寒风从东面吹来,预示将有一场暴风雪,但天空还是万里无云。初升太阳刚越过山脊,光芒温暖耀眼,同人群阴郁的气氛形成了鲜明对比。所有人都避免与别人的目光接触,各自无精打采地垂着手臂,没有人在交谈。他们脚步沉重地走到各自的位置上。今天,他们将在这里听到早已不再陌生的外来女孩的命运宣判。

尤芭可以感觉到她的母亲在发抖。伊扎的双手因为心痛而紧紧地攥着拳头。她的孩子知道母亲颤动不是因为迎面吹来的冷风。克莱伯也站在洞口。这位严肃的老巫师的面容从未像今天这样令人生畏。他那张残缺的脸没有丝毫表情,冷酷得就像一座花岗岩雕像。他的独眼就像石头一样没有光泽。看到布仑对他发出了信号,克莱伯便跛着脚进入洞中,脚步是如此缓慢沉重,仿佛正背负着快要把他压垮的负荷。他步入他的火塘,看着那个坐在毛皮睡具上的女孩。纵使他心里有万般不情愿,他终于还是强迫自己走近了她身边。

"爱拉,爱拉。"他轻轻地喊。女孩抬头看他。"你该出来了。"女孩只是看着他,目光依然呆滞,好像没有听到他的话。"你该出来了,爱拉,布仑在等你。"克莱伯只得又重复了一遍。

这回爱拉点了点头,站起身来。由于她坐得太久了,猛然站起来才发觉自己双腿僵硬有点不听使唤。她神不守舍地跟在老人后面往外走,仍然没有说话,低头看到地上依稀可辨过往的人们踩踏后留下的痕迹——脚跟和脚趾的印痕、宽松的皮革鞋套踏在地上的模糊轮廓、克莱伯的手杖拄在地上的圆形压痕,还有他拖着跛腿走过时留下的凹沟。当她看到地上突然出现了布仑那双被满是尘土的鞋套包裹的脚,停了下来,并一下子跪倒在地。感觉到布仑轻轻地敲了她的肩膀后,她鼓起勇气抬起头来。

她看向布仑的脸,巨大的冲击使她顿时从混沌麻木的状态中清醒过来,一股难以名状的害怕在她心里升起。那是她熟悉的一张脸——低削的前额、粗浓的眉毛、大大的鹰钩鼻,还有那花白的胡须——但这张脸却没了往日的那副骄傲和不苟言笑,有的只是发自内心的怜悯,和显而易见的悲伤。

"爱拉,"他大声地说,做着定式的手势。这套手势只在极严肃的场合使用,"家族里的这个女孩,你要知道,家族的传统历史悠久。传统随家族的兴起应运而生,代代相传,我们的生活也都以传统为依据。你不是在我们家族出生的,但你现在是我们中的一分子,因此你的生与死都要遵循我们的习俗。当我们在北方狩猎猛犸时,我们看到你使用了弹石带,而且你在此之前一直在使用弹石带打猎。我们的传统规定,家族的女性不允许使用武器的,一旦违反必须有所惩罚。这是我们家族的族规,不容更改。"布仑停顿了一下,前倾着身子凝视女孩惶恐的眼睛。

"爱拉,虽然我仍然不了解你第一次拿起弹石带是出于什么动机,但我知道你当时为什么会在我们面前使用弹石带。如果没有你,布拉克不可能活到今天。"他站直了身子,继续说,"家族的首领感谢这位女孩,是她救了我配偶的儿子的儿子的生命。"他做着最正式的手势,特意让手势的幅度很大,好让在场每个人都能看清。

人群中的人你看看我,我看看你,感到有些不可思议。一位男子在公开的场合表现得如此谦逊已是少见;一位家族的首领,公开地对区区一个女孩表示感谢就更是闻所未闻了。

“但是家族的传统没有通融的余地。”他接下去说,同时向大莫格乌投去一个眼神。巫师心领神会,随即进入洞内。“爱拉,我没有其他选择。现在,大莫格乌会在洞内摆好乌萨斯的骨头,并大声说出只有他自己才知道的一些名字。当他做完这一切走出山洞,你就得接受惩罚了。爱拉,作为家族的女儿,你被处以咒死。”

爱拉怔住了,只觉得身上的血液在一瞬间停止了流动。而站在人群里的伊扎却一下子号啕大哭起来，好像要把自己失去孩子的痛苦都释放出来。但当布仑举起他的手时,伊扎马上不再做声。

“我还没有说完。”布仑做着手势。人群中顿时陷入一片寂静,大家都交换了讶异的眼神。布仑还要说些什么?

“家族的传统是一清二楚的。我作为一位首领,只能遵照传统。一个女人如果使用了武器就必须被咒死。但传统并没有说明,咒死的执行时间是多长。爱拉,我宣布,你的咒死期限是一个月。如果神的慈悲能让你在下一次月亮变成今天这样时从另一个世界回来,那么你就能复活,再和我们生活在一起。”

人群中起了骚动。这是大家万万没有料到的。

“这很合理,”佐格做着手势说,“传统没有规定咒死是永久性的。”

“可一个月和永久有什么区别?一个人被咒死这么久,还有可能复活吗?几天也许还有可能,但一个月也太长了吧?”德路盖问。

“如果这个诅咒只维持几天,也许就不能满足惩罚的要求。”古夫对他们解释,“有些莫格乌认为,如果诅咒的时间太短,被咒死之人的魂魄就不会到另一个世界去,而是游荡在住所的附近,当诅咒到期时只要体力允许,魂魄就会回到身上。可如果魂魄真的在附近逗留,便会招来恶鬼。虽然这是一次有时限的咒死,但时间很长,同永久的诅咒几乎没有什么区别,可以满足传统对惩罚的要求。”

“为什么不干脆把她咒死就完了?”勃劳德怒气冲冲地做着手势,“家族传统中对她这种罪名的处罚从来没有什么暂时性的咒死。她是要被处死的,所以咒死必须终结她的生命。”

“你觉得这样不能结束爱拉的生命吗,勃劳德?你真的觉得她能活着回来吗?”古夫问。

“我没有想那么多。我只想知道布仑为什么不直接把她永远咒死。他的决定就不能更简单明了些吗?”

古夫的问话一下使勃劳德惊慌失措。因为古夫的疑问也是很多人私下里怀疑的问题,现在只是被公开地提了出来。大家都在揣测,布仑提出暂时性的咒死,是不是为了给她一个机会,使她重新复活?尽管这个机会实在微乎其微。

布仑在进退维谷中斗争了一整夜。爱拉救了布拉克的生命,却要为此付出生命,这是不公正的。他喜欢布拉克,因此真心实意地感激她。但他私人的感情不能掩盖更为重要的原则——家族的传统要求她被处死。不过,他想到家族里还有一条习俗:报答,也就是以一命换一命。她救了布拉克的命,带有了布拉克的部分灵魂,理应得到等价的报答。而在这里,只有生命的价值可以等价,所以她应该得到的报答就是她自己的生命。

一直到天将破晓,他才想出这最后一个办法——暂时性的咒死。曾经有一些意志坚强的人在被暂时性咒死后仍能活着回来, 不过几率很小,只能算是一线希望。为了报答她救了布拉克的命,他绞尽脑汁想出这个办法。这样爱拉虽然复活的可能性很小,但毕竟聊胜于无。这样的报答显然不够分量,但功过相抵之后,布仑也只能做到这些了。

忽然,刚才还很躁动的人群突然死一般地沉寂下来。大莫格乌出现在了洞口。他看上去就像死了一样——老态尽显,面如死灰。他不需要再做出什么信号,该做的都已做完。大莫格乌完成了他的任务。他执行了爱拉的咒死,爱拉现在已经死了。

伊扎痛彻心扉的号啕划破了凝固的空气。奥茄、爱菠拉,还有剩下的所有妇女们都和伊扎一起放声号哭,同情她失去女儿的不幸。爱拉看到她深爱的伊扎因为过度的悲伤而痛苦,便走过去想要安慰她。但当她将手臂伸向记忆中唯一的母亲时,伊扎却转过身避开,好像并没有看见她。女孩很愕然。她看向爱菠拉,想要询问她,可爱菠拉也对她视而不见。她接着走向阿葛,又走向奥芙拉,可结果都是一样的。没有人理会她。只要她走近,她们就会商量好了似的转身走开或闪到一边,可看上去她们又不像是故意的。爱拉有些害怕,向奥茄跑去。

"我,我是爱拉。我就在你面前。你看见我了吗?"她焦急地做着手势。

可奥茄的眼睛好像蒙上了一层薄翳, 对爱拉的话一点反应也没有,径直转身走开,也像看不见爱拉似的。

爱拉看见克莱伯往伊扎那儿走,便一下跑了过去。

"克莱伯!我是爱拉。我在这儿。"她发了疯似的绝望地做着手势。老巫师却没有停下脚步,绕过了伏在他脚边的女孩,只当她是一块没有生命的石头。"克莱伯,"她恸哭起来,"为什么你们都看不见我?"她还是不相信,站起身跑向伊扎。

“母亲！母亲！看我一眼吧！看我一眼吧！”她在伊扎的眼前用力地做着手势。这时伊扎又开始捶胸顿足，发出高声的号啕。

“我的孩子。我的爱拉。我的女儿已经死了。她走了。我可怜的宝贝，可怜的爱拉。她再也不在这世上了。”

爱拉看到尤芭正抱着伊扎的腿，表情充满了害怕和疑惑。爱拉跪在小女孩面前。

“尤芭，你看得见我，对吗？我就在你面前。”爱拉看见孩子的眼睛在闪，她马上就要认出她了！可爱菠拉突然冲了过来，一下抱起了小女孩。

“我要爱拉。”尤芭做着手势，挣扎着要下来。

“爱拉已经死了，尤芭。她离开这里了。你看到的不是爱拉，是她的魂魄。它必须要找到路，去往另一个世界。你如果与魂魄说话，魂魄就会把你带走。你如果觉得看见了它，也会给你带来厄运。所以千万别看它。你不希望招来厄运，是不是，尤芭？”爱拉听到爱菠拉的话一下瘫倒在地。她之前一直不知道咒死的真正意义，只是在脑海里想象过，觉得那应该很骇人。现在她终于领教到咒死那令人发指的恐怖。

爱拉对家族来说已经不存在了，所以不会有人虚张声势去吓跑她。在家族人的眼里，现在的她只是个看得见的魂魄，虽然外貌与活的爱拉一模一样。真正的爱拉已经死了。死是家族人员存在状态的改变，是去往另一个世界，以魂魄的形式存在。生命不可见，也不可预测，一个人可能在这一刻还活着，但下一刻就死了。看上去没有变化，只是停止了行动和呼吸。人们只知道，真正的爱拉不在这世上了，被迫去到了另一个世界。至于她留下的躯体不论是冷是热，是不是会动，都无关紧要。

她的生命已被抽走——她现在也许还不能理解这是什么含义，但用不了多久就会知道。没有一个人真的相信她的魂魄会回到她身上，即使布仑也一样。她的躯体是一具没有了灵魂的空壳，除非魂魄附体，才能吃，才能喝，才能继续生活下去，否则很快就会支持不住。一旦她牢牢地接受了这种概念，或是和她亲近的人都不承认她的存在，那她就真的不存在了。既然已经不存在，自然也就谈不上饮食和生存。

但如果魂魄没有走远，仍停留在山洞附近，使她的躯体仍有知觉，那些驱逐魂魄的恶鬼便也会在附近徘徊。它们要伤害那些活着的人，想把另一个活人的灵魂也一起带走。家族早有耳闻，当有人被咒死，他的配偶或他所爱的人常常会相继死去。家族不关心恶鬼是会带走爱拉的躯体，还是会把爱拉的空壳留下，他们只希望爱拉的魂魄能尽快离开，走得远远的。

爱拉看到她周围熟悉的人都避开了她。他们虽然忙于日常的琐事，不过看得出他们情绪紧张。克莱伯和伊扎进入洞内，爱拉就起身跟着他们。没有人上前阻拦。不过尤芭被看管了起来，以防和她接近。不只是尤芭，家族里所有的孩子们都被保护了起来，不过没有那么刻意。伊扎把爱拉所有的东西都搜集起来，包括她的毛皮卧具和垫在床下的干草，带到了山洞外面。克莱伯俯身从火堆里抽出一根燃烧着的木头，也跟了出去。伊扎把东西堆放在爱拉过去从未留意过的一处火堆旧址旁，就匆忙回了山洞，留下克莱伯一人。只见他把火堆点燃，对熊熊的火焰做着无声的祷告，祷词的大部分爱拉都不熟悉。

爱拉看见克莱伯开始把她的东西一件件陆续丢入火舌中，沮丧像一块重重的石头压在她心上。家族不会为她举行葬礼。一部分是出于惩罚，一部分是出于诅咒。她的所有东西都要烧毁，绝不能指望她还能再回来。她看到她的掘棒被火吞噬，然后是她的采集筐、干草垫、衣服，所有的所有都被付之一炬。当克莱伯拿起她的毛皮披身时，她看到他的两手在发抖。他把披身放在靠近他心脏的地方，停了一会儿，然后投入火中。爱拉泪如泉涌。

“克莱伯，我爱你。”她做着手势。他依然好像看不见她。当她看到他拿起她的水獭药袋时，她的心猛地一沉。这个是她在参加注定不幸的猛犸狩猎前，伊扎特地为她做的药袋，现在正在被克莱伯掷入火中。

“不！克莱伯，不！不要烧我的药袋。”她苦苦哀求。可已经晚了，它已经成了灰烬。

爱拉再也忍受不了了。她不顾方向地冲上山坡，跑进树林。心痛和孤独交织在一起，她抽泣地不能自已。她不知道，也不关心自己会去往哪里。一路上，那些伸出的枝杈挡在路中间，她就愣愣地径直闯过去，手臂和大腿上被划出很多口子。她蹚过冰冷的水坑，一点也没注意她的脚已经被冻到麻木，直到她被一根圆木绊了一跤。她摔倒在地，也不爬起来，只是躺在寒冷潮湿的泥土上，盼望死亡快点来，让她不再痛苦忧愁。她已经一无所有。没有家庭，没有家族，也没有活下去的理由。她已经死了。至少他们都是这么说的。

女孩正在离她渴望的死亡越来越近。她很快就要从失去一切的忧伤和恐惧中解脱出来。从猛犸狩猎归来，她在两天多的时间里滴水未进。没有温暖的披身，她的脚被冻疼了。她身体衰弱，脱水严重，生命垂危。虽然她求死心切，但她的身体里其实还蕴藏着一股更加强大的力量。就是这力量使她这样一个在地震中失去家庭关爱和庇护的五岁女孩永不放弃，顽强地生存。只要她有这种不可战胜的求生欲望，有这种不屈服的求生本能，她就不会真正放弃生命。只要她还有一口气，她就会坚持使生命延续。

她静静躺在地上，感觉到划破的伤口在流血。她冷得直发抖，便坐了起来，擦下脸上沾上的湿树叶。她舔舔嘴唇，口舌已经干燥难忍。她已经记不起上次这么口渴是什么时候了。她听到附近有流水声,快步循声而去,很快看到了一条小河。她俯下身子咕嘟咕嘟地喝了好久,终于喝了个够,很是满足,便从小河出发继续往前走。她冷得牙齿直打战,两脚每走一步就像踩在冰刀上,生疼生疼的。她的头很晕,还觉得心慌。虽然走路能使她的身体稍暖和一点,但她的体温还是开始下降。

她不知道自己走到了什么地方。她的脑中没有目的地,任凭双脚带着她循着那条走过多遍,已深深铭刻在她脑海里的小路。时间对她没有意义了,所以她也不知道自己走了有多久。她沿着陡峭的岩壁向上攀登,越过了云雾缭绕的瀑布,来到了一个她觉得似曾相识的地方。当她走出那片夹杂生长着低矮桦树和柳树的稀疏针叶林后,她发现自己竟然到了那片与世隔绝的高山草甸,那个属于她的秘密花园。

她已想不起上次来这里是什么时候了。自从开始了打猎,她只在这里练习过连弹二石的技术。这里是她的练习场,不是狩猎场。那年,她是不是一整个夏天都待在这儿?她有点想不起来了。她推开叶子落光了的复杂交错的灌木枝,进入她的小山洞。

山洞似乎比她记忆中要小得多。"应该有一块旧的睡觉用的毛皮。"她自言自语。她没有记错,那块毛皮还在那里,不过有几只地松鼠在里面做过窝。她把毛皮带到洞外抖了抖,发现损坏得不太严重——要归功于洞内干燥的环境。只是因为时间长了,微微有些发硬。她拿起来围在身上,感谢它给自己带来的温暖。然后回到山洞里。

她还找到一块皮革。其实那是一件旧的斗篷。她那时带到山洞里是想往里面塞上干草当成坐垫。她想,不知道那把石刀还在不在。虽然放置工具的架子已经坍塌,但应该就在这附近。找到了!爱拉从土中扒出那块燧石刀片,拍去泥土,准备动手切割旧斗篷。她脱去潮湿的脚套,从斗篷上割出两片圆的,再在边缘钻了几个小孔,用皮带穿过,就成了一副干爽的脚套。她用脚套包好双脚后,又往里塞了从斗篷上取下的蒿草,可以起到保温的作用。她把刚才那副湿漉漉的脚套解开,让其干燥,然后开始考虑接下来要做的。

她想,我需要火。干草是很好的引火物。她在石壁旁边把干草堆成一堆。架子坍塌,木料还很干燥。我可以把木头削薄,用来生火,还可以把木头削尖,钻木取火。那是我的桦树皮饮水杯子,也可以用来点火。哦不,它得留下用来盛水。她脑子飞快地转着。她看到自己的筐被某些小动物咬坏了。她检查筐底,突然眼前一亮。我的旧弹石带!我真没想到它会留在这儿,我还想着另外做一条呢!她拿起那条弹石带。不行,这条太小了,而且被老鼠咬过。我需要再做一条新的。她想到这里,突然停在那里,眼睛看着手里那条皮革。

就是这弹石带使我受到诅咒。我已经死了，怎么可以想到火和弹石带呢？我已经死了。但我感觉不到——我只觉得又冷又饿。一个死人能感觉到冷和饿吗？死是一种什么感觉？我的灵魂是不是已经在另一世界了？我不知道我的灵魂是什么样的，我从来也没有见过一个灵魂。克莱伯说过，没有人能见到灵魂，但他可以与之交谈。为什么克莱伯会看不见我呢？为什么所有人都看不见我？我一定是已经死了。可为什么我会想到火和弹石带呢？对，因为我饿了！

我能不能用弹石带猎一些东西填饱肚子呢？应该可以吧？我反正已受到诅咒，他们还能对我怎么样？但是，这条弹石带不好用了；我得用什么来做一条新的呢？斗篷？不，它被搁置了很久，已经太硬了，我需要柔软的皮革。她走出山洞，在附近寻找。我如果没有一条可用的弹石带，就别想杀死什么动物，然后用它的皮革做一条新的弹石带。到底从哪里可以找到柔软的皮革呢？她想不出办法，沮丧地坐在地上，又开始伤心起来。

她弓起膝盖坐着，手放在膝上，忽然注意到双手下面的东西。我的披身！它很柔软，可以从它上面割出一块来。她的眼睛因为兴奋而熠熠闪光，又走进山洞环视了一圈。这里有一根旧的掘棒；我不记得是什么时候放在这里的了。还有几个盘子。哦，是的，我是曾带过几片贝壳上来当作盘子用。我好饿，希望附近有什么东西可以吃。等一等！对了！今年我没有来这里采集榛子，现在可能已经落得满地都是了。

被咒死的爱拉还没有意识到，她已经开始重新生活了。她采集榛子带回山洞，马上开始狼吞虎咽。她的胃因为长时间的饥饿已经缩小，一下就被榛子撑满了。吃饱后，她脱去旧毛皮和她的披身，从披身上割下一条做成弹石带。这条皮革虽然中间没有膨大的部分用来装石子，但她可以将就使用。

她过去从未为填饱肚子而打猎。兔子跑得快，但不算太快，被她击中了一只。她记得曾经在那边看见过一个河狸筑的水坝，便朝那走了过去。一头河狸正准备潜入水中，被她一下射中。在回来的途中，她看见小溪上有一小块灰色的、被白垩质覆盖的圆石。那是燧石！我知道那是燧石。她跑过去拾起这块石头，把石头连同兔子和河狸一起带回到山洞里，然后又返身出去。她收集了柴火，还寻到了一块锤石。

她想，我还需要一根用来摩擦生火的木棒。它得是好木头，而且要干燥。这里的木头都太潮湿了。这时她注意到她那根旧掘棒。这根棒应该能行，她自言自语。自己一人钻木取火对她来说不太容易；她通常是与另一位妇女轮流做钻木的动作，使木棒不停旋转摩擦。但经过她持续集中地用力，终于将钻台上擦出了火星，并把火星移到了干草堆上。她小心地用嘴吹气，终于生起了小小的火舌，一点点吞噬干草。她耐心地添入柴薪，一块又一块，然后是废架子的那些较大段的木柴。火焰趋于稳定后，她最后放上采集来的大块木头，看着明亮的火堆温暖了小小的山洞。

我还要做一个汤罐。她一边想，一边把剥了皮的兔肉用叉子串好放在火上烤，又把河狸的尾巴挂在上面，被烤出的脂肪滴在了精瘦的兔肉上。我还要一根新的掘棒和采集筐。克莱伯烧了我的采集筐。他烧了我所有的东西，就连我的水獭药袋也不放过。他怎么能烧我的药袋呢？热泪又盈满了她的眼眶，顺着她的面颊流下。伊扎也说我死了。我求她看我，但她只说我死了。她为什么看不见我？我就站在那儿，站在她面前啊。女孩哭了一阵，然后坐直身体，擦去了眼泪。她又开始想，我要做一根新的掘棒。但在那之前，我必须首先制作一把石斧。

兔肉还在火上烤着，她就已经按照德路盖教她的方法敲制作出了一把石斧，还用它砍下了一根嫩枝，削成了一根掘棒。她又出去采集了更多的木柴堆在洞内。回到山洞里，兔肉的香味直往她鼻子里钻。她的空腹开始咕噜作响，口水也快要流下来。她等不及让兔肉完全烤熟，取下来也顾不上烫嘴，直接咬了一大口——她觉得自己这辈子都没尝到过如此的美味。

等她填饱了肚子，夜幕已悄悄降临。爱拉对自己升起的火堆很满意。她往里添好木柴，使火堆在明天早晨以前都不会熄灭，就裹着旧的毛皮躺下想要休息，却怎么也不能入睡。她看着跳跃的火焰，脑海里浮现出的都是今天发生的一幕幕。痛苦袭上心头，不知不觉中她已泪流满面。她很害怕，但孤独更令她无所遁形。自从伊扎几年前捡到她以来，她从未一人单独过过夜。过度的疲乏使她很快闭上眼睛，可一整晚都噩梦不断。她呼唤伊扎，还用另一种几乎完全忘记了的语言呼唤另一个妇女。可她喊破了嗓子，也没有人会来安慰这个被绝望苦苦折磨的孤独的女孩。

白天，爱拉总是很忙碌。她必须做许多事确保她的生存。她已不再像她五岁时那样，毫无经验，对什么都一窍不通了。在家族生活的几年里，虽然她必须努力干活，但她也从中学到了许多有用的知识和技能。这不现在，她又编好了一个不漏水的篮子，用来装煮饭用的水；还为自己编制了一个新的采集筐。她剥下猎到的动物的皮，加以鞣制：把兔毛衬在她的脚套里；或做成护膝，用带子扎住；还可以做成同脚套款式相似的手套。这种手套是将两片可以盖住手掌和手腕的圆形的皮革钉在一起，在手腕处用带系住。手掌处留有开口，可以伸出拇指。她用捡来的燧石制作了一些工具，还采集了干草用来垫床，使床更加柔软舒适。

草场的牧草上结了沉甸甸的种子和一部分谷物，也为爱拉提供了食物。附近不远还有榛子、高灌木科的蔓越橘、熊果、小而硬的苹果、富含淀粉的像土豆一样的根块以及可食用的蕨类。她很兴奋自己找到了奶巢菜。这是巢菜中无毒的一种，绿色的荚里有一排的小圆豆。她采集苋菜晒干，收集上面细小坚硬的种子，再把种子磨细了和谷物一起煮粥。她周围的环境满足了她各种需要。

她在山洞安顿下不久，就决定要为自己准备新的毛皮披身。冬天到来之后，虽然还没有出现最恶劣的天气，但气温已经很低了，而且很快就要降下大雪。因为猞猁对她具有特殊的意义，所以她首先想到的是猞猁的毛皮。但是猞猁的肉基本上不能吃，至少是不合她的口味。食物对她说来和毛皮一样重要。虽然她能打猎，供应生活继续所需的食物并不太困难，但她必须做好储备的工作，因为到时大雪封山，她就只能待在山洞里了。获得食物是她现在打猎的主要原因。

她不忍心猎杀那些温和腼腆的鹿。长期以来，这里的鹿群都和她分享着她的秘密基地。而且她没有把握能不能用弹石带杀死一头鹿。当她看到高山牧场上出现了一小群鹿时，感到有些惊喜——她没想到它们这时候还会到这里来。她决心要好好抓住这个机会，否则它们马上就要前往低海拔地带。她在近距离内瞄准了一头雌鹿，猛力射出石子。鹿被击倒在地，她马上上去用木棍猛击其头部，结束了它的挣扎。

这头鹿的毛皮厚而柔软，是大自然的杰作，能为这种动物抵御寒冬。炖鹿肉不是只有爱拉爱吃，新鲜鹿肉的气味引来了一头坏脾气的狼獾。爱拉眼疾手快，用一颗石子击毙了它。她想起自己第一次射杀的野兽就是偷吃家族的肉的狼獾。她记得自己告诉过奥茄，狼獾很有价值，毛皮在冬天不会因为呵气结霜，可以做成最好的兜帽。对呀，我要用它的毛皮制作一个兜帽。她决定后就把这头死去的食腐动物拖进了洞内。

她绕着肉架生起火堆，一来可以防止其他动物伺机偷肉，二来可以使肉快速烘干。她喜欢吃用烟熏制了的肉。在山洞的后方她掘了一个坑，不太深，因为这里的土层不厚。她从小溪边拾来卵石铺在坑里，成了一个地窖。她就把肉藏在这地窖里，再在上面压上几块大石。

她一边烘干鹿肉，一边鞣制剥下的鹿皮。这块新鹿皮略带腥气，但很温暖。她把鹿皮同那张旧的毛皮一起铺在她的床上，睡上去很是舒适。鹿的胃经过清洗被她用作了储水袋，不会漏水；肌腱被当成了绳索使用；尾巴上的肿块提供了厚厚的脂肪，这些脂肪可以帮助鹿熬过冬季。因为肉尚未完全烘干，她每天都担心会下大雪。她睡在洞外火堆的包围圈里，夜里可以随时添柴。当肉干全部被藏入了窖里，她松了一口气，如释重负。

连着几天晚上黑云都遮住了月亮，她开始关心从她被咒死已经过去了多少时间。她一直清楚地记得布仑的话："如果神的仁慈能让你在下一次月亮变成今天这样时从另一个世界回来，那么，你就能复活，再和我们继续在一起生活。"她不知道,她现在是不是已经在"另一个世界"?但她更希望的是她能够回去。这比什么都重要。她不确定自己到那时能不能回去,也不知道当她回去后人们还能不能接受她。但既然布仑这样说了,她就要照做。可现在月亮被乌云遮住,她怎么知道在什么时候可以回去呢?

她记起来,很久以前克莱伯曾教她在木棒上刻痕,而且在他火塘的一角堆有许多带有刻痕的木棒。这是克莱伯记载重大事件发生时间的符木,火塘内其他人都禁止过问。有一次,她出于好奇,便照着他的做法想要观察月亮的变化周期。她每过一夜就在木棒上刻一道痕,等着看月亮完成一个变化周期后会有多少刻痕,觉得有趣得很。不料后来被克莱伯发现了。他很严厉地责骂了她一顿,警告她不准再犯,使她对此事记忆犹新。整整一天她都为不能知道日子而发愁,不知道哪一天能被允许回到山洞。但克莱伯的警告依然徘徊在耳边,她真的犯了难。终于,她决定暂时忘记克莱伯的话,每过一晚上,就在一根木棒上刻一道。不论她如何控制自己,每当她在木棒上刻上痕迹,泪水总会不自觉夺眶而出,好像这些痕迹是刻在她的心上。

她常常哭,一些小事就会勾起她充满爱和温暖的回忆。当她走出山洞,看见一只兔子从旁边的草丛跳出横穿小路,一下就泪流满面。她想起了自己陪克莱伯在野外散步的情景,想起了她深爱的那位老人,和他那张粗糙、独眼、布满疤痕的脸。她看到自己曾为伊扎采集过的植物,就马上联想到伊扎当时是如何为她解释每种植物的药用价值,不禁又抽噎起来。当想起克莱伯已经烧掉了她的药袋时,她会放声大哭。白天尚且如此,晚上就更难熬了。

几年来,她已经习惯了白天独自去野外采集或打猎,从未在夜间离开过家族。现在,她独自一人孤零零地坐在小山洞里,坐在火堆旁,火堆的光照亮了石壁。她痴痴地看着舞动的火焰,为身边没有亲人的陪伴而哭泣。某种程度上说,她最想念的人是尤芭。她会把毛皮披身当成婴儿抱在胸前摇啊摇,口里哼着小调,好像正搂着尤芭。虽然目前的环境可以满足她生理上的需要,但填补不了她精神上的空缺。

在这天夜里,初雪静悄悄地降下。第二天早晨,爱拉一走出山洞就惊喜地叫出声来。洞外她熟悉的景致在一夜间被皑皑白雪覆盖,所有事物的轮廓都变得模糊,简直是一个洁白的梦幻世界。不光有神奇的植物,连所有的东西都是奇形怪状的。灌木丛顶上盖了一层软乎的棉帽,针叶树也穿上了白色的华丽长袍;光秃秃的树枝上也积了雪,就像披上了耀眼的外衣,被湛蓝色天空衬托得格外婀娜多姿。爱拉走了几步,回头看到自己的脚印破坏了光滑无瑕闪闪发光的积雪,更加兴奋地朝前方跑去。在雪铺就的毯子上,她来回交叉地踩出复杂的图形,虽然到最后发现不是她想要的样子,但依然很快乐。玩耍够了,她就循着一头小动物的足迹开始追踪,但临时又改变了主意，爬上了岩石露头处狭窄突出的部分。这里的雪已被风吹得干干净净了。

在她身后是一列雄伟的山峰。峰顶被白雪覆盖，在太阳的照耀下就像一颗巨大的闪闪发光的宝石嵌在了蓝天里。她俯瞰大地，大雪后山下的风光一览无遗。蓝色的海被夹在两座被白雪装点了的高山之间，可清楚看见波涛卷起的白色泡沫。她往东望去，发现那里的大草原依旧裸露着，没有雪的痕迹。这时，爱拉突然看见在她山下的山腰处，在白雪覆盖的平原上，有几人细细的身影在快速奔跑。她这才发觉家族居住的山洞附近也下了雪，似乎还有一个人在洞外一瘸一拐地慢慢走着。正当她准备看个真切，忽然一阵风吹来，人影全都不见了。原来，那是雪景中的幻象。她从山岩上爬了下来。

等到第二场雪时，爱拉就没出现幻觉了。气温下降得很快，每次她离开山洞时，吹来的强风就会像针尖刺在她脸上。暴风雪一连刮了四天才停，从洞口吹进的雪片靠着岩壁已经堆得很高，几乎堵住了洞口。爱拉用手和鹿的髋骨扒开积雪，开出一条通往洞外的路。她花了一整天的时间采集木柴，之前为了烘干鹿肉，她已经把附近倒下的树木都消耗殆尽了。她在雪地里深一脚浅一脚地走，很快就累了。她知道自己储存的食物足够撑到她离开，但由于她一直以来没有把心思放在储存木材上，等她发现不够用时已经有些迟了。如果雪下个没完，那小山洞很有可能被雪深埋。到时候，要再想走出来找木柴就难了。

自从她在小山洞安顿下来，这次她第一次为自己的生存担忧。山洞前的那片草场所处的海拔很高，气温很低，如果她被困在小山洞内，她将活不过这个冬天。现在的她已经没有足够的时间为抵御寒冬做好准备。下午，爱拉带着捡到的木柴回到了小山洞，打算明天再弄到更多。

结果就在第二天的早晨，又一场暴风雪骤然降临，来势汹汹，把山洞的出口整个深埋在了雪里。她真的被困在了小山洞里。她很害怕，不知道雪到底埋了有多深。她找来一根长树枝，从洞口处的积雪捅出去，捅开了外面那棵榛子树的树枝。顿时，她感到有一阵寒风从捅出的小口灌入。从洞眼看出去，大雪正随狂风气舞。看这个样子，她是没法出去了。她无奈地放下树枝，走回火堆旁。

她还不知道，她捅开积雪的举动简直太重要了。正是因为她用树枝捅出了小洞，才使新鲜的空气得以进入山洞。火的燃烧需要空气，而她也需要空气。如果没有这个通风口，她会很快因为缺氧而昏沉睡去，永远不会醒来。

她发现她不再需要生火也能使小山洞保持温暖。因为雪是由结冰的晶体包裹着微小的气洞构成的，是良好的保温材料，因此她身体散发的热量已经足够保持这狭小空间里的温暖了。但她需要喝水,所以还是需要火堆来融化雪水。

她蹲坐在洞里,只有身旁的一小堆火陪伴着自己。微弱的光线从通风口漏进来时,她就知道现在是白天。当那缕光线转暗,她知道夜幕降至,然后小心地在木棒上刻下一道痕。

除了思考,她只能长时间出神地盯着火堆。火是温暖的,而且会跳动,和她一起被关在这像坟墓一般的小天地里。火和她一样,只能依靠自己。她看着火吞噬一根又一根木棒,留下的只是些许灰烬,心里在想,火是否也有灵魂?如果有的话,当火熄灭,它的灵魂会去往哪里?克莱伯说,人死以后,灵魂就往另一个世界去了。我现在是不是在另一个世界呢?如果是,为什么我察觉不到区别。我只是觉得孤独。可能是因为我的灵魂去了别处,所以我感觉不到吧。那我又怎么能知道呢?是的,我的灵魂的确不在这里,它一定是与克莱伯、伊扎和尤芭在一起。我已被诅咒了。我已经死了。

我的图腾既然知道我将被咒死,会不会已经给了我暗示呢?或许,它从未给过我什么暗示,只是我一厢情愿这样认为罢了!我总以为它是在考验我。或许,这次也是一次考验呢。又或许,它已经抛弃我了?它既要选中我,为什么现在又要抛弃我?可能它并没有抛弃我,可能它正在与恶鬼斗争,准备接我到神鬼世界里去;它总是比我有办法的。可能它送我到这里来,就是让我在这里等它。它仍会保护我吗?如果我已经死了,那现在的我又是谁呢?我孤身一个,这就是我现在的状态。我真希望能不这么孤单。

火又饿了,需要吃点东西了。我也要吃点东西了。爱拉站起来,从已经不高的柴堆里又抽出一段木头投入火中,然后去检查了一下她的通风口。她看到外面的天马上就要黑了,心想,我得往木棒上再添一条刻痕。暴风雪会下一整个冬天吗?她拿起木棒,在上面划了一道后,把手指覆盖在一道道刻痕上,先是左手,然后右手,再又是左手,直到她把所有的刻痕都用手指盖过一遍。昨天是我被处以咒死的最后一天。我现在可以回去了。但我怎么可能在这暴风雪天气下离开呢?她又检查了一下那个通风口。天色已经全暗,几乎快要看不清空中飞舞的雪片。看目前的样子是走不成了。她摇摇头,回到火堆旁,一夜无话。

第二天,她醒来后第一件事就是再检查一下那个通风洞。令她失望的是,狂风依旧使劲往里灌。它是不是不会停止了?它应该不会就这样一直吹下去吧?我想回去。如果当时布仑判我永久咒死,会怎么样呢?如果风停了,而我却还回不去,又会怎么样呢?如果我现在还没有死,那么长此下去,我也必死无疑。已经没有太多的时间了。我好不容易才在这里待了一个月,不可能会熬过一整个冬季的。我真的没想到布仑会对我处以暂时的咒死。他为什么这样做呢？如果我真的代替我的图腾去到了神鬼世界，我还有可能再回到这个世界吗？如何才能知道我的灵魂到底去没去？也许我的灵魂已经去了，留下的躯壳是由我的图腾在保护着？我不知道。对这些我真的不知道。我只知道，如果布仑对我处以的咒死不是暂时性的，我将没有生还的机会。

机会？布仑难道真的想给我一次机会吗？她脑海里闪过的这个念头使她一下子成熟了起来，可以以更深的角度看待记忆中的每件事。布仑一定是这样想的，他说过他感激我救了布拉克。他之所以不得不诅咒我，是因为这是家族的族规。他确实无力违背，但却可以给我一个机会。我不知道我现在算不算是死了？其他人在死了以后难道也像我这样照常吃，照常呼吸吗？她想到这里突然战栗了一下，决不是因为寒冷。大部分被咒死的人不是不能，而是不想。我想，我知道为什么。

是什么动机促使我决定要活下来？当我跑出山洞，跌倒在林子里时，只要我不挣扎着爬起来，死是很容易的。如果布仑没有告诉我，我可以回去，我还能振作精神活下来吗？如果我不知道我还有机会，我还会不轻言放弃吗？布仑说，"如果由于神的仁慈……"什么神？我的图腾之神吗？它对这事会起作用吗？我只知道有一种力量使我想要活着。或许是我的图腾在保护，又或许是因为它知道我有生的机会。也可能两者兼而有之。是的，一定是这样的。

爱拉不知睡了多久。当她醒来后，继续躺了一会儿，才意识到自己已经醒了。她睁大眼睛，却什么也看不见，伸出手摸了摸自己眼睛才确定它们的确是张着的。火堆熄灭了，山洞里的黑暗令人窒息。她忍住了尖叫的冲动。我死了！布仑诅咒了我，我确实死了！我再也不能从这里出去，再也不能回到家族的山洞中去了。一切都太迟了。恶鬼一直在捉弄我，使我误认为我还活着。我还以为在洞里很安全，其实我已经死了。因为我不愿沿着小河随它们而去，所以它们对我发了火，要惩罚我。使我错误地以为我还活着，实际上我早已经死了。女孩害怕得浑身发抖，在毛皮被窝里缩成一团，一动也不敢动。

女孩睡得很不安稳。她一直被逼真的噩梦惊醒：先是令人惊骇的恶鬼、地震和猞猁的攻击，然后是穴狮，以及下不完的雪。她闻到小山洞里有一股阴湿的特殊气味。她反应过来，自己在黑暗中虽然看不见，但其他感官仍在起作用。她着急地一下坐了起来，因为用力过猛，她的头重重撞到了上面的石壁。

我的木棒在哪儿？她在黑暗中摸索。现在是夜晚了，我必须要在木棒上做标记。她焦急地寻找着她的木棒，似乎这已经成了她生命中最重要的事。我得在夜晚做好标记，可我找不到木棒。我今晚是不是已经做过了？找不到木棒的话，我怎么知道我什么时候可以回家呢？不，这样说不对。她摇摇头想改正说法。我已经能够回家了,时间早就到了。但我已经死了。而且雪总是下个不停。老天除了下雪还是下雪。对了，我还有一根树枝在通风口那里!树枝不就是木棒吗!我得看看外面雪下得怎么样了。可这里黑糊糊的一片我什么也看不到。我得爬到通风口那里。

她就像个无头苍蝇,盲目地在地上爬,把东西撞得乱七八糟。终于,她摸索到了洞口那里,看到上面高高的地方有微弱的光射进来。我的木棒一定在那儿! 她站起来,爬上伸进洞口生长的灌木枝,在上面摸到了一根长树枝后,往外推了一把。树枝穿过积雪,一下就拓宽了原先的那个通风口。那一刻,她不仅呼吸到了新鲜的空气,还看到了一片晴空。暴风雪终于过去。当风停息了的时候,那些被筛过似的细雪纷纷落下,又把她的通风洞给全部堵住了。

新鲜的空气使她头脑清醒过来。暴风雪过去了!老天爷不下雪了!它终于下够了!我可以回家了。但是,我怎么从这里出去?她用树枝连捅带戳,想把那个洞扩大。一大块积雪松动了,噼噼啪啪地落进了小山洞里,洒在她身上,一下使她的披身变得又冷又湿。如果不注意,我可能会被埋在雪里。我得好好地想个办法。她爬了下来,抬头看变宽了的通风口,因为山洞里透进了光线而微笑着。她很是兴奋,心急想要离开,但她强迫自己镇静,把每件事从头到尾再好好想一遍。

火如果没灭就好了,我真想煮点茶喝。噢,水袋里还有些水。有水喝就好了。这些水不够煮东西吃了,但没关系,我还有一些不用煮就可以吃的干鹿肉。她又跑到小洞口那里，确定了洞外的天空依然湛蓝。我要带走什么呢?食物就不必了,家族储藏了很多。狩猎猛犸归来后我们的储备变得空前充足。

当她想到家族狩猎猛犸，许多不愉快的事瞬间涌上心头——捕猎猛犸、射杀鬣狗和自己被处以咒死。我回去后,他们能真正接受我吗?他们能真正再次看见我吗?如果他们不的话,那我该怎么办?我将去往哪里?但布仑说过,我可以回去。他就是这么说的。爱拉对布仑的话深信不疑。

我是肯定不能带走我的弹石带了。那么采集筐呢?虽然克莱伯把我的那个烧了,但在明年夏季来临前我是不会用到采集筐的;这个就留在这儿,到那时我可以再制作一个。我的衣服呢?我要把所有的披身都裹在身上带走。对了,还有些石器工具。爱拉把所有要带走的东西放在一起,先开始把能穿的穿上。先是兔皮的衬里,然后是两双脚套,还捆上了兔毛的绑腿。她把工具揣在披身的皱褶里,最后把毛皮绕着腰扎紧。她戴上狼獾兜帽和衬了毛皮里子的手套,朝通风口走去。走之前,她转过身望了望这个洞穴——在过去的一个月,这里就是她的家。这时她忽然想起了些什么,脱下手套又走了回来。

她自己也不知道为什么一定要把一切都收拾好才可以离开，好像这样才算有始有终。小山洞已完成了它的使命，该告别了。在这之前，要先把山洞恢复成整洁的样子。她的潜意识里有归置物品的观念，是因为从小耳濡目染伊扎按一定系统分类储存药物。很快，她就把山洞里每件东西都整齐地摆好了。她重新戴上手套，走向被雪堵塞的出口。她马上要出去了；虽然不知道等待自己的是什么，但她还是一定要回到家族的那个山洞。

在洞口那里她停下脚步。要从积雪下面打通一条隧道应该是不可能了，我最好还是从通风口的上面出去。决定后，她开始爬那棵榛子树，然后用那根长树枝捅开那块的雪。她站在最高的那根树枝上，把身体的重心放在厚厚的雪堆上，所以树枝只是微微弯曲，没有折断的危险。终于，一大块雪被捅落，她可以把头伸出去了。她先是贪婪地吸了一大口外面新鲜的空气，然后才发现洞外的草地已经认不出了。积雪一直堆到了她站的那根树枝外面，缓缓向四周倾斜。一切东西都被雪覆盖，已经无从辨认了。雪这么深，我怎么从这里出去啊？女孩几乎绝望了。

过了一会儿，她振作精神，重新环顾四周，确定了自己所处的位置。那棵高高的冷杉边上的那丛桦树比我高不了多少，却没被埋在雪里，说明那儿的雪不深。可我要怎么过去呢？她先把通风洞口周围一圈的雪都敲结实了，再沿着边缘爬到外面与洞口齐平的雪堆上。

她先是摊开手脚躺着，使体重最大面积地分散在雪的表面，不至于一下子沉进雪里。然后，她小心翼翼地跪着直起身子。当她两脚直立着在雪堆上站起来时，身体下陷了约一英尺。她把雪踩在脚下，向前迈了短短的几步。两双皮革做成的脚套裹着她的脚，肥大地系在她的脚踝，虽然使她走起来略显笨拙，但不可或缺。这种脚套不能算是真正的雪地靴，但也在较大的面积上分担了爱拉的体重，使她更容易在轻如粉末般的雪里行走，而不至于陷得过深。

但前进仍是十分困难的。她的每一小步都要把雪踩下去，有时甚至会一下沉到臀部的位置。她艰难地朝小溪所在的方向走去。结冰的水面上也有雪，但不是很深。洞口外的雪为什么那么深，是因为岩壁挡住了狂风，雪被吹到这里时只能被迫停下，越积越高。而在另外一些地方，只要大风刮过，就会带走积雪，露出裸露的地面。她走到一处裸露的地面，停了下来。她需要作一个决定：究竟是循着结冰的小溪找到那条河，然后绕一个大圈走回山洞呢？还是抄更陡峭的近道，直直下到山下的山洞？她太想快点回到山洞了，心急之下作出了轻率的决定——走近道。她哪里知道，这个决定将给她带来多大的危险。

爱拉小心地出发了。她走得很慢，而且很难地找到下山的路。当太阳已经升得很高时，她才勉强走完了一半路程。自己很难在天黑前走完余下的一半路程。同样是这条路，如果是在夏季，只要她在曙色昏暗时出发，就肯定能赶在薄暮时分之前攀缘而下回到山洞。可现在是冬天。气温虽然很低，但中午太阳的强光照的她身体很暖和。走着走着，她开始觉得疲乏，注意力也分散了。一场事故已在酝酿中。

山脊上的雪已经被风扫净。她从这里出发，走下一面被雪覆盖的、看上去平坦光滑的陡坡，没有提防雪下面的碎石，一个不小心，脚就打滑了。就是这小小的一滑酿成了灾难性的雪崩。疏松的碎石同较大的石块相碰，使之松动，于是越来越多原本就不牢固的山石挟着积雪沿着陡坡滚落，发出震耳欲聋的巨响。这突然的地动山摇使爱拉一下子失去平衡，跌倒在雪里。在她挣扎着要爬起来的一瞬间，一股扑面而来的雪浪使她滚落到了坡底。伴随着隆隆的巨响，积雪像瀑布般泻下，把爱拉整个人埋在了雪堆里。

克莱伯醒来躺在床上。伊扎悄悄出现在他面前，手里端着一杯热茶。

"我知道你醒了，克莱伯。我想你起来前应该会想喝些热的。暴风雪昨夜停了。"

"我知道，我能看见洞外的天很蓝。"

他们坐在一起喝茶。最近，他们常常这样静静地坐在一起。爱拉离开后，整个火塘都空荡荡的。一个女孩的离开竟能留下如此大的空白，真令人不敢相信。克莱伯和伊扎尽量想要填补这个空缺，因此通过彼此更多的接触想要获得安慰，但这些安慰只是杯水车薪。尤芭变得忧郁，而且时常自己一个人嘀咕。没有一个人能说服她爱拉已经死了，她总是吵嚷着要爱拉。她将食物当成玩具，不是吐掉就是扔在地上，浪费了一大半后又脾气暴躁地向伊扎要更多食物，搅得伊扎心烦意乱。有几次，伊扎实在生气，开口骂了她，可每次话刚一出口，她就后悔了。伊扎的咳嗽病又复发了，常常整夜整夜地睡不着。

短短的一个月里，克莱伯衰老了不少，把家族的人吓了一跳。他在执行对爱拉的咒死那天，在他的小洞里把洞熊乌萨斯的骨头排成两排，把后一排最左边的那块骨头从洞熊头骨的底部伸进去，再从头骨的左眼窝穿出，同时用简短嘶哑的音节大声喊出恶神的名字，承认它们的存在和权力。那天以后，他一次都没再进入那个小洞。他不想看见那些骨头，更没有心情用他行云流水的手势与仁慈的神交谈。三思之后，他决定把莫格乌的位置让给古夫。当这位老巫师告诉布仑他的决定时，首领试图说服他重新考虑。

"让位之后你想做什么呢，大莫格乌？"

“我还能干什么？我太老了，无法在那个寒冷的小洞里久坐。我的关节炎一直在加重。”

“不要着急作决定，克莱伯，”首领做着手势，语气温和，“你还是再想一想吧。”

克莱伯听了布仑的建议，的确重新考虑了一番。这天，他想要宣布他的决定了。

“我想，是时候让古夫成为莫格乌了，伊扎。”克莱伯对坐在旁边的伊扎做手势。

“这只能由你自己决定，克莱伯。”她谨慎地回答，不愿让自己的意见影响到他。她知道，自从他对爱拉施了咒死的巫术后，他就已经对这个位置没有丝毫的眷恋了。尽管他曾如此钟爱他的这项事业。

“克莱伯，解咒的时间已经过了是不是？”伊扎问。

“是的，已过了时间了，伊扎。”

“可她怎么知道时间已经过了呢？暴雪下了那么久，一连几天都看不到月亮。”

克莱伯想起那时自己曾教过小女孩如何计算她自己的年龄，如何算出她何时能生育婴儿。而且她还偷偷学会了计算一个月亮周期有多少天。“如果她还活着的话，她会知道的，伊扎。”

“但是没有人能在之前那样的暴风天里走动啊。”

“不要再想这些了。爱拉已经死了。”

“我知道，克莱伯。”伊扎做着手势，再也不抱有任何希望。克莱伯看着他的同胞，知道她有多么深重的悲哀。他想告诉她，他真的了解。

“我本不想说这些，伊扎。但解咒的时间的确已经过了；她的灵魂已经与恶鬼一起离开这个世界了。那里再也不会有伤害。伊扎，她的魂在离开前曾对我说，她爱我。那句话是那么真实，我差点就要中了圈套。被咒死之人的魂魄是最危险的。它会想方设法使你相信它是真正的人，然后把你一同捉走。那时我真的几乎要同它一起去了。”

“我知道，克莱伯。当那个鬼魂叫我‘母亲’时，我也……我……”伊扎挥了挥手，再也说不下去了。

“那个鬼魂还求我不要烧掉她的药袋，伊扎。它的眼睛也流出了水，和她生前一模一样。这是最危险的信号。如果不是我早一步把药袋扔进火堆，我想我可能真的会交给它。不过，那次是它最后一次使诈。随后它终于离开了。”

克莱伯站起来披上披身，拿起了他的手杖往外走。伊扎看着他的背影——他已经很少离开火塘了。他走到山洞的入口处，在那儿站了很长时间，凝视着洞外闪闪发光的雪景，直到伊扎派尤芭跑去喊他回来吃饭，他才回到火塘。可他一吃完，就又去了洞口那里。过了一会儿，伊扎站到他身边。

“这里太冷了，克莱伯。你不该站在这里吹风。”她做着手势。

“这是几天来天空第一次放晴。看到暴风雪终于过去，我心里很安慰。”

“是的，但你还是偶尔到火塘里暖和一下吧。”

接下来的每一天，克莱伯都会一瘸一拐地往返于洞口和火塘。他在洞口一待就是很长时间，什么也不做，只是望着外面雪地里的景色。随着时间一天天过去，他去洞口的次数也越来越少。这天，当最后一丝暮色即将没入黑暗的夜，克莱伯和伊扎正在吃晚餐。饭桌上，克莱伯向伊扎做手势：“吃完后，我要去布仑的火塘。我要告诉他，古夫将从此接任莫格乌。”

“是，克莱伯。”她低着头回答。没有希望了。她现在才确信，真的没有希望了。

伊扎开始收拾餐桌时，克莱伯站了起来。忽然，从布仑的火塘传出了骇人的尖叫声。伊扎循着声音看过去。只见在山洞的入口站着一个古怪的东西，浑身上下都是雪，而且不停地跺着双脚。

“克莱伯，”伊扎大喊，“那是什么？”

克莱伯目不转睛地盯着那不知是人是鬼的东西，提高了警惕以防它闯进来。可片刻之后，他惊奇地瞪大了眼睛。

“是爱拉！”他惊呼一声，然后一瘸一拐地朝她走去。当他蹒跚地走到狼狈不堪的女孩面前时，他忘记了手杖，也忘记了尊严，甚至忘记了在自家火塘外不表露感情的家族习俗，用自己的双臂紧紧抱住了她。

17

“爱拉？克莱伯，你确实真的是爱拉，不是她的鬼魂？”伊扎看到老人把满身是雪的女孩领进火塘，不确定地做着手势。她不敢轻易相信，害怕现在看似真实的女孩会突然变脸，露出恶鬼的真面目。

“是爱拉，”克莱伯做着手势，“诅咒已经失效。她战胜了恶鬼，回来了。”

“爱拉！”伊扎听完，哭喊着女孩的名字朝女孩跑去。她不顾女孩身上的雪，和女孩紧紧地拥抱在一起，把自己的外套也弄湿了。爱拉喜悦的泪水大颗大颗地落下，洒在自己和伊扎身上。当伊扎抱着爱拉舍不得松手时，尤芭用力扯了扯爱拉的外套。

“爱拉。爱拉终于回来了。尤芭就知道爱拉没有死！”孩子的语气非常笃定，令人忍俊不禁的同时，又被她深深打动。爱拉把她抱起来，紧紧地搂在怀里。尤芭快要喘不过气了,不安地扭来扭去,要爱拉放松一些好让她喘口气。

“你湿透了!”尤芭的手臂挣脱了爱拉的怀抱后,担心地做着手势。

“爱拉,把湿衣服脱掉!”伊扎对她说。伊扎正忙着往火堆里添柴,还要找些干净衣服给女孩穿。她一面强压着自己激动的心情,一面表达着母亲对女儿的关怀,“要不你会被冻死的。”

伊扎话音刚落,就忽然意识到自己不该说这句话。她瞧瞧女孩,一脸窘迫。女孩却毫不在意,微笑地看着母亲。

“你说得对,母亲。我是会受凉的。”她做着手势。她先脱掉了披身和兜帽,再坐在地上用力脱掉因为湿透而胀紧了的脚套。

“我饿极了。有什么可吃的吗?我已经一整天没有吃东西了。”她穿上伊扎的一块旧披身后对伊扎说。这件披身穿在她身上虽然偏小偏短,但是很干燥,“我本来可以早点回来的,但我在下山时被一场雪崩困住。我还算幸运,没有被埋得很深。我花了很长时间才从雪里爬出来。”

伊扎的惊讶只维持了短短一瞬。就算爱拉说她是蹚过火海回来的,伊扎也会相信的。她能回来就已经证明,她是不可战胜的。小小的雪崩对她来说根本算不了什么。伊扎伸手去拿爱拉脱下来的毛皮披身,想把它挂起来晾干,可她的手突然又缩了回去,迟疑地看着那张她从未见过的鹿皮。

“你从哪里弄到这件披身的,爱拉?”

“我自己做的。”

“是……在这个世界做的吗?”伊扎担心地问。爱拉又是微微一笑。

“是在这个世界做的,如假包换。你忘了吗?我知道如何打猎。”

“不要这样说,爱拉!”伊扎神情一下子紧张起来。她知道家族的其他人都在朝这里看,便背对着他们,用难以察觉的动作做着手势,“你现在身上应该没带着弹石带吧?”

“没有,我留在那边了。但我这段时间一直在使用它。每个人都知道我会打猎,伊扎。克莱伯烧了我所有的东西,我必须得做些什么才能活下来。我要想有一件披身,唯一办法就是去打猎。因为毛皮既不会长在柳树上,也不会长在冷杉上。”

克莱伯在旁看着,默不作声。他也简直不敢相信,她真的能回来。曾经有传闻,说的确有人被咒死后又活着回来的,但他始终不相信有这种可能。她有点不一样;她变了。她变得更加自信,更加成熟。这并不奇怪,毕竟她经历了不平凡的人生。她竟然都记得,就连我烧了她的东西也没有忘记。除此之外,她还记得些什么?神鬼世界究竟是什么样的?

“神!”克莱伯突然记起来,诅咒爱拉的骨头还摆在小洞穴里。我必须赶快解除诅咒。

克莱伯匆匆忙忙想要赶紧破除小洞穴里洞熊骨头排成的咒死图案。他点燃一支火炬,穿过石壁的裂缝进入到小洞。可眼前的情景使他大吃一惊:洞熊的骷髅头骨已被移动;那根长骨也不在头骨的眼窝里了。咒死的图案早已被破除。

有许多小型啮齿动物被储藏的食物和温暖的环境所吸引，钻进了山洞。一定是其中的一只碰到了头骨,或是跳到头骨上面,才把头骨翻了过来。克莱伯微微颤抖着,做了一个保护的手势,然后把所有骨头都搬到洞尾堆成了一堆。当他走出小洞,看见布仑正在外面等他。

“布仑,”大莫格乌看到布仑后做着手势说,“我简直不敢相信。你知道,我自从设下了诅咒就从未再来过,其他人更是如此。刚才,我正准备解除诅咒,却不料诅咒早已被解除了。”他的脸上带着少有的惊异和敬畏。

“你觉得是谁破坏了骨阵?”

巫师回答:“一定是爱拉的图腾。也许是因为诅咒已经到了期限；也许是它将图形破坏后解除了诅咒,才使她可以回来。”

“你说得对。”首领正准备做下一个手势,却突然犹豫了起来。

“你想对我说什么吗,布仑?”

“我要单独和你谈。”布仑又吞吞吐吐起来,“请原谅我的冒犯。我刚才看到了你火塘里发生的事。女孩能活着回来实在是太令人震惊了。”

家族里所有人有时都免不了违背习俗,偷看别人家的火塘。他们真的无法控制自己。他们谁也不相信一个人死了还能回来。

“情况也许很复杂,但还是可以理解的。你不必太过忧虑。”大莫格乌说完,想要继续往回走。

布仑说:“我来看你,不是为了要跟你讨论这个。”他伸出手留住老巫师,“我想问问你关于宗教仪式的事。”大莫格乌看布仑苦于找不到合适的字眼来表达,心想他一定是有要事相商,便满怀期待地等他开口,“既然她回来了,我们是不是要举行相关的宗教仪式。”

“没有这个必要。危险已经过去了。恶鬼也走得远远的了。家族也再不需要特别的保护了。”

布仑说:“我说的不是这类宗教仪式。”

大莫格乌说:“那你想说的是哪类的宗教仪式?”

布仑又面露难色。他想了想,话锋一转:“我看到她跟你和伊扎说话了。你注意到她跟以前有什么不同吗,大莫格乌?”

“你想说什么?”大莫格乌小心谨慎地做着手势,猜不透布仑的用意。

“她有强大的图腾。德路盖常说她很幸运,说她的图腾也可以给我们带来幸运。他说得没错。如果她没有能保护她的强大图腾，她是不可能回来的。我想她现在一定也已经知道这点了。这就是我的意思。”

“是的。我也注意到了她这方面的不同。但是我仍然不明白这与举行宗教仪式有什么关系？”

“你还记得猛犸狩猎归来后我们的那次会议吗？”

“你是说由你来审问她的那次吗？”

“不，是再下一次，她没参加的那次。自从她离开后，我一直会想起那次会议。我觉得她不可能再回来了。但我知道，如果她真能回来，那只能说明她图腾的强大远非我们所能想象。而且我一直在想，一旦她真的回来，我们又该怎么做呢？”

“我们该怎么做？我们不需要做任何事。布仑，恶鬼早已走远了。她回来了，仍然是原来的那个她，没有任何区别。她是一个女孩，身上什么变化也没有。”

“但如果是我想要改变一些东西呢？有什么宗教仪式可以做到吗？”

大莫格乌迷惑不解：“你举行宗教仪式的目的是什么？你不需要用一次宗教仪式去改变你对待她的方式。再说了，你想要什么改变？如果我不知道仪式的目的，请原谅我不能告诉你该举行何种仪式。”

“她的图腾也是家族的图腾，对不对？我们难道不应该让所有的图腾都高兴吗？大莫格乌，我希望你能为此主持一个宗教仪式，但你得先告诉我，到底有没有服务这个目的的宗教仪式？”

“布仑，你不能自圆其说，我不知道该如何回答。”

布仑举起手来却又放下，不知如何解释。自从爱拉出走后，布仑用了足够的时间思考男人们之前提出的许多新概念，可结果却使他的思维更加混乱。

“这整件事本身就非常荒诞离奇，你让我怎么可能自圆其说？谁都没有猜到她真的能回来。我不了解神，一直对神一无所知，也不可能知道神需要什么。可是你了解，你知道。这也是为什么家族需要你的原因。可你却没有提供多大帮助！举行仪式的念头也许是我考虑不周。我会再好好想想。”

布仑转过身大踏步走开，把被他的话绕得云里雾里的巫师撇在原地。布仑走了几步后又停了下来，转过身对克莱伯说最后一句话。

“告诉女孩，我要见她。”他做完手势，回他自己的火塘去了。

克莱伯在踏进自己的火塘时摇了摇头。“布仑要见爱拉。”他对火塘里的人说。

“他说立刻吗？”伊扎一边问，一边把更多食品推到爱拉面前，“他应该不会介意她吃完了再去吧？”

“我吃完了，母亲。我很饱，已经吃不下了。我现在就去。”

爱拉走进旁边那个火塘,低着头蹲在了首领的脚边。从磨损和褶皱可以看出,他脚上仍是上次那双脚套。她上次看见这双脚时,是在瑟瑟发抖。可现在,她不再恐惧。她也很惊讶自己对布仑的感觉发生了变化:见着他时,非但没有了之前的害怕,反而觉得他可亲可敬起来。布仑没有反应,她就耐心等着。似乎过了相当长的时间,布仑才用手指在她肩膀上敲了敲。她抬起头来。

"我看到你回来了,爱拉。"布仑的开场白非常生涩蹩脚,不知道接下去该说什么。

"是的,布仑。"

"看到你回来我很惊讶。这是我没有料到的。"

"女孩也没有料到自己能够回来。"

布仑陷入迷惘。他希望与她交谈,但却不知道该说些什么,也不知道该如何结束他提出的这次会面。爱拉等了一会儿,做出要求说话的手势。

"女孩请求说话,布仑。"

"你可以说话。"

她犹豫了一下,想要最恰当地表达她想说的话。

"布仑,女孩对能够回到家族感到很高兴。我不止一次地害怕,也不止一次以为我再也回不来了。"

布仑发出鼻息声。他想,这些我都猜到了。

"虽然非常难熬,但我想,我的图腾在保护我。开始时,我有许多事要做,根本没有工夫去思考。但当我陷在里面,我又发现没有什么可做的了。"

很多事要做?陷在里面?神鬼世界到底是个什么样子的世界?布仑差点要开口问她了,但在下一秒,他改变了主意。他发现自己并不是真正想知道。

爱拉继续说:"我想,我是从那时开始明白了一些事。"

爱拉又吞吞吐吐起来。她想对布仑表达一种近乎感激的感情。这种感情超过了日常生活的范畴,也不同于一个妇女通常向男人传达的礼节上的感谢。她希望这时候的自己在他面前是一个纯粹的人,无关乎性别和地位。她想要对他说,我了解你的苦心了。谢谢你,谢谢你给了我机会。但她真的不知道怎么开口。

"布仑,女孩……女孩感谢你。你也对我说过这样的话。你说,你因为我救了布拉克的命而感谢我。不过,我感谢你并不是为了任何人,只为了我自己。"

听到这话,布仑不自觉往后靠了靠身子,仔细端详起这个女孩——她高高的个子、脸庞扁平、一双蓝色的眼睛。他真的没有想到她能对自己说出感谢。他诅咒了她,但她并没有因为这个而记恨我,只是感谢我让她能活下来。难道她真的了解当时的我别无选择吗？她真的明白这唯一的机会是我竭尽所能争取来的吗？家族里的猎人们，甚至是大莫格乌，他们都不明白我这些想法，难道这个怪异的女孩就可以吗？是的，布仑在心里说，她是真的什么都明白。在那一瞬间，布仑产生了一个念头——如果爱拉是男人就好了。在此之前，他从未对任何妇女抱有这种念头。他再也不需要冥思苦想自己到底想问大莫格乌什么了。他已经找到了答案。

“我不知道他们在计划什么。我想其他的猎人们一定也不知道，”爱菠拉说，“我从来没有见过布仑如此紧张。”

妇女们正坐在一起，为一次宴会准备食品。她们甚至不知道举办这次宴会的理由是什么——布仑只告诉她们为今晚的宴会做好准备。所以妇女们不停缠着伊扎和爱菠拉，希望从她们那儿得到一些消息。

伊扎说：“大莫格乌在他的祭室里待了整整一天，第二天凌晨才回来。他肯定是要举行宗教仪式了。自从爱拉出走，他就再没进过那个小洞；现在爱拉回来了，他却一进去就半天不出来。他每次一要筹备宗教仪式就会废寝忘食，有时他甚至会在吃饭时忘了自己在吃饭。”

爱菠拉在伊扎说完后也做着手势：“如果他们正在筹备一次宗教仪式，那为什么布仑花了半天时间在洞的后半段清理出了一块地方？当我提出可以帮忙时，他却把我赶了出来。他们既然有只属于男人们的举行仪式的场所，为什么还要像妇女一样那么辛苦去清理出一块地方？”

伊扎问：“要不然会是什么情况？每次我看过去时，布仑和大莫格乌两个人都是在头碰头，好像在商量什么。可当发现我在看他们时，他们就会马上停止交谈，露出内疚的表情。他们两人到底在筹划些什么啊？为什么今晚我们要举行宴会？大莫格乌今天一整天都在布仑清理出的那块地方。有时他会进入他的祭神室，但很快又会返出来，好像在往那儿搬什么东西。那边太暗了，我看不清他搬的是什么。”

爱拉很高兴与妇女们的相处。五天了，她仍然不敢相信自己真的已经回到了家族的山洞。她与妇女们坐在一起准备食物，就像从未发生过出走这回事。但氛围已经和过去不太一样了。妇女们在她身边总会觉得有些不安。她们想，她已是死过了的人了；能活着回来简直算是一个奇迹。她们不知道该对一个去过神鬼世界，又从那回来了的人说些什么。但爱拉一点不在意。她为自己回家了而感到高兴，其他的什么也没想。她看到布拉克蹒跚地走向他的母亲奥茄，要母亲喂他奶吃。奥茄就坐在爱拉旁边。

“布拉克的手臂怎么样了，奥茄？”她问身边这位年轻的母亲。

“你自己看吧，爱拉。”她打开他的披身，给爱拉看孩子的手臂和肩膀，

“伊扎在你回来的前一天卸下了固定手臂的模具。他的手臂现在很好,只是比另一只要略细一点。伊扎说,只要痊愈后重新使用这只手臂,手臂就一定会慢慢健壮起来。”

爱拉看了看已经愈合的伤口,再轻轻地捏了一下骨头。这个深沉的大眼睛男孩从头到尾一直盯着她看。妇女们都很谨慎,不把话题引到“爱拉曾被诅咒”这件事上。因此常常会出现一个人刚说了没几句,突然意识到自己的话可以使大家联想到忌讳的事,就垂下手不说了。往常,妇女们聚在一起总是会聊得很热络,可爱拉回来后,场面明显冷清许多。

听到爱拉提起布拉克的伤势,大家都面面相觑,可爱拉才不管这些。她自顾自地说:“现在疤痕依然很红,不过过一段时间会消退的。”她看着孩子的眼睛,“你强壮吗?布拉克?”男孩点点头。“那让我看看你有多大劲。你可以拉下我的手臂吗?”她说着,伸出自己的前臂。“不,不要用这只手,用你的另外一只手。”她看到他伸出那只未受伤的手臂,纠正他。于是布拉克换了一只手拉她的手臂。爱拉也微微用力,力道恰好和男孩的持平。她可以判断了。“布拉克,你的确是一个强壮的男孩。将来,你会成为一个勇敢的猎人,就像勃劳德一样。”

她伸开双臂,看男孩能否让她拥抱一下。男孩先是转向一边,但很快又改变了主意,让爱拉抱起了他。爱拉把他高高举起,再把他放在自己的膝盖上。“布拉克已经是个大孩子了。很重,也很结实。”他舒服地在她怀里靠了一会儿,可一会儿他就发现,这个女孩没有东西可以喂他。他在爱拉的怀里扭来扭去,闹着让爱拉把他放到地上。等回到母亲那里,他一下就扑向母亲的乳房,开始吮奶。一边吮,一边还用又大又圆的眼睛看着爱拉。

“你真幸福,奥茄。他太可爱了。”

“爱拉,如果没有你,我哪里会有今天这样的幸福。”奥茄终于说出了她们曾千方百计想要回避的话,“我一直没有告诉你我有多么感激。刚回来时我非常担心他,不知道该对你说些什么。而且你当时看上去也不想多谈。可是后来你就出走了。其实我现在依然不知道该怎么对你说。我真的不敢期待能再见到你;也一直不能相信你真的会回来。你碰了武器,这是一个错误,我也不明白你为什么爱打猎。但我真的很高兴你会打猎。因为是会打猎的你救了布拉克。我无法告诉你我有多么高兴。当你……当你必须离开我们时,我的心里别提有多难受了。现在你回来了,我真的很快乐。”

“我也是。”爱菠拉附和奥茄。其余妇女纷纷点头表示她们也一样。

爱拉看到她们无条件接受了自己而感到不知所措。她的心情万分激动,但还是拼命忍住马上要夺眶而出的热泪,怕妇女们会因为她眼睛出水而不安。

“我真的很高兴我能回来。”她做着手势，眼泪还是控制不住地流了下来。伊扎知道，当她的情绪被强烈地触动时，眼睛就会出水，不是眼睛有病。妇女们都很熟悉她这个特殊的地方，也知道她为何会流泪。她们没有不安，只是点点头表示理解。

“你在那边怎么样，爱拉?”奥茄问道，眼睛里的同情和困惑各半。爱拉没有马上回答，而是想了一想。

“寂寞，”她说，“非常寂寞。我想你们每个人简直想得要发疯。”妇女们都怜悯地看着她，觉得爱拉应该说些其他的事，换个心情。可爱拉又补了一句，“我甚至怪想念勃劳德的。”

“嗯，”阿葛话里有话，“那你可真是够寂寞的。”说完，她特地瞟了奥茄一眼。奥茄有点尴尬。

“我知道他这人是有些难缠，”奥茄只得承认，“但勃劳德是我的配偶，他待我并不算太坏。”

“不，你不必为他解释，奥茄，”爱拉温和地打断她，“每个人都知道，勃劳德很关心你。你应当为能当上他的配偶而感到骄傲。他会当上首领，他是勇敢的猎人，他甚至是第一个攻击猛犸的人。你不能阻止他讨厌我，而且有些的确是我的过错;我常常没用恰当的态度对待他。我不知道我和他之间的仇是什么时候结下的，也不知道该怎样结束它;只要有可能，我一定会努力化解这份仇恨。你大可不必为此担心。”

爱菠拉在旁议论道:“他总是会有那么一股子脾气，不像布仑能够控制自己。我知道大莫格乌是对的。他说过，勃劳德的图腾是披毛犀，而披毛犀是脾气暴躁的动物。我想，从某种程度上说，有些时候你其实是在帮助他练习自控。这会使他将来成为一个好的首领。”

“我不确定，”爱拉摇摇头，“我想，如果不是我在旁边，他也不会发这么大的脾气。是我逼得他表现出了最坏的一面。”

接下来是一阵沉默。妇女们通常不在这样的场合公开议论男人们的缺点。不过这样的讨论却消除了之前因为爱拉而造成的紧张气氛。伊扎很机智，决定利用这个机会转换话题。

她做着手势说:“有谁知道我们的甘薯储藏在哪里了?”

爱菠拉回答:“我知道。应该是在布仑正在清除的那块地方。不过恐怕得等到夏天，等我们吃光了所有其他的食物时才有可能把它们挖出了。”

勃劳德注意到爱拉正与妇女们坐在一起。当他看到爱拉检查布拉克的手臂，还把他搂在怀里时，他皱起眉头表示不满。这虽然提醒了他，她曾救了孩子的命，但也同时使他记起，她曾目击他受到羞辱的全过程。勃劳德曾和其他人一样，为爱拉的归来而方寸大乱。第一天见到她时，他有些畏惧，又有些担忧。她身上的变化在克莱伯看来，是更加成熟，在布仑眼里，是充满感恩，可在勃劳德看来，她表现出的只是公然的傲慢。通过之前这场大雪的考验，爱拉不仅对她能继续生存充满了自信，也使她能心平气和地接受人生中那些令人不悦的琐事。她经过了苦难，经历了生死的搏斗，那些早已被滥用了的斥责再也无法对她造成什么影响。她的心平静如水，几乎没有什么能够使其再起波澜。

爱拉确实曾经想起过勃劳德。在她出走期间，她无时无刻不生活在无边的空虚中。在那些日子里，她不仅想念所有爱她的人，甚至连折磨过她的人也成了她怀念的对象。在她回来后的头几天里，她积极面对勃劳德的刻意的接近，不在乎他是否仍怀有恶意。她不知道，勃劳德不仅在关注她，而且是在密切监视着她的一举一动。

从她回来的第三天开始，他们之间的关系又故态复萌，不过又有所不同。爱拉不再刻意对他奉承，也不会委屈自己服从他的无理取闹。不论他如何挑衅，迎接他的都是一律的冷淡。她是真的一点也不为所动。勃劳德在盛怒之下对她的掌掴、责骂没有一点效果，再也不能对她造成任何困扰。她并不是不听从他的差遣。就算是再无理的要求，她都会耐心接受，但就是不予他任何回应。她经常性的冷淡每次都会使他愤怒到快要爆炸，然后又不得不用他极大的努力控制住怒火。他对她的骚扰，似乎就像是虱子咬一口，甚至还不如这个。因为被虱子咬一口，至少还会用手挠一下，但爱拉对勃劳德的骚扰根本是毫无反应。这样的她可以对勃劳德造成最大的打击。勃劳德怒不可遏了。

对于勃劳德说来，让爱拉注意到他已经成为了一种需要。再没有比对他不理不睬更使他感到沮丧的了，至于她的反应是积极还是消极他倒不在乎。他认为她之所以冷淡，是因为她瞧不起他，因为亲眼见证了他受辱，所以不再尊重他——他这样想也的确情有可原。她已经知道，他对她外在的控制永远无法突破一个极限，而对于他的内在力量，她也有所领教，最后发现，不论是勃劳德的外在还是内在都不足以战胜她。勃劳德在她眼里一无是处，她自然而然也不可能再尊重他。现在的爱拉非但不尊重、不理睬他，还极大地抢了他的风头。

爱拉特异的外表已经足够吸引人眼球，每一件关于她的事却也相当引人注意：她有强大的图腾；她与令人敬畏的大巫师合住一个火塘，而且深得他的疼爱；正在接受训练成为一名女巫医；从海中救回欧娜；用高超的弹石技艺杀死鬣狗，救了布拉克的命；而现在，竟然从神鬼世界走了一遭又回来了。勃劳德在狩猎中表现勇敢，理应赢得家族人的艳羡、尊敬和瞩目，现在却被她夺去了。

勃劳德在远处一个阴冷角落里恶狠狠地瞪着女孩。为什么她又回来了？每个人都在谈论她，他们总是在谈论她。当我杀死一头野牛，成为一名男子汉时，他们却都在谈论她那该死的图腾。是她站出来朝猛犸进攻的吗？是她冒着几乎被猛犸踩死的危险砍断了它的腿腱吗？不，她能做的仅仅是用弹石带射出两颗小小的石子。可就是这样，他们脑子里也只有她一个人。布仑召开的会都是为了她，而他再怎么努力表现也是徒劳。现在她回来了，大家就又都在谈论她。为什么她总是要跟他作对！

这边，大巫师本来准备出去，临走却又改变了主意，留在火塘里来回踱步。“克莱伯，你干吗坐立不安？我从未见你这样紧张过，就像一个年轻男子马上要娶第一个配偶。要不要给你沏一杯茶，安一安神？”伊扎问。

“你懂什么，我哪里紧张了？我是在回忆一些事情，我是在沉思。”他的回答看似平静，神色有些慌张，好像被看穿了一样。

“你需要回忆什么？克莱伯，你当大莫格乌这么多年了，任何一项宗教仪式你闭着眼睛也能应付。我也从来没有见到你用这样的方式沉思。让我给你一杯定神的茶不是很好吗？”

“不，不。我不需要喝茶。爱拉在哪里？”

“她到那边去了，在最后一间的火塘后面找甘薯，有什么事吗？”

“没事，我只是问一下。”克莱伯说完，若无其事地坐了下来。不多久，布仑朝他走过来，递给他一个信号。于是巫师又站起来，和布仑两个人一起走向山洞的后段。他们两人又在秘密筹划什么？伊扎看着他们的背影摇了摇头，觉得有些蹊跷。

这两个人走到了已经清理好的那块地方。首领问：“时间快到了吗？一切都准备好了吗？”

大莫格乌说：“所有准备均已就绪。但我觉得时间还太早，还是等太阳再下落点吧。”

“你觉得？你还不能确定吗？是你说，你知道该做些什么。所以我以为你是经过了入定回忆，才发现了一种合适的宗教仪式。我以为一切都很妥帖了。可你竟然说‘我觉得’？”布仑厉声说道。

“我确已入定沉思过了，”大莫格乌反驳他，“但当我进入我的记忆储备，我发现那次的仪式已经过去了很长时间，而且是在不同的地方。那个地方没有雪，我猜甚至到了冬天也不会下雪。所以我很难说出准确的时间。我只知道，举行仪式时太阳的位置很低。”

布仑说：“这些你可从没告诉过我！那你就是没有办法确定呵？要是这样，我们还不如就此打住，就当什么也发生过。反正举行这个宗教仪式本身就很荒谬可笑。”

大莫格乌却当场表示反对:“我们不能放弃这次仪式。我已经跟神明交谈过了,而且也已经搬了石头过来。神正在等着我们。”

布仑说:“我本来就不赞同你把石头搬来。就算要举行仪式的话,也应该是在祭神室里举行。大莫格乌,你确定把神从祭神室请到这里,不会使它们不高兴?”

大莫格乌说:“这些问题我们早已讨论过了,布仑。我们不是达成了一致,认为把石头搬到这里比较好吗?如果把年代久远的神明请到图腾之神所在的小洞室,它们可能就不太情愿再离开了。”

布仑说:“你怎么知道将这些神唤醒后,它们就会自动离开?这太危险了,大莫格乌。我们还是算了吧。”

大莫格乌语气缓和了一些,说:“它们也许的确会停留一段时间。但当一切恢复原状,它们看到这里没有自己的位置时,便会自动离开。山洞里的图腾之神们会告诉它们该走了。当然,是否举办还是要由你决定!如果你能同意我的做法,我到时一定会设法安慰这些神的。再说,就算这些古代的神明非常期盼能举行一次宗教仪式,我们也不一定要照它们的意思办事。”

布仑说:“好吧,我同意你的意见。既然神已经在等,那我们马上就开始。但我们家族的男子们可能不会十分乐意参加。”

大莫格乌说:“布仑,你要明确一点,谁才是首领。另外,只要他们了解到这样做是对的,他们自然会接受。”

布仑说:“大莫格乌,我是说真的,这个主意真的能行吗?毕竟已经过去了这么久的时间。我现在想到的倒不是那些男子们,而是我们的图腾,它们能接受这个仪式吗?我们已经很幸运,很幸运了。我有不祥的预感,总觉得有什么不好的事要发生。我不想触犯图腾之神们。我要按它们的希望行事,我要使它们高兴。”

“这就是现在我们要做的事,布仑。”大莫格乌温和地说,“我们要做的事可以使所有图腾之神们都高兴。”

“你对所有的神都有把握吗?如果我们只取悦一个神,其他的神会因为受到怠慢而生气吗?”

“不,布仑。我想它们不会的。”巫师可以感受到首领的担心和紧张。他知道这件事对他并不容易,“但没有一个人能有十足的把握。我们只是人类,即使是大莫格乌,他也只是一个人。我们就试试看看。你自己也说过,我们的运气好。这就意味着所有图腾的之神都是快乐的。你想,如果它们之间战争不断,我们还能这样幸运吗?你何曾听说过,一个家族杀死一头猛犸后无一伤亡?在狩猎中,任何一环都有可能出差错。你们可能经过艰辛跋涉却没有找到猛犸群,又或许你们浪费了最佳的狩猎时间。但这些都没有发生。

你抓住了机遇,然后一鼓作气取得成功。即使是遭遇了鬣狗的布拉克最后竟也能幸免于难。”

首领凝视着巫师严肃的脸,然后挺起胸膛站起来。布仑笔直地站着,刚才眼神里的犹豫不决消失了,代之以坚定的决心。

他做着手势:“我现在去把男子们都召来。”

妇女们被告知要远离山洞的后部,也不许往那个方向看。伊扎注意到了布仑在召集男子们,但她只当做不知。要做什么是他们的事,与我无关。可她不经意一瞥,却看见有两个脸上用赭石涂成了红色的男人向爱拉跑去。伊扎感觉到自己在发抖。他们找爱拉做什么?难不成爱拉又出了什么事?

爱拉正在洞的后部离山洞口最远的一个火塘后面。她在一堆杂乱的箩筐和硬皮做的容器里寻找甘薯,根本没有注意到布仑与一个男子正向她走来。当她突然看见涂着红脸的首领竟然出现在她面前时,她被吓得倒吸了一大口凉气。

“不要抵抗,也不要出声。”布仑做着手势。

当她的眼睛被蒙住的时候,她开始感到恐惧。但一会儿她就被吓傻了,因为她感觉到自己被他们横着举了起来,在往什么地方走。

这边,当男人们看到布仑和古夫把女孩带来时都有些担心。他们同妇女们一样,一点也不知道布仑和大莫格乌为什么要筹划这次宗教仪式。但和妇女们不同的是,男人们知道他们的好奇心很快会得到满足。他们现在都坐在了从小洞里搬出的石头的后面,围成了一个圆圈。大莫格乌一开始只是告诫他们不要做手势,也不要出声。但直到大莫格乌交给他们每人两根洞熊骨头,并要求每人在自己胸前把骨头交叉举成×,告诫才真正生效。这个图形表示他们已处在一种最高级别的保护之下,也反过来说明,他们将面临极大的危险。当他们看见爱拉时,他们略微猜出了一些。

布仑把女孩推到大家围坐成的圆圈中间的空地上,让她面对大莫格乌站着,他自己则坐在女孩后面。巫师做了一下手势,布仑便摘掉了蒙住女孩眼睛的带子。爱拉眨了眨眼睛,等她适应了光亮,她慢慢看清了眼前的景象。在火把的照耀下,她看见大莫格乌坐在洞熊头骨的后面,男人们则双手交叉举着骨头。她害怕得一下瘫软在地,恨不得钻进地缝里躲起来。

她想:我又做错什么了?我最近都没有碰弹石带啊!她努力回忆自己是不是又犯了什么“严重的罪行”,才使他们把自己弄到这里来。可她一点也想不起她什么事做错了。

“不要动。不要出声。”大莫格乌再一次对在座所有人发出警告。

在这种环境下,她放弃了抵抗,决定保持顺从。她看见巫师把手杖放在地上，站了起来，用定式手势恳请乌萨斯和各位图腾之神降临。巫师用的许多手势她都不熟悉，但她还是全神贯注地盯着他看。大莫格乌所做的手势中，有大多数的意义只有他自己知道。

她了解克莱伯，了解这位走路时得把身子用力靠在手杖上，跛行时很是笨拙的瘸老人。他很丑，人是歪着的，身体一侧的生长发育受到阻碍，肌肉由于没有使用而逐渐萎缩；另一侧则为了弥补残疾而过分发育，成为支撑全身力量的主要依靠。虽然克莱伯只有一只手，只能做些简化了的手势，但很早以前，她就已经很欣赏他在公开的宗教仪式中所作的优雅的定式手语，而且她还发现，克莱伯会用某种模糊的方式来表现非常微妙的细致和复杂，同时使手势的意义更加丰富。现在，这位大巫师正站在骷髅头骨的后面做着手势。这套手势为爱拉展现了老巫师不为人知的另一面。

他往日的笨拙在这一刻都不存在了。行云流水般的动作极富韵律感，令观众目不暇接，昏昏欲睡。他的独手做出的动作是如此细致，虽不是舞蹈，却胜似舞蹈。大莫格乌真不愧是爱拉见过的最具有说服力的演说家。他对所有听众发表致辞时从未像今天这样富有感情和表现力。他的听众不只包括在座的家族成员，还有那些虽然别人看不见，但对他来说是真实存在着的神明们。当这位洞熊家族的大莫格乌开始把注意力转向那些无上崇敬的神时，他比刚才更加投入了。他要召唤这些神来参加这个独特的宗教仪式。

“远古之神！虽然从远古时代至今，我们从未祭祀过您。但现在，请聆听我们对您的呼唤，请接受我们对您的敬意。我们祈求您给予我们帮助和保护。伟大的神灵，您受人尊敬的名字是我们记忆当中的一声低语。请您从沉睡中醒过来吧，我们要向您致敬。远古之神，为了安抚您，我们特地奉上了祭品；现在，我们需要您的一个允诺。我们要呼喊您的名字了，请看看我们吧。”

“风之神，奥海！”当大莫格乌大声呼喊风神的名字时，爱拉只觉得有一股冷气顺脊梁而下。“雨之神，齐娜！雾之神，依莎！请大发慈悲，看看我们吧！我们中间有一个人，曾经被恶鬼带走，去了你们的世界，但之后她又回来了。她是在伟大的穴狮之神的授意下回来的。”

他是在说我。爱拉这才突然意识到。这是一场宗教仪式！我怎么可能会在这里出现？那些神是谁？我过去从来没有听说过他们。刚才这些神，都是女性的名字；可据我所知，所有的保护神都是男性。爱拉虽然因为恐惧而不停地哆嗦，但很是好奇。坐着的男人们同他们前面的石头一样，也从来没有听见过远古之神，但当大莫格乌呼喊他们的名字时，他们又觉得这些名字似曾相识。此时，在他们的思想深处，同那些名字一样久远的记忆已经被唤醒。

“最崇高的远古之神，你们的意图对我们来说永远是神秘的。我们只是凡人，不知道为什么强大的穴狮之神会选中一个女人，也不知道为什么神要引导着她重复远古时代的路，但神的旨意我们永远无从抗拒。穴狮之神为了她在黑暗的世界里战斗，打败了恶鬼，将她送回给我们。既然它表明了心愿，我们就一定不会违抗。哦，强大的远古之神，虽然家族现在已经不再以您的意图为依据，但既然过去曾经是过，那么与我们坐在一起的这个女孩应该就不能算是离经叛道。我们祈求您，远古之神，请允许她按您的意图生活，接受和保护她，同时给她所在的家族提供庇护。”大莫格乌说完马上转向爱拉，“把这个女人带到前面来。”他命令道。

爱拉感觉到自己正被布仑那双强有力的手拎起来，脚离了地，一直被他提到老巫师的面前。大莫格乌抓了一把她那金色的长发，使劲往后拽。她又惊又怕，头皮被拽得生疼，疼得她吸了几大口凉气。她使劲把眼睛往后翻，瞅见大莫格乌一只手扯着她的头发，另一只手却从袋里抽出一把锐利的石刀，举过了头顶。她被这一幕吓呆了，下意识想要逃离，却发现自己双手被布仑缚住，根本无法挣脱。她什么也做不了，只能绝望地看着这个独眼男人的脸离她越来越近。当她眼瞅着他将尖刀迅速刺向她没有任何保护的咽喉时，她因为惊吓几乎晕了过去。

她感到了撕裂般的疼痛。她想喊，但因为受到过度的惊吓而喊不出声。她觉得自己马上就要死了。但大莫格乌只是在她喉咙下面的凹陷处轻轻划了一个小口，并将一小块方形的兔皮按在伤口下方。滴下来的血还带有体温，马上被柔软的兔皮吸收。等到那块兔皮彻底被她的血润湿后，他就命古夫捧来一个碗，把碗里盛的刺激性液体涂在她的刀口上。随后，布仑放开了她。

她站在原地，还没弄明白是怎么一回事，就看见大莫格乌把沾了血的兔皮放进一个石头做的浅碗，里面有半碗的油。她被迷住了。只见巫师从他助手的手中接过火炬，将碗内的油点着，静静地看着兔皮被烧成焦炭，散发出一股刺鼻的辛辣气味。等兔皮烧尽，布仑把她的披身往一边勒紧，露出她的左腿。大莫格乌用手指蘸了一下碗里剩下的液体，在那四条旧疤痕处画上了四条黑线。她感到十分奇怪。因为那图案看上去很像图腾的标记。图腾标记是男孩在成人的宗教仪式上被大莫格乌切割皮肉并被涂黑后留下的图案。她觉得自己又被拎回原处。大莫格乌开始向神致词。

“最崇高的神，请接受她献给您的血。我们想让您知道，她的图腾是穴狮之神，这是穴狮之神自己选择的，让她选择您在千年前的道路。我们对您有无上的敬意，请您降下恩德，然后重新睡去。我们没有忘记您的道路，希望您能满意。”

爱拉想，仪式应该结束了。当大莫格乌重又坐下时，她深深地吁出一口气,放下了悬在半空的心。她仍然不知道自己为什么会被要求参加这样一次不寻常的宗教仪式。但现在还不是她退场的时候。布仑走到她的面前,做出手势命令她站起来。爱拉连忙站起来。布仑从披身的褶裥取出一小块椭圆形象牙,这是从猛犸的长牙的端部锯下的,已被染成了红色。

“爱拉,只有在这一刻,当你在远古之神的保护下时,你拥有与男子们相等的地位。”爱拉不确定自己是不是听懂了首领的话,“一旦你离开这里,你就决不能再抱有这样的非分之想。你是一个女性。而且你永远是一个女性。”

爱拉点点头,认同了首领的话。她当然知道她是女性。但是,她仍然感到困惑不解。

“这块象牙来自我们猎杀的那头猛犸。这是一次非常幸运的狩猎;我们杀死了一头巨兽,而且没有一个人受伤。这块象牙曾被乌萨斯点化为吉祥之物,后被大莫格乌染成了神圣的红色,是强大的辟邪之物。家族的每个猎人都必须在他的护身符里放有这样的辟邪物。

“爱拉,一个男孩在他完成第一次杀伤后就将成为一个男丁。一旦他成丁后,就不再是一个孩子了。在很久以前,有各种神鬼会在家族附近徘徊。在那时,家族的妇女是狩猎的。我们不知道为什么你的图腾要引导你重复远古之路,但既然穴狮之神允许了,我们就不能违背它的意愿。爱拉,你已经完成了你的第一次杀伤;你现在已经可以承担一名男丁的责任了。但是你是一个女性,不是一个男性,而且你将永远是个女性。这是唯一的现实,不可改变。所以,爱拉,你现在是一名狩猎妇女。你能使用的唯一武器是弹石带。”

爱拉感到一股热血直往脸上冲。这难道是真的吗?她过去真的了解布仑吗?为了使用弹石带,她受尽了苦难,甚至以为不能再活下去;现在难道又允许她使用了吗?允许她狩猎吗?甚至是公开地狩猎?她怎样也不敢相信。

“这个辟邪物是给你的。把它放在你的护身符内。”爱拉赶忙取下套在颈脖上的小袋,笨手笨脚地解开系在口上的结,然后接过布仑递过来的那块红色椭圆形象牙,放进护身符里,和红赭石还有那块化石装在了一起。最后她系紧了皮袋的口,再把袋子套回到了颈上。

“还不能告诉任何人;我会在今夜宴会前宣布。爱拉,这次宴会是为你举办的,庆贺你完成第一次杀伤。”布仑说到这里,眼睛里闪烁出一丝幽默的意味,“我希望你下一次能猎一头比鬣狗更美味的野兽。”他说,“现在,你可以转过身去。”

爱拉照着他的话做了。她又觉得有蒙眼带蒙住了她的眼睛。两个男人把她带回到原地,然后除去了蒙住她眼睛的带子。她看见布仑和古夫又回到了男人们围成的圈子里。我是在做梦吗？可刚才被大莫格乌刺过的咽喉明明还有阵痛。她又伸手摸护身符，里面的确有三个小物件。她拉开自己的披身，清清楚楚地看到涂抹在她腿上的黑线。一个猎人！我是家族的一个猎人了！他们说，这是我的图腾的意愿，他们不能抗拒。她捏着护身符，闭上眼睛，然后开始用定式手势祈祷。

“伟大的穴狮之神，我怎么能怀疑您呢？咒死是我经历过的最严峻的考验，但它却又是如此丰厚的一份礼物。您觉得我值得保护，我真的非常感激。我知道克莱伯是对的——他说，有您作为我的图腾，我的一生都不可能风平浪静。但我现在知道，这一切都是值得的。”

这次宗教仪式终于使男人们心悦诚服。他们接受爱拉作为唯一的女性参加狩猎。只有勃劳德除外。他于当场大发雷霆。如果不是被大莫格乌的警告震慑住，他很有可能会中途退出仪式。他怎么也不能接受这个女性被赋予如此特权。他怒目瞪着大莫格乌，不甘心就此咽下这份屈辱。但布仑对他眼神流露出的恨意并没有加以理会。

勃劳德想，这都是布仑一手造成的。他总是维护她，偏袒她。他甚至还警告我，要处以我咒死。就像他为了惩罚她的傲慢而处以她咒死一样。我可是他配偶的儿子，她竟敢同我相提并论？她受诅咒是罪有应得，可布仑不仅不判她永久咒死，竟然又允许她像男人们一样打猎。他葫芦里卖的到底是什么药？哼，反正他在一天天变老，他也不会永远都当首领的。有朝一日，等我当上首领，她就什么特权也别想得到了。到那时，我会让她和她的傲慢一起在我眼前消失。

18

爱拉在她十岁那年的冬天获得了“狩猎妇女”的殊荣。从那时起，伊扎注意到女孩的身体起了变化。她的月经初潮突然来临了。伊扎虽然表面上什么也没说，但一下子就轻松了许多，感到很是欣慰。她原本以为，她这个不寻常的女儿注定永远都不会发育。爱拉的臀部变宽，胸前的两个乳房隆起，身材也不再是之前的直线形。而且随着她月经的初潮来临，她的乳头胀大，四肢和腋下也长出了淡淡的毛。在她的体内，她的图腾精灵第一次与另一精灵起了冲突。

爱拉也知道，她不大有可能生育孩子。她的图腾太强大了。但她是那么盼望能有一个婴孩——自从尤芭出生以后，这种念头日愈强烈。她希望能有一个自己的婴孩，这个婴孩能接受她全部的爱，能在她的悉心照顾下茁壮成长——虽然强大的穴狮图腾使她的这些想法永远只能是妄想，但她依然沉浸在对婴孩的渴望中，对家族里的那些婴孩们大有兴趣。当他们的母亲们正忙于工作时，爱拉就常去帮助照料孩子；当母亲们把自己的婴儿又抱回去喂奶时，她就会有一种说不出的失落，仿佛内心在阵阵刺痛。她现在有资格表现出自己对婴儿的兴趣了，毕竟她现在已经是一个成年妇女，不再是一个女孩了。其实在她还是一个女孩时，就已经比一般的妇女要高了。

爱拉与同样没有孩子的奥芙拉惺惺相惜。奥芙拉已经好几次在怀孕初期流产。虽然没有留下什么病痛，但至今也没有孩子。奥芙拉的图腾是河狸，也许是因为河狸过于凶猛，所以连累了她。自从当初随家族猎人一起狩猎猛犸，特别是爱拉的生理发育成熟以来，这两个年轻妇女就经常在一起做伴。奥芙拉很文静，话也不多。她性格上的沉默寡言与伊卡的大方开朗和喜欢结交朋友正相反。随着爱拉和奥芙拉的相互了解逐渐加深，她们之间的友谊也变得更加亲密。同时也因为奥芙拉的关系，爱拉和古夫也成了好朋友。人尽皆知，年轻的巫师助手古夫和他的配偶伉俪情深，但这也更使奥芙拉成为了大家同情的对象。她的配偶不因为她不能生育而冷淡她，反而更加温柔地对待她。家族的人都知道，因为古夫的深情厚谊，奥芙拉更加迫切地想要为他生下一个婴孩。

奥茄又怀孕了。这令勃劳德大喜过望。奥茄三岁的儿子布拉克才刚断奶不久，她就又怀孕了，看来她会像阿葛和伊卡那样多产。德路盖最近也喜上眉梢，因为那天他看到配偶阿葛两岁的儿子格罗勃将石子拿在手里互相撞击。这使他吃了颗定心丸——这个男孩将来一定也会成为一个石器制造者。德路盖找来一块小的锤石，正好能被格罗勃短胖的小手握住，工作时就让男孩在一旁玩耍。看着男孩模仿着自己敲石器的动作把地上的燧石敲碎，德路盖心里的激动和欣慰难以言表。伊卡两岁的女儿伊葛拉看来应该会和她母亲一样开朗。伊葛拉整天乐呵呵的，是个圆脸、好脾气的小女孩。她可爱的样子逗得家族里每个人都很喜欢她。布仑的家族正在逐渐兴旺，一派欢乐祥和。

早春的这几天，爱拉离开家族，来到高山上那个隐蔽的小山洞里。她将在这里度过妇女必须要经历的诅咒——人生第一次月经来潮。在经历过非人的咒死惩罚后，这次她的独自生活简直就像过节一样。冬天已经过去，家族很快要开始狩猎。爱拉利用难得的这空闲的几天，好好琢磨了一下该如何解决自己弹石的缺陷。几天过去，她的技术得到了很大的提高。她也会时常提醒自己，再也不需要偷偷摸摸地碰弹石带了。对她来说，隐居的日子里要想获得食物并不是难事，但她每天仍非常期盼在家族居住的山洞附近与伊扎见面。伊扎除了会带给她吃不完的食物以外，她短暂的陪伴同样带来了心灵的慰藉。虽然如此,爱拉仍然很不习惯在小山洞里独自度过长夜。但因为这次隐居的意义同上次不同,而且时间又很短,日子也就显得没那么难挨了。

伊扎和爱拉见面时常常会因为相谈甚欢而忘了时间。天黑了之后,爱拉不得不擎着火炬寻觅回山洞的路。每次伊扎看到爱拉还穿着她在"咒死"时做的那件鹿皮披身,总是难免紧张。因此爱拉决定将披身留在小山洞里,在伊扎的面前都不再穿了。爱拉就像其他所有刚刚成熟的年轻妇女一样,从她的母亲那里学习了许多妇女应知的事宜。伊扎给了她许多柔软、吸水强的皮革。告诉爱拉,等她再来月经时就可将皮革从胯下穿过,系在腰带上。被经血弄脏后的皮革要被深埋到地下,而且在填埋的同时爱拉要做出合适的祷告手势。伊扎也没有忘记告诉爱拉,当有男人要与她做爱时,她该采用什么姿势和动作,事后又该如何清洗自己。爱拉现在已经是一名成年妇女了,的确应该完善自身,掌握家族内成熟女性应有的功能。她和伊扎还谈了许多有关妇女的事,其中有些在伊扎的医药训练中已有涉及,因此爱拉学习起来并不困难。她们讨论了生育、哺乳和解除子宫痉挛的治疗方法。伊扎解释了妇女要怎样才能激起男人们的性渴望,又提醒了爱拉作为配偶应尽到的责任。伊扎虽然把母亲曾告诉自己的话原封不动都说给了爱拉听,但她私下里真的怀疑,这个一点都不漂亮的女孩究竟有多大可能用到这些知识?

她们谈了许多,但有一个问题伊扎一直没有提到。当大多数女孩成长为妇女时,常常已经对某一个男子心仪已久。虽然没有一个女孩或她的母亲会开诚布公地同那个男子谈,但如果女孩的母亲与配偶关系良好,就会将女儿的这个愿望告诉配偶。如果配偶也满意这名年轻男子,就会告诉首领,最后由首领作出是否婚配的决定。如果没有其他情况,特别是如果这位年轻男子也中意这个女孩,首领基本会同意他们结成配偶。

但也有例外,比如就伊扎的事来说。虽然一名成熟的年轻妇女和她的母亲通常会对择偶很感兴趣,但伊扎和爱拉至今仍未谈到这个问题。目前,家族还没有尚未婚配的男子,而且伊扎相信,就算有单身的男子,他们也未必有兴趣娶爱拉,最多是把她当第二配偶。但爱拉对此一点都不感兴趣。直到伊扎提起已婚妇女应负的责任时,爱拉这才想到了自己将来会有配偶。不过当这个念头一旦在她心里扎根,她就再也放不下了。

经期很快过去了,爱拉回到了家族的山洞。不久后的一天清晨,阳光明媚,春意盎然。爱拉拿着水袋前往山洞附近被泉水灌注的水潭装水。时候尚早,她是第一个走出山洞的。当她跪下来俯身装水时,她忽然停了下来。因为早晨的阳光把平静的水面照成了一个明晃晃的镜面,所以爱拉非常惊诧地看到水面上映着一个陌生的面孔，之前她从来没有在反射的平面上见过自己的样子。山洞附近的水源大多都是流动的溪水或河水，而当她往水潭汲水时，也常常是先把容器按入水中，然后再看向水中。静止的水面这时已经有了涟漪，自然也就显不出清晰的影像。

只见年轻的妇女爱拉仔细地端详起自己映在水面上的脸。这是一张近乎方形的脸，下颌轮廓分明，圆圆的脸颊因为年轻而神采飞扬；颧骨很高，颈部长而光滑，突出的下巴上面是丰满的嘴唇；直直的鼻梁尾端是翘起的鼻尖；她明亮的蓝眼睛外闪烁着浓厚的睫毛，在眼际投下的阴影比她的发色还要深；一头金色长发柔软飘逸，像一挂瀑布一直披到了肩膀下面，在日光照耀下闪闪发光；和睫毛一样的深色眉毛似一轮弯月，悬在她那光滑平直且高高凸起的前额上；眉嵴的起伏也很平缓。爱拉浑身僵硬，不敢相信地直往后退，然后笨拙地爬起来一路奔回山洞。

"爱拉，出了什么事？"伊扎做着手势说。很显然有什么事在困扰着她的女儿。

"母亲！我刚才在水潭里看见了我自己。我长得这么丑！母亲，为什么我这样丑？"她语气激动，热泪夺眶而出，一下投入了她母亲的怀抱。在爱拉的记忆里，除了家族的人外，她还没有看见过其他人，自然也就没有其他标准来区别美与丑。虽然与爱拉一起生活的人已经习惯了她的长相，但她自己例外。直到刚才她才发现自己与周围的人不同——而且是那么大的不同。

"爱拉，爱拉！"伊扎把泣不成声的爱拉抱在怀里想要安慰她。

"我不知道我这么丑，母亲。哪个男人会要我？我永远都不可能有配偶的。我也永远都不会有自己的孩子。我将一辈子一无所有。为什么我生得这样丑啊？"

"我不知道你的外貌是不是算丑，爱拉。也许你只是长得与众不同。"

"我是丑！我就是丑！"爱拉摇摇头，拒绝她母亲善意的安慰，"你看看我！我长得比勃劳德和古夫都要高，甚至快和布仑一般高了！而且，我还很丑。我又高又丑，永远也找不到配偶。"她做着手势，又抽噎了起来。

"爱拉！别哭！"伊扎厉声说道，然后摇了摇她的肩膀，"你没有办法决定你的长相。爱拉，你不是本家族出生的孩子。你在外族出生，自然会长得和你的族人们一样。你不能改变它，必须接受它。的确，你很有可能一辈子找不到配偶，但没有办法，你只能试着接受这个现实。不过事情没有绝对，也不是说一点希望也没有。你很快就将成为一名女巫医，一名和我来自同一家系的女巫医。即便没有配偶，你也决不会沦落成一个没有地位、没有价值的妇女。

"明年的夏季将举行家族大会，到时会有许多家族参加。我们并不是唯一的家族，这你应知道。你大可在其他的家族里找到一个配偶。那个男子也许不是年富力强的青壮年，也有可能他的地位不太高，但总归可以作为一个配偶。而且佐格常常夸你。说实话，能有这样一个男子这么关心你，你实在是幸运。他早已对克莱伯提过，他在另一个家族里有近亲。他希望克莱伯到时候能告诉他的近亲们，你是多么受他的赏识。他还说，你会成为一个很好的配偶。他会让他的近亲们对你予以考虑。他甚至说他如果还年轻，他一定会娶你的。你要记住，家族不只我们一个，除了家族里这些男人，世界上的好男人还有很多。”

“佐格真的那么说过？即使我这么丑也真的没关系吗？”爱拉做着手势，眼睛里重新闪现出希望。

“是真的。有他的介绍，再加上你来自著名女巫医家系的地位，即使你长相特别，我也敢肯定一定会有一个男子心甘情愿娶你为妻。”

听到伊扎的话，爱拉脸上不确定的笑容瞬间消失了：“那到时候我是不是就要搬到别处去生活了？我可不想离开你和克莱伯，还有尤芭。”

“爱拉，我老了。克莱伯也不再年轻。再过几年，尤芭也将成长为妇人，嫁为别人的配偶。到那时候，你一个人将怎么办？”伊扎做着手势说，“而且将来总有一天，布仑会把首领的位置让给勃劳德。等勃劳德当上了首领，你在家族里的日子一定不会好过。所以你最好还是趁早嫁出去，离开这里。家族大会是一个你找到配偶的好机会。”

“母亲，你说得很对。等勃劳德当上首领，我是不愿意待在这里的。但是我真的不愿离开你。”她皱着眉头说，然后安慰自己，“不过现在距离明年夏天还有整整一年。这些事到那时再担心也不迟。”

伊扎嘴上没说什么，心里却在想：你以为一整年能有多长。我的爱拉，我的孩子，你可能要到我这般年纪才会知道，一年的时间是如何转瞬即逝。你说你不想离开我，你以为我愿意和你分离吗？你根本不知道我会如何地想念你。但凡这个家族里有一个男子想娶你，或如果勃劳德将来不会当首领，那就好了。

看到伊扎对自己的话没有反应，爱拉拭去眼泪，又走出山洞去打水了。只不过这一次，她的眼光再也没在静止的水面上停留。

下午迟些时候，爱拉往森林里走去。站在森林的边缘，她透过灌木丛观察家族居住的山洞，看到有几个人在山洞外一边工作，一边闲谈。她背着两只兔子，是刚才用弹石带捕到的。她换了个肩膀背兔子，低头把别在腰带上的弹石带取出，塞进了披身的褶裥内。觉得不妥，又把带子别回到腰带上一个明显的位置。她很紧张，又看了一眼山洞，才踌躇着迈开步子。

她心里想，布仑说过我可以打猎，而且也举行了宗教仪式允许我打猎。

我现在已经是一个狩猎妇女了，我到底在怕什么？爱拉想到这里，扬起了下巴，昂首挺胸地从被树叶荫蔽的树林后面大踏步走出来。

山洞外的那几个人看见爱拉，马上停下了他们的工作或闲谈，近乎呆滞地注视着这个肩上挂着两只兔子的年轻妇女走过来。他们愣了很长时间，才从震惊中回过神来，意识到自己这样很不礼貌时，才移开了目光。爱拉觉得脸上似火在烧，但依旧鼓起勇气，不顾这些人遮遮掩掩的偷看，毫不迟疑地径直向前走去。当她走进山洞，洞里的昏暗和凉爽使她终于如释重负——一旦她适应了，山洞里的人们投来的凌厉眼神就再也不能伤害她了。

伊扎看见爱拉进入克莱伯的火塘时，同样也吃惊地睁大了眼睛。但她很快就恢复正常，把目光从爱拉肩上的兔子移开。她不知道该说什么好。克莱伯则坐在他的熊皮上，显然正在闭目养神，因此也没有理睬她。其实他已看到她进洞，也看到她进入火塘，但就是假装没有看见。等爱拉把猎物从肩上卸下，放在了火堆旁，还是没有人说一句话。过了一会儿，尤芭跑了进来。她的脸上一点也没有不安，还是一如既往的开朗。

“这些真的都是你自己猎杀的吗，爱拉？”她问。

“是的。”爱拉点点头。

“这两只肥兔子看上去很好吃。母亲，我们今天的晚餐就吃兔子，好吗？”

“嗯，好吧，我想应该没什么问题。”伊扎的回答依旧带有窘迫和犹疑。

“那我现在就剥皮。”爱拉迅速答道，然后掏出她的石刀。伊扎先是愣了一下，然后走过去，拿过她手中的刀。

“不，爱拉，这是你猎来的。还是我剥皮吧。”爱拉听伊扎这样说，便顺从地往后退了一步。伊扎很快地剥完了兔子的皮后，将烤肉叉穿过兔子，放在火上烧烤。站在一边的爱拉此时和伊扎一样，也略带不安。

“伊扎，有这样的兔子当晚餐实在是美味。”克莱伯过了一会儿终于打破沉默。话语中仍然避免直接评论爱拉打猎这件事。在场的只有尤芭对此一点也不讳莫如深。

尤芭满不在乎地说：“这真是两只好兔子，爱拉。不过下次你可不可以打几只雷鸟回来？”尤芭和克莱伯一样，也很偏爱那种脚上带羽毛的肥鸟。

等到下一次爱拉将捕获的猎物带回山洞时，就没有引起上次那样的震动了。而且越往后，人们对她狩猎就更加习以为常。由于克莱伯的火塘里有了爱拉这个猎人，克莱伯减少了自己从其他猎人那里获得的猎物份额，不过由男人们猎到的大型猎物例外。

这个春天对爱拉来说十分繁忙。她并没有因为她的打猎而减少她应该承担的妇女的工作，也依旧在为伊扎采集草药。但爱拉很热爱这份工作。她浑身都充满了能量，从她记事以来都没有像现在这样快乐过。她怎么能不快乐呢？经过家族的允许，她再也不必偷偷摸摸地打猎；她回到了家族，又和所爱的人们生活在一起；她终于发育成熟，成为了一个妇人；而且她和其他的妇女关系日渐亲密。

爱菠拉和尤蔻都接受了爱拉，虽然这两个年纪较大的妇女并没有彻底忘记她是与众不同的；伊卡对爱拉总是十分友好；自从爱拉救回来溺水的欧娜，阿葛和她母亲对爱拉的态度就发生了根本的转变；奥芙拉已经成为她一个亲密的，可以说知心话的女伴；奥茄不顾勃劳德的不乐意，也开始与她真心相待。奥茄曾对这个男人抱有炽热的感情，但近年来与这个喜怒无常的勃劳德生活在一起，她早已心生厌倦。热情不再后，两人的关系也日渐冷淡。但自从爱拉被家族正式接受为一名猎人后，勃劳德对她的报复心理却与日俱增。他总想方设法要去折磨她，或是激起她的一些反应。他的骚扰对爱拉来说已经成了生活中的一部分，她早已学会如何与之共处。任凭勃劳德使尽浑身解数，她依旧不为所动。她甚至开始觉得，他再也无法使她觉得困扰。

这天，春光明媚，百花齐放。爱拉决定去猎几只克莱伯爱吃的雷鸟。她考虑着自己在猎鸟的同时，也要留意新生的植物，好充实伊扎的草药库。她耗费了一个早晨，跑遍了山洞周围的野地，然后前往大草原附近的那片广阔的草场。她的经过惊动了几只低飞的鸟，她眼疾手快，以迅雷不及掩耳之势用飞石将其击落，然后在茂盛的草丛里搜索鸟窝，想摸出几个鸟蛋。克莱伯喜欢往雷鸟的肚子填入可食用的绿叶、香草，还有鸟蛋，然后将鸟烤熟食用。她摸了一阵，终于发现了鸟窝，情不自禁发出喜悦的惊呼。她把窝里的几颗鸟蛋用柔软的苔藓小心翼翼地包裹好，塞进她披身的褶裥里。旺盛的精力和发自内心的愉悦使她在草场上快意奔跑起来，等她终于跑得上气不接下气时，才在一个长满嫩草的土丘上停了下来。

她累得一下子坐在了地上。她先检查了一下鸟蛋，发现没有碰破，便放心地拿出一块肉干当作午餐。当她啃着肉干时，她看见一只胸前羽毛是淡黄色的草地云雀栖在没有遮蔽的树枝上卖力高歌，过一会儿又飞到空中继续歌唱；一对金冠雀发出婉转哀怨的低鸣，轻快地在开阔的野地边缘掠过一丛丛黑莓树丛；有一对黑冠的灰羽鸟在小溪边一棵冷杉的树洞里筑了巢。它们不断地飞进飞出，在土丘脚下繁茂的草丛里低飞盘旋。这种鸟没有确切的名字，人们一般用它“切——阿——迪——迪”的叫声来表示它；一对个小、活泼的鳾鹩正在一棵结满了树瘤的老苹果树上叽呱叽呱地吵嘴。它们含着小树枝和干燥的苔藓，准备在这棵树的一个树洞里筑窝。这种鸟的繁殖能力极强，一窝蛋常常能孵化出好多只通体粉色的幼雏。

爱拉十分珍惜这种无人打扰的静谧时分。她晒着暖洋洋的太阳，全身被轻松和满足包围着。好像再也没有什么值得牵挂的事,日子也会一直充满了快乐地继续美好下去。她放松了警惕,完全没有注意到有一个人正悄悄向她靠近,直到一个黑影挡在她面前。她惊慌地抬头,等她终于看清那个盯着自己的人原来是勃劳德时,她吓了一大跳。

因为这一天家族没有安排集体狩猎,因此勃劳德决定独自外出打猎。他从来都不是一个勤奋的猎人,却突然有如此的积极性,与其说他是为了给家族提供并不缺乏的肉食,还不如说是为了在暖和的春天出去溜达一会儿。在野地里闲逛的他怎么也没有想到,竟然会在这里碰见爱拉。当他看见不远处的爱拉正坐在一个土丘上一动不动地晒太阳时,他暗自窃喜,心想终于找到她懒惰的证据了。这次无论如何也要好好收拾她一下。

爱拉被他盯得心里发毛,马上站起身来。因为她比他高,所以她的这个举动使他更加生气了——他怎么可能愿意仰望一个妇女。他做着手势命令她蹲下,准备给她一顿严厉的训斥。但当她蹲下后,他看到她的眼睛里竟没有流露出任何抗拒的情绪。她这种毫无反应的表情使他更加怒火中烧。要知道,他想尽一切办法就是为了逼她有所反应。平常在山洞里,他还可以没事找事,命令她干活后她起码会立即应声,不敢有任何延误。可在这空旷的野地里他又无法吩咐她干什么活儿,一时有些苦恼。

正当他暗暗生着闷气时,突然有什么东西从他脑海闪过。他抬起头环顾四周,然后又低头看了看坐在他脚边的这个妇女。他知道,她正平心静气地等着他的训斥。可他的心里很不平衡。自从她成为了妇人,她处事比以前更加嚣张了。布仑怎么能承认她是可以狩猎的妇女呢?这时,他又注意到她的身边放着雷鸟,而自己却两手空空。这个丑八怪的表情那么傲慢,一定正在幸灾乐祸吧,就因为她猎到了这些鸟,而我手上什么也没有。我能叫她干点什么呢?这里也没有什么需要她给我取来的。噢!等等,我想起来了。她现在不是已经成为妇女了吗?我想到要她做什么事了。

爱拉看到一直沉默不语的勃劳德突然给了她一个信号,眼睛一下子睁大了。这是她怎么也没有想到的。伊扎告诉过她,只有当妇女对一个男子很有吸引力时,那个男子才会要求她干这件事;而她知道,勃劳德是嫌她丑陋的。勃劳德当然没有错过爱拉那震惊的表情。她的反应令他更加得意自己想出的这个点子,也更加起劲了。于是他又一次示意她,蛮横地命令她摆出可以与他性交的姿势。

爱拉当然理解他的意图。不仅伊扎告诉过她,她自己也常常可以看到家族的成人有这种行为。在原始人的社会里,性是完全开放的,透明得就像人的呼吸一样,不受任何人为的限制。儿童们从小就会模仿自己双亲的各种动作,性交也在他们模仿的动作之列。爱拉一直都很困惑,不明白为什么成人间要有这种举动。不过当她看到年幼的男孩搂住女孩模仿成人的性交时，她并不会觉得不安，因为她知道这时候的这种行为是不会造成伤害的。

但有的时候就不仅是模仿那么简单了。家族里曾有许多少女被一些尚未完成第一次杀伤猎物，年龄介于少年和成人之间的青春期男子刺穿了处女膜；还有个别的成年男子，因为被风骚的女人迷住，便找来尚未成熟的女性满足自己的性欲。但大多数年轻男子还是耻于与自己年幼时的玩伴玩这种游戏的，认为这有损于男子汉的尊严。

爱拉从小就没有与自己年龄相仿的男性玩伴。虽然伏恩的年龄与她相仿，但阿葛总是有意从中阻挠，使他们间至今也没有发展成比较亲密的关系。而且爱拉也不大喜欢伏恩，因为伏恩常常模仿勃劳德的态度来指使和训斥她。虽然看到勃劳德在练习场上出过丑，但伏恩还是把勃劳德当成偶像崇拜。伏恩从没与爱拉玩过配偶间的游戏，爱拉也一直没有与另外的男人有过这种经历，因此爱拉到现在仍是处女之身。

这位年轻的妇女感到自己正处在尴尬的境地；她知道她必须照做。显然，勃劳德非常乐于看到她的惊惶失措。他很满意自己能想到这一招；他终于攻破她的防御。她脸上迷惑和不知所措的表情大大刺激了他的性欲，他是真的兴奋了。当爱拉踌躇着正准备站起来时，他一下扑到她身上，强迫爱拉跪在了地上。爱拉很不习惯和家族里的男人如此靠近。她被勃劳德越来越粗重的呼吸声吓坏了。她非常为难，不知该怎么办才好。

勃劳德已经等不及她作出反应了。他猛地将她推倒，扯下他自己的披身，露出了他的生殖器官。他的阳具已经胀得很粗，正轻微地震颤着。她在等什么？她这么丑，我这样已经是给她面子了，再也不会有另外别的男人会要和她做这种事。他愤愤地想着，欲望越来越强烈。他抓住她的披身，想用力把它扯下来。

正当勃劳德凑上前时，爱拉突然合上了她的两条腿。她不能干！她就是不能干。她已经失去了理智。她不管自己按照规矩是不是必须要服从他，翻身爬起来拔腿逃跑。可勃劳德比她跑得快。他一把抓住她，把她强按在地上，用拳猛击她的面部。她的嘴唇很快就被他的铁拳弄破了。他开始感觉到快感。之前他忍住了多少次想要教训她的冲动，现在终于没有人来阻止他了。而且这次他有了正当的理由——她不服从他，而且是公然地不服从他。

爱拉快要绝望了。她挣扎着想要站起来，却马上又被他打倒在地。他没有想到她还会有这样的反应，欲念一下子更加炽热了。他决定了，今天一定要制服这个傲慢的妇人。他打了她一拳又一拳，看到她每次被打得直往后缩，他就能感到巨大的满足。

爱拉的耳朵里嗡嗡作响，血不停从她的鼻孔和嘴角冒出。她又挣扎着要爬起来,但还是被他按在地上。她想要反抗,便像擂鼓般地用拳头捶打他的胸部。但对他坚硬的肌肉说来,她的反抗一点也不起作用,反而使他的欲望空前高涨。他尽情享受着她徒劳的反抗,更加用力地把拳头砸在她身上。

等他停手时,她已经几乎失去了知觉。他把她翻了个身,使她脸朝下趴在地上,然后疯了一样地一把扯去她的披身。只见他把她的两腿分开,用力地一顶,把自己的阳具深深地捅进她的体内。她因为撕裂的剧痛发出的尖声哭喊无形中增加了他的乐趣。他再次用力地挺身,果然又引起她另一次痛苦的叫喊。他像上了瘾一样,随着一次又一次的抽送,兴奋感越来越强烈,很快就要到了无法控制的高潮。当他用尽全力完成了最后一次冲刺,身下的爱拉发出了极度痛苦的哭号。这下,他终于将积聚已久的怒火喷射干净了。

勃劳德一下就像泄了气的皮球,瘫在了爱拉身上。他的体力已消耗殆尽,还在大口地喘着粗气,过了好一会儿才缓过来。爱拉在断断续续地啜泣着。她的脸上都是血污,不断流出的咸咸的泪水刺痛着脸上破了皮的创口。一只眼睛已经肿胀得几乎睁不开了,眼周开始变得乌黑。她的大腿内侧也沾满了血,身体内部的深处在隐隐作痛。这时勃劳德站起身来,朝地上的她看了一眼。他的感觉好极了;他从不知道把阳具放进这个妇女的阴道里会令他如此欲仙欲死。他拾起刚才扔在地上的武器,转身回山洞去了。

爱拉就那样一动不动地趴在地上,过了很久才停止了抽泣。终于,她支撑着爬了起来。她伸手摸了摸自己的嘴唇,感觉到了胀痛,又看了看手指上沾着的血。她浑身都在痛,不论是身体里还是体外。她看到自己两条大腿间的血已经染红了地上的绿草。她感到有些莫名其妙,是不是我的图腾又在打仗了?不!我想不会的,还没到时候。一定是勃劳德弄伤我了。我不知道他在我的身体里竟然也能弄伤我。为什么其他妇女却从来不会因为这个而受到伤害;为什么勃劳德的生殖器官会伤了我?是不是我哪里不对劲?

她慢慢站起身来,朝小溪走去,每迈出一步都会伴随一阵剧痛。她走到小溪边,捧起溪水冲洗自己,可无论她怎样清洗,也无法消除她身体上一阵阵的抽痛和思想上的混乱。为什么勃劳德要我和他做这事?伊扎说过,男人们要找那些有吸引力的女人发泄性的需求,可我长得那么丑。为什么一个男人要伤害他中意的女人?而且女人们好像也很享受被伤害。要不然她们为什么要做出引诱男人的姿态?她们为什么会喜欢那种事呢?奥茄就从不介意勃劳德对她做那事。他们每天都要干,有时一天还不止一次。

一阵恐惧突然袭上爱拉的心头。哦,不!勃劳德要是再来找我的话怎么办?我不要回去,我不能回去。可我又能到哪里去呢?我的小山洞?不,它太小了,我不能在那里面过冬。我必须回去,我没法独自生活。而且我不能离开伊扎、克莱伯和尤芭。我该怎么办呢？如果勃劳德还要我干那事，我是不能拒绝他的。家族里还没有一个妇女敢拒绝男子的要求。当我还是一个女孩时，他对我并没有这样的要求。难道是我的问题吗？为什么我要长成一个妇人呢？曾经我很高兴自己终于发育成熟。可现在看来，如果能避免这种事，就算让我一辈子做女孩我也甘心。反正我永远也不会有孩子。可如果没有孩子，作为一个妇女又有什么意思呢？特别是还会有男人要你干那种事。说到底，那种事究竟有什么好呢？如果没有什么好处，又为什么一定要做呢？

太阳不知不觉接近了地平线。爱拉步履沉重地走回到土丘上寻找她猎到的雷鸟。之前被她小心揣在披身里的鸟蛋早都被磕碎了，弄脏了她披身的前面。她回头看看小溪，回忆起下午自己听鸟唱歌时快乐的心情，时间好像一下子回到了几年前的另一时间和地点。她拖着脚步返回山洞，浑身的疼痛使她要战战兢兢地迈出每一步。

伊扎看到西落的太阳已经消失在了树丛的背后，心里的忧虑更加重了。她走遍了附近树林里的每一条小道，最后又来到山脊处，想在山坡下的大草原发现爱拉的身影。伊扎想，妇女本来就不应该单独外出；我从来也不希望爱拉出去打猎。她会不会是被什么野兽袭击了？她会不会受伤了？克莱伯虽然也同样惦记着爱拉，但他尽量不表现出他的忧虑。看到天光逃窜，甚至连布仑也开始担心了。第一个看到爱拉从山脊向山洞走来的是伊扎。正当她要做出手势责骂爱拉为何要使她这么操心时，她的手停在了半空中。

"爱拉！你受伤了！到底出了什么事？"

"勃劳德打了我。"她做着手势，表情呆滞。

"为什么？"

"因为我不服从他。"年轻妇女做着手势，自顾自走进了山洞里的火塘。

伊扎心想，究竟发生了什么事？爱拉这几年从没有对勃劳德有过任何不服从。为什么现在又会突然违抗他？而且勃劳德为什么不告诉我他见过她？他明知道我很担心。另外，过了中午没多久他就回到了山洞里，为什么爱拉却拖到现在才回来？伊扎朝勃劳德的火塘迅速地瞥了一眼，恰好瞅见勃劳德脸上挂着得意洋洋的傻笑，正不顾礼仪廉耻地注视着界石这边的爱拉。

克莱伯把一切都看在了眼里：爱拉的脸不光肿胀，还布满淤青，神情凄凉至极。勃劳德则自她回来后就一直朝她这儿看，还傲慢地狞笑着。克莱伯知道，勃劳德近几年来对她的憎恨与日俱增——她对他的百依百顺不但没有比童年时期的叛逆更好，反而起到了反效果——一定是发生了什么事，才使勃劳德觉得自己又可以控制她了。不过就连克莱伯这样极富洞察力的人也猜不出个中原因究竟是什么。

第二天，爱拉生怕离开火塘半步，尽可能地延长自己用早餐的时间。勃劳德在等着她。一想到昨天的刺激，他就性欲大增，做好了准备。看到她终于跨出火塘，他给了她信号。她几乎想马上逃跑，但还是百般克制住了自己，做出了接受性交的体位。她想抑制住自己的叫喊，但是疼痛总会使她的喊声冲口而出，使碰巧经过附近的人们屡屡投来好奇的目光。他们既不了解为什么她会因为疼痛而叫喊，也不了解勃劳德怎么会忽然对她产生了兴趣。

勃劳德觉得自己占有了爱拉。他对自己这个新发现很是得意，自然就频频对她提出了需求。家族的许多人都很奇怪他为什么会抛开自己标致的配偶，反而中意一个他曾经深恶痛绝的丑妇人。一段时间过去了，爱拉虽已不再疼痛，但仍觉得厌恶。而勃劳德乐于见到的正是她对他的恨意。他终于找到了能使她有所反应的方法。他甚至更享受她这种消极的态度。他渴望看到她退缩，看到她害怕，看到她强迫自己要顺从。光是想到这些就足以能引起他欲念的冲动。他每次都能勃起很长时间；对于性交他从未有如此大的热情。每天早晨，只要他不出去打猎，就会等着她跨出火塘干上一次。通常的晚上他都用这样的方式折磨她，有时候就连中午他也不放过。他甚至会在深夜突然性欲旺盛，不得已只能找他的配偶发泄兽欲。他年富力强，可谓正处在性能力的巅峰时期。她越是恨他，他就越感到乐趣无穷。

爱拉失去了往日的光彩。她整日精神不振、愁眉不展，已经不能对任何其他事物有所反应。唯一能令她情绪激动的是她对勃劳德刻骨的仇恨，和他每天对自己的蹂躏。就像一座巨大的冰川要从周围的土地里吸走所有的水分一样，强烈的厌恶和沮丧令她的身体再也容不下其他的感觉。

以前的她很注重保持自身的清洁。她会在小溪里清洗身体和头发，使虱子无法生存，甚至在大冬天里也会从外面端进一大盆雪放在常年燃烧的火堆旁，等雪融成水后再用来冲洗身体。可自从勃劳德侵犯了她的身体，她就好像忘记了清洁身体这回事。头发总是软软地耷拉着，许多发丝都因为油腻缠在了一起；成天都穿着同一件披身，沾上了污渍也不想着要去洗掉，而是任凭污渍风干硬化。她拖沓地应付着那些杂活，到最后就连那些从来没骂过她的男子们也忍不住要训斥她几句。她对伊扎的医术也失去了兴趣，终日不发一言，除非是回答直接明了的问题。她也很少出去打猎了，即使出去了也常常空手而回。她终日的沮丧消沉使克莱伯火塘里的每个人都被笼罩在了阴影之下。

伊扎从没像现在这样担心过；她不能理解爱拉为什么会在性格上有强烈的反差。虽然她知道这是因为勃劳德对她莫名其妙产生了兴趣，但她无法解释爱拉为何会受到如此大的影响。她经常在爱拉附近徘徊，密切地关注着她，直到有一天的早晨她发现爱拉开始显出了病症。伊扎担心她的女儿可能被恶鬼迷住了心智。

伊扎是一名经验丰富的女巫医。她首先注意到爱拉没有定期隔离自己。这说明了她体内的图腾没有按时发生战争。注意到她月经紊乱后，伊扎对她的养女的观察更加用心了。其实她自己也不敢相信竟会对爱拉产生那样的怀疑，但爱拉表现出的每一点都很符合她的推断。时间飞逝，一个月过去了，转眼就进入盛夏，伊扎确定了她的判断。一天的傍晚，克莱伯不在火塘里，伊扎用手招呼爱拉到她身边来。

"我想与你谈谈。"

"是，伊扎。"爱拉无精打采地应道，然后从毛皮卧具里爬出来，一屁股坐在了伊扎身边的地上，面如死灰。

"上次你的图腾打仗是什么时候，爱拉？"

"我不知道。"

"爱拉，我要你好好想一想。自从野地里的花都谢了之后，图腾打过仗吗？"

年轻妇女很努力地回忆着："我不敢肯定，可能有过一次。"

"果然和我的猜想一样，"伊扎说，"你每天早晨都会感到不适，是吗？"

"是的。"她点点头。她一直认为她之所以觉得不舒服，是因为每天早晨如果勃劳德不出去打猎，就会在那等着她。她对此恨得要命，恨得吃不下早餐，有时连晚餐也不吃。

"你的乳房感到胀痛吗？"

"有点儿。"

"而且乳房也变大了，对吗？"

"好像是这样。你为什么这么问？这些问题难道有什么含义吗？"

妇女严肃地看着她："爱拉，我不明白它是怎么发生的，我简直不敢相信，但是我敢肯定这是真的。"

"什么事是真的？"

"你的图腾被打败了：你怀孕了。"

"怀孕？我？我不可能怀孕的，"爱拉抗辩说，"我的图腾太强大了，没有别的图腾能打败它。"

"我知道，爱拉。对此我也不能理解，但是你确实怀上孩子了。"伊扎重复说。

爱拉近来一直很呆滞的眼睛突然闪现出惊异的目光："真的吗？真的有这样的好事吗？我，将会有一个孩子了？哦，母亲，这是多么美妙的事啊！"

"爱拉，你还没有婚配，而且我想家族里没有一个男人会想娶你，甚至不会考虑你当他们的第二配偶。你没有配偶，就不能生孩子，因为未婚生子是很不吉利的。"伊扎郑重其事地做着手势，"我看，你最好服些药把孩子打掉吧。槲寄生是最好的堕胎药。这种植物生长在栎树的高枝上，挂着一串串小粒的白色浆果。你知道的,它非常有效,如果服法适当,是不会有危险的。我将用它的叶和数颗浆果给你煎一服汤药。这药能帮助你的图腾把新生命驱除出去。虽然服用后可能会让你有些微的不适,但是……”

“不!不!”爱拉使劲地摇头,“伊扎,不,我不吃这药。我也不要用任何药把孩子打掉。我要一个孩子,母亲。自从尤芭出生以来,我一直都想有一个自己的孩子。我从没想过我真的能等到这一天。”

“但是,爱拉,如果这是个不祥的孩子怎么办?很有可能一出生就是个畸形儿。”

“不会的,我不允许。我保证,我会很好地照顾我自己,使胎儿健康发育。你不是说过,一个强大的图腾一旦屈服后,能帮助培育出健康的婴孩吗?在孩子出生后,我更将尽心地照顾他,不让他发生任何意外。伊扎,我一定要留下这个婴孩。你还不明白吗?我的图腾今后很可能再也不会被打败了。这次可能是我唯一的机会。”

伊扎看看这位年轻妇女恳求的目光。自从爱拉上次出去打猎结果被勃劳德蹂躏了,这还是伊扎第一次看到爱拉眼神里又闪耀出生命的火花。她想,她应当坚持要爱拉服堕胎药;当一个尚未婚配的妇女怀了孕,如果能够加以阻止,就一定不能让她生下孩子。但是爱拉是这么强烈地想要一个孩子,如果强迫她放弃,很有可能使她进一步消沉下去。另外,她说得也没错——这也许真的是她唯一的机会了。

“那就这样吧,爱拉。”伊扎妥协了,“如果你这么想要一个孩子,我就不再反对了。你现在最好先不要对任何人说起;反正他们很快就会知道的。”

“噢,谢谢你,伊扎。”她紧紧地抱了一下妇女。她被自己怀孕了的奇迹深深鼓舞了,笑容也掠过她的面庞。她跳起来,一下子充满了活力。她坐不住了,必须要做些什么。

“母亲,你今晚要煮什么?让我帮你吧。”

“炖牛肉,”伊扎回答,对爱拉精神状态的突然转变很是惊愕,“如果你愿意的话,可以帮助我切肉。”

两个妇女马上投入了工作之中。爱拉那股快乐的劲儿也使伊扎的心情好了起来。她们的手不停挥动着,一边交谈一边干活。爱拉又重新对医药燃起了兴趣。

“我不知道槲寄生是怎么样一种药,母亲。”爱拉问道,“我只知道麦角和甜灯心草,从不知道槲寄生还能用于给妇女堕胎。”

“的确有一些草药我还没有教你认识,不过爱拉,你已学得够多的了。而且你知道了如何可以试验药性;你可以活到老学到老。艾菊也有堕胎的功效,但它比槲寄生危险。你可以用它的整棵植株——花、叶还有根——用水煎煮。你可以把水装到这里，”伊扎说完指了指她那个药碗边上的刻痕，“煮沸后不要熄火，一直煎到剩下一杯的量，”伊扎随手拿起一个骨杯，“大概剩下这样的一杯就足够了。菊花也能堕胎。菊花没有槲寄生或艾菊那样危险，不过药效也要弱一些。”

“那么对于希望顺利堕胎的妇女来说，还是选用菊花好一点。我认为还是应该用那些温和些，也不那么危险的药。安全第一，药效倒是其次。”

“是这样的。对了爱拉，还有另外一件事你应该知道。”伊扎看看周围，确信克莱伯还没有回来，“这件事不能让任何一个男人知道。这是只有女巫医才知道的秘密，而且还不是所有的女巫医都知道。你也最好不要告诉别的妇女。如果一个妇女知道了，一旦她的配偶问起她，她是一定会告诉他的。不过你放心，没有人敢质问女巫医。如果一个男人知道了这个秘密，就会禁止它的使用。你懂了吗？”

“是，母亲。”爱拉点点头，对伊扎神秘兮兮很是好奇。

“其实就你自身来说你并不需要了解这件事，但是你作为一名女巫医就必须知道了。有时候，如果一名妇女有过一次难产，之后再生孩子的话就会很危险。女巫医就可以给不想再生孩子的她服用这种药。不过不能告诉她这是什么药。当然，妇女还可能有其他的理由不想生育孩子。总之爱拉，这种药具有特殊的魔力。它可以使妇女的图腾特别强大，强大到足以将新生命扼杀在萌芽状态。”

“伊扎，你竟然知道避免怀孕的法术？妇女弱小的图腾真的能变得强大？对任何图腾都适用吗？即使一个莫格乌用法术给男子的图腾注入了力量，妇女也可以抵挡住吗？”

“是的，爱拉。这就是为什么这件事绝对不能让男人知道。在我婚配后，我自己就试过这种法术。我不喜欢我的配偶，希望他将我让给其他男人。当时我想，我如果生不出孩子，他也就没有必要将我留在他的火塘里了。”

“但是你还是有了一个孩子。你有了尤芭。”

“可能是由于时间过长，魔法的效力减弱了吧。也有可能是我的图腾不再愿意打仗了，可能它也希望我有一个孩子。不过这些都只是我的猜测。你要知道，没有一种药会永远有效。而且有些力量会比这个魔法更加强大，但终究这个魔法见效了许多年。到现在为止，也没有一个人能了解所有有关神鬼的事，即使大莫格乌也是一样。爱拉，有谁会相信你的图腾竟然也会被打败呢？”伊扎说到这里迅速地环视了一下四周，“就是现在，趁克莱伯还没回来。你看看你认不认识这些带有小叶片和小花的细细的黄藤？”

“金线草吗？”

“没错。有时它也被叫做扼死草，因为在它生长的周围，靠近它的草都会被它杀死。采来这种药后把它干燥，将这么多的量用你的手掌压碎，然后放入一骨杯的水中煮沸熬汁，直到汤液呈现出干草的颜色。当你发现体内的图腾不再打仗时，就在每天早晨喝两口这种汤药。”

“这种药是不是也可用作被虫叮咬后的敷剂？”

“是的。”伊扎继续说，“这就给了你充足的理由把它作为常备药。不过敷剂是外用的。要想使你的图腾强大，你就必须把药喝下去。当你的图腾在打仗时，你还要服用另一种药——羚羊鼠尾草的根，新鲜的或干的都可。用它来煎水。经期隔离时，每天喝一碗。”

“羚羊鼠尾草，不就是那种叶片参差不齐的植物吗？好像对克莱伯的关节炎也有很好的疗效？”

“对，就是这种植物。”伊扎说，“我还知道有另一种药，但是我从未使用过。这是其他女巫医的魔法；我是在和她们交流经验时得知的。那应该是一种薯——虽然这里没有生长，但我将来可以说明这种具有魔力的薯与生长在这里的一般的薯有什么区别。将这种薯切成厚厚的块，煮烂后捣成稠糊。彻底干燥后再把其压成粉末。服用时需要的量很大，几乎要半碗的粉，然后加水重新调成糊。在你经期外的每一天各服用一次。”

这时克莱伯走进了山洞，看见两个妇女正在全神贯注地谈话。他立即察觉出来爱拉的不同。她又变得有活力了，不但注意力集中，思维活跃，而且脸上还挂着微笑。他想，她一定是从消沉中走了出来。然后一瘸一拐地走向他的火塘。

“伊扎！”他大声喊道，好引起她们的注意，“你不知道有一个男人饿坏了吗？”

伊扎马上应声跳了起来，看上去有些愧疚似的，不过克莱伯并没有注意到。他的眼里都是爱拉忙碌于工作和谈话的样子，非常高兴，几乎看不见伊扎了。

“晚餐马上要准备好了，克莱伯。”爱拉做着手势，微笑着跑上去紧紧地拥抱了他一下。这一抱使克莱伯一下子就摆脱了连日来的忧郁，感觉轻松了许多。他刚在他的坐垫上坐下，尤芭就跑进洞来。

“我饿了！”小女孩做着手势。

“你什么时候不饿，尤芭。”爱拉笑着，抱起小女孩原地转了一圈。尤芭开心极了。这是爱拉这个夏天以来第一次这么高兴地逗弄自己。

等他们都吃过了晚餐，尤芭就爬到了克莱伯的膝上。爱拉一边帮助伊扎收拾盆碗，一边低声地哼唱着。克莱伯心满意足地吁了一口气：这样才更像家。男孩虽然重要，但是我更喜欢女孩。她们虽然不会像男孩那样一身是胆、孔武有力，但我可以把女孩抱在膝上，享受哄她入睡的乐趣。我真希望爱拉能永远长不大，一直是个小女孩。

第二天早晨，当爱拉醒来时，全身都被希望的暖流包围着。她想：我将有一个婴孩了。她躺在毛皮卧具上，两只手紧紧抱着自己的肩膀，好像怀抱着婴儿。可过了一会儿，她就急急忙忙要起身了。她想起来：早晨我必须到小溪边去洗洗我的头发。她刚从床上跳起来，胃里就泛起一阵恶心。我还是吃点固体的食品吧，看看能不能好一点。为了使肚里的孩子能够健康，我必须吃东西。她勉强往嘴里塞了些东西，但恶心的感觉还是很强烈。直到她起身后歇了一会儿，又吃了些食物，才感觉好多了。她离开山洞，向小溪走去，一路上都在想她竟然能够怀孕的奇迹。

“爱拉。”勃劳德突然狞笑着挡住了她的去路，趾高气扬地对她做出信号。

爱拉一时愣在了原地。她早已把勃劳德忘得一干二净。她想，应付一下好了，毕竟还有许多更重要的事等着她去想，比如用她温暖的臂弯环抱待哺的婴儿——她自己的婴儿。于是她耐心地摆好姿势，供勃劳德泄欲。她躺在地上，心里在说，我希望他草草了事才好，我还要到小溪边洗我的头发呢。

勃劳德感到索然无味，心里空落落的。她竟然一点反应也没有。他怀念以前她百般抗拒，而自己强迫她就范时的兴奋劲儿。之前她虽然努力掩饰，但还是能流露出对他切齿的憎恨和绝望的沮丧，不过现在却再也看不出来了。她不再反抗，就像他根本不存在一样，什么也感觉不到。是的，她什么也感觉不到。她的思维已经到了另一个领域，再也注意不到他进入她的身体，正如她不在乎他的训斥或毒打。她说服自己，不过是接受一个必须接受的东西罢了，没什么大不了。她的沉着冷静又回来了。

令勃劳德欲罢不能的是占有她的乐趣，并不是性交时的快感。现在，他发现自己不再兴奋，甚至连持续勃起都变得困难。做了几次，他都没有达到期盼的高潮，有些心灰意冷。不久，他就不再找她了。真是太丢人了。他想，她一点反应都没有，简直就是一块石头。而且她又长得那么丑，我真犯不着在她身上浪费时间。她真是不识好歹，一点也不感激我这个未来的首领对她一个丑女产生兴趣。

奥茄很高兴看到他又回到她身边。她曾经一度不能理解为什么他会被爱拉吸引，不过现在可以放心了。她并没有妒意；因为没有什么可嫉妒的。勃劳德是她的配偶；而且他从没有表示说他不要她了。任何男人只要看中了谁，就可以找那个女人泄欲，所以勃劳德的行为并没有什么特别。使她不理解的是，勃劳德为什么还要花那么大的力气盯住一个厌恶他的女人呢？很显然，爱拉并不享受和他的交媾。

勃劳德思前想后，对爱拉突然的冷淡很不甘心。他原以为他终于找到了占有她的方法，也以为他可以一劳永逸地冲破她的防御，他也的确收获了极大的愉悦。他怎么甘愿让这一切又重新化为乌有？他的决心更加坚定了，他发誓要找到另一种方式去重新得到她。

19

爱拉怀孕的消息震惊了整个家族。她的图腾那样强大，竟然也能孕育生命——在往常看来几乎是不可能的。究竟是哪个男人的图腾精灵最终战胜了所向披靡的穴狮，大家众说纷纭。每一个男子都想争得这份荣誉——都想借此机会提高个人的声望。有些人认为，可能是几个图腾，甚至是家族全部男子的图腾结合在一起打败了穴狮。但大多数人意见还是分成了两派，基本可以用年龄划分界限。

与怀孕妇女的亲密程度是怀孕的决定性因素。这也就是为什么大多数男人都相信他们配偶的孩子是被他们自己的图腾精灵战胜后的结果。一名妇女不可避免会与生活在同一个火塘的男子共同度过大部分的时间；也就有更多机会吞下他的图腾精灵。虽然当一个男人的图腾精灵在妇女体内打仗时可能会召唤另一个男子的图腾精灵，或是恰巧出现在附近的任何精灵前往助阵，但一旦妇女受孕，第一图腾主人将被看做是孩子的父亲。其他帮助作战的图腾精灵虽然也有可能争得一份创造新生命的殊荣，但决定权在第一图腾的主人。自从爱拉成长为妇女以来，只有两个男子与她最为接近，一个是大莫格乌，另一个就是勃劳德。

“我认为是大莫格乌。”佐格言辞凿凿，“他的图腾是唯一一个比穴狮还要强大的，而且爱拉不是就住在他的火塘里吗？”

“乌萨斯绝不可能允许一名妇女吞下它的生命要素，”克罗格反驳说，“洞熊乌萨斯只选择那些它会保护的人，就像它选择了大莫格乌一样。克莱伯原来的图腾是黇鹿，你难道相信一头黇鹿能打败一头穴狮吗？”

“但一定少不了乌萨斯的帮助。大莫格乌的确有两个图腾。他的黇鹿如果没有乌萨斯的帮助是不可能成功的。没有人说洞熊留下了它的生命要素。我只是说它提供了帮助。”佐格不肯让步。

“那么为什么她去年冬天时没有怀孕？那时她不是也住在他的火塘里吗。她是在勃劳德对她产生兴趣之后怀孕的；你可别问我他看中了她哪一点——因为我也不知道。他在她身边耗费了那么长的时间后，新的生命才开始在爱拉体内出现。要知道，一头披毛犀也是很强壮的。如果得到了帮助，胜过穴狮也不是没有可能。”克罗格争辩说。

“我想爱拉的怀孕是每个男人的图腾都参与了战争的结果。”多夫插了进来，“现在的问题是，谁要娶她？每个人都想要这份荣誉，可是谁想要她？布仑已经说了，问有哪个男子愿意娶她。如果她未婚生子，这个孩子就是不祥的。我先声明，我可没法娶她——我太老了。”

“嗯，如果我仍然有我自己的火塘，我会娶她的。”佐格做着手势，“她虽然长得丑，但是她干活努力，而且懂得尊敬人。她知道怎样可以照顾好一个男人。从长远来看，她的那些优点比长得漂亮要实惠得多。”

“我可不这么认为，”克罗格摇摇头，“我可不想要一个狩猎妇女待在我的火塘里。她和大莫格乌住在一起之所以能够和谐，是因为大莫格乌不会打猎，而且他对此毫不在乎。试想一下，如果她在我的火塘里，一旦我出去打猎后空手回来，就得吃由她提供给我的肉。就算我受得了这样的屈辱，我自己火塘里的人也已经够多的了，有伊卡、鲍格和婴儿伊葛拉。我很高兴多夫还能猎点小动物，有所贡献。而且伊卡还很年轻，还能生好几个孩子——谁能说得准呢？”

“我仔细考虑过了，”德路盖说，“但我的火塘也已经人满为患，除了配偶阿葛，还有阿芭、伏恩、欧娜和格罗勃，怎么可能再去照顾另一个妇女和她的孩子？你呢，格洛德？”

“不，我不能娶她，除非布仑命令我非娶她不可。”格洛德简明扼要地回答。这位二把手依然对这个出生于外族的妇女抱有不安。她总是令他感觉不是很舒服。

“那么布仑自己呢？”克罗格提出疑问，“他是从一开始就同意接受她进入家族的人。”

“一个男人在准备接纳第二配偶前最好要考虑一下第一配偶的意见。”古夫建议说，“你们也知道，爱菠拉一直对伊扎女巫医的地位很有看法。伊扎一直在训练爱拉学习医药。如果爱拉真的成了一位伊扎家系的女巫医，你觉得爱菠拉能让一个地位比她高，而且比她年轻的妇女作为布仑的第二配偶，与她同住一个火塘吗？我本来是想娶爱拉的。等我当上了莫格乌，我将没有很多时间可以出去打猎；我不在乎她能给火塘带来一只兔子还是一头仓鼠。归根结底只是些小动物罢了。我也不认为奥芙拉会不满一个地位比她高的妇女作为我的第二配偶，因为她和爱拉相处得很好。只有一个问题——奥芙拉很想要有一个她自己的孩子。这种情况下，要让一个马上要迎来新生儿的妇女住进火塘并不合适。要知道，之前没有一个人曾经对爱拉怀孕抱有希望。和爱拉住在一起，奥芙拉只会更加难堪。我想，一定是勃劳德的图腾精灵种下了这个新生命；应该由他来娶她。否则他就太恶劣了。”

“我不认为一定就是勃劳德。”德路盖说，“你呢，大莫格乌？你可以娶她做你的配偶吗？”

这位老巫师同往常一样安静地旁观男人们的讨论。听到德路盖向他发问，他才终于开口：“我已经考虑过了。我认为既不是乌萨斯也不是黇鹿使爱拉能够孕育生命。我也不能肯定地说一定是勃劳德的图腾干的。爱拉的图腾永远是一个谜，谁也不知道将会发生什么。但是她现在需要一个配偶。有一个配偶，不仅能使婴儿免于不幸，更可以负责婴儿的成长，供应婴儿的衣食。我太老了，而且如果婴儿是男性，我也无法教他打猎。爱拉也不可能教孩子打猎，因为她会的武器只有弹石带。我无论如何也不能娶她。这就好比让格洛德娶奥芙拉，而尤蔻仍然作为他的第一配偶，是非常滑稽可笑的。在我的眼里，她就像是我配偶的女儿，是生活在我火塘里的孩子，并不是可以成为配偶的妇女。”

“但是以前也有过这样的例子。”多夫不服气，“只有男子的同胞不能成为他的配偶。”

大莫格乌说：“虽然没有明令禁止，但也不是什么值得肯定的事。我相信大多数男子也不会这样做。另外，我从没有过配偶；现在要想再娶配偶也已经太迟了。伊扎照顾我的生活已经很好了。和她住在一起我觉得很安心。虽然男人们时不时就会在他们的配偶身上满足性欲，但我已很长时期没有这种需求了；很久以前我就已经学会控制我的欲望。这样的我也没有必要有一个年轻的配偶。不过爱拉也有可能并不需要一个配偶。伊扎说，爱拉在怀孕期间可能不会顺利。她的身体已经有许多问题，说不定有流产的危险。我知道爱拉很想要一个孩子，但她如果真的流产，对大家来说都会是个解脱。”

男人们从大莫格乌口中知道爱拉的孕期进行得不是很顺利。女巫医很担心胎儿出现畸形。许多胎儿之所以流产大多是因为畸形。因此伊扎想爱拉最好还是把孩子打掉，以免生下了畸形儿，再忍痛把它处理掉。爱拉在早晨常常会孕吐，这个现象一直持续到她怀孕满三个月以后。严重的妊娠反应令她吃了许多苦头。转眼到了晚秋，当她的腰变粗，腹部也充气似的膨大起来时，她吃东西依然难以下咽。当她发现下身出现滴血和凝血块时，伊扎征得布仑同意，免除了她日常的杂务劳动，并要求她只能躺在床上休息，不许下地。

随着爱拉腹中的胎儿日渐长大，伊扎的担忧也与日俱增。她有一种强烈的感觉：爱拉应该把胎儿打掉。尽管爱拉的肚子维系着胎儿的成长，但她确信不用费多大的劲就能使爱拉流产。相比堕胎，她更担心的是爱拉的身体。胎儿已经夺去了她身体太多的营养，她越来越细的手臂和腿与膨胀的肚子形成了巨大反差。她没有食欲，每次都要很努力强迫自己才能吃下伊扎专门为她制备的特殊食品。她的眼眶周围是浓浓的黑眼圈，原本浓密光亮的头发也变得软沓沓的。她经常觉得冷，身体内已经没有足够的储备保持体温，大部分时间里只能裹着毛皮靠在火堆旁取暖。看到她如此难受，伊扎建议爱拉马上服用能够终止妊娠的药物，却遭到了她断然的拒绝。

“伊扎，我想留住孩子。你帮帮我吧，”爱拉请求说，“你能帮我的，我知道你能。你以后不管说什么我都会听的，只希望你帮助我保住这个孩子。”

伊扎没有办法拒绝。在过去的很长一段时间，她已经很少外出，都是依靠爱拉出去采集她所需的草药。她不能过度操劳，否则很容易引起痉挛性咳嗽。伊扎为了掩盖她每年冬天都会恶化的肺痨，一直在服用大剂量药物。她已经很虚弱了，但为了爱拉，她决定外出。她要找到一种可以避免流产的特殊的草根。

伊扎在一天的清晨离开山洞，前往高地森林和潮湿的土丘，希望能在这些地方寻觅到草根。当她出发时，晴空中万里无云。伊扎心想，虽然已是晚秋，但看上今天会是暖和的一天，而且计划在太阳还很高时就返回山洞。于是她也就没有多添衣服。她循着一条小道进入了山洞附近的那座森林，又沿着小溪转入另一条路，最后开始爬一面陡峭的山坡。她高估了自己的身体状况，不一会儿就开始大口喘气，每走几步就要坐下来休息或是停在原地，等恼人的咳嗽稍微平复后再继续走。不知不觉上午就过去了一半，天气忽然起了变化。从东面吹来的寒风挟带着大块的云团，到达山脚时降下了一场倾盆的冻雨。伊扎几乎是在大雨落下的瞬间就已经全身湿透了。

她顾不得自己湿透了的身体，继续寻找，终于找到了适合草药生长的那种松树林。当她发现了那种草药时，雨势渐渐弱了下来。她在冻人的细雨中瑟瑟发抖，从泥地里掘起了植物的根。在她返回的途中，她的咳嗽加剧了，每隔片刻就会不自觉地抽搐，咳出一口口带血的泡沫。虽然是在山洞的附近，但她并不熟悉这里，很快就迷失了方向，结果错误地沿着小溪走下山坡。等到她发现方向不对时，不得不又沿原路走回去，最后终于找到了一条正确的回山洞的小路。一直到天快黑时，浑身湿透的伊扎才回到了山洞。她已经被冻坏了。

“母亲，你到哪里去了？”爱拉做着手势，“你湿透了，而且在发抖。到火堆旁边来吧，让我给你拿几件干衣服。”

“我找到了一些响尾蛇草的根。你把它们洗干净，不用煮，直接放进嘴里……”伊扎话没说完就被又一阵咳嗽堵住了嗓子。她的眼睛烧红了，脸颊泛起病态的潮红，“……放进嘴里咀嚼。这将帮助你保住胎儿。”

“你为了给我找草药才冒着这样的雨雪外出吗？你难道不知道我宁可

不要这个孩子也不愿意失去你吗！你这么虚弱，怎么可以就这么出去呢。你自己的身体你自己还不清楚吗。”

虽然爱拉一直都知道伊扎的身体在每况愈下，但是直到现在她才了解伊扎的病情已严重到这种地步。爱拉忘记了自己还怀有身孕，下体偶尔流血也不在乎，有时甚至会忘记自己正在吃饭，始终不离开伊扎一步。晚上睡觉时，她把毛皮卧具放在伊扎的床边。就连尤芭也紧张地守着母亲。

这是小女孩尤芭第一次经历如此艰难的时刻。她深爱的母亲患了重病，这件事对她造成了极大的创伤。她看着爱拉做事，在一旁帮助她，无形中开启了她的遗传记忆，她也慢慢明白了自己的命运。不仅是尤芭，整个家族都在注视着爱拉。每个人都心系他们的女巫医伊扎，谁也不敢对爱拉的医术有十足的把握。这时的爱拉无暇顾及他们的担忧；她已经把全部注意力集中在这个她称其为母亲的妇女身上。

爱拉在脑海中搜索伊扎教给她的每一种治疗方法，同时也会咨询尤芭，因为尤芭的大脑里储存着从她母亲那里继承来的知识。根据尤芭提供的信息，再经过她自己的判断，爱拉决定了要采用一种治疗手段。爱拉的长处在于她具有一种特殊才能——可以发现和处理实际问题。这点伊扎也注意到了。爱拉可以做一名诊断女巫医，只要她有一丝线索，就能构建出一幅大图，这幅大图集合了许多待解的问题，然后再通过她的理解和直觉来填补图画的空白处。家族的所有成员中，只有她的大脑具备有这种能力。在伊扎的生命危在旦夕时，她的这种潜能被彻底激发出来了。

在治疗伊扎时，爱拉用到了从伊扎那里学来的疗法，又尝试应用了新的治疗技术。有些是从其他用途中照搬过来，还有一些甚至被改动了很多。随着冬季的脚步渐渐临近，寒风不停地带来枯枝落叶，在山洞口的挡风墙边越积越高。在这期间，不论是因为爱拉的药物治疗、她对伊扎悉心的照顾，还是伊扎自己强烈的求生欲——当然也有可能是三者兼而有之——伊扎很快脱离了险境，甚至可以继续护理爱拉的妊娠。伊扎在这时候好了起来真的太及时了。

在照顾伊扎时，爱拉一直处于高度的紧张状态。冬季转眼即将过去，可随着伊扎的恢复，爱拉却发现自己不但持续有血流出，而且经常腰酸得直不起来。她常在半夜里因为两腿痉挛而醒来，呕吐也很频发。不论任何时候，伊扎都希望爱拉能流产。她不知道爱拉是怎么坚持保住胎儿的。爱拉体质如此虚弱，胎儿在她腹中怎么还能继续生长呢？可事实是，胎儿在一天天长大。爱拉的肚皮已经膨胀到难以置信的程度。精力旺盛的胎儿不停在她肚子里踢来踢去，使她整夜整夜地失眠。伊扎还没见过有哪个妇人能熬过如此艰难的妊娠期。

爱拉却从不诉苦。她害怕自己一旦抱怨,伊扎就会以为她要放弃孩子。其实怀孕到这个时候,伊扎已经不可能考虑让爱拉堕胎了。而爱拉更是不可能放弃。她承受的所有痛苦只是使她更加坚信,如果这次不能顺利生下这个孩子,她就再也不可能拥有自己的孩子了。

爱拉躺在床上休息，看到洞外淅淅沥沥的春雨正在把冬雪洗刷干净。因为伊扎不让爱拉走出山洞,因此她在这个春天看到的第一朵藏红花是尤芭带给她的。毛茸茸的柳絮从柳树上洋洋洒洒地飘下,枝条也被春风吹绿。在这个潮湿的早春,爱拉十一岁了。当树枝上冒出新芽时,爱拉开始了她的分娩。

分娩初的宫缩比较容易忍受，爱拉还能喝着柳皮茶与伊扎和尤芭聊天。她很欣喜,自己盼望已久的时刻终于到来了,而且信心满满,觉得到了第二天,她就能抱着她自己的婴孩了。不过伊扎一直没有表态,在爱拉和尤芭面前都不露声色。她们聊着聊着,话题就转向了医药方面。最近伊扎和她的两个女儿经常会谈到这个。

"母亲,那天你出去采药回来后就病倒了,那次你带回来的是什么药？"爱拉做着手势。

伊扎说:"是响尾蛇草。它的根可以入药。这种药不很常用,因为必须在根还新鲜时就放入口中咀嚼,而且必须要在晚秋时采集方可。那是极好的保胎药,但又有多少面临流产危险的怀孕妇女能恰巧赶在晚秋吃到这种药呢？这种草药的根一旦干燥后就会失去药效。"

"那种草药看上去是什么样的？"尤芭问。伊扎的病使尤芭对草药产生了兴趣。伊扎和爱拉都开始在这方面训练她了。不过训练尤芭和训练爱拉不同。尤芭的大脑已经储存了关于医药的大部分记忆,因此她如果想要全面开发她的大脑,只需要有人在旁提醒她那是什么,以及该如何利用。

伊扎回答说:"实际上响尾蛇草是两种植物，雄株和雌株。它的花茎很长,从靠近地面的一簇叶子中伸展出来。从花茎的中间到顶端开放有一排小花。雄株的花是白色的。只有采自雌株的根才可以入药。雌株的花比较小,而且是绿色的。"

"你是不是说过,它只生长在松树林里？"爱拉用手势问道。

"不是所有的都可以,一定要是潮湿的松树林。除此以外它还喜欢湿地和沼泽,在草地上的湿润处和高地树林里也经常能发现它的身影。"

"伊扎,你那天真不应该出去。当时我担心极了……啊,等等,我又开始痛了！"

伊扎马上为爱拉检查身体。她要判断这次阵痛和上次间隔了多长时间。经过计算她认为爱拉还要过很长时间才能正式开始分娩。

“当我出发时，天还没有下雨，”伊扎说，“所以我以为那将会是很暖和的一天。结果我判断失误了，秋天里的天气实在太难捉摸。对了，爱拉，我还想问你一件事。前段时间我曾经发烧到昏迷，当时我隐约感到你把一种敷料贴在了我的胸口。制作那种敷料的草药一直是用来缓解克莱伯的关节炎的。”

“是的。”

“但是我没有教过你这种疗法。”

“我知道。因为你那时咳得很厉害，吐出了很多血，所以我想采用一种既能镇咳，又能利痰的疗法。以前曾用于克莱伯的关节炎的药不但能使用了药的部位由内而外地发热，还可以促进血液循环。我想这种敷料应该能帮助你化痰，使你不用再费那么大力气把痰咳出来。当你用了这药之后，果然达到了我预想的效果；之后我又给你服下了镇咳的药汁。这种疗法真的很见效。”

“是的，我也这么认为。”爱拉的解释很符合逻辑，伊扎听了甚至开始怀疑自己能不能想到一样的法子。伊扎想，我的判断果然是对的。她已经是一个优秀的女巫医了，以后她的医术还会愈加精湛。她完全配得上我的家系。我一定要对克莱伯说出我的想法。我在这个世界上所剩的时间不长了。爱拉已是一个妇女，应该成为一名女巫医——如果她能平安熬过这次分娩的话。

吃过了早餐，奥茄抱着她的第二个儿子格雷夫迈着小步走了过来。她在爱拉身边坐下，开始给格雷夫哺乳。不久奥芙拉也跟着过来了。在两次宫缩的间隙，三位年轻的妇女亲切地闲谈着，绝口不提即将到来的分娩。在这个上午，爱拉的分娩处于开始的阶段，家族的妇女们纷纷前往克莱伯的火塘探望爱拉。有些没待多久就走了，希望因为自己的出现能给爱拉带来精神上的支持；有些则一直和她坐在一起。总有几个妇女会守在她的床边，不过克莱伯却一直没有靠近。他神经紧张地在山洞口走进走出，虽然有时会停下来与聚集在布仑火塘内的男人们交换简单的手势，但一直很坐立不安。布仑推迟了本来计划在当天进行的狩猎，虽然他的理由是野外还太潮湿，不适合出猎。但每个人心里都很清楚，只是心照不宣。

到下午晚些时候，爱拉的阵痛加剧了。伊扎开始给她喝一种特殊的薯根煎出的汁，用来缓解她分娩时的痛苦。等到夜幕降临，她的子宫收缩得更厉害，宫缩间隔的时间也缩短了。她躺在床上，全身被汗水浸湿，紧紧地抓住伊扎的手。一开始她还能忍住不让自己叫喊出来，但当太阳落下地平线后，爱拉再也忍受不了了。她痛苦地在床上滚来滚去，因为痉挛的折磨发出厉声的尖叫。除了爱菠拉外，大部分妇女都因为看不下去而回到了自己的火塘。虽然她们回去后都找了些家务活使自己忙碌起来，但每次听到爱拉的喊叫时又总忍不住朝她那儿张望。在布仑的火塘里,男人们的谈话这时也停止了。他们无精打采地坐着,眼睛百无聊赖朝地上看。每当有人试图开始简短的交谈,最终都会被爱拉痛苦的喊声打断。

“爱菠拉,她的骨盆太窄了,”伊扎做着手势,“所以产道无法撑到足够的宽度。”

“捅破羊水会不会有所帮助?有时这样做是有用的。”爱菠拉建议。

“这个办法我考虑过了,的确可行,但不能过早。如果没有了湿润的羊水,她分娩起来只会难上加难。我希望的是羊水袋能自动破裂,但是她已经很衰弱,恐怕实现不了。要不就现在吧。你能不能把那根光滑的榆木棍递给我?她又开始宫缩了。等这次阵痛过去,我就要把羊水捅破。”

爱拉被这次的痉挛折磨得弓起了背。难以忍受的痛苦逼她发出了撕心裂肺的尖叫。她无所依靠,只能紧紧攥住两个妇女的手。

“爱拉,我要帮助你,”当她这次的阵痛过去后,伊扎对她做着手势说,“你明白我的话吗?”

爱拉点点头,已经没有力气说话。

“我会先捅破羊水,然后我要你采取蹲位,因为你向下用力会使分娩更加容易。你可以吗?”

“我会尽力的。”爱拉虚弱地挥着手。

伊扎把光滑的榆木棍插入,瞬间爱拉的羊水涌出,引起又一阵宫缩。

“快起来,爱拉。”伊扎做着手势,和爱菠拉把快要虚脱的爱拉从床上架起来,让她和所有分娩的妇女一样蹲在地上。在她的身下铺着一块兽皮。

“用力,爱拉,用力。”爱拉照伊扎的话,在阵痛中用力。

“她太虚弱了。”爱菠拉做着手势,“她的劲不够。”

“爱拉,你必须更使劲。”伊扎用命令的口气。

“我已经没有力气了。”爱拉做着手势。

“不行,爱拉。你必须用力。否则你的婴儿会死的。”伊扎说到这里就打住了。她没有说出的是,如果不尽快完成分娩,不仅是婴儿,就连爱拉也会有生命危险。这时伊扎看到爱拉的肌肉因为即将开始的又一次宫缩而收在了一起。

“现在,爱拉!就是现在!使劲!使劲啊。”伊扎心急如焚。

爱拉心想,我不能让我的婴儿死亡,我不能。如果这个婴儿死了,我将永远不可能有第二个了。想到这里,爱拉早已透支的身体又攒足了一份力气。她顾不得阵痛,吸足满满的一口气,紧紧攥住伊扎的手作为依托。她屏气用力,豆大的汗珠在她额头沁出。因为憋气缺氧,她的头开始眩晕,感觉到全身的骨骼快要散架,五脏六腑也都要被拉出体外了。

“好，爱拉，很好。”伊扎鼓励她，“我可以看见婴儿的头了，就照刚才这样再用力一次。”

爱拉又深吸了一口气，屏住以后全身用力。这次，她觉得自己的皮肤和肌肉都要撕裂了，可她没有松气，还是继续使劲。随着一股黏稠的鲜血涌出，婴孩的头被推出了狭窄的产道。伊扎见状马上托住孩子的头并用力往外拉。接下来就容易得多了。

“再用点力，爱拉，等胎盘排出就可以了。”于是爱拉又一次使劲。她先是觉得世界开始天旋地转，然后眼前一黑昏死过去，失去了知觉。

伊扎用一段染成了红色的动物韧带扎住新生儿的脐带，然后咬断剩下的那截。她重重地拍了一下婴儿的脚，婴儿细小的哭声马上变成了响亮的啼哭。伊扎想，婴儿活了，终于可以放心了，便开始为新生儿擦拭身体。她擦干净婴儿身上的血污，忽然觉得有些难过：爱拉真是吃足了苦头。她忍耐这一切，甚至不惜拼上性命，为的是什么？不就是因为她太想要这个孩子了吗。伊扎用爱拉之前特制的一块柔软兔皮包裹婴儿，然后用嘴嚼烂一些草根作为敷料，最后用吸水性强的皮带把敷料固定在爱拉的阴道口处。伊扎给爱拉上药时，爱拉从昏迷中醒了过来。她发出呻吟，睁开了眼睛。

她问：“我的孩子，伊扎，是女孩还是男孩？”

“是个男孩，爱拉，”伊扎说完马上又接着说，“但是，他是畸形的。”她不想让爱拉抱有太大期望。

听到“畸形”两个字，爱拉脸上刚刚绽放的笑容立即被惊恐取代：“不！他不会的！让我看看他！”

伊扎只好把婴孩抱给她：“我一直担心的就是这个。妇女如果怀孕时不很顺利时就常会发生这种事。我很遗憾，爱拉。”

爱拉揭开襁褓，看见了她那小小的婴儿。他的手臂和腿比尤芭出生时细，不过更长。他的手指和脚趾的数目都正确，也都长在了正确的位置上。他小小的阴茎和睾丸使他的性别一目了然。就是他的头有点儿不一样——他的头异常的大，而且有点变形。伊扎知道他头部之所以变形是因为爱拉难产，也就是他在降生时受到了过度的压迫，很快就会自行恢复。所以伊扎之所以认定他是畸形儿，并不是因为他变形的头，而是因为他畸形的头部构造和基本形状。这些是永远不会改变的。他细如柴棒的脖颈不可能支得起他那颗巨大的脑袋。

这个孩子有粗粗的眉嵴，这和家族里其他人一样。但是他的前额没有向后倾斜，而是直直地悬在眉毛上方。他的后脑也不是像家族其他人那样向后凸起，这样使他的头看上去偏窄。因此在伊扎的眼里，那鼓起的前额就更像是一顶戴在他头上的高冠。他脑后的枕骨节没有实际的作用，面貌也很怪异。他有大而圆的眼睛，鼻子却比正常人要小得多；他的嘴很大，但下颚比家族人的要小。不过真正使他面部形状与众不同的不是这些，而是他嘴巴下面的一块突出的骨头。这块骨头使得他的下巴很发达，而且微微向后缩，这在家族人中间是完全没有的。当伊扎刚才第一次抱起他时，发现他的头竟然软软地向后倒去，急忙伸手托住。她很是奇怪，便扭了扭自己短粗脖子上的头颅，心里怀疑日后这个男孩的脖子能支起他的大头吗？

可爱拉一点也不觉得婴儿有什么不正常。她把婴儿搂在怀里，婴儿感觉到温暖，便在她胸口拱来拱去地找奶吃，似乎在出生前一直没有吃饱。爱拉便抱着他凑向自己的乳房。

"你不要喂他，爱拉，"伊扎温和地说，"这个孩子不能被留下，所以没必要喂他。你这样做只会让你在扔掉他时更加难过。"

"把他扔掉？"这对爱拉显然犹如晴天霹雳，"我怎么舍得扔掉他？他是我的儿子，我的儿子啊。"

伊扎说："你无从选择，爱拉。这是家族的规矩。一个母亲必须把降生到这个世界的畸形婴儿处理掉，而且越快越好，最好在布仑下达命令之前。"

"但是克莱伯也是畸形的。他不是也被允许活下来了吗。"爱拉表示抗议。

"那是因为他母亲的配偶是家族的首领；他是经过首领的允许才活下来的。爱拉，你还没有配偶，所以没有人可以为你的儿子说情。我一开始就告诉过你，如果你在婚配前生下孩子，这个孩子将被认为是不祥之物。现在你的婴孩出现了畸形，不正印证了我的说法？与其让这个孩子留在这个世上厄运连连，一生不幸，还不如现在就把他扔掉。"伊扎好言相劝。

听到伊扎这样说，爱拉心如刀割，只能不情愿地把饥饿的孩子从胸口抱开，顿时难过地泪如泉涌。"哦，伊扎，"她泣不成声，"我和其他妇女一样，是那么渴望拥有一个我自己的孩子。我没有想到我竟然真的能够怀孕了，所以我非常快乐。我不在乎我病的有多严重，我只想要我的孩子。你不知道，他对我来说是多么来之不易，所以当你说他可能会死时，我才会拼了命地用尽我最后一丝力气。如果从一开始他就无论如何必须死，那我又何苦经历这些？母亲，我要我的孩子，不要逼我扔掉他。"

"我知道这很不容易，爱拉，但我们必须这样做。"伊扎为爱拉一阵阵心疼。刚才还在寻找乳头的婴儿因为被母亲推开，一时失去了依靠。母亲的怀抱对婴儿来说不光能满足其吮吸的本能，更能给予踏实的安全感。其实爱拉现在也还没有奶可以给婴孩吃，要一天之后乳房才能有奶水；现在从乳头分泌出来的只是一些像奶一般黏稠的液体，那里面含有她自己抵抗疾病所需的免疫元素，婴儿食用后可以在出生的头几个月具有抗病能力。婴儿发现吃不到奶，先是小声呜咽，然后哇哇大哭。他挥动手臂，用力蹬腿，把被盖都踢掉了。这个因为生气而涨红了脸的婴儿用这样的方式证明他要吃奶的决心。整个山洞都回荡着他的哭喊。爱拉心软了，只得又将他抱回来，靠向她的乳房。

她对伊扎做着手势："我不能把我的婴儿扔掉！我不能这样做！我的儿子是一条鲜活的生命啊。他还在呼吸啊。他可能有点畸形，但是他很强壮。你听到他的哭声了吗？你听过这样洪亮的婴儿啼哭吗？你看到他刚才蹬腿的动作多么有力吗？你看，他现在吃奶都这么有劲！我需要他，伊扎，我需要他，而且我会照顾他。如果要我杀死他，我情愿离开这里。反正我能打猎，我可以自己寻觅食物养活他！"

伊扎的脸色瞬间变得苍白："爱拉，你不能做那样的打算。你能去哪里？你因为失血太多，身体还非常虚弱。"

"母亲，我也不知道我能去哪里。也许是任何地方吧。总之我是不会放弃他的。"爱拉一旦下定决心，八头牛都拉不回来。伊扎一点也不怀疑她可以说到做到。但是她的身子真的太弱了，她经不起这样的折磨；但为了救她的孩子，她真的可以拼上性命。伊扎简直不敢去想爱拉藐视家族规矩会有什么下场，但现在已经没有人能阻止爱拉了。

"爱拉，你不要说那样的话，"伊扎的心都碎了，向爱拉最后请求道，"把他交给我吧。如果你下不了手，我会为你处理好的。我会告诉布仑你身体太弱无法亲自处理；这个理由足够了。"伊扎说完，伸手就要去抱婴儿，"让我将他抱走吧。只要他离开了你，你就会慢慢将他忘掉的。"

"不！不，伊扎。"爱拉坚决地摇摇头，把她怀里的襁褓搂得更紧了。她一只手紧紧抱着孩子，用身体把孩子挡在里面，用另一只手做出克莱伯教她的简短手势，"我要留下他。不管通过什么方法，我一定要和我的孩子在一起，即使要我离开这里我也在所不惜。"

尤芭在旁边看着她们两个人。谁也没有注意到她。她之前看过别的妇女分娩，刚才也目睹了爱拉生孩子时是如何的撕心裂肺。家族的人认为没有必要对儿童保守有关生死的秘密；因为他们会与成人一同承担家族的命运。尤芭深爱着这个金发的妇女，她不仅她的玩伴、朋友，更是像母亲一样照顾着她的姐姐。爱拉刚才痛苦万分的分娩已经吓坏了她，现在又听说爱拉要离开，她觉得天都要塌了。她想起之前爱拉也曾离开过她，当时每个人都说她永远不会再回来。尤芭认定，爱拉这次如果真的离开，她就永远都见不到她了。

"不要走，爱拉。"女孩冲到爱拉床边做着乞求的手势，"母亲，你不能让爱拉走。爱拉不要又一次离开尤芭！"

"我也不愿离开尤芭，但是我不能让孩子就这样死去。"爱拉说。

“能不能像阿芭故事中说的那位母亲那样，将孩子高高地挂在树上？如果七天后他仍活着，布仑就会让你把他留下的。”尤芭只能求伊扎。

“阿芭的故事只是一个传说，尤芭，”伊扎解释道，“没有一个婴儿能在饥寒交迫的野外活下来。”尤芭天真的建议给了爱拉启发，她根本没有听进去伊扎的解释。

“母亲，那个传说有部分是真的。”爱拉说。

“你想说什么？”

“我想说，如果我的孩子在七天后仍然活着，布仑就必须接受他，是吗？”爱拉的语气变得热切。

“你疯了吗爱拉？你以为把他一个人留在野外七天七夜后他还能活着？你应该知道这是不可能的。”

“他不是一个人，我会在他身边。伊扎，我知道一个可以藏身的地方。我可以带着他到那里去，然后在该为他命名的那天回来。到那时，布仑就会允许我把他留在身边了。我要带他去那个小山洞……”

“不！爱拉，不要说了。你如果这样做就是大错特错。我不能同意你这样乱来；这不符合家族的规矩。布仑会大发雷霆，他会派人到处找你，最后一定会找到你并把你带回来。你这样是不对的，爱拉。”伊扎没等爱拉说完就打断了她的话并严厉地告诫她。说完这番话，伊扎站起身走向火堆，但刚走几步又转身回来，“如果你真的离开，布仑一定会向我打听你的下落。到时我会告诉他的。”

伊扎从出生到现在还没有做过一件违反家族习俗或违背布仑意愿的事，所以听到爱拉如此大逆不道的想法自然令她胆战心惊。即使是避孕药的保密也是经过了数代女巫医的批准才得以流传下来，为她所继承。伊扎对这种药物保密不算是违背规矩——没有传统或习俗禁止一个人保守秘密——她只需要做到闭口不提。爱拉的计划在她看来简直是叛逆，而且是伊扎做梦都没有想到的叛逆，所以她站在家族传统的立场上是不可能同意的。

但是她又是最清楚爱拉的人，她知道爱拉有多么想要这个婴儿；只要一想到爱拉在怀孕时吃的苦头，以及她分娩时无论如何也要使孩子存活的决心，伊扎的心就拧在一起地疼。她看了孩子一眼，心想：爱拉是对的。孩子虽然畸形，但是他强壮又健康。克莱伯曾经也是畸形儿——但他后来成了大莫格乌。这个孩子和当时的克莱伯一样，也是母亲的第一胎。如果爱拉有配偶，布仑也许会让婴儿活下去。不，布仑决不会同意的。经过三思，伊扎的理智占了上风。她不能对别人说谎，正如她不能欺骗自己一样。但她可以绝口不提啊。

她在想要不要把爱拉的计划告诉克莱伯或布仑？虽然她知道自己应该

这样做,但却怎么也无法付诸行动。她虽然不能同意爱拉的计划,但可以为她严守这个秘密。这会是她有生以来主动做过的最荒唐的事。

她把几块烧透了的卵石投入一碗水内，为爱拉沏了麦角茶放在她床边。她看见爱拉抱着婴孩睡着了,便轻轻地摇醒她。

“喝下去,爱拉,”她说,“我已经把胎盘包好了,就放在那个角落里。今晚你可以先好好地睡一觉,但明天必须把胎盘拿出去埋掉。布仑已经知道你生下了畸形的孩子,是爱菠拉告诉他的。他说他不想亲自来检查孩子,因为这个孩子是肯定要丢掉的,他就算来了也只是走个过场而已。他还说,让你把孩子处理掉时仔细点,别露出什么痕迹。”随后,伊扎小声告诉她的女儿再过多久可以执行她的计划。

伊扎离开后,爱拉躺在床上再也无法入睡,思考着需要带走什么东西。她想:我需要睡觉盖的毛皮、包裹婴儿用的兔皮和鸟的绒毛、两块替换用的垫被、我的皮带、弹石带、石刀。哦,还有食品,我最好得带点食品和一个水袋。如果可以等到太阳升高后再离开山洞,我应该有足够的时间在一个早晨内把一切准备好。

第二天清晨,伊扎准备了比四个人所需的早餐要多得多的食物。克莱伯昨晚很晚才回到火塘;他是为了避免与爱拉谈话。他不知道该对她说什么。他想,她的图腾确实是太强大了,从来就没有被完全打败;这就是为什么她在怀孕期间流了那么多血,以及为什么她的婴儿会畸形的缘故。孩子竟然是个畸形儿,这实在令人痛心了,她是那么期待这个孩子。

“伊扎,这些食物都够整个家族一起吃了,”克莱伯提醒说,“我们怎么可能吃得下这么多?”

“这是给爱拉的。”伊扎说,然后迅速把头低下。

这位老人想,伊扎对一个孩子就能溺爱到这种程度,真的应该成为很多孩子的母亲才对。爱拉也确实需要多吃一点好恢复体力。她应该需要很长一段时间才能完全复原。我真不知道她还有没有可能生出一个正常的孩子。

爱拉起床时觉得晕头转向,感到有一股温热的血从下面流出。只走了几步她就已经疼得厉害,弯腰就更是一种折磨了。她的虚弱超过了她自己的想象。她有些慌了神：这样我怎么可能爬到那个小山洞啊！但我必须动身。否则伊扎就将把我的孩子抱走，将他扔掉。没有了孩子让我可怎么活啊!

我绝不能失去孩子。她拿定主意,把恐慌抛到了脑后。我无论如何也要到达小山洞,就算是爬也要爬到那里!

当爱拉离开山洞时,天空下起了蒙蒙细雨。她把一些必需品放在采集筐的底部,再在上面放上一小包东西,里面是腥臭的胎盘和血块,其余的东西都被她藏在了毛皮披身的外套里。最后,她把斗篷系在自己的脖子上,再把婴儿安稳地放在斗篷里,就动身出发了。一路上她都晕晕乎乎的,直到开始进入树林才停止了眩晕,不过她还是恶心得想吐。走到半路,她换了一条深入树林的小道。没走多久就停了下来,开始吃力地用掘棒在地上挖坑——她太虚弱了。坑挖好后,她照伊扎告诉的方式把那个血糊糊的包裹埋好。按规矩做完了祷告后,她看了一下胸前的斗篷,她的儿子正舒适地躺在她温暖的怀里,睡得香极了。她自言自语:"有我在,就没有人能把你放进这样的坑里。"说完就起身开始攀登峻峭的山脚,没有意识到有个人正在偷偷看着她。

就在爱拉离开山洞后不久,尤芭就溜出来跟上了她的脚步。这个冬天,伊扎在病好后对尤芭进行了医药方面的训练。这些训练使这个女孩更加能够体会爱拉现在只身外出的危险。她知道这个年轻妇女的身体是多么虚弱,很有可能半路晕倒,而她身上的血腥味一旦引来在野外游荡的食肉动物,则后果不堪设想。当尤芭看到爱拉独自离开山洞时,几乎想马上去报告伊扎,但是又放心不下让爱拉单独一个人,便跟在了她的后面。当爱拉在树林里换了一条小路时,女孩差点就跟丢了,直到爱拉开始攀登开阔的山坡时才重新找到了她。

爱拉在爬坡时用掘棒做手杖来支撑身体的重量。她不时就要停下来休息,努力地吞咽好忍住呕吐,并振作精神不让自己晕倒。她感到有血从大腿内侧流下,却顾不上更换一片吸水皮革。她记得自己曾一口气跑上峻峭的山坡不带喘气,那么为什么今天那片草地竟变得那么远?无论她怎么走也走不到。不,一定能走到的。爱拉给自己鼓劲,拖着身子一步一步往上爬,虚脱得快要晕倒时就歇一会儿,等意识清醒了些再继续前进。

到了下午晚些时候,婴儿开始哭闹了。那哭声在她听来似乎不太真切,就像是与她隔着一重浓雾。她没有停下来喂他,强迫自己努力攀登。她的全部精神都系在了一个信念上——我要爬到那片草地,我必须要抵达小山洞。任何其他事物在这时候对她都失去了意义。

尤芭故意与爱拉隔了很远一段距离使爱拉看不到她。她不知道爱拉已经看不见一步以外的东西了。当那位年轻的母亲最后到达高山上的草地时,从她眼里看到的世界已经变得很模糊,似乎披上了一层红纱。她已经马上就要虚脱了,却还在心里告诉她自己:只剩下一点点了,再多走一点点就好!当她吃力地穿过草场,终于来到山洞跟前,看到这个曾多次收容她的避难所就在眼前时,她已经连拨开树枝的力气都快没有了。当她跌跌撞撞走进山洞,就一头栽倒在了地面的那块鹿皮上。她顾不上脱下已被汗水洇湿了的披身,也没来得及把乳头塞进啼哭的婴儿嘴里,直接陷入了昏迷。

尤芭很幸运，当她刚爬上草场就看到爱拉进了那个小山洞，否则她可能永远也弄不明白，爱拉怎么会在薄雾般的空气中突然消失了？那棵老榛子树密密匝匝的树枝极具迷惑性，把岩壁上的洞口结结实实地伪装了起来。即使不是在枝繁叶茂的夏季也很难发现树枝背后的山洞。尤芭一路跑回山洞。她本来预计很快就可以回来，但她没料到爱拉用了那么长的时间才到达小山洞。她害怕伊扎会因为担心而责骂她，不知道伊扎根本没注意到她晚归了。其实尤芭溜出去跟在爱拉后面的那一幕正好被伊扎看见了。当时她就猜到了尤芭的意图，只是她不想追究。

20

“都什么时候了，她早该回来了吧，伊扎？”克莱伯终于忍不住了。他整个下午都忧心忡忡，一直踱着步子在洞口附近徘徊。伊扎正在用石刀把煮熟并冷却了的鹿的腰腿肉切成小块，听到克莱伯的问话一下子紧张得连头也不敢抬，只是点了点头然后继续盯着手底下那些肉。

“哎哟！”这时她突然叫了一声。锋利的石刀在她的手指上割了一个口子。克莱伯听到她的惊呼马上抬头看向她，感到非常惊讶——伊扎怎么可能被石刀伤了呢？伊扎使用石刀一直十分娴熟，他已经想不起来上次她割破手指是什么时候了。克莱伯有些自责，心想，伊扎才是最可怜的。我光顾着自己担忧，竟然一点也没关心她的感受。她这么紧张一点也不奇怪，因为她也很担心。

“我刚才和布仑谈过了，伊扎。”克莱伯做着手势说，“他勉强同意派人寻找爱拉。你也知道，没有人想知道妇女是在哪里处理那脏物。如果她在处理的时候正好被一个路过的男人撞见，这个男人很可能会厄运连连。但她真的太虚弱了，的确有可能会在雨中晕倒。你出去找她吧，伊扎，你是一个女巫医，应该可以帮上忙。她不会走得太远的。你就不必担心我的晚餐了，我会等到你们回来……你赶紧出发吧，天马上就要黑了。”

“我不能去。”伊扎做着手势，把割伤的手指放进嘴里。

“你什么意思，你不能去？”克莱伯迷惑不解。

“我找不到她。”

“你不出去找怎么能知道找不到她？”这位老巫师被彻底搞糊涂了。为什么伊扎不愿出去找她？为什么都过了这么长的时间她也不出去找一找？要是在以前的这个时候，伊扎早已经在翻山越岭地寻找爱拉了。她这么紧张，肯定有问题。

“伊扎,你为什么不愿意出去寻找爱拉?”

“没用的,我找不到她。”

“为什么?”他不松口地追问。

伊扎的眼睛里充满了恐惧和担忧,沉默了一会儿终于承认:“她藏起来了。”

“藏起来?她要躲谁?”

伊扎回答:“她要躲开每一个人,包括布仑、你、我,还有整个家族的人。”

克莱伯茫然地一句话也说不出。他想了一会儿,发现依然不能明白伊扎谜一般的回答,便又着急地问:“伊扎,你必须好好解释清楚。为什么爱拉要躲开家族,躲开你和我。而且她怎么会要躲开你呢?她现在正需要你啊。”

“因为她要保护她的孩子,克莱伯。”伊扎做着手势,眼神在乞求得到他的理解,“我告诉她,必须亲自把畸形婴儿处理掉,因为这是母亲的责任,但是她拒绝了。你也知道她是如何渴望有一个孩子。她对我说要把婴儿带出去,和婴儿找个地方藏起来,一直等到婴儿的命名日才会回来,到那时布仑就必须要接纳这个孩子了。”克莱伯目光如炬地盯着伊扎,好像要把她看穿了。从伊扎的这番话里他很快了解了爱拉的全部意图。

“是的伊扎,布仑将被迫接受她的儿子。不过那时的她将因为蓄意违抗而被诅咒,而且是永久的咒死。你应该知道,一个妇女如果强迫一个男子在违反意愿的前提下作出某种决定,这个男子将脸面尽失。布仑不能失去威望,否则男人们将不再尊重他,即使他最后诅咒了她也于事无补。家族大会马上将在今年夏天召开。你想一想,到时的他有什么脸来面对其他家族?我们整个家族都要因为爱拉蒙羞。”巫师怒不可遏地做着手势,“她怎么会想到这么个馊主意呢?”

“爱拉之前听过阿芭讲的一则故事,是一个母亲把她的畸形婴儿挂在树上的故事。”听到克莱伯的话伊扎顿时被吓得面色惨白。是啊,她当时怎么就没有考虑到这些呢?

“都是老妇人的无稽之谈!”克莱伯语气嫌恶,“阿芭只知道把一些荒唐的传说灌输给年轻妇女。”

“不全是因为阿芭。也因为你,克莱伯。”

“我?我什么时候给她讲过这些故事?”

“你是没有给她讲过任何故事。但有一个事实不容辩驳:你出生时也是畸形儿,但家族允许你活下来。而现在你是家族的大莫格乌。”

伊扎的话震惊了这位身体往一边倾斜的独臂大巫师。他知道自己当时之所以能被家族接纳完全是因为一系列机缘巧合,至于后来能成为全家族地位最高的圣人那更是运气使然。他母亲的母亲曾不止一次告诉过他,他能活下来是一个奇迹。难道爱拉是由于他的缘故所以想在她儿子的身上也创造奇迹？这是行不通的。她不可能强迫布仑接纳她的儿子并允许他活下来，因为没有人能左右布仑的决定。

“那么你呢，伊扎，你就没有告诉过她这样做是错的？”

“我求她不要走。我告诉她如果她不忍心，我会帮她扔掉孩子。但是她拒绝了，而且从那以后就不让我接近婴儿。克莱伯，我没办法啊，毕竟她为这个婴儿吃了那么多苦。”

“所以你就让她走了，心里希望她的计划能够实现。你为什么不把这事告诉我或布仑呢？”

伊扎摇摇头。她想，克莱伯说得对，我当时真应该告诉他。现在不仅是爱拉的孩子，就连爱拉也要被连累而死。

“她往哪里去了，伊扎？”克莱伯的眼神变得如石头般冰冷。

“我不知道。她只提到过一个小山洞。”伊扎说完，感觉自己的心在不停下坠。大巫师听到这里就断然转过身去，一瘸一拐地走向首领的火塘。

婴儿的啼哭终于使爱拉从昏睡中醒来。外面的天色已经漆黑，小山洞内没有火堆所以又湿又冷。她走到山洞后面解手，略带氨味的温热液体刺激着伤口和被撕裂了的肌肉，疼得她龇牙咧嘴。周围伸手不见五指，她摸索了一阵，终于找到采集筐，先取出干净的毛皮把婴儿湿漉漉脏兮兮的身子擦拭干净，然后自己喝了些水；最后她用毛皮把孩子裹起来，抱着孩子躺在地上开始给儿子喂奶。等她再次醒来时，山洞的石壁已经映上了点点光斑，那是阳光透过洞口的榛子树照进来的。她一边吃着冰冷的干粮，一边给婴孩哺乳。

食物和休息使她恢复了力气。她抱着婴儿坐了起来，开始闭目沉思。她想，我要先出去弄点木柴回来。我带的食物也维持不了多久，得设法补充一些。零陵香草已经发芽，它能补血。新的紫苜蓿和巢菜的嫩芽应该也不少，还可以采些可食用的球茎。一些树已经开始分泌汁液了，内层的树皮会变甜，特别是槭树。不，槭树不会生长在这样的高海拔地区。没关系，这里还有桦树和冷杉。还有那些新冒出来的牛蒡、款冬和蒲公英嫩叶。卷曲着的蕨类味道也不错。对了，怎么可以忘记我的弹石带——附近有不少地松鼠、河狸和兔子。

爱拉憧憬着温暖季节里的种种美好。当她兴高采烈地站起身时，她只觉得有一股血从下部涌出，随之而来的是一阵眩晕。她低头一看，这才发现自己的双腿上都是干了的血，脚套和披身也都被弄脏了。她被硬生生从白日梦拉回到现实，意识到她目前绝望的处境。

当眩晕过去后，她决心先清洗一下身子，然后去采集食物，但她不知道是该把婴儿带走,还是让他睡在原地?她左右为难。家族妇女从不将婴儿留在没人看管的地方,至少要放在某个妇女的视力范围内。虽然爱拉实在不放心将他单独留在洞内,但是她又必须清洗自己,洗完后还要背水和木柴回来,犹豫再三后只能将婴孩留在了洞内。

洞口被树枝遮盖住了。她透过枝叶间隙窥视出去,看清附近没有人后便推开树枝离开山洞。地面很湿透。小溪的边上是一道滑溜的淤泥。在一些未被阳光照及的角落还留有未融化的残雪。东面吹来的强风带来了更多水汽重的云块,吹得爱拉直哆嗦。她蹚入寒冷的溪里,掬水冲洗身体擦拭披身。当她重新穿上那件又冰又湿的披身时几乎感觉不到什么温暖。

随后她离开小溪,走进草地周围的树林里,用力扭断冷杉靠近地面的干枯树枝再收集起来。忽然她看到眼前有一圈光晕笼罩,膝部也发软站不稳了。她赶紧抱住近旁的一棵树一动不动,想等这阵晕眩过去了再接着干。她浑身无力,好像有人在捶打她的头一般,晕眩挥之不去;胃液也不停向上翻涌,她只能咬紧牙关忍住呕吐。所有关于打猎和采集食物的想法此刻统统都被她丢在了脑后。搏命般的妊娠、劫掠般的分娩,以及使她精疲力竭的攀登早已抽光了她体内所有的储备——她的体力已低至极限了。

当她回到山洞时,婴儿正在啼哭。洞里既寒冷又潮湿,因此婴儿格外需要母亲的温暖。她刚把孩子抱起来,忽然想起水袋还留在小溪边,而她又必须要喝水。她只好把儿子放下,拖着孱弱的身子又走出洞去。这时,天又开始下起雨来。她再次回到山洞时已经没有一点力气了,一下子就倒在了地上。等她把湿重的毛皮盖在她和婴儿身上没多久就因为极度的疲惫睡着了。她太累,没有注意到一丝恐惧早已潜伏在了她大脑的某个角落。

"她本来就是这么任性又傲慢,难道我没有告诉过你们吗?"勃劳德自以为聪明地做着手势说,"可当时有一个人相信我吗?没有。你们都站在她那边,为她找借口,任她肆意妄为,甚至还允许她打猎。我才不管她的图腾如何强大,总之妇女是禁止打猎的。穴狮不可能指引她去打猎,那都是她的一面之词。看看吧,你们给一个妇女这么多自由,最后是什么结果呢?你们对她那么仁慈,她反过来又是怎么对你们的呢?她不顾你们的好,还忘恩负义地想把她的畸形儿子强行塞给家族。这次应该没有人能为她找到什么借口了吧。她这是故意藐视家族的习俗,绝对不能宽恕。"

勃劳德终于等到了这个千载难逢的机会。他不但证明自己对女孩的判断是对的,还特别自豪自己当时的"先见之明"。他不分时间地点地落井下石无疑是在往布仑的伤口上撒盐。他全然不顾布仑的面子问题,打定主意要同他对着干。

“勃劳德,够了,你说的已经够清楚了,”布仑做着手势说,“我没有隐瞒你们的必要。等她回来,我自然会妥善处理这件事。过去没有,将来也不会有妇女可以强迫我作出违心的承诺。这样只会令她吃不了兜着走。”

“等明天早晨我们再次搜索时,”布仑继续了被勃劳德打断之前会议的话题,“我们应当到那些不常去的地方。伊扎说,爱拉提到了一个小山洞。有谁见过附近有什么小山洞吗？应该不会太远。她身体那么弱根本走不了太远。大平原或森林都可排除了,我们应该针对搜查那些可能有山洞的地方。这次下雨可能把她的痕迹都冲掉了,但也许还会留下脚印。我们要不惜一切代价把她找到。”

伊扎像热锅上的蚂蚁等待布仑的会议结束。她挣扎了好久才终于鼓足勇气决定要立即对布仑坦白。当她看到男人们纷纷散去,就走进布仑的火塘,低头蹲坐在他的脚边。

“你有什么事,伊扎？”布仑拍拍她的肩膀后说。

“这个不称职的妇女有话对首领说。”伊扎艰难地开口。

“你可以说了。”

“这个妇女犯了错。当她知道那个年轻妇女的计划时,没有马上向首领报告。”伊扎的情绪异常激动,甚至忘记了和首领谈话要用定式的手势,“但是,布仑呀,她真的十分渴望拥有这个孩子。之前没有一个人,就连她自己也没有料到她竟会怀孕,因为怎么可能有精灵可以打败穴狮图腾的精灵呢？所以怀孕后的她是那么快乐。虽然她在怀孕时遭受了许多痛苦,但她从不抱怨。而且布仑,她在分娩时几乎快要不行了,但一想到她的婴儿可能也会死,她才又振作精神,最后成功生下孩子。她的婴儿虽然畸形,但她坚决不能接受把孩子遗弃。她认定,这个孩子可能是她一辈子的唯一。是巨大的打击和痛苦使她失去理智,草率地作出了决定。我知道我没有这个权利,但是布仑,我请求你允许她活下去。”

“为什么你不早点到我这里来,伊扎？为什么你现在才想到要求我赦免她？我对她有那么糟吗？我又不是不知道她遭受的痛苦。一个男子也许可以不看别人的火塘,但无法闭塞他的耳朵。这个家族里没有一个人没有听到爱拉在分娩时撕心裂肺的哭喊。大家都知道她吃的苦头。你以为我是硬心肠的人吗,伊扎？如果你早一点到我这里来,告诉我她的想法,她计划要怎么做,你以为我不会考虑让她的婴儿活下去吗？如果你当时这样做了,我可以不计较她曾经想用出走和藏匿来威胁我，把这些都看做她的一时糊涂。我会检查她的婴儿。如果畸形不太严重,即使她没有配偶,我还是会考虑接受婴儿。但你没有给我这个机会。你自作聪明,好像能猜到我会怎么做。伊扎,这一点也不像你。

“你从来不曾失职，一直都是其他妇女的榜样。在此之前，你可以让我责备的只有你在生病时的态度。我知道你当时病得很厉害，可你却一直试图隐瞒。我很尊重你的意愿，在所有场合也从不声张，但是在去年的秋季，我真的很担心你要就此步入神鬼世界。我当然知道爱拉认为这次是她可以拥有自己孩子的唯一机会。我假设她的判断是正确的。但是我看到当你生病时，她把自己的一切，包括自己正在怀孕这件事都抛在了一边。而且她把你救了回来。我不知道她是怎么做到的。也可能是因为大莫格乌安抚了那些想把你带走的神鬼们，说服它们让你继续留在这个世界里。但绝不可能是大莫格乌一人之功。

“我已决定答应大莫格乌的请求，让她当家族的女巫医。我会尊重她，像我过去尊重你一样。她也一直是个不错的妇女，虽然对我配偶的儿子有些轻蔑，但也算是一个尽责顺从的典范。伊扎，你以为我没注意到勃劳德对她的粗暴吗？即使是在去年的初夏，她的确有那么一点行为失检，但冲突也是由勃劳德以某种我不很清楚的方式挑起的。以他的身份去和一名妇女结仇对他来说其实很不值得；勃劳德是一个骁勇善战的强壮猎人，他本来没有理由感到他的男子汉地位被一位女性威胁了。但是，也有可能他看到了一些我忽略了的问题。可能他是对的，我太放纵爱拉了。伊扎，如果你早些到我这里来，我可能会认真考虑你的请求，然后让她的儿子活下去。但现在一切都太晚了。如果爱拉真的带着孩子在命名日归来，她和她的儿子都只有死路一条。”

第二天，醒来后的爱拉想试着生火。洞里还有几根她之前留下的干木棒。她搓着一根木棒，用力钻向另一块木头。但她因为虚弱所以耐力不够，无法持续搓动使木头冒烟。她不知道这是幸运女神在眷顾她——正是因为她没有生不起火，她和孩子才逃过一劫。当时她和孩子都还在睡梦中时，德路盖和克罗格就已经从山坡爬上了这片高山草地。如果爱拉生起火堆，他们就一定会循着火的气味发现山洞。他们有惊人的嗅觉，甚至可以分辨出燃烧后灰烬的气味。其实他们已经走到离山洞很近的地方了，如果婴儿在那时发出即使是最轻微的呜咽声，他们也一定能够捕捉到。好在洞口是被浓密的老榛子树严实地遮蔽了起来，他们最终也未能发觉，错过了山洞。

爱拉的幸运远没有就此终止。铅灰色的天空下着连绵不断的春雨，把溪岸变得泥泞，草场也成了浸透水的沼泽。这场雨就像是她的一个保护罩，把她留下的所有痕迹都冲刷殆尽，给猎人们的搜索带来阻碍。但他们的目光极其锐利，甚至可以辨别家族每个成员的脚印。如果爱拉要采集食物，就一定会折断某些植物可食用的嫩芽，或是挖开土壤好采集草根或球茎。这些都不可能逃过他们明辨纤毫的眼睛。但爱拉似有神助，又逃过了这一劫——由于她身体极度虚弱,住进山洞后她一直都没有采集食物。

等到爱拉走出洞去,男人们已离开有些时候了。当她看到泉眼附近的泥地里男人们的脚印时,她的心好像停跳了好几秒,然后发现自己背上全是冷汗。那些脚印是他们在那里停下喝水时留下的。她害怕极了,躲进山洞再也不敢出去。风吹过山洞前的榛子树,哗哗的响声常吓得她心惊胆战,时间久了她开始出现幻听,精神也越来越紧张。

她当初带来的食物差不多要吃完了。她想起自己过去曾在这里度过漫长而寂寞的咒死,应该储存有一些食物。可她翻遍了放在洞里的筐子,能找到的只是一些干巴巴的已经腐烂的榛子,和小型啮齿动物的粪便。她通过粪便判断出那应该是它们啃食完她储存的食物后留下的,而且已经过去很长时间了。她还找到了一些她吃剩的食物,那是伊扎在她咒死期间送来给她的,可惜也已经腐烂干透,无法食用了。

正当她失望之时,她想起曾在山洞后部做过一个石窖,里面藏有干鹿肉。那个石窖是她射死一头鹿后砌成的。当时她把那头鹿的肉烤成肉干,再用鹿皮做了一件温暖的披身。爱拉凭着记忆找到了石头堆起的圆丘。她把石头搬开,里面储存的干肉竟然还完好如初,她又惊又喜,紧张的情绪也有所缓和。但没过多久,爱拉就听到洞口的树枝传来异响,她的心跳顿时加快。

"尤芭!"爱拉突然看见竟然是女孩走进洞来,吓了一大跳,做着手势说,"你怎么找到这里来的?"

"我在你离开的那天一直跟在你的后面。我很害怕你会出什么事。我今天给你带来了一些食物和催奶的茶。都是母亲做的。"

"伊扎知道我在这里吗?"

"不。但她知道我清楚你藏身的地点。可能她不愿意知道,所以才没有问我,否则她就必须要如实告诉布仑。哦,对了爱拉,布仑对你大发脾气。男人们每天都在外面搜捕你。"

"我看见泉源边有他们的脚印。但他们没有发现小山洞。"

"勃劳德总在自吹自擂,说他知道你长期以来就是如何如何的坏。克莱伯自从你离开后就整天把自己关在祭神的小洞里,我几乎都见不到他的人。母亲难过极了。她要我告诉你千万别回去。"尤芭看着爱拉说,她睁得大大的眼睛充满了恐惧。

爱拉问:"如果伊扎没有向你问起我,怎么能叫你带信息给我呢?"

"昨天晚上和今天早晨她都额外煮了些食物。她并没有煮得过多——我想她是害怕克莱伯会猜到是给你的——但她的那份她一口也没动,全省下来给你了。后来她又沏了茶,并开始喃喃自语,好像在为你心痛。自从你离开后,她就一直这样痛心疾首地自言自语。但是今天她的眼睛却是看着我的，嘴里在不停地说,‘真希望有人能告诉爱拉千万不要回来。我可怜的孩子,我可怜的女儿,她没有食物可吃,她很虚弱。她需要奶水喂饱婴儿。’还有类似这样的话。之后她就离开了火塘。这个水袋就放在茶的旁边,食物也已经包好。”

“她那天一定是看见我跟着你出去了,”尤芭继续说,“我还纳闷为什么那次出去那么长时间她也不骂我。布仑和克莱伯都对她大为震怒,因为她没有事先告诉他们你要藏匿起来。如果他们知道伊扎其实可以设法找到你,但却没告知他们,真不知道他们会怎么对付她。不过幸好没有一个人向我问起。没有人会去注意小孩的,特别是女孩。爱拉,我知道我应当告诉克莱伯你在哪里,但是我不希望布仑诅咒你,我不希望你死。”

爱拉好像可以听到她的心在怦怦乱跳。我该怎么办呢?当她决定用离开山洞来威胁布仑时,她没有意识到自己的身体有多虚弱,也没有考虑自己带着一个婴儿独自过活会有多艰难。她一直指望能在孩子的命名日和带孩子返回山洞,之后的生活就能恢复正常。看来她太过天真了。现在我该怎么办呢?她抱起婴儿，紧紧地把他搂在胸前。我无论如何都会让你活下去的,知道吗?

尤芭同情地望着这位年轻的母亲，不过爱拉好像已经忘记了她的存在。“爱拉,”她试探地说,“我能看看他吗?我一直都没有机会看你的婴儿。”

“当然,尤芭,你当然可以看他。”她做着手势,觉得很愧疚——女孩是专程为她捎来伊扎的口信的,自己却忽视了她。其实尤芭的处境也很危险。如果家族发现尤芭知道如何可以找到爱拉而没有告诉他们,等待她的惩罚将是很严厉的,很可能会小命不保。

“你想抱抱他吗?”

“当然。真的可以吗?”

爱拉没说话,只是把婴儿放在尤芭的膝上,尤芭便开始解他的襁褓,解开后她又抬起头要征求爱拉的同意。这位母亲点了点头。

“爱拉,他长得不是很难看,也没有像克莱伯那样的瘸腿。他有点太瘦了,但主要是他的头看上去有点奇怪。但他又没有你那么奇怪。你看上去不像家族里任何一个人。”

“这是因为我不是出生于本家族。伊扎发现我时我还是一个小女孩。她说我出生于外族。不过我现在是家族里的人了,”爱拉骄傲地说到这里,脸色又阴沉了下来,“只怕时间不长了。”

女孩说:“你想念母亲吗?我不是说伊扎,而是你的亲生母亲。”

爱拉说:“我只记得伊扎一个母亲。我对来到家族前发生的一切都想不起来了。”忽然她的脸色变得苍白，“尤芭，如果我不能回去，我可以到哪里去呢？我要和谁住在一起呢？我将再也见不到伊扎和克莱伯了。这次也会成为我见你的最后一次。我不想这样，但是我还能怎么办呢？我不能让我的孩子去死。”

尤芭说：“爱拉，我也不知道你该怎么办。母亲说，如果你强迫布仑接受你的儿子，布仑将威望扫地，这也是他为什么发怒的原因。一个妇女如果指使男人做了什么，其他男人就再也不会尊敬他了。即使他以后诅咒你，也无法挽回他失去的颜面，因为你已经强迫他做了违背意愿的事。爱拉，我不希望你到别的地方去，但是你如果回家族就一定会死。”

这位年轻的妇女看着女孩恓惶的脸，没有意识到自己热泪纵横的脸上其实是与女孩同样悲戚的表情。她们两人的心贴在了一起。

“尤芭，你最好赶快回去，时间长了你会有麻烦的。”爱拉说。女孩便顺从地把婴儿交还给爱拉，站起来就要离去。“尤芭，”爱拉在女孩拨开洞口的树枝时叫住她，“我很高兴你能来看我，才让我有机会与你多说了一次话。你告诉伊扎……告诉母亲，我爱她。”眼泪又不听话地一颗颗滚落，“还有克莱伯。”

“我会的，爱拉。”女孩又逗留了一会儿，“那我走啦。”一说完，她便迅速地离开了山洞。

尤芭走后，爱拉打开了她带来的食物包。里面食物不是很多，但加上石窖里的干鹿肉，应该还能维持几天。但是再往后的日子可怎么过呢？她真的不敢继续想。她的思想好像进入了混乱的大漩涡，正将她卷入无望的深渊。她的计划不仅破灭，而且种下了恶果。不仅她孩子生命不保，就连她自己也在劫难逃。她机械地往嘴里塞了些食物，又喝了点茶，然后抱着婴儿一起躺下，进入到可以忘却一切的睡梦中。她的身体有它的需要，它现在需要休息。

当她醒来时，已经是夜里了。她喝完剩下的冷茶水，决定趁着天黑时去多取些水回来，因为夜色可以很好地掩护她不被男人们发现。由于没有火堆的洞里十分黑暗，她只能摸黑寻找水袋，突然就有点害怕起来，一时失去了方向感。幸好那些伪装了洞口的树枝被并不完全的漆黑衬出了轮廓，使她认明方向，很快拿着水袋爬出了洞口。

下弦残月似一弯镰刀挂在夜空中，飞驰而来的云彩俏皮地挡在了月亮前面，只漏下几缕光辉。爱拉的眼睛已经充分适应了洞穴里的黑暗，就算不借助月亮也能看清幽灵般的树木剪影。淙淙流过的泉水拍在岩石上，形成小型的瀑布，银色的月光闪闪发光，在上面反射出一道浅浅的彩虹。爱拉体力还未完全恢复，但是她站起来已经不再眩晕，走路也比先前要轻松了。

爱拉走到溪边俯身汲水，没有一个家族猎人能在这样的暗夜中发现她。但却有几双闪着绿光的眼睛对她虎视眈眈。这些眼睛的主人早已适应了在黑暗的环境下活动。平时它们和它们的猎物都会在这个地方喝水,因此都把爱拉看做了送上门的晚餐。爱拉在五岁时曾一丝不挂地在荒野遨游,但现在是她最脆弱的时候,非常容易受到伤害——不仅是由于她的虚弱,更因为她对自己能够活下去不抱有很大希望了,以至于松懈了警惕,思维也变得呆滞。她身上浓郁的气味对这些潜伏的食肉动物非常有诱惑力,它们按捺不住准备行动。反应一向迅速的爱拉已经有所察觉,只听见刷刷的声音,她飞快地射出了几颗石子。虽然不一定能当场致命,但足够在它们身上留下痛苦的伤口,使它们仓皇逃离。包括山洞在内的很大一片区域都是这些食肉动物的领地,它们领教了爱拉的厉害,再也不敢轻易进犯,爱拉也就为她最近赖以生存的洞穴创造了一个相对安全的环境。

"她肯定会留下蛛丝马迹的,"布仑窝火地做着手势,"就算她带了食物也总有吃完的一天,肯定会从藏身处出来的。我要大家把已经搜过了的每一寸土地再过一遍。如果你们发现她死了,也要马上报告我。一些食腐肉动物也可能会攻击她,大家都仔细点。我要求在孩子的命名日之前找到她。必须找到他,否则我没有脸面参加家族大会。"

"她根本就是不想让我们参加家族大会,"勃劳德轻蔑地冷笑一声,"她一开始就不应该被家族接受。她甚至不是出生在本家族的人。如果我是首领,我决不会接纳她,也决不会允许伊扎领养她,我甚至不会让伊扎把她捡回来。为什么其他人都没有看清她的真面目?你们应该知道,这已经不是她第一次违抗家族了,她早就习惯了,不但习惯藐视家族的规矩,而且习惯做了坏事不被惩罚。你们中间有谁曾阻止她将动物带回山洞?又有谁曾阻止她独自外出?从没有一位家族的优秀妇女喜欢独自外出。正是因为你们允许她一个人独自游逛,所以她才能偷看到我们在练习场上练习武器。当我们发现她使用弹石带后,她受到了什么惩罚?暂时性咒死而已!而且当她活着回来后,你们竟然允许了她打猎。大家想一想吧,哪一个家族妇女在打猎?你们可知道其他家族会怎么想的?我们早就没脸参加家族大会了。她就是这样大逆不道的女人,现在想要强迫我们接纳她的儿子,难道不是很正常吗?"

"勃劳德,你的这些话我们已经听了很多遍了,"布仑不耐烦地做着手势,"她这次一定得到教训,我向你保证。"

勃劳德经常不厌其烦地炒冷饭,虽然使布仑很是无奈,却也给他一种新的体会。这位首领开始重新考虑自己依据家族传统和习俗作出的判断是否有所偏差。勃劳德的话提醒他,爱拉的不羁行为在不断升级,但总能蒙混过去,终于发展成了不可饶恕的蓄意违抗;而自己对这个出生于外族的人却一直采取温和的态度，不但不严格按照家族观念管束她，反而对她次次宽容。她利用了我的善心。勃劳德的意见是对的，对待她的确应该更加严厉，也应该让她循规蹈矩。也许当初真的不应该允许伊扎捡她回来，但勃劳德也没必要老把这些挂在嘴上吧?

勃劳德的喋喋不休也给其他猎人造成了影响。大多数人都被他说服，认为爱拉是用烟幕蒙蔽了他们，只有勃劳德保持了清醒的头脑，才把她看得清清楚楚。当布仑不在旁边时，这个年轻人就在背后诽谤首领，说他太老了，不适合继续领导他们了。布仑这次真的颜面尽失，他一直以来的自信遭受了毁灭性打击；他可以感知到男人们对他的尊重在一点点流失。在这样的情况下，他真的无法在家族大会上面对各个家族。

爱拉很少出洞，除非为了打水。她裹在毛皮里，即使边上没有火堆也觉得足够暖和了。尤芭带来的食物和过去留下的鹿肉使她不必出去采集或打猎。虽然干鹿肉硬得像皮革，非常难咬，只能慢慢咀嚼，但因为鹿肉营养丰富，所以令饥肠辘辘的爱拉觉得很有滋味。尽量少出洞使她能充分休息。怀孕时她不得不把身体的储备都分给需要大量营养的胎儿，才变得那么虚弱。其实爱拉经过了几年的锻炼，身体状态不仅年轻而且健康，因此在得到了足够的休息后，她很快就恢复了体力。渐渐地，她不再需要那么多睡眠，但醒着的时候她又总是被忧虑困扰。只有当她睡着了，忧愁才能暂时消失。

爱拉抱着睡着的儿子坐在洞口边。婴儿偎依着她的一只乳房，有白色的液体从他的嘴角流出。她的另一只乳房由于婴儿吮吸的刺激也滴出了乳汁，说明她已开始大量分泌母乳。下午的太阳不时被飞奔的白云遮蔽，却还是照进斑驳的光线，把洞口晒得暖洋洋的。她静静端详着婴儿的睡脸，看他均匀的呼吸不时被眼球的转动和偶尔的抽搐打断，嘴巴发出吮吸的声音，一会儿后又安静下来。她轻轻转过孩子的头，仔细看了看他侧面的轮廓。

爱拉想，尤芭说你看上去不算太难看，只是长得有点奇怪而已，我也是这么认为。其实我的长相也很奇怪，但尤芭又说你不是很像我。爱拉忽然想起那天她在静止的水潭里看见她自己的样子。不是很像我?!

爱拉开始目不转睛地检查起儿子的相貌，试图回忆水潭里自己的模样。她想，我的前额也是这样隆起的，然后用手摸摸自己的脸。还有他嘴巴下面的那块骨头，我也有。但是他有眉嵴，我却没有。家族的人都有眉嵴。我的孩子为什么没有完全遗传我奇怪的长相？他看上去应该和我一样才对啊？虽然他看上去有点像我，但他更像这个家族的孩子。他同时继承了我和家族的特征。我不是出生在本家族，但是我的孩子出生在本家族，所以他既像我又像家族的人，就像我和家族的一个结合体。

我的儿子，我完全不同意你是畸形儿。如果你是我生的，而且是在本家族出生,你理所应当长成这样。如果我和家族的精灵可以混合在一起,你怎么就不可以作为我和家族的混合体存在?你现在的相貌绝对合情合理。不过,到底是谁的图腾开始了你的生命?不管是谁,他一定得到了其他图腾的帮助。没有一个男子拥有比我更强大的图腾,克莱伯除外。而我又生活在克莱伯的火塘里。我的孩子,是不是洞熊使你的生命萌发?不,这是不可能的。克莱伯说乌萨斯不会允许它的精灵被一个妇女吞下去。乌萨斯只选择那些它认为值得保护的人。我得好好想想。除了克莱伯,我还和谁走得比较近?

爱拉的脑海里忽然出现勃劳德向她扑来的画面。不!她摇摇头,想甩开这个念头。不可能是勃劳德。他不是创造我儿子的人。一想起这个未来的首领,和他强迫她就范的手段,爱拉就会反感地浑身发抖。我恨他!他每次找我做那事时我都恨得要死。我真高兴他后来不再纠缠我了。我希望他永远,永远都不要再来找我发泄。奥茄怎么受得了那种行为?还有其他的妇女?为什么男人们都有这样的需求,要把他的生殖器官放在婴儿生出来的地方?那个地方是为婴儿准备的,不是用来被男人们的器官弄得黏黏糊糊的。男人们的那个器官和婴儿的出生没有一点联系,她愤愤不平地想。

当男人那个在她看来毫无意义的动作反复在爱拉眼前出现时,一种奇怪的想法悄然而至。会不会有联系呢?男人的器官可能真的与婴儿的出生有关?只有妇女会生孩子,既有女孩也有男孩。我怀疑,当男人把他的器官放进婴儿出生的地方时,是不是就开始了创造婴孩?也许使生命启蒙的不是男人的图腾精灵,而是男人的生殖器官?如果是那样,那么出生的婴儿是不是就应该属于某个男人呢?也许男人们之所以有性交的欲望,是因为他们想创造出新的生命吧。可能这就是为什么一些妇女们也很享受和男人做那种事。我从来没有见到过妇女吞下精灵,但男人们把那个器官放进妇女身体里倒是很常见。没人能想得到我会有一个婴儿,因为我的图腾实在太强,但我不还是生下来一个孩子吗?而且我是在勃劳德蹂躏我之后才发现自己怀孕的。

那意味着,那么我的孩子也就是勃劳德的孩子了。不!这不是真的!爱拉越想越害怕。克莱伯说得才是对的,他一贯都是正确的。我是因为吞下了一个精灵,精灵又与我的图腾打仗,并打败了它,所以我才会怀孕。也可能我吞下了不止一个精灵,是所有男人的图腾精灵也不一定。她想到这里,一下子紧紧抱住了她的婴孩,好像要占为己有。你是我的,不是勃劳德的!就算我真的吞下了一个男人的图腾精灵,这个男人也不可能是勃劳德。婴孩因为她突然的动作吓得大声啼哭起来。她赶紧放松怀抱,轻轻摇晃着孩子,直到他安静下来。

可能是我的图腾知道我迫切想要孩子的心,因此才故意让它自己被打败。但是如果我的图腾早知道孩子躲不过一死，为什么还让我生下他？这个孩子的长相之所以奇怪，是因为他的一半像我，一半像家族。可他们不管这些。他们只会说我的孩子是畸形。即使我有了配偶，我的孩子也不会变得正常。这样的话，即使之后我还会有孩子，他们也没有希望能活在世上。因为照家族的习俗，他们都会是畸形的，都必须死。不过现在计较这些已经没有意义了，我马上就要死了。还有我的儿子，我们俩都不能继续活了。

爱拉搂着婴儿，摇晃着他并低声哼唱着什么，不觉泪流满面。我该怎么办呢，我的孩子？我该怎么办呢？如果我在你的命名日回去，布仑就会诅咒我，所以伊扎叫我不要回去。那么我还能到哪里去呢？我的身体还很弱，不能打猎；即使有一天我能打猎了，那谁来照顾你呢？我不可能带你出去；我不能带着你去打猎。你的啼哭会把猎物吓跑。但是我又不能把你单独留下。是，我也不一定要打猎，我还可以采集食物。但是除了食物，我们总会需要其他的东西——比如披身、毛皮盖被、斗篷还有脚套。制作这些都需要动物的皮毛，不打猎是行不通的。

还有，我要到哪里去找另外一个可住的山洞？我不能一直住在这里，这里冬天的雪太大，而且离家族又近；他们很快会发现我的。我随时可以离开这里，但是如果我找不到一个山洞，猎人们就会追上我并把我带回去。如果在离开这里后我真的幸运地找到一个山洞，在那里储存了足够吃到第二年冬季的食物，而且还捕到了些动物，但我们两人还是一样孤单。你比我更需要大家的陪伴。如果我们俩相依为命，谁跟你玩？谁教你打猎？如果我出意外了，你怎么办？谁会来照顾你？那时，你将无依无靠，孤身一人，正像被伊扎发现之前的我一样。

我不希望你孤单；也不希望自己孤单。我想回家。爱拉啜泣着，把头埋在婴儿的襁褓里。我想见尤芭，还有克莱伯。我想我的母亲。但是我不能回家。布仑已经对我大发脾气了。因为我使他丢了脸，所以他要再次诅咒我。我真的不知道这次出走会对他造成伤害，我只是不希望你死才选择这条路。布仑不是一个坏人；他同意我打猎。如果我没选择用出走来强迫他接纳你，结果会不会不一样？如果我当时直接去找他，求他让你活下去呢？如果我现在就回去，他还不会威严扫地；因为离你的命名日还剩下两个手指头，还有时间。而且我现在回去，他的气应该也消了大半了吧？

可他的气如果没消呢？如果他说不接受你呢？如果他们要把你从我怀里抢走呢？如果他们真的把你抢走，我也不想活了。如果你必须死，那么我也要一起死。如果我回去后布仑说你必须去死，那么我将请求他诅咒我，让我和你一起死。我不想让你一个人上路，我会跟随你一起去神鬼世界。我现在就要回去，请求布仑让我把你留下。除此之外，我还有其他选择吗？

爱拉开始把东西收拾到采集筐里。她背上筐，把婴儿用斗篷兜着挂在胸前，再用毛皮披身把自己和婴儿都裹在里面，就朝洞口走去。她把洞口外遮蔽的树枝推向一边，然后匍匐爬出洞外。当她刚落地，就注意到脚边有一个被太阳照得闪闪发光的物体。她捡起来一看，发现是一块灰色岩石。但仔细一看，那又不是单纯的灰色岩石，而是三小块黄铁矿粘在了一起。她一向喜欢研究石头，便饶有兴趣地把这块夺目的石头放在掌上翻来覆去地看。她几年来进出这个小山洞不知多少次了，却从来没有见过这块奇异的石头。

爱拉把玩了一会儿，突然将它紧紧攥在了掌心里，而且闭上了眼睛。这是不是一个信号？一个穴狮图腾给我的信号？

“伟大的穴狮之神，”她做着手势，“我作的决定正确吗？您是不是想告诉我，我现在应该回去？哦，穴狮之神，我真希望这是您给我的信号。就让我把它看做您鼓励我、相信我的信号吧。我会把回去后要发生的当做又一次对我的考验，不会让您失望的。最后，如果这真的是您给我的信号，我希望它能保佑我的孩子平安活下去。”

当爱拉解开脖子上那个小皮袋的结时，她的手都在发抖。袋子里已经有染红的椭圆猛犸象牙块、软体动物化石以及一块红赭石。当她把刚才捡到的这块独一无二、闪着光辉的石头也放进去时，袋子里就有四样东西了。虽然她还是很害怕，害怕得仿佛可以听到自己狂乱的心跳，但她依然义无反顾地踏上了回家的路。她知道她要面对的可能是万丈深渊，但只要有一丝希望能让孩子活下去，她不惜粉身碎骨。

21

尤芭跑进山洞，激动地挥手：“母亲！母亲！爱拉回来啦！”

伊扎看清尤芭的手势后一下子脸色煞白：“不！不会的。她带着孩子吗？尤芭，你到底有没有去看她？你有没有告诉她我的话？”

“是的，母亲，我去看她了。我还告诉她：布仑正在发脾气，她千万不要回来。”女孩做着手势。

伊扎快步走到洞口，看见爱拉正慢慢走进洞来，向布仑的火塘走去。她蹲坐在他的脚边，身体前倾，护着怀中的婴儿。

“她回来得太早了，她一定算错了日期。”布仑有些莫名其妙，便向匆匆拐出洞口的大巫师做手势。

“她没有算错日期，布仑。她知道时间还早。她提早回来是有目的的。”大莫格乌回应布仑的疑惑。

首领看看老巫师笃定的神情,心想他怎么能这么有把握,便若有所思地看了眼地上的年轻妇人,然后回过头和大莫格乌交换了目光之后对他说:

“分娩后的妇女诅咒时间会比较长,所以她的月经应该还没结束,照理是要被隔离起来。她现在离我这么近,你的巫术应该能保护我免受伤害吧?”

“放心吧布仑,我施法时用的是乌萨斯遗骨,法力非常强大。你很安全。可以直视她。”巫师回答。

布仑转过身来,注视着这个战战兢兢的年轻妇女和她怀里的婴儿,不觉怒火中烧。他想:看我不马上诅咒你。不过,不急,今天还不是孩子的命名日。如果大莫格乌是对的,那么她提前回来的目的是什么?而且还带着婴儿?婴儿一定还活着,否则她不会把他带回来的。她大胆的违抗已经不可能被宽恕,为什么还提前回来?他的好奇心驱使他拍了拍她的肩膀。他很想从她口中得到答案。

“这个不合格的妇女曾经违抗过首领。”爱拉用无声的定式手势做开场白。她依然低着头,所以不知道他是否作出反应。她知道她现在不应该跟一个男子谈话,因为她还处于隔离期。但是他敲了她的肩膀,也就不必顾虑太多了。“如果首领允许,这个妇女有话想对首领说。”

“妇女,在你的诅咒期间,你本来不配得到讲话的权利,但是大莫格乌已经就你的诅咒期求得了神灵的保护。既然神灵允许,那么我就给你说话的机会。你说得对,你是违抗了我,现在你自己还有什么话要说?”

“这个妇女很感激。她知道家族的习俗,本来应当根据女巫医伊扎的指示将她的婴儿处理掉,但是她跑掉了。她打算在婴儿的命名日回来,使首领不得不接纳婴儿。”

“你回来得太早啦,”布仑做着手势,露出胜者得意的表情,“今天还不是命名日。我现在就可以命令女巫医把他抱走。”自从爱拉出走后,布仑心里就有了一个疙瘩,现在终于可以解开了。他对爱拉做完手势,觉得很心满意足。传统的规定是,当婴儿在外生活满七天之后,家族首领将不得不接纳其进入家族。只要今天没满七天,他就可以不接受婴儿。他终于没有丧失威望,所以依然可以根据他的意志发号施令。

爱拉的手臂不自觉地将斗篷里的婴儿抱紧了一些,对布仑说:“这个妇女知道现在还不到命名日。但她已经意识到试图强迫首领的做法是错误的。妇女的孩子究竟能不能活命不是妇女的地位所能决定的,只有首领才能作出这个决定。这就是为什么这个妇女要提前回来的缘故。”

布仑看着爱拉的脸,她的表情殷切至极。他想,至少她及时恢复了理智:“既然你知道本家族的习俗,那你为什么还把畸形的婴儿带回来?伊扎之前说你是因为过于虚弱所以不能履行当母亲的职责，把孩子扔掉，那么你现在是不是可以把婴儿交出来了？你要不要女巫医代你处理掉孩子？”

爱拉迟疑了一下，然后用一只手把她的儿子高高托起：“如果这是首领的命令，那么妇女愿意放弃这个孩子。”她用另一只手慢慢做着手势，好像有一把刀扎在了心上，痛苦地不能自已，“但是这个妇女已经向她的儿子保证，绝不让他单独去往神鬼世界。如果首领执意不让婴儿活下去，那么妇女请求首领把她咒死。”她把孩子放下，又换回正式的手势，“我恳求你，布仑，我恳求你让我的儿子活下去。如果他必须死，那我也不活了。”

爱拉的表白震惊了首领。他知道有些妇女总会想方设法地把自己畸形或有残疾的婴儿留下，但她们中的大多数为了解除痛苦，最后还是会尽快地把孩子悄无声息地处理掉。一个畸形的婴儿会使母亲蒙羞。因为这说明这位母亲至少存在某些机能不全或能力不足，导致她不能生出完美的婴儿，她将被人瞧不起。即使婴儿的畸形程度极小，根本不足以构成太大障碍，婴儿母亲将来的地位也会受到影响，甚至在选择配偶时也将十分不利。一个母亲到了晚年如果没有孩子或孩子配偶的照顾，生活将难以维系。虽然不至于饿死，但境况肯定非常悲惨。爱拉这样的要求是没有先例的。母爱是强烈的，但至于强烈到要和孩子同生共死吗？

“你要求随一个畸形的婴儿去死？为什么？”布仑问。

“我的婴儿不是畸形，”爱拉做着手势，不在乎手势里显而易见的违抗意味，“他只是有点不一样。我长得和你们也不一样，看上去一点也不像家族里的人。我的儿子也是如此。如果我的图腾有朝一日再次被打败，那我生出的婴儿都会像我现在这个婴儿，照此下去，只要是我生出的孩子就永远都不可能活下去。如果我所有的婴儿都得去死的话，我也不想活了。”

布仑看一眼大莫格乌：“如果一个妇人吞下一个男子的图腾精灵，那么生出的婴儿看上去会不会像那个男子？”

“是的，那是必然的。但是不要忘记，她拥有的也是男性图腾。这就是为什么在她体内图腾的战争异常激烈。穴狮图腾一定也想创造新生命的一部分。这就有可能使她的孩子与家族人并不完全相像。对于这个问题我还要好好沉思一番。”

“如果是这样，为什么婴儿仍然是畸形呢？”

“如果妇女的图腾精灵当时拒绝让男人的图腾精灵全部进入体内，她的妊娠期就会非常困难，从而造成婴儿畸形。”大莫格乌回答，“其实令我更加震惊的是婴儿竟是男性。如果妇女的图腾进行了强烈的反抗，生出的婴儿通常是女性。布仑，我们到现在也没有见过爱拉的婴儿。我们需要检查他一下。”

布仑纳闷:还需要这么麻烦吗?何不干脆现在就诅咒她,然后将她的婴儿处理掉。爱拉的提前回来以及她恭顺的悔罪表现稍稍平复了布仑自尊心的创伤,但是远不足以使他息怒。他差一点就要由于她的缘故而丢尽脸面,而且这已经不是第一次他被她连累。她是回来了,可她下一步的计划是什么?而且正如勃劳德多次提醒过的,家族大会马上就要召开了。

接纳这个婴儿,就和当时允许伊扎领养一个陌生女孩并将其接纳入他的家族属于同一个性质。布仑有些懊恼,后悔自己当时怎么没有预见到在家族大会的那一天,如果让族人发现我们竟让一个在外族出生的妇女参加大会,将会产生什么样严重的后果?布仑追悔莫及。他回想过去,不理解自己怎么会作出这么多违背家族习俗的决定。但是无可否认,他每次作出的决定都是经过慎重考虑,并不是完全不合情理。就拿允许妇女打猎一事来说,在当时看来也是合乎逻辑的。可一旦把过去种种叠加在一起,在外人眼中他已经对家族习俗造成了不可挽回的破坏。爱拉的的确确违抗了习俗,她是罪有应得,只有诅咒她方可消除他所有的担忧和外人的质疑。

但他转念又想,执行咒死对家族来说也有一定危险性,可能招来众多恶鬼。她的自愿回来已挽回他的颜面——伊扎说的不无道理,爱拉当时是因为过度害怕和痛苦,才一时昏了头。他也对伊扎说过,如果爱拉当面向他请求,他会慎重考虑给予婴儿生存的机会。现在爱拉已提出了请求。她是认识到了自己违抗首领的严重性,才愿意面对我的审判,并恳求赦免放她孩子一条生路。他感到为难。他无法草率决定,觉得至少应该自己亲自检验一下婴儿。于是他给爱拉一个简要的信号,用手指向克莱伯的火塘,然后大踏步走开了。

爱拉奔向火塘里伊扎伸开的两臂。如果这次回来已经值得了,至少还能见她记忆中唯一的母亲最后一面。

布仑在离开爱拉后很快就召集起所有男人,“你们每人都有机会检验婴儿,”布仑说,“在正常情况下,我本不会麻烦你们,而且这仅是一个简单的决定。但是我需要听听你们的意见;判处一个人咒死是一项重大抉择,我不愿把家族再次暴露在众多恶鬼的侵扰之下。如果你们觉得这个男孩可以接纳,我就很难再诅咒他的母亲。如果她死了,就必须有一位妇女要领养这个婴儿,他就必须生活在你们中一个有配偶正在哺育婴儿的火塘。如果你们允许婴儿活着,对爱拉的惩罚就不必如此严厉。明天就是命名日,我要马上作出决定。如果决定惩罚她,就要事先给大莫格乌留出足够时间好做准备。这些事情必须在明天早晨太阳升起前尘埃落定。”

“这个婴儿不该活下去,布仑。虽然不仅仅是因为他的头。”在布仑示意大家可以发言后,克罗格开了个头。配偶伊卡仍然在哺育那个最小的孩子,他可不希望爱拉的婴儿再加入他的火塘——虽然这种情况很少会发生，但不是一点可能也没有。“但那个头就已经够戗了。他甚至不能支起自己的头，一定要别的东西作为支撑。他现在已经是这个样子了，当他成长为男子时又会如何？难道还能指望他打猎吗？他甚至连供养自己都不能。他只能是整个家族的负担。”

“你有没有想过，他的脖颈会变得粗壮起来？”德路盖表示出疑义，“如果爱拉死了，她就会带走欧娜的部分灵魂。阿葛应该领养爱拉的儿子——她怎么也报答不了爱拉的恩德——虽然我想她实在不会喜欢一个畸形婴儿。但如果她愿意，我没有意见，我不觉得他会是整个家族的负担。”

“他的脖子又长又细，头却这么大，任它怎么粗壮也不行。”克罗格说。

“我可不要他到我的火塘里来；我甚至不会问奥茄对此有什么意见。这个婴儿可不配当奥茄这两个儿子的兄弟；我坚决不同意让他作为布拉克和格雷夫的兄弟在我的火塘里生活。即使爱拉真的要带走布拉克的一小部分灵魂，布拉克也一定可以活下去的。我不明白布仑你有什么好考虑的。你已准备好要诅咒她了。现在就因为她提早跑了回来，你就改变主意要接纳她，甚至还有她畸形的儿子。”勃劳德狠狠地做着手势，气急败坏地继续说下去：

“她那时公然违抗家族习俗出走，即使人回来了也不能减轻她的罪名。现在的讨论到底有什么意义？婴儿是畸形的，她也必须受到诅咒。就这么简单。你为什么还要浪费时间召集大家开会？如果我是首领，我早就诅咒她了。她的行为叛逆又傲慢，给其他妇女也带来了坏的影响，难道你可以否认吗？”勃劳德怒气冲冲，手势也有点以下犯上起来，“她受诅咒是应得的，布仑，你还有什么可想的？你还不明白吗？你是瞎了眼吗？她从来就不是什么好东西。如果我是首领，我一开始就不会接纳她。如果我是首领……”

“但是，你现在还不是首领，勃劳德。”布仑冷冰冰地打断他，“而且如果你不能很好地控制你自己，你以后应该也不会成为首领。她不过是一个妇女，勃劳德，为什么你会害怕她到如此程度？你觉得她会威胁到你吗？她能对你怎么样？她必须服从你，她别无选择。‘如果你是首领，如果你是首领’这是不是你该说的话？念念不忘要杀死一位妇女，为此宁愿把整个家族暴露在危险之下，这是什么样的一个首领？”布仑控制不住自己，对他配偶的儿子已经忍无可忍。男人们有些震惊，并开始惴惴不安起来。现任首领和下任首领发生冲突是他们不愿看到的。勃劳德的作为的确已有些过分，但是他们对于这样的他已经习惯；是失控的布仑令他们感到讶异。他们从来没有见到这位首领发这样大的脾气，而且他以前从来没有公开质疑过配偶的儿子关于继任的资格。

眼下，这两人的目光因为意见冲突而对峙着。片刻后，还是勃劳德做出退让，首先把眼光移下。既然留住了颜面，布仑也就再一次牢牢控制好自己的情绪。现在布仑才是首领，尚没有卸任的打算。这个年轻男人警觉了起来：他的地位并没有像他自己想象的那样牢固。勃劳德虽然努力压抑自己，但一种无能和心酸的挫折感依然涌上了心头。他想：布仑仍然在包庇她。他怎么可以这样？我是他配偶的儿子，而她只不过是一个丑女人。勃劳德有苦说不出，只能挣扎着保持镇静。

"这个男人令首领对他有所误解，他非常后悔。"勃劳德做着定式手势，"其实这个男人关心的是有朝一日能领导猎人们，当然前提是现任的首领信任这个男人有这个能力。如果一个男人的头只能耷拉着左摇右晃，他怎么能打猎呢？"

布仑瞪了这个年轻男子一眼，真的发怒了：勃劳德用定式手势说的话前后不搭边，而且信号和姿势都流露出他的违心。他的这种过度谦虚简直是在挖苦我，这比直接表达不同意见更可恶。布仑知道勃劳德是想隐藏他的真实感觉。但是自己刚才也发了脾气，他想想也有些惭愧。他也知道勃劳德是因为怀疑他的判断，所以才这么不依不饶地奚落他，想要施压敦促。这些话虽然的确触痛了他的自尊心，但他不能原谅自己失去自制，竟在公开场合贬低他配偶的儿子。

"你已说明了你的观点，勃劳德。"布仑手势生硬，"我明白，这个婴儿长大后可能成为下任首领和下下任首领的负担，但是这个决定还是要由我作出的。我自然会选择我心目中的最佳方案。勃劳德，我从没有说过要接受这个婴儿。我也没有说过这个妇女可以不受诅咒。我关心的是我们家族的一群人，而不是她或她的孩子。一次咒死会使家族每个人都处于极端的危险之中；游荡的恶鬼随时都可能给大家带来厄运，特别是上次已将恶鬼放出过一次。我也觉得这个孩子畸形得严重，不能让他活下去，但是爱拉看不到她的婴儿是一个累赘。她看不到。可能是因为她非常强烈地想要一个孩子。她回来后这样恳求我，说我如果不能接受她的儿子，顺便就一起诅咒她。我之所以征求你们的意见，想要让你们检查婴儿，是因为你们可能可以看到被我忽略了的地方。要知道，不论是咒死还是赦免都是大事，绝不可以草率。"

勃劳德稍稍减轻了受挫感，觉得是自己想多了，布仑也许根本没有在袒护她。"你说得对，布仑，"他有所悔悟地说，"一个首领的确应该以家族的安全为重。这个年轻男人为自己有这样英明的首领而感恩不尽。"

布仑的危机感也一下解除了。他庆幸自己刚才没有一怒之下正式考虑撤销勃劳德的后继人地位。今后他也不会有这样的想法了。勃劳德仍然是他配偶的儿子，是他心爱的孩子。布仑想，自我控制并不容易，就连我也有发怒的时候。勃劳德在自制方面的确弱了一些，但他已有所进步。

“我很高兴你能明白,勃劳德。当你当上首领后,你对家族的安全和利益都将负有责任。”

布仑的这番话不仅使勃劳德知道他仍然稳坐着继承人之位,而且也使其余猎人放下了心。他们必须要确认传统的权力继承制度仍然有效,也明确自己的地位定能得到保障,他们才能有安全感。没有再比未来的不确定性更能使他们不安的了。

“其实我正是从家族的利益出发,”勃劳德做着手势,“我不希望在我们的家族里有一个不能打猎的男子。爱拉的儿子将来能有什么用呢?她胆敢违抗,本该被严厉惩处,现在既然她要求得到咒死的惩罚,何不就此满足她。没有了她们母子,我们将会过得更好些。爱拉蓄意违抗家族的传统,不应该活下去。她的儿子畸形得厉害,也不应该活下去。”

在场的人大致都赞同了勃劳德的立场。布仑察觉到勃劳德的说辞并不是发自肺腑,但他不想深究。既然他们两人的冲突已经化解,他也不想再挑起争端。这次布仑与他配偶的儿子公开争辩不仅使布仑大为烦恼,也使其余人为之不安。

首领觉得自己应该听从主流的声音,但还是有些迟疑。他想,就照勃劳德的建议执行吧。她从一开始进入家族就已经成为一个问题了。爱拉和孩子都要死,伊扎一定会难过,但是我也并没有答应过一定会留下她们两人的命。我只说过,我会加以考虑。我甚至没有说如果她回来,我就会照顾她的婴儿;而且谁料到她出走后竟真的还会回来?这就是问题所在,我永远无法预料在她身上会发生什么。即使伊扎因此抑郁成疾,身边还有尤芭可以照顾她。而且尤芭是真正出生在伊扎的女巫医家系里的,没有了爱拉,她就可以在家族大会里得到更多的指点。

布仑沉默着,脑中思绪万千。如果判处爱拉咒死,不就意味着布拉克的部分灵魂也要一起死去吗?可勃劳德对此似乎一点也不担心。他一定觉得就算有损失,也是微乎其微的。他甚至会想:我有担心的必要吗?其实他是对的。这是她应得的惩罚,不是吗?爱拉强烈的母爱简直算得上是病态。从老妇人那里听来的传说难道能说明什么吗?她甚至看不出她的儿子有畸形,看来实在病得不轻。而且我很好奇,女人们在分娩时真的有那么痛苦吗?男子们经常不也要忍受更大的痛苦吗?有些在打猎中受了重伤却还能一路走回来,那才真正令人敬佩的。当然,她只是个女人,我也不指望她能吃多少苦。我真想知道她出走了多远?她说的那个小山洞不可能离这里很远吧?她生孩子时几乎连命都搭上了,那么虚弱的身体是不可能走得很远的。但是为什么当时我们没有在附近找到她呢?

除此以外,如果我让她活下去,她就要和我们一起参加家族大会。到那时，其他家族会怎么看我的家族？如果我还允许她那畸形的孩子活下去，那只会把事情变得更糟。现在大家都认同勃劳德。而且如果爱拉不在，勃劳德也能更好控制自己。他是一个无畏的猎人，只要他再多一点尽职的意识，更多一点自控的能力，是可以成为一个不错的首领的。就算是为了勃劳德，我也应该成全他。他是我配偶的儿子，只有爱拉死了，情况才会好起来。是的，这就是正确的选择。难道不是吗？

“我决定了，”布仑做着手势，“明天是命名日。在日出之前，当第一道曙光……”

“布仑！”大莫格乌打断了布仑。他在布仑和勃劳德的争论中一直像个隐形人不发一语。自从爱拉生了孩子，人们就几乎不大看到他了。大部分时间里他都把自己关在小洞室里叩问神灵，想知道爱拉为何出走。她经过多少艰难挫折才适应了家族的规矩习俗，他最清楚。而且他也觉得她已经做得很好了。所以他坚信，如果不是因为某些重大原因，爱拉不会选择铤而走险。

“在你宣布决定之前，大莫格乌有话要说。”

布仑凝望着大巫师。巫师脸上的表情还和往常一样是个谜。布仑从来没能从大莫格乌的脸上猜中他的心思。他凭什么以为他的话能左右我呢？我是经过深思熟虑才作了决定。这他应该是知道的。

“大莫格乌可以说话。”他做着手势。

“爱拉没有配偶，一直是由我供养的，所以我对她负有责任。如果你允许，我想以她配偶的身份说几句话。”

“你尽管可以畅所欲言，大莫格乌，但无论你要说的是什么，我都不觉得你的话能改变我的决定。我不是不清楚爱拉对婴儿强烈的爱，也知道她为了保住这个婴儿承受了太多。而且我还想到伊扎很可能因为悲伤过度而就此垮掉。我想过各种赦免她的理由，奈何她违抗家族习俗的事实如山。另外大家刚才也表明了态度，没有人愿意抚养她的婴儿。勃劳德说得很清楚了，她们母子俩都不应该活下去了。”

大莫格乌把他的手杖扔在一边，用独腿站了起来。他身上裹着一件厚重的熊皮斗篷，显得庄重威严。家族里只有上了年纪的老人还有布仑了解大莫格乌的另外一些方面。这位大莫格乌是所有男人中的最高圣人，是唯一能与神鬼世界打交道的人，同时还是全家族中最伟大的巫师。在宗教仪式上，他的发言振聋发聩，所有人都把他看做一个极具魅力、不怒自威的家族守护者。那些看不见的力量比扑过来的野兽还要可怕，根本没有人能像他一样不露惧色地面对，而正是他的这种力量才把平日里最勇猛的猎人变成了吓得发抖的胆小鬼。眼下在场的每个人都对他保护家族的能力深信不疑，他的巫术强大至极，没有什么能使他害怕的，只有一个人——古夫，有可能替代他的位置。

大莫格乌一直独自站在家族男人们和未知的鬼神中间，并被后者赋予力量。他浑身充满着深不可测的气质，超脱了世俗。即使他是坐在他自己火塘的界石范围内，周围只是他的至亲妇女，也不会有人认为他只是一个普通的男人。他决不仅是一个男人那么简单；他是大莫格乌。

当这位面容可怖的圣人用他的独眼依次严肃地扫视在座每个人时，包括勃劳德在内的所有人无不开始坐立不安，并一下联想到他们纷纷谴责并坚持要处死的妇女正生活在这位巫师的火塘里。大莫格乌从来只把巫术用于法事，但现在他要破例了。他转身面向布仑。

"作为妇女的配偶，我有权为那个畸形的孩子说话。我要你看在大莫格乌的分上宽恕爱拉的儿子，免予处死，同时赦免爱拉。"

布仑再次用最短的时间把正反理由都说了一遍。说实话，他也更倾向于赦免爱拉。在他心里，处死她的论据都站不住脚。面对大莫格乌直截了当的施压，他差点就要改变主意，并坦白处死她们不是出于他的本意。但他还是忍住了。他是首领，不能当着众人的面如此轻易就妥协。虽然大巫师强大的法力实在令他心生畏惧，但他决心已定。

当大莫格乌看到布仑游移的脸色变得坚毅，布仑的眼里，大巫师的形象好像也发生了变化。另一世界的力量好像离开了他的身体，他现在只是一个穿着熊皮斗篷的瘸老人，没有拐杖的支撑，只能用他的一条好腿直立站着。当他开口说话，之前神秘的魅力也不复存在了，只是用普通的手势加以沙哑的只言片语。他的神色虽然一如往常坚定，但反而让布仑看到了他的脆弱。

"布仑，自从爱拉被伊扎捡到以来，她一直生活在我的火塘里。我想每个人都同意，火塘里的男子应该给同一火塘的妇女和儿童树立规矩，成为榜样。我曾是爱拉的榜样，也曾树立她的规矩。

"我的身体是畸形，布仑。如果一个妇女一直以一个畸形男子为榜样和标准，后来被发现不能辨别自己的孩子是否畸形，有什么不能理解的吗？我缺少一只眼睛和一只手臂，我的半个身子都残废了。实际上我只是半个人，但是爱拉从一开始就已经把我看做一个完人。她的儿子与我相比不但有两只眼睛，两只完好的手臂，还有两条完好的腿。你们怎么能指望爱拉承认她的儿子是畸形的呢？

"我负责她的教养。我对她的过失无从推诿。的确是我忽视了她之前稍稍偏离家族规矩的行为，以致酿成今日的苦果。我甚至还说服了你接受她进入家族。我是家族的大莫格乌。我为你传达神鬼的意图，并帮助你在一些问题上作出判断。之前我始终不觉得我们有什么错。她有时的确没有很好地遵照家族的规矩，可我不曾怀疑她已经是一个比较优秀的家族妇女了。

现在想想,我对她还是太宽容了。是我没有使她明确她的责任。我很少申斥她,也从来没有打过她。顺其自然,放任自流更是我一贯的主张。现在她要为我的疏忽付出代价了。可是布仑,我是真的对她狠心不起来啊。

“我至今没有娶过配偶。其实我可以选择一个妇女并与她一起生活,但我没有这样做。你知道为什么吗?布仑,你可知道妇女们是怎么看我的?你可知道妇女们是如何避开我的?当我年轻时,我和其他男人一样有相同的性渴望,可当我向她们做出信号时,她们却都转过身去拿背对着我,当做没有看见。我没有办法,只能努力控制自己的欲望。当一个女人一心想要避开我,一看到我就厌恶地转过身去时,我无法,也不愿用我残缺和畸形的身体强迫她顺从。

“但是爱拉从未疏远我。我们第一次见面时她就伸出手来摸我的脸。她不怕我,也不排斥我。她毫不掩饰对我的感情,发自内心地拥抱我。布仑,你说我怎么可能责骂她呢?

“自从出生以来,我就生活在这个家族里,但我从来没有学习过打猎。一个独臂的跛子还想打猎?我是一个负担,因此被人奚落,还被人唤作‘妇人’。可现在我是大莫格乌了,再没有一个人敢耻笑我,但是还从没有一次成丁仪式是为我举行的。布仑,这个样子的我算什么男人,甚至连‘半个男人’也不是。只有爱拉尊敬我、爱我——不是把我当成一个巫师,而是把我当做一个男人、一个健全的男人。将心比心,我自然也非常疼爱她,把她作为我亲生的看待。”

说到这里,克莱伯突然抖落了遮盖着他倾斜的残缺身体的斗篷,他从未示人的手臂残根突兀地展现在众人面前。

“布伦,这就是爱拉眼中的健全男人。这就是为她树立了标准的男人。她深爱这个男人,并把他作为自己的儿子的参照对象。我的兄弟,你看看我!如果你认为这样的我都有理由活在这世上,那么爱拉的儿子有什么理由必须受死?”

黎明前夕,天才蒙蒙亮,家族就开始在山洞外集合。毛毛细雨淅淅沥沥地下着,在岩石和树木的表面上贴上了一层反光的薄膜,并附在人们的头发和胡须上,聚成滴滴水珠。一缕缕细小的水流从雾气弥漫的山上垂下,一直流到低处的洼地里。浓雾使景色变得模糊不清,只看得见近处的物体。夜晚的最后一丝黑暗在渐渐褪去,依稀的晨光衬出了东边山脊的轮廓,如和缓的波浪绵延在朦胧的雾海里。

暗暗的山洞里,爱拉在毛皮卧具上躺着,睡意全无地盯着伊扎和尤芭,看她们在火塘里悄无声息地给火堆加炭,或是烧水沏早茶。爱拉的婴儿紧偎在她身边,嘴里发出吮吸的声音好像在做梦。爱拉已彻夜未眠。初见伊扎的喜悦早已转为愁苦、凄凉和绝望。她没想到和布仑的谈话那么快就结束，便回到火塘里和伊扎还有尤芭互诉想念和担忧。

虽然克莱伯一直没有走进火塘，但是当他离开小洞准备去参加布仑召集的会议时，爱拉看到他望了自己一眼。他避开了爱拉眼里默默的请求，既没让她瞧见自己已经湿润了的眼睛饱含温柔，更没暴露心底的爱护和怜惜。爱拉和伊扎看到克莱伯和布仑在山洞的另一端交谈，手势非常谨慎。当看到克莱伯又匆忙回到了祭神的小洞里时，她们两人颤抖着交换了一下会意的目光——布仑作出了决定，克莱伯已经开始着手准备。克莱伯自从进入小洞后到现在，一次都还没有出来。

伊扎递给年轻的母亲一个盛了茶的骨杯。这个杯子爱拉已使用多年，非常的熟悉了。爱拉喝茶时，伊扎就默默坐在她身旁。尤芭也走过来依偎着她们，虽然能带来一些安慰，但并不能减少她们的忧虑。

“差不多要集合完毕了。你该走了。”伊扎从爱拉手里接过骨杯并示意她。爱拉点点头，然后起身，把儿子用斗篷包裹好。走之前，她还从床上捡起了她的毛皮披身，搭在了肩上。她看看伊扎，又看看尤芭，不禁悲从中来，大颗的泪珠即将夺眶而出。在凝望片刻后，她大哭着跑向伊扎和尤芭，三个人紧紧地抱在了一起。最后，爱拉怀着沉重的心情，一步一步走出洞口。

她一路上低着头，只看见地上那些纷乱的脚跟、脚趾和宽松的脚盖痕迹。电光火石间，她猛地想起两年前自己也是这样跟在克莱伯的后面走出山洞，接受审判。她想，这次他一定会永久地诅咒我。我生来好像就是为了这个，要不为何我总是躲不过？我很快要到鬼神之域了。我知道有一种植物可以使我们两人昏昏睡去，永远不会醒来，干干净净离开这个世界。我的儿子，你别怕，等我被诅咒完，我们两人就一同上路。

她走到布仑面前，蹲坐在地上，呆呆盯着布仑的脚。她记得，两年前的那天布仑也是穿着这双沾了泥点的脚套。天色渐亮，太阳马上就要升起。她耐心地等待，心想布仑不会拖得太久。果然，布仑用手指叩了下她的肩膀。她慢慢抬头，坦然地望着布仑留着大胡子的脸。布仑没有拐弯抹角，直接开始宣判。

“妇人，你蓄意违抗家族习俗，应当受到惩罚。”他威严地做着手势。爱拉点点头，没有否认，“爱拉，你这位家族的妇女，现在，我诅咒你。从此没有一个人能看见你、听见你，在整个妇女诅咒期间，你要被彻底隔离。在空中重现与今日相同的月相之前，你不许越出你的供养者，也就是大莫格乌的火塘一步。”

爱拉目瞪口呆地盯着首领严肃的神情，简直不敢相信。不是咒死，而是妇女诅咒！不是彻底的放逐，而是象征性地被隔离在克莱伯的火塘。就算在这个月里家族的人都不承认她的存在又有什么关系？她还有伊扎、尤芭和克莱伯。而且一个月后，她还可以重新加入家族的生活。就像其他结束了月经的妇女一样。不过布仑还没有讲完。

“作为进一步的惩罚，在参加完家族大会回来之前，你不可以狩猎，甚至不能提到狩猎。在秋天叶落之前，你不能到处乱跑，除非是因为公事外出。就算你是为了采集药用植物，你也得告诉我要去什么地方，并尽快返回。总之，你在离开山洞前必须取得我的同意。最后你还必须告诉我你藏身的小山洞的位置。”

“是的，是的，遵命。”爱拉点着头欣然同意。她感觉自己已经飘浮在温暖松快的白云上了，可首领的接下来的一席话使她的心骤然变凉，一下从兴高采烈的云端掉入绝望的洪流。

布仑继续说：“但还有一个问题没有解决。就是你那个畸形的儿子。你是因为他才犯的错。你今后绝不能再强迫一个男人——尤其是首领——去做违反他意愿的事。任何妇女都不允许这样。”说到这里布仑就打住了，望向远处的小洞室。爱拉紧紧抱住婴儿，绝望地看着布仑所看的方向。她不能让他们抢走婴儿，她不允许。布仑和爱拉一同注视着大莫格乌从山洞里拐出来，并把熊皮斗篷甩在了一边。当爱拉看清，在他的残臂和腰之间牢牢夹着一个染红了的柳条碗时，她又惊又喜，一度以为自己看错了。她踌躇地重新转回来面向布仑，想从布仑那里证实眼前的一切是否与她心想的一样。

“你记住，不能强迫男人不代表你不能提出要求。大莫格乌在等你，爱拉。你的儿子必须先有一个名字，才可以被接纳为家族成员。”布仑说完，示意对话到此结束。

爱拉激动从地上爬起来，跑到了大巫师面前。她蹲坐在他的脚边，把一丝不挂的婴儿从斗篷中向上高高托起。就在这时，红日的第一道金光穿透了山间的迷雾，从山脊的顶上照进山洞，正好照在了婴儿身上。婴儿离开了母亲温暖的胸脯，非常不满周围湿冷的环境，被冻得尖声啼哭起来。

名字！她从没想过要给儿子取什么名字，也不知道克莱伯会选择什么名字。大莫格乌做着定式手势，呼唤家族的图腾之神参与见证，然后从碗中剜出一块红色油膏。

“杜尔克，”他洪亮的声音盖过了婴儿的哭声，“这个男孩的名字是杜尔克。”说完，他把红色油膏涂在了婴儿眉嵴的中点至鼻端。

“杜尔克。”爱拉重复了一遍后，把他抱回到自己胸前。她想：杜尔克，和传说中那个英雄的名字一样。克莱伯知道我一直很喜欢这个名字。这个名字在家族中并不常见，因此在场许多人都很惊讶。虽然少见，但也许正是因为这个取自远古时代的名字有丰富的神秘内涵，因此非常适合这个从一出生就开始面对未知坎坷的男孩。

“杜尔克。”布仑喊了一声婴儿的名字。他的身后跟着家族众人，都准备第一次同家族的新成员见面。爱拉感激地瞅着布仑，在这位自尊心极强的首领严肃的脸上捕捉到了一丝慈祥的笑意。她泪眼朦胧地看着经过面前的那一张张脸。她想努力忍住，却还是泪流满面，只能低下头尽量遮掩。她的心在大喊：我不敢相信，我简直不能相信，这是真的吗？你有名字了吗，我的宝贝？布仑真的接受你了吗，我的儿子？我是在做梦吗？她想起自己前些日子放进护身符里的那块闪闪发光的矿石。那真的是一个信号。伟大的穴狮之神，那真的是您给我的信号。从此，这块石头成了她最珍惜的宝物。

“杜尔克。”又一个人经过爱拉面前，叫出婴儿的名字。是伊扎的声音。她赶紧抬头，看见眼前的伊扎虽然眼睛没有湿润，但脸上的喜悦绝不亚于爱拉。

“杜尔克。”终于轮到尤芭了。在正式认识完爱拉的儿子后，她又朝爱拉很快地做了一个手势，意思是：“我真是太高兴了。”

“杜尔克。”爱拉耳边突然传来一个声音，轻蔑中带有嘲笑。她立刻抬头，看见勃劳德正转身走开。她突然想起自己藏身在小山洞里时曾经有过的奇怪念头，认为可能是男人创造了新生命。一想到是因为勃劳德她才怀上孩子，她就忍不住浑身战栗。这几天来她一直心神不宁，没有注意到布仑和勃劳德激烈的论战。这个年轻男子本来拒绝承认爱拉的儿子加入家族，最后是迫于首领的死命令才不得不顺从。爱拉看着他紧握拳头，身体僵硬地从人群中走开。

布仑他怎么可以这样？勃劳德走进树林，想要远远避开那个让他恨得咬牙切齿的场面。他怎么可以这样？勃劳德气不打一处来，一脚踢在了一根大木头上，想使它沿斜坡滚下去好发泄怨气，可是没有成功。他怎么可以这样？他又拾起一根粗树枝，把它砸烂在一棵树的树干上。他怎么可以这样？怎么可以？勃劳德走到河边，跪在地上反复捶打被藓苔覆盖的河岸，脑子里一直重复相同的一句话。他怎么可以允许她不死，而且还接受她的婴儿？他怎么可以这样？

22

“伊扎！伊扎！快！快来看杜尔克！”洞外，爱拉正挽着伊扎把她拉向洞口。

“出什么事啦？”伊扎紧张地跟着爱拉进入山洞，边走边问，“是不是他又噎着啦？不碍事吧？”

“不，不是这个。你快看！”当她们进入克莱伯的火塘后，爱拉终于不卖关子了，得意洋洋地做着手势，“他把自己的头抬起来啦！”

婴儿趴在一块毛皮毯上。他微微抬起了头,用两只深邃的大眼睛望向两位妇女。他眼珠的颜色已不是刚出生时的暗黑色,逐渐被家族中常见的深褐色取代。他很努力地昂着头,坚持了一会儿,才又把脑袋支在毯子上。他把小拳头胡乱塞进小嘴里,发出吮吸的声音,完全没有意识到自己刚才的动作对两个妇女造成了多大的震动。

"他还这么小就能抬头,那么长大后就更不成问题了,对吗?"爱拉说。

"现在先不要抱这样大的希望,"伊扎回答说,"不过这肯定是个好迹象。"

这时,克莱伯拖着腿也进入了山洞。他眼神恍惚地眺望,显然正沉浸在自己的思想中。

"克莱伯!"爱拉呼唤着跑向他,使他猛然回到现实。他回头看向爱拉。"杜尔克把头抬起来了,对吧伊扎?"爱拉高兴地对克莱伯宣布,然后看向伊扎。伊扎点点头,对克莱伯表示爱拉没有说谎。

"嗯,"他发出鼻息声,"如果杜尔克已经发育得这么好,我想该是时候了。"

爱拉问:"该是什么时候?"

克莱伯说:"我曾经想过,要为杜尔克举行一次图腾命名仪式。虽然他还有些太小,但我已经收到了强烈的暗示。他的图腾已经在我面前显灵了。现在没有理由再等了。再晚些时候,大家都要忙于为参加家族大会做准备了,我要赶在这之前举行这个仪式。如果在他的图腾还没有着落时就带他出去旅行,会对他很不利。"克莱伯看见一边的伊扎,忽然又想起另外一件事,"伊扎,你为家族大会的宗教仪式准备了足够的草根吗?我不知道这次大会一共会有多少家族参加。上次家族大会结束后,要主办这次大会的家族迁移了很远,最后安居在东方大陆的一个山洞里。那个家族将在高山的南麓举办大会。虽然路途有些遥远,但尚算好走。我这个老莫格乌本来不打算去,但是我的助手执意要我前往。你一定要带足草根。"

伊扎说:"我不会去参加这次家族大会,克莱伯,"显然她对此也非常失望,"我走不了那么远的路。我只能留在这里。"

克莱伯想:是啊,我怎么糊涂了。他看着眼前这位瘦骨嶙峋、头发几乎全白的女巫医。伊扎当然不可能去,我怎么没有早一点想到?她一直都病得很厉害。我原以为去年秋天她就会离我们而去;我真不知道爱拉是怎么把她从鬼门关拉回来的。但是家族大会的宗教仪式怎么办呢?只有来自伊扎家系的女巫医知道如何制备那种特殊的饮料。尤芭年龄还太小,不足以担此重任。爱拉!对呀,让爱拉去怎么样?伊扎可在我们动身之前教会她。也该是时候让爱拉成为正式的女巫医了。

克莱伯想到这里时,爱拉正俯身抱起她的儿子。忽然间,克莱伯以从未有过的仔细望着爱拉。他们能接受她这个女巫医吗?他试着以其他家族的的目光看看爱拉:金色的头发松松垮垮地垂在她扁平的脸两侧;头发在头顶的中间分开,被她掠在耳后,露出突出的前额。她是妇女的体形无疑,但她腹部平坦,显得有点苗条纤弱,而且腿又长又直。她站着的时候要比他高出许多。

他想:她看上去一点不像本家族的妇女,肯定会因此受到许多人的注意,多半对她不利。还是先把宗教仪式的事忘了算了,其他家族的莫格乌可能也不会接受爱拉制备的饮料。但试试看也没有什么坏处。如果尤芭年龄再大一点就好了,伊扎可以同时训练她们两人。不过要其他家族接受一个小女孩当女巫医,不见得会比接受一个外族出生的妇女容易。还是去和布仑商量一下吧。如果布仑同意,那么当我在杜尔克的图腾仪式上召唤神灵时,也可同时任命爱拉为家族的女巫医。

"我必须去见见布仑。"伊扎看到沉默了很久的克莱伯突然做出手势,然后就向首领的火塘走去了。他走了几步,又回过头对伊扎说,"虽然还不能肯定这样是否妥当,但我想你应该同时训练爱拉和尤芭制作饮料。"

在众人的忙碌中,时间过得很快,转眼到了出发的这一天。"伊扎,我找不到那只碗了。那是给家族大会的主办家族里的女巫医用的。"爱拉把她铺在睡铺边上的食物、毛皮和用具都翻了一遍,焦急地对伊扎说,"我都找遍了。"

"你已经把那只碗打包好了,爱拉。别紧张,孩子。现在时间还早。布仑还没有吃完,我们不会马上出发的。你最好也坐下来先吃饱再说。你的粥已经凉了。尤芭,你也是,快点吃吧。"伊扎摇摇头,"我还没见过你们这样慌乱。我们昨天晚上不是都检查过一遍了吗,放心吧。"

克莱伯抱着杜尔克坐在垫子上,饶有兴趣地看着她们在出发前最后一分钟时的忙乱:"伊扎,她们简直和你当年一模一样。你为什么不坐下来一起吃点东西呢?"

伊扎回答:"我不急。在你们离开后,我有的是时间。"克莱伯用肩膀支撑婴儿,让婴儿坐直了身体。杜尔克发现自己的视野开阔了,便把头转来转去地打量着四周。"你们看,他的脖子多么有劲,"伊扎很高兴地说,"要支撑他的头根本不成问题。这真令人不敢相信。自从为他举行了图腾命名仪式后,他长大得特别快。你们要离开一整个夏天,所以现在快让我抱抱他。"

克莱伯做着手势:"他的确发育得很好。这可能就是为什么灰狼图腾想要我尽快为它举行仪式。它想帮助这个男孩。"

克莱伯看着以他为家长的这一家人。虽然他没有对任何人说起,但他始终像其他男人一样,盼望有一个家。现在,他终于梦想成真。在他的耄耋之年,有两个受他溺爱的女人把他照顾得无微不至;还有一个马上要继承医术的女孩和一个健康的、正在茁壮成长的男婴。克莱伯曾对布仑谈起过训练男孩的问题。这位首领一向不允许不会打猎的男性成员生活在他的家族里。因此当布仑在接受孩子加入家族时,知道孩子将生活在克莱伯的火塘,就已经打定主意要为孩子的训练负起责任。在杜尔克的图腾仪式上,布仑正式宣布,当杜尔克能够参与打猎时,将由他来负责杜尔克的训练。爱拉对此一直感激不尽。她想不出有谁能比布仑更有资格来训练她的儿子。

克莱伯陷入沉思,灰狼对这个男孩来说是个很好的图腾,但有一点我还没弄明白:有成群结队的狼,也有形单影只的狼——不知杜尔克的图腾是属于哪一类?

所有物品都已打包成捆状,负在了年轻妇女爱拉和女孩尤芭的背上。她们前后走出山洞。临走前,伊扎最后拥抱了一下男婴。婴儿好像也很舍不得她,便把鼻子凑到她的颈边,温柔地蹭了蹭。随后,伊扎帮助爱拉把杜尔克用斗篷包好背在背后,又从自己披身的褶裥里取出一个袋子。

"这个给你,爱拉。你现在是家族的女巫医了。"伊扎说着,把那个染成了红色的袋子交到爱拉手上。袋子里装有特殊草根,"你记住制作饮料的每一个步骤了吗?任何一步都不能遗漏。我希望你真的完全掌握了我教给你的做法,并且能在实际运用时显示出饮料应有的魔力。这些草根极为神圣,不能随便丢弃,也不能用于一般的宗教仪式,只有在非常重要的仪式中才能使用。记住,仅仅有这几种草根是不够的,必须按一定的步骤来制备;制备的过程你必须亲自完成,再怎么小心也不为过。"

尤芭和爱拉都点点头,表示记住了。爱拉接过圣药,妥帖地放进医药袋。前几日,在爱拉被任命为女巫医的当天,伊扎赠给她一个水獭皮药袋,提醒了她先前那只水獭药袋被克莱伯烧掉时的情景。爱拉伸手摸了摸她的护身符里的一个物件——最近才放进去的一块黑色矿石。这块黑色石头与之前的矿石、猛犸象牙块、软体动物化石和一块赭石一起,静静地躺在爱拉的护身符里。

爱拉的身体被黑色油膏涂上了标记。这种油膏是由加热后的黑色的石头粉末拌以动物脂肪制作而成。被涂上了黑色油膏的她,从此被家族里所有成员的一部分灵魂当成了庇护所,她还将通过乌萨斯之神的帮助,为整个家族的成员提供庇护。只有在最高级和最神圣的宗教仪式里,女巫医的身体才会被涂上这种黑色标记,而且只有女巫医才可以在其护身符内携带黑色矿石。

爱拉的内心非常希望伊扎能一起参加家族大会——她不放心把伊扎留在山洞里。阵发性的咳嗽一直折磨着伊扎日渐孱弱的身体。

“伊扎,在我们离开后,你能照顾好自己吗?”爱拉迅速地拥抱了她一下,然后做着手势说,“你的咳嗽越发严重了。”

伊扎说:“冬天时我的咳嗽一般都会加重,但到了夏天就会好转。而且,你和尤芭为了我的病,几乎把附近的土木香根和覆盆子的根都掘了来。我甚至怀疑这个季节的覆盆子产量会因此大大下降。用这些根与地钱沏出的茶会对我的咳嗽很有帮助。你们放心吧,我会好好地照顾自己的。”虽然伊扎希望爱拉宽心,但爱拉做不到。伊扎多年来一直用草药与自己的疾病对抗,可现在她已病入膏肓,不论什么草药也无力回天了。

“你一定要在晴天时到洞外晒太阳,而且要多休息。”爱拉关切地说,“这里不会有很多杂务需要你去做。洞里也已经存了足够多的食物和木柴;佐格和多夫一定能看好火。只要火不熄灭,野兽和恶鬼就进不了洞来。另外,阿芭也能胜任烹调的工作。”

“好,知道了,”伊扎应声答道,“快去吧,布仑要出发了。”

爱拉走到了妇女队伍的最后一个位置上。这是她一直以来的位置。可队伍并没有出发。所有人都看着她,好像要等她做了什么大家才能动身。

“爱拉,”伊扎做着手势,“你站的位置不对。你这样大家都不能出发。”

爱拉这才想起自己的地位已经不同了。她羞怯地走到妇女们的前面。当她站到爱菠拉的前面时,已经窘迫得面红耳赤,非常局促不安——她的位置被排在了妇女的最前面。她向首领的配偶爱菠拉做出了道歉的手势,但是爱菠拉已经习惯了站在第二位,因此并不因此记恨爱拉。爱拉觉得很不可思议,她竟然取代伊扎走在了爱菠拉的前面;而更使她惊异的是,她竟然被允许前往参加这新一届的家族大会。

伊扎和另外三个已经不能跟随家族长途跋涉的老人站在山脊的转角处目送队伍,直到队伍在大平原上变成一个黑点,他们才回到空荡荡的山洞里。阿芭和多夫已经缺席了上一届家族大会——在活着的时候,一连两次缺席是不多见的。佐格和伊扎则是第一次无法参加大会。佐格在出洞时仍会带着他的弹石,但空手而回的时候越来越多了。不过多夫的境况更加可怜——他已经衰老到无法正常外出了。

即使在气温较高的白天,他们四人也会在山洞口围着火堆坐着。他们之间一般都没有什么话好谈。沉默常常被伊扎突然爆发的一阵咳嗽打破。伊扎咳到最后,会吐出一堆带血的痰,然后回自己的火塘休息。剩下的人也会跟着她进入山洞,呆坐在各自的火塘里。他们既无法领略到长途旅行的兴奋,也无法想象即将与其他家族里的亲朋好友相聚时的期待。他们只知道,在这个夏季,难以忍受的孤单将一直如影随形。

队伍向东跋涉。当他们离开山洞附近的温带气候时,也告别了初夏时的葱翠景色。很快,他们进入到了大陆性气候的空旷大草原。之前,这片草原还被碧绿的灌木丛和落叶乔木覆盖,中间还会夹杂着几棵针叶树。虽然已经不是生机勃勃的春天,但这些针叶树还是纷纷冒出了新鲜的细枝嫩芽。现在,生根和繁衍速度极快的牧草和杂草已经占据了草原的大片地盘。它们已长得有齐胸高,早已褪去了萌发时的嫩绿,变成了一种介乎绿色与金黄色之间的黄褐色,延伸至天际。众人的脚踏在柔软且富有弹性的厚草上,在无边无际的大草原上暂时留下一道草辙,使走过的路一目了然。飘浮的白云从来无法遮蔽无垠的蓝天,只是人们偶尔会听到一两声轻雷从远处的天边传来。草原的地面上很难能见到水,而且不能确定每天晚上能不能找到靠近河流的地方扎营,因此他们在途经小河时总要停下来把水袋装满。

布仑规定行进时必须考虑到走得较慢的成员,速度不能过快,但他仍催促大家抓紧赶路。主办家族的山洞位于东方大陆上的一座深山里。在到达那里之前,布仑的队伍还有很长的路要走。克莱伯的跛足使他在步行时困难重重,但参加伟大集会的期待和将由他主持严肃的宗教仪式的兴奋鼓舞着他。他的身体向一侧倾斜,还被风湿症折磨着,但这位伟大的巫师的意志依然坚强。温暖的太阳和爱拉给他的止痛药使他的关节痛有所减轻,并且经过了一段时间的锻炼,他的肌肉力量也有所增强,甚至连另一条不大使用的左腿也变得有劲了。

旅途是单调的,日复一日地机械行走使人困乏。季节的变化非常缓慢而且悄无声息,他们几乎没有注意到温暖的太阳已渐渐变成烧灼的火球,把草原的草烤至干枯,变成一片单一的黄色;地表因为缺水而变得干燥,扬起的尘埃使天空都变得混沌,放眼望去,到处都是暗褐色的土壤、浅黄色的牧草和米黄色的岩石。三天来,不停息的大风挟带着远处大火的烟和灰不留情地刮过,把他们的眼睛熏得一阵阵刺痛。在途中,他们遇到了大群的野牛、带有掌状角的巨鹿、马、波斯野驴和驴群;偶尔也会和一种羚羊擦身而过。这种羚羊头上的角是笔直地向上生长,直到尾端才略向后弯去。这片莽莽草原是无数食草动物赖以生存的天堂。

再往东走,就是半岛和大陆的连接处了。那里共有南、北两处连接,都是被沼泽覆盖的地峡。地峡是北方咸水浅海的出口,由半岛通向东部大陆的咽喉。家族在还没到达沼泽地峡之前就已经可以隐约看到一列绵亘的山脉。那是地球上的第二高山。山势很高,即使是其中最矮的山峰,从半山腰就开始被冰川覆盖。山上的气温很低,平原上足以使植物焦枯的干热没有影响到这里。在大草原开始并入起伏山丘的交界处,到处点缀着羊茅草和羽状的草类；地面也因为铁矿石的丰富而呈现出红色——这些红赭石使这里成为家族的圣地。布仑经过判断，猜测在前面不远就是盐沼泽地。这里是半岛与大陆南面连接的地峡，也是两处连接中较狭窄的一处。人类和动物在半岛和大陆间迁徙主要还是通过北面的连接处，那里的土地部分构成了一个小型内海的南侧海岸。

他们花了两天的时间，才艰难通过充斥着腐烂草根和蚊子孳生的沼泽地。沼泽地是因为水道被阻断而形成的，因此里面的水是死水，味道略咸。在通过沼泽地后，大家终于站在了大陆的土地上。这里有和灌木一样低矮的栎树和鹅耳枥，但很快就被橡树林取代。在凉爽的树阴下行走使大家心情舒畅。接下来迎接他们的是一片纯粹的山毛榉林，其中只生长着屈指可数的栗树。在这之后是一片混交林，以橡树为主，间或有被常春藤和铁线莲缠绕的黄杨以及紫杉。当他们进入到冷杉、云杉、山毛榉、槭和鹅耳枥共同生长的针阔混交林时，蔓生植物已逐渐消失，只是偶尔可以见到有少数攀附在树干上。整个山脉的西侧都很湿润，覆盖着茂密的森林，雪线的海拔也很低。

在沿途，他们看到过森林野牛和红鹿、黇鹿及林地麋鹿；也看到过野猪、狐、獾、狼、猞猁、豹、野猫和许多小型野兽，但是没有见到一只松鼠。爱拉观察到不只是松鼠，还有另外一些在山洞附近很常见的动物也没有出现，她知道这里不适合那些动物生存。尽管如此，当一头洞熊突然出现在众人面前时，巨大的惊喜和满足还是淹没了她。

布仑举起手来，命令队伍就地停下，然后把手指向前方。一头长着粗毛的、体形大到令人难以置信的熊，正靠在一棵树干上蹭着它的背。即使是不懂事的孩子也能察觉到大人们对这头庞然大物的敬畏。不说别的，光是它的外形之大就足以使人印象深刻。生活在布仑的山洞附近的棕熊，以及这里的棕熊，平均体重约为三百五十磅；而一头公洞熊在夏季的体重就能达到一千磅。而到了晚秋，当它们养肥了身子准备过冬时，体重还会增加不止一点。它站立时的高度约为家族男子身高的三倍，再加上它那巨大的头和披满粗毛的外皮，看上去就更加可怕了。这头洞熊懒洋洋地靠在一棵老树上，借助树干上粗糙的树皮蹭痒，对在不远处停下来观察自己的布仑众人根本满不在乎。它不惧怕任何生物，好像根本看不见他们。一头居住在布仑山洞附近的小棕熊就能用它有力的前掌一下拍断一头公鹿的颈骨；那么这头巨大的洞熊还有什么做不到呢？不过幸运的是，洞熊是脾气温和的动物，只有当一头公洞熊出现在另一头处于发情期的公洞熊面前时，或是当一头母洞熊在保护它的幼崽时才会被激怒。如果出现的是后者的情况，那么母洞熊永远会是获胜的一方。

家族臣服于洞熊，不仅因为它庞大的体形，更因为洞熊的别称“乌萨斯”是家族的化身。乌萨斯是家族成员的亲属，而且更为特别的是，它代表了家族中最重要的精髓。单是它的骨骼就足以作为圣物来驱散各路凶神恶煞。家族认为，洞熊与他们的亲缘关系远远超越了血缘，达到了精神上的共通。所有的家族是通过乌萨斯才团结为一个总体，是这个总体赋予家族大会重大的意义，使家族为了参加不惜长途跋涉。是乌萨斯缔造了洞熊家族。

这头熊很尽兴地蹭完了背，舒服地站了起来，像一座拔地而起的高塔。它先用后腿走了几步，然后俯下身子，把嘴吻贴近地面，四腿并用地跑开了，背影显得笨拙又沉重。洞熊身材虽然庞大，但基本上很温顺。它很少袭击人类，除非受到骚扰。

“那头动物是不是乌萨斯？”尤芭显然很吃惊，做着手势问。

“那就是乌萨斯。”克莱伯肯定地回答，“到达我们的目的地后，你还能看到另一头乌萨斯。”

爱拉问：“举办大会的家族真的在山洞里养着一头活洞熊吗？刚才那头真大得有点吓人。”爱拉知道家族的又一项传统，规定了举办家族大会的家族都应该活捉一头洞熊幼崽，将其饲养在洞内。

克莱伯解释说：“它可能现在已被关在山洞外的笼子里了。不过当它年幼时，它的确会与人们一起住在山洞里，像小孩一样被喂养长大。当它要吃东西时，每家火塘都可以喂它。大多数的家族都声称他们饲养的洞熊甚至学会了一点与人交谈的手势，但是在我们家族举办家族大会的那一年，我尚年幼，对当时情况记得不多，所以我也说不准传言是否属实。当洞熊马上要长成时，必须将它关进笼子里，以免它伤人，但人们仍然会喂给它爱吃的食品，并在经过它时抚摸它，让它知道人们还是非常喜爱它的。它还将在洞熊的宗教仪式上受到我们的膜拜，并把我们的信息带到神的世界。”

家族的人过去都曾或多或少地听过有关洞熊的故事，但大部分的人要不就是从没参加过家族大会，要不就是参加大会时年龄太小没有记忆，因此大家直到亲眼见到了洞熊，才对那些故事有了新的体会。

尤芭问：“那我们也主办家族大会好不好？这样我们就可以让一头洞熊和我们一起生活了。”

克莱伯回答：“主办大会是轮流的。如果轮到其他家族，但他们无法承办时，我们也可以提出主办申请。不过很少有家族会错过这样的机会。虽然一旦承诺了要主办大会，家族的猎人们就要长途跋涉寻找洞熊幼崽，而且可能会遇到母熊危险的袭击。这次的这个家族很幸运，因为洞熊就生活在他们的山洞附近。在以前，他们还会帮助其他的家族寻觅洞熊。虽然在我们的山洞附近已经没有洞熊的踪迹，不过洞熊一定曾经在那里生活过，因为当我们发现山洞时,洞里有洞熊乌萨斯的遗骨。”

爱拉问:“主办家族大会的家族要怎么通知其他家族前来参加呢?我们的甚至已经不住在原来的山洞了。如果轮到我们举办时,其他家族如何才能知道这个消息,并最后找到我们呢?”

“我们要派出送信的人将信息发布给最近的一个家族,然后由这个家族一个接一个地向更远的家族传递。消息里会包括举办家族大会的新洞址或者是我们因为某些原因不能举办,希望有家族能接过主办权。”

这时布仑做出了信号,大家又重新上路。当大家经过洞熊用来蹭痒的那棵树时,克莱伯停下来仔细观察,发现粗糙的树皮缝隙里夹着的几簇熊毛。他把毛取了下来,用牙齿咬住一片叶子把熊毛包好,藏在了披身的褶裥内。来自活的野洞熊身上的毛发会是巫师强有力的镇邪物。

家族来到了海拔较低的山脚,开始攀登。沿途高大的针叶树逐渐被低矮粗壮的高山树种取代。等登上了高山地带,视野一下就开阔了。山顶上耀目的冰冠就像他们从平原上看到的一样壮观,而且更加摄人心魄。从这里开始出现桦树丛和低矮的桧树,还有玫瑰红的杜鹃花。繁茂的杜鹃花正含苞欲放,给自然界原始的绿色点缀上一抹鲜亮。不只是杜鹃花,各种各样的野花也用自己的色彩大大丰富了大自然这块调色板:星星点点的橙色卷丹花、紫红和朱红并举的耧斗菜花、蓝色和紫色的巢菜花、淡紫色的鸢尾花、蓝色的龙胆花、黄色的紫罗兰花、报春花,还有各种形状的白色花朵。南面的山脉和半岛上那些较低的山峰一样,是陆地在同一次造山运动中形成的褶曲,为冰川时期的大陆植物群和动物群提供了庇护所。

途中偶尔可以见到小羚羊和有着粗壮羊角的摩弗伦羊。它们喜欢钻入高山泰加森林的低矮树丛,接近那片长着低矮苔草和牧草的高山草场,然后再转入崎岖的小道,从峻峭的陡坡下山。为了打猎,当地家族的猎人们必须走很远才能到达山脉北面开阔的平原。虽然打猎不便,他们依然愿意住在这里,是因为这里靠近洞熊的栖息地。而且时间一长,由于居住环境的关系他们也更加适应而且开始擅长猎取那些精于躲藏的森林动物。

主办家族的人们都跑到了山洞外迎接快要到达的队伍。他们最先看见的是打头的布仑和格洛德,然后看见后面跟着的一群人。当他们看清排在妇女队伍最前面的爱拉时,都怔在了那里。他们从出生至今,从没见过长相如此奇异的妇女,因此很受震动。布仑率领的这支风尘仆仆的队伍已经静静地站在了山洞外的空地上,周围是两百多个呆若木鸡而且心怀恐惧的人们。爱拉对于这种局面没有充分的思想准备。虽然克莱伯已事先警告过她,要小心应付可能发生的一切,但她怎么也不会料到他们竟对她的外貌如此敏感,更想不到她会一下子遇见这么多人——她从来也没有见过这么大的场面。

大家都停在一个大笼子前面。笼子由许多根粗大而且深埋在地里的木柱子搭成,柱子间还用了粗绳捆绑固定。笼子里正关着一头洞熊。样子同布仑的家族在途中所见的一样,不过体形更大。当地这个家族花了三年的时间亲手喂给它丰盛的食物,使它的性情温和、驯服,而且懒惰;不过因为体形过于高大,而且长期被人们关在笼里,它已经肥胖到几乎站不起来。这个小小的家族出于崇敬和虔诚,在这么长的时间里一直供养着这头庞然大物,丝毫不敢有所怠慢,即使加上来访的其他家族送来的食物、用具和毛皮等礼品,仍远远不能补偿他们实际的耗费。就算供养的压力巨大,但所有来访者见了洞熊没有不眼红的。他们都非常嫉妒拥有洞熊的家族,都盼望有一天这份差事能轮到自己头上。只有和洞熊在一起,家族才能得到神的眷顾,才能享受到地位的提升。

洞熊在笼里蹒跚地走过来。它不知人群为什么发生骚动,只希望能得到更多的食物。尤芭紧紧靠着爱拉,被拥挤的人群和眼前的洞熊弄得不知所措。终于,主办家族的首领和巫师走到了他们面前。在做完手势表示问好后,对方家族的首领开始怒气冲冲地质问布仑:

“你为什么带一个外族人参加我们的家族大会?”

“她是本家族的一名妇女,诺格。她是来自伊扎家系的女巫医。”布仑镇静地回答。他的话在围观的众人间引起一阵窃窃私语,许多只手在激动地挥舞着。

“这是不可能的!”对方家族的莫格乌做着手势,“她怎么可能是本家族的妇女?她是出生于外族的。”

“她是本家族的妇女,”大莫格乌重复了一遍布仑的话,语气也和布仑一样坚定。他狠狠地瞪了一眼那位首领,“诺格,难道你怀疑我吗?”

诺格不安地看了看自己的莫格乌,显然不满意对方大巫师令人迷惑的答案。

“诺格,我们千里迢迢地远道而来,已经很疲乏了,”布仑说,“现在不是讨论这个问题的时候。你们的山洞难道不准备接待我们吗?”

这时双方的情绪已经有些紧张了。如果诺格拒绝接待,布仑将别无选择,只能带领家族循原路返回自己的山洞。这将严重破坏家族间的友谊。但是,诺格如果让爱拉进入山洞,无疑承认了她是本家族妇女;而且在气势上就会先让布仑占了上风。诺格看看自己的莫格乌,再看看强大的独眼人大莫格乌,最后又看了看布仑,这个家族中排名第一的家族的首领。诺格决定让步:既然大莫格乌都已经表态,他还有什么办法呢?

诺格向他的配偶做出了信号,要她把布仑的家族引到预留好的地方,他自己则陪着布仑和大莫格乌，准备等他们安顿好后再向他们打听清楚，为什么一个显然出生于外族的妇女会变成本家族的妇女。

这个家族的山洞口比布仑家族的山洞口要小。而且当他们进入洞内时，发现洞内的空间好像也比较小。但这个山洞连通着一系列小室和隧道。这些小室和隧道像蜂窝一样，密密麻麻地深入到高山的内部，其中大部分洞室还没有开辟使用。布仑的山洞虽然有一间大洞室和一间附属的小室，但实际空间比这个山洞要小得多。虽然这个山洞的许多居室都离洞口太远，采光不良，但足以容纳所有参加大会的家族而且还绰绰有余。布仑的家族被安排在进洞后的第二个居室，完整占据了一侧的洞壁。这是个好位置，与布仑家族在家族里的最高地位也相称。虽然有几个家族来得较早，但都被安排住进较里面的居室。这个靠近洞口的居室是留给布仑家族的，要一直保留到洞熊的仪式开始前；除非肯定了他们不能按时抵达，主办家族才能把位置让给位列第二的家族居住。

家族不设有总首领，但各部落有名次前后的差别，就像家族内成员各不相同的地位。排在最前面名次的家族首领事实上等于家族的总首领，但不代表绝对权威，因为各家族有充分自治权。每个家族会由一名男子进行独立的专制统治。家族大会每隔七年举办一次，历时已久，各家族就像执行法律一般，都会严格按时参加。各家族之间除了信仰家族传统和神的意志，不承认任何更高的权威。只有在家族大会上才能排定家族的名次，以及承认一名家族的首领领导全家族的地位。

家族的名次排定取决于许多因素，其中包括家族在宗教仪式中所起的作用。与之同等重要的是家族间在各种竞技上的胜负。家族间提倡团结合作。当发生争吵时，只有严格的自我控制才是所有家族都可以接受的解决办法。对各个家族来说，合作和自控都是生存必需的。有所控制的竞赛可以防止互相的残杀。当家族聚首时，几乎每件事都可拿来竞赛：男子们竞赛角力、弹石、流星锤、使棍棒的臂力、跑步、比跑步更复杂的助跑投刺梭镖、石器制作、跳舞、讲故事和合并了各项技艺在内的狩猎舞。这种舞蹈一般以哑剧形式表演。

虽然妇女间的竞赛不像男子们那样有分量，但她们一样有所贡献。盛大的宴会是她们的烹调技术露一手的机会。宴会上，做客的家族展示了自己带来的礼物，供大家观赏，经过严格检查后，再由妇女们进行评判，得出一致结论。礼物中的手工艺品包括了柔软易折的皮革，精美的皮货，不漏水的篮子，宽孔的编织筐，质地细腻设计精良的坐垫，由坚硬兽皮和树皮制作的容器，由筋腱或植物纤维以及动物毛编制的坚韧绳索，宽度硬度均匀的长皮带，统一标准的光滑木碗，用骨头或薄木片做的餐用大浅盘、杯、碗和长柄勺，兜帽、帽、脚套、手套以及其他各种囊袋。主人家族的妇女们对以上礼品进行鉴赏和评比，过程中她们会参考怀中婴孩的意见——看他们是否哭闹。妇女们并不会用显而易见的方式宣布哪支为获胜的队伍，她们或在表情，或在手势，又或许是在姿态中表现出些微的不同，以表示结果。她们不会偏袒，总是一五一十地评定下等品和上等品，而对真正优秀的作品也绝不会吝啬她们高度的赞扬。

各个家族的女巫医和莫格乌的相对地位也是判定家族名次的考虑因素。数代以来，布仑的家族一直名列首位。但因为自从布仑担任首领以来，这种领先的优势已经所剩无几了，尽管伊扎和克莱伯分别成为了家族中地位最高的女巫医和巫师。在众多因素中，家族首领的领导能力永远对排名起着决定性作用，尤其是当妇女间的竞赛难分胜负时。

每个家族的首领都想赢。他们的决心可以通过几个方面展现。第一，男子们的竞技表现可以体现首领训练和动员的能力；第二，通过观察妇女是否勤劳，行为是否检点，可以判断出首领在引导她们时是否足够坚定；再就是看家族是否遵守家族传统。虽然这些都或多或少地透露出家族的竞争状态，但大部分时候，首领及其部落在家族中的地位都是基于首领自身的才能和魄力。布仑知道，这次把爱拉带来已经使他在竞争中先失了一成，为此他忧心忡忡。

家族大会除了将决定家族和首领的地位，也为人们的相聚提供了机会。大家纷纷借此机会探望居住在别的家族里的亲戚，唠家常说趣闻，气氛很是热烈。在他们分别后的好几年里，这些对话会帮助他们挨过那些寂寥的冬夜。一些在自己的家族里找不到配偶的年轻人会在大会中努力引起别人的注意。至于最后他能否得到自己心仪的姑娘，还得看他的家族首领是否愿意接纳这名妇女。对年轻的妇女来说，虽然离开从小生活的家族会使她和她的亲人伤感，但被男子选中，尤其是被较高地位的家族男子选中，却被公认为是莫大的荣誉。虽然佐格一直极力推荐爱拉，而且伊扎的显赫家系也为爱拉加分不少，但爱拉在大会期间找到配偶的可能性仍少得可怜。如果她的儿子一切正常，她的胜算还会更大一些。可造化弄人，她生下的偏偏是一个被大家嫌弃的畸形儿。

爱拉的心思并没有放在寻找配偶上。目前的她更需要鼓起勇气来面对那些聚集在山洞外的人们。他们对她实在是太好奇了，都在对她进行猜测。诺格的配偶为做客的家族提供了许多方便。她不仅命人把砌火塘和边界用的石子堆成一堆，还准备了许多水袋供客人使用。山洞里，爱拉和尤芭把各自的背筐卸下，顶着众人的目光搭建火塘。大会期间，这个火塘将是她们的家。搭好火塘后，爱拉便小心翼翼地按照伊扎的嘱咐，把带来的礼物一一摆好。周围的人一下就被这些质量上乘的礼物吸引,都在心里赞叹起她的手艺。等爱拉忙完了手头的活儿,便用水洗去身上的尘垢,换上干净的披身,然后开始给她的儿子哺乳。一直在边上待着的尤芭等得有些不耐烦了。她急切地想要探索山洞的附近,还想见见所有的人。但她不愿独自出去。

她打着手语:“快点,爱拉。其他人早就出洞去了。你就不能晚一点再喂杜尔克?我想晒太阳,不想待在这黑暗的老山洞里。你带我出去好不好?”

爱拉说:“如果再不喂他，他可能马上就会哭。他的哭声有多响亮你是知道的。听到他的哭声,人们会觉得我不是一个好母亲。他们已经对我有偏见了,所以我必须万分谨慎,绝对不能再被抓住什么把柄。克莱伯曾提醒过我,人们见到我时可能会吃惊。但就目前看来,他们并没有赶我们走的意思,应该也不会一直盯住我不放。”

“是啊，他们已经允许我们住在洞里了。克莱伯和布仑与他们谈过了,他们已经知道你是家族妇女了。来吧,爱拉。你不能一辈子都待在洞里不出去啊,你迟早要和他们见面的。用不了多久他们就会习惯你的存在,就像过去我们慢慢熟悉你一样。我过去也曾觉得你长相怪异,但现在的你在我眼里再正常不过了。”

“在你出生以前我就已经在家族里了,尤芭。而这里的人们从未见到过我。嗯,我想我会挺过去的。那我们出去吧。别忘了带上点给洞熊吃的东西。”

爱拉把杜尔克靠在自己肩膀上,站起来,一边走一边轻拍着他的背。在经过诺格的火塘时,她们没有忘记向诺格的配偶做手势表示敬意。这位妇女也回以了致意的手势。当她低下头继续手中的活儿时,她才忽然意识到自己刚才一直在无意地盯着爱拉。当爱拉走近山洞的出口时,她深深地吸了一口气,然后把头昂得稍微高了一点,决心不去理睬那些好奇的目光。她意识到,自己是家族妇女,和周围的人没有什么不同。她属于这里,这点没有人可以否认。

当她走到明媚的太阳下,她的决心也迎来了最重大的考验,因为洞口已经聚集了来自各个家族的人。他们都以各种各样的理由在此逗留,等候她这个怪异的妇女走出洞来。他们中许多人的眼神遮遮掩掩,没有堂而皇之地盯着她看,但更多的人已经忘记或疏忽了应有的礼节,就那么惊讶地张着嘴,呆呆地望着她。爱拉觉得自己的脸有些发烫。她换了个姿势抱杜尔克,假借低头看儿子来躲避那一张张好奇和惊讶的脸。

刚才大家光顾得上惊讶于她的外表，完全忽视了她怀里的杜尔克,现在,人们的注意力被她这明智的举动分散,开始对这个男婴议论纷纷起来。他们中有些人甚至毫不掩饰自己的表情和手势,毫不避讳地表达对婴儿的看法。他的母亲来自外族,所以没有人指望他有一张与家族婴儿相似的脸。

如果他长得像爱拉,大家可能还更容易接受他。不管布仑和大莫格乌怎么解释,爱拉总归是一个外族人,她的婴儿照例说也应该和她一样。但是杜尔克却带有非常鲜明的家族特征，这使得他的大头看上去是那么格格不人。人们认定他是一个严重畸形的婴儿,当初不应该让他活下来的。这个孩子不仅使爱拉背负压力,还在名誉上拖累了布仑和他的家族。

爱拉转过身,避开那些好奇的目光和合不上的嘴巴,和尤芭走到关着洞熊的笼子前。这头巨大的熊看到她们朝自己走来,便拖着沉重的身体爬到栏杆边上,坐起身将掌和嘴从栏杆间的缝隙伸出去,希望能得到施舍。洞熊的脚掌不可思议的大,而且带有粗短利爪,把爱拉和尤芭吓得连忙向后躲闪。这样的熊掌虽然非常适宜用来掘起深埋地下的植物根茎,而且这些根茎很大程度上构成了洞熊的主要食物,但对爬树起不到多少帮助。所以洞熊不像成年后仍能爬树的棕熊,洞熊只有在幼年时身体仍灵活时才会爬树,成年后就完全丧失了这项本领。爱拉和尤芭把苹果放在笼子的栏杆外。栏杆是一些钉在地上的柱子,这些柱子很是粗壮,曾经都是生长多年的大树。

这头洞熊像一个被宠溺的孩子般被饲养长大,没有挨过一点饿,性情极其驯顺,可以与人们融洽相处。它是有智慧的动物,已经学会了一些可以帮它赢得额外食物的动作。眼下,它正坐在地上向爱拉她们乞讨。它的样子是那么滑稽,要不是爱拉及时控制住自己,几乎要一下子笑出声来。

爱拉向尤芭做着手势:“我终于明白，为什么他们说洞熊会与人交谈。你看它坐在地上,其实是希望你多给它点东西吃呢。你那还有苹果吗？”

尤芭便又递给她一个小而硬的圆形水果。爱拉接过水果,走到笼子边,亲自用手递给洞熊。洞熊用嘴含住水果,然后靠在柱子上。柱子上有一块地方比较突出,它就把自己那颗披着粗毛的大头在那个地方反复摩擦。

爱拉对洞熊做手势:“我知道你想要我帮你搔痒,你这个爱吃蜂蜜的老家伙。”她曾被警告,千万别在洞熊面前提及熊或洞熊或乌萨斯,因为一旦被它听见有人直呼它的真实名字,它就会回忆起它的真实身份。当它了解到自己并不是家族的成员,就会重新变成狂野的洞熊。到那时,它将拒绝参加宗教仪式,使整个庆典毁于一旦。爱拉没有忘记这些警告。她用手搔挠它的耳朵背面。

“你喜欢这样,是吗?冬眠者。”洞熊舒服地把头转向另一边,她就开始帮它的另一只耳朵搔痒,“如果觉得痒,你完全可以自己动手啊——可能是你太懒了吧;要不,就是你希望别人能注意到你？如果是这样,那你简直是个毛茸茸的大孩子。”

爱拉放松地抚弄着这颗巨大的头颅,但当她怀里的杜尔克用小手抓起熊头上的一撮粗毛时，她马上抱着他往后退了一步。她过去曾将受伤的小动物带回山洞。和现在一样，那时的她也会逗弄那些小动物，只不过眼下的这头动物体形更大，性情也更温顺些罢了。由于有坚固的笼子作为保护，她丝毫感受不到洞熊的威胁。但对她的婴儿来说就不一样了——洞熊巨大的嘴和脚掌可能隐伏着难以预料的危险。

“你怎么能这样靠近它呢？”尤芭有些后怕，做着手势说，“当它靠近时我就已经吓得不行了。”

“你和我都没必要怕它，它不过是一个大孩子。但我忘了自己正抱着杜尔克。即使这头野兽是出于善意地轻轻用肘一推，就足以把杜尔克弄残。当它在讨乞食物或需要别人的注意时，就会表现得像一个婴儿。不过它一旦发怒，样子一定是我不能想象到的可怕。”爱拉说完，就抱着杜尔克，和尤芭离开了笼子。

并不是只有尤芭一人对爱拉的大胆表示惊奇。刚才，整个家族的人都看到了爱拉逗弄洞熊的举动。大多数的客人都对洞熊避而远之。初来乍到，谁也不敢轻易接近这头庞然大物，只有几个淘气的小男孩，鲁莽地想证明自己勇敢，才把手伸进笼内，碰一下熊的身体然后马上缩回来。男子们都不约而同地表示自己对洞熊的敬畏，虽然他们内心的真正感受无从得知。但就在刚才，竟然有一个妇女走近笼子，还将手臂伸进笼子里搔弄洞熊，而且更出人意料的是，她并不是主人家族里的妇女。人们虽然没有因为爱拉大胆的行为改变对她的看法，但还是生出了一些好感。

众人渐渐散去，不过爱拉仍能察觉到有些目光还对自己恋恋不舍。几个年幼的儿童还在天真地望着她。她不觉得反感，因为她知道幼小的心灵总是会好奇任何不寻常的事物，并不是在怀疑或者否定她。

爱拉抱着杜尔克，和尤芭走到悬岩下的一处阴凉里休息。因为距洞口比较远，所以在这里观察人们的活动不会被认为是不礼貌的。

爱拉与尤芭已经形成了一种很特殊的亲密关系。爱拉是这个年幼女孩的姐姐、保护人和玩伴，但是自从尤芭认真学习医药，特别是她尾随爱拉到过那个小山洞以后，她们间的友谊又逐渐发展成了更为平等的关系。她们已成为了亲密的朋友。尤芭马上要六岁了，这个年纪的她开始对异性感兴趣了。

她们坐在阴凉的山岩下，在两人的中间铺上一块斗篷，让杜尔克趴在上面。杜尔克蹬着两条腿，挥舞着手臂，昂起头打量四周。在这次的旅途中，他已经开始牙牙学语，并会发出咕咕的声音。除了他，家族里的婴儿们谁也没有发出过这种声音。爱拉曾为此感到担心，但奇怪的是，她在内心深处反而又觉得有点自豪。看到尤芭絮絮叨叨地评论年龄大的男孩和年轻的男人,爱拉就善意地取笑她。她们彼此心照不宣,从不议论爱拉可能的配偶,虽然爱拉早已过了婚配的年龄。这次长途旅行已经结束,对此她们都很高兴,并开始期待即将举行的洞熊的庆典仪式,因为她们两人从没有参加过家族大会,也没见识过那样的仪式。在她们有一搭没一搭地聊天时,一个年轻妇女走上前来。她用定式的、无声的通用手势羞怯地询问自己是否能加入谈话。

她们对她表示欢迎;来到此地后,这还是第一次有人对她们做出友善的手势。她们看到,她背上的斗篷里有一个婴儿正在熟睡。

"这个妇女名叫奥达。"这个妇女小心翼翼地坐下,不想弄醒睡梦中的婴儿,然后用定式手势自报家门,并询问爱拉和尤芭的名字。

尤芭先回答:"这个女孩名叫尤芭,身边这位妇女叫爱拉。"

"艾……艾格哈?我不知道这个名字。"奥达的手势与爱拉她们的有些细小的差别,但不影响她们理解大概的意思。

"这不是本家族的名字。"皮肤白皙的爱拉说。她知道要其他人叫出她的名字不是件容易的事,即使是她自己的人的发音也不是很准确。

奥达点点头,举起手来似乎想说些什么,但又临时改变了主意。看得出她有些紧张不安。最后,她用手势指向杜尔克。

"这个妇女看到你有一个婴儿,"她踌躇地说,"这个婴儿是男性还是女性?"

"这个婴儿是男性。婴儿的名字叫杜尔克,就像那个传说中的杜尔克。这位妇女,你知道那个传说吗?"

奥达眼里的紧张一下缓和了许多,放出异彩:"这个妇女知道那个传说。不过在这个妇女的家族里,这个名字不太常见。"

"这个名字在这个妇女的家族里同样不常见。但这个婴儿也很不寻常。正因为杜尔克有点特殊,所以用这个名字正合适。"爱拉做着手势,语气间有些骄傲和轻蔑。

"这个妇女也有一个婴儿,不过是女的。她的名字叫尤拉。"奥达说。她看上去仍然有点紧张和犹疑,接着便是不安的沉默。

"婴儿睡熟了吧?如果尤拉的母亲允许,这个妇女想看看尤拉。"爱拉终于发问。她不知道还能对这位妇女说点什么。她明显感到这位妇女的示好是很犹豫不决的。

奥达没有马上回答,似乎是对她的问题仔细考量了一番,然后才作出了决定。她把婴儿从斗篷里抱出,放在爱拉的手臂上。爱拉的眼睛一下子睁大了。她受到了极大的震动,不是因为尤拉还很幼小——看上去她还未满月——而是因为尤拉像极了杜尔克!就算说他们是同胞兄妹也不会有人怀疑。尤拉简直就像爱拉的另一个孩子！

爱拉的头像受到了重击，产生一阵轰鸣。一个家族妇女生出的婴儿怎么可能怎么会与她的孩子那么相似呢？她原以为杜尔克样貌的不同是由于他的血统一半来自家族，一半来自她；可现在她动摇了，克莱伯和布仑的话可能是对的：杜尔克不是不同，而是畸形，正像奥达的婴儿被认定是畸形一样。爱拉的心里空落落的，难过得不想再说什么话。最后还是尤芭打破了长时间的沉默。

"你的婴儿和杜尔克很像，奥达。"尤芭忘了用定式手势，但奥达明白了她的意思。

"是的，"妇女点点头，"这个妇女看到艾格哈的婴儿时也感到很惊奇。这就是我……这个妇女为什么想和你们谈话的原因。开始时我不知道这个婴儿是男孩还是女孩，但是我希望你的婴儿是男孩。"

"为什么？"爱拉做出手势。

奥达看看抱在爱拉膝上的婴儿："我的女儿是畸形儿，" 她做着手势，没有直视爱拉的眼睛，"我害怕她长大后找不到配偶。哪个男子会愿意娶这样一个畸形的妇女？"说到这里，奥达的眼睛露出一丝恳求。她看了爱拉一眼，"当我……当这个妇女看到你的婴儿时，我希望他是个男性，因为……你应该知道，你的儿子将来也很难找到一个配偶。"

爱拉还没有想过为杜尔克找配偶的问题，但奥达说得对，杜尔克想找一个妇女做配偶是不太容易的。她现在知道为什么奥达要接近她了。

"你的女儿健康吗？"她问，"她强壮吗？"

奥达看了看自己的手，然后回答："婴儿现在很瘦，但很健康。婴儿的脖子还不太能使上劲，"她做着手势，"但情况在好转。"最后还不忘补上一句。

爱拉想细看一下这个女婴。她用眼神询问奥达，征得她的同意后解开了婴儿的襁褓。这个婴儿的身体比杜尔克还要粗壮，几乎同家族婴儿的体格无异，但她的骨骼要细一些。和家族婴儿一样，她也有高高的前额，头的形状也算正常，但眉嵴要低得多。她算得上微型的鼻子不会妨碍她将有一个突出的、没有下颚的下巴。女婴的头颈比杜尔克的要短，但肯定比家族正常婴儿的要长。爱拉用两手托起女孩。她看到婴儿努力想支撑起自己的头。这和杜尔克早些时候的表现一模一样。

"奥达，她的头颈会强壮起来的。杜尔克出生时还不如她呢。可你看看他现在的样子。"

"你真的这样认为吗？"奥达热切地问，"这个妇女希望第一家族的女巫医能考虑将这个女婴作为男婴将来的配偶。"她郑重地做着手势。

"我想尤拉将来会成为杜尔克的好配偶，奥达。"

“那你接下来会征求你配偶的意见吗？”

“我没有配偶。”爱拉回答。

“哦。你的儿子是不幸的，”奥达的手势毫不掩饰她的失望，“你没有配偶，将来该由谁来训练他呢？”

“杜尔克不会不幸，”爱拉坚持说，“不是所有非婚生的婴儿都是不幸的。我生活在大莫格乌的火塘里；他不会打猎，但是布仑已经答应亲自训练我的儿子。我的儿子将会成为一个出色的猎手和供养者。他也有一个狩猎图腾。大莫格乌说，他的图腾是灰狼。”

“我倒不在乎他的图腾，我只是认为有一个不幸的配偶总比没有配偶好。”奥达做着手势表示让步，“但我希望你的话是对的。我们的莫格乌现在还没有给尤拉揭示图腾，不过灰狼对所有妇女的图腾来说已经足够强大了。”

“爱拉的图腾除外，”尤芭插话说，“她的图腾是穴狮。她是被穴狮图腾选中的。”

奥达惊异地问：“那你怎么能怀上孩子？我的图腾是仓鼠，虽然在我怀这个孩子时它战斗得很激烈。我生第一个女儿时没有这么困难。”

“我的怀孕也经过了很多困难。你有另一个女儿吗？她是不是正常的？”

“她是正常的。但她已到了另一个世界。”奥达悲伤地做着手势。

爱拉说：“所以尤拉才被允许活下来？我很惊讶他们会让你抚养她。”

“我本身是不愿抚养她的，但是我的配偶非这样不可。他说这是对我的惩罚。”奥达坦白。

“对你的惩罚？”

奥达点头：“是的。我想要一个女孩，但我的配偶希望有一个男孩。因为我非常喜爱我的第一个婴儿，所以当她死去后，我很迫切地希望能再生一个和她一样的女孩。可我的配偶说，尤拉之所以畸形就是因为我在怀孕时有这个坏念头。他说，如果我希望生的是男孩，我生出的婴儿就会是正常的。他要我抚养她，好让每个人都知道我不是一个好妇女。但是他并没有将我许给别人，也许是因为没有人想要娶我。”

爱拉同情地做着手势说：“我想你不是一个坏女人，奥达。伊扎在怀尤芭时，就是希望能有一个女孩。她告诉我，她每天都向她的图腾祈祷，希望图腾能赐给她一个女孩。你的第一个女孩是怎么死的？”

“她是被一个男人摔死的。”奥达窘迫得满脸通红，“一个外貌和你像极了的男人，一个外族男人。”

爱拉想，一个外貌像我的外族男人？她顿时感到一股凉意沿着脊椎骨向上蔓延，在发根处产生一阵刺痛。不过她注意到了奥达的窘困。

“奥达,伊扎说我出生于外族,但是我对外族的情况一点也想不起来了。我现在是家族的人。”她振作了精神,接下去说,“事情是怎么发生的?”

“家族的另外两名妇女和我曾经参加过一次狩猎旅行。我们住在北方,但那次狩猎需要我们再往北走。那里是我们从未到过的地方。男子们一早就离开营地打猎去了,我们三个妇女则留下来采集木柴和干草。那里有很多绿头苍蝇。要想晾干兽肉,就必须保留火堆驱赶蝇虫。那天,忽然有一群男人进入我们的营地。他们想和我们干那件事。但他们没有做出信号。如果他们事先做出信号,我们就可以做好准备的姿势,但是他们没有。他们一把抱住我们,把我们按倒在地,动作粗暴至极,甚至没让我先把我的婴儿放到地上。其中一个男人抱住我,扯去我的披身和斗篷,这时我的婴儿掉了下来,但他也没有注意。”

“当他发泄完后,”奥达继续说,“另一个男人又朝我走过来。但他们中间的一个男人看到了我的婴儿,就将她捡起来,交到我手上。这时我发现她已经死了。在她掉下来的时候,她的头一定是撞在了岩石上。随后,那个捡起我女儿的男人用嘴发出很多响声,好像在说话,然后立刻带着其他男人一起离开了。当猎人们回来后,我们告诉他们发生了什么,他们随即拔除营帐,返回到我们自己的山洞去了。那个时候,我的配偶还待我很好;他也为我女儿的死去而忧伤。没过多长时间,我的图腾就又一次被打败了。我非常高兴, 因为中间间隔非常之短, 我甚至还没来得及经历一次妇女诅咒;我想,是我的图腾看到我失去女儿的悲伤,因此决定让我再得到一个作为弥补。这就是我为什么想再生一个女儿的缘故。我并不是一定要生一个女儿。”

爱拉说:“我很难过。如果有一天我失去了杜尔克,我该怎么办呢?他很可能是我唯一拥有的孩子。我保证,我会把尤拉的事告知大莫格乌;他也一定会与布仑谈及此事的。他喜欢我的儿子。我想布仑也会同意。在我们的家族可不太容易能找到一个妇女愿意被配给畸形男子。”

奥达说:“如果是那样,那么这个妇女将感谢女巫医。艾格哈,我保证我将把她训练得很好。她将成为一个好女人,而不像她的母亲。布仑的家族在家族中有最高的地位;我的配偶也会同意的。如果他知道布仑的家族里将有尤拉的位置,他也就不会对我发那么大的脾气了。他一直挖苦我,说我的女儿没有什么用,永远也不会有什么地位,纯粹是一个负担。等到尤拉长大后,我会告诉她不用为找不到配偶而犯愁。你知道的,如果没有男子想要娶她,对一个女人来说总是不太好过的。”

高个子白肤色的爱拉回答:“是的,我知道。我会尽快办成此事的。”

在奥达离开后,爱拉就郁郁寡欢起来。尤芭知道她需要安静,就没去打扰她。爱拉想,可怜的奥达。本来她有一个好的配偶和一个正常的婴儿,她是那么快乐,直到那些男人们破坏了一切。为什么他们事先不做出信号呢?他们难道看不见奥达有一个婴儿吗?那些外族的男人们简直就和勃劳德一样的坏。不,甚至更坏。至少勃劳德还可能会让她先把婴儿放下来。可恨的男人们,他们只知道自己要泄欲!看来家族的男人们和外族的男人们都是一丘之貉。

当她在沉思时,她又想到了外族人。奥达说,那些外族的男人们的外貌和我的相似。可他们是谁呢?伊扎说,我出生于外族,可为什么我一点也回忆不起来?我甚至记不起他们的相貌了。他们住在哪里?长得什么模样?爱拉回想起自己在山洞附近的静水潭里看到过的脸形,在脑中描绘一个有着她那样脸形的男子。但在这过程中,勃劳德的影像突然闯入她的脑际。随之她的内心被什么击中了一般,复杂的感情似一团乱麻纠结了起来。

外族的男人们!我早该想到了!奥达说,他们中的一人曾在她身上泄欲。从那以后,妇女诅咒一次都没有降临,然后她生出了尤拉,正像勃劳德在蹂躏完我之后我生出杜尔克一样。那人是外族,而我是外族所生,但是奥达和勃劳德都是本家族的。尤拉的畸形并没有比杜尔克更严重。杜尔克是一半属于我,一半属于家族,尤拉也是如此。更具体地说,尤拉的一半是奥达的,另一半则是来自于杀死奥达婴儿的男人的。由此看来,勃劳德的确用他的器官,而不是他的图腾精灵创造了杜尔克的生命。

但是,爱拉又想,与奥达在一起的另两个妇女并没有生出畸形的婴儿。不过,男人们和女人们干那件事是很频繁的,如果每次都能创造出一个婴儿的话,那么这个世界就将被婴儿占领了。可能克莱伯说的也对,婴儿生命的伊始是由于妇女的图腾被打败。可是没有一个妇女吞下过什么图腾要素,只见过男人把他的生殖器官放进妇女的身体里。对,就是这样,男人的器官与妇女图腾的要素发生混合,才创造了生命。也就是说,想生出婴儿,光有男人是不够的。妇女也起了很大的作用。

可为什么那个男人偏偏是勃劳德呢?我渴望有一个婴儿,我的穴狮图腾一定知道我的迫切心情。但是勃劳德恨我啊,他也恨杜尔克。不过,还有谁会愿意与我做那件事呢?没有人对我感兴趣,我太丑了。勃劳德会那样也只是因为他知道我非常恨他。是不是我的穴狮图腾知道勃劳德的图腾会最后战胜它?他的图腾可一点也不弱;从奥茄已经有两个儿子这件事就可以看出。布拉克和格雷夫的出生勃劳德功不可没,像杜尔克一样。

等等,那杜尔克和他们不就是同胞了吗?就像布仑和克莱伯那样的兄弟一样?布仑一定是在爱菠拉的身体里制造了勃劳德。当然,勃劳德的父亲也可能是别的男人;但可能性不大。男人们通常不会送信号给首领的配偶,因为这是不礼貌的。同样的,勃劳德也不喜欢和别的男人分享奥茄。在猎猛犸时,克罗格就常常找奥芙拉泄欲。每个人都知道克罗格在那方面很是饥渴。德路盖也曾和奥芙拉做过一两次。奥芙拉的配偶古夫对这些事很是大度。

如果布仑是勃劳德的父亲,而勃劳德又是杜尔克的父亲,那是不是说明,杜尔克和布仑也有关系?就像布拉克和格雷夫一样?布仑和克莱伯是同胞;他们是同一母亲所生,他们的父亲很有可能也是同一个人。那人是前任的首领。这是不是意味着杜尔克也带有克莱伯的一部分血缘?那么伊扎呢?她也是布仑和克莱伯的同胞。爱拉想得头都大了,这里面涉及的关系实在太复杂了。

不过有一点不可否认,勃劳德是杜尔克的父亲。我怀疑是我的图腾引导勃劳德这样做的。虽然这有些难以置信,但没有别的可能性了。这应该是图腾对我的又一次考验。我的图腾早就料到了这一切,是它计划了这一切。它知道我想要一个孩子,它也曾暗示过我,告诉我杜尔克能活下来。如果被勃劳德知道这些,他会不会又要大发脾气?他恨我入骨,到头来却给了我梦寐以求的东西。

"爱拉,"尤芭说,拦截了她极速飞驰的思想,"我刚才看到克莱伯和布仑走进山洞了。时间已经不早,克莱伯也应该饿了,我们去备餐吧。"

杜尔克早就睡着了。当爱拉将他抱起时,他醒了过来,但马上又恢复了平静,舒服地靠在母亲温暖的胸脯上。爱拉边走边想,布仑会答应的,他会允许尤拉做杜尔克的配偶的。他们很合适,甚至比奥达想象的还要合适。但是我呢?我能找到一个合适的配偶吗?

23

在最后两个家族到达之后,爱拉又熬过了一次类似的考验,不过这次的程度较轻一些。现在,十个家族已经全部会齐。约有二百五十个家族成员聚集在一起,他们的模样基本无异,唯独有一个不同于众人的高个子、白皮肤的妇女鹤立鸡群。不论她走到哪里,她的一举一动都会备受瞩目。的确,她的长相有些怪异,但行为举止却无可挑剔。那是因为爱拉非常谨慎,她不愿让自己授人以柄。

她小心翼翼,尽量不彰显自己的特别——尽管在自己家族居住的那个山洞里,有时遇到气氛轻松的时候,她还是会情不自禁地流露。她从不放声大笑,甚至连微笑也有所收敛;她不再流一滴眼泪,也不大步走路同时甩动手臂,因为这些都不是妇女应该有的举动。她成为了遵守家族德行的模范,已经是一个合格的年轻女管家。在她的家族以外,再没有人认为她是一个异常的妇女了。她的存在不但被大家所接受,而且正如尤芭的推测,他们已习惯了与爱拉的相处。况且,这次家族大会将会举行很多活动,人们不可能有太多空闲去打听一个长相奇异的妇女有什么新鲜事儿。就这么悄无声息地,爱拉融入了这个集体。

要把这个人数庞大的集体安排在山洞里,让家族间成为邻居,度过一个不算短暂的时期,对主办大会的家族来说绝非易事。不但需要各个家族的合作,还要求大量的协调和繁琐的礼节。不但主办家族要为之操劳,十个家族的首领都比之前更加忙碌了。他们不能像过去那样只为自己的家族成员操心,因为一旦各家族聚集在一起,问题也会随之成倍增多。

首先是狩猎。为了供应大会所需的食品,家族间必须组织猎人外出打猎。在每个家族内,猎人的地位和等级都已确定,管理起来也比较容易;但当两个或更多家族在一起狩猎时,人员的排序就会变得混乱。虽然各个家族的首领会根据家族大会中确定的家族名次排定座次,但其他的成员的地位不能因此决定,所以负责座次的人必须非常小心,好使众人心服口服。在各项竞技开始后,人员的安排也会比较容易,不过也只有先明确了男人们的相对地位,才有可能派出狩猎的队伍。

妇女们的植物采集也存在问题。各家族虽然都带来了经过风干的食物,但新鲜的食品一定是更受欢迎的,所以家族妇女们会时不时外出采集植物。妇女们最了解哪些植物最为可口,所以只要是她们经过的地方,某种植物一定会被一采而尽,但最后算下来每个人也没有分到多少。当地的家族虽然会在事先到远离山洞的地方采集植物供应给家族大会,但采集的量根本满足不了所需。采集地路途的遥远一定程度上放慢了她们为冬天储备食物的节奏,但家族依然完成了额外的冬季储备。这样一来,山洞附近的可食用的植物基本都被消耗殆尽了。

高山上融化的雪水汇集成一条小溪,缓缓流过山洞附近。虽然供水不成问题,但烧火用的木柴却十分稀缺。除了下雨天,烹煮都会在山洞外进行。为了节省木柴,这一活动不是以火塘、而是以家族为单位。可即便如此,附近大部分干燥的朽木甚至是许多活树的枝条,都已经被砍光烧光了。那些被砍去枝条的树木需要一至两个季度以上的时间才能恢复生长。家族大会的召开已经完全改变了山洞周围的环境。

不光食物的供应问题连连,废物处理和空间安排的矛盾也一天比一天突出。众人越积越多的粪便和其他垃圾一直找不到合适的地方倾倒;而在空间方面,除了山洞内的居住面积,所有家族还要有烹煮食物的空间,集合的空间,进行竞技、跳舞和举办宴会的空间,休息的空间也是必不可少的。

组织活动绝不是一件小事，都要经过没完没了的激烈竞争、讨论和调解，其中习俗和传统在缓和矛盾上起了很大作用。而这样的场合正是布仑发挥领导才能的用武之地。

克莱伯乐意参加家族大会，是因为在大会上能遇见很多同行。另外也还有人抱着和他同样的想法，比如布仑。他很高兴可以和一些权力相仿的人竞争，而且赢得竞争意味着可以支配其他的家族首领，这让他觉得很有成就感。作为领袖，有时就要解释从古代沿袭至今的族规，这要求领袖具有细致的剖析能力，而布仑恰好精于此道。他能当选为家族的第一首领，说明他是有一定实力的。他不仅有坚持己见的执著，而且也知道适时地尊重别人的意见。至于什么时候要强制执行，什么时候要安慰解释，什么时候要制造舆论，什么时候该坚定不移，布仑都能做到心中有数。这么多家族集合在一起时，自然会出现一个能镇得住场面的人。至少在大会期间，只有这个人能够把不同的家族凝聚成一个团结高效的集体。自从布仑就任自己家族的首领时，他就已经成为了家族大会当之无愧的领导人选。

如果他曾失去威信，他的自我怀疑会使他失去竞争力。一个人一旦缺乏了自信，必定就会对作出的决定产生怀疑。如果在这样的基础上参加大会，他将无法面对大会上的其他首领。但他知道，对爱拉的让步并不意味着牺牲家族的传统。他作出这样的决策，完全是在表现权威的基础上作出的必要妥协。他始终问心无愧。而且当失去权威的危机过去后，他开始对爱拉刮目相看。

爱拉的确曾试图强迫他作出决定。根据她的说法，那次她铤而走险是在家族习俗的允许范围之内，并不属于悖逆。她这样解释也不无道理，但她是一名妇女，应该知道她自己的地位。作为妇女，这样的举动肯定是不妥当的。不过，她能及时觉醒，并马上纠正自己的错误，还是让布仑很欣慰。后来，当她应布仑的要求，把他引到她藏身的小山洞时，布仑不禁暗暗惊叹——能在身体十分虚弱的情况下到达那里，爱拉真的不简单。他甚至怀疑有些男人都不一定能做到像她一样。她这种坚忍不拔的毅力真有些男子汉的气概。布仑欣赏勇敢、决断、坚忍，他认为这些都是彰显力量的优秀品格。虽然爱拉是一名妇女，但布仑由衷佩服她的勇气。

“如果佐格也来了，他肯定能赢得弹石比赛的冠军，”克罗格做着手势说，“没有一个人能击败他。”

“错，爱拉可以。可她不能参加比赛。真是太可惜了。”古夫说。

“我们不需要一名妇女去赢得荣誉，”勃劳德插话，“而且弹石比赛的冠军也没多少分量。布仑在投掷流星锤的比赛里肯定能够取胜，他一直都是卫冕冠军。另外还有赛跑和梭镖刺穿的竞赛。”

德路盖说:“伏奥德已经赢了赛跑,而且他有足够实力战胜梭镖刺穿比赛中的其他选手。对了,果恩的棍棒使得很不错。”

勃劳德接着说:“到时我们的猎猛犸舞肯定能把大家都镇住。我们的家族必能一举夺魁。”狩猎舞蹈是许多庆祝仪式中不可或缺的一部分;偶尔在特别激动人心的狩猎活动后也会举行这样的演出。勃劳德对演出很感兴趣。他知道自己擅长渲染狩猎时的兴奋和戏剧感,同时很享受成为众人瞩目的焦点。

但是,表演狩猎舞蹈的目的不仅是供家族的人娱乐,更重要的是起到指导的作用。通过用少量的道具表演的哑剧可以给年轻猎人和其他家族学习狩猎战术和策略的机会。这是发展和分享狩猎技巧的一种方式。如果有人被问及,对家族来说,在复杂的竞赛中胜出的奖励是什么,答案只有一个,那就是赢得家族第一的位置。但还有另一种不成文的奖励,即家族通过竞赛提高了自己的狩猎技能,这对家族的生存至关重要。

伏恩说:“勃劳德,如果由你来领舞,我们肯定能获胜。”这个十岁的孩子虽然即将成人,但仍然像偶像般崇拜这位未来的首领。勃劳德很满意伏恩对他的吹捧,作为回报,他会在任何可能的时候允许伏恩加入成年男子的讨论。

勃劳德安慰伏恩说:“你的赛跑成绩不能算数, 实在是太可惜了。我一直看着你呢;你跑得那么快,一直把他们远远甩在后面。不过没关系,这是一次很好的练习,就当做是为下次的参赛做准备吧。”伏恩听到这样的鼓励顿时容光焕发起来。

德路盖做着手势:“我们家族仍有机会胜出, 但也可能事与愿违。勃劳德,果恩的实力不弱啊,他在摔跤比赛上和你简直势均力敌。诺格家族的二把手,也就是果恩的父亲,很为他这个儿子感到骄傲呢;他是上次家族大会后迅速成长起来的青年。我想他是这次大会中最强壮的人了。”

古夫说:“你说得对, 他是很强壮有力, 从他赢得棍棒比赛就可以知道了。但勃劳德的动作更加迅捷,而且在肌肉上也不会输给果恩。要说最强壮的人,还得属勃劳德,果恩只能排第二。”

克罗格插话说:“诺兹的弹石也很厉害了。我想他肯定是在上次家族大会上见识了佐格的弹石,所以才下决心练好的,因为他不想让一个比他老的人打败他两次。如果他对练习流星锤也那么上心,很有可能会成为布仑的劲敌。勃劳德,伏奥德是一名短跑健将,原来我以为你一定能赢他的,但他却胜了你。不过你也只比他落后了一步。”

“德路盖能做出最好的石器。”格洛德做手势加入讨论。这位言辞简练的男子很少主动发表评论。

德路盖回应道:“格洛德,挑选最好的石器来参加比赛是一回事,在众目睽睽下制作出好石器又是另一回事。这得靠运气。那个来自诺格家族的年轻人在这方面很有技巧。”

古夫鼓励他:“德路盖,正因为他年轻,所以你比他有优势。你经验丰富,能更好地集中注意力,他却会因为紧张而失误频频。”

“话虽这么说,要想赢还是少不了运气。”

克罗格说:“什么事不得靠运气呢。我总想着我们的老多夫讲的故事是最打动人的。”

古夫做着手势说:“克罗格,那是因为你习惯听他说故事哩。讲故事这种比赛很难论输赢。甚至有些妇女都很会讲故事。”

克罗格说:“故事讲得再好也不可能像狩猎舞蹈那样令人兴奋。我看见诺格的家族正在谈论猎犀牛的经过,他们一看见我就不接着说了。他们可能会表演那次狩猎。”

这时,奥茄羞怯地向男人们走来。她做着手势表示晚餐已准备就绪,请他们前往用餐。可他们却挥手叫她回去,她只能打道回府。她希望他们能早点来就餐,因为如果等候时间过长,会耽误她与另外一些妇女一起听故事。她可不想错过任何一个故事。这些故事通常是由老妇人用哑剧的形式来表现,内容有关古老的传说和家族的历史。本来的目的是教育年轻人,但所有人都把它看做是一种娱乐。悲伤的故事使人心碎;快乐的故事使人欢欣鼓舞;至于滑稽的故事,不仅能令观众当场捧腹,甚至会让他们在烦恼的时候不觉莞尔。

奥茄回到洞口附近的火堆旁,做着手势向妇女们说:“我想他们现在还不饿。”

奥芙拉说:“他们总归会来的。我只是希望他们用完餐后不要逗留太久。”

爱菠拉补充道:“布仑也要回来了。首领们的会议应该开完了。有人知道大莫格乌在哪里吗?”

尤蔻说:“他很早就与其他的莫格乌们进洞去了。他们应该都在祭神室里。没有听说他们什么时候会出来。我们要不要等他?”

爱拉说:“我会给他留点吃的。每次他准备宗教仪式就总是忘记吃东西。而且他已经习惯了吃冷掉的食物,有时我甚至以为他喜欢吃凉的。我们不必等他了,我想他不会介意。”

“看哪!她们开始讲故事了。我们要错过第一出故事了。”欧娜做着手势,看上去失望极了。

阿葛说:“这也没有办法,欧娜。在男人们吃完以前我们是不能去的。”

伊卡也安慰欧娜:“欧娜,我们不会错过太多的。她们会说一整晚的故事呢。明天男人们会表演狩猎舞，而且允许我们到场观看。到时一定会非常精彩的，不是吗？"

欧娜说："可我还是喜欢妇女们表演的故事。"

"勃劳德说，我们家族要表演的是猛犸狩猎舞。他说我们肯定能赢得比赛。布仑要让他领舞呢。"奥茄做着手语，眼睛流露出骄傲的神色。

爱拉做着手势说："欧娜，舞蹈不会让你失望的。我记得当勃劳德在成丁仪式上领演过一次狩猎舞。我那时甚至还不会说话，也不认识除伊扎外的任何一个人，但当时他的舞蹈已经能令我感到激动了。"

过了一会儿，男人们回来用餐了。妇女们在一旁担心地等候着，不时瞟一眼场地的另一端。那里聚居着一群看故事的妇女。

"爱菠拉，你领大家去看故事吧，我们还有些事需要讨论。"布仑做着手势。

于是妇女们领着自己的孩子，牵的牵，抱的抱，迫不及待地赶向那一大群人。大家围在一个老妇人周围，她正在开始说一个新的故事。

"……并且，伟大的冰山母亲……"

跑在前面的爱拉用手势向后面的妇女们招呼："快呀！她要讲杜尔克的传说了。我可不想错过这个故事。这是我最喜欢的故事。"

爱菠拉说："爱拉，没人不知道你喜欢这个故事。"

很快，布仑家族的妇女们都找到了坐的地方，然后一下就被故事情节吸引住了。

"她讲得有点不一样。"爱拉看了一会儿后做着手势说。

尤蔻应道："虽然是同一个故事，但每个家族的版本都会有点微小的差别，而且每个说故事的人都有自己的一套表现方式。你听惯了多夫说的故事。他是男人，自然更了解故事里关于男人的部分。但当一个妇女讲故事时，一般母亲的部分会讲得比较详细。你不仅能听到伟大的冰山母亲，还有其他母亲。在妇女讲到杜尔克和其他年轻人要离开部落时，你能感觉到他们的母亲是多么悲伤！"

爱拉记得尤蔻是在地震中失去了儿子，她一定更能体会那样的悲痛。这次的故事对爱拉来说又有了新的意义。听完故事后，她一度双眉紧锁。她想，我的儿子也叫杜尔克。我真害怕有一天会失去他。她紧紧地抱住怀里的婴儿。不，不会的。虽然我曾经差一点就要失去他，但现在一切都过去了，不是吗？

洞口外，布仑站在空地上，仔细估量他与空地边缘的一根树桩间的距离，眉间沁出细密的汗珠。那根树桩和其他那些被砍去了树枝的树桩一起，在洞熊的周围形成栅栏。午后毒辣的太阳依旧炙烤着这片尘土飞扬的土地，空气凝固到令人窒息。幸而一阵长长的轻风吹来，拂起了他额前几绺散发，令他觉得凉快的同时，那些在洞熊周围围观的紧张人群也稍稍松了口气。

同那些围观的人一样，布仑也一动不动地站着。他叉开双腿，右臂下垂，手中握住流星锤的皮带，三颗沉重的石球呈斜线垂在地上。石球用三根不等长的编辫的皮带相连，表面用皮革包裹着，这样皮革在干燥收缩后就能紧裹着石球。布仑很想在投掷流星锤的比赛中获胜，不仅是出于竞技的目的——虽然这也很重要——但他更想向其他的首领表明，他的实力依然不容小觑。

这次让爱拉随行参加大会已经使他付出了代价。他终于意识到，即使自己和他的家族已经完全习惯与她相处，要想在这么短的时间内让其他家族也接受她简直就是痴人说梦。她实在是太不同寻常了。因为维护她，就连大莫格乌都差点丢掉了自己的地位，也还是没能说服其他家族的莫格乌。他们都不相信爱拉是来自伊扎家系的女巫医。如果是她来制作由多种草根煎煮成的特殊根剂，那他们宁可不喝。失去了伊扎显赫的女巫医家系的支持，布仑的首席地位就变得更加岌岌可危。

鉴于比赛仍在进行，结果目前还无法预料，但如果布仑的家族在这个环节不能获得第一，家族就必然会被降级。而且就算他们在这环节获胜，也不能保证家族能卫冕家族第一的荣誉，最多是添了些胜算。家族名次的排列涉及许多因素，比如作为主办方的家族能享有获胜的优先权。因此诺格就成了布仑最强劲的对手。如果诺格的家族在竞赛环节以微弱劣势屈居第二，诺格依旧能凭借得天独厚的背景获得首席领袖的地位。诺格对此心知肚明，也知道布仑不会对他手下留情。现在的局面对布仑非常不利。但布仑就是这样，即便没有退路，他还是会用坚强的意志支撑自己，绝不轻言放弃。

布仑眯着眼瞄准了树桩，然后铆足劲，干净利落地把流星锤甩了出去。旁观的人群都屏住了呼吸。只见三个石球在空中绕着无形的中心旋转，以迅雷不及掩耳之势向树桩飞去。砰的一声，石球击中了目标。但皮带并没有缠绕在树桩上，而是随着石球弹飞了出去，落到不远处的地面上。布仑走过去，拾起流星锤，示意来自诺格家族的诺兹站到刚才他站的位置上。如果诺兹射失了，则布仑得胜；如果他的流星锤也击中了树桩，那就得再比一次；但如果流星锤不偏不倚地缠在了树桩上，那么胜利则属于诺兹。

布仑站在边界之外，脸上没有一丝表情。他按捺了握护身符的冲动，在内心默默请求他的图腾给予他帮助。诺兹已经准备就绪。不像布仑，这个年轻人丝毫不避讳地捏了捏颈上的护身符。只见他闭上了眼睛。正当大家以为他准备瞄准目标时，他突然用极其迅捷的动作把手上的流星锤甩了出去。流星锤在空中画出优美的弧线，击中了目标，并稳稳地缠在了树桩上。

布仑凭借多年来练就的自我控制，没让旁人察觉出自己的失望。诺兹的胜利几乎已经使布仑看到了家族被降级的结局。

布仑怀着复杂的心情站到场地上，看着三张兽皮被抬上来。第一张兽皮用绳捆在了一棵腐朽的粗树桩上。树桩是从一棵老树上锯下来的，顶部还留有锯齿状的断面。它被竖着放在地上，比一般的男子要高；一段长满青苔的倒木上面盖着第二张兽皮。这段木头来自一棵生长在树林边缘的大树，直径相当可观，是被男人们用石头斫倒的；第三张兽皮则被平铺在地上，四角用石头压住。如果把这三张兽皮摆放的点连起来，大概可以构成一个等边三角形。投掷梭镖的比赛马上就要开始了。每个家族甄选出一名男子代表家族参赛。这些男子根据上次大会排定的家族名次，在摊开的兽皮附近从高到低排成一行。同时，在场的其他男子则跑向另外两块兽皮。他们的手里都握着一支梭镖。这些梭镖大多由削尖的紫杉制成；不过也有人使用由白桦、白杨或柳树做成的梭镖。

初赛在每两人间进行。两个来自低等级家族的选手首先上场。他们并排站着，各自都握着一支梭镖，紧张地盯着诺格。听见诺格一声令下，他们便一齐冲向那根竖着的木桩，然后将手中的梭镖使劲朝皮革刺去，好像皮革下面是一头野兽。他们把镖头深深扎进树桩，仿佛直抵了野兽的心脏。随后，他们从等候在一旁的来自自己家族的伙伴手里接过第二支梭镖，全速奔向倒放着的木段，戳入第二支梭镖。当他们抓住第三支梭镖时，其中一人已经明显取得了领先。他直直地跑到铺在地上的兽皮旁，在最靠近中心的部位深深刺入了梭镖。然后他举起了双臂欢呼胜利

第一轮较量过后，场地上留下了优胜的五个人。按所属家族的名次排列，地位最高的三人首先进行第二轮比赛。三人中的头名晋级决赛，末名则马上要和余下的两人较量。决出的胜者将晋级决赛，末名将被淘汰，亚军则必须同上一轮的亚军角逐最后的决赛资格。三轮过后，场地上终于剩下了三个人。他们是勃劳德、伏奥德和来自诺格家族的果恩。冠军将在他们中间产生。

在这三人中，果恩是通过四次比赛才获得了决赛权，另外两个人则只参加了两次比赛，精力依然充沛。一开始，果恩虽然赢了两人一组的初赛，但在三人的比赛中，他落到了最后一名。与余下两人的比赛中，他又只获得了第二，因此必须与第二轮的亚军再比试一场。最后，凭借他的勇气和耐力，他终于胜了。至此，他不但获得了决赛权，还赢得了在场每个人的称赞。

决赛即将开始，三人已经排成了一排。这时，布仑站了出来。

他说："诺格，为了决赛公平起见，不如把比赛稍稍延后，好让果恩休息一会儿，你看如何？况且他是你的二把手的配偶的儿子，理应得到这份待遇。"

虽然勃劳德恶狠狠地瞪着布仑，但在场的其他人都纷纷点头赞同他的

建议，这无形中拔高了布仑的声望。的确，这样的举动意味着布仑放弃了家族获胜的优势，毕竟与一个疲惫不堪的对手竞赛，勃劳德可以说是胜券在握；但就是因为如此才显出了布仑的大公无私，同时令诺格很难拒绝。其实布仑作出这个决定之前早已权衡了利弊：如果勃劳德输了，他的家族一定会大大方方地让出第一的位置。但如果勃劳德赢了，布仑表现出的公正则会提高他的声望，同时给人留下一种印象，即布仑始终是非常自信的，虽然布仑自己并不这么觉得。果恩在休憩之后一定会精力充沛，勃劳德很可能因此输掉比赛。这没什么可耻的。毕竟只有在保证公平的前提下获得胜利，才算是赢得光明正大，令人信服。

照布仑的建议，决赛的时间延后了。当人们重新聚集到空地上时，时间已将近傍晚。大家在比赛暂停时好不容易松弛下来的神经，一下子就比之前更加紧绷了。三个年轻男子经过了休息，都很神采奕奕。他们伸展着肌肉，掂量着手中梭镖的重量，想找出最佳的平衡点。古夫和其他家族的两名男子已经站在了树桩两侧；在卧倒的木段边，克罗格和另外两人也已就位。勃劳德、果恩和伏奥德三人并肩站好，眼睛紧盯着诺格，等候他发出指令。在全场的注目下，诺格慢慢举起手臂。几乎在他手臂迅速下挥的那一刻，三名男子飞奔了出去，好似离弦的箭。

伏奥德跑在了最前头。勃劳德紧跟其后，果恩脚步沉重地在后面猛追。当勃劳德把梭镖刺进腐朽的树桩时，伏奥德已抓到了第二支梭镖。勃劳德和果恩几乎同时到达了卧倒的木段旁。果恩可怕的爆发力令勃劳德不敢有丝毫的放松。此时伏奥德依然保持领先。在伏奥德将梭镖刺向兽皮盖着的木段时，加速了的勃劳德也赶到了。眼看伏奥德就要把梭镖扎进木头，可偏偏镖头碰到了隐藏的木瘤，只听喀嗒一声，他的梭镖掉在了地上。伏奥德连忙俯身拾起，等他重新投刺后，勃劳德和果恩都已经开始向最后的目标发起冲刺了。伏奥德抓起自己的第三支梭镖拼命追赶，但因为落后太多，获胜已经无望了。

勃劳德和果恩争相奔向最后的标靶。他们的腿都像灌了铅似的，心跳飞快。果恩慢慢加速，很快反超了勃劳德，跑到了他前面。勃劳德被宽肩膀的果恩挡住去路，十分恼怒，愈加发狠地迈动双腿。他觉得他的肺快要爆炸了，身体的每一块肌肉和每一条肌腱都被牵动着。即便这样，果恩还是提前一步到达了铺在地上的兽皮旁。在他举起手臂投刺梭镖的那一瞬间，身后的勃劳德找到了空当。就这么一眨眼的工夫，勃劳德的梭镖已经刺穿了坚韧的兽皮。果恩的梭镖紧接着也落了下来。不过是晚了半拍的心跳，但胜负已见分晓。

因为惯性的作用，勃劳德又往前冲了几步。等他慢慢停下时，布仑家族的猎人们都围拢上来。布仑看着他们,眼睛闪烁着骄傲。他的心几乎与勃劳德跳得一样快。他曾为这个儿子的每一步提心吊胆,但现在一切都结束了。比赛中,勃劳德和果恩一直处于胶着状态,在某个瞬间,布仑甚至感觉到勃劳德要输了。但勃劳德拼尽全力,又一次让他惊喜万分。这是一场具有决定性意义的比赛。这场比赛的胜利令他又找回了为家族争取卫冕的信心。布仑想,我年纪大了,在流星锤的比赛中已经技不如人。但勃劳德正是年富力强的时候,而且还替家族赢了关键的一仗。也许是时候把家族交给他了。其实,我马上就可以在这里宣布,让他接任首领的位置。我不能放弃,我要为家族争取家族第一的地位,好让勃劳德载誉而归。他的表现这么出色,这都是他应得的。好,就这么办！我现在就要告诉他我的决定！

布仑等到家族的男人们都向勃劳德祝贺完毕,才走到这个年轻男子面前。布仑知道,自己的这个决定对勃劳德来说是极大的荣誉,也很期待看到他马上要迸发出的喜悦。作为布仑的配偶的儿子,这既是勃劳德因为表现出色而应得的奖赏,也是布仑能给予他的唯一一份最厚重的礼物。

"布仑！"勃劳德没等布仑说话,自己就先开口了,"你为什么要延后比赛?你知不知道我差一点就要输了。如果不给他时间休息,我就可以轻易击败他。你难道不想让我们家族保住第一的位置吗?"他任性地用手势表达压抑的愤怒,"你是不是觉得,失去第一也无所谓,反正等到下一次家族大会时,你这把老骨头也当不上首领了?如果我将接任你的位置,你至少应该让我从一开始就成为第一家族的首领,就像过去你的前任曾为你做到的那样。"

勃劳德劈头盖脑的一顿指责使布仑怔住了。他后退一步,努力控制住腹中已经腾起的怒火。布仑想:你不了解。很可能你永远也不会了解。的确,这次我们保住了第一。如果我还年轻的话,这个第一会一直是我们的。但是勃劳德,如果由你来统领家族,将会发生什么呢?我们家族到时还能领先多久?布仑刚刚的得意很快消失,继而被一股巨大的悲哀笼罩。但布仑还是控制住了自己,在众人面前不动声色。他开始反省:也许是他还太年轻了吧。可能他还需要多一些时间再增加点经验。我不是从未认真向他解释过该怎么当首领吗?尽管布仑心里清楚,没有人需要对勃劳德解释什么,但他还是努力说服自己不是在自欺欺人。

"勃劳德,如果果恩在状态欠佳时参加比赛,你觉得你还能像现在这样赢得漂亮吗?你觉得别的家族能相信你的实力吗?你应该这样想,只有用现在这种方式,你才是当之无愧的胜者。儿子,你真的很棒,"布仑和蔼地做着手势,"你的表现非常出色。"

勃劳德虽然怀恨在心,但这个男子依然是这个世界上他最敬重的人。在他想要回击的那一刻,他突然有所预感——布仑会给他某些重大的奖赏，正如他在成丁狩猎中完成第一次杀伤时那样。

“是我考虑不周，布仑。你是对的。只有这样才能使大家心服口服，知道我的实力强过果恩。”

“这场我们胜了，德路盖也赢了石器制作的比赛，只要今晚我们的猛犸狩猎舞又获胜利，家族第一的位置就能被我们收入囊中了。”克罗格满怀信心地说，“勃劳德，你一定会被选中参加洞熊的庆典仪式。”

当勃劳德步行回山洞，更多的男人围在了他的周围，向他表示祝贺。布仑目送着勃劳德，同时注意到果恩也在往回走。果恩的四周聚着诺格家族的人，其中一个老年男人还轻轻地拍了拍他的肩膀，好像在鼓励他。

布仑想：诺格的二把手的确应该为他配偶的儿子感到骄傲。勃劳德虽然在竞赛中取得胜利，但我不能保证他能成为一个好的继承人。一想到这里，布仑就忧心忡忡。虽然他努力控制自己，但始终无法彻底清除这份忧虑。因为再怎么说，勃劳德也还是他配偶的儿子，还是他最最疼爱的人。

“诺格家族的男人都是勇敢的猎人。”狩猎舞的表演结束后，德路盖由衷赞叹道，“他们在猎犀牛前先在犀牛必经的饮水路上挖一个坑，然后用灌木加以隐蔽，真是太妙了。我们将来可以借鉴下这个办法。犀牛在逃跑时特别容易伤人，可不是每个人都有胆量把它往陷阱那儿赶的；有些时候，犀牛甚至比猛犸还要凶猛，而且性格也更加难以捉摸。诺格的猎人们表演的舞蹈再现了猎犀牛时的精彩场面。”

克罗格不服气了：“不管怎么说，我们的猛犸狩猎舞还是更胜一筹。所有的家族不是都一致同意我们在这一环节获胜了吗？但果恩的实力毋庸置疑。如果他被选中参加洞熊仪式，我一点也不会意外。在这次大会上，几乎每次决赛都是在勃劳德和果恩之间进行。我的确曾担心今年我们不会赢，但我们终究还是成功卫冕。诺格的家族只差一点就可以打败我们了。格洛德，你觉得除了勃劳德和果恩，还有谁会获得殊荣，被选中参加仪式？”

格洛德回答：“伏奥德的希望很大，但如果让我选，我倒挺中意诺兹。而且我认为布仑也更欣赏诺兹。”

德路盖也表态：“这个选择很难。要我说的话，如果第三人选真的是伏奥德，也算是实至名归了。”

克罗格说：“现在所有比赛都结束了，巫师的助手会一直和莫格乌们待在一起，所以我们在洞熊仪式结束之前可能都见不到古夫。我希望妇女们不要因为勃劳德和古夫的缺席而少准备晚饭。我可没打算节省我的肚皮啊，要知道这顿饭得帮我挨到明天的宴会呢。”

德路盖若有所思地说：“如果我是勃劳德，这时候应该也不会有胃口。被选中参加洞熊庆典是极大的光荣。如果勃劳德是勇敢的男人，那明天早上就是考验他的时候。”

清晨，曙光熹微。山洞内早已空无一人。妇女们早早就起身，借着火堆的光亮开始工作。其余的人则一整晚都毫无睡意。虽然宴会的前期准备已进行多日，但未完成的工作量依然如山。渐渐地，天色大亮，一轮火红的圆盘高高悬在山顶上空，炽热的光芒烘烤着山洞。

到处都洋溢着热烈的兴奋和一触即发的紧张。男子们在比赛结束后无事可做，躁动不安地等着庆典到来。他们的情绪感染了一些年龄较大的男孩们，男孩反过来又带动了其余较年幼的孩子。整个场地吵吵嚷嚷，让忙于工作的妇女们叫苦不迭——四处闲逛的男人和互相追逐的儿童总是令她们分心。

妇女们把碾碎的粟米和上水，放在灼热石头上烤制成饼，然后分发给大家吃。这时，骚动才暂时得到平息。按照习惯，吃这种淡味的早餐饼时必须仪态严肃。除了正在哺乳期的婴儿，家族成员每隔七年才能吃到这种食物。因为是宴会前唯一允许吃的食物，所以粟米饼的象征意义更大一些。它不是让人填饱肚子的，而是用于刺激食欲。到了上午晚些时候，各个火堆的炉灶开始散发出诱人的香味。人们肚里的馋虫被勾起，又开始躁动不安起来。洞熊的庆典马上要开始了，兴奋和期盼的狂热气氛逐渐被人群推向高潮。

爱拉和尤芭知道，其他家族的莫格乌们不会同意让她们两人中的任何一人制备根剂。爱拉长得太怪异了，而尤芭的年龄又还太小。而且直到现在克莱伯也没来找过她们两人，让她们为即将举行的仪式准备特殊饮料。这个时候，爱拉和尤芭是多么希望伊扎也在这里。克莱伯已经尝试了各种办法，甚至是用自己的权力地位作为要挟，想要说服其他巫师，但努力是徒劳的。他们承认，那种特殊的根剂是宗教仪式必需的，但他们拒绝承认爱拉是家族妇女，也不相信她是伊扎家系的女巫医。洞熊乌萨斯的庆典对所有参加家族都意义重大——在家族大会上举行的宗教仪式酿成的祸患会拖累一整个家族。赌注的代价太高了，莫格乌们不想冒这个险。他们怕招来厄运，最后使家族蒙受不幸。

如果大会始终不同意由爱拉或尤芭制备根剂，那么布仑和家族卫冕的胜算无疑又下降了一成。虽然布仑家族里的猎人们大都在竞技场上取得了不错的成绩，但光爱拉一个人就足以威胁家族失去第一的位置。目前的局面已经不是常规所能预料的了。面对越来越大的反对声浪，幸亏布仑始终不动声色，立场坚定，才使局势勉强维持在悬而未决的状态。但其实连他自己也没有把握到底事态会如何发展。

在吃完粟米饼后不久，首领们就站在洞外静候人员集合。仿佛是静止的水潭里突然被投下一粒石子，随着涟漪荡漾开来，原本一片喧闹的场地瞬间变得鸦雀无声。男子们根据所属家族的席次和自己的地位，很快在队伍中找到了位置。妇女们也放下手头的工作，对忽然间不吵也不闹的孩子们做着手势，然后和孩子们不声不响地加入队伍。洞熊庆典马上就要拉开序幕。

这时，突然有人开始敲鼓。鼓槌是一根光滑坚硬的木棍，鼓则是一段剜空的碗形木头。那一下一下的咚咚声仿佛是在万籁寂静时冷不丁响起的炸雷，节奏缓慢而稳定。随后，人们握着木制的梭镖柄撞向地面加入其中，凝重的气氛难以为外人意味。这时，在强烈而稳定的节拍声中又多出了一种声音。那是有人在用木棒敲击空的长木管。初次听来似乎杂乱无章，也无音调可循，但偏又算得那么精准，每五拍就会出现一次。错杂的音律增强了人们的期待心理，几乎达到了担心的程度，直到节奏完全融合。音律的变换作用于意识，舒缓和冲击交替进行，把众人的情绪推向高潮。

在最后一次酣畅淋漓的敲击过后，所有声音戛然而止。人们透过稀薄的雾气，终于看清九个身披熊皮的莫格乌正并排站在关着洞熊的笼前，大莫格乌则独自站在他们前面。场地静悄悄的，安静得甚至有些突兀，每个人脑中还充斥着刚才强烈的节拍。大莫格乌的手里握着一根绳索，绳索的一端系着一块又扁又长的卵形木片。他一圈一圈地甩着木片。周围实在是太安静了，人们先是隐约可以听到木片划破空气的呼呼声，然后那呼呼声又增强为巨大的、如同公牛般的吼声。这种深沉的洪亮共鸣在场地上空萦绕，使在场的人都毛骨悚然。他们知道，这是洞熊之神发出的声音。它在告诫所有在附近游荡的其他神灵速速回避，因为这次庆典是为它一个人举办的，不需其他图腾精灵的帮助。洞熊之神乌萨斯是家族伟大的保护神，人们信赖它，也早已把自己的全身心都置于它的保护之下。

当那吼声渐渐消退，又出现了另一种声音。不仅是男人发自喉咙深处的低音，还夹杂着一种类似鸟鸣的高音。这种细弱却有力的呼啸能使最胆大的人也不免觉得脊椎骨阵阵发凉。那颤音似乎不属于人间，就像游魂一样击破了清晨明丽的空气，使人们心生胆怯。爱拉站在前排。她辨出声音来自一个莫格乌。他的手里拿着一样东西，嘴里也还含着什么。

那是一支由大鸟中空的腿骨制成的长笛。笛子没有指孔，只能依靠按住或释放开口端来控制音高。只要演奏者技巧娴熟，就能用这支简单的乐器吹出全五声的音阶。但对年轻妇女爱拉和其他人来说，要发出如此不寻常的乐音只有魔法才能办到。他们深信，这不是来自人间的声音，是神鬼们为了这次庆典，特奉圣人之命演奏的。如果说刚才公牛般的叫声模仿了洞熊的怒吼，那么这支笛子的乐音则象征了乌萨斯作为神的致意。

虽然声音是来自吹奏这支乐器的巫师，但就连他也毫不怀疑这声音的神圣。在他的家族里，各代巫师们都以制造和吹奏这种魔法长笛作为秘传的法术，并大都凭借此才艺升至崇高地位。不过克莱伯的出现是个例外。他不会吹弄魔法长笛,却用自己独特的才华取代了那些莫格乌,成为他们中的首席。从此,长笛手莫格乌的地位降到了第二,但依然很有竞争力。在是否接受爱拉作为家族大会的女巫医这件事上,他的反对声是坚定的。

庞大的洞熊在笼子里踱步。已经有些时间没有人喂它食物了,这是自从它被主人家族饲养以来第一次真正挨饿——它从来不缺吃的,也从来不知何为饥饿。而且更糟的是,水槽也被撤去了,它实在是又饥又渴。笼子周围人头攒动,它可以察觉空气中的紧张和兴奋。那从未听到过的鼓声、公牛的怒吼声和长笛声不绝于耳,使这头野兽极度烦躁不安起来。

这时,庞然大物看见大莫格乌正一瘸一拐地朝自己的笼子走来。它用两只后腿支撑着超重的身躯,勉强站立起来,对他发出声声怒吼,抱怨自己的遭遇。克莱伯心里一惊,但迅速恢复镇静,装做坦然地又向前迈了一步。他的脸像其他巫师的脸一样,也被二氧化锰的油膏涂成了黑色。他侧过头,仰视这头愠怒的巨兽,丝毫没有让众人察觉自己狂乱的心跳。他的手里端着一小碗水。碗的形状和象牙白的质地都清清楚楚地表明,这碗是用人的天灵盖做成的,象征死亡,令围观的人们不寒而栗。只见大莫格乌把盛了水的碗放进了笼内。那头多毛的巨熊正口渴难耐,连忙俯下身子饮水,大莫格乌则一步步往后退。

巨兽一口口地舔着碗里的水,没有注意到二十一个年轻的猎人已经把笼子团团围住,而且每人手里都握着一支新制的梭镖。虽然七个家族的首领都没能有幸获此殊荣,但他们各派出了三名本家族最优秀的猎人参加庆典。这时,勃劳德、果恩和伏奥德三人从山洞里跑出来,在牢牢拴住的笼门前停下,成一字排开。他们在下裆处用缠绕的皮革作为遮挡,身体其他部分则一丝不挂,已经被涂上了红黑相间的条纹。

碗里的这一点水远远不能满足巨熊之需。发现自己的笼子附近站了人,洞熊便坐起来,做出乞求的姿势,想多讨些水喝。除非人们作出反应,否则它一般不会自行停止。但是它的努力这次并没有得到答复。它不甘心,笨拙地朝最接近笼子的那个男人走去,把自己的鼻子从粗大的柱子缝里伸出来。

长笛的乐曲还没吹完就突然停了,人们大感意外的同时也增加了焦急的期待。克莱伯收回那只碗,深一脚浅一脚地走到那排巫师的面前。他做了一个几乎不为人察觉的信号,其余莫格乌们便同时开始做起定式手势。

“万能的保护神,感谢您接受了我们的信物——水。您的家族没有忘记您的教诲,我们一直把山洞当成我们的家。山洞帮助我们在冬天抵御冰雪,休养生息;夏天积蓄的食物令我们不缺营养;毛皮也使我们终日温暖。您一直是我们中的一分子,与我们同在,一定知道我们时刻都在遵守您的教导。”

巫师们的脸都被涂成黑色,身上披着统一样式的粗毛熊皮斗篷。他们像经过了精心排练的舞蹈演员，一致的手势如行云流水。大莫格乌只有一只手，但他的手势坚定且不容置疑，不仅配合了莫格乌们的手势，还起了突出重点和增强语势的作用。

“在众神中，我们最崇拜您。我们向您祈求，在您到了神鬼世界之后，请为我们美言，并告诉其他神鬼：我们的男人们是勇敢的，我们的妇女们是驯服的。总有一天，我们每个人都将追随您去往那个世界，所以请先为我们争取一席之地，让我们在那里也有所依靠。我们还要恳求您的保护，好免去恶鬼的侵害。伟大的乌萨斯，我们是洞熊家族，是您的子民。您带着荣誉，放心地去吧。您是最伟大的神。”

当莫格乌们第一次用手势拼出这头巨大野兽的名字时，站在笼边的二十一个年轻男子随即将手中的梭镖从粗树桩间的空隙刺入巨兽体内。笼子太大了，并不是每支梭镖都扎得很深，也不是每个伤口都开始流血，但这头几乎快要长成的洞熊却被这突如其来的剧痛极大地激怒了。它的怒吼划破了静寂长空，吓得人们都疾步后退。

在同一时间，勃劳德、果恩和伏奥德三人当机立断，拔去了笼子的门闩，然后一齐往笼柱顶部攀爬。虽然是勃劳德最先到达，但果恩却抢先把留在笼顶的一节短木段抓在了手里。因为疼痛而抓狂了的洞熊又用后脚站起，不间断地怒吼着，一步步走向三个年轻人。直立着的洞熊更加令人畏惧，它穹顶般的巨大头颅几乎与最高的笼柱一般高。只见它走到笼门那里，一把将门推开，脆弱的木门一下被砸得粉碎。没有了笼门的限制，这头发怒的大熊自由了！

手持梭镖的猎人们飞奔过来，在受到挑衅的野兽与惊慌的众人之间筑成保护的人墙。妇女们几乎想立即逃离现场。她们紧紧地抱住怀中的婴孩，那些年龄较大的孩子则都被吓得睁大了眼睛，死死攥住母亲的裙角。男子们握紧梭镖，已做好准备随时跳出来保护那些没有防御能力的妇女和孩子们。但没有一个人轻举妄动。

当受伤的洞熊沉重地走出已形同虚设的笼子时，勃劳德、果恩和伏奥德一起从木栅的顶上跳到了巨兽身上。这头庞然大物又一次受惊了。勃劳德站在它的肩上，伸手抓住它脸上的毛，使劲地往上提拉。伏奥德则攀附在它的背上，抓住其下颚那些粗长的毛发，使出浑身的力气往下拽，使大熊头颈周围原本松弛的皮肤紧绷起来。在两人的合力之下，挣扎中的野兽被迫张开了洞穴般的大口。果恩正两脚分开，骑在熊的肩膀上，他拿准时机，迅速拿出刚才抢到的木段，将较粗的一端对准那如盆的大口，一下塞了进去。勃劳德马上用力敲击木段，使木段紧紧楔在了熊的两颚之间。这样一来，洞熊的呼吸就受到了阻碍，就无法用它的巨大牙齿将他们撕碎。

但这一战术并没有完全解除洞熊的威胁。被彻底激怒的巨熊又一次发狂,胡乱挥舞前爪想扯下挂在它身上的生物。锐利的爪一下刺进了骑在它肩上的那名男子的大腿。愤怒之下,它一把将那名尖声叫喊的年轻猎人扯了下来。这只力大无穷的洞熊没有同情惨叫着的果恩。它用两只强有力的前肢用力一掰,折断了果恩的脊骨,也结束了他的惨叫。旁观的人群看到洞熊把这个勇敢的年轻男子的尸体抛在地上,顿时乱作一团,一个妇女甚至发出了尖利的号哭。

巨熊没有善罢甘休。它冲入一小队挥动梭镖的猎人中间,马上被猎人们团团围住。这头发怒的野兽用它强有力的前腿一扫,就轻松击倒了三个人。它一下抓住冲上来的第四个人,发疯似的用两爪撕扯他的身体。那个人大腿上的肌肉被彻底剥离,露出白森森的骨头。巨大的痛苦令那人还来不及叫喊就立即休克过去。其余猎人见状纷纷拥了上去。只有越靠近野兽,投中梭镖的概率才越大。

爱拉已经被巨大的恐惧笼罩,只能紧紧地抱住杜尔克。当她看到大熊正朝她这个方向走来时,甚至被吓得怔在原地。但是当一个猎人受伤倒下,血洒在了地上时,她回过神来,立刻决定要做些什么。她把杜尔克塞到尤芭手里,决然地冲进了混战的场面。只见她拼命挤进密集布阵的猎人中间,把受伤的猎人半拖半背地从众人脚底撤出来。她先用一只手用力压住伤员的腹股沟,然后用牙齿咬住她披身上的皮带,用另一只手撕扯下细细的一条。

这条细皮带被她用作止血带固定在了伤口上后,她便用自己背负杜尔克的斗篷将伤者身上的血擦拭干净。这时,另有两名其他家族的女巫医也自发前来听她指挥。虽然她们害怕接近这危险的战斗场面,但终于还是决定过来帮助她。她们三人一齐将伤员抬进山洞。在她们奋不顾身地努力抢救那人的生命时,她们没有注意到,巨熊已经死在了家族猎人们的枪林之下。

在洞熊倒下之际,果恩的配偶推开那些企图安慰她而挡住她的手臂,径直奔向躺在地上的果恩。果恩手脚摊开,仰天朝上,早已没有了呼吸。她先是投向他,把她的脸紧贴在他长有毛发的胸口,然后跪在他面前,发狂地恳求他醒过来。她的母亲和诺格的配偶走到她身边,想试图把她拉开。莫格乌们也向她走过来了。其中那位最神圣的大巫师在她面前停下,俯身向前,轻轻拨过她的头,看着她的眼睛。

"无需为他感到悲哀。"大莫格乌做着手势。他眼窝深陷,褐色的眼睛饱含温柔和同情,"果恩已经得到了最大的荣耀。他是被乌萨斯选中的那个人。他会陪同乌萨斯一起去到神鬼世界。在那里,他会帮助乌萨斯为我们游说。你要知道,伟大的洞熊之神只选择那些最优秀和最勇敢的猎人一同旅行。即将举行的乌萨斯的宴会也将是果恩的宴会。他的勇气已经赢得了人们的景仰。他的故事会永载史册,也会被写进传说,在每届家族大会上都会被歌颂。乌萨斯要走了,果恩的灵魂也会一起离开。他会等你日后与他在那个世界会合,重新生活在一起,前提是你必须像他一样勇敢。你应该把悲哀放在一边,和你的配偶分享他去往另一个世界的快乐。今晚,莫格乌们将颁给他特殊的荣誉,好让每个人都能学到他的勇敢,为家族造福。”

在众人关切的注视下,这位年轻的妇女忍住了心中的悲愤,努力做到像这位圣人所说的那样勇敢。她不愿使她配偶的灵魂蒙羞。在她看来,这个曾经人人畏惧的独眼大巫师虽然身体依旧倾斜变形,但看起来似乎也不再那么可怕。她感激地看了一眼大巫师后,僵硬地站了起来,走回到她自己的位置上。是的,她必须勇敢起来。大莫格乌说,果恩会等着她。而且将来有一天,他们会在另一个世界重又婚配。她牢牢记住了大巫师的允诺,决定努力忘记寂寞和孤单,度过没有果恩陪伴的余生。

在果恩的配偶回到她的位置上后,各家族的首领和各位二把手的配偶都熟练地开始为洞熊剥皮。洞熊的血已经被收集起来,盛在了几个碗内,在莫格乌们做过了祈祷的手势后,由助手协助在场众人,一人喝一口。男人、妇女和儿童都迫不及待地尝了一下尚还温热的血。母亲们也都想方设法使婴儿张开嘴。她们蘸上一指鲜血,涂在婴儿的舌头上,让婴儿也得以分享乌萨斯的生命之泉。爱拉和两个女巫医也被从山洞里叫了出来,分享她们应得的一份。受伤的猎人失血很多。作为补偿,他例外地咽下了一大口熊血。在场每个人都喝下了洞熊的血。从此,他们和乌萨斯血液相通,更加紧密地被凝聚在了一起。

妇女们手脚麻利地工作,其余人就在旁观看。这头洞熊在生前被人们有意喂肥,因此皮下脂肪十分厚实。妇女们仔细刮下油脂,熬煮出有魔力的熊脂,分发给各个家族的莫格乌。洞熊的头没有被割下,仍与熊皮相连。巫师的助手将洞熊的头颅连皮挂在山洞前的柱子上,使它背对山洞,从而无法用眼目睹庆典活动。熊肉被切成大块,放到了石砌的坑内,将被火烹煮一整天。洞熊之神将作为荣誉贵宾,参加为它举办的宴会。当熊皮被妥善挂好后,莫格乌们便把果恩的尸体抬进位于山洞深处的内室,过程严肃崇敬。在莫格乌们离开场地后,布仑做了一个手势,人们便纷纷散去了。洞熊之神已经上路,盛大而庄重的庆典也已准备就绪。

24

“她是怎么做到的?在场的其他人没有一个敢接近他把他拖出来,但她却面无惧色地做到了。”来自那个受伤猎人家族的莫格乌说,“看上去她早知道乌萨斯不会伤害她，正像她第一天到这里时就敢伸手喂它食物一样。我想大莫格乌的话是对的，乌萨斯早已接受了她，她已经是家族妇女了。我们家族的女巫医说，是爱拉救了受伤猎人的生命。她不仅受过良好训练，而且有救人的本能，好像生来就有的一样。我现在相信她是来自伊扎的女巫医家系了。”

莫格乌们正聚在山洞内的一个小室里讨论。小室的四周点了许多盏石灯，呈圆形摆放，驱除洞内一片漆黑。灯的底座是石做的浅盘，滴有熊脂，再放上干燥的苔藓作为灯芯。微弱的火焰经过岩壁上岩石晶体的反射，使洞顶悬挂下来的湿漉漉的钟乳石若隐若现。这些钟乳石就像永不融化的冰柱，企盼着与地面冒出的同胞——石笋——相接。有些石钟乳已经做到与地面融为一体了。富含钙质的水一滴一滴地落下，不知经过了多少春秋寒暑，才终于在地面和洞顶间铸成一根华贵的石柱，中间细，两头粗。有一根石钟乳可能因为太过急切，竟与相对生长的石笋错过了，就是那么一根发丝的偏差——不知道还要熬过多少岁月，才能使它们最终触碰。

“她在第一天就表现出的对乌萨斯的无畏，就已经使每个人都吃了一惊。”另一个巫师说，“不过，就算现在同意让她制作根剂，会不会已经来不及了呢？”

大莫格乌说：“如果我们抓紧时间下决定，时间还是足够的。”

“她出生于外族，怎么能成为本家族的妇女呢？”那个吹奏长笛的莫格乌还是提出了反对意见，“外族就是外族，她永远不可能成为本家族的人。你说她来到你的家族时早就带有本家族的图腾标记，但那不是妇女的图腾标记。你怎么能肯定这是本家族的标记呢？本家族的妇女不可能拥有穴狮图腾。”

“首先，我从来没有说过她生来就会成为女巫医。”大莫格乌理直气壮，面不改色，“你不是说，穴狮不会选中妇女，作为妇女的图腾吗?这是不对的。穴狮可以选中任何人，包括任何男子或妇女，只要它有这个意愿。她在被我们发现时已奄奄一息；但伊扎把她救活了。你想想，一个小女孩如果没有图腾之神的保护，能从一头穴狮口中逃脱生还吗？它在她身上做了标记，这是毋庸置疑的。也没人可以否定，留在她腿上的正是本家族的图腾标记。事实清楚地摆在那里，我真不明白为什么你们还不认可她是家族妇女。我现在还做不到每件事都与神明心意相通，有时依靠乌萨斯的帮助，我能解释神的所为，有时也不能。虽然如此，你们中间难道有谁在这方面比我更高明吗？我只说过，她知道特殊根剂的秘方；在她的红色口袋里，装的就是伊扎亲授给她的神秘草根。如果她不是伊扎的女儿，伊扎是决不会告诉她的。我们绝对不可以放弃这次宗教仪式。我的立场已经表明。你们最好尽快作出决定。”

诺格家族的莫格乌打着手语说:“你曾说过,你们的家族认为她是个幸运的妇女。是这样吗?”

大莫格乌说:“她自身的运气并不能说总是非常好,但看上去她的确给家族带来好运。我们家族自从发现她以后,一直运气很好。不过,德路盖说过,她本人有点像她的图腾标记,有些异乎寻常的地方。当她按自己的方式行事时,有时也会令我们不习惯。但无可否认,她是幸运的。”

“这我们也相信。一个外族妇女竟然成了本家族的妇女,这本身就是一件不寻常的事。”一个莫格乌评论说。

“她今天不也为我们带来了幸运吗?我们的年轻猎人被她救活了。”伤者家族所在的莫格乌感激地说,“我完全同意大莫格乌的看法,如果错过了伊扎家系祖传的根剂,简直是耻辱。”其他几个莫格乌听了也频频点头表示同意。

“你的意见呢?”大莫格乌向排名第二的莫格乌做着手语,“你是不是还坚持认为让爱拉制作根剂会令乌萨斯不悦?”

所有目光都转向了这个莫格乌。如果这位地位显赫的巫师仍坚决反对,凭他的影响力,足以鼓动其他莫格乌一起抵制这件事。如果最后只有他一个人拒绝参加,那么这件事也无法进行,即便其余人都同意。讨论必须要全体得到一致同意,一点点的分歧都是不可以的。只见这位莫格乌垂下眼睛,静静思考了一番后抬头发言。

“乌萨斯也许会不高兴,又也许不会。我还是没有被彻底说服。关于她的有些事情确实令我心烦。的确,没有人会同意取消这次宗教仪式,而且目前看来她是唯一能提供特殊根剂的人。其实在我看来,我更信任伊扎的亲生女儿,但她太过年幼了。现在,如果其他人都同意的话,我将收回我的反对意见。虽然我个人并不喜欢她,但我不会因为这个而妨碍她。”

大莫格乌又朝每个人看了看,见到大家都点头同意,才终于长长地嘘出一口气。他感到自己一下力量倍增。他站了起来,一瘸一拐地迅速离开小室。小室有一个开口,通向其他的小室,这些通道会慢慢变狭,最后会出现一条由石灯照明的幽暗通道。在快要接近各家族的居室时,才改用间隔较短的火炬照明。

爱拉坐在洞口处,守在受伤的年轻人身旁。她把杜尔克抱在怀里,尤芭则坐在另一边。年轻男人的配偶也陪在一旁。她久久地看着自己配偶沉睡的脸,时不时地对爱拉报以感激的目光。

“爱拉,快,马上准备根剂。时间已经不多了,”大莫格乌从通道走出来,急切地做着手势,“你必须加快速度,但不能有任何疏忽。你准备就绪后,就来找我。尤芭,你把杜尔克抱给奥茄喂奶,爱拉现在没有时间。”

爱拉和尤芭都盯着这位大巫师。这个决定来得太突然了,她们都需要一点时间反应一下。片刻后,爱拉接受地点了点头。她迅速跑向第二个洞室的火塘,取出一块干净的披身。这边,大莫格乌又看向了坐在地上的那位年轻妇女。她是年轻男子的配偶,正担忧地注视着处于昏睡中的年轻猎人。

“大莫格乌需要知道年轻男子的伤势如何。”

“艾格哈说:他能活下去,日后也还能走路。但他的腿不可能恢复到和过去一样了。”这位妇女用的是一种不同的方言,手势也和爱拉他们的很不一样。每次和她交谈,爱拉和尤芭都得费很大劲才能弄懂她的意思,使用定式手势时则除外。但是,大巫师对于其他家族的通用方言有较多机会接触,所以他理解起来并不感到十分困难。虽然如此,在他应答时,他还是改用定式语言,好让妇女明确他的意思。

“大莫格乌要知道这位男子的图腾。”

“阿尔卑斯大羚羊。”她做着手势。

“这个男子一定像高山野羊那样脚步轻盈吧?”他问。

“是,这个男子一直如此,”她说,“但是,他今天却并不很灵活。现在我真不知道他将来要干些什么才好。万一他不会走路,该怎么办?他怎么去打猎,怎么供养我呢?一个男子如不能打猎,还有什么事可做呢?”那个年轻妇女神情紧张,已经接近歇斯底里,不知不觉又开始用她自己家族的通用方言打手势。

“这个年轻男子被救活了。那难道不是最重要吗?”大莫格乌说,想使她平静下来。

“但是他很自负。如果他知道自己将不能打猎,肯定宁愿自己去死。他是一名好猎手,本来很有希望当上家族首领的二把手。但现在已经不可能了。没有了猎人的地位,他以后该怎么办呢?”她一脸哀怨地诉苦。

“女人!”大莫格乌突然板起面孔训斥了一句,接着说,“凡被乌萨斯选中的男子都是不会丧失地位的。他早已证明了自己是男子汉;他差一点就要跟着乌萨斯到另一个世界去了——乌萨斯选择同性伴侣的要求可非常高。伟大的洞熊之神既然决定让他留下来,那就必然会在他身上留下标记。这个男子已经获得了这样的荣誉——他可以要求乌萨斯成为他的图腾;他的伤疤就是他新图腾的标记。他可以向众人展示自己的伤疤,他应该以此为荣。他将一直有能力供养你。大莫格乌将对你们的首领说:你的配偶有权从每次的猎物中分得一份。而且如果他还能行走,很有可能可以继续参加打猎。他或许不能再像阿尔卑斯大羚羊那样敏捷,在行走时可能会更像一头熊,但这并不说明他不能再参加狩猎。女人,你应为他感到骄傲,为你的配偶被乌萨斯选中而感到骄傲！”

“他被乌萨斯选中？”妇女目光充满敬畏，觉得有些难以置信，又重复了一句，“洞熊是他的图腾？”

“阿尔卑斯大羚羊也还是他的图腾。他可同时兼有两个图腾。”大莫格乌说。他注意到妇女披身的下腹有膨起。他想，怪不得她如此心烦意乱，“这个女人有没有孩子？”

“目前还没有，但是一个新生命马上要到来。我希望是个男孩。”

“你是一个很好的妇女，是一个好配偶。你就守在他的旁边，等他醒来后，你告诉他，大莫格乌是怎么说的。”

年轻妇女点点头。她的余光瞅见爱拉正匆忙从自己身边跑过。

山洞的附近有一条小河。春天里，河水湍急翻滚，咆哮而下。秋天虽然水流略缓，但也足以掏空巨树根部的泥土，将山岩表面的大石块卷到山下。即使在河流较为平静的日子里，也有大量冷冽的涧水从山顶冰冠融化而下，泛着白沫流向谷底几倍宽的大河。大河的河床是冲积土壤，夹杂着许多从山上滚落下来的石子。爱拉和尤芭在初到这里的几天就已对山洞附近作过考察，特地寻觅了可用于洗涤的植物。如果她们中有一人要应召参加宗教仪式，那个人就要临时清洗身体。

爱拉紧张地掘取了皂根、马尾蕨和红根猪草，然后匆匆跑回火堆，焦急等候火堆上的水烧沸，好从蕨草中淬取消毒的成分。这时，她被允许制作仪式专用饮料的消息已经迅速传遍了全家族。由于所有莫格乌都接受她为家族妇女，大家便开始改变对这个生于外族的妇女的看法，她的身价也成倍地提升。而且，作为伊扎的女儿，她被一下子公认为全家族地位最高的女巫医。佐格亲戚所属家族的首领原先对她反感强烈，但现在的态度却变为“可以重新考虑”。佐格总算看到了点希望——可能真的会有某个男子愿意娶她吧，就算是作为第二配偶也好。因为把她娶来，让家族里多这样一个人，多少还能发挥点价值。

不过爱拉这时正心烦意乱，根本没有心思去注意大家对她的评论。她焦急万分，甚至有点恐慌。我真怕把这件事搞砸了。她在心底这样说。甚至当她一路奔向小河边时，也没有停止担心。时间可能不够了。而且在配制过程中，万一我遗漏了一个步骤该怎么办？如果我搞错了配方呢？到时，我可能会令克莱伯丢脸，令布仑丢脸，甚至令整个家族蒙羞。

河水由冰川融雪汇集而成。她脱去身上一切负赘，赤身裸体地进入水中，任冰冷刺骨的河水冲洗她的身体。她心急火燎的神经终于暂时安定下来。洗净身子后，她坐在岩石上，用手指梳理缠结着的金色长发，让它被轻风吹干。视线的远方，山顶在夕阳照耀下闪烁着血红的光彩，然后渐渐加深，转为浓重的蓝紫色。面对大自然的美景，她感到心里稍稍宽慰了些。头发还有些潮湿，但她决定返回山洞。她把护身符重新挂回脖子，换上了干净的披身，再把石器工具塞进披身的褶裥里，然后捡起换下的披身，跑回山洞。当她经过尤芭身旁时，尤芭正抱着杜尔克。爱拉匆匆向尤芭点了个头，感谢她的帮忙。

妇女们正紧张地做着筹备工作。她们不需要那些根本不听话的孩子来帮忙。刚才，宗教形式杀死洞熊的场面激起了孩子们的斗志，但这种斗志目前一无用处。孩子们反而因为精神过度亢奋而引起了腹中的饥饿感。正在烹烧的食物香味更激起了他们的食欲，使他们烦躁不安，而他们的母亲们正全神贯注地工作，根本无暇顾及他们。他们便大胆放纵自己，干着家族规矩不允许孩子们干的勾当。几个男孩走到熊笼里，拾取割断的皮带绑在自己手臂上耀武扬威。另外一些男孩行动慢了一些，便寻思着怎么把那些皮带夺过来。他们围着烹制食物的火堆互相追逐，玩腻了，就去挑衅女孩们。他们滑稽地模仿女孩们照顾正在啼哭的同胞妹妹，直到女孩们被激怒，满场追着他们跑，或是到她们的母亲那里去告状。场地上乱哄哄的，毫无秩序可言。虽然有几个妇女的配偶偶尔也会走过来，严厉地责备几句那些个调皮的孩子，但是要使这批异常任性的顽童安静下来，几句训斥根本起不了什么作用。

其实不仅孩子们肚子饿了，成人们也被准备好的大量食物勾得食欲大增。即将举行的盛大宴会和晚间的宗教庆典，更激起了他们狂热的兴奋。为宴会准备的食物实在是丰富多样：用皮罐盛有野薯、富含淀粉的白色根茎和类似土豆的茎块，加入水，用树枝架在火堆上方加热煮沸；野芦笋、百合根、野洋葱、豆荚、小南瓜和蘑菇经过精细处理和加工，以不同比例加以烹煮，就是很多道美食；用来生食的新鲜野莴苣、牛蒡、苋菜和蒲公英叶洗净后被堆成小山，享用时还可拌上热熊脂、调味料和少许盐。

一个家族的特色菜肴是用洋葱、蘑菇和紫云英的圆形青豆荚作为主料，再佐以几味香草，用秘方烹煮而成，最后还要加上干燥的驯鹿苔使汤汁稠厚。还有一个家族带来了大量品种独特的松果。这种松果只在该家族居住的山洞附近才能发现。经过火烤，里面的松子是非常美味的小吃。

诺格的家族从下面山坡的树林里采了许多栗子，烤熟了供大家在宴会上食用；他们还准备了果酱。那是用裂开的山毛榉坚果、经过烘烤的谷物、小而硬的酸味苹果片和水一起长时间慢火熬制而成，坚果和果味芬芳扑鼻。在山洞附近很大一片区域里，所有乌饭树上的紫黑浆果、高大灌木丛里的蔓越橘，以及较低海拔处生长的覆盆子和野生高山黑莓都被采光了。

布仑家族的妇女们花了几天的工夫才将她们带来的干橡果压碎并碾

磨成粉。之后,她们在河边的沙滩上挖了许多小孔,把这些粉末放进孔里,再将大量的水灌入。等苦味被漂去后,她们将面糊揉成团,烤成扁饼,浸泡在槭糖浆水里。最后将吸透了糖汁的饼放在太阳下晒干。诺格的家族在今年的早春也从槭树上采集了树液,也花费了很多时日才将水样的树液煮沸浓缩成浆。所以当他们看到布仑家族也用熟悉的桦树皮容器盛装槭糖和糖浆时,觉得很是有趣。在诺格家族的妇女看来,布仑家族的橡饼带有黏稠的糖液,是很有新意的待客食物,她们决心也要学习制作。

尤芭一面帮助妇女们,一面照顾杜尔克。看到数不胜数的繁多食物,她忍不住在心里嘀咕:这么多的东西,他们怎么能吃完呢?

炊烟袅袅直上,最后轻轻消失在天地间。这是个无风的夜晚。苍穹凝固成黑色,满满点缀着闪烁的星星。空气中弥漫着纱般的薄雾,一切都蒙上了面纱。新月放出的光芒太过细微,使人几乎感觉不到它的存在。月亮背朝着它围绕的行星,将照在自己身上的日光反抛向寒冷的宇宙深处。火堆的火光照亮了洞口附近,与周围黑黝黝的森林形成新明的对比。食物已从旺火中取出,放在火堆附近保温。大部分妇女已进入洞内。她们更换了新的披身,以便等下出席庆典。

妇女们即使都十分疲乏,但仍一脸兴奋,不愿在山洞里多待。山洞前的空地上已挤满了熙熙攘攘的人群,大家都在期待即将召开的宴会和祭祀仪式。当十个莫格乌和他们的十个助手从洞口鱼贯而出时,人群顿时鸦雀无声,但接着便是混乱——各人都急于找到自己的位置。在这群面容肃穆的圣人面前,其余的人看上去实在太过粗野了。其实,众人观看仪式的位置并不一定要符合各人在家族中的地位。有秩序的地位高低在这时已经显得不重要了,只不过是有些人可以站的靠前一些,以及最好与旁人保持一定的相对距离。人们常常在仪式前的最后一分钟还会移动位置,好在允许的范围内占据最佳的观赏点。

仪式终于在一派庄严的气氛下开始。原先一片漆黑的山洞前正熊熊燃烧着一个巨大的火堆,里面用于烹肉的石块已被移去。此刻,只有第一家族和主人家族的首领配偶有权指挥。她们吩咐几个妇女从火坑里叉出大块鲜嫩喷香的兽肉。布仑看到自己的配偶爱菠拉镇定自若地指挥,不觉有些心潮澎湃。他很满意自己的配偶。

各个家族的莫格乌已经一致决定接受爱拉,使一直悬而未决的问题尘埃落定。布仑和他的家族再次排名第一,地位比以往任何时候都更加稳固。现在已经不像他们初次来到这里时那样,那个身材高大、皮肤白皙的妇女爱拉已被承认是家族妇女,而且是来自声望显赫的伊扎家系的女巫医。布仑没有动摇自己对爱拉身份地位的观点,现在证明他是正确的。他始终认为,那是乌萨斯的旨意。如果他当时有一点点动摇,即使是很短的一瞬间,极可能使他彻底失去声望,绝不可能获得如此美满的成功。

大块的熊肉被妇女用树枝叉出,坑里顿时升出一阵热气。肉香味向四周弥漫,使在场的人们早已空空的腹部咕噜作响。爱菠拉做出手势,几个妇女便把肉盛进木制和骨制的大浅盘里,再把她们耗费诸多精力准备好的其他食物填满一个个空碗。勃劳德和伏奥德用手捧着装熊肉的大浅盘,跨前几步,站到大莫格乌面前。

大莫格乌用手势念出祷告词:

"在这次盛大的乌萨斯宴会上,我们同时也要祝贺果恩。他已被伟大的洞熊之神所选中,正准备陪伴洞熊之神去往另一个世界。生前,他是诺格家族的猎人。我们让乌萨斯知道,它的子民没有忘记它的教导。它发现果恩是出色的,而且是最佳的同行者。勃劳德和伏奥德也称赞果恩的勇敢、力量和忍耐。果恩,你是幸运的,你被选中向伟大的神明展示家族猎人们的勇敢。乌萨斯用伟大的神力考验了你——你经受住了考验,它很满意,所以你才能获此殊荣,得以陪同它和它的家族一起享受这最后一次盛宴。之后,你就将陪它回到神鬼世界中去。在此,我们祈求乌萨斯之神在那个世界还能永远保护我们。"

然后,那两个年轻人手捧盛满了肉的浅盘,继续向前走去,站到妇女们面前。妇女们都站立着,身旁放着装满了各种食物的浅盘。这些食物是除了熊肉外,在宴会开始后就能供所有人自由享用的。野生的洞熊偶尔也会用其他动物的肉填饱肚子,但是这头被监禁的洞熊从未被喂过肉食,所以是可靠的素食动物。它的肉是宴会的最佳菜肴。现在,两个年轻男子各把一盘熊肉作为祭品,放在张挂着熊皮的柱子前面。

大莫格乌继续祷告:"家族人已经喝了它的血,现在要吃它的肉。从此,家族里每个人就都能被乌萨斯的精灵保护。"

祭祀仪式到此结束,宴会正式开始。勃劳德和伏奥德首先接受分发的熊肉。当他们在自己的盘里堆上其他食物后,其余人才开始接受熊肉,然后各自装盘。所有人都坐定下来,享受这份美餐,愉快的叹息和鼻息声不绝于耳。这头人工喂养的素食洞熊肉质上乘,不仅口感鲜嫩,而且肥厚多汁。除了熊肉,妇女们精心准备的蔬菜、水果和谷物量大如山,足够大家大快朵颐。过度的饥饿令所有人食欲大增,每种食物吃起来都比平时更加鲜美可口。没有人感到失望——这场盼望已久的盛宴果然名副其实。

爱菠拉对身边的爱拉说:"你怎么不吃?熊肉可不是常有的美味,今晚一定会被吃完的。"

爱拉说:"我知道。但是我现在一点胃口也没有。"

“爱拉太紧张啦。”尤芭一边往已经鼓囊了的嘴里塞肉，一边做着手势，“我太高兴了，他们没有选中我来配制饮料。现在这样多好，我什么也不用担心，只管安心地大吃特吃就好。”

爱菠拉说：“爱拉，你一定得吃点熊肉。你有没有给杜尔克留点熊肉汤？他必须喝一点才行，这样才能使他成为家族的一员。”

爱拉说：“我给他喂了一点，他就不想喝了。奥茄刚给他喂过奶。奥茄，格雷夫现在还饿吗？我的乳房胀满了，有点胀痛。”

奥茄说：“我刚才已经喂了他们俩。我本想等你来喂的，但他们都哭着喊饿。要不你把奶留到明天再喂吧。”

爱拉说：“等到明天，我的奶水可能足够喂饱四个婴儿了。算了，暂且不管了。两个孩子已经困了，今晚应该都不会喊饿。我已准备好了一碗曼陀罗汤，过会儿要是他们饿了吵着要吃奶时，就先喂给他们曼陀罗汤，他们很快就会睡着的。尤芭会告诉你该喂多少量。等我们吃完，我就要去见克莱伯，在宗教庆典完毕前我可能都不能回来。”

爱菠拉又对爱拉打手势说：“不要去得太久了。等男子们进入山洞后，我们的舞蹈也很快就要开始。有几个家族的女巫医都有非常好的韵律感。妇女舞蹈可是家族大会的特别节目，我们必须重视。”

爱拉说：“可我到现在都没学好。伊扎只教过我一点。虽然这次诺格家族的女巫医也示范给我看了，但是我一直没有时间好好练习。”

奥芙拉做着手势说：“你当上女巫医的时间还不太长，伊扎花费了较多时间传授你治疗魔法，学习舞蹈旋律的时间自然也就不多了。其实舞蹈旋律也具有魔法。女巫医就是要懂得这么多才行。”

爱菠拉说：“我真希望伊扎这次和我们一起来。爱拉，我很高兴他们终于接受了你，但我还是怀念伊扎。伊扎没有和我们在一起，我总是有点不习惯。”

爱拉说：“我也希望她和我们一起来。我实在不愿将她留下，可她不愿让人知道她的病情。实际上，她的病比你们知道的要重得多。我希望她能多晒阳光，好好休息。”

爱菠拉说：“只要时间到了，她就会去往那个世界。凡是神召唤的人，谁也留不住。”

虽然今夜很温暖，但爱拉忽然感到身上一阵发冷。她察觉到有不祥的凶兆正掠过她的脑际——像寒风铺天盖地袭来，宣告暑热的结束。这时，大莫格乌向她做出信号，她便速速起身。在她走进山洞时，她依旧不能摆脱脑海里那不好的预感。

在爱拉的毛皮睡榻上，放着一只木碗。那是伊扎的碗。这只碗呈现白色的纹理,因经年累月的使用散发出光泽,是伊扎的祖先们代代相传,一直传到伊扎这里。爱拉回到火塘内,先从医药袋里拿出一个染成红色的小袋,把袋内装的草药一股脑都倒了出来。在火炬的光照下,她检查了下那些草药的根。虽然伊扎曾多次向她讲解如何正确估算用量,但爱拉仍没有十足的把握,十个莫格乌究竟需要配多少量。麻醉根剂的药效不仅与用量有关,草根的粗细以及生长年限也大有关联。

她从来没有亲眼见过伊扎配制。伊扎数次告诫她:这种根剂历史悠久,圣洁至极,不允许人轻易操作实践。女巫医的女儿们如果想了解个中奥秘,必须通过亲身观察,再经母亲重复的讲解,而且需要动用她们生来就遗传有的知识记忆。但爱拉不是生于这个家族,根本不具备这些条件。出于无奈,她捡起几枝,犹豫了一会儿后又多添了一枝,想确保魔法能发挥作用。她拿起草根和木碗走向靠近洞口的一处地方。那里有新鲜的泉水供应。克莱伯嘱咐她在那里等候,观看仪式的开始。

先是一阵木鼓的敲击声,接着传来了梭镖柄撞击地面的咚咚声,随后空心长管发出的不连贯的呜呜声也加入进来。巫师助手们随各家族的男子们走了过来。他们的步伐迎合着撞击声的节奏,手里都拿着盛有曼陀罗汁的碗。妇女们则依旧站在四周,还没轮到她们出场。爱拉焦虑不安地站在那里,披身松松垮垮地系着。男子们开始随着节拍跳舞,舞步越来越疯狂。她不知道自己还要等多久。

忽然,有人用手指叩击她的肩膀,把她吓了一跳——她根本没有注意到莫格乌们已经从山洞深处走向洞口——当她认出那人是克莱伯后,她才定了定神。巫师们静悄悄地从山洞口鱼贯而出,在悬挂的洞熊皮周围排列站好。大莫格乌站在他们前面,与张着大嘴、直立悬挂的洞熊皮面面相觑。爱拉的位置很好,使她可以很清晰地看到这一切。一瞬间,她甚至产生了幻觉,似乎洞熊正张牙舞爪地准备袭击那个瘸腿的男人。等她回过神来,大莫格乌面前那高塔般的巨兽依然还是一动不动地悬在半空,仅仅作为一种力量的象征和凶恶的假象。

她看见威严的大巫师向敲打木制乐器的助手们发出了信号。于是乐器便一齐在敲奏出下一个重音后戛然停止。在场的男子们都惊讶地抬起头来。他们明明好像看到了莫格乌们,但一眨眼,却什么也没有了,一个个都目瞪口呆。莫格乌们看似突然的现身已经是男人们的幻觉在起作用了,这一切都被守在一旁的爱拉看在了眼里。

大莫格乌静静地等。他在等待悬念的建立,好让每个人的注意力都被吸引到巨大的洞熊这里。现在,这个伟岸的洞熊形象已被庆典的火堆照亮,并由这位圣人在旁护卫。他给出了一个几乎难以察觉的信号,视线随之朝着另一个方向。那正是爱拉藏身的等候地点。爱拉心领神会,先将披身轻轻脱去,再往木碗内盛上水。她把草根攥在手里,深深地吸了一口气后,便从洞口走出,朝这位独眼的男子走去。

爱拉走进了被围绕的火炬照亮的圈子。在场的家族成员都不禁倒吸了一口凉气。平时,爱拉都裹着披身,并用一根长长腰带束在腰际。披身宽松的褶裥和口袋掩盖了她真实的体态,使她看上去和其他女性没有多大区别。但当具有伪装效果的披身被褪去后,她的身体顿时在众人面前显露无遗。他们从没见过家族里有哪个妇女是这样的体型。家族里不论男女,身体几乎都是圆桶形的,爱拉相比下实在是太苗条了。从侧面看,她身材颀长,胸前是两个隆起的充满乳汁的乳房,腰部向内凹陷,臀部则丰满圆润。她的腿和手臂都是长且直的。虽然她裸露的身体已被画上了红色和黑色的圆圈以及线条,但完全遮盖不了她的真实样貌。

她的脸没有家族特有的突出下颚。鼻子很小,前额却高高凸起,使她的脸看起来比众人印象中的还要更扁。她那头浓密的金发像大大的波浪从脸旁垂下,一直披散到背的中部,在火炬的光照下折射出微光。这圈光亮包裹着这个看上去丑陋的、具有外族血统的年轻妇女,好像给她戴上了一顶独特的华冠。

但更使人吃惊的还是她的身高。以往,她总是匆忙弯身经过男子,或是蹲坐在男子脚边,人们并未太注意她的身高。但现在,她直直地站在巫师们面前,再也无法掩饰她的真实高度。她微微低头,就可以看到大莫格乌的头顶。爱拉的身高已远远超过了家族里最高的男子。

大莫格乌做了一系列定式的手势,祈求浮游在人们附近的神灵提供庇护。随后,爱拉把手里一直握着的那束坚韧的草根放进口里。对她来说,要按一定的步骤把这些干草根嚼碎是相当困难的。她并非像家族人那样,生来就有巨大的牙齿和粗壮有力的下颚。伊扎还再三告诫她,在咀嚼时产生的汁液一滴也不许咽下肚去。但她没法做到这一点。因为不知道需要多少时间才能把草根软化嚼碎,她只能不停咀嚼。终于,她把草根嚼烂成浆了。当她把口中的浆汁尽数吐出时,只感到一阵阵头晕。浆汁都被她吐在了那只古老神圣的木碗里。木碗里事先已盛了水,她用手指将碗里的液体搅拌成白色,然后递给了古夫。

当她在咀嚼草根时,每个巫师的助手就等在一旁。他们手里都拿着一只碗,里面盛有经过长时间浸泡的曼陀罗浸汁。古夫从爱拉手里接过装有白色液体的碗,转身交给了大莫格乌,然后再端起他自己那只装有曼陀罗茶的碗,交给爱拉。与此同时,每个家族的巫师助手也纷纷把各自的曼陀罗茶交给了自己家族的女巫医。这种交换代表了友好和重视。这时,大莫格乌拿起木碗，饮了一口碗里的汁液。

“药力很强。”这位圣人用有所戒备的手势提醒古夫，“减少每人的用量。”古夫点点头，便端着碗朝第二名莫格乌走去。

爱拉和其他的女巫医们各把一碗曼陀罗茶端向等候着的妇女们和年龄较大的女孩。每人都在女巫医的协助下喝了一小口曼陀罗茶。当爱拉把最后剩下的一点药液一口喝尽时，突然有了一种异样的感觉，好像身体的一部分已经分离出来，正在另一处地方注视着自己。几个年纪较大的女巫医拿起木鼓，开始敲奏妇女舞蹈的旋律。爱拉呆呆地望着鼓槌移动，觉得有些神魂颠倒。木鼓每敲一下，就发出一声清脆响亮的鼓声。诺格家族的女巫医适时递过爱拉一只碗形的鼓。爱拉晕乎乎地接过，耳朵听着旋律，开始轻轻敲击起来。

时间对她已经失去意义了。爱拉浑浑噩噩，不知道究竟过了多久。等她抬头一看，男子们早已走光，而妇女们还在放荡不羁地跳着回旋的舞蹈。她只觉得身体里有强烈的渴望，想要一起舞动，手里一松，鼓落在了地上。她看到鼓滚了几下，又转了几圈，才停落下来。她的注意力被鼓的碗形吸引，不由想起了伊扎的木碗。那是件极为珍贵的古董，是伊扎亲自交给她保管的。她回忆起自己将手指浸入白色的液体里，一次一次沿碗边搅拌。伊扎的碗到哪儿去了？她怎么想也想不起来。它丢了吗？她细想着那只木碗，担忧起它的下落。

她的眼前又出现了伊扎的形象，顿时使她热泪盈眶。伊扎的木碗啊！我弄丢了伊扎的木碗。那是她的美丽而古老的木碗，是她的母亲给她的。再往上追溯，她母亲的母亲，还有她母亲的母亲的母亲，都用过那只碗。她看到伊扎的后面又出现了一个伊扎，再后面又有一个——她的眼前重叠着无数个伊扎；她们都是来自伊扎家系的女巫医，一直延伸到了朦胧的远古时期。每人的手里都拿着同一只年代久远、被磨得发白了的木碗。渐渐地，这些女巫医的形象都消失了，只剩下了那只木碗。可忽然间，木碗从中间裂开，碎成了两半。不！不！她在心里大喊，激动得快要发狂。伊扎的木碗！我必须把伊扎的木碗找回来！

她跌跌撞撞地从妇女们中走开，深一脚浅一脚地向山洞走去。不知拖了多久，她才勉强通过一大堆骨盘和木碗——上面还留有宴席的残羹。她要去寻找那只珍贵的木碗。不知不觉，她走到了山洞口。看到洞里闪出了暗淡的火炬光亮，她有些迟疑，还是接着往前走。忽然，前面有什么东西挡住了她。是一头长着粗毛的野兽拦住了她的去路。她抬头一看，顿时被吓得魂飞魄散——面前是一头巨兽的脸。它张着血盆大口，正注视着她。爱拉后退几步，仓皇逃往正在召唤她的山洞。

等她跑进山洞入口，突然在她之前等候的地方发现了一个白色的物件。她跪在地上，定睛一看，正是伊扎的木碗。她欣喜地用两手捧起那只碗。木碗的底部还留有咀嚼软化后的草药渣，被浅浅的奶白色液体浸泡着。她想：他们没有将它喝完。一定是我配得太多了。对，一定是这样的。我该怎么办呢？总不能将它倒掉啊。伊扎说了，这是神圣的东西，绝不能倒掉。这就是为什么她不能单纯出于示范的目的制作给我看，因为那样意味着浪费。我没有掌握要领，配的药量太多，被人发现可怎么办呢？他们可能会怀疑我是冒牌的，不是真正来自伊扎家系的女巫医，甚至怀疑我不是本家族的妇女。他们如果要求我离开这里，我该怎么办呢？怎么办才好呢？

对了，我可以把它喝掉！对啊，这是个好办法。如果我把它喝光了，不就没人会知道了。爱拉主意已定，便将碗举到唇边，一口气把剩下的药汁咕嘟咕嘟全喝了下去。这种神秘的饮料药力本就强劲，又因为一直浸泡着草根，药性就更加猛烈了。爱拉意识模糊地往第二个洞室走去，想把木碗放在安全的地方，但还没等她到达自己栖身的火塘，药性已经开始在她脑中发作。

爱拉辨不清方向了。在她跨进火塘的界石时，根本没意识到木碗已掉落在地。在她的嘴里，她尝到了古代原始雨林的味道：那润湿的肥沃土壤、霉烂的木头、雨中高大的阔叶树还有大朵的肥厚蘑菇。她看见山洞的石壁一直向前延伸至极远、极远的地方，没有尽头。她感到自己像一只昆虫，在山洞的地上爬行。山洞内原本细小的物体此刻都变得异常清晰醒目。她的目光搜索着地上脚印的轮廓，观察那些细微至极的卵石和砂土。突然，她的眼角瞅见了一个正在移动的东西。那是一只蜘蛛，正沿着一根蛛丝向上爬。火炬的光照在蛛丝上，折射出鬼魅的光泽。

火炬跳动的火焰催眠了她。她注视着那仿佛在舞动的火舌，冒出的黑烟绕着圈直冲黑暗的洞顶。她失魂落魄地朝火炬走过去，然后又往下一支火炬走去。她总觉得火炬在召唤她，可每当她走近，就又觉得旁边那支火炬也在向她招手。一支接一支的火炬就这样将她引向了山洞深处。她哪里注意得到火炬的大火焰变成了石灯的小火焰，而且间隔的距离也在加大。一路上她迷迷糊糊的，不知道自己中途经过了一个大的内室。里面坐满了男人，正神志恍惚地入定沉思；也没有发觉在另一个较小的石室里，一个年龄较大的巫师助手正向那些处于青春期的男孩们传授成人男子的性经验。

她一心一意，好像在追逐着什么目标，径直走向一朵又一朵的小小的石灯。微弱的火光引导她通过狭窄的巷道，穿过一个较大的石室，然后又遭遇了狭窄的通道。走在不平的地面上，她心里有些迟疑，在一片昏暗中摸着潮湿的石壁继续前进。这时，她又转入了另一条通道。尽头是一团较大的淡红色发光物体。这条通道向前延伸，长度难以置信，好像永远也走不到头。

她感觉自己的灵魂又一次脱离了躯壳，此刻正在远远的高处看着自己蹒跚地沿一条昏暗的隧道摸索前进。她被什么东西牵引着继续向前，一直进入到了彻底的黑暗空间。发觉自己被无限的空虚包围时，她胆怯了，便挣扎着加快了脚步，奔远处的那团光亮而去。

当她终于走到了隧道的尽头时，她发现那团光亮原来是从一间石室透出来的。她信步上前，看见石室里隐约有几个人围成圆圈坐在地上。她的头脑虽被药物麻醉，但在潜意识的思想深处依然存有警惕。她有些清醒了，便停住脚步，隐身在一根石柱背后。数把火炬把石室照得有如白昼，十个莫格乌正在进行一场宗教仪式。进洞之后，他们主持了家族全体男子参加的宗教仪式。但随后，他们就留下了各自的助手带领男子继续祈祷，自己则都退入到山洞深处的内室里。他们要单独举行一场宗教仪式。由于仪式非常神秘，甚至连他们的助手都不能参加。

各个莫格乌都身披熊皮，围坐在一个洞熊头骨骷髅后面。石壁上还嵌有许多骷髅头。在他们围坐的圆圈中心，是一个毛茸茸的东西。爱拉开始时有些看不清，当她终于看清楚那是什么时，幸好药物早已使她的口腔麻木，这才没有惊叫出声。那团毛茸茸的东西竟是果恩被割下的头颅。

她的脊椎一阵发凉。诺格家族的莫格乌把地上的人头翻了过来，用石刀割宽头颅底部的豁口，露出颅内呈凝冻状的红灰色脑髓。这位巫师先对人头做了无声的祷告手势，然后用手掏出脑组织，把一块还在颤动着的脑髓托在手上。接下来，一个又一个的莫格乌陆续把手伸进了人头下面的那个大窟窿，不断在里面掏挖着。爱拉只觉胃里泛起一阵恶心，但可能是药力的作用，她像被符咒镇住一般，无法发出任何声音。

爱拉的世界开始天旋地转起来，周围的石壁和火炬的光都在晃动。她两腿发软，只觉得全身都在下陷，好像快要滑到无限空虚的边缘。她使劲摇摇头，勉强振作了精神，才没有晕倒在地。当她感觉自己正绝望地攀附在深渊边缘时，她又看见家族里那些神态严肃的圣人们开始把果恩的脑髓往嘴里送。她彻底看不下去了。这种吃人的行为又一次把她推向了黑暗空间的深谷。

她想要呐喊，却发不出声音。虽然眼不能看，耳不能听，知觉麻木，意识空虚，但她心里什么都明白，所以没有不管不顾地昏睡过去。眼下的虚无令她感到恐怖，心里也空落落的，可以吞噬一切的恐惧牢牢缚住了她。她挣扎着想要离开，却怎么也无法呼救，只能在这空虚的深渊里越陷越深。她的潜意识想尽快逃离，但两脚却不能移动。这次，她彻底掉入了无底的黑暗深洞，掉入了茫茫无边的寒冷和空虚。

忽然，她放慢了飞速奔驰的意识。脑子里和意识深处似乎被什么触动了，一种力量在慢慢地把她往回拽，帮她从空洞的边缘回到了地面。她察觉到自己的身上有异样的感受，那是她从未体验过的。最强烈的爱，但也混杂着更为深刻的愤怒和恐惧，还有一丝好奇。刹那间，她在震惊中反应过来，大莫格乌正在她的脑袋里。她能感到他的思想和他的感受已经同她的情绪交织在了一起。混杂的意识朝她席卷而来，却并没有令她感到不悦。与其说那是实际存在的接触，不如说是一种心灵上的触动。

藏在伊扎红色药袋内的草根其实可以转变人的思想，并能召唤家族回归自然。家族成员已经具有继承记忆的本能。因为他们有相同的早期进化和种族起源，所以也存储有相同的记忆以供回忆和追溯。当各自的潜意识被充分激发后，他们就能把相同的记忆统一起来，然后参与和分享所有的记忆。莫格乌们都受过意识训练，在众人分享回忆时或多或少都可以起到控制或推动的作用。和其余莫格乌不同，这位大莫格乌生来就具有这项特异功能。

他不仅可以和家族人分享共有的记忆，还能通过控制这些记忆把众人的思想凝聚在一起，带领他们重走祖先的路——从远古一直走到现在。托他的福，他那个家族的男人们得以体验比其他家族更丰富的宗教生活，并在仪式中最充分地感受到个体间的联系。面对这些受过专业意识训练的莫格乌，他能从一开始就用传心术与他们进行心灵的沟通。通过大莫格乌，其余的莫格乌们可以实现彼此间更为密切和更为满意的联系——那是他们的灵魂在相互接触。喝下伊扎那只碗里盛的白色液体，可以使巫师们在接受大莫格乌传心术引导时具有更敏锐的感官，帮助他们敞开心扉。因为爱拉也喝下了药液，所以现在大莫格乌的特殊能力也对她产生了作用，她只觉得自己的脑里好像有什么东西在共鸣。

这位畸形的男子在出生时经历了难产，从而使他的大脑永久受损。不过，这只牺牲了他一小部分肉体上的能力。他的内心不但始终保持敏感，而且发展迅速，最后成就了他的伟大。这个跛脚男人是这类原始人进化到最辉煌时期的杰作。大自然本来早该淘汰这个家族了，是他的出现才使家族得以延续。不采取根本的改变，家族就不能进一步发展——他们的特点已经不能适应生存的环境了，就像他们无比崇敬的巨型野兽——洞熊——还有和他们分享同一环境的许多其他生物：不能为适应环境做出根本的改变，最终结局只能是灭绝。

这种原始人类已经具有了社会意识。他们会照顾老弱病残，埋葬死者，并崇拜伟大的图腾。这些人类脑容量巨大，但没有前叶，所以他们的文化在近十万年的进化过程中几乎停步不前，最后也将和身披长毛的猛犸和巨大的洞熊落到同样的结局。不过他们还不知道，自己在地球上的日子已所剩无几。在克莱伯这里,家族已经走到了进化的终点。

爱拉感觉到一股陌生的意识正像心脏的脉冲一样,叠在了她自己的潜意识之上。大巫师的强大思维正在探秘她的外族大脑,试图寻找到沟通的途径。这种联系从未有过,但他还是找到了某些共通的地方。他发现她的大脑里没有存储什么记忆,便又摸索到另一条通道,试图激活大脑里可能仅存的记忆。她猛然清醒过来——原来是他把她从空虚中领了回来;现在,大莫格乌虽然仍保持着与其他莫格乌的灵魂相通,但已明晰了她的闯入。她只能模糊地感到他与他们间的沟通,但不能感知到其他莫格乌的心理世界。其实莫格乌们也知道大莫格乌已与某一人——或某一物——建立了沟通的桥梁,他们做梦也想不到竟然是爱拉。

虽然她知道大莫格乌救了自己,而且还在继续保护着她,但她依然不能停止对他们的反感。他们竟然放纵自己吃人。她之所以会反感,是因为她不了解看似疯狂的食人行为背后那深远的神圣意义。其实不能理解是正常的,因为她根本没有途径知道。其实,这是一种能让彼此思想水乳交融的圣餐。召开家族大会的目的就是要把全家族的人团结起来。但是要知道,全家族可远不止这里的十个家族。还有许多家族因为住得太远,不能前来参加,只能前往参加离他们山洞较近的另一个家族大会。但他们仍然是本家族的人。所有家族成员都继承了共同的传统,并会永远铭记在心,因此任何一个家族大会进行的任何宗教仪式都会作用于全体家族成员。众所周知,这位年轻男子被乌萨斯选中,共赴另一个世界。巫师们相信,他们的行为是在吸收这名男子的勇气,是在为这个集体作出有益的贡献。只有莫格乌有这种特殊的能力,只有他们能通过这种方式吸收勇敢的精神,再将其扩大到整个家族中去。

直到这一刻大莫格乌才终于确信,原来爱拉真的不是本家族的妇女。虽然他一直没有否认,但自从家族在寻找山洞途中发现她的那瞬时起,他就已经知道她不是本家族的一员。刚才他就已经感知到爱拉也在现场,等他预见到这件事的后果想要弥补时,已经太晚了。他当然知道,出现和偷看他们的宗教仪式是绝对不能宽恕的。这次爱拉犯下如此深重的罪孽,以致他不知道该如何处置她才好,即使将她咒死也远远不能抵过。不过在他作出决定前,他想先更多地了解她,好通过她来更多地了解外族人。

当他察觉到她想要呼救时,他有些吃惊。虽然是外族人,但还是有相同点的。他为了他自己家族的利益,特别想知道他们和爱拉有何相同和不同。他对她的种族实在太好奇了。这么久以来,她对他就像一个解不开的谜团。他非常想探寻到底是什么令她如此与众不同。他决心在她身上也进行一次传心术的实验。

这位巫术高强的圣人强迫自己进入到内心更加隐秘的深处——已经有九个大脑与他相通，并顺从地接受他的控制；现在，在这九个大脑之外，他又另开一支，单独接通了一个类似但又有所区别的大脑——他将带领这十个大脑回溯各自的起源。

爱拉又尝到了原始森林的味道，然后是一种温热的咸味。她的感受没有其余人的清晰——回忆进化过程对她说来是全新的体验。生活在起源时期的感受和记忆储存在她的大脑深处，已经模糊难辨，但她的记忆的最深内核和最早的意识层已被接通。大莫格乌想：她在生命伊始竟和我们是一样的。爱拉感觉到自己是一个独立存在的细胞，生活在营养丰富的温暖海水中，正进行着分裂和变异。在不断的生长和分裂过程，她又发生了变异，运动也开始有了目的性。她很快进化成了软体动物，但渐渐觉得身体的张弛伸缩越来越困难——她开始向一定的形状和外壳转变。

接下来的一次变异，她作为一种新的适应自然环境的生物，第一次尝到了呼吸的痛苦——她的肺好像都要爆炸了。她继续变异。这次，她来到了肥沃土壤和青翠植物中生活。但地面上有巨大食肉动物，为了安全，她钻到泥土里。转眼间，她发现自己身处峡谷，需要攀附在树枝上才能获得暂时的安全。忽然，周围的天地变得又干又热，驱使她回到海边继续变异。在海洋里，她淘汰了自己进化至此的一些特质——身形变大，毛发消褪，外貌和轮廓也和从前大不一样——和她一同返回海洋的亲属则选择了退化。他们的身体比之前更富流线型，但仍然呼吸空气，哺乳喂养。

现在，爱拉感觉到自己的两只后腿可以直立行走了。她的两条前肢可自由控制，两只并列的眼睛可沿水平看向更远的正前方。前脑这时也开始发育了。就在这里，她与大莫格乌分道扬镳，各自循着不同道路进化。这两条道路相距不远，而且几乎是平行地向前延伸，大莫格乌受到干扰，无法继续回忆下去。他断开了与其他莫格乌的联系，决定单独行动。即使没有人引导，莫格乌们也完全有能力独自完成这段旅程。

这时，家族的这位老人只与这位年轻的外族妇女单独保持联系。他们两人在两条平行的回忆路线并行，因此可以同时经历彼此的进化。她感到陆地气温已由温暖变成了寒冷，那时比现在的冬天还要彻骨的寒冷。就像所处的时间距离现在非常遥远一样，他们那时居住的大陆也与这里相距甚远。那块陆地好像在远远的西边，靠近着大海。虽然他们现在居住的半岛也被海环绕，但与这海相比，那时的大海不知大了有多少倍。

一个山洞浮现在她眼前。这是大莫格乌的祖先在世代前居住的家。山洞里走出来一个人，不论是面貌身体还是神态都很像克莱伯。因为爱拉与巫师隔着一道峡谷，因此这些景象都像被雾蒙住一般，不太真切。那个山洞位于峭壁下，面前是一条河流和一片大平原。在峭壁顶上，屹立着一块突出的巨石，长长扁扁地倾斜在山顶的边缘，应该是被什么搬运来的。石头的质地与众不同。它原本身处另一个地方，最后却被咆哮的洪水和泥石流带到了壁顶的边缘。画面虽然闪烁不定，但已深深烙印在她的脑海。

过了片刻，她发现自己是孤身一人走在路上了。一阵悲哀袭上她的心头。大莫格乌不能与她同行了。她走在自己的轨道上，走在了克莱伯前面。她快速朝山洞瞅了一眼，映入眼帘的景色却如万花筒般令人不解——不过自然再也不是原来的莽莽，而是井然有序起来。地面上竖起了方匣状的物体；岩石排列在一起，像丝带延伸到很远的地方。奇异的动物在飞速爬行；巨大的鸟在飞翔，翅膀却一动不动。然后是更多她无法解释的奇物异景。在这个瞬间，她的回忆超越了现在。在从远古溯游至当下的过程中，意识有时的确会刹不住车，一下冲到了还没到来的年代。在那里，她将迎来又一次变异。现在，她的头脑完全清醒了。她从石柱后向洞室偷看，那十个男人还围坐在那里。

这时大莫格乌也正好朝爱拉的方向看去。他们的视线交会了。爱拉从他深褐色的眼睛觉察出他深深的忧虑。刚才，大莫格乌已在爱拉的大脑里开拓出了一条新路径，使她能看清未来的事物，他也顺便瞧上了一眼；可大莫格乌自己的前途却一片空白。前景是属于她的，他则什么也没有。这使他非常沮丧。

克莱伯的大脑几乎不能进行抽象思维。他可以计数。在经过艰难的努力后，他最多能数到二十出头；他无法实现突破性的飞跃，也没有非凡的创造力，但是他很清楚，就目前来说，自己的大脑思维要强过爱拉——也许更具智慧。他有着和爱拉完全不同的天分：他可以同时体验自己的和她的起源；他有强大的记忆力，能比任何人都更加清楚地记得家族从古到今发生的许多事，甚至连当事人都自叹不如；他甚至还能强迫爱拉记忆一些东西。虽然他知道自己天赋异秉，但探寻爱拉后的发现还是令他震惊不已。在她身上，他感受到了朝气—— 一种全新的生命力。她的种族会再次变异进化，他的则到此为止。

“快走！”大莫格乌突然尖锐地下令，把爱拉吓了一跳。她正诧异大巫师怎么会这么大声说话时，就立刻意识到，那不是他在说话，而是她大脑接受到的信号。“马上离开山洞！赶快！就是现在！”

爱拉从她隐匿的地方退出来，立刻朝通道另一头奔跑。有些石灯里的苔藓灯芯已经燃尽，还有一些正在发出劈劈啪啪的声音，马上也要熄灭了。灯光虽然微弱，但足以使她看清脚下的路。她疾步跑过一些石室，所有男人和男孩都进入了无梦的熟睡，听不到一丝声响。很快，她跑到了有火炬照亮的地方。一阵微风吹进来,火焰摇曳了几下。她一口气冲出了山洞。

天依然黑着,但东方已微微现出曙光,新的一天即将开始。此时药力已经过去,爱拉思维清晰,但全身疲乏无力。她看到妇女们都四仰八叉地睡在地上,便解完手,在尤芭身旁躺下。她依然全身裸露,但和那些熟睡的妇女们一样,对清晨的寒气根本不以为意。

大莫格乌慢慢地跟在她的后面。等他走到山洞口时,她已进入了无梦的沉睡。他蹒跚地走到她身边,低头凝视着她那头蓬松的浅黄色的头发——就像爱拉身体的其他部分一样,她的头发也与其他妇女截然不同。他感到自己的灵魂正在重重地下坠。他本不该包庇她的。爱拉罪孽深重,他理应把她带到男子们面前,立即将她处死。但这样做有什么好处呢,不仅不能弥补因为她的出现而酿成的大祸,更无法抵消可能降临在家族头上的灭绝之灾。现在就算杀死她也无济于事了。况且,爱拉是她那个种族唯一幸存的后人,也是他克莱伯今生最疼爱的人。

25

古夫睡眼惺忪地走出山洞。清晨从东面射来的阳光有些刺眼,他揉了下眼睛,伸伸懒腰,无意中瞥见大莫格乌正弓着腰坐在一截木头上,盯着地上发呆。古夫想,洞里的许多石灯和火炬都熄灭了。里面漆黑一片,很容易迷路。不如去问问大莫格乌,看看是否需要重新往石灯里注油,并更换新的火炬?这位巫师助手便向大巫师走去。但当他走近巫师,看到老人那副拉长的脸和沮丧消沉的表情时,犹豫地停下了脚步。我还是别去打扰他,直接这么办好了。

古夫提着装有熊脂的膀胱、新的灯芯和火炬走回山洞。他边走边想:大莫格乌看上去真的老了。他今年多大年纪了?我都想不起来了。这次旅行对他来说一定很艰难。举行宗教仪式已经够他受了,他接下来还得忍受回程的辛苦。不过,真是太奇怪了,怎么之前我从未注意到他的老态呢?

这时,又陆续有几个男子从山洞里晃晃悠悠地走了出来,不停用手揉搓着迷蒙的双眼。和以往一样,当他们看清地上横七竖八地躺着酣睡的裸体妇女们时,惊讶得连下巴都合不上了。她们怎么会累到这个程度?有几个妇女醒过来了。她们匆忙找回自己的披身,然后又叫醒其他妇女,以免让更多男子看到她们的丑态。

“爱拉,”尤芭摇着身边的妇女,唤着她的名字,“爱拉,快醒来。”

“唔。”爱拉含糊地应道,然后翻了个身。

“爱拉，爱拉！”尤芭继续叫她，同时更使劲地摇晃她的身体，“爱菠拉，我叫不醒她！”看到爱拉没有起身的意思，尤芭向爱菠拉求助。

“爱拉！”爱菠拉走过来，大声呵斥，终于粗暴地摇醒了爱拉。爱拉睁开眼睛，想做出应答的手势，但又闭上了眼睛，把身子紧紧地蜷成一团。

“爱拉！爱拉！”爱菠拉继续喊她。于是这位年轻妇女又挣扎地张开眼睛。

“到山洞里去睡，爱拉。你不能待在外面，男人们都起身了。”爱菠拉命令她说。

爱拉只得狼狈地爬起来，蹒跚地走进山洞。不多一会儿，她又从洞里走了出来。看上去她完全清醒了，但脸色还很苍白。

“你哪里不舒服？”尤芭做着手势，“你脸色惨白，好像撞见了鬼似的。”

“尤芭……哦，尤芭，那个碗！”爱拉站不住了，跌坐在地上，两只手紧紧捂着脸。

“哪个碗？爱拉？我不明白你的意思。”

“它碎了。”爱拉无力地做着手势。

“碎了？”爱菠拉说，“一个碗也能让你愁成这个样子？你大可以另做一个嘛。”

“不，我不能。那不是一般的碗。那是伊扎的碗，是她的母亲传给她的。”

“你说那是母亲的碗？母亲用于宗教祭祀的碗？”尤芭震惊地问，似乎受到了突然打击。

那只碗因为年代久远，木头的质地早已变得干脆，其实上面早已有了裂缝，但只有发丝那么细，而且在白色的涂面下很难被人察觉。当碗从爱拉的手里掉下，直直落在洞里的硬石地面上时，碗已经承受不住那样的震动了。它从裂缝处破裂，碎成了两半。

爱拉没有注意到克莱伯在抬头看着她。当他听到那只令人敬畏的木碗被打碎了的消息时，他思量已久的问题终于得出了答案。他决定，不再使用草根的魔法。他相信这是合适的选择。他想：我再也不会将它用于宗教仪式上，也不会把它传授给古夫。它将从此失传。将来，没有人会知道它曾经存在，整个家族也会永远地遗忘它。这个跛脚老头无力地倚靠在他的手杖上，支撑着站了起来，感觉全身的关节都在隐隐作痛。他心生倦意：我在寒冷的山洞里也坐得够久了，也该由古夫接班了。他正值壮年，接任这个职务再合适不过。我已经太老了。如果我有意培养，他准能在一两年内胜任这个位置。他可以的。我得抓紧时间，天知道我还能活多久？

布仑也留意到这位老巫师的明显变化。不过他想，大莫格乌精力衰退可能是因为之前过度的紧张和兴奋，而且这次家族大会可能是他能参加的最后一届。布仑有点担心他不能经受住回程旅途的劳顿，因此决定往后拖延返回的日子，给大巫师多些休息的时间。布仑决定带领猎人们进行最后一次狩猎。猎得的新鲜肉将用来交换主人家族储存的食物，作为回家路上的干粮。

狩猎很成功。布仑准备带领家族动身了。有几个家族已经离去。庆典已经结束，布仑的心开始挂念起山洞和留守的人们。但他的精神头很好。他从未在家族大会上经受那么大的挑战。而他成功地捍卫了自己和家族的地位，没有什么能比这更令他兴奋的了。他对自己，对家族，对爱拉都感到满意。爱拉是一个优秀的女巫医；他从没见过像她一样优秀的女巫医。只要有人危在旦夕，她就会不顾一切地舍命相救——她的这种品质与伊扎还真有点相像。布仑知道大莫格乌在说服其他巫师时的作用不可估量，但爱拉救了一个年轻猎人的生命，这件事足够向大家证明她是一个合格的女巫医。那位受伤的猎人将和他的配偶一起留在诺格的家族里调养，这个冬天可能都不会离开，直到他康复到能走回自己的山洞。

大莫格乌一直绝口不提起爱拉隐入山洞深处偷窥一事——只有一次除外。那天，爱拉正在第二间洞室里打包第二天动身的行装，克莱伯拖着脚走了进来。几天来，他一直与爱拉避而不见，伤透了爱拉的心，因为她一直很关心他。这次，他虽然进来看她，但只停留了很短时间，就马上要转身离去。爱拉冲上去，截住他的去路，一下蹲坐在了他的脚边。他低头看着她垂着头的沮丧样子，无奈地叹了一口气，然后用手指叩了叩她的肩膀。

她抬头看向他。几天不见，她简直不敢相信他竟一下子变老这么多。在他的脸上，疤痕变形，眼窝深陷，耷拉在眼眶上的皮肤也已经皱缩，彻底隐没在了突出眉嵴下的阴影里。灰白色的胡子在他突出的下巴凌乱着，向后倾斜的低低的前额由于发线后移而更显突出。这些都还好，令她更为不安的是他那双深褐色眼睛——里面似乎填满了忧虑的海水。她知道，自己无意识的行为已经深深伤害了他。她多么希望能做些什么，挽救那天夜里她闯下的祸。克莱伯的憔悴令她伤心，当她察觉到大莫格乌的灵魂也在承受巨大的痛苦时，她更是自责不已，悔不当初。

“怎么了爱拉？”大巫师和蔼地打着手势。

“大莫格乌，我——我——”，一时间她有些张口结舌。她停了几秒，才继续自己的手势，“噢，克莱伯，我真的见不得你这样难过。我要怎么做才好？如果有必要，我现在就可以去布仑那里承认错误。只要是你要求的，我什么都愿意做。请你告诉我，我该怎么办？”

他想：爱拉，你以为你能做什么呢？你能改变你自己吗？你能使时光倒流，挽救你已造成的破坏吗？这个家族将要灭亡了；只有你和你的种族能够继续生存下去。我们的种族太古老了。我们信奉传统，信奉鬼神和伟大的乌萨斯,但是现在,这些都过时了,该结束了。是大自然有意如此安排吗?也许不是。爱拉,促使我们灭亡的不是你,而是你的种族。你告诉我,是神的旨意把你带到我们的家族吗?这片土地美丽而富饶,它满足我们一切所需,供养我们生存至今。现在,该轮到你们主宰了。如果换做你们,你们难道舍得离开这片大地吗?对此你以为你能做些什么呢?

"爱拉,现在只需要你做一件事,"大莫格乌慢慢地做着手势,强调着每一个字。他的目光变得冷峻,"以后不许你再提那件事。"

说完,他尽量直起那条好腿,尝试着不用手杖站立起来——这样能让他看起来高一点。带着尊严和毕生的骄傲,他僵硬地转过身,拖着脚走出山洞。他为自己的种族骄傲,这使他逆光的背影显得更加伟岸。

"勃劳德!"

一名年轻男子打着招呼,向勃劳德大踏步走去。布仑家族的妇女们匆忙结束了早餐,正准备动身离开。男子们纷纷抓紧最后机会与其他家族的人话别,因为不出意外的话,他们在七年内可能都不会碰面,其中有些人也许今生都不能再见了。这次大会实在有太多激动人心的细节了。他们依依不舍地絮叨着,总想往后拖延分别的时刻。

"勃劳德,这次你表现得太出色了。下次参加大会时,你应该已经当上家族首领了。"

"下次大会你也能这么出色,"勃劳德做着手势,有些趾高气扬,"这次我们很幸运。"

"你的运气特别好。你们不仅家族位列第一,莫格乌第一,甚至连女巫医也是第一。勃劳德,你知道吗,你们家族能有爱拉真是太幸运了!在那么多女巫医中,从没有一个人敢冒着那么大的风险。要知道,她营救出受伤猎人的时候,面对的可是一头发怒的洞熊哩。"

勃劳德脸上闪过出一丝怒容,但这时他看见了伏奥德。于是他整理了心情,向伏奥德走去。

"伏奥德!"他向伏奥德致意,并打出祝贺的手势,"你这次的表现实在令人惊叹。我很高兴他们选中了你,而不是诺兹。诺兹也很不错,但你比他强多了。"

"但是勃劳德,你才是这次大会上的头号风云人物。你光是赛跑就已经无人能敌了。你们的家族能拿到第一名,实在是实至名归;就连你们的女巫医也是最出类拔萃的,虽然我在开始时的确对她心存怀疑。当你当上首领后,她会是你身边一名非常优秀的女巫医。我只希望她不要再长高了。对你、我两人来说,如果看一位妇女需要抬头,还真是令人不太习惯。"

"是啊,这个妇女长得太高了。"勃劳德僵硬地做着手势,话里的语气很生硬。

“不过那又有什么关系呢？只要她是一个称职的女巫医，高点也无妨，对吧？”

勃劳德勉强点点头。他不想再讨论这个问题，便撇下伏奥德，自顾自走了开去。爱拉，爱拉，我真是烦透这个爱拉了。他一边想，一边穿过洞前的空地。

“勃劳德，我正想着在你离开前要与你谈谈。”一个男子在半路上截住了勃劳德，“你知道，我们家族有一名妇女，她生了一个畸形的女儿，情况和你们女巫医的儿子差不多。我已经与布仑谈过了，他愿意接受她，但是他要我也来征求下你的意见。因为到那时，你很可能已经当上家族首领了。女孩的母亲承诺，会将她的女儿教养成一个品性良好的妇女，绝对不会辱没你们第一名家族的名声，也绝对配得上家族第一女巫医的儿子。你不会有什么反对意见吧，勃劳德？他们真是天造地设的一对。”

“不行！”勃劳德粗鲁地做着手势，然后扭过头，再也不想搭理那个人。就算他能控制自己不发火，他也绝不会同意。只要听到有关爱拉的事，他就一肚子不高兴。

那个男子讨了个没趣，便想着奉承勃劳德两句：“这次的比赛实在精彩极了，勃劳德。”

勃劳德不屑一顾地背过身，大踏步走开，留下那人莫名其妙地站在原地。当他神气活现地走向山洞时，他看见两个妇女正在旁若无人地谈话，聊得兴高采烈。他知道这时他应该把目光看向别处，但他实在想弄清楚她们在谈些什么。他继续目不斜视地向前走，假装根本没有注意她们。

“……我一直不相信她是本家族的妇女，而且你看看她的婴儿……但当她不顾一切地走向乌萨斯的时候，她还真像是主人家族里的人——面对乌萨斯她竟然一点都不害怕。这一点反正我是做不到的。”

“我和她聊过一次。她真是个好人，根本无可挑剔。我实在不能理解，她怎么就找不到配偶？不过我也帮不了什么忙。她长得太高了。有哪个男子想娶一个比他还高的配偶？她的确是家族首席女巫医，可这也于事无补啊。”

“我听人说，有一个家族正在考虑让人娶她，但可惜我那时正在忙着，没有时间听个仔细。我想他们应该对她很有兴趣。他们说了，如果到时决定接纳她，就会派一名送信人到她的家族。”

“爱拉的家族是不是住进一个新山洞了？他们说，是她发现这个新山洞的。听说那个山洞非常大。他们可真是幸运啊。”

“听说那个新山洞还靠近大海呢。通向那边的路也常有人来往。我想那个送信人到时会找到他们的。”

勃劳德假装不经意地从这两个妇女身边走过。他实在厌恶这两个懒惰成性、爱嚼舌根，还爱管人家闲事的女人，恨不得立马各赏她们一记耳光。但他克制住了自己，毕竟这两名妇女不是他自己家族的。虽然作为男性，他有权教训任何妇女，不过理智告诉他，在取得她们的配偶或首领的同意之前，最好不要管这闲事，除非她们做了明显违背纪律的事。在他看来，她们的行动已经严重违规，但对其他人说来，程度也许并没那么严重。

“我们的女巫医说，爱拉的医术很高明。”勃劳德走进山洞，看见诺格和布仑竟然也在谈论爱拉。

“她是伊扎的女儿，”布仑做着手势，“而且伊扎已经很好地训练过她。”

诺格说：“伊扎这次不能来，实在叫人遗憾。我知道她生病了。”

布仑说：“是的，这也是我要匆忙赶回去的一个原因。我们还要赶很远的路呢。诺格，你们的盛情款待实在令我们感激不尽，但大家都想家了，都想回到自己的山洞。这次家族大会是有史以来办得最好的一次。人们会永远记住这次大会的。”

勃劳德转过身，两手紧紧握拳，怒火中烧，不知道自己错过了诺格接下来对布仑配偶的儿子、也就是他的赞美。爱拉，爱拉，爱拉，每个人都在谈论爱拉，难道在这次家族大会上，除了她以外，其他人什么也没有做吗？她是第一个被选中参加仪式的人吗？当我不顾生命危险骑在洞熊的头上时，她可是舒舒服服地站在地上！就算她救了那个猎人的命又如何，那个猎人可能永远无法走路了。她又丑，个子又高，儿子还是畸形的。真该让他们知道她在家时是多么的傲慢。

这时候，爱拉捧着几个包裹，跑过他的身旁。她看见了勃劳德一脸的憎恶，那恶狠狠的眼神使她心生畏惧。她有些担心，我现在该怎么办？我们来到这里这么久，我还从没有见到过勃劳德脸色这么难看。

勃劳德的确是家族里一个身材健硕的男子，但他对爱拉的威胁远不止他可能造成的肉体伤害——他是首领配偶的儿子，注定有一天要当上首领。他一面看着爱拉把包裹搬到山洞外，一面想象着当上家族首领的滋味。

吃完早餐，妇女们就迅速把早餐使用的餐具装入行李中。布仑不耐烦地催促着，其他人也急于动身。爱拉同几个女巫医、诺格的配偶以及少数几个人简短地话别后，就用斗篷包起她的儿子，站到了布仑家族妇女队伍的首位。布仑发出一个信号，家族就开始穿过山洞前的场地。在队伍的头尾还没有相接时，布仑停了下来。成员们和首领布仑一起转过头，最后看了一眼这个山洞。诺格和他的全部族人都站在山洞的出口处。

“乌萨斯保佑你们一路平安！”诺格打着手势。

布仑向他点头示意，带领家族踏上回家的路。再次见到诺格，可能要等七年之后了——也许永远见不到了也说不定——只有伟大的洞熊之神才能知道。

正像布仑预料到的那样，路途的劳顿对克莱伯来说很难熬。期望落空，心里又藏着不能对人说的秘密，他的意志在进一步消沉。老人的体格一天不如一天了。布仑更加关心他；他从来不知道这位平日里一脸庄重的巫师竟也会如此萎靡不振。他落在了队伍的后面。有好几次队伍都不得不停下来等他，甚至还派过一名猎人返回去找他。首领放慢了行进速度，希望能让他走得舒服一些，但对克莱伯似乎不起作用。在夜里，家族也还有宗教仪式，但只有屈指可数的几次，而且还是因为布仑的坚持才得以举办。主持仪式的过程中，大莫格乌看上去十分勉强——他手势生硬，好像心不在焉。布仑注意到，克莱伯在刻意与爱拉保持着距离。虽然，爱拉看上去什么事也没有，但也无精打采的。他想，这两人一定有什么问题。

上午快要过半的时候，他们通过一片大草原。牧草长得很深，但已经枯萎。布仑回头看了看，发现克莱伯不见了。他本来想派一名男子寻找克莱伯，但临时又改变了主意。他向后面的爱拉走去。

"往回跑，找到大莫格乌。"他做着手势。

爱拉先是诧异地朝布仑看了一眼，然后马上点点头。把杜尔克交给尤芭后，她就匆忙沿一条被踩过的痕迹往回走。她走了很久才发现克莱伯。他一步一步地走着，走得很慢很慢，用手杖支撑着他身体的全部重量。看上去，他每走一步都要承受极大痛苦。几天来，爱拉也曾真心向克莱伯忏悔，但得到的都是冷漠的回应，这令她不知所措，再见面时也不知该如何开口。她知道他正受关节炎的折磨，但他拒绝接受任何药物。虽然她很心疼他，但试了几次，都碰了一鼻子灰，她也就不再坚持。这会儿，他看见她朝自己走来，便站在原地。

"你怎么回到这了？"他做着手势。

"布仑让我来接你。"

克莱伯哼了一声，又开始往前走。爱拉默默跟在他的后面。看到他因为痛苦只能慢慢挪动步子，她再也按捺不住了。她绕到他的前面，蹲坐在他脚边，挡住他的去路。克莱伯低头看着这个年轻的妇女，一看就是好长时间，然后才敲敲她的肩膀。

"妇女想要知道大莫格乌为何发怒？"爱拉发问。这个问题她已在心里憋了很久了。

"我并没有发怒，爱拉。"

"那你为什么不让我帮助你？"她委屈地打着手语，"你从来没有拒绝过我。"爱拉不知怎么说才好，一时有些语塞，"这个妇女是女巫医。她受过训练，可以帮助处于病痛的人。这是她的职责所在，也是她的价值所在。当她看到大莫格乌正受病痛折磨，她伤透了心，因为她不能帮助你解除痛苦。”定式手势太繁琐了，爱拉不由自主采用了常用的手势，“哦，克莱伯，你就让我帮助你吧。你难道不知道我爱你？我早已把你看做我母亲的配偶，你满足我的温饱，教会我说话，我理应报答你的养育之恩。虽然我不知道你为什么不再爱我，但我没有一天不爱你。”说到这里，两行热泪从她无助的脸颊流下。

他想：为什么只要她一想到我不疼她了，她的眼睛就总是出水？为什么她那双脆弱的眼睛总会使我想要为她做点什么？是不是所有外族人的眼睛都有这毛病？她是对的，我确实没有考虑接受她的帮助，可她为什么依然固执？她不是本家族的妇女。不管其他人怎么想，她总归是出生于外族，永远都会是外族的一员。她自己可能不知道这点。她以为她已经是一名家族妇女了，而且是家族的一名女巫医。她的确是女巫医，这点没人可以否认，虽然她在血统上不属于伊扎的家系，但她已经成为了一位女巫医。不论环境多么苛刻，她从未放弃争取成为一名家族妇女。我真不知道，她究竟克服了多少困难，又为此作了多少努力。她的眼睛已经不是第一次流水了——也不知有多少次是她强忍住了？现在她以为我不再爱她，她没有忍住，是不是我伤她太深了？不过如果反过来是我，我肯定也一样。如果她不再爱我，我也会伤心透顶的。我必须好好想想。她和我们一样爱憎分明。在这点上她一点也不特殊。克莱伯现在努力想把她看做一个外族妇女，以为这样自己就能够好过一些。但他发现爱拉还是那个爱拉，还是他现实中名义上的配偶的孩子，那个他疼爱的宝贝。

“我们最好抓紧赶路，爱拉。布仑在前面等我们。把你的眼睛擦擦干吧。等我们再停下来休息时，你帮我弄点柳树皮茶吧，女巫医。”

爱拉破涕为笑。她爬了起来，继续走在他的后面。没走多远，她就加快脚步，走到了他跛腿的那一侧。他停了一会儿，终于点点头，让爱拉扶着他往前走。

他们赶上了队伍。布仑注意到两人间的关系竟然缓和了不少。家族继续赶路，尽管速度不能达到大部分人的预期。队伍里，人人都在谈论这位老人意志消沉。但他们看出现在的他正在作出努力。布仑想，他们两人的确曾存在问题，但现在看来似乎已经得到了解决。他很高兴——自己刚才真是找对人了。

克莱伯接受了爱拉的帮助，但他们之间仍然隔着一道一时无法逾越的鸿沟。他无法忘却彼此命运的差别。才刚刚温暖了几天的气氛又逐渐冷却，变得紧张起来。

在艰苦跋涉的日子里，白天总是很炎热，夜间的气温则逐渐下降。当他们第一次看到远远的西边那积雪的高山之巅时,简直群情激昂。但日子一天天过去,他们与雪山的距离似乎一点也没有减少。直到半岛南部那列山脉的主峰进入了人们视线范围内时,他们才确信自己正在离家越来越近。不论前一天是多么令人筋疲力尽,第二天照旧还是要继续西行。终于,高山的冰冠下出现了他们熟悉的蓝色冰谷,那是冰川地带特有的地貌,还有那些突出的不清晰的紫色冰凌。他们知道目的地已经不远了。

这日,他们赶了一天的路,直到天黑才就地扎营露宿。这是他们最后一夜露宿在大平原上。第二天,东方才露出鱼肚白,他们就动身了。走着走着,脚下的荒芜渐渐被青草取代。这片平原很大,一直延伸到不远的山脚下,开阔的草地上零散长着参天的树。那些啃吃着青草的温带犀牛证明,这里已经是他们熟悉的家乡。这些犀牛看到这队人要打这里经过,根本不屑看他们一眼,就骄傲地各自掉了头继续吃草。人们走到山脚下,加快了步伐,踏上盘绕而上的小路。一转过那道熟悉的山脊,他们一眼望见了山洞。那一刻,每个人的心都在剧烈跳动。他们到家了。

阿芭和佐格冲出来迎接他们。阿芭看到女儿和德路盖回来了非常高兴。她拥抱了一下结束旅行的大孩子们,然后迫不及待地抱过格罗勃,怎么也看不够。佐格在跑向格洛德和尤蔻时,先向爱拉点头致意,然后又对奥芙拉和古夫的回来表示欢迎。

“多夫在哪里?”伊卡做着手势问。

“他到神鬼世界去了,”佐格回答,“他的眼睛不行了,什么也看不见了。他坚持不下去,没等到你们回来就放弃了。当神鬼们招呼他前往时,他就随它们去了。我们埋葬了他。为了方便大莫格乌找到,我们还在地上做了标记,好到时举行慰灵仪式。”

爱拉向四周环顾一下,忽然一脸担心:“伊扎在哪里?”

“她病得很厉害,爱拉,”阿芭说,“自上次的新月以来,她就卧床不起了。”

“伊扎!伊扎不会的!不!不!”爱拉大喊着跑进洞里克莱伯的火塘,一把撂下背上的包裹,冲向躺在毛皮卧榻上的妇女。

“伊扎!伊扎!”年轻妇女轻轻喊着。年老的女巫医睁开了眼睛。

“爱拉,”伊扎声音低哑,让爱拉听起来非常吃力,“神应验了我的祈盼,”她衰弱无力地做着手势,“你们终于回来啦。”看到伊扎哆哆嗦嗦地伸出手臂,爱拉连忙凑上前抱住她。伊扎真的病入膏肓了。身体羸弱,只剩下一层皱缩的皮包着骨头;头发全白;脸看上去就像是一张干燥的羊皮纸贴在面部的骨头上;两颊和眼眶都深深凹陷着。她老态尽显,看上去似乎足有一千岁,但她的实际年龄不过二十六岁而已。

爱拉已哭得不能自已，眼泪一颗颗扑簌簌地往下掉："为什么我要去参加家族大会？我应该留在这儿照顾你的。我知道你有病；可竟然昏了头留下你?! "

"不，不，爱拉，"伊扎做着手势，"不要自责。这是神的安排，你无法改变。自你离开后，我就知道我要死了。你无能为力，也没有一个人能帮助我。之前我只希望，在步入鬼神世界前能再见你最后一面。"

"你不能死！我不会让你死的！我会照顾你。我会使你身体再好起来的。"爱拉疯了似的做着手势。

"爱拉，爱拉。即使是医术最精湛的女巫医也治不好我这病了。"

打手势对伊扎已经太辛苦了，引起她一阵咳嗽。爱拉连忙扶住她，直到伊扎平静下来。她把自己的毛皮睡具垫在伊扎背后，让伊扎靠着坐直了一点，使她的呼吸畅快，然后开始在伊扎的床附近寻找贮藏的药。

"土木香在哪儿？我怎么找不到一点土木香？"

"土木香用完了，" 伊扎无力地做着手势。刚才那阵咳嗽好像耗了她全部的精力，"我服用了很多，也没力气再弄点回来。阿芭上次说，她会去采点回来，谁知道她带回来的是向日葵。"

"我真不应该去参加大会。"爱拉撇下一句，就立刻跑出山洞。在洞口，她撞见了正带着杜尔克的尤芭和克莱伯。

"伊扎病得很重，"爱拉激动地挥着手臂，"甚至连土木香也没有了。我现在要出去采点回来。尤芭，火塘里没有火，你赶紧回去生火。为什么我要去参加家族大会呢？我应该留下来照顾她才对啊。我为什么要离开她呢？"爱拉脸色苍白，长途旅行令她蓬头垢面的，眼泪在脸上留下一道道深沟。但她一点没注意到，就算注意到了也毫不在乎。当克莱伯和尤芭快步进入洞内时，爱拉已跑下山坡。

爱拉不顾飞溅着的水花，快速蹚过小溪，一路跑到了生长着植物的草地。她徒手掘起土木香的根，连根拔起，在溪边把根洗干净了就马上飞奔回山洞。

尤芭已把火生起了，但炉上的水还未烧开，只是微温。克莱伯站在伊扎身旁，比往日更投入更热切地做着祈神的定式动作，召唤每一个他知道的神明来补充她生命的元气，同时希望它们不要现在就将她带走。尤芭把杜尔克放在了毛皮垫上。杜尔克已经开始学爬了，只见他屈膝跪地，再用手支起身体。看到爱拉回来了，他就爬到她身边，跟自己的母亲要奶吃。但爱拉正忙着把草根切成小块，无暇顾及他，就把儿子轻轻推到一旁。杜尔克因为受了冷落而号哭起来时，爱拉正把根块搁进火堆上的水壶里。她好像听不见儿子在哭似的，又往壶里多添了卵石，耐心地等水沸腾。

“让我看看杜尔克,”伊扎做着手势,“他长大了不少。”

尤芭便把杜尔克抱给她的母亲。可这时的杜尔克没心情给一个他已经不太记得的老妇人搂着,便挣扎着要下来。

“他很强壮,很健康,”伊扎说,“看上去他支起自己的头已经没有什么问题了。”

“他连配偶都有了,”尤芭说,“或者应该这样说,已经有一个母亲答应,以后要将女儿许配给他。”

“配偶?哪个家族能答应?他年龄这么小,而且还是畸形的。”

“家族大会里也有一个妇女生了一个畸形的女儿。她在我们到达的第一天就来找我们了,和我们谈了这件事。”尤芭解释说,“这个婴儿和杜尔克十分相像,至少她的头看上去和杜尔克一模一样。她的相貌也有点奇怪。她的母亲奥达问我们,两个婴儿将来能否相配;奥达也很担心她的女儿会永远找不到配偶。布仑和她家族的首领已一致同意,也作出了安排。我想在下一次家族大会之后,她就会被接到这里来,即使到时她尚未成长为一名妇女。爱菠拉说,女孩过来后可以与她住在一起,直到两人都成长到可以婚配。奥达为此十分高兴,特别是当爱拉为宗教仪式制备根剂以后,她就更满意这门亲事了。”

“他们真的承认爱拉是我们这个家系的女巫医了!我还真的怀疑他们可能会不接受——”伊扎正做着手势,突然就停了下来。这样谈话很快就使她感到疲乏。但是一看到她疼爱的女儿就在一旁,她又有了精神,即使身体已衰弱不堪。她歇了一会儿,继续问道,“那个女婴叫什么名字?”

“尤拉。”伊扎的女儿回答。

“我喜欢这个名字,它很好听。”伊扎又歇了一会儿,再问了一个问题,“爱拉怎么样呢?在家族大会上有没有找到一个配偶?”

“佐格亲戚所在的家族正在考虑她。他们开始时是拒绝的,但当她被接受为家族的女巫医后,他们决定再考虑考虑。在我们离开前,大家都一直没有时间把这事谈妥。他们很愿意娶爱拉,但我猜他们可能不要杜尔克。”

伊扎只点点头,然后闭目养神起来。

在尤芭陪伊扎说话的这会儿工夫,爱拉已经将肉干磨成粉了——她要为伊扎做肉汤。汤炖上后,她又不停地检查煎煮着的草药,确保合适的色泽和气味。她很不耐烦,恨不得能马上煎好,让伊扎服下。杜尔克爬到她的身上,闹着要她抱他,但这次她还是将他推在一边。

“让我带他吧,尤芭。”克莱伯做着手势。坐在克莱伯膝上的男孩刚安静了一会儿,就对这位男子的胡须产生了兴趣,但玩了不久也就生厌了。男孩揉揉眼睛,挣扎着松开抱紧他的手臂,径直爬向他的母亲——他困了,也饿了。爱拉一动不动站在火堆前，好像完全感觉不到婴儿在抓挠她的大腿。克莱伯用手杖撑起自己，然后把手杖扔在地上，招呼尤芭把男孩抱过来。他抱着杜尔克，无法拄着手杖，只能一瘸一拐地走到勃劳德的火塘里，把杜尔克放在奥茄的膝上。

"杜尔克饿了，爱拉又忙着给伊扎熬药，奥茄你能不能帮着喂他一下？"

奥茄点点头，随即松开披身给杜尔克喂奶。勃劳德瞪着眼珠刚想发火，但大莫格乌掠过的冷冽眼神让他没有当场爆发。虽然他讨厌爱拉，但还得顾及这个照顾和保护她的男人。勃劳德一直为大莫格乌的威严慑服，在他面前不敢稍存憎恨之心。早在几年前，他就发现这位严肃的圣人很少干预家族的世俗琐事，而把自己限制在了神鬼世界里。虽然爱拉和巫师分享一个火塘，但在勃劳德控制爱拉的日子里，巫师也从未试图出面制止。而作为勃劳德，他也不愿意与这位巫师发生直接的冲突。

克莱伯拖着脚回到自己的火塘后，就蹲到地上，在包裹堆里寻找装有洞熊脂肪的膀胱袋——那些熊脂是家族大会上分给他的。尤芭看到了赶紧过来帮忙。克莱伯取了一袋熊脂，就进到了祭神的小室里。他要用巫术赐予爱拉力量，好帮助伊扎活下去。虽然他明知这么做希望渺茫，他还是决定一试。

草药煎好了。爱拉把煎汁舀到杯子里，心急如焚地等它冷却。刚才，爱拉已经给伊扎喂过了热乎乎的肉汤——是她扶着伊扎的头，一小口一小口地喂下去的。在爱拉五岁那年，在她命悬一线的时候，这位老女巫医就是用了同样的方式喂她，才使她最后活了过来。在爱拉离开的这几个月里，夏天对伊扎就开始意味着寂寞和孤单。无法下床后，伊扎对递到床边的食物吃得很少，有时甚至连尝一口都没力气。因为没有人在她身边照顾她，谁也不知她究竟吃了没有。她常常错过就餐，可她宁肯忍着辘辘饥肠也不愿麻烦其他三个人。见到伊扎病倒，他们也曾想帮助她，但不知究竟怎么办才好。

在多夫临终前，伊扎曾起身看过他。奈何这位家族里最年长的成员去得太快了，她来不及施展医术，只能设法使他少受些苦。他的离开使山洞更显空旷，也令其余人更觉凄凉——他们想到自己也离神鬼世界不远了。多夫是家族自地震以来第一个离世的成员。

爱拉坐在伊扎身旁。她不住地对着盛了药的骨杯吹气，还不时用手试试，想看看凉了没有。她的全部精力都集中在伊扎身上，一点也没有注意到克莱伯带着杜尔克离开，也没有看到克莱伯进入他的小洞，甚至没有留意布仑已经走进火塘，正在注视着她。她听到伊扎的喉间传来噗噗的气泡声，知道伊扎快要不行了。但她不愿妥协，仍在脑中继续搜索治疗方法。

她想：可以用枞树的内层树皮制作敷剂。对了，还有欧蓍草的煎汁。吸入水蒸气也能有所帮助。黑莓植株和黑莓果,还有铁线蕨。不对,铁线蕨只对轻微伤风感冒有效。牛蒡根?也许有用。啊,还有那种淀粉丰富的草本植物!现在是秋季,现挖的草根效果最好。爱拉决定给伊扎服用汤药、在身上糊以敷料,必要时还要用上水蒸气沐浴法。她绞尽脑汁,想尽办法延长伊扎的生命。她是爱拉记忆中唯一的母亲。爱拉无法接受伊扎将永远离开她。

虽然尤芭也很担心母亲的病情,但她还是注意到了布仑的到来。家族首领通常只有当一家火塘的男主人在家时才去造访——在主人不在时前去拜访是极少见的。尤芭十分紧张,匆忙把乱堆在火塘周围的包裹捡起来并整理好。布仑正注视着爱拉和她的母亲,剩下尤芭站在一边不知所措——没有人指导她,她不知该如何接待布仑。

布仑看到火塘里有三个女性——一个是年老病重的女巫医;一个是在专心致志地配药的年轻的女巫医——虽然与家族妇女毫无相像之处,但她已是家族地位最高的女巫医;最后一个是尤芭,她将注定也成为一名女巫医。布仑很爱他的同胞伊扎,往事历历浮现:在她的婴儿时代,大家就很宠爱她了。当他当上首领后,也常常会倾向她、保护她。如果不是因为没有其他的选择,他决不会同意她与她配偶的结合——他很不喜欢那个爱吹牛的家伙,而且那人曾耻笑过他跛腿的哥哥。虽然不容易,但伊扎还是很努力地生活。在配偶去世之后,她捡到了爱拉,获得了从未有过的快乐。全家族的人都称赞她是一个心地善良的妇女,是一个优秀的女巫医。

他看了眼尤芭,心想:伊扎的这个女儿成长得很快啊,不久就会是一名妇女了。我要开始考虑给她找一个配偶。他得是一个好配偶,能够与她和睦相处。还必须善于打猎,是个对他忠诚的好猎人。除了伏恩,还有谁吗?对了,欧娜也快到婚配的年纪了。欧娜不能配给伏恩,他们是同胞。欧娜要等到鲍格成长为男子后才能被配给他。如果她更早发育成熟,可能还没等她和鲍格婚配,她就已经生出个孩子来了。鲍格的岁数比欧娜稍大一些,也许我该多多提点下他,只要他成长到能够传宗接代,就能正式迎娶欧娜了。伏恩能否成为尤芭的好配偶呢?德路盖一直是他的好榜样,他也常常喜欢在尤芭面前逞强。可能尤芭很吸引他吧。布仑在脑中细细地整理着这些事关将来的打算。

土木香根的煎汁已经不烫嘴了。爱拉轻轻唤醒瞌睡中的伊扎,温柔地抬起她的头,喂她喝下汤药。布仑的心里在说:爱拉,伊扎她可能真的熬不过这次了。他注视着病榻上的妇女。她为什么衰老得这么快?她比克莱伯和我都小,可看上去却比克莱伯还要老。我记得她曾为我固定过骨折的手臂。那时她比爱拉为布拉克固定断臂时的年龄大不了多少,但那时她已经成长为妇女,并且也婚配了。后来我的手臂恢复得很好,没给我带来任何麻烦,一直到最近才开始出现小小的不适。其实也正常,毕竟岁月不饶人。我能打猎的日子也所剩无几了。我将把我的首领位子让给勃劳德。

不知勃劳德是否做好了准备?他在家族大会上表现很好,我几乎在当时就要让他接任首领。他很勇敢。每个人都对我说,我真幸运——我也这么觉得。那个时候我真怕他会被乌萨斯选中,共赴神鬼世界。虽然这是家族无上的荣誉,但我宁愿放弃。果恩是一个好男子。失去他对诺格家族应该是个不小的打击。可乌萨斯总要选中一个人,不论是谁,都会有人难过。我真的很庆幸那人不是我配偶的儿子——有时错过荣誉也是一种福气呢。勃劳德很有胆量,但好像有点胆子太大了。对年轻男子来说,一点冲动和鲁莽无伤大雅,但是作为一个首领,则必须时刻保持清醒。在狩猎中,他必须把猎人们的安全放在第一位。要想让狩猎大获成功,他就必须思维缜密,安排得当,而不是一味把猎人们置于不必要的危险中。我是不是应该让勃劳德先试着领导几个猎人,让他增长点经验和才干?他必须学会,光有勇气是不够的——责任心和自控力才是作为一个首领最应该重视的。

勃劳德到底是看不惯爱拉的什么地方?为什么他总要自降身价和她过不去?她看上去是有点另类,但她终究是一个妇女。这点是确凿无疑的,尽管她具有在妇女身上少见的勇敢。佐格的亲戚到底会不会娶她?我们家族里没了她恐怕也会不习惯。至少现在我已经有些离不开她了。她是一个优秀的女巫医,对任何家族都会是宝贵的财富。我将尽我所能,使人们明白她的价值。儿子就是她的命根。她曾甘愿为儿子放弃生命。但现在,看她照顾伊扎时专注的样子,即使是儿子也无法使她分心。再说,有几人能像她一样,大无畏从洞熊的爪下救出一个人。她不但无所畏惧,还学会了自控。在家族大会上,她始终很得体,方方面面都堪称妇女的榜样,再也没有年幼时的任性了。大会结束后,所有人都对她交口称赞。

"布仑,"伊扎微弱地唤了一声。"尤芭,快给首领送上一杯茶。"她做着手势,挣扎着想要坐起来。她还是克莱伯火塘的女主人,不能招待不周,"爱拉,拿一块皮垫给首领。布仑,这个妇女身体有病,不能亲自侍候首领,她觉得很抱歉。"

"伊扎,不必麻烦了。我来这里不是为了喝茶,我是专程来看你的。"布仑做着手势,在她的床边坐下。

"你站在这里多久了?"伊扎问。

"没多久。爱拉在忙,我不想打扰她,也不想惊动你。本来我想等她忙完再说的。家族大会上大家都很惦记你。"

"这次大会成功吗?"

"很成功。我们的家族又一次卫冕了。猎人们都是好样的,勃劳德还被第一个选中参加洞熊仪式。爱拉也表现得很好。很多人都夸她。”

“很多人都夸她！她怎么受得起呢？这样会引起鬼神的妒忌的。只要她干得好，为家族争了光，就足够了。”

“她确实很优秀。她被大家接受了，是一个无可挑剔的家族妇女。伊扎，因为她是你的女儿，大家都对她寄予很大希望。”

“是的，她是我的女儿，就像尤芭也是我的女儿一样。我很幸运，神眷顾了我，让我拥有了两个女儿，她们都会成为优秀的女巫医。爱拉可以把尤芭教得很好。她完全可以胜任。”

“不！”爱拉打断她，“你一定可以亲自培训尤芭的。你会好起来的。我们现在不都回来了吗，我们会好好照顾你的。过段时间你就会康复的。”她信誓旦旦地做着手势，脸上的表情异常坚定，“母亲，你会一天天好起来的。”

“爱拉，我的孩子。神鬼已在等我了，我很快就会随它们去的。它们已经满足了我最后一个愿望，让在我离开前看到了我爱的人。我不能让它们等得太久。”

肉糜和汤药给这位命在旦夕的妇女注入了最后一丝能量。她身体内的元气开始与疾病作最后的搏斗，使她的体温急剧升高。高烧下的她眼睛折射出奕奕的神采，面颊也变得白里透红。布仑也经历过生死离别。他知道这不是伊扎复苏的迹象，而是她的生命之火将要燃尽时的回光返照。她的生命力很顽强，还在做临别前的挣扎。

奥茄一直在勃劳德的火塘里哄着杜尔克，直到日头落了很久才把睡着了的孩子抱回来。尤芭接过孩子，把他放在了爱拉铺好的毛皮卧具上。没有人与她做伴，这个女孩害怕得不知怎么办才好。她不敢打扰正在尽力抢救伊扎的爱拉，更不敢打扰她的母亲。克莱伯回来过，但只待了一会儿。他把红赭石和熊脂调在一起，一边在伊扎身上画符，一边做着手势。然后就又返回到小室里，到现在也没有出来。

尤芭刚才取出了包裹里的东西，一一摆回到原来的位置上，又做好晚餐，但没有一个人要吃，又只得统统撤去。现在，她静静地坐在睡着了的孩子旁，心想着还有什么事可让自己忙碌起来。虽然这不能解除她心中的恐惧，但至少可以暂时填补空虚，总比干坐在火塘里盯着病重的母亲要强。可她到最后也想不出要做点什么，只得躺在爱拉的床上，蜷着身子，在孤苦和绝望中搂住杜尔克，试图从婴儿那里获得温暖和安全。

为了治疗伊扎，爱拉不知疲倦地忙前忙后。她一步也不敢离开，害怕伊扎就那么悄悄走了。这晚，彻夜未眠的不止她一人。山洞里每个火塘都被阴霾笼罩。除了不谙世事的小孩们进入了梦乡，男人和妇女们不是盯着红色的炭火发呆，就是睁着两眼躺在睡榻上。

洞外，密密的云层遮住了所有的星星。洞内的光亮也很微弱，而且逐渐与洞外的昏暗融为一体。除了行将熄灭的炭火，黑暗似乎吞噬了一切生机。不知不觉，天快要破晓了，可四周还是静悄悄。黑暗徘徊着不肯褪去，好像在酝酿着什么。爱拉打着瞌睡，却突然被什么惊醒，猛地抬起头来。

“爱拉。”伊扎粗哑地唤了一声。

“怎么啦，伊扎？”爱拉紧张地做着手势。火堆里的红色炭火放出微弱的光亮，照在了她的眼睛里。

“走之前，我还有些话要对你说。”刚做了几个手势伊扎就累得不行了。她歇了一会儿，就又努力地抬起手来。

“母亲，不要说话了，好好休息吧。等天亮后你就会感觉舒服一点的。”

“不，孩子，我现在一定要说，我怕我等不到天亮了。”

“不，不会的。你不能离开我。”爱拉做着手势。

“爱拉，我要去了，你得接受这个事实。让我说吧，我没多少时间了。”伊扎停了一下。爱拉沉默了。她不再坚持，绝望地等伊扎继续说下去。

“爱拉，一直以来我最疼你。我也不知道为什么，但这是事实。我本想把你永远留在我身边，希望你一直留在家族里。但是我马上要离开了。用不了多久，克莱伯也将到鬼神世界去。而且布仑也老了。爱拉，你不能继续留在这里了。勃劳德会成为首领，他会想尽办法伤害你。”伊扎又被迫停了停。她闭上眼睛，痛苦地大口喘气，好不容易攒了点力气，才接着说下去。

“爱拉，我的女儿，虽然你样貌奇怪，但却是我最心爱的孩子。你也一直很努力。我已经把你训练成了一名女巫医。即使找不到配偶，你的地位也足以让你在家族继续生活下去。但你是一个女人，你还是需要有一个配偶，一个属于你的男人。你不是本家族的人，爱拉。你出生于外族，你是属于他们的。孩子，你必须离开这里，去寻找你的族人。”

“离开这里？”爱拉茫然地做着手势，“我能到哪儿去呢，伊扎？至于你说的什么外族，我不知道，也不想找到他们。”

“爱拉，在半岛外的大陆上，也就是我们这里的北边，生活着许多外族人。我母亲告诉我，她的母亲在世时医治了一个从北方来的外族人。”伊扎停顿一下，提起一口气接着说，“爱拉，你真的不能留在这里。你去吧，你会找到你的族人，和你的另一半的。”

“还有，告诉尤芭，我爱她。但爱拉，你记住，你是我的第一个孩子，是我最爱的宝贝女儿，我会永远爱你……直到……直到……”伊扎咽下一口气时，爱拉听见了气泡破裂的声音。伊扎再也没有力气对爱拉说完这句话了。她停止了呼吸。

“伊扎！伊扎！”爱拉发出撕心裂肺的哭喊，“母亲，不要，不要离开我，不要离开我啊母亲！”

被哭声惊醒的尤芭马上朝爱拉跑过来。她大声尖叫：“不！母亲！母亲不要走！”

她跑到伊扎床边，看到伊扎已经咽气了。这个打击实在太大，尤芭一时难以接受，转过头，正好碰上爱拉看着她的眼睛。

“尤芭，她要我告诉你，她爱你。”爱拉对她说。面对这么大的震惊，尤芭的眼睛却是干的，显然大脑还需要时间反应。这时，克莱伯拖着脚走到了她们身边。在爱拉的哭声传来前，他就已经从小室里出来了。爱拉浑身都在发抖，抽噎着向他们两人伸开双臂。伤心欲绝的三个人在绝望中紧紧抱在了一起。爱拉无法控制泪如泉涌，很快濡湿了大家的衣衫。尤芭和克莱伯虽然没有眼泪，但失去伊扎的伤痛已如骨附髓。

26

“奥茄，你能再给杜尔克喂一次奶吗？”

克莱伯抱着躁动不安的杜尔克走向这位年轻妇女，请求她的帮忙。虽然他的独臂正抱着孩子，但简单比画几下之后奥茄就明白了他的意思。奥茄想，怎么爱拉不喂他呢。这么长时间不给婴儿喂奶，对爱拉来说可不是件好事。但从大莫格乌的表情可以明显看出，虽然伊扎的去世对他和爱拉都是太大的打击，但爱拉似乎过分悲伤了。他对此很伤脑筋。面对这样的大巫师，奥茄无法拒绝。

“当然可以。”奥茄说完，就把杜尔克抱了过去。

克莱伯一瘸一拐回到火塘。他看见爱拉还是一动不动地坐在那里，两眼发直。爱菠拉和尤蔻已经把伊扎的尸体抬走准备埋葬了。爱拉的头发乱如蓬草，脸上还满是旅途中沾上的尘垢，新淌的眼泪在上面留下了清晰可见的纹路。自长途跋涉回来，她还没有换过披身，皮毛里污泥和尘土格外扎眼。克莱伯曾把吵着要吃奶的孩子放到她怀里，但她对儿子的哭闹充耳不闻。克莱伯只能求助其他妇女。其实妇女们都有共识，不论是多么伤心欲绝的时刻，孩子的哭声都会最终唤醒一个母亲。但克莱伯对于母亲和婴儿毫不了解，只知道妇女们常常给别人的孩子喂奶。他不忍看到杜尔克饿肚子的可怜模样，而家族里又有许多可以给他喂奶的妇女。他这么做也是情有可原的。他还曾让杜尔克吃过阿葛和伊卡的奶，但她们自己的婴儿已快断奶，奶水有些不足了。奥茄则刚好相反。她的孩子格雷夫刚满一岁，正是她分泌乳汁最旺盛的时候。克莱伯已经把杜尔克送到奥茄这里很多次了。

没有哺乳，爱拉乳房中的乳汁就无法排出，已经涨结成了硬实的饼块，引发阵阵剧痛；但身体上再大的任何痛苦都敌不过爱拉内心所受的折磨。

把杜尔克交给奥茄后，大莫格乌就拿起手杖，蹒跚地走向山洞的后部。那里有一个荒废的角落，搬运进的许多石块在那里堆成了一堆。角落的泥地上还挖了一个浅槽。伊扎生前是家族的首席女巫医。她显赫的家系不仅赋予她崇高的地位，而且因为她与神鬼联系密切，使她有权享受埋葬在山洞内的待遇。一个人如果葬在山洞里，他或她的保护神能在附近巡视，不光方便了其魂魄回来造访家族，也能确保其尸骨不被食肉动物叼走。

大巫师先把红色的赭石粉末撒在椭圆形的地槽内，然后用一只手臂做出巫术手势。等他为将要埋葬伊扎的土地施过法后，便一瘸一拐地走向已被搬过来的伊扎的尸体。他揭开轻轻盖在上面的柔软的波状兽皮，女巫医灰色的裸体尸体映入眼帘。她的手臂和腿屈曲着，关节处用染成了红色的动物韧带固定。尸体就这么抱膝蜷曲着，好像一个腹中的胎儿。大巫师事前已用红色赭石粉和熊脂调好了特殊的油膏。他做了一个避邪的手势，然后俯身下去，将油膏涂在伊扎冰冷的尸体上。这红色的脂膏象征了婴儿出生时的血液，表示伊扎将用和降生一样的方式投胎到另一世界去。

对克莱伯来说，这是他有史以来执行过的最艰巨的任务。伊扎对他绝不仅是手足同胞那么简单。没有人比她更了解他了。不用克莱伯开口，她就能猜到他正忍受的疼痛，并为他承受的痛而痛；她了解他的温柔和敏感；看到他待人宽厚，功成名就，永不气馁，她发自内心地感到欣慰；这么多年来，她对他嘘寒问暖，呵护备至。因为她，克莱伯才得以像一个正常男子那样，享受到幸福的家庭生活。其实当他把油膏涂在她身上时，还是他第一次接触她的身体，虽然她已经没有了温度。即便如此，她却比许多男人的配偶更像配偶——她早已是他灵魂上的伴侣了。她的长逝给他的打击几乎是毁灭性的。

中途，克莱伯回了自己的火塘。他脸色惨白，和伊扎尸体的颜色无异。爱拉还呆坐在伊扎床边，木然盯着空气。直到克莱伯开始收拾伊扎的私有物品，她终于有所反应。

“你要干什么？”从床上跳起来的爱拉做着手势，警觉地护着伊扎生前用过的每一件东西。

“我在找伊扎的碗和其他东西。只要是她生前用过的东西，都要和她一起埋葬，好让她带到另一个世界去。”克莱伯对爱拉解释。

“让我来吧。”爱拉说完，就把克莱伯推到一边。她先把木碗和骨杯放到一起——伊扎曾用它们来配置草药和计量药水；然后是用于研磨的圆形卵石和平展的石座；伊扎个人就餐用的碟、盘、少许工具和装草药的袋子则被爱拉放在了伊扎的床上。整理完后，她久久凝视着这一小堆物件。伊扎在生活和工作中从没离开过它们。它们涵盖了伊扎的一生。

“那些不是伊扎的工具！”看到克莱伯走到了伊扎的工具柜前，爱拉赌气地打着手势，然后站起身来，跑出了山洞。克莱伯看着她的背影，摇了摇头，开始把伊扎的工具整理装袋。

爱拉泪流满面地蹚过小溪，跑到一片草地上。她和伊扎以前曾到过这里。一大丛蜀葵让她停下了脚步。这丛蜀葵姿态高雅，细细的长茎上顶着缤纷艳丽的花朵。爱拉爱不释手，摘了整整的一捧，五颜六色的煞是好看。随后，她又找到了几株西洋蓍草。这种植物的花朵类似雏菊，但花瓣的数量很多——花朵可被制成减轻疼痛的敷料。她又奔跑着穿过草地和树林，采集了更多伊扎曾用来治病的植物：比如白叶蓟草，千里光和深紫色的风信子。蓟草的白色叶片带有黄刺，开圆形的浅黄色花朵；千里光的花也是黄色的，但很耀眼夺目；近乎黑色的风信子花则最妖娆鬼魅。

这几种植物虽然都是伊扎药库中的常备品，但她只挑选了那些光鲜艳丽、气味芬芳的花朵。爱拉捧着花束，站在草地的边缘。她恍惚了一下，仿佛伊扎带她采集植物就发生在昨日，不觉又抽泣起来。花摘的太多了，又没有背筐，她的手臂有些环抱不下。几枝花掉落在地，她不得不蹲下拾起，就在这时，地上一株开着小花的木本马尾草吸引了她的注意。当她看清植株上面缠结的枝条时，几乎破涕为笑。她已经想到了办法。

她在自己披身的褶裥里摸出一把石刀，用它割下了一枝马尾草。在初秋温暖的阳光下，爱拉坐在草地边缘，把一根根绽放着花朵的花茎和马尾草枝来回编绕，最后首尾相连，终于编成了一个五彩缤纷的花环。

爱拉回到山洞。看到她手里的花环，整个家族的人都惊叹不已。她径直走向山洞后部，来到那个椭圆形浅槽旁，那里面躺着伊扎。爱拉轻轻把花环放在了伊扎旁边。

“这些也是伊扎用过的东西！”面对有人提出的质疑，爱拉激动地打着手势。

老巫师则站在了爱拉一边。他点点头，心想她是对的。伊扎和那些植物打了一辈子交道。如果这些植物能跟着她到鬼神世界去，她应该会高兴的。不过，我怀疑，植物到了那个世界能开出花朵吗？

伊扎的工具、器皿和花环都已放进了墓内。这时，大莫格乌开始做手势，祈求伟大的乌萨斯之神和伊扎的保护图腾小羚羊之神都能保护伊扎的灵魂一路平安。与此同时，家族人开始在尸体的上方和周围填入石子。

“等等！”爱拉忽然打断了仪式，“我忘了一样东西。”她跑回火塘，找到自己的医药袋，从里面小心地取出一只已碎成了两半的祖传药碗。回到墓地那里，她把这只碎木碗也放在了伊扎的旁边。

“虽然这碗无法再继续使用，但我想她会愿意带它上路的。”

大莫格乌点点头，表示赞同。这实在是再合适不过了——伊扎怎么会舍得丢下这只碗呢。随后，他继续自己的定式手语。当最后一块石头垒好后，妇女们开始在石冢的周围和顶上堆放柴火。一支在山洞口的火堆处燃着的木棒，引燃了这堆木头。冢上的这堆火将用于伊扎的葬礼宴会。所需的食物会在火上烹煮，而且火堆要连续七昼夜不灭。火堆的热量可使尸体加快干燥成木乃伊，并去除异味。

火熊熊燃起。家族成员围在大莫格乌周围。他肃穆庄严的哀悼手势实在令人荡气回肠，感慨万千。他向鬼神世界诉说着他对这位女巫医诚挚的爱，因为她曾照顾他们，呵护他们；在病痛和死亡一样神秘的岁月里，她始终在尽己所能地减轻人们的病痛。大莫格乌的这些祷告手势是葬礼中常见的。有些手势一般只用在男子的宗教仪式上，对于妇女来说虽然陌生，但不会影响意思的传达。这位伟大圣人并没有突破常规的定式，可他的热情、执念还有难以言喻的悲伤都给这些手势注入了新的内涵。

爱拉的眼睛是干的。在舞动的火舌背后，这位独臂瘸腿男子的动作行云流水，庄严的手势下伤心的他和她心灵相通。大莫格乌的悲痛触动了她，就好像他已经深入到她的思想内部，正替她说出想说的话，表达想表达的情。除了爱拉，还有许多妇女也有相同的感受。当爱菠拉开始流露出不舍时，尤芭正抱着杜尔克，身体里一股哭喊的冲动直抵她的喉头。她内心的悲伤已无法抑制，涌到嗓子眼了却又发不出声音。爱拉仰着头，眼神放空。她已跌入了忧伤的深渊，泪也流干了。

火焰好像是无数只催眠的眼睛，爱拉不知盯着看了多久，直到爱菠拉把她推醒。她茫然地看向这位首领的配偶。

“爱拉，去吃点东西吧。这是我们最后一次与伊扎一起吃饭了。”

爱拉往木盘子里夹了些食物，然后木然地坐在地上，把一块肉往嘴里送。她试图咽下，却怎么咽不下去，几乎快要噎住。这时，她突然站起身来，往山洞外跑去。她漫无目标地跑着，跌跌撞撞地穿过灌木丛和岩石。不知不觉，她的脚把她带到了一条熟悉的小路。她顺路攀登，来到了那片高山草地。在那个曾庇护过她的小山洞前，她站了一会儿，最终也没有进去，而是转过身去。自从她把小山洞指给布仑看后，它就好像不属于她了。在这里停留越久，只会给她带来越多痛苦的回忆。她继续向上攀登，一直到了峭壁的最高处。就是这面峭壁在秋冬季节为小山洞挡住了凛冽的寒风。

崖顶上北风呼啸。爱拉趔趄了一下，跪在了地上。她的悲伤已经难以忍受，心脏在剧烈地绞痛，身体也不能控制地随狂乱的心跳摇晃着。她发出肝胆俱裂的哭喊,以发泄她的忧伤。克莱伯看到爱拉突然离开,就蹒跚地跟在她身后。他走出洞口时,望见了远处日落的云霞衬出了爱拉的剪影,听见了爱拉缥缈的哀号声。虽然他也万分悲痛伊扎的离世,但他不能理解爱拉为什么拒绝同伴们的劝慰,选择独自痛哭。他有卓越的洞察力,但过度的悲痛已使他陷入麻木——他没有意识到折磨爱拉的已不仅是哀伤。

那是深深的内疚。伊扎的死令爱拉无时不在责备自己——她留下有病的母亲在家,自己去参加家族大会;她是一个女巫医,却恰恰在她深爱的母亲最需要她的时候离开了。她怎么能不自责呢?为了保住她日思夜想的胎儿,伊扎拖着病体为她寻觅草药。那次劳顿几乎要了她的命,从此她的身体就更是一日不如一日。爱拉回忆起自己在家族大会结束后闯入山洞深处的小室。虽然她是被灯火无意识地引到那里的,但仍给克莱伯造成了不可挽救的心理伤害。她觉得自己愧对克莱伯。因为几乎没有进食,爱拉的身体现在很虚弱;她已很久没有哺乳,乳房的胀痛导致了高烧。但她根本意识不到这些。当伊扎还活着的时候,爱拉的身心情况还不至于这么糟,因为她是一个女巫医,在解除病痛挽救生命的时候是最心无旁骛的。作为爱拉的第一个病人,伊扎一死,支撑爱拉的精神支柱随之颓然倾倒。

爱拉突然意识到,自己现在最需要的是杜尔克。她不仅要给他喂奶,还要照顾他,因为这能让她回到现实,知道生命总归还是要继续下去的。她迫切想见到儿子,心急如焚地跑回山洞。山洞里,她看见杜尔克正睡在尤芭身旁。克莱伯已经让奥茄给杜尔克哺过奶了。爱拉一下倒在自己的床上,翻来覆去地不能入眠。她的全部身心都被深入骨髓的悲伤和内疚占据了。她不知道自己在发烧,也感觉不到疼痛。

早晨,当克莱伯醒来时爱拉已外出了。她又爬上了那面峭壁。克莱伯远远地看着她,虽然也为她担心,但因为距离太远,他看不出她已经很虚弱,也看不出她正在发高烧。

"要不要我去追她回来?"布仑走到克莱伯身边问道。他也像克莱伯一样,对爱拉的现状困惑不安。

"看来她需要单独待会儿。最好还是让她发泄一下吧。"克莱伯回答说。

当克莱伯见不着爱拉时,他只是有点担心。可天黑了,也不见爱拉回来时,他就要求布仑去找她了。当他看见首领把爱拉带回山洞,他看到爱拉那副样子时,他悔不当初,后悔没有早一点让布仑去找她。悲伤和消沉已使爱拉耗尽了元气,过度的衰弱和不退的发烧又直接威胁着她的生命,终于使她晕倒在半路上,幸亏布仑及时赶到。尤芭和爱菠拉细心照看着她。她神志昏迷,一会儿打寒战,一会儿发高烧,只要一不小心碰到她的乳房,她就会疼得叫喊起来。

“她快要失去她的乳汁了，”爱菠拉对尤芭说，“就算把杜尔克抱来吮奶也无济于事了。她的乳汁已结成硬块，再也吸不出来了。”

“可杜尔克还那么小，还没到断奶的时候啊。没有奶吃，他怎么能活下去呢？爱拉又会怎么样呢？”

如果伊扎还活着，或如果爱拉能积极配合治疗，爱拉也许还能保住奶水。虽然尤芭知道肯定有敷料和药物能对爱拉的病有所帮助，但尤芭还太年幼，没有十足的把握，而且爱菠拉的语气又那么笃定。等到爱拉的热度退尽，她的乳汁也干了。她再也不能为自己的儿子哺乳了。

“我不允许这个畸形的小鬼到我的火塘里来，奥茄！我也不许你把他看成你两个儿子的兄弟！”

大发雷霆的勃劳德挥舞着拳头。奥茄正畏缩地蹲在他的脚边。

“勃劳德呀，他不过是一个婴儿。他要吃奶，阿葛和伊卡的奶水又不够。我的奶很多，还常常多到发胀。勃劳德，如果他一直这样没奶吃，很快会被饿死的。”

“我才不关心他的死活。他原本就不该活下来的。总之我不许他到我这个火塘来。”

奥茄定了下神。在确定自己没有听错后，她停止颤抖，不可思议地看向勃劳德。她不相信勃劳德真会阻止她喂爱拉的婴儿。一直以来，他会生气，会说狠话，但她确信到头来他还是会允许她去喂杜尔克的。在奥茄眼里，虽然勃劳德痛恨杜尔克的母亲，但他绝不可能因此就残忍地让一个婴儿活活饿死。

“勃劳德，爱拉可救过布拉克的命。你怎么能忍心让她的儿子饿死？”

“因为救了布拉克的命，她捞到的好处还不够多吗?家族不仅让她活命，甚至还允许她打猎！我什么也不欠她的。”

“你别忘了，她曾经被咒死。她之所以能从鬼神的世界返回，是因为她的图腾在保护她，需要她回来。能活下来，全是因为她福大命大。”奥茄争辩说。

“如果按正常的方式诅咒，她是不可能活着回来的，更不可能生出那个小鬼。如果她的图腾是强大的，她怎么会失去乳汁呢？每个人都说她的婴儿将是不幸的。现在看来一点也没错——还有什么事能比失去母亲的乳汁更不幸吗？难道你想把他的坏运也带进我们的火塘？这我可不答应。奥茄，这件事到此为止，我再不想说别的话了。”

奥茄一屁股跌坐在地上。她平心静气地想了一会儿，又仰起头来望着勃劳德。

“不，勃劳德，”她做着手势说，“我不同意。”看到勃劳德吃惊和震怒的表情，她毫无惧色，“阻止杜尔克到你的火塘生活，这是你的权利，我不说什么。

但你不能阻止我给他哺乳，因为这是一个妇女的权利。只要一个妇女愿意，她可以给任何婴儿哺乳，没有一个男人可以阻止她。爱拉救过我儿子的命，我不能看着她的儿子饿死。不管你愿不愿意，我都要把杜尔克当做我儿子们的兄弟看待。”

勃劳德震惊了。他的配偶胆敢公然违抗他，这是他万万没有想到的。奥茄过去从来没有如此傲慢不敬，甚至连不服从也没有过，可现在的她竟然敢公然顶撞他。勃劳德的震怒变成了狂怒。

“女人，你竟敢如此违抗你的配偶。我要把你赶出火塘！”他暴跳如雷。

“勃劳德，我可以带我的儿子们离开这儿，到时会有另一个男人来娶我。如果没有，大莫格乌也许会让我和他一起住。不管怎样，我还是会给爱拉的婴儿喂奶。”

勃劳德被彻底激怒了。他气得说不出话，一拳把奥茄打倒在地。他一步步向她逼近，中途却突然停下，转过身径直朝布仑的火塘走去。他想，不能就这样便宜了她。

“爱拉这个十恶不赦的妇女。她先蛊惑了伊扎，现在又带坏了我的配偶！”勃劳德跨进火塘，气急败坏地对布仑打手势，“我告诉奥茄，爱拉的儿子不可以到我的火塘里来，也不许她将这个畸形的男孩当做她儿子的兄弟。你知道她竟怎么说？她说，我是不能阻止她的，她无论如何都要给他哺乳，而且不管我愿意不愿意，她都要把爱拉的儿子当做她自己的儿子。奥茄竟然会说出这些话！简直难以置信！她可是我的配偶！”

“她说得很对，勃劳德。”布仑努力稳定住自己的情绪，“你的确不能阻止她给杜尔克哺乳。妇女给哪个婴儿喂奶根本不是男人应该关心的事，也从来不需要一个男人操心。男子们还有许多更重要的事要做。”

勃劳德本就很不高兴了，竟然还在布仑这里被泼了冷水。其实布仑会有这样的反应一点也不奇怪。对勃劳德而言，干预妇女权利范围内的事是自降身份。况且，除了奥茄之外，还有谁能给杜尔克哺乳？杜尔克是家族的一员，这一点在他参加完家族大会的洞熊仪式以后最终确认。家族成员之间总是互相照顾的。即使是一个从其他家族嫁过来的妇女，没有生过一个孩子，配偶又死了，家族也不能让她饿死。她也许不能发挥任何价值，只会是一个负担，但只要家族还有一点食物，就一定会有她一口吃的。

勃劳德拒绝接受杜尔克进入他的火塘，也就意味着他不愿肩负供应和训练杜尔克的责任。布仑对此虽然很不满意，但一直以来也没有指望他，因为家族的人都知道，勃劳德对爱拉和她儿子的态度都很恶劣。但他和杜尔克毕竟共同生活在家族里。他反对自己的配偶给这个男孩哺乳的理由非常牵强，根本站不住脚。但勃劳德可不这么认为。

“你是不是想告诉我，奥茄的放肆是应该的，有错的那个人其实是我？”

“勃劳德，我真不明白你为什么要多管闲事？难道你是想把孩子饿死吗？”布仑反问。勃劳德的脸一下涨得通红。“他也是家族的一员，勃劳德。虽然他的头有点不一样，但这不妨碍他将来成为一名猎人。这里是他的家族，我们甚至为他找好了一个配偶，你也是同意的。为什么你的配偶要给别的婴儿喂奶会让你如此激动？难道是因为爱拉？你还和她过不去吗？勃劳德，你是一个男子，只要是你命令的，她都必须服从。现在她也很听你的话，为什么你还要和她计较？你简直是在作贱自己。难道我说错了吗？勃劳德，你到底是不是男子汉？你到底有没有足够的魄力来领导这个家族？”

“我只是不希望一个畸形的孩子成为我配偶的儿子们的兄弟。”勃劳德做着手势想要解释。他固执地狡辩着，即使他的理由那么苍白无力。

“勃劳德，哪个猎人没救过其他猎人的生命？哪个男子的身上不带着其他男子的部分灵魂？哪个男子不与其他男子兄弟相待？现在你就如此反对杜尔克成为你配偶儿子们的兄弟，那他们长大后呢？到时你又准备怎么做？你到底为什么反对？”

勃劳德哑口无言了。他的话没有一句能被首领接受。他不能承认他就是在千方百计地给爱拉找茬，否则就等于承认他不能控制自己，承认他没有男子汉的胸襟，承认他不够资格当家族的首领。他后悔到布仑这儿来了。他想，我怎么忘了，布仑总是站在她那一边的。在家族大会上，他是如此赏识我，并以我为傲——可现在为了她，他又开始怀疑我了。

“好，奥茄可以给他哺乳，”勃劳德做着手势，“但我不许他住在我的火塘里。”在这件事上，他知道自己有决定权，所以坚决不肯让步，“尽管你认为这个孩子不会拖累人，但我不这么看。我可不愿在将来训练这个孩子。我甚至怀疑这个孩子将来到底能否成为一名猎人。”

“那是你的选择，勃劳德。我可以负责训练他——在正式接纳他之前，我就作出过这样的承诺。而且我也正式接受他留在家族了。杜尔克现在是这个家族的成员之一。我可以很肯定地告诉你，他将会成为一名猎人。”

勃劳德只得灰头土脸地回到自己的火塘。当他看见克莱伯又把杜尔克抱给奥茄，便一赌气走出了山洞。他的怒火根本没有熄灭。他不停地走，直到布仑的目光看不到他为止。他自言自语，这都是那个瘸老头搞的鬼。可他很快又试图把这种想法从他头脑里抹去，害怕这位巫师洞察自己的心思。

勃劳德畏惧神鬼。他比家族里任何一个男子都要害怕那些未知的力量，也因此害怕得罪那个与神鬼联系密切的人。神鬼可以带来厄运，致人罹患疾病甚至死去，他一个小小的猎人哪里是对手呢？就算他面对的不是神鬼，而是那个能召唤神鬼的人，他也是无论如何敌不过的。在家族大会期间,勃劳德曾和其他家族的年轻男子们一起度过了很多个夜晚。他们在聊天时特别爱说些骇人的故事，其中有些就讲到了因为莫格乌而造成的悲剧,使听故事的年轻男子们义愤填膺。在故事要结尾时,他们纷纷抽出梭镖,责难那些狂妄的巫师们。死亡、疾病、被野兽的獠牙或利爪伤害,各种恐怖的灾祸都被归咎于发怒的巫师。虽然这些恐怖的故事在勃劳德所在的家族内并不流行,但没有人因此怀疑大莫格乌无上的权威。

尽管这个年轻男子曾经嘲笑大莫格乌一无是处,认为他根本不值得尊敬,但大莫格乌的畸形的身体、可怖的独眼和满脸的疤痕都令他不怒自威。对那些不熟悉大莫格乌的人来说,大莫格乌看上去不太像人,倒有几分像鬼。勃劳德利用了其他年轻男子们的畏惧心理,在他们面前大肆吹嘘他根本不害怕大莫格乌。看到他们脸上将信将疑却又带有崇拜的神情,他就特别有成就感。他的那些故事尽管是胡编乱造的,但还是给众人留下了印象。全家族都对这位不能打猎的瘸腿老人充满了崇拜和敬畏,使勃劳德不得不提高警惕。

他常常白日做梦,盼望自己能马上成为首领,也希望古夫能当他的莫格乌。古夫的年龄与他相近,是和他关系密切的狩猎伙伴。他确信,在他统领家族的时候,只要古夫是巫师,他就一定能连骗带哄地使古夫与自己一条心,但他不敢奢望古夫能取代大莫格乌。

在勃劳德从树林穿过,返回山洞时,他突然下定决心:今后,决不能让首领再怀疑他;再也不能有任何障碍妨碍他美梦成真。他想,在当上首领后,我要宣布一系列的决定。爱拉怂恿布仑反对我,甚至还撺掇我的配偶奥茄也反对我。当我成为了首领,我就再也不用怕布仑站在她那边保护她。勃劳德回忆起爱拉每一次和自己作对。他一意孤行地认为,她不但多次夺去了他的风头,还经常地侮慢他。他细细地回味着这些情节,更加坚定了要对她还以颜色的想法。虽然不是现在,但他可以等。他对自己说,那一天很快就会到来的。到时候,她一定会后悔自己根本不该来到这个家族。

勃劳德不是唯一责难克莱伯的人——克莱伯也很痛恨他自己,因为是他间接造成了爱拉失去奶水。克莱伯终于意识到,他的过分关心带来的是灾难性的后果。他一点也不了解妇女的生理特点,直到老年才真正接触到了母亲和婴儿。他不知道哺乳对母子双方都有好处,而且对母亲来说,哺乳绝不仅是为了尽义务,更是从自己的健康出发。没有人曾告诉过他这些,也没有人有告知他的义务。大错已经铸成,没有办法挽救了。

他不明白为什么这样可怕的灾难会摊到爱拉的头上？是不是因为她的孩子是不幸的？克莱伯开始在自责中回忆,苦苦寻找着答案。慢慢地,他开始怀疑自己的动机。他怀疑自己根本不是出于真正的关心，而是出于报复——她无意中伤害过他，所以他要以牙还牙？他还能无愧于他伟大的图腾吗？作为大莫格乌，他怎么能有意做出这种卑劣的报复举动？如果把他作为家族的榜样，那么家族的人们都不该活着了。克莱伯痛心疾首。他的种族必将灭绝和伊扎离世这两件事已使他心力交瘁，现在他又因为无意导演了爱拉的悲剧而不停地自责。忧郁和沮丧的泥沼使他越陷越深。大莫格乌迎来了一生中最艰难的考验。

其实爱拉并不责备克莱伯。她责备的是她自己。当她看到别的妇女都在给她的儿子哺乳而她自己什么也不能做时，心理上的重创使她无法忍受。奥茄、阿葛和伊卡都到她这里来，告诉她她们将给杜尔克哺乳，令她万分感激。不过更多时候还是由尤芭把杜尔克抱到她们中一个的火塘里，直到杜尔克吃饱了再抱他回来。因为自己的失乳，爱拉不能参与儿子生命中一个重要的部分。她依旧为伊扎伤心，觉得是她的过失才造成了这位妇女的死亡。克莱伯一直在远远地避开她，使她无法接近，也不敢接近。每天夜里，当她和杜尔克睡在一起时，她都会感谢勃劳德。因为他的拒绝，她才没有完全失去她的儿子。

秋日渐渐消逝，爱拉又拿起了她的弹石带，作为独自外出的借口。在过去的一年里，她很少打猎，把弹石的功夫都荒废了，不过通过练习，准度和速度又得到了恢复。在最近大多数的日子里，她早出晚归，只留下尤芭照顾杜尔克。目前唯一令她遗憾的，是冬天很快就要到来了。她的打猎练习进行得很好，但有一个问题需要克服。自从前两年她发育成熟后，她就不常出去打猎了，直到这几日才密集地外出。在打猎时的奔跑或跳跃中，她很烦恼自己两个沉重的乳房上下跳动。她观察到男子们在裆部系上皮革作为保护，于是就用一根宽皮带固定乳房，把带子的两端系在背上。这样一来她觉得舒适多了，并不理睬周围诧异的目光。

虽然打猎增强了她的体质，占据了她的思想，但她依然无法摆脱悲伤。在尤芭眼里，欢乐已远离了克莱伯的火塘。不只是她无时无刻不在怀念她的母亲，克莱伯和爱拉也都沉浸在永恒的忧伤思绪中，只有天真无邪的杜尔克用他婴儿的方式才能带给爱拉一丝快乐，偶尔甚至还能使克莱伯在怠倦和消沉中打起一点精神。

这天清晨，爱拉离开山洞。尤芭也离开火塘，到山洞的后部去找东西。奥茄把杜尔克送回来后，克莱伯的眼睛就没有离开过这个男孩。看他满足的样子，刚才应该是吃得很饱了，而且不太想马上睡觉。他爬到这位老人脚边，拽着克莱伯的裤管，摇摇晃晃地用自己站立不稳的小腿想要站起来。

“你快要开始学走路啦。”

克莱伯做着手势：“小家伙，在这个冬天结束之前，你就能在这个山洞内到处奔跑了。”

克莱伯碰了碰杜尔克滚圆的小肚皮，想引起他的注意。杜尔克的嘴角一下向上翘起，发出了一种声音，这种声音克莱伯只从火塘里另一个人那里听到过。那是他在笑。克莱伯又碰他一下，男孩马上弓起身子，发出婴儿咯咯的笑声，然后失去平衡，一屁股坐在了地上。克莱伯把他扶起来，仔细端详他的脸，好像发现了新大陆一般。

杜尔克肉乎乎的两条腿也像弓一般弯着，但没有家族其他婴儿弯得那样厉害。克莱伯看出杜尔克有较细较长的骨骼。他想，当杜尔克长大后，他的腿会变直，个会长高，就像爱拉一样。他的脖子在他刚出生时是那么细弱，根本不能把头支起来；现在好了，已经和爱拉的差不多了。不过，他的头不太像她，不是吗？虽然他的前额还和爱拉一样，都比较高。克莱伯把杜尔克的头转过去，从侧面继续观察。是的，前额和爱拉的很相似。但他的眉嵴和眼睛却有家族人的特点。他的后脑也更像家族人。

爱拉说得对。他不是畸形，而是混合体——她和家族人的混合体。克莱伯怀疑，生命难道一直是这么产生的吗？因为图腾产生了混合？因为图腾混合，所以妇女会生出女孩，而不是由于男子的图腾较弱的缘故。是男性和女性的图腾混合创造了生命吗？克莱伯摇了摇头。他真的不知道。不过这个问题引起了这位老巫师深入的思考。在这个寒冷、孤独而又漫长的冬天里，他常常不由得会想起杜尔克。他有一种感觉，杜尔克会是一个重要的人物。也正因为如此，他总试图把杜尔克从脑海中抹去。

27

“求你了爱拉！你就陪我去吧！我不像你，我可不会打猎，天黑之后你叫我上哪儿躲去啊？”尤芭恳求道，“爱拉，我真的很害怕。”

尤芭还未满八岁，她的初次月经就这么没有征兆地来了。按照习俗，当妇女的图腾第一次在身体里有所反应时，妇女必须独自在野外度过几天的时间。尤芭很害怕，所以希望爱拉能陪她一起去。

爱拉安慰她说：“你记得那个小山洞吗？当年我生杜尔克时，那里就是我的藏身之处。尤芭，你就躲到山洞里去吧，那里可比野外安全得多。每天傍晚我都会去看你，给你带一些食物。只要熬过这几天就好了。你要记得带上一块毛皮，铺在地上方便睡觉，还得带上一块红炭用来生火。小山洞的附近有水源，不必担心。你住在那里会感到特别寂寞，尤其是在夜里，不过不会有什么事的。你要想到，你现在是一个妇人了，很快就会婚配，而且在不久之后你就会有一个你自己的孩子。”

“你觉得布仑会挑选谁做我的配偶？”

“你希望布仑选中谁呢，尤芭？”

“伏恩是唯一尚未婚配的男人，但是我想鲍格应该也快将成长为一个男人了。当然，布仑也可能不会把我配给伏恩或鲍格，而是让我给另一个男人当第二配偶。但我真的非常喜欢鲍格。我们两人常在一起玩过家家，直到那一次他想和我做那件事。那次他并没有成功，可能是因为他还很害羞吧。他现在几乎是一个成熟的男人了，再也不会和女孩们在一起玩。另外，欧娜也已是一个妇女了，而她不能被配给伏恩。除非布仑决定将她配给一个已有了一个配偶的男人，那么就只剩下鲍格了。这样一来，伏恩很有可能会成为我的配偶。”

爱拉说：“伏恩成长为一个男人已有一段时间了。他很可能正想有一个配偶。你喜欢伏恩吗？”爱拉也觉得尤芭和伏恩结合的可能性最大。

尤芭说：“他总是装做不注意我，但我发现他常常偷看我。他可能不是一个很坏的男人。”

爱拉说：“勃劳德很赏识他。他有一天可能还会当上家族的二把手。这样你将来就不用担忧你在家族中的地位了，这对你的儿子们也有好处。在伏恩小时候，我不大喜欢他，但是，我想你说得对，他本性应该不算太坏。当勃劳德不在旁边时，他都对杜尔克很好。”

尤芭说：“家族里每个人都对杜尔克都很好。除了勃劳德以外，每个人都喜欢杜尔克。”

“是啊，杜尔克把每个火塘都当成了自己的家。他很习惯从这一家到那一家吃奶，他甚至叫每个妇女为母亲。”爱拉做着手势。她短促地皱了一下眉头，但马上挂上了微笑，“你记得有一次他走到格洛德的火塘里，俨然把那当成了他自己的家吗？”

“当然记得。当时我努力不去看他，但后来实在是忍不住了。”尤芭回忆说，“他走进火塘，正巧尤蔻从他面前走过，他就向她问好，叫她‘母亲’，然后径直走向格洛德，爬到他的膝上坐着。”

爱拉说：“是啊。从我到家族以来，还从没见格洛德那么惊讶过。杜尔克一会儿又爬下格洛德的膝盖，走到了格洛德的几支梭镖旁。我想这时候格洛德一定会恼火的，可是事实并非如此，当他看到这个天真无邪的孩子准备把他那支最大的木梭镖拖走时，他一点办法也没有，最后才又好气又好笑地从杜尔克手里截下梭镖。可你知道那孩子竟然说什么吗？‘杜尔克要像格洛德一样出去打猎。’”

尤芭说：“我想，当时如果格洛德就这么由他去的话，杜尔克准会把那支沉重的梭镖一直拖出山洞。”

“后来格洛德做了一支小小的梭镖送到他的床边，给他拿在手中把玩。”爱拉做着手势，带着满眼的笑意，“你知道，格洛德的性格本来很沉默寡言。可那天他到我这里来时，真令我对他大为改观。他先是大方地向我问好，然后径直走向杜尔克，把那支小枪放在杜尔克的掌心里，还教他怎样握枪。在他离开时，他只说了一句话：‘这个男孩这么迫切地想要打猎，他必须要有一支自己的梭镖。’”

尤芭说：“奥芙拉到现在还没有一个孩子，这真令人遗憾。我想格洛德配偶的女儿如果能有一个婴儿的话，一定会使格洛德非常快乐。可能这就是为什么格洛德那么喜欢杜尔克吧。可杜尔克还不只跟一个男人关系好呢。我告诉你，不仅布仑喜欢他，就连佐格也早就想教他使弹石带了。所以我认为，即使我们的火塘里没有一个男子可以训练他打猎，他将来也肯定可以学会打猎。从这些男子们的行为可以看出，他们都好像是杜尔克母亲的配偶，只有勃劳德除外。”说到这里，尤芭停顿了一下，“爱拉，也许他们真的都是你的配偶呢。多夫不是常说嘛，是所有男人的图腾联合起来打败了你的穴狮图腾。”

“我看你该出发了吧，尤芭。”爱拉换了一个话题，“我会送你一程。正好现在外面的雨停了。野草莓应该都成熟了。在去往山洞的途中，你会经过很大的一块野草莓地。你放心，我很快会爬到山上去看你的。”

几天的时间很快过去。尤芭顺利度过了人生第一次妇女诅咒，平安回到了山洞。之后的一天，家族决定为几对男女举行婚配仪式。在仪式上，古夫用黄色的赭石油膏在尤芭的图腾符号上画上伏恩的图腾标记，表示尤芭从此被伏恩占有。

“你愿不愿意接受这个妇女做你的配偶？”克莱伯对伏恩做着手势。

伏恩点头应允，然后碰了碰尤芭的肩膀，尤芭便起身跟随他进入山洞。随后，克莱伯和古夫又为鲍格和欧娜举行了同样的婚配仪式。两对新人都进入了各自崭新的火塘。他们要度过一段与众人隔离的日子。仪式结束后，人群四下散去。山洞外，初夏的树叶仍然颜色较浅，不似晚些时候的浓绿。树叶随微风轻轻抖动，发出哗哗的声响。爱拉正要抱起杜尔克进入洞内，但他不安地蠕动着要求自己走。

“好吧。杜尔克，”她把杜尔克放到地上，然后对他做手势，“我知道你会走路了。不过你得先进来吃点肉汤和谷糊才能出去玩。”

爱拉走回火塘，开始准备早餐。杜尔克跟在她身后，也摇摇晃晃地走进山洞。爱拉无意中瞥见他正准备跨入尤芭和伏恩的新火塘，连忙跑过去把他抱了回来。

“杜尔克要看尤芭。”孩子委屈地做着手势。

“不可以,杜尔克。这段时间任何人都不许进去。只要你乖乖吃完你的谷糊,我就带你出去打猎。”

“杜尔克听话。为什么不许看尤芭?”男孩问。听到爱拉要带他出去,他的情绪有所缓和,“为什么尤芭不出来和我们一起吃?”

“她不和我们住在一起了,杜尔克。她现在是伏恩的配偶啦。”爱拉解释道。

杜尔克并不是唯一一个对空荡荡的火塘感到不习惯的人。尤芭离开之后,火塘里就只剩下了克莱伯、爱拉和这个孩子,这使得这位老人和年轻妇女间的气氛变得更为微妙。他们为自己给对方造成的伤害而悔恨,但就是找不到办法消除彼此间的隔阂。有好几次,当爱拉看见老巫师郁郁寡欢、意志消沉时,差点就要走过去抱住这个白发蓬乱的老人,就像她还是一个小女孩时经常做的那样。但她还是约束住自己,没有做出冒失的举动。

克莱伯怀念已经逝去的感情,没有意识到自己正因此日趋消瘦。当别的妇女在给杜尔克哺乳时,爱拉难受的表情全被他看在了眼里,很多次他都想走上去安慰她。如果伊扎还活着,伊扎一定会有办法让他们解开疙瘩。但这时缺失了这样一个关键的中间人,他们的隔阂始终无法消除。两个人都想向对方示好,就是不知道该如何沟通。在尤芭离开后的一天,两个人在吃早餐时都表现出有点惴惴不安。

“你还要添点吗,克莱伯?”爱拉问。

“不,不,不必啦,我已经吃饱了。”他做着手势。

他看着她开始收拾餐桌。杜尔克还在用他的两只小手和一个蚌壳匙往盘子里盛东西,他吃得津津有味。杜尔克满两周岁了,已基本上断奶,但他依然会去找奥茄——还有伊卡,她刚添了一个婴儿——高兴地蹭上几口奶吃。这些妇女通常都会由着他去。虽然按通常的习惯,当一个新生婴儿出世后,较年长的但还在吃奶的孩子必须断奶,但伊卡对杜尔克例外。这个新生儿对母亲伊卡的乳汁并不霸道,不过杜尔克也决不会将奶吃空,决不会让婴儿没奶吃。他只是为了让伊卡能抱自己一会儿,好表明他还是有这个权利的。

奥茄对待杜尔克也很宽厚。严格算来,格雷夫也已过了哺乳年龄,但他还是钻了母亲宠爱自己的空子。两个男孩子常常同时攀在奥茄的膝上,各抱着一只乳房吮吸。直到两人玩兴大起,胜过了跟母亲的亲热,才会央求奥茄放他们下去,开始互相厮打着玩。杜尔克与格雷夫长得虽一般高,但没有格雷夫结实,所以他们在扭打玩闹时,格雷夫常常稍胜一筹。但是在他们赛跑时,杜尔克总是能轻易赢了这个比他年长的男孩。两人几乎形影不离,在许多场合都要找到对方搭伴。

“你是要把孩子带到外面去吧？”在一阵不安的沉默后，克莱伯做着手势说。

“是的，”爱拉点点头说，她在帮孩子把脸和手擦干净，“我答应带他出去打猎的。我看今天天气不错，想让他在外面待久一会儿。不过我还要采集草药，所以打猎的时间可能不会太多。”

克莱伯听了便发出哼哧声表示理解。

“你也应该出去走走，克莱伯。”她又说，“晒晒太阳对你有好处。”

“这我知道。等以后再说吧。”

爱拉想，应该把他哄到山洞外面，跟她一起像以前一样沿着小溪散步。但没等她开口，克莱伯早把脸转向了另一面。她尴尬极了，只能留下他坐在那里，自己抱起杜尔克快步走了出去。克莱伯虽然没有转过头来，但确信她已走了。他伸手取了手杖，可又觉得站起来要费好大劲，便索性又把手杖放下了。

爱拉把杜尔克绑在胸前，背上背着采集筐，边走边惦记着克莱伯。她觉得他的大脑机能已大不如前。最近的他经常走神，常常一个问题会问很多遍；很少主动想到洞外散步，即使天气晴好阳光灿烂的日子里也不能令他动心；有时他坐在那儿入定沉思，竟然坐着坐着就睡着了。

爱拉看到山洞已在自己视线范围外时，就放开了手脚大步前进。不受束缚的自由和夏天美丽的野景使她暂时放下了遥不可及的烦心事。她在一块空地上停下了脚步。在开始采集植物之前，她把杜尔克放了下来让他自己走。杜尔克看到母亲采摘植物的动作，便也抓住一把青草，连同里面开着紫花的零陵香草连根拔起。他握着这些草，小心翼翼地交给她。

“你帮了很大的忙，杜尔克。”她做着手势，从他手中接过草，放进了身边的筐里。

“杜尔克还要拔更多草。”他做着手势兴奋地跑到一边。

爱拉双膝跪地，然后坐在自己的脚后跟上，看着儿子使劲拉扯更大的一把草。当草突然被连根拔起时，他一下失去平衡，重重向后仰去跌在了地上。他抬起脸放声大哭：部分是由于跌痛，更多的则是受惊。爱拉马上跑过去，把他抱起来。她把他高高地抛到空中，再用手接住，逗他开心。杜尔克果然破涕为笑。爱拉便又将他放下来，假装要追他。

“我要抓住你。”爱拉做着手势。

杜尔克赶紧跌跌撞撞地开始跑，一边跑一边咯咯地笑个不停。爱拉故意让他稍微领先，自己则跪在地上，手脚并用地在后面跟着。终于她一把抓住了他，然后举起来顶在了头上。两人都高兴地大笑。爱拉不过瘾，还挠他的胳肢窝，再一次把他逗乐了。

爱拉只在和儿子独处时才能开怀地笑。但凡有一个人在边上，他们都会收敛笑容。杜尔克从很早就知道家族里没有一个人欣赏他咯咯的笑声。虽然杜尔克会喊家族里所有的妇女做母亲,但在他的心中,爱拉还是特殊的。觉得与她在一起,他才是最快乐的。因此,他喜欢单独与她相处,和她玩只有他们两人知道的游戏。

“ba—ba—na—ni—ni。”杜尔克发音。

“ba—ba—na—ni—ni。”爱拉模仿这些无意义的发音。

“no—na—ni—ga—gu—la。”杜尔克又发出另一套声音。

爱拉又学了一遍,然后挠他的胳肢窝逗他发笑。她喜欢听他的笑声,常常会引得她也跟着大笑起来。爱拉接着发出一组声音。比起其他,她更喜欢听到杜尔克的嘴里发出这种声音,至于是为什么她也不知道,总之听上去特别的亲切,常使她禁不住热泪盈眶。

“ma—ma—ma—ma。”她说。

“ma—ma—ma。”杜尔克重复着。爱拉用手臂搂住儿子,紧紧地抱在怀里。“ma-ma。”杜尔克知道爱拉爱听,便又说了一遍。

过了一会儿,杜尔克扭动着从爱拉怀里挣脱。只有在他困得快要睡着时他才喜欢被人抱在怀里。爱拉抹去了眼角残留的泪水——杜尔克并没有从母亲那里遗传眼睛出水的特点。杜尔克大大的眼珠呈现出褐色,深深嵌在了粗重的眉嵴下面,这些都表明他是家族的后人。

“ma—ma。”杜尔克呢喃着。在他们单独相处时,他总这么叫她,特别是当他发觉这会令爱拉心情愉快之后。“你要打猎了吗?”他做着手势。

爱拉在最近几次带杜尔克外出时,总会花点时间教他握弹石带。不过正当她准备用弹石带做示范的射击时,佐格却抢先了一步。这位老人已不再外出了。百无聊赖下,他便十分热心地想负责训练这个男孩。爱拉对此感到很高兴。虽然杜尔克年纪尚幼,但爱拉可以看出,他也像她一样,对武器情有独钟。杜尔克常常把小型弹石带和小梭镖带在身上,逢人就很骄傲地拿出来炫耀。

杜尔克喜欢把一条弹石带悬在腰带上,然后大摇大摆地在人前走过。在夏天时,他的身上除了腰带和弹石带,就只剩下一个护身符了。他还会在手里拿一支梭镖,好引起人们的注意。格雷夫也有这两样武器。这一对小男孩给家族人带来了无数的欢乐。大家常常兴高采烈地谈论这两个小孩是如何地讨人喜欢。两个孩子虽然还小,但已经开始模仿起成年男子的做派。杜尔克虽然发现大人们允许他对小女孩发号施令,但对成年妇女他还是会温和一点。不过,只要是在允许的范围内,他都会毫不犹豫地差遣成年妇女——只有他的母亲例外。

杜尔克知道,他的母亲是与众不同的。只有她能与他一起哈哈大笑,只有她会和他玩发音的游戏，只有她那头柔软的金发让他怎么摸也摸不够。他已记不起她曾经哺乳过他，但他就是不喜欢由别人哄他睡觉。他知道她是一个妇女，因为她交谈时的手势与别的妇女相同。但是她比所有男人都长得高，而且她会打猎。他并不确切地知道什么是打猎，只知道男人和他的母亲才可以打猎。她是独特的，不属于任何一类——她既是妇女又不是妇女，既是男人又不是男人。他用那个特殊的发声代替唤她的名字，是再适合不过了。爱拉是ma—ma。妈妈是他崇拜的金发女神。他不容许妈妈被人差遣。

爱拉把小型的弹石带放在杜尔克摊开的手中，然后手把手地教他如何使用。佐格已这样做过了，杜尔克对此还有印象。爱拉又从自己的腰带上取下她的弹石带，拾起几颗石子，开始投射邻近的目标。杜尔克看到爱拉把小石子放在大圆石上同时射击，觉得很有趣，便蹒跚地拾来更多石子，要她再做给他看。过了一会儿，看到他失去了兴趣，爱拉就又返回去采集植物。杜尔克则一直跟在她身后。他们发现了一棵挂满了悬钩子的树，于是停下来采悬钩子吃。

"我的脏儿子呀，你怎么把自己弄得这么黏糊糊的。"爱拉做着手势。看到他脸上和双手沾满了红色的果汁，小小的肚皮吃得滚圆，她按捺不住地笑了起来。她把儿子夹在自己的腋下，带他到小溪里去洗澡。洗好后，她把儿子放到岸上，自己用一张大的叶子折成漏斗形状舀了水给杜尔克喝。杜尔克打着大大的哈欠，揉揉眼睛。玩了大半天，他有些累了。爱拉便把斗篷摊在一棵大栎树的树阴下，让杜尔克躺在自己身边。男孩很快进入了梦乡。

在这静悄悄的夏日午后，爱拉背靠树干坐在树下，看着蝴蝶轻盈地从身边飞过，然后栖在一根树枝上，两扇翅膀一张一合；不知名的小虫在不知疲倦地高声叫嚷；枝头的小鸟则唧唧喳喳奏着欢快的交响乐。爱拉又回想起早晨发生的事。她想，我希望尤芭和伏恩在一起能够快乐，我希望伏恩能好好待她。自从尤芭走后，火塘里就变得空空荡荡。虽然和我们住得并不远，但和以前就是不一样了。现在，她要为她的配偶备餐，隔离结束后，也会一直和他共枕同眠，她再也不会在我们的火塘里生活了。我希望她很快就能有一个婴儿，这将带给她无尽的欢乐。

但是，我今后又会怎么样？那边的家族至今也没有派人来传消息。也许是他们找不到我们的山洞？如果他们最终选择放弃我，我倒觉得很高兴。我才不想和一个素不相识的男人结成配偶呢。我甚至不愿被配给那些我认识的男人——他们全都嫌弃我。我长得太高了，甚至德路盖也只是刚刚能够到我的下巴。伊扎常常担心我会不停地长高，现在我也开始怀疑我自己了。勃劳德最恨我的身高——他不能容忍一个妇女竟比他高。但从家族大会回来后，他就一次也没来骚扰我。可为什么每次当他的目光对准我时，我还是会害怕得发抖？

布仑也老了。他最近肌肉酸痛，关节僵硬，爱菠拉还帮他弄了些药。不久后，他应该就会把首领之位让给勃劳德了。我还知道，古夫会成为新一任莫格乌。他近来经常在演练主持宗教仪式。自从在家族大会期间，我偷看了莫格乌他们的宗教仪式以后，我想克莱伯就已经心生倦意，不愿再当莫格乌了。那天夜里，我到底为什么会到那里去呢？我已经完全记不起来了。我真后悔，实在不该去参加家族大会的。如果我没去，至少还能让伊扎再多活个几年。在离开她的日子里，天知道我是多么想念她。而且我辜负了伊扎，在家族大会上没有找到一个配偶，虽然杜尔克倒是找到了一个。

实在是太奇怪了，那个家族怎么会让尤拉活下来？她就像是为了当杜尔克的配偶才被生下来的。奥达还提起过外族的男人们。他们是怎么样的一群人呢？伊扎说我出生于外族；可为什么我什么也记不起来？我真正的母亲现在怎么样了？她的配偶呢？我有没有同胞兄弟或姐妹？爱拉在心窝处觉得有些不自在——不是恶心，准确地说是不适。忽然，爱拉想起了伊扎临走那夜对自己说的话，顿时寒毛竖起，头皮发麻。她伤心起来，努力不再去想，却无论如何也摆脱不了伊扎的声音。

伊扎要我离开这个家族！她说我出生在外族，不是家族的人。她让我去寻找我的族人，寻找我自己的配偶。她说，如果我留在这个家族里，勃劳德会想尽办法伤害我。北方，她说他们生活在北方，在半岛的那边，在大陆的北方。

我怎么能离开这个家族呢？这是我的家啊。我不能离开克莱伯，况且杜尔克也需要我。如果我找不到族人又该怎么办呢？就算被我找到了，他们也不一定会接受我。没有人会接受我这个丑女人的。即使我找到了几个外族人，谁又能保证我一定能找到一个配偶？

而且克莱伯也老啦。万一他去世了，等待我的又会是什么样的命运呢？到那时，谁来供应我的衣食？我甚至不能和杜尔克一起生活，因为总会有人把我娶了，虽然我不知道那人会是谁。对了，勃劳德！他是要成为首领的。如果到时其他人都不肯要我，他一定会要我。如果我要和勃劳德一起生活，我该怎么办呢？他不是真心喜欢我的，他知道我最恨他在我身上干那件事——只要是我讨厌的他都乐意去做。如果要我和勃劳德一起生活，我宁可同一个来自其他家族的素不相识的人结合。但是他们不要我，我又有什么办法呢。

可能我真的必须离开，还要带上杜尔克。可万一我找不到外族人呢？万一我遇到什么不测，谁来照顾杜尔克？他将会孤单一人，就像我曾经经历过的那样。我很幸运,伊扎发现了我;杜尔克可能就没有这么好的运气了。对,我不能将他带走。他在这里出生,是属于家族的,即使他有一部分也属于我。况且家族已经为他说定了一个很合适的配偶。如果我把杜尔克带走,尤拉又该怎么办呢?奥达说会把她调教好,到时送来做杜尔克的配偶。奥达一定也告诉了她,有一个男人在等她长大,即使她头部畸形,样貌丑陋。杜尔克也需要尤拉。当他成长到需要配偶时,尤拉是不二的人选。

但是,我不能没有杜尔克啊。我宁愿忍受折磨,和勃劳德一起生活,也不愿离开杜尔克。除了留下来,我别无选择。爱拉看看睡着的孩子,试图平定激动的思绪。认命吧爱拉,她对自己说,就这样规规矩矩地做一个家族妇女,接受命运的安排。一只苍蝇停在了杜尔克的鼻子上,杜尔克无意识地打了个激灵,伸手揉揉鼻子,又接着沉沉睡去。

我怎么知道该往哪里去呢。北方?北方可大得很,除了海以外都是北方。就算我穷尽余生一路流浪,也可能终无一获。我的族人们可能和勃劳德一样坏也说不定。奥达不是说那些男人强迫她就范,甚至不等她把婴儿放下来就粗鲁地开始吗。我最好还是留在这里,至少我还了解勃劳德。我对那些人一无所知,他们可能是一群比勃劳德更恶劣的人渣。

天色晚了,得赶快回去了。爱拉看到暮色四合,便唤醒了她的儿子。在走回山洞的路上,她都试图把有关外族人的念头撇在脑后,但外族人的影子一直徘徊萦绕在她脑际,就是无法摆脱。她不知道自己越是努力想要忘记,记得也就越牢。

"你在忙吗,爱拉?"尤芭问。看到尤芭有些害羞,但又掩饰不住流露出的高兴,爱拉已猜出了八九分。但她还是决定让尤芭告诉她。

爱拉说:"还可以,不算很忙。我刚把一些薄荷和零陵香草混合起来,准备尝尝味道。我打算沏点茶喝。"

"杜尔克到哪里去了?"尤芭又问。爱拉拨动着炭火,往里添了些树枝,又投入几块煮水用的卵石。

"他和格雷夫出去玩了。奥茄会跟着他们的。那两个孩子总在一起。"爱拉做着手势。

"可能是因为他们两人在一起吃奶的缘故吧。他们比亲兄弟还亲,真像一对双胞胎。"

"双胞胎一般都十分相像,但他们可一点也不像。你记得吗,在家族大会上有一个妇女生了一对双胞胎,我一点也看不出他们有什么区别。"

"有时候,一胎生出两个孩子被认为是不幸的;如果一胎生了三个,三个婴儿就都得被处理掉。一个妇女怎么能同时喂大三个孩子——她只有两只乳房啊?"尤芭问。

“在各种帮助下，还是可能养活的。不过一个妇女要喂两个婴儿已经不太容易了。幸好奥茄的乳汁充足，才帮我喂大了杜尔克。我实在很感激她。”

“我希望我也能有充沛的奶水，”尤芭做着手势，“我想我怀孕了，爱拉。”

“看来我猜对了，尤芭。自从婚配以来，你的妇女诅咒发作过吗？”

“没有。我想伏恩的图腾应该蛰伏很久了。它一定非常强大，才能让我这么快就怀孕。”

“这事你告诉了伏恩没有？”

“我想等到确定无疑后再告诉他。他也在猜测呢。他一定注意到我没有因为妇女诅咒而自行隔离。他知道后应该会十分快乐的。”尤芭骄傲地做着手势。

“他是不是一个好的配偶，尤芭？你快乐吗？”

“哦，是的。他是一个很好的配偶，爱拉。当他知道我怀孕时，他会告诉我，他已等了很久了，会很高兴在这么短的时间就能有一个孩子。他对我说过，他在我还没有成长为妇人以前就想要娶我了。”

“这真是好极了，尤芭。”

爱拉不知该接着说些什么。如果不娶尤芭，家族里就再没有一个人可以与伏恩结成配偶，除了爱拉。可他怎么可能会想娶我呢？尤芭那样美貌，而且来自伊扎的家系，难道伏恩会放着尤芭不娶，而看上我这个高个丑陋的妇女吗？不过这与我也没什么关系。反正我也不想与伏恩结成配偶。我还是好好想想在克莱伯去世后我怎么样吧。我一定要照顾好克莱伯，最好能让他长命百岁。不过现在看来，他好像有点厌世情绪。他已经很久没有走出山洞了。如果他继续这样不锻炼，往后哪天再想要走动可能就力不从心了。

“你在想些什么，爱拉？你近来的话少多了。”

“我在想克莱伯，我很担心他。”

“他的确衰老了不少。他比母亲的岁数要大得多，而母亲已经离开我们了。我真怀念她啊，爱拉。我不愿意克莱伯也到另一世界去。”

“我想的和你一样，尤芭。”爱拉深情地做着手势说。

爱拉最近一点空也闲不下来。她常常出去打猎。她的精力好像用不完似的，在她不打猎的时候，她就找各种杂活使自己充实。如果不忙些什么，她一刻钟也坐不住。她把贮存的草药挑拣归档，重新排列，再到野外采集，用作药库的补充或更新，还重新布置了整个火塘。她编织了新的背筐和垫子，制作了梭镖、碗和餐盘，用硬生皮和桦树皮制作了贮罐，裁制好新的披身，鞣制出新的毛皮褥子，还准备了下个冬天可以用到的脚套、绑腿、皮帽和手套。她把兽类不透光的膀胱和胃袋制成水袋，用来装水和其他液体，再用皮带和肌腱把兽皮固定成兜状支在火上，当做煮汤的皮罐。扁平的石头被她凿出凹坑，放上干燥了的新鲜苔藓作为灯芯，再倒进动物脂肪作为灯油。虽然很简陋，但点燃后能给洞里带来光明。她敲制出一套新的石刀、刮削片、锯子、石钻和手斧；到海岸捡拾了蚌壳做成汤匙、长柄勺和小碟。当她轮到与猎人们一起狩猎旅行时，她就与妇女们一起晒肉片，采集各种水果、种子、干果和蔬菜，并将谷物筛选、烘干、磨成细粉，煮给克莱伯和杜尔克吃。糊状的谷物更易于他们咀嚼。干了这些还不够，她觉得自己简直有使不完的力气。

克莱伯是爱拉关注的焦点。她对他百依百顺，从没如此细心地呵护备至。他没有食欲，她就专门为他烹调可口的食物；她调配好治疗关节炎的草药和敷料，让他出去晒太阳，还千方百计让他多散步。他看得出她对自己的关心，也很乐意她的陪伴，随着时间一天天过去，他渐渐恢复了体力和活力。但他们间还是缺了点东西。在过去几年里，他们是那么亲密无间。他们常一起散步，有一搭没一搭地聊天，气氛是那种令人安心的温暖。可是现在，他们即使一起外出散步，路上也都是相对无言。他们在交流时依然会有点紧张，压抑了自然的感情流露。

克莱伯并不是唯一在老去的人。一天，布仑在洞口目送猎人们出猎，看着他们绕过山脊，走到山下的大草原上，直到成为几个移动的小黑点。当他转身时，正好碰上爱拉迎面走来。爱拉看清布仑的脸后，他巨大的变化使她大为震动。他的胡子已不再是深褐色，而是与头发一样成了灰白色。皱纹爬满了他的脸，在眼角也刻出了深沟。他原本肌肉发达的身体也风采不再，虽然体格还算健硕，但皮肤已经松弛。布仑没有察觉爱拉的震惊，缓慢地走进了山洞。随后的几天，他都在火塘里消磨时光。虽然他下一次也与猎人们一起外出打猎了，但那次之后他又留在了山洞里。格洛德也是一样。不过他仍然是布仑忠心耿耿的副手。

在接近夏末的一天，杜尔克跑进山洞里，大声招呼爱拉。

“妈妈！妈妈！一个男人！一个男人来了！”

爱拉应声赶到洞口。她看见一个陌生人正沿着一条从海岸通向这里的路缓缓走来。

“爱拉，你觉得这人有没有可能是专程为你来的？”尤芭激动地做着手势。

“这很难说。我并不知道得比你多，尤芭。”

爱拉很紧张，心里忧喜参半。她既希望这个人是佐格亲戚的家族派来的，又希望他不是。来访的人在山洞前停下，与在外等候的布仑交谈了几句，然后跟着首领走进洞里的火塘。没过多久，爱拉就看见爱菠拉迈出火塘，径直朝她走来。

“爱拉，布仑找你过去。”她做着手势。

爱拉的心跳到了嗓子眼。走向布仑的火塘时，她两膝发软，心想自己一定是被对方家族抛弃了。幸亏走到布仑脚边时，她终于瘫软在地。布仑拍拍她的肩膀。

“这位是冯德，爱拉。”首领做着手势，“他来自诺格的家族。这次他长途跋涉，是专程为你而来的。诺格的母亲病了，而他们的女巫医没有把握可以医好她。她想到了你，认为你也许有办法。”

爱拉在家族大会中已声名鹊起，被公认为是一个医术高超的女巫医。来访的人是为她的治疗魔法而来，不是为她本人。爱拉悬着的心终于落了地。冯德虽然只在山洞里停留了几天，但也带来了他那个家族的一些消息。那个被洞熊抓伤的年轻男子在他们山洞里过完了冬季，刚一开春他就离开了。那时他已经能用脚走路，虽然有点跛，但几乎看不出了。他的配偶生下了一个健康的儿子，也取名叫克莱伯。爱拉详细询问了冯德，并交给他一包药剂让他带回，并嘱咐他告知他们的女巫医一些需要的注意事项。她不知道她的药方能否奏效，但是人家毕竟远道而来了，她不愿放弃任何治好病人的机会。

在冯德离开后，布仑也考虑了爱拉的事。其实他也一直在等来自其他家族的消息。他本想把这事放一放，暂时不作决定。他以为是报信的人找不到山洞，所以这么久也没有任何音信。但既然诺格家族的报信人找到了山洞，那么其他家族应该是根本就没有派出报信的人。他们果然都不愿接受爱拉。布仑不再存有任何希望，觉得自己必须为爱拉作出一些安排。

但是，布仑考虑到，勃劳德即将担任首领，因此最好还是让他作这个决定。现在克莱伯还活着，爱拉的温饱不成问题，一时也不用着急。布仑思来想去，还是决定把这个问题留给他配偶的儿子。布仑想，勃劳德看上去已经不再和爱拉过不去了，应该可以解决好这件事。不过，他到底有没有准备好接任家族首领？布仑拿不定主意。疑惑的种子依然深深埋在他的心里。

随着冬季的到来，家族减缓了作息的步伐。尤芭已不知不觉怀胎八月。一天，她突然发现腹中的胎儿不再动弹，腰酸和胀痛感也慢慢加剧。一开始的几天她还试图不去理睬，可当她发现有一股细细的鲜血从大腿内侧流出时，她吓得急忙去找爱拉。

“身体不适有几天了，尤芭？”爱拉关切地问。

“没有几天，爱拉。现在怎么办？伏恩一直很高兴我这么快就能怀上孩子。我真的不想失去成为母亲的机会。到底出了什么问题？临产日子已经非常接近了。春天很快就要来了。”

“我也不知道你什么地方出了毛病。你有跌过跤吗？在抬重物时是不是太过用力了？”

“我想应该没有。爱拉。”

“尤芭,现在回到你的火塘去,在床上躺着别动。我会给你煎一些黑色桦树皮的水。现在如果是秋天就好了——我就能去采一点伊扎曾给我服过的响尾蛇草根。但现在的积雪已经很深,草药生长的地方又太远,实在没办法弄些来。让我想想还有没有相同药效的草药。你也一起想想,尤芭。伊扎把全部知识都传授给你了。”

“我已经想过了,爱拉,但是,我想不起有什么药能恢复已经停止的胎动。”

爱拉一时不知作何回答。她知道,尤芭一定也知道自己将失去这个孩子了,已经没有一丝希望了。此刻的爱拉多么想分担这个年轻妇女的痛苦。

几天后,尤芭还躺在床上。现在,她所有的希望都落了空。腰部的酸痛简直到了无法忍受的程度,她只有服下药物昏睡过去才能暂时忘记疼痛。那是一种依靠药物的不平静的沉睡。虽然她的腹部一直在痉挛,但这种痉挛不能导致子宫收缩,所以分娩迟迟不能开始。

奥芙拉几乎整天都待在伏恩的火塘里。她什么都帮不了,只能在情感上支持着尤芭。她曾自身经历过许多次同样的苦难,因此比任何人都更能理解尤芭的痛苦和悲伤。奥芙拉是古夫的配偶,她也怀孕过很多次,但可惜孩子都没有足月,所以至今膝下无儿。多年来,这些打击已经令她变得沉默内向。不过古夫待她很好,这点令爱拉很是欣赏。换作其他男人,大概都会将奥芙拉逐出火塘,或是再娶进一个配偶。但古夫不同,他对他的配偶仍一往情深,绝没有因此就娶第二个配偶令奥芙拉伤心。爱拉曾给过奥芙拉一种伊扎祖传的药,这种药据说能避免图腾被打败。对一个妇女来说,一次次的怀孕最后都不能正常分娩,的确是极为痛苦的事。在把药给她时,爱拉没有告诉她这药是做什么用的,但是过了一段时间,当奥芙拉终于不再怀孕时,奥芙拉明白了过来。这的确是更好的一条路。

在深冬时节的一个早晨,天气异常的寒冷阴沉。爱拉在检查完尤芭的身体后,作出一个决定。

“尤芭。”她轻声地叫唤道。这位年轻妇女躺在床上,睁开了眼睛。眉嵴上的两道浓重的黑圈使她的眼窝看上去更加凹陷。“该服下麦角了。我们必须让你开始宫缩。尤芭,我们必须放弃你已经死去的胎儿了。如果胎再打不下来,你也会因此丧命。你还年轻,肯定会再有另一个孩子的。”爱拉做着手势。

尤芭看看爱拉,再看看奥芙拉,最后又回头看向爱拉。

“好吧,”尤芭终于点点头,“你说得对。已经没有希望了。我的孩子死了。”

尤芭的分娩很痛苦。因为令宫缩开始很困难,所以为了避免宫缩停止,爱拉迟迟不肯使用可以缓解尤芭疼痛的药物。虽然家族里的其他妇女都短暂地来访以示鼓励和支持,但没有一个人愿意多待一会儿——她们都认为尤芭是在忍受无谓的痛苦,进行无谓的努力。只有奥芙拉一直留在床边帮助爱拉。

所幸没出任何意外。经过一番撕心裂肺的折磨,尤芭终于诞下了死胎。爱拉迅速拿起接生用的皮毯,把死胎连同胎盘包好。

"是个男孩。"她告诉尤芭。

"能不能给我看看?"用尽力气的年轻妇女虚弱地问。

"我想最好不要,尤芭。这只会使你感觉更糟。你好好休息吧,我会替你处理好的。你现在身子很弱,千万不能起床。"

爱拉先去了布仑处,告诉他尤芭体格太弱,将由她去处理胎儿。她只说了这么多,隐瞒了其他一些情况。其实尤芭诞下的胎儿不是一个男孩,而是一头二身的连体怪胎。除了爱拉,只有当时在场的奥芙拉看到了那个可怜的怪胎。那团东西只能勉强分辨出是人的模样。在那颗巨大的头颅下,是奇形怪状的身子,在原本四肢的位置上长出了许多条手臂和许多条腿。看清之后,爱拉的胃里顿时翻江倒海,奥芙拉也很努力才忍住了呕吐的欲望。

尤芭诞下的婴儿和杜尔克不同。杜尔克是家族和爱拉各自特征的结合体,再加上了略微的修改;这个婴儿则完完全全是一个怪胎。爱拉很庆幸这个胎儿没有活到足月,否则尤芭到时将生下一个活的畸形儿。爱拉知道,奥芙拉绝不会将这事告诉任何人。为了保住尤芭今后的尊严,最好的办法就是让家族人相信尤芭生下了一个死胎。

爱拉裹上外出用的披身，一路上踏着厚厚的积雪深一脚浅一脚地走着,直到离山洞很远了才停下。她把包裹放在一处雪地上,然后打开包裹,把死胎和胎盘敞露在外。爱拉想:这样能更好地消灭所有证据。走出几步后,她回头一看,果然发现角落里有一头鬼鬼祟祟的野兽在蠢蠢欲动。包裹里的那团东西不断散发出血腥味,要招来这些卑劣的动物实在是太容易了。

28

"杜尔克,你今晚想跟尤芭一起睡吗?"爱拉问道。她和尤芭正一起整理蔬菜。

"不!"男孩执拗地摇摇头,"杜尔克要跟妈妈一起睡。"

尤芭说:"好啦,爱拉。我已经猜到了。不过他也跟我玩了一整天了。对了,是谁教他喊你'妈妈'的?"

"那只是个称呼而已,没什么的。"爱拉说完立即将头转向另一侧。从爱拉来到家族的第一天起,她就已经牢记住了一条家族规矩:严禁人们在日常生活中说不必要的话或发出不必要的声音。现在,她后悔自己之前与儿子玩说话的游戏了。虽然尤芭不再追问,但她隐约察觉到爱拉一定有事瞒着她。

但过了一会儿,爱拉还是决定坦白。她说:"有时我和杜尔克两人会一起外出。在我们俩独处的时候,我们会一起玩发声的游戏。在那些声音中,他选中了'妈妈'作为对我的称呼。他真的能发出很多种声音呢。"

尤芭说:"爱拉你不也一样吗。母亲说过,在你很小的时候,你就常常出于习惯地发出各种声音,尤其是在你学会说话以前。我清楚地记得,当我还是婴儿的时候,我真的很喜欢你在摇晃我时轻轻地哼唱。"

"我猜想,可能在我还很小的时候,就是用声音交谈的,但我真的记不太清了。"爱拉做着手势说,"杜尔克和我不过是在玩游戏。"

"我不认为这样会犯什么大错误。"尤芭说,"现在看来,杜尔克已开始学习和人交流了。"尤芭一边说着,一边把一棵烂掉了的大菜根挑出扔掉。"这里的一些蔬菜已经开始腐烂了,我希望烂掉的不要太多。"尤芭接着说,"明天的宴会上只会有一些干肉、鱼和这些快要腐烂的蔬菜。食物的供应实在是跟不上了。如果布仑能再等些时日,至少我们还能采来一些可食用的蔬菜和嫩芽。"

"不是布仑着急,"爱拉说,"克莱伯也说了,最好要在开春后的第一个满月举行仪式。"

"他怎么知道哪一天会开春呢?我真搞不懂。"尤芭发表意见,"碰上了下雨的时候,我就更觉得每天都没什么两样。"

爱拉说:"他经常观察太阳的下落,可能这里面有玄机吧。他已连续观察了好几天太阳下落的位置。即使是下雨天,我们还是能知道太阳在哪里落下了地平线不是吗?另外,在许多晴朗的夜里,我们还能记录月亮的圆缺。这些都是克莱伯关心的。"

尤芭说:"我真希望克莱伯不要让古夫接替他成为莫格乌。"

"我也这样想啊。"爱拉做着手势说,"这些天来,他常常一坐就是好久。如果他把位置传给古夫,他就真的没有什么事可做了——除了主持宗教仪式,他还能做些什么呢?不过我已经预感到这事总有一天会来的。我一点也不期待这次的宴会。"

"我还是觉得有些不适应。我已习惯了布仑当我们的首领,而克莱伯是我们的大莫格乌。但伏恩对我说,现在该轮到年轻人执掌大权了。他说勃劳德已等得不耐烦了。"

“就算他说的对吧，”爱拉做着手势，“伏恩一直都很崇拜勃劳德。”

“爱拉，他待我真的很好。在我流产后，他一点也没有发怒。他只说，他会要求大莫格乌施展巫术，使他的图腾再次强大起来，好让我再怀上一个孩子。爱拉，他一定也很喜欢你。他甚至告诉我说，让你把杜尔克抱过来和我们一起睡。我想他一定是知道我特别乐意把杜尔克带在身边。对了，”尤芭又补充了一句，“勃劳德近来对你的态度好像没有很坏。”

“是，他最近是没怎么骚扰我。”爱拉轻描淡写地做着手势。其实她不知该如何对尤芭启齿：每次勃劳德望向她的时候，她的心中别提有多害怕了。她甚至可以感觉到他在背后盯视她，在这种情况下她通常不敢回头加以印证，任后脑勺的头皮一阵阵发麻。

这天夜里，克莱伯和古夫一直待在祭神的小室里，很晚了也没有回到各自的火塘。爱拉给杜尔克和她自己准备了一份量少的晚餐，还留了食物给克莱伯，虽然她也不确定他究竟会不会吃。其实当爱拉在这天的清晨醒来后，她就开始惴惴不安起来。一天下来，她的心神不宁有增无减。山洞似乎压得她喘不过气，嘴里干涩味苦，好像含着尘土。她刚勉强地咽下几口晚餐，突然就被什么吸引住了。她立起身来，匆匆跑向山洞口。原来洞外灰蒙蒙的天空正降下倾盆大雨。泥土吸饱了水分，显出一个个小水坑。爱拉盯着看了一会儿，又回到了火塘里。这时杜尔克已趴在她的床上睡着了。爱拉躺下来，偎依在他身旁。杜尔克感觉到了母亲的温暖，便更紧地靠着爱拉，然后迷迷糊糊地做了个手势，嘴里呢喃了一声“妈妈”。

爱拉用手臂紧紧搂他入怀，感觉到他小小的心脏在有力地跳动。她迟迟不能入睡。躺在床上，她把眼睛睁得很大，盯着行将熄灭的炭火照亮了粗糙的石壁，衬出洞穴昏暗的轮廓。在克莱伯回来时，她其实还很清醒，但却躺着没动，静静听他拖着脚的踱步声。最后，在克莱伯上床睡觉后她才渐渐进入梦乡。

不知什么时候她醒了过来，却发现自己正在歇斯底里地尖叫！

“爱拉！爱拉！”克莱伯叫着她的名字，努力摇她的肩膀。她终于完全清醒过来。“哪里不舒服，孩子？”克莱伯做着手势，眼神里满是关切。

“哦，克莱伯，”她抽噎着，手臂环住了他的脖子，“我做了个梦。上次遭遇这个梦已经是很多年前了。”克莱伯也把他的手臂搭在她的脖颈上。她在不住地颤抖。

“妈妈怎么啦？”杜尔克做着手势从床上坐了起来。他睁大了眼睛，看上去很害怕。他以前从未听到过母亲的尖声哭喊。爱拉便安慰地抱住他。

“是什么梦，爱拉？是不是有关穴狮的梦？”克莱伯问。

“不，不是。我已记不清了，在梦里只觉得很可怕。”她又开始哆嗦起来，

“克莱伯,为什么我现在会做这个梦?我还以为噩梦早已离我远去了。”

克莱伯紧紧搂着她,又安慰了她一番。他们久久地拥抱彼此,把杜尔克夹在了中间,直到他们忽然意识到这样的姿势已维持了很长时间,这才松了手。

“哦,克莱伯,我一直不敢告诉你,这么久以来,我是多么想要拥抱你一下啊!可我怕你会拒绝我,怕你会把我推开,就像我还是一个孤独的小女孩时你把我推开一样。另外,克莱伯,我还想告诉你,我真的非常爱你。”

“爱拉,即使是现在我也必须把你推开。不仅是我,就算是布仑也得这样。但我不会对你发火。我实在太爱你了,现在也一样。一想到你没了奶水我就很难过。都是因为我的过错。”

“这不是你的过错,克莱伯。这是我的问题。我决不怪你。”

“可我没法不责备自己。我怎么能不知道,一个婴儿只有不断吮吸母亲的乳头,才能使母亲不停地分泌乳汁。可当时我看你那么悲伤,需要静静地独处,所以才把杜尔克抱给别的妇女喂养。”

“你怎么可能知道这些呢?没有一个男子会详细了解关于哺乳的事。当婴儿吃饱了高兴了,男子们就喜欢抱他们,逗他们玩。可当婴儿一旦吵闹起来,所有的男人们都会迅速将婴儿推还给他们的母亲。男人们本来就不关心这些的。况且,杜尔克到现在为止不是很健康吗?虽然他已断奶有些时间了,但他每天都在茁壮地成长。”

“但这样伤害了你,爱拉。”

“妈妈,你受了什么伤害吗?”杜尔克打断他们的谈话,仍然担心母亲刚才的哭喊。

“不,杜尔克,妈妈没有受到伤害。也没有任何地方不舒服。”

“他这样叫你是从哪里学来的,爱拉?”

爱拉微微感到脸颊在发烫:“前些时候杜尔克和我做发声的游戏。他决定用这种声音来称呼我。”

克莱伯点点头:“他看见所有妇女都叫母亲;而你是他的亲生母亲,所以我猜他是想有一个专属于你的称谓。”

“我过去好像也曾发出过这样的声音。”

“在你初来乍到时,你嘴里总会冒出些稀奇古怪的声音。我想你的族人一定是用声音交谈的。”

“不,我是本家族的人,我是家族妇女。”

“不,爱拉,”克莱伯缓慢地做着手势,“你不是本家族的,而是一个出生于外族的妇女。无论如何,你都是属于外族的。”

“真奇怪,伊扎在临终前也对我说过同样的话。她说我不是本家族的人,她说我是外族妇女。”

克莱伯十分惊讶。他说:“我原来以为她不会想到这一点的。看来伊扎真是个绝顶聪明的妇女。其实我也是在那天夜里,在你偷窥了我们的仪式后才发现的。”

“那天我真的不是故意跟你们进入洞内的,克莱伯。我甚至不知道我究竟是怎么走到那里去的。我更不知道那次的事竟会如此深地伤害了你。我猜测,就是从那时起你不再爱我了。”

“不,爱拉。我还是很爱你的。”

“杜尔克饿了。”孩子又打断了他们的对话。他仍然为母亲的尖叫感到困扰。看到母亲一直与克莱伯旁若无人地交谈,而他一句也听不懂,便实在有些不耐烦了。

“你饿了吗?让我看看有什么好吃的。”爱拉说完就起身去找可以给杜尔克充饥的食物。

克莱伯心想:我真弄不明白,她怎么会鬼使神差地被送到家族里来与我们一起生活?她出生于外族,穴狮之神也一直在保护她;它为什么要将她送来这里?为什么她不回到自己的族人那边去?为什么穴狮之神会允许它自己被打败,使她有了一个孩子,却又使她失去乳汁?原本每个人都说,爱拉没有配偶,所以杜尔克生下来注定是不幸的。但是看看这个孩子吧。他不但十分健康,十分快乐,而且每个人都那么疼他。可能多夫说得对,杜尔克是家族里每一个男人的图腾精灵和爱拉的穴狮精灵混合后的产物。而且现在看来,爱拉当初坚持的一点也没错。杜尔克不是畸形,而是家族和她的混合体。他甚至会发出和她一样的声音。是的,他的一部分属于爱拉,一部分属于本家族,这点是确凿无疑的了。

忽然,克莱伯觉得脸上的血液开始倒流,脸色瞬间变得煞白。他的浑身都起了鸡皮疙瘩。一部分属于爱拉,一部分属于家族?!是不是出于这个原因,穴狮之神才将她带到我们这里?所有的一切,都是为了让爱拉生下杜尔克,生下她的儿子?不久后的将来,家族注定要灭绝,只有她的种族能继续繁衍生息。这件事我已经察觉到了。但是,杜尔克将来又会怎么样?他身体的一部分流着外族的血,所以可以延续生命。不过,他同时也是家族的后代啊。还有那个女婴尤拉。她看上去很像杜尔克。她的出生也的确和外族男人有直接的关系。这些外族人的图腾竟如此强大,可以在那么短的时间内战胜妇女的图腾?是的,这不是没有可能的;如果他们的妇女同胞都能有穴狮作为图腾,他们做到这点也绝非难事。那么这样说来,尤拉也是一个混合体了?如果杜尔克和尤拉有了他们的后代,那么那些拥有混合图腾的孩子们不仅会使外族薪火代代相传,还将把本家族继续发扬光大。不需要太多,只要有他们一对就足够了。

也许爱拉在偷看我们神圣的宗教仪式之前，家族就已注定要终结了。她的出现不过是神对我们的暗示。不过有了杜尔克和尤拉，我们的家族就还能有自己的后人。我怀疑杜尔克有没有遗传家族的记忆，如果没有，那我们的宗教仪式很有可能会失传。不过这也没有什么关系——杜尔克就算没有遗传记忆，他还有家族的精神财富。爱拉，我的孩子，我最疼爱的孩子，你确实将幸运带给了我们。现在我明白你为什么会来到这里了——你的到来并不意味着结束，而是新生。

爱拉找到一块冻肉。当她又坐下来时，克莱伯就久久注视着她，似乎开始了神游。

爱拉若有所思地说："克莱伯，你知道吗，有时候我甚至觉得杜尔克不是我的儿子。自从我没了奶水以来，他就经常从一个火塘到另一个火塘去吃奶——他是吃百家奶长大的。几乎每个妇女都给他喂过奶。这令我想起了那头洞熊。杜尔克像不像一头洞熊崽子，是全家族的儿子？"

克莱伯那只深褐色的眼珠充满了悲哀。他说："杜尔克不仅是全家族的儿子，爱拉，他还是家族唯一的后人。"

天又破晓了。朦胧的曙光穿进洞口，充满了洞内三角状的空间。已经醒了的爱拉躺在床上，看到晨曦照在她身边还在熟睡的儿子身上。转过头，克莱伯在临近的毛皮睡榻上睡着了，身体随着呼吸规律地起伏。她想：我真高兴，克莱伯终于不再沉默，和我坦诚相见。爱拉觉得那沉甸甸的思想负担已从她的肩上卸下，但不知怎么的，胸中有一股不祥的感觉正在郁积，而且在不断加深。喉头好像被什么东西堵着，连呼吸都变得不顺畅。如果再待在洞里，她怕自己会被憋死。她小心地起身，尽量不弄出一点声响。当她迅速裹好披身，穿上脚套，就一声不响地走出了山洞。

在她跨出洞口的那一刻，她深深地吸了一口气。大量的新鲜空气一下被灌入肺中，她感到放松了不少。雨夹带着雪花落在她身上，一直沁入到毛皮披身里她也没察觉。她好像忘记了一切，什么也不顾地就这么一步一步地往前走，涉过洞口前泥泞不堪的水坑，径直向小溪走去。湿漉漉的披身冰凉透顶，使她不住地打着哆嗦。洞前的火堆一直在燃烧，烟炱渐渐把山顶上落下的雪都熏黑了。雨水裹挟泥浆冲下山坡，把沿路洒落的黑雪也一起卷走，洪流汹涌湍急。

当她走到红褐色的淤泥中时，兽皮脚套不小心打了滑。她摔在地上，沿着湿滑的山坡一路滑到坡底，差点就要掉进溪里。她柔软的长发被雨水冲得粘结在一起，像粗绳一般在爱拉滚过的泥泞中拖出一条沟壑。等她爬起来时，又拖着泥浆挂在了她的披身上。不过瓢泼的雨水很快又把这些泥点冲掉了。在小溪的岸边,她静静地站了一会儿,然后用力踢碎脚边的冰块,踹进溪流中。她看着深色的溪水在碎冰附近打着转,然后卷挟着送往了爱拉看不见的目的地。

爱拉又挣扎着想要爬回坡上。但由于山体极为滑溜,又加上寒冷袭身,她爬得很是吃力,牙齿也在不停打战。这时,密云满布的天空突然在山脊的东方现出了隐约的光亮。她受到了极大的触动,仿佛阻塞在她和山洞间的一层无形壁垒就此土崩瓦解。她一鼓作气爬上山坡,回到山洞。但一跨入洞口,一种不安的情绪又袭上了心头。

"爱拉,你怎么回事,身上都湿透了。你不知道外面在下那么大的雨吗?"克莱伯做着手势,顺带把一段柴火投进火堆,"把湿的披身脱掉,过来烤烤火,否则你会感冒的。"

爱拉顺从地换了披身,坐在克莱伯身旁烤火。两人静静坐着,谁也没有出声。爱拉觉得庆幸,他们两人之间终于消除了隔阂。

"克莱伯,我很高兴昨晚我们敞开了心扉。我刚才到小溪边,看到冰块已经松动了。夏天很快就要到了,我们又可以一起外出,长时间地散步啦。"

"是的,爱拉,夏天是要来了。如果你高兴,我们当然可以一起出去散步。等夏天来的时候。"

爱拉身上突然起了一阵寒战。她有了一个可怕的预感,觉得她再也不可能与他久久地散步了。克莱伯知道她在想什么。爱拉向他张开双臂,他们又一次紧紧拥抱在一起。他们俩都不知道,这是他们最后一次紧紧相拥了。

过了半晌,天仍阴沉着,不过大雨则减弱为霏霏细雨。下午,雨终于停了,太阳从坚不可破的云层间隙露出苍白、倦怠的脸,软弱地向地面窥视着,释放的热量少得可怜,根本无法干燥被浇透了的大地。虽然天气不好,供应也临近匮乏,但家族人对这次难得举行的宴会仍感到兴奋。家族首领要许多年才会换任,同时又遇上新旧莫格乌的接替就更是少之又少。奥茄和爱菠拉在仪式中各会扮演一个角色,布拉克也是重要人物之一。这个七岁男孩将会是下一代的首领继承人。

奥茄的神经十分紧张。她跑东跑西,一刻也停不下来,检查着每个火堆上正在烹煮的食物。爱菠拉想叫她平静下来,但爱菠拉自己也不愿稍作休息。布拉克为了显示自己已经长大,便对着比他年幼的儿童和忙碌的妇女们发号施令。最后,还是布仑停止他的闹剧。布仑跨步走过来,把他叫到一边,要他演习一遍自己将要扮演的角色。尤芭则把孩子们都叫到伏恩的火塘里,告诉他们要听话,不准胡闹。当大部分工作准备就绪后,爱拉也过来帮尤芭维持孩子们的秩序。除了帮助烹调食物,爱拉唯一需要做的就是制备曼陀罗饮料给男子们饮用。在此以前,克莱伯已经告诫过她,不要再用那种特殊的草根制备根剂了。

人们在忙碌时,夜幕已悄悄降临。这是个晴朗的夜晚,一轮满月静静悬在当空,只有几丝淡淡的云彩时不时飞速掠过那面银盘,丝毫不妨碍月光洒在这片看似荒凉的大地上。山洞里,在最后一个火塘的后面,家族已经支起了一个很大的火堆,四周还插上了一圈燃着的火炬。

爱拉独自坐在毛皮上,望着自己火塘里的小火堆。燃烧中的柴火不时发出劈啪的声音。她发现自己依旧心神不宁,便准备走到洞口看看月亮,等到宴会开始了再进来。但正当她站起来时,却看见布仑发出了集合信号。首领重重地踏着步子,向山洞的深处走去。爱拉别无选择,只能跟随着布仑前往参加。当家族的全体成员都集合到位后,大莫格乌就从祭神的小室里走了出来,后面跟着古夫。他们两人都身披熊皮大氅。

这是这位伟大的圣人最后一次召唤神灵。在此之后,属于他的时代将黯然落幕。现在,他挥舞着手臂,做出的手势是这么多年来家族其他人从未见过的。这些手势象征着更大的权威,和更加神圣的力量,雄辩而有气势。这是一次高超的表演,大莫格乌的祈神技艺堪称艺术。在唤起了持续高涨的激情之后,巫师把握住准确的时机,一次又一次使观众在最热烈的场面下挤出最后一滴的激情汗水。古夫就站在他的身旁。相较之下,古夫实在大为逊色,远难以望其项背。这个年轻男子已经是一个合格的莫格乌,甚至算得上一个优秀的莫格乌,但还是无法与这位大莫格乌相提并论。今天,是这位全家族有史以来最具权威的巫师的谢幕演出。他主持了最后一次也是最精彩的一次宗教仪式。当他宣布,把莫格乌的位子传给古夫时,不止爱拉一人,场下众人都开始抽泣。不过家族的人没有眼泪,他们的眼泪只在心里流淌。

接下来,古夫正式成为了莫格乌。他做出复杂的手势,宣布布仑退位,提任勃劳德为家族首领。这时爱拉的思绪早就漫游开去了。她瞅了克莱伯一眼,回忆起第一次见到他的独眼和布满疤痕的脸,曾忍不住伸手触碰。她记起他是如何耐心地教会自己与人交谈,使她的世界重新豁然开朗。她摸了摸护身符,和她喉头的小疤。这是克莱伯在祭奠远古神灵的仪式上用刀轻轻横过她的脖颈,取了一滴血作为神灵允许她狩猎的印记。她的脑海中又浮现出在家族大会上自己无意闯入了山洞深处的小洞室, 实在悔恨不已。接着,她又想起来克莱伯对自己既爱怜又忧虑的面容,和昨晚他那番如谜一般难解的话。

在过后举行的庆祝新首领上台的宴会上,爱拉毫无食欲,只象征地取了自己那份食物。男子们在享用完食物后,纷纷排队进入那间祭神室,准备在隔离妇女的状态下继续完成宗教仪式。爱拉配好曼陀罗茶,交给了刚刚上任的莫格乌古夫后,就心不在焉地加入了妇女舞蹈,勉强做出的舞步毫无激情。她只饮了少量的致幻饮料，因此药性很快就消失了。她寻觅到合适的时机，索性回到了克莱伯的火塘。这时克莱伯还没回来。她躺下睡觉，但睡得很不安稳，时不时就会醒来。不知过了多久，克莱伯回来了。他先站在她的床边，看了一会儿她和她的儿子，然后才一瘸一拐地回到自己的睡榻上。

意义重大的一夜就这么翻过了史册。“妈妈要出去打猎吗？杜尔克可以跟妈妈一起出去打猎吗？”杜尔克问。一大清早，男孩才刚刚睡醒，就迫不及待地想出去玩。他从床上跳起，一溜烟就出了火塘，向洞口跑去。这时，家族里大部人还在沉睡，但杜尔克已完全清醒。

“得吃过早餐后才能出去，杜尔克。回来。”爱拉做着手势，把他从半路上拎了回来，“而且我今天不一定会出去打猎。春天虽然来了，但天气还没有回暖。”

杜尔克虽然不太高兴，但吃过早餐，一看见格雷夫，他就立马把打猎的事忘到了九霄云外。爱拉看着杜尔克跑到勃劳德的火塘里去玩，嘴边浮现出一丝笑容。但心情的愉悦很快就被勃劳德瞪视杜尔克的神态扼杀在了摇篮里，使她的头皮阵阵发麻。当两个男孩离开火塘，到外面玩耍时，她忽然被一种幽闭在暗室里的恐惧笼罩。如果她不马上走到洞外，她当场就会呕吐出来。她三步并作两步地跑到洞口处，深深地吸了几口新鲜空气，感觉自己的心脏在剧烈跳动。

“爱拉！”

一听到是勃劳德的声音，爱拉吓了一跳。她立马转过身来，低眉顺眼地站在新首领面前。

“妇女祝贺您当上首领。”爱拉规矩地做着手势。勃劳德很少与她这么面对面站着。爱拉的身材比家族最高的男子还高出很多，而且勃劳德还不是那个最高的，所以他的头顶还够不到她的肩膀。爱拉知道他很不愿意仰头看她。

“不要到处乱跑。我立刻要在这里召集会议。”

爱拉只得顺从地点点头。

家族人慢慢地聚集在了山洞外面。今天天气很好，阳光普照。人们都很高兴勃劳德决定在洞外开会，虽然地上尽是烂泥。他们在洞外等了好一会儿，才看到勃劳德大摇大摆地走到过去布仑所站的位置上，高调地暗示他的新地位。

“正如你们所知的，我是你们的新首领。”勃劳德开腔。他在开场白中就迫切地表明了他的地位，恰恰在全体成员的面前暴露了他此刻极度的紧张。

“家族有了一个新首领和一个新莫格乌。这实在是千载难逢的一刻。我要借此机会向大家宣布一些变更事项。”他继续说，“我希望大家知道，我要把伏恩任命为我的二把手。”

人群不乏颔首的人——这是意料中的事。布仑原本希望勃劳德能等伏恩再成熟点，等他有了比前辈们更多的狩猎经验时再提升他的地位，但是每个人都知道勃劳德可等不了。布仑安慰自己说，可能现在这样也有它的好处吧。

“另外，还有一件事，”勃劳德做着手势，“家族里有一名妇女还没有配偶。”爱拉感到脸上开始发烧，“必须要有人供应她的衣食。可我并不想把这个负担强加在我的某一个猎手身上。现在我是首领，我必须对她负责。因此，我将娶爱拉作为我火塘里的第二配偶。”

对此，爱拉曾经有过预料，但此刻预料应验了并不能使她感到快乐。布仑想：爱拉可能不太愿意，但勃劳德这样做是对的。布仑满意地看看他配偶的儿子，勃劳德可以做一个成熟的首领了。

“但她有一个畸形的孩子。”勃劳德继续往下说，“我希望大家明白，这个家族里不需要任何畸形的孩子。如果接受了这个孩子，就会有人说我徇私，这是我不想听到的，而且一旦有了例外，下一个畸形孩子就会很不好处理。如果她有一个正常的孩子，那我完全可以接纳他。”

克莱伯站在靠近山洞的入口处。听到勃劳德的话，爱拉面庞霎时变得惨白，并迅即低下头不让别人看见。这都被克莱伯看在眼里。可他对此也无能为力，只能遗憾地摇摇头。爱拉想：勃劳德，你就等着看吧，我肯定不会再给你生一个孩子了。我有伊扎的祖产秘方，只要我不想怀孕，就可以不怀孕。我才不管孩子是男人们图腾还是他们的器官创造的。总之，你决不能再使我怀孕生出一个孩子来。因为我不可能叫这个孩子一生下来就去死。不管我生下的是男孩还是女孩，在家族的眼里，他或她永远都是畸形的。

“我在前面已经解释过了，”勃劳德怕自己没说明白，又强调了一遍，“因此我的决定应该不会让你们感到惊讶。我不允许在我的火塘里有一个畸形的孩子。”

爱拉猛地抬起头来。他这样说是什么意思？如果我必须迁到他的火塘，那么我的儿子必须和我在一起啊。

“伏恩同意让杜尔克生活在他的火塘里。他的配偶很喜欢这个男孩，尽管他是畸形的。他会得到妥善的照顾的。”勃劳德说。

人群中发出了嘀咕的声音。大家的情绪都很激动，都在不停地打着手势。孩子怎么能离开母亲呢？他们应当由他们的母亲看管，直到他们长大成人。勃劳德既然要娶爱拉，为什么又拒绝接受她的儿子？爱拉再也忍不住了。她从自己所站的位置冲到人群前面，蹲坐在勃劳德的脚边。勃劳德敲敲她的肩膀。

“女人,我还没有讲完。你这种打断首领讲话的行为是大不敬的,但我现在不和你计较。你要说什么就说吧。”

“勃劳德,你不能让杜尔克离开我。他是我的儿子。一个妇女到哪里,她的孩子也会跟着到哪里。”她愤慨地做着手势,根本顾不上那些祝贺的客套话,或是用更卑微的语言表达自己的想法。旁边的布仑也瞪眼怒视着勃劳德。他对新首领刚刚建立起的自豪感瞬间因为勃劳德刚才的一番话而一扫而空。

“女人,你竟敢对首领如此傲慢地说话,指使他什么可以做,什么不可以做?”勃劳德做着手势,脸上挂着轻蔑的冷笑。他在自鸣得意。他已经策划这件事很久了,现在终于得到了符合他预期的反应,“你根本不是杜尔克的母亲。就连奥茄都比你更有资格。你忘了,是谁给他哺乳的?那人可不是你。杜尔克甚至还不知道谁是他的母亲。家族里每个妇女都当过他的母亲。他在哪里生活又有什么关系?他自己都不在乎!他在每个火塘里都吃过奶。”勃劳德说。

“我知道我没有能力给他喂奶,但是勃劳德,你知道他是我的儿子。他每晚都跟我一起睡觉。”

“是吗,反正我是不会和他一起睡觉。你能否认,伏恩的配偶就不是他的‘母亲’吗?我早已告诉古夫——我的意思是,莫格乌,在这个会议后立即举行婚配仪式。没有理由再等了。你今晚就要搬到我的火塘里。杜尔克则要住到伏恩的火塘去。现在,你可以回到你的位置上去了。”最后,勃劳德用命令的口吻打发走了爱拉。他的眼光扫视了一下全家族的人,注意到克莱伯正满脸怒容地扶着手杖,倚靠在山洞的出口处。

而布仑已不仅快要发怒,而是已经怒火中烧了。他铁青着脸,注视爱拉走回到她的位置。他努力挣扎着控制自己,想不让自己介入。布仑实在太生气了,不只眼睛快要喷火,他的心也在灼痛。他想,我配偶的儿子经过我这么久的培养和训练,才当上这个家族的首领。可他才刚上任多久,就开始利用他的地位公报私仇。他被自己的妄想控制着,竟然要向一名妇女报复。为什么我过去没有看到这一点?为什么我没有认清他的真面目?现在我明白了,为什么他要这么急不可耐地提拔伏恩。勃劳德一定是要与他共谋全部的计划;他的一切所为都是针对爱拉的。勃劳德啊勃劳德,这难道是你当上首领后第一件应该做的事吗?把你所有的猎人交给一个年轻且经验不足的二把手领导,置他们于危险之中,仅仅是为了获得报复一名妇女的成就?这样做对吗?硬生生把一个母亲和她的孩子拆开难道有什么乐趣可言吗?为了这个孩子,她经受了那么多的苦难,你究竟还有没有良心,勃劳德?她要的只不过是能让儿子和自己一起入睡啊。

“还没有结束,我还有话没说。”勃劳德做着手势,想引起人们的注意。家族的人群已经开始骚动了。看到勃劳德的手势,他们终于安静下来,想看看他还要说什么。

“伏恩不是唯一一个得到提拔的。我们还有新的莫格乌。随着他地位的提升,他相应地也应该有一些权力。现在,我决定让古夫——也就是莫格乌,迁到巫师有权享受的火塘,也就是克莱伯现在居住的火塘。克莱伯则要迁到山洞的后部。”

布仑向古夫投上一瞥。难道他也和勃劳德伏恩他们是一伙的吗?但古夫却摇摇头,脸上露出困惑的神色。

“我并不想迁入大莫格乌的火塘。”他说,“自从我们进入这个山洞以来,那个火塘就一直是大莫格乌的家。”

下面的人觉得他们的新首领愈发难以理喻了。

“我已经决定了,你必须搬!”勃劳德不耐烦地做着手势,对古夫的拒绝有点嗔怒。当他注意到那位瘸老人正靠着手杖对他怒视时,他忽然想到,这个面容严肃的大莫格乌已经不是巫师了。不就是一个畸形的老瘸子吗,有什么好害怕的!其实他作出这样的决定完全是出于冲动。他希望古夫能欣然接受他的安排,如同伏恩欣然接受他的提拔一样。他以为这样会使新莫格乌喜出望外,并从此对他忠心耿耿,唯命是从。布仑听不下去了。正当他要站出来说两句使,却被爱拉抢先了一步。

“勃劳德!”爱拉在她的位置上,高声直呼首领名字。因为愤怒,她的头向上昂着,“你不能这样做!你不能把克莱伯从那个火塘撵出去!”她义愤填膺,用重重的跺脚加重语势,“他得住在风灌不进来的地方。冬天的冷风太厉害了,能一直吹到山洞的后部。你难以想象他在冬天要经受多少折磨。”爱拉已经忘记了自己是一个家族妇女;她现在只是一个想要保护病人利益的女巫医。“我知道,你这样做纯粹是为了伤害我。你让克莱伯处于困境,是因为他处处维护我。勃劳德,你怎么对我我不在乎,但你不能这样对待克莱伯!”她走到他的面前愤怒地做着手势,然后像一座高塔俯视着他。

“放肆!谁允许你讲话了,女人!”勃劳德大发雷霆,一拳朝爱拉挥去。但爱拉反应极快,一个闪身就躲开了结实的拳头。勃劳德没料到自己打了个空,先是大吃一惊,继而怒不可遏。

“勃劳德!”布仑的厉声呵斥使勃劳德暂时冷静。他太习惯听命于这个声音了。布仑的声音对他是一剂良药,尤其是当他快要失去理智的时候。

“那是大莫格乌的火塘,勃劳德。他有权住在那个火塘直到他去世为止。就算你不撵他,大莫格乌也活不了多长时间了。他为家族奉献了这么多年,功绩有目共睹——居住在那个火塘是他应得的。你这样算什么首领？你还是一个男子汉吗？你是不是在利用你的地位去报复一个妇女？这个妇女从来没有做过一件对你不利的事，可你竟要报复她。勃劳德，就算她曾想做对你不利的事而没有做，你也不能这样。你根本不配做家族的首领！”

“不，不配的人是你，布仑。你一点不像当过首领的人。”勃劳德差点就要接受布仑的斥责了，但他忽然又重新意识到现在自己的身份已和过去完全不同了，“现在，我才是首领！我有权作出任何决定！长期以来，你都一味地袒护她，指责我。不过很可惜，你今后不能再替她说话了！”勃劳德完全失去了控制。他犹如一匹脱缰之马，疯狂地挥舞着手势，脸孔因狂怒而涨成了紫色，“她必须照我说的做，否则我就要咒死她！那时可就不是暂时性的诅咒了！刚才，你也看到她的蛮横无理了，但你却仍然站在她那一边。今后，我绝不允许这种现象存在！绝不允许！诅咒是她应得的惩罚。我决定诅咒她！你觉得这个主意怎么样，布仑？古夫！我命令你诅咒她！永久性地诅咒她！现在，立刻！从来没有人敢对首领指手画脚，只有这个不知死活的丑女人。你听不懂我的命令吗？诅咒她，古夫！”

其实，在刚才爱拉要站出来的瞬间，克莱伯曾想引起她的注意，警告她保持冷静，可是已经晚了。对他来说，不论是住在山洞前部还是后部，他都毫不在乎。他唯一的怀疑在于勃劳德要娶爱拉为第二配偶。就克莱伯看来，勃劳德没有任何理由这么做，而且他看上去不像是那么有担当的一个人。可是怀疑归怀疑，眼前出现了这样不可收拾的局面是克莱伯万万没有想到的。当他看见勃劳德下令古夫诅咒她时，他知道勃劳德的阴谋得逞了。他不愿再看下去，转过身走进山洞。爱拉无意间抬头，正好看到克莱伯一瘸一拐的身影慢慢消失在那个高山脚下的黑洞里。

克莱伯不是唯一感到愤怒的人。整个家族都在骚动。人们做着手势、大声尖叫，场面一团混乱。有些人不忍心再看下去，有些人则气都不敢喘，不相信竟会出这种事。他们的一生都在传统和习惯的约束中度过，平静得就像一潭死水，因此眼前的所见简直就可用惊涛骇浪来形容。

他们震惊的不只是勃劳德无凭无据，毫无道理地要强行拆散爱拉和她的儿子；更使他们意外的是爱拉竟然站出来和新首领公然对抗——这对他们的震动绝对不亚于勃劳德决定将克莱伯从那个火塘撵走；看到她愤怒地指责新任命的首领，人们都吓呆了，几乎没有察觉到勃劳德大发脾气要诅咒爱拉。接二连三的打击对家族成员的精神来说实在是不能承受之重。

爱拉听到勃劳德宣布要诅咒她，她害怕得发起抖来，一点也没有感觉到脚底下的大地也开始抖动，直到她看到人们都站立不稳、失去平衡而跌倒时，才反应过来。她和其余人一样，先是呆愣，然后是害怕，最后终于被极大的恐惧笼罩。她听到了从地壳深处传来的可怖的隆隆声。

“杜尔克!”她一边尖声叫喊,一边四处寻觅。在惊慌逃散的人群里,她看见了尤芭。她刚抱起杜尔克就马上趴倒在地,好像要用自己的身体保护这个小男孩。爱拉见状立即朝他们跑去。半路上,她某粒记忆的按钮突然被触动,脑海中模糊的可怕情景渐渐变得清晰。

“克莱伯！他还在洞里！”

爱拉立刻掉转方向。她跑上斜坡,试图爬到三角形的洞口上方。斜坡也在剧烈摇晃,一块巨石从陡壁上滚落,堵在了洞口前。在她身旁,一棵倾斜的大树被巨石拦腰撞断,颓然倒地。但爱拉没有注意到这些。她已经被地震的景象吓得不能动了。多年来禁锢着她的熟悉的噩梦又一次在脑海中重演,已和纯粹的恐慌混在一起。在地动山摇的吼声中,她的嘴唇动了动。她听见了自己在说什么。那是已被她长久遗忘了的语言。

“妈妈！”

脚底下,下沉了几英尺的大地突然又隆起来。她跌倒在地,但马上挣扎着爬了起来。她看到山洞里的拱形洞顶正在坍落。大小不一的石块从高高的洞顶落下,撞在地面上都被击成了碎片。而且更多的石块还在纷纷下落。在她的周围,许多大小不一的圆石在山岩表面回弹然后滚落,沿着山麓的缓坡一直滚到山下的小溪,激起一阵水花。小溪的部分已经结冰。东侧的山脊已经裂开了,其中的一半正在坍塌。

山洞里,从石壁和拱形洞顶上掉落的岩石、砾石和尘土仿佛雨点;大片岩石也躲不过崩落的命运,都发出雷鸣般怒吼。山洞外,高大的针叶树就像笨拙的巨人们在疯狂地跳舞;光秃秃的阔叶树好像神经极度紧张,在剧烈地摇晃。在如雷的挽歌声中,所有的物体都在加速滑动。靠近洞口东侧的石壁正对着山泉汇集成的水潭。这面石壁产生了裂缝,而且裂缝正在扩大,火山喷发般从里面涌出大量的水以及松动的石块。从另一处地底裂缝喷出的碎石泥土堆积在山洞前,然后冲到了山下的小溪里。地壳深处传来的吼声和巨大岩石滚落的轰鸣强强联合,震耳欲聋,淹没了被恐怖吓坏的人们的尖声呼喊。

过了一会儿,大地终于平静了。几块大石从高山上跌落,在地面回弹滚落,直到不动为止。受了惊的人们一开始不知所措。慢慢地,有人开始爬起来,来回踱着步,茫茫然不知该干什么好,想要找回被地震夺去的理智。他们开始聚集在布仑的周围。这么多年来,布仑一直是能稳定他们的磐石,是他们的定心丸。他的存在好像是安全的象征,能把大家凝聚在一起。

但是,现在的布仑什么也做不了。通过多年的统领,他已深信不疑——让勃劳德接任首领是他有史以来最重大的判断失误。布仑回想起来,发觉勃劳德实在是劣迹斑斑,但就因为他是自己配偶的儿子,所以从来没有深察。布仑觉得自己简直是瞎了眼。即使布仑有包括无畏和果断在内的很多美德,但是,选择勃劳德当首领却暴露了他其实也有和勃劳德一样的性格弱点:不顾大局的自私自利以及过于冲动。可是,这些还不是布仑拒绝行动的原因。勃劳德已经是家族的首领,不管他是好是坏,布仑再想把他撤下来,另外训练一个接替的人,已为时已晚。虽然,他知道全家族都在仰首望着他,指望他重新掌舵,但他老了,真的无能为力了。现在唯一的出路就是让勃劳德继续领导下去,这也是家族唯一的希望所在。布仑想:勃劳德口口声声说他自己是首领,实际中却根本不按首领的标准要求自己,不但蔑视一切,还失去自控。不过既然勃劳德依然坚持,那么好,就让他当下去吧。从今以后,勃劳德不论要作什么决定,或者不作决定,我布仑都不会加以干涉了。

当布仑向家族人说明,自己不会再收回领导权后,人们最终把目光又转向勃劳德。长期以来,他们习惯了家族的传统和等级制度,而布仑曾经是一个很好的首领,有魄力,有担当。人们在他的带领下,已经习惯在面对危机时听从他的指挥,习惯依靠他的镇静和合理决策走出困境。当没有一个首领能为他们作出决定时,他们实在不知道该怎么办。即使这时候处于慌乱中的勃劳德也希望布仑能把领导权收回;他也希望有一个人可以依靠。当勃劳德最后意识到,领导的职责仍在他的肩上时,他尝试把它挑起来,实实在在地挑起来。

“谁失踪了?谁受伤了?”勃劳德做着手势。大家都轻轻嘘出一口气,觉得安心许多。人们纷纷行动起来,自发把自家火塘的人聚在一起。当整个家族的人都集合起来后,经过查点,人们发出了惊叹——目前为止,并未发现有人失踪。简直就是奇迹。而且地震中巨石滚落,大地震动,但却没有重伤一个人。的确有人被撞得乌青、破皮或出血,却没有人骨折。但,这不是最终的结果。

“爱拉在哪里?”尤芭恐慌地叫喊。

“我在这里。”爱拉一边回答,一边从山坡走下来。她已经忘了自己怎么会到那上边去的。

“妈妈!”杜尔克喊着。尤芭正紧紧搂抱着他,唯恐失去他一样。他挣脱出来,径直向爱拉奔去。爱拉也突然向前奔跑,然后一把抱起他,紧紧搂他在怀里,走到了集体中间。

“尤芭,你没什么事吧?”她问。

“是的,我没事。”

“克莱伯在哪里?”这时,爱拉记起了克莱伯。她把杜尔克塞回给尤芭,又疾步跑上山坡去。

“爱拉！你要往哪里去？千万别进山洞里！可能还有余震。”

爱拉不听这些警告,也不想注意这个警告。进入山洞后,她直奔克莱伯的火塘。间或仍有石块和砾石下落,地上已有许多堆成了一堆的小石子。除了几块大石和一层尘土外,火塘没有遭到毁坏,但是克莱伯并没在那里。爱拉又检查了每一家火塘。有的火塘被砸了个遍,但大部分的火塘还有些物品是可以抢救出来的。不过任何一家火塘都没有克莱伯的踪影。在走到祭神的小室口前时,她迟疑了一下才终于走进去,但里面伸手不见五指,她什么也看不见。她需要一支火炬。于是,她决定先检查山洞的其余部分。

一块岩石毫无征兆地从洞顶崩落。她大惊失色,刚跳到一边躲开,这边又一块边缘不齐的石块砸落下来,擦伤了她的手臂。她摸着石壁,穿过石室,进入到一排贮藏柜和几块大圆石后面的阴影里。洞里一点光亮也没有。她本想出去点支火炬再进来,但又临时改变了注意。她决定再找找最后一块地方。

在伊扎墓穴的旁边,她发现了克莱伯。他侧向身体畸形的一边躺在地上,两腿蜷曲着,好像是被什么捆绑成了屈曲的姿态。他那颗巨大、庄重的头颅曾经保护过他极其活跃的大脑,但现在,已经失去了它的作用。地震中,一块沉重的岩石击中了它,然后滚落到了几英尺外。克莱伯是瞬间死亡的。爱拉跪在他的尸体旁边,两行热泪潸然流下。

“克莱伯,哦,克莱伯!你为什么要进到山洞里来啊?”她双膝跪地做着手势。因为极度悲伤,她的身子前后摇晃,嘴里喊着他的名字。然后,她也不知是怎么了,突然站了起来,开始做出一系列动作,那些是她在伊扎的葬礼上看到克莱伯做的。不会说话的眼泪渐渐模糊了她的视线。在庄重肃穆的气氛下,在这个散乱堆积着石子的破败山洞里,这个皮肤白皙的高个子妇女孤身一人,在用古老的方式安慰这位伟大圣人的灵魂,正像他不久前为伊扎所做的那样。许多动作她并不理解,也永远不可能有机会理解了。克莱伯就像她的父亲,她记忆中唯一的父亲。这是她能为他做的最后一件事。

“他死了。”走出山洞后,面对许多注视着自己的脸,爱拉平静地做出手势。

勃劳德也在注视她。忽然,一股极大的恐怖袭上他的心头。这个山洞是她最先发现的,而且一直以来神灵都很照顾她,让她好运连连。当自己宣布要诅咒她之后,神灵竟然使大地震动,并毁掉了由她发现的山洞。是不是因为自己要诅咒她,所以神灵发怒了？如果家族的人也想到是他招来的灾难,那该怎么办？在勃劳德的灵魂深处,他对神鬼深信不疑,因此在显现出的凶兆前战栗不止。他很害怕,害怕自己果真是使神灵狂怒的罪魁祸首。在极端的恐惧下,他的理性完全扭曲,想到了把罪责嫁祸给爱拉。他想,如果在任何人责备他之前,他先发制人,宣称是她激怒了神灵,那么就没有一个人会说这是他的过错了。

“是她!都是因为她,”众人看到沉默的勃劳德忽然做出手势,“是她蔑视家族规矩,所以神灵们发怒了。你们都看看她。她是那么傲慢无礼,根本没把首领放在眼里。只有她受到诅咒,神灵的怒火才会平息,才会知道我们仍旧崇敬它们,才能再指引我们找到一个更新、更好、更吉利的山洞。所以,咒死她,古夫!现在,现在就执行!诅咒她!诅咒她!”

这一刻,每个人的头都转向了布仑。布仑眼向前看,下颚因为牙关紧咬变得僵硬,两手死死地攥紧。因为紧张,他背后的肌肉都在颤动。虽然他身体里的每一分意识都被动员了起来,但他依旧拒绝行动,拒绝干涉。众人见他不愿介入,都忧虑地面面相觑,然后看一下古夫,又看一下勃劳德。古夫难以置信地看着勃劳德。这怎么能怪爱拉呢?任何人都知道,这是勃劳德的过错。古夫想了一想,顿时明白了过来。

“我是首领,古夫!你是我的莫格乌,你得听我的。我命令你诅咒她,我命令你现在就将她咒死!”

古夫随即转身。刚才在爱拉进洞后,人们在洞前生起了一堆火。古夫从火堆中拾起一枝带有松脂的正在燃烧的松枝,跨上斜坡,消失在了黑暗的三角形洞口里。他小心地绕过洞里一堆堆乱石,并注意不时下落的岩石和砾石。他知道,如果发生余震,成吨的碎石将砸在他的头上。他只希望余震不要在他办完事之前发生。进入祭神室后,他将神圣的洞熊股骨并排在地上,每排好一根就做一个定式的祝祷手势。当最后一根股骨被他从洞熊头骨的颅底穿入,再从左眼眶穿出时,他开始大声念出许多名字。这些凶狠诡异的名字只有莫格乌才知道。念出这些神鬼的名字,就代表了古夫认可并给予它们权力。

当古夫从山洞出来时,爱拉仍然站在刚才的位置上。当古夫走过她身边时,她似乎成了看不见的空气。

“我是莫格乌,而你是首领。你命令我将爱拉咒死。我已经照你的命令执行完毕。”古夫对勃劳德做完手势,就转过身来背对着他。

大家都觉得自己听错了。事情发生得太突然,根本不符合规定的程序。按照传统程序,首先,勃劳德应该先跟布仑商量,取得大家的理解,使全家族有思想准备,怎么可以一开始就诅咒爱拉呢?而且,说到底,爱拉到底有什么错?她对首领傲慢无礼,这的确是不对的,但是单凭这就可以将她处死吗?她有那样的举动也仅仅是为了保护克莱伯而已。再看看勃劳德对她又做了些什么?硬生生拆散她和孩子,还把老巫师连同她一起撵出火塘。现在可好,所有人都失去了自己的火塘。为什么勃劳德要这样做?为什么要诅咒她?在此以前,神灵一直很眷顾她,也在给她带来好运,可勃劳德却要诅咒她，甚至让莫格乌立即执行诅咒。现在，勃劳德已经使厄运降临家族了，今后他们还会遇到些什么呢？勃劳德使保护神发怒，并招来了邪恶之神。而老巫师已经去世了。大莫格乌再也不能帮助家族了。

因为悲伤肝肠寸断，爱拉仿佛失落了魂魄，没有意识到自己将要面对的是什么。她看到了勃劳德命令诅咒她，也看到了古夫说已执行完毕，但她的内心还在因为克莱伯的去世而深深激荡，不能平静。不过，咒死的严重性还是慢慢触痛了她的神经，直至深入骨髓。对她来说，这简直是致命的一击。

诅咒？咒死？为什么？我是做了什么坏事，要落到这个下场？而且，为什么这么突然？不只是她，家族里的其他人也和她一样，不能理解眼前的状况。大家都还没有完全从地震的恐惧中缓过神来。看到周围的人们开始一个接一个地走开，爱拉很奇怪自己竟然能平静地承受这一切。她面孔呆滞，两眼无神，心里在机械地默念："克罗格走了，尤蔻走了，现在该轮到德路盖了；不过阿葛还没有离开。噢，现在她也要走了。一定是刚才她发现我盯着她看了。"

爱拉始终无动于衷，直到看到尤芭也像看不见自己似的准备离开，才突然警觉起来。她的目光不再迟钝，一眼就看到被尤芭抱在怀里的男孩。杜尔克！我的乖乖啊，我的儿子！我被诅咒了，将永远再也看不到他了。他会有什么样的命运？虽然还有尤芭会照顾杜尔克，但是她又怎么可能对付得了勃劳德的迫害呢？勃劳德恨杜尔克啊，因为他是我的儿子。爱拉无助地环视四周，突然眼前一亮——布仑！她看见了布仑。布仑能够保护杜尔克。对，没有其他人了，只有布仑能够保护他。

爱拉急忙跑向这位在一天前还在领导家族的男人。布仑为人平和，做事时坚定中透着机敏。爱拉跑到他面前，蹲坐在他的脚边，低着自己的头。过了一会儿，她才意识到布仑永远都不会再敲她的肩膀了。她抬头仰视，看见布仑的目光正越过她的头，盯着后面的火堆。爱拉想：只要他愿意，他还是会看见我的。他能看见我。我知道他能。上次我被诅咒时，克莱伯不也记得我说过的一切吗，伊扎也一样。

"布仑，我知道你觉得我已死了，觉得我现在仅仅是一个鬼魂。但我求你不要移开眼光！这事发生得太快，我甚至来不及反应。我会离开，我一定会离开，但是我放心不下杜尔克。勃劳德恨他。你也知道他的脾气，谁能料到他会对杜尔克做出些什么来？杜尔克是在本家族出生的，而且布仑，你接纳了他。所以我恳求你，布仑，请你保护杜尔克。这里也只有你能够办到。决不能让勃劳德伤害他啊！"

布仑慢慢将背转向这位言辞恳切的妇女。他把凝视火堆的目光移开，好像只是看向了另一个地方，而不是故意避开她。但尽管如此，她还是在他的眼睛里看见了一种亮光。那是人最诚实的表现，里面有一种认可，有一种颔首同意的暗示。这就足够了。布仑已经答应了孩子母亲的阴魂。他将会履行承诺，保护杜尔克。布仑想，爱拉的魂魄所说也的确属实。事情发生的太快了，她没有时间事先向他恳求忏悔。布仑碍于勃劳德的地位，本来不准备再介入这件事，但出于各种考虑，他还是决心不让配偶的儿子伤害爱拉的儿子。

爱拉站起身，带有目的性地走向山洞。在求告布仑之前，她原来本不打算离开的。不过现在，她已打定了主意。克莱伯去世了，她万分悲痛，但她现在必须把这悲痛深埋在内心的某个角落里，等到生命不再危急之时再去重温。她要离开了，可能是去往鬼神的世界，也可能不是——无论是哪种情况，她都不能毫无准备地离开。

她走进山洞，一开始并没有注意到洞内的破坏情况。她注视着洞里的荒凉，感觉很陌生。地震时大部分的家族人都在外面，真是不幸中的万幸啊。她深深地吸了一口气，然后匆忙走进克莱伯的火塘，丝毫不理会石头可能从洞顶下落的潜在危险。在咒死期间，如果她没有生存的必需品，她将必死无疑。

她先搬开了床上的一块石头，再抖开她的毛皮披身，才开始把东西往上堆。她的药袋、弹石带、两双脚套、绑腿、手套、一件毛皮衬里的披身、一顶兜帽、杯和碗、水袋，最后是石器工具。她走到山洞后部，找出了家族贮存在那里的肉饼、水果和动物脂肪。那种肉饼是用晒干后的肉制成的，体积小但热量高，常用来在旅途中充饥；她搜索了几个乱石堆，从里面找到了用桦树皮包装的枫糖、栗子、干果、烘干的谷物粉、干肉条和鱼，还有少量的蔬菜。由于季节已晚，食品种类并不丰富，但已足够了。她把采集筐翻过来拍了几下，倒去里面的石块和尘土，然后把上述东西一件件往里装。

最后，她拿起了背杜尔克用的斗篷，贴近脸庞亲了亲，眼泪又扑簌簌地流下。不能带杜尔克一起走，她也就不再需要它了。但她还是把它装进筐内——至少可以睹物思人。现在离夏季到来还有些时候，大草原上依然寒风凛冽，而且越往北走，气候越冷。爱拉于是加添了披身，把自己包裹得很暖和，为旅途做好准备。她没有刻意决定要从哪个方向出发，只知道她的目的地是半岛北面的大陆。

到了最后一刻，她决定要带走那顶兽皮帐篷。那是她与男子们在旅行狩猎时用的，严格说来不属于她个人。她可以带走她自有的任何物品；留下来的话会被他们烧掉。帐篷是克莱伯用来给他火塘里的人居住的。爱拉想：克莱伯已经去世，肯定不再需要它了，那么他应该也不会介意我拿走它。

她把帐篷叠在采集筐的顶上，然后背起筐子，再用皮带缠裹着束在腰际。她必须得出发了。站在火塘中间的爱拉泪流满面。在她被伊扎捡到的几天后，这个火塘就成了她的家。以后，她将永远也见不到它了。回忆像万花筒在她脑中疾速闪过,有些壮观的场面会多停留片刻。最后她想到了克莱伯。她在心里对克莱伯说:克莱伯,我真希望我能知道是什么令你那样痛苦。也许终有一天我会了解的。我真的很高兴,在你进入神鬼世界前,我们曾有过那次夜谈。我永远也忘不了你,还有伊扎,还有这个家族。就这样,爱拉背负行囊走出了山洞。

没有任何人将目光投向她。但当她重新出现时,所有人都清楚得很。爱拉停在山洞外静止的水潭边,准备把水袋装满。在把水袋浸入水中,打破镜面似的水面前,她又回忆起一件事。她倚身向前,看着水中自己的容貌。细细的端详下,她发觉自己并不怎么丑,不过这不是她感兴趣的。她非常好奇外族人到底是什么模样。

当爱拉站起身时,杜尔克正努力想要挣脱尤芭抱住他的手臂。杜尔克察觉到一定有什么事在困扰他的母亲。虽然他不了解个中缘由,但他知道那是他不喜欢的。他猛地用力一推,终于使尤芭松了手。他不顾一切地奔向爱拉。

"你要离开了。"他指责着,好像明白了什么。他很气愤,因为爱拉事先没有告诉他,"你都穿戴好了,你要离开了。"

爱拉犹豫了不到片刻,就伸出手臂把杜尔克揽入怀中。她抱起他,紧紧搂着他,强忍住要夺眶而出的眼泪,然后万分不舍地把他放下,自己也蹲在了地上——这样她就和他一样高了。她正视着杜尔克褐色的大眼睛。

"是的,杜尔克,我是准备离开。我必须得走。"

"把我带上,妈妈。带我一起走!不要抛下我!"

"我不能带你一起走,杜尔克。你必须留在这儿,跟着尤芭。她会照顾你的。还有布仑。"

"我不要留在这儿!"杜尔克疯了似的做着手势,"我要跟你一起走。你不要独自离开!"

这时,尤芭已在朝她们走来。她必须把杜尔克从鬼魂那儿抱回来。爱拉再次紧紧地搂住她的儿子,然后放开。

"我爱你,杜尔克,我真的好爱你,这点你永远也不要忘记。"她抱他起来,让他回到尤芭那里,"替我照顾好我的儿子,尤芭。"她做着手势,注视着尤芭悲戚的眼睛。尤芭回应了她的目光——她看见她了。"我亲爱的妹妹……请一定照顾好他。"

勃劳德看着她们,越加怒不可遏。这个女人已经死了,已经成了鬼了,可为什么她的举止根本不像鬼?而且为什么他家族里的有些人也不把她看做是鬼?

"那是鬼魂。"他愤怒地做着手势,"爱拉已经死了。尤芭你难道不知道她已经死了?"

爱拉昂起头，径直走向勃劳德，居高临下地站在他面前。他实在很难装作看不见她。他试图对她视而不见，但爱拉低着头，就那么直直地看着他。按照礼节，妇女应该蹲坐在他的脚边，但爱拉没有。

“我并没有死，勃劳德。”她蔑视地做着手势，“我不会死的。你也不能叫我死。你可以叫我离开这儿，可以夺走我的儿子，但是你就是不能叫我死！”

在勃劳德的心中，有两种情绪正在激烈交锋：愤怒和害怕。想立即用拳头教训她的心情已经压倒了一切，但他举起的手臂却迟迟落不下来，因为害怕碰到她。他告诉他自己：“这是诡计，是她的鬼魂耍弄的诡计。她已经死了，她已经被咒死了。”

“打我呀，勃劳德！如果你打我，就说明你能看见我的鬼魂。快呀，我会让你知道我并没有死。”

勃劳德放下手臂，扭头看向布仑，浑身上下都很不自然。虽然他没有触到她的身体，但他刚才举起的拳头已经暗示他看到了她。看到魂魄是要招来厄运的。他很害怕，于是想把厄运转嫁给布仑。

勃劳德对布仑喊道：“布仑，不要以为我没有看见。在进入山洞前，鬼魂曾对你说话，而你竟然回应了她。你和鬼魂说话，你要倒霉了。”

“不管什么后果，我都会一个人承担，与你有什么相干？而且，你看见她与我谈话了吗？你是什么时候看见她进入山洞的？如果她是鬼魂，那你为什么想用拳头威胁她？你现在难道还不明白吗？你已经承认了她，勃劳德。你和她打了照面，她已经把你击败了。你可以对她为所欲为，你甚至已经把她咒死，但是赢家仍然是她。她是一个妇女，但她比你更有勇气。勃劳德，你必须更加坚定，更加善于自控才行。对比之下，爱拉反倒更像一个男子汉。爱拉比你更有资格做我配偶的儿子。”

爱拉没有料到布仑竟这么高地评价自己，觉得有些不可思议。这边，杜尔克还在躁动不安地要挣脱尤芭。听到杜尔克在喊她，爱拉心如刀割。再这样下去，她真怕自己会失控，于是铁下了心决定立即上路。在经过布仑面前时，她低下头，对他做出了表示感激的手势，然后就头也不回地往前走，直到山脊的拐弯处才转身回望。她看见布仑举起了手，好像是要给鼻子搔痒。这个动作看似很不经意，但爱拉隐隐觉得它是一个手势，一个自己似曾相识的手势。她终于记起，在离开家族大会的主人山洞时，首领诺格也曾对他们做出过同样的动作，顿时悲从中来。山洞这边，布仑望着爱拉，似乎在用这个手势对她说：“乌萨斯与你同在。”

当爱拉拐过断裂的山脊，终于再也看不见山洞时，她听到了杜尔克撕心裂肺的号啕：

“妈妈，妈妈，妈妈！”

（京权）图字：01-2010-0638

图书在版编目（CIP）数据

爱拉与洞熊族 / （美）奥尔（Auel,J.M.）著；张帆译. --北京：作家出版社，2013. 1 (爱拉传奇)

书名原文：The Clan of the Cave Bear

ISBN 978-7-5063-6063-0

Ⅰ. ①爱… Ⅱ. ①奥… ②张… Ⅲ. ①长篇小说 - 美国 - 现代 Ⅳ. ① I712.45

中国版本图书馆CIP数据核字（2011）第192471号

TITLE: THE CLAN OF THE CAVE BEAR. AUTHOR: JEAN M. AUEL. Copyright: © 1980 BY JEAN M. AUEL. This edition arranged with JEAN V. NAGGAR LITERARY AGENCY, INC through BIG APPLE TUTTLE-MORI AGENCY, LABUAN, MALAYSIA. Simplified Chinese edition copyright: 2013 THE WRITERS PUBLISHING HOUSE. All rights reserved.

爱拉与洞熊族

作　　者：【美】琼·奥尔
译　　者：张　帆
责任编辑：王宝生　苏红雨
装帧设计：张晓光
出版发行：作家出版社
社　　址：北京农展馆南里10号　　**邮　　编**：100125
电话传真：86-10-65930756（出版发行部）
86-10-65004079（总编室）
86-10-65015116（邮购部）
E-mail:zuojia@zuojia.net.cn
http://www.haozuojia.com（作家在线）
印　　刷：北京中科印刷有限公司
成品尺寸：142×210
字　　数：430千
印　　张：13.5
版　　次：2013年1月第1版
印　　次：2013年1月第1次印刷
ISBN　978-7-5063-6063-0
定　　价：33.00元

作家版图书，版权所有，侵权必究。
作家版图书，印装错误可随时退换。